Porträt Stendhals von J. O. Sondermark
im Schloß von Versailles (Photo Giraudon, Paris)

Robert Alter
in Zusammenarbeit mit Carol Cosman

Stendhal

1783 – 1842 60 J.

Eine kritische Biographie

Aus dem Amerikanischen
übersetzt von Gerhard Windfuhr

Carl Hanser Verlag

Titel der Originalausgabe:
A Lion for Love, a critical biography of Stendhal
Basic Books, Inc., Publishers, New York 1979

ISBN 3-446-13583-9

Gesetzt aus der Garamond

Umschlag: Klaus Detjen unter Verwendung des Porträts von
J. O. Sondermark im Schloß von Versailles (Photo Giraudon, Paris)
Satz: Fotosatz Otto Gutfreund, Darmstadt
Druck und Bindung: May & Co, Nachf., Darmstadt
Printed in Germany

für Tom und Marilyn, zwei von den *Happy Few*

Jeder Versuch sich über Stendhal zu äußern hinterläßt unweigerlich den Eindruck, man habe nichts gesagt, er sei uns erneut entglitten und alles bliebe noch zu sagen. Man sollte sich bescheiden und sein unberechenbar sprudelndes Genie zu Wort kommen lassen.

Jean Pierre Richard,
Littérature et sensation

Enfin Dominique regarde *love as a* lion terrible *only at forty seven.*

Stendhal, in einer Randnotiz
zu den *Promenades dans Rome*

Vorwort

Stendhal hat soviel sachkundige Beachtung gefunden und zu derart intensiver Forschung angeregt, daß es wohl einiger erklärender Worte über die Notwendigkeit einer weiteren Biographie bedarf. Wir besitzen heute einen beachtlichen internationalen Fundus an ausgezeichneten kritischen Auseinandersetzungen mit dem literarischen Schaffen Stendhals. Die bedeutenderen französischen Untersuchungen werden in dieser Lebensbeschreibung angeführt; und um nur einige der wichtigsten Beiträge zur Stendhalkritik in englischer Sprache zu erwähnen, seien hier die eleganten und einfühlsamen Erörterungen von Robert Martin Adams, Victor Brombert, Harry Levin und Michael Wood genannt. Die Stendhal-Biographien aus dem englischen Sprachraum erreichen jedoch bei weitem nicht das Niveau dieser kritischen Studien. Als ich 1973 mit den Vorarbeiten zu dem vorliegenden Buch begann, war seit Matthew Josephsons umfangreichem und sympathischem, aber etwas schwerfälligem und oft ungenauem Werk aus dem Jahre 1946 keine wirklich umfassende und ausgewogene Biographie in englischer Sprache erschienen. Die danach veröffentlichten Biographien von Joanna Richardson und Gita May sind immerhin unter geziemender Auswertung der verfügbaren wissenschaftlichen Erkenntnisse abgefaßt. Doch ich habe den Eindruck gewonnen, daß es beiden, und zwar auf jeweils unterschiedliche Weise, an einer neuartigen, oder richtiger, einer in sich geschlossenen, kritischen Einfühlung in das Wesen Stendhals fehlt; jedenfalls wird keine von ihnen diesem komplexen Thema gerecht.

In Frankreich hat man äußerst eingehende biographische Forschungen betrieben: Hotelregister, Kommunalakten und diplomatische Archive aus dem 19. Jahrhundert sowie unveröffentlichte Memoiren und Briefe sind genauestens untersucht worden, um jede kleinste Ortsveränderung, jede flüchtige Bekanntschaft in Stendhals Leben zu ermitteln. Und dennoch gibt es – vielleicht, weil man in Frankreich so ganz andere Bewertungsmaßstäbe anlegt – kein einziges Buch, das nach angloamerikanischen Begriffen als zufriedenstellende literarische Biographie angesehen werden könnte. Henri Martineaus neunhundert Seiten starkes Werk aus den Jahren 1952–53, die Frucht lebenslanger Forschungsarbeit, ist beeindruckend durch die Klärung vieler sachlicher Probleme, hinsichtlich der Interpretation jedoch oftmals anfechtbar oder unzureichend. Von bleibender Gültigkeit, ja von geradezu unschätzbarem Wert sind Martineaus Übersichten über die Ortsveränderungen Stendhals, seine Bekanntschaften und seine Schriften, wie sie in den Bänden *Le Calendrier de Stendhal, Petit Dictionnaire stendhalien* und *L'Œuvre de Stendhal* zusammengestellt sind. Die vielleicht feinfühligsten Nachforschungen über Stendhals Leben hat vor mehr als einem halben Jahrhundert Paul Arbelet durchgeführt; sie erfassen jedoch nur seine Jugend und sein frühes Mannesalter, und spätere Forschungen haben wichtiges Material zutage gefördert, das Arbelet noch nicht zugänglich war. Victor del Litto, Martineaus Nachfolger als führender Kopf der Stendhalforschung, hat zwar als Bibliograph, Herausgeber und Geistesgeschichtler bewundernswerte Arbeit geleistet; seine – durchaus verständnisvolle – Lebensbeschreibung aus dem Jahre 1965 ist indes von recht bescheidenem Umfang, sie ist praktisch dazu bestimmt, als Rahmen für die Darbietung von Dokumenten und Illustrationen zu dienen.

Stendhal ist eine so vielschichtige, schwer faßbare und dabei bezwingende Persönlichkeit, die Beziehungen zwischen seinem Leben und seinem Werk sind so mannigfaltig und bisweilen mehrdeutig, daß ich eine Biographie, in der das darstellende und das interpretierende Element ständig ineinandergreifen, als echtes Desideratum empfand. Nach meiner Auffassung gehört es nicht zu den Aufgaben eines Interpreten, sich mit psychoanalytischen Vermutungen abzugeben. Ich habe daher versucht, über Stendhals Leben so zu berichten, daß dem Leser – zumindest an den entscheidenden Stellen dieser Biographie – die psychologische Komponente taktvoll bewußt gemacht wird.

Darüber hinaus ist diese Untersuchung als kritische Biographie gedacht, da es eine solche im eigentlichen Sinne noch nicht gibt. Sind auch die bloßen Tatsachen in Stendhals Leben – seine Beziehungen zu Frauen, seine Verstrickung in die bewegte Geschichte seiner Zeit, die lange, sprunghafte Karriere, zu der sein Ehrgeiz ihn trieb – an sich schon fesselnd genug, so bietet sein Leben doch mehr als lediglich den Stoff zu einer historischen Plauderei: immerhin geht es um den Mann, der *La Chartreuse de Parme* und *Le Rouge et le Noir* geschrieben hat. Ich war bestrebt, eine konkrete Vorstellung davon zu vermitteln, wie die bedeutenderen Romane des Autors aus seiner Erfahrung heraus entstanden, allerdings ohne mich deshalb veranlaßt zu sehen, in Stendhals Leben nach »Vorbildern« für seine Romangestalten zu suchen, oder gar zu glauben, sein Werk ließe sich durch Rückschlüsse auf sein Leben erklären. In Anbetracht der sich immer wieder verschiebenden Entsprechungen zwischen Leben und Werk sah ich mich vor die Aufgabe gestellt, nicht nur auf Thematik, Wertvorstellungen und psychologische Strukturen in den Romanen Stendhals einzugehen, sondern auch genau zu untersuchen, wie es ihm gelang, durch Einzelheiten in Stil und Technik die ihm eigene, unverwechselbare Romanform zu entwickeln.

Die Durchführung und Zusammenstellung dieser umfangreichen Forschungsarbeit hätte ich nicht bewältigen können ohne die unermüdliche, einfühlsame Mithilfe meiner Frau, Carol Cosman. Wir haben, jeder für sich, die gesamten Originaltexte gelesen und auch den größten Teil der Sekundärliteratur getrennt voneinander durchgearbeitet. Gelegentlich haben wir das Gelesene in regelrechten Sitzungen ausgewertet, meist jedoch kamen wir beim Frühstück, beim Abendessen oder in arbeitsfreien Augenblicken ganz zwangsläufig auf Stendhals Beweggründe, seine Gewohnheiten und sein handwerkliches Vorgehen zu sprechen. In den vergangenen fünf Jahren haben wir ihn in seiner unsichtbaren Präsenz als durchaus angenehmes Familienmitglied empfunden – eine Probe häuslichen Zusammenlebens, bei der andere Schriftsteller vielleicht nicht so gut abgeschnitten hätten. Die spezifische Planung eines jeden Kapitels und dessen Niederschrift habe ich selbst besorgt, ebenso die Übersetzung aller Zitate aus dem Französischen. Dann arbeitete meine Frau den Entwurf Kapitel für Kapitel durch, wobei sie gelegentliche, ausnahmslos hilfreiche Einwände erhob, etwa gegen die Wahl eines allzu gefälligen Adjektivs oder gegen die fragwürdige Heranziehung eines Motivs oder die Nichtberücksichtigung eines historischen Zusammenhangs.

In seiner endgültigen Fassung wurde jedes Kapitel von unseren Freunden Tom Schmidt und Marilyn Fabe gelesen, die energisch und klug das unseren Vorstellungen entsprechende allgemeine Leserpublikum vertraten. Danach legten wir das Manuskript als Ganzes Will und Louise Clubb vor, die sich ebenso bewundernswert als ideale Repräsentanten eines akademisch sachkundigen Leserkreises bewiesen. Die ersten drei Kapitel wurden ferner von Marc Blanchard durchgesehen, der eine Reihe nützlicher Vorschläge machte; und schließlich kamen dem ganzen Buch die Kommentare einer weiteren aufmerksamen Leserin, Chana Kronfelds, zugute.

Die Fußnoten habe ich im Interesse des Lesers auf ein Mindestmaß beschränkt, indem ich nur diejenigen Quellen zitierte, die mir unbedingt notwendig erschienen, und soweit wie möglich habe ich nach den Zitaten in Klammern auf Stendhals Werke verwiesen, mit Angabe der Nummer des betreffenden Kapitels bzw. – auf die Korrespondenz und das Tagebuch bezogen – des Datums.* Für die Romane, das Tagebuch, die Briefe und die autobiographischen Schriften habe ich den französischen Text der Pléïade-Ausgaben von Henri Martineau benutzt, im übrigen die neuere, in den Editions Rencontre erschienene Ausgabe von del Litto-Abravenel, mit Ausnahme von ein paar vereinzelten Texten, die nur in die alten Divan-

* In der deutschen Übersetzung wird durch hochgestellte Ziffern auf die Fundstellen der Zitate im Anhang verwiesen. Weiterführende Gedanken erscheinen mit * markiert am Fuß der Seiten.

Bände der vollständigen Ausgabe aufgenommen wurden. Geldbeträge sind in Francs zu dem in Stendhals Zeit gültigen Kurswert angegeben. Um sich eine annähernde Vorstellung von der Höhe dieser Summen zu machen, kann der Leser davon ausgehen, daß damals ein Franc etwa zwei amerikanischen Dollars aus dem Jahre 1979 bzw. vier DM aus demselben Jahr entsprach, wobei allerdings das Irreführende solcher Vergleiche zu berücksichtigen ist.

Da einmal von Geld die Rede ist, möchte ich an dieser Stelle der John Simon Guggenheim Memorial Foundation und dem Humanities Research Council der Universität Kalifornien, Berkeley für ihre großzügige Unterstützung dieses Forschungsvorhabens danken. Auch danke ich dem Forschungsausschuß Berkeley für die Deckung der Schreibunkosten sowie anderer anfallender Forschungsausgaben. Zu Dank verpflichtet bin ich Elisabeth Giansiracusa für ihre geduldige und verständnisvolle Hilfe bei der Forschungsarbeit und Florence Myer dafür, daß sie das Manuskript mit der gleichen präzisen Sorgfalt tippte, die sie seit Beginn meiner Tätigkeit in Berkeley auf alle meine Bücher verwendet hat. Professor Victor del Litto hat mir liebenswürdigerweise Bilder aus seiner Sammlung zur Verfügung gestellt. Aber ich glaube, der größte Dank für dieses Buch gebührt Stendhal selbst: wie es nur wenige von uns vermögen, hat er durch den Reichtum, die Intensität und die Vielseitigkeit seines Wesens und seines Werkes dafür gesorgt, daß wir – wie Robert Martin Adams einmal treffend bemerkt hat – das Gespräch über ihn niemals als beendet betrachten können.

Berkeley, im Januar 1979

Präludium in Rom

Am ersten Aprilsonntag des Jahres 1834 befand sich der französische Konsul von Civitavecchia, ein korpulenter Mann von 51 Jahren, dessen grobes, gerötetes Gesicht in einem eigenartigen Gegensatz zu seiner ausgesuchten Eleganz stand, wieder einmal in Rom. Wie so häufig, war er seinem langweiligen Amtssitz in der Provinz entflohen. Auf seinem Gang durch eine der belebten Straßen der Hauptstadt hörte er plötzlich Schreie: sie kamen vom Eingang zur Trattoria dell'Aurora her. Er eilte zu der Stelle, von der die Unruhe ausging. Auf dem Boden lag die Leiche einer soeben ermordeten jungen Frau.

Später, auf seinem Zimmer, schrieb er folgende Notiz an den Rand seiner *Promenades dans Rome*, eines der acht Bücher, die er bis dahin veröffentlicht hatte: »Sonntag, 6. April '34. Junges Mädchen in meiner Nähe ermordet. Ich laufe hin, sie liegt mitten auf der Straße, um ihren Kopf eine kleine Blutlache von einem Fuß Durchmesser. Victor Hugo würde sagen ›im Blute gebadet‹.«[1] Am selben Tag spezifizierte er in einer weiteren Randnotiz zu den *Promenades dans Rome* seine Beschreibung durch die Bemerkung, in der Mitte der Blutlache habe Schaum geschwommen. Doch in der zweiten Marginalie mischt sich in sein Bedürfnis nach wissenschaftlicher Präzision ein nachdenklicher, im Grunde verstörter Unterton: »Während ich bei Letronne etwas über die Kosmologie der Kirchenväter las – die Welt habe die Gestalt einer Truhe mit zwei Deckeln usw. – sagte ich mir: was nützt es mir, über solche Absurditäten etwas zu erfahren, wenn in meiner unmittelbaren Nähe ein junges Mädchen ermordet wird... ?«[2]

Sowohl die seltsame Deutlichkeit der Aufzeichnung als auch das eigentümliche Einnehmen verschiedener Standpunkte sind charakteristisch für die besondere Einstellung eines Schriftstellers *und* Beobachters, die Henri Beyle als die ihm gemäße erkannt hatte. An sich keine heftige Natur, war er doch in seiner gehemmten Art ein recht leidenschaftlicher Mann, den es drängte, Ausbrüche heftiger Leidenschaft mitzuerleben. (Dies war einer der Gründe, weshalb er sich so stark von Italien angezogen fühlte; das sollte sich bald recht deutlich in den *Chroniques italiennes* zeigen, seiner Überarbeitung einer von ihm aufgefundenen, unbekannten Sammlung aus der Renaissance stammender, stark überzeichneter Geschichten von Leidenschaft, Eifersucht und unversöhnlicher Rache.) Zeuge von Geschehnissen zu sein, hieß für ihn jedoch nicht, zu gaffen oder Schreie auszustoßen, sondern mit objektiver Genauigkeit zu beobachten; und wie seine Tagebücher, Briefe und Randglossen seit den späten Jünglingsjahren beweisen, hatte er sein tägliches Leben unter die Zucht genauer Beobachtung gestellt, während es nach außen hin ein Spiel des Zufalls blieb, bei dem er sich, je nach Stimmung und Gelegenheit, dem Lebensgenuß hingab.

Der Vorgang des Beobachtens war für ihn eng mit literarischer Kritik verbunden, wobei er das Bedürfnis hatte, sich von den Modeschriftstellern seiner Zeit zu distanzieren. Denn ein ungetrübter Blick ließ sich seiner Ansicht nach nur dann gewinnen, wenn man eine klare, treffende Ausdrucksweise fand für das, was man sah, einen Stil, frei von der Übertreibung und dem falschen Pathos gesuchter literarischer Klischees. Mit anderen Worten: dieser scheinbare Dilettant war in erster Linie ein hart arbeitender Berufsschriftsteller von der Art, die ein paar Generationen später mit einem Flaubert und einem Henry James im literarischen Leben Europas eine vertraute Erscheinung werden sollte. Er war einer von den Schriftstellern, die an den buntgemischten Fakten ihrer täglichen Erfahrung ständig herumfeilten, um durch unausgesetzte Übung ihre Technik als Romanciers zu vervollkommnen. Gleichzeitig mag die disziplinierte Art seiner Beobachtung ihn vor dem Überschwang seines Gefühls bewahrt haben, wie man in dem erwähnten Beispiel aus der Sorgfalt schließen kann, mit der er sich auf den Durchmesser der Blutlache konzentriert, während ihn die Ermordung eines unbekannten Mädchens zu Betrachtungen über die Nutzlosigkeit historischen Wissens und abstrakter Spekulation veranlaßt.

Wenn man sich zum Vorkämpfer der Romantik machte, aber – anders als Victor Hugo – gleichzeitig mit der Kühle wissenschaftlicher Distanz schrieb, so bedeutete dies allerdings, daß man eine ungewöhnliche Haltung einnahm, besonders im Frankreich jener unruhigen Jahre der Restauration und der Julimonarchie (1815–48), als die Schriftsteller sich sowohl zum trotzigen Rebellentum als auch zu den transzendentalen Bestrebungen der neuen Literaturströmung in Europa hingezogen fühlten. Die Verbindung von romantischer Glut und kritischem Abstand kann manches Typische an dem Meisterwerk erklären, das Henri Beyle unter seinem bevorzugten Pseudonym Stendhal bereits veröffentlicht hatte: *Le Rouge et le Noir*; unter anderem die Tatsache, daß so wenige seiner Zeitgenossen die Originalität und schöpferische Kraft dieses Romans erkannten, als er im Jahre 1830 erschien. Bis sich diese subtile und schwankende Spannung in seiner facettenreichen Persönlichkeit soweit herauskristallisiert hatte, daß er sie in vollendetes dichterisches Schaffen umsetzen konnte, bedurfte es jahrzehntelanger Erfahrung in der Welt und mit sich selbst – Stendhals erster, künstlerisch noch unsicherer Roman *Armance* entstand erst, als der Autor 43 Jahre alt war. Geographisch gesehen vollzog sich die Entwicklung dieser komplizierten Persönlichkeit zwischen den Horizonten Moskaus und Italiens, beruflich betrachtet zwischen einem Bürokratendasein in der Armee Napoleons und freier Journalistentätigkeit; dabei reichte die Skala seines Gefühlslebens vom Schwelgen in ekstatischer Leidenschaft bis zur Schwelle des Selbstmords, mit allen möglichen Zwischenformen des Komödiantischen und des Possenhaften. Vom Bewußtsein seiner Berufung getrieben, aber in einem schwerwiegenden Irrtum befangen, wie sie zu verwirklichen sei, war der angehende Schriftsteller zwar dem Zeitgeist verfallen, distanzierte sich indes auch wieder auf gewisse Weise von ihm. Der lange

Lernprozeß, der ihn dahin führte, beides nebeneinander selbstverständlich zu finden, ist eine jener großen Lebensgeschichten des 19. Jahrhunderts, in der von der wachsenden Kraft der Bewußtwerdung eines Menschen berichtet wird. Diese Kraft, einmal voll ausgeprägt, kam in Form eines neuartigen, bei aller Komplexität ausgewogenen Ideenreichtums dem europäischen Roman zugute.

Obwohl die Bedeutung Stendhals seit den letzten Jahrzehnten des 19. Jahrhunderts allgemein anerkannt ist, wird die besondere Rolle, die er bei der Entwicklung des Romans als Kunstgattung spielte, noch immer nicht voll gewürdigt. In seiner raschen, abwechslungsreichen Schreibweise scheint er weit entfernt von der sorgfältigen Hingabe eines Autors an den Kult des Schreibens, der für Flaubert und seine Nachfolger in verschiedenen Sprachen so charakteristisch ist, zumindest was den modernen Roman in seiner künstlerischen Form anlangt. In einer entscheidenden Hinsicht aber leitete Stendhal jene Romantradition ein, die von ihm so verschiedene Schriftsteller wie Flaubert, Turgenjev, Tolstoi, Henry James, Arnold Bennett, Conrad, Joyce und Gide fortführen sollten. Denn trotz seiner zwanglosen Schreibweise fühlte er sich in der Erfindung seiner Handlung dem höchst anspruchsvollen Ideal der Erlebnistreue verpflichtet; das wiederum forderte eine Ablehnung der geltenden Romankonventionen, eine neuartige Geschmeidigkeit bei der Handhabung des Erzählerstandpunkts und anderer Kunstgriffe, sowie einen Stil, in dem er energisch Überschwenglichkeit, Gemeinplätze und lediglich ornamentale Effekte vermied. Im Werk Stendhals bekommt der Roman eine neue Richtung, weil der Autor die ihm eigentlich gemäße Form findet, indem er all jenen Versuchungen widersteht, die bei der volkstümlichen Form dieser Literaturgattung damals so sehr überwogen – und diese ablehnende Haltung veranlaßte ihn dazu, beim Erfinden von Handlungen im Grunde experimentell vorzugehen. Seine Schritte, die zu dieser stillen Revolution im literarischen Bewußtsein führten, vollzogen sich zunächst langsam und tastend. Viele unvereinbare Faktoren hemmten ihn in der Entwicklung seines Geistes und seiner Gefühle, bevor er dies Stadium erreichte. Um den ganzen Prozeß zu verstehen, muß man ihn von seinem Anfang an verfolgen.

Der Weg zurück zu den Anfängen wird jedoch durch eine ausführliche Rückschau gewiesen, die der gereifte Stendhal zweieinhalb Jahre nach jenem Aprilsonntag in Rom, an dem wir ihm bereits begegnet sind, halten sollte. Diese Anfänge erschließen sich uns am ehesten in dem glänzenden, doch bisweilen raffiniert verzerrenden Spiegel seiner eigenen Betrachtungen über das Leben.

Erster Teil
Der Jüngling aus der Provinz

Wenn Beyle sich auch niemals mit seiner Kindheit abfinden konnte, so hat Stendhal doch nie aufgehört, sie zu lieben.

Jean-Paul Weber, *Stendhal: les structures thématiques de l'œuvre et du destin*

I
GRENOBLE
(1.–16. Lebensjahr)

»Nächstens werde ich fünfzig«, sagt Stendhal zu Beginn seiner Autobiographie *La Vie de Henry Brulard*, »und es wäre wohl an der Zeit, daß ich mich kennenlerne. Was bin ich gewesen? Was bin ich? – wahrhaftig, ich wäre in arger Verlegenheit, müßte ich es sagen.«[1] In Wirklichkeit war er fast dreiundfünfzig, als er, auf dem Gianicolo das archäologisch vielschichtige Panorama Roms zu seinen Füßen überschauend, den Plan faßte, seine Autobiographie zu schreiben. Die Wahl eines Lebensjahres, das um mehr als drei Jahre von seinem tatsächlichen Alter abweicht, kann ihm das posthume Leserpublikum, für das dies Buch bestimmt war, als erbauliche künstlerische Glättung einer rauhen Tatsache verzeihen. So tritt uns der Held der Autobiographie – denn genau das ist er, trotz der Kritik, die der Autor rückblickend an sich selbst übt – bereits zu Anfang als ein Mann entgegen, der unmittelbar vor der Lebenswende seines fünfzigsten Jahres steht – wie Don Quichotte, einer der Romanhelden, die Stendhal seit seiner Kindheit zutiefst beschäftigten –, der aber sein ganzes Draufgängertum nunmehr überwunden hat und nach der – sich ihm vielleicht wieder verschleiernden – Klarsicht der gereiften Jahre trachtet.

Das Ineinanderweben von Tatsächlichem und Erfundenem zum Zwecke sowohl des Enthüllens als auch des Verbergens, war eine lebenslange Gewohnheit Stendhals, dieses gehemmten Mannes, der höchst aufrichtig sein konnte, sich aber in seinen Veröffentlichungen, seiner Korrespondenz und seinem geselligen Verkehr stets mit einer Wolke von Pseudonymen umgab (sie beliefen sich auf über zweihundert); der seine literarische Laufbahn als unbekümmerter Plagiator begann; und der schließlich den Roman als die ideale Form zur Entfaltung erfundener Varianten seiner selbst entdeckte, indem er die dem Erfinden eines Ich eigentümlichen Ambivalenzen zum eigentlichen Thema seiner Romane machte. Für ihn wurde, wie nur für ganz wenige Romanciers seiner Zeit, das Schreiben von Romanen zu einer Form der Selbsterkenntnis.

»Ich möchte lieber für ein Chamäleon als für einen Ochsen gehalten werden«, sagte er, wie sich einer seiner Zeitgenossen entsann, woran dieser Anekdotensammler die treffende Bemerkung anknüpfte: »Sein ganzes Leben lang war er geflissentlich darum bemüht, sozusagen in allerlei Verschleierungen aufzutreten und als eine nicht recht faßbare Gestalt zu gelten, über die man nur *Vermutungen* anstellen konnte.«[2] Die Chamäleon-Reaktion war natürlich in erster Linie eine Taktik, deren sich Stendhal in seinem gesellschaftlichen Verkehr zu bedienen pflegte. Dennoch ist es bezeichnend für ihn, daß das fiktive Dasein, das er in seinen Werken führte, der sonderbaren, reizenden wie aufreizenden Art, seinen Zeitgenossen zu begegnen, nicht nur entsprach, sondern sie auch noch eindrucksvoll übertrumpfte.

Henry Brulard stellt sich so dar, als sei er mit peinlicher Sorgfalt um eine unvoreingenommene Erinnerung bemüht. Stendhal legt Wert auf den Hinweis, es könne zu Verwechslungen zwischen wirklichen Vorkommnissen und deren nachträglichen Abbildern in der Erinnerung kommen; er gibt offen zu, für die genaue Wiedergabe der Tatsachen nicht unbedingt einstehen zu können, wohl aber dafür, daß die Art, in der er gefühlsmäßig auf sie zu reagieren pflegte, zum echten Bestandteil seiner Erfahrung geworden sei. In seinem Bestreben, erlebte Szenen mit geometrischer Deutlichkeit wieder heraufzubeschwören, fügt er in seinen Text Dutzende von veranschaulichenden Skizzen und graphischen Darstellungen ein. Immer wieder ist es ihm darum zu tun, seine eigenen Beweggründe und Wünsche zu entlarven, selbst wenn diese in den Augen anderer gesellschaftlich noch so unannehmbar oder – schlimmer noch – lächerlich waren. Und indem er den raschen, scheinbar flüchtig hingeworfenen, verhaltenen Prosastil, den er in all seinen Schriften zum Hauptprinzip der Aufrichtigkeit erhob, durchhält, vermeidet er die blumigen Pfade rhetorischer Geschwollenheit, auf denen andere Autobiographen der Romantik so gern wandelten.

All dies macht *La Vie de Henry Brulard* zu einer höchst ansprechenden und in mancher Hinsicht einzigartig aufschlußreichen autobiographischen Erzählung: das Werk bleibt die unentbehrliche Informationsquelle über die ersten siebzehn Jahre in Stendhals Leben. Seine sachlichen Ungenauigkeiten, im Laufe der letzten drei Generationen von Scharen zielstrebiger Gelehrter aufgespürt, erscheinen zumeist geringfügig. Die peinlich genaue Wiedergabe der Gefühle des Autors ist schlechthin überzeugend und steht in vollkommenem Einklang mit allem, was wir über Stendhal wissen, sowohl aus seinen übrigen Schriften als auch aus den Kommentaren seiner Zeitgenossen. Und dennoch wirkt sich seine chamäleonhafte Angewohnheit, bei einem solchen Erinnerungsprozeß eine der Umgebung genau angepaßte Selbstdarstellung zu wählen und die Umgebung ihrerseits der gewählten Selbstdarstellung raffiniert anzupassen, überall in diesem Buch aus und trägt entscheidend zu dessen besonderer, phantasievoller Geschlossenheit bei.

Stendhal wähnte sich stets von den Behörden verfolgt (sowohl die päpstlichen Behörden als auch Metternichs Geheimpolizei hatten den verdächtigen Liberalen aktenkundig gemacht). Deshalb zog er es vor, die Autobiographie auf der Titelseite des Manuskripts zu »tarnen«, indem er sie als »Das Leben des Henry Brulard... ein Roman nach dem Vorbild des *Vicar of Wakefield*« beschrieb, und man könnte sie sehr gut für eine glaubhafte, aus sorgfältig gesammeltem Dokumentenmaterial zusammengestellte Darstellung seiner Anfänge in Romanform halten – etwas, was man im heutigen Jargon einen »Tatsachenroman« in der ersten Person nennen würde. Trotz aller Sorgfalt, die der Autor auf die graphischen Darstellungen verwendete, und trotz all der mit minuziöser Genauigkeit wiedergegebenen Familienumstände ist *Henry Brulard* Stendhals »Bildnis des Künstlers als junger Mann«. Die in der Erinnerung auftauchenden Vorkommnisse, die geschilderten Charakterzüge, vor allem die Züge der Familienmitglieder, von denen der junge Brulard–Beyle umgeben war, kündigen den Autor von *Le Rouge et le Noir* an, den vorurteilsfreien, unbarmherzigen Kritiker der nachnapoleonischen Gesellschaft und den Künstler, der sich auf eine solch aristokratische Weise seines kompromißlosen Einzelgängertums gewiß war, daß er sich seiner oft geäußerten Behauptung zufolge damit abfand, auf Leser der Jahre 1880 oder 1935 warten zu müssen. *Henry Brulard* ist also der einzige ausführliche und noch dazu aufschlußreiche Zugang zu den Entwicklungsjahren Stendhals, der uns erhalten ist. Aber der wahre Beyle, der wahre Henri, der hinter den durch dieses Prisma gebrochenen Bildern sichtbar wird, bleibt letztlich eine Gestalt, über die man nur *Vermutungen anstellen* kann, wie jener Anekdotensammler vom erwachsenen Stendhal sagte.

Marie-Henri Beyle wurde am 23. Januar 1783 in Grenoble geboren – das perfekt geschichtliche »timing« für seinen Eintritt in diese Welt bewirkte, daß er, wie der Untertitel von *Rot und Schwarz* eines Tages ankündigen sollte, zum Chronisten des 19. Jahrhunderts wurde: seine frühen Kindheitserinnerungen waren mit dem revolutionären Geschehen in seiner Heimatstadt verknüpft; als er, genau zu Beginn des neuen Jahrhunderts, mündig wurde, übernahm Bonaparte das Amt des Ersten Konsuls und stieß auf seinen großen Eroberungsfeldzügen nach Süden und Osten vor. Die Reifezeit seines Lebens begann für den Verehrer der Kunst und der Liebe mit dem Sturz Napoleons und der Restauration der Bourbonen; Beyles Rückkehr in den Staatsdienst als Konsul in Italien wurde schließlich durch die Juli-Revolution möglich.

Er war das erste überlebende Kind von Chérubin-Joseph Beyle und Henriette Gagnon; von seinen beiden Schwestern betrachtete er die 1786 geborene Pauline als seine Verbündete und behandelte sie später als seinen Schützling, während er die 1788 geborene Zénaïde-Caroline als Klatschbase und Komplizin elterlicher Autorität verabscheute und ihr im späteren Leben auch niemals sonderlich zugetan war. Infolge der Voreingenommenheit, die der Sohn rückblickend gegen seinen Vater hegte, ist die Persönlichkeit Chérubin Beyles besonders schwer auszumachen. Er war ein erfolgreicher Advokat am Provinzialgericht. Seine Familie war schon seit nahezu zwei Jahrhunderten in

Grenoble und Umgebung ansässig. Er scheint gewisse aristokratische Ambitionen gehabt zu haben; jedenfalls bewahrte er in der Revolutionszeit dem Adel und der Kirche die Treue – eine Anhänglichkeit, die ihn in den Augen seines Sohnes als Schurken und Tyrannen auswies. In Henris Erinnerung war sein Vater ein Mann, dessen Gedanken engstirnig um Geld kreisten, obgleich das Verhalten Chérubins in der Folgezeit eher vermuten läßt, daß seine Beschäftigung mit Geldangelegenheiten hauptsächlich eine Liebhaber-Leidenschaft war und er den Gewinn als Vorwand dazu benutzte, seine überspannten Pläne zu verwirklichen: er verstrickte sich in zunehmendem Maße in großartige landwirtschaftliche Projekte, für die er sogar seinen Sohn zu interessieren versuchte, und am Ende seines Lebens im Jahre 1819 hatte er es tatsächlich geschafft, daß der größte Teil seines Vermögens verloren war, was ihm Henri, dem es nur um ein sorgenfreies Leben mit hinreichendem Einkommen ging und der sich um sein Erbe betrogen sah, niemals verzieh. Offensichtlich hatte Chérubin Beyle viel von einem Snob, genug jedenfalls, um seinen Sohn von der Gesellschaft abgesondert aufwachsen zu lassen – »unter einer Glasglocke«, wie Stendhal es bildhaft ausdrückt – aus Furcht, der Junge könne sich durch Berührung mit dem gemeinen Volk »anstecken«. Diese unter strenger Bewachung verbrachte frühe Kindheit war zweifellos eine der Ursachen dafür, daß Henri Beyle noch lange danach krankhaft scheu und unsicher im Umgang mit anderen Menschen war; gleichzeitig prägte sich ihm dadurch ein unvergeßliches Modell des Snobismus ein, jenes typisch bürgerlichen Lasters, welches das sozialpsychologische Verhalten der Menschen im aufwärtsstrebenden Frankreich nach der Restauration von 1815 weitgehend erklärt.

Der im Jahre 1835 noch immer schwelende Haß Stendhals auf seinen Vater gehört zu den Hauptthemen im *Henry Brulard*. Diese Feindseligkeit ist hauptsächlich darauf zurückzuführen, daß er ihm die undankbare Rolle des verhaßten Dritten in einem Ödipus-Dreieck aufzwingt, welches er mit einer Kühnheit entwirft, die selbst orthodoxe Freudianer nur bewundern können. Henri war sieben Jahre alt – also in dem Alter, in dem ein Kind am verwundbarsten ist –, als seine Mutter im Wochenbett starb. Mit ihrem Tod schwand alle Freude aus seiner Kindheit dahin – wie er rückblickend feststellt. In seiner Erinnerung lebt sie weiter als bezaubernd anmutige Frau in der Blüte ihrer Jugend, und an einer bekannten Stelle des Buches ruft er den eindeutig erotischen Charakter seiner Mutterbindung wach: »Ich wollte meine Mutter mit Küssen bedecken, und am liebsten wäre es mir gewesen, wenn es keine Kleider gegeben hätte. Sie liebte mich leidenschaftlich und nahm mich oft in ihre Arme; ich erwiderte ihre Küsse mit solcher Glut, daß sie des öfteren genötigt war, hinauszugehen. Meinen Vater verabscheute ich, wenn er kam und unsere Küsse störte. Ich wollte sie immer auf die Brust küssen.« [*Brulard*, Kap. 3][3]

Psychoanalytisch orientierte Stendhal-Interpreten haben hierin eine derart explizite Aussage über ein inzestuöses Verlangen gesehen, daß sie ihnen nicht ganz glaubwürdig erschien, und haben daher vermutet, sie stelle eine Deckerinnerung dar, hinter der sich andere, unaussprechliche Wünsche oder Schuldkomplexe verbergen. Orthodoxere Freud-Anhänger unter den Stendhal-Forschern haben in dieser Stelle ein Stichwort erblickt, das sie veranlaßte, sämtliche Romane Stendhals als eine einzige, konsequente Suche nach der schmerzlich vermißten, heiß ersehnten Mutter zu begreifen. Eindeutig an dieser Stelle ist ihre Verwendbarkeit als eine Imago im Rahmen einer persönlichen Mythologie Stendhals, ein Inbild, das ihn schließlich dazu befähigte, die ganze Bitterkeit jener Erfahrung, die er gewöhnlich »die Jagd nach dem Glück« nannte, mitsamt den von der Gesellschaft dieser Jagd in den Weg gestellten Hindernissen erzählerisch zu gestalten. Die erotisch-wirkende und -empfängliche Frau bleibt die zentrale Gestalt all seiner Visionen von Seligkeit, auch der mit den erhabensten Kunst- und Naturerlebnissen verbundenen – und eines der beiden immer wiederkehrenden weiblichen Idealbilder in seinen Romanen ist das der Gunst gewährenden, liebenden Mutter, wie die Laufbahn des ständig von älteren Frauen geführten und unterstützten Fabrice in *La Chartreuse de Parme* bezeugt.

Die Gestalt des Vaters wird zu einem starken Bindeglied zwischen Henris privater Mythologie und dem größeren Zusammenhang des gesellschaftlichen Lebens. Er ist nicht nur der verhaßte sexuelle Nebenbuhler – Henri freute sich hämisch, als ihm das Hausmädchen später mitteilte, seine Mutter habe sich von ihrem Gatten physisch abgestoßen gefühlt –, sondern auch die Verkörperung all jener in den gesellschaftlichen Institutionen verankerten Kräfte, die der Erfüllung ungehemmter Wünsche entgegenstehen: Klassenbewußtsein und Vorurteile, politische Unterdrückung, Abhängigkeit von religiösen und sozialen Vorbehalten, Streben nach materiellem Gewinn. Worin auch immer seine tatsächlichen Charakterfehler bestanden haben mögen, diese Befrachtung mit negativen Assoziationen ist mehr als der Gestalt des armen Chérubin Beyle aufgebürdet werden kann. Stendhal hebt nachdrücklich die Häßlichkeit und die runzligen Gesichtszüge seines Vaters hervor. Dieser Mann bot wohl wirklich keinen erfreulichen Anblick: das, wie man vermutet, einzige erhalten gebliebene Bild von ihm zeigt ihn mit Knopfaugen und ziemlich argwöhnischem Blick; die dünnen Lippen haben einen rätselhaft verkniffenen, vielleicht geringschätzigen, vielleicht aber auch ängstlichen Ausdruck. Jedenfalls paßt das wenig ansprechende Äußere Chérubins in Stendhals Augen zu der ihm zugeschriebenen Rolle eines gefühllosen, scheinheiligen Scheusals, eine Charakterisierung, die nicht unbedingt glaubhaft erscheint.

Nach der Bestattung seiner Frau ließ Chérubin Beyle das Bett seines Sohnes in seinem eigenen Schlafzimmer aufstellen – kaum das Verhalten eines lieblosen Vaters. Und Henriette Gagnons Zimmer hielt er wie einen Reliquienschrein ständig verschlossen, sei es aus Schuldgefühlen, sei es aus Verehrung oder aus einer Verquickung beider Motive. (Stendhal versucht die Ernsthaftigkeit der langjährigen Trauer, die Chérubin um seine Frau trug, dadurch in Zweifel zu ziehen, daß er sich Hirngespinsten über amouröse Verstrickungen seines Vaters hingibt, und zwar – sehr strategiebewußt – mit der jüngeren Schwester seiner Mutter, Tante Séraphie, die zusammen mit Chérubin maßgeblich dafür verantwortlich war, daß ins Haus ein Geist finsterer Frömmigkeit einzog. Es gibt indes kaum Beweise, mit denen sich solche Mutmaßungen erhärten ließen.) Chérubin Beyle scheint zu jenen Vätern gehört zu haben, die dazu verurteilt sind, die Liebe zu ihren Kindern nicht äußern zu können, ohne stark mißverstanden zu werden. Er und Séraphie pflegten den Jungen auf Spaziergänge mitzunehmen, wobei sie ihn auf die Schönheit der Alpenlandschaft um Grenoble aufmerksam machten. Doch diese Versuche, *mir Freude zu machen*, wie Stendhal rückblickend ironisch hervorhebt, wurden von ihm als pure Heuchelei ausgelegt – einmal, weil ihm die Begleitung von Vater und Tante einfach verhaßt war, zum anderen, weil der Junge an seines Vaters Zuneigung nicht zu glauben vermochte, und schließlich, weil er dem engherzigen Anwalt nicht zutraute, daß er wirklich fähig sei, die Natur zu genießen. Als Henri im Alter von 16 Jahren nach Paris aufbrach, standen Chérubins Augen nach seines Sohnes eigener Darstellung voller Tränen; doch selbst ein solcher Beweis ungeheuchelten Gefühls konnte den Jungen in seinem seit lange gehegten Groll nur bestärken: »Der einzige Eindruck, den mir seine Tränen machten, war, daß ich ihn sehr häßlich fand.«[4]

Während der ihm vom Vater auferlegten Isolierung in den Jahren, die auf den Tod seiner Mutter folgten, versuchte Henri, sich an zwei Erwachsene enger anzuschließen, an seinen Großvater Henri Gagnon (von dem noch die Rede sein wird) und an den Diener seines Großvaters, einen jungen Mann namens Lambert. Von seinem 7. bis zu seinem 10. Lebensjahr bildeten diese beiden Menschen, wie er bemerkt, die einzigen Möglichkeiten, seinen Geselligkeitstrieb zu entfalten: der Großvater war sein »ernster, achtunggebietender Kamerad«, während Lambert sein Freund war, dem er alles sagte. [*Brulard,* Kap. 14][5] Lambert, ein intelligenter, unternehmungslustiger Bursche, der es im Leben zu etwas bringen wollte, hatte sich auf die Seidenraupenzucht verlegt. An einem Junitag des Jahres 1793 kletterte er auf einen Maulbeerbaum, um Blätter zu pflücken; er fiel herunter und wurde mit einer schweren Gehirnerschütterung auf einer Leiter ins Haus getragen. Von Dr. Gagnon »wie sein eigener Sohn« gepflegt, lebte er noch drei Tage, während deren er in seinem Delirium herzzerreißende Schreie ausstieß. Durch Lamberts Tod wurde die Einsamkeit, die für Henri mit dem Verlust der Mutter begonnen hatte, noch spürbarer und ließ in dem Kind das trostlose Gefühl des Verlassenseins aufkommen; und damit setzte bei ihm eigentlich schon jene illusionslose Einstellung zur menschlichen Existenz ein, wie sie für einen Erwachsenen typisch ist: »Der Schmerz über den Tod Lamberts war von der Art, wie ich ihn seitdem mein ganzes Leben lang empfunden habe – ein überlegter, nüchterner Schmerz ohne Tränen, ohne

Trost«[6] Der gereifte Stendhal erinnert sich eines italienischen Gemäldes vom Antlitz des heiligen Johannes, der mitansehen mußte, wie »sein Freund und Gott gekreuzigt« wurde, ein Bild heiligen Leidens, welches in ihm plötzlich wieder den tiefen Schmerz über den Verlust Lamberts wachruft, den er 25 Jahre zuvor empfunden hatte. Der siebenjährige Henri war außerstande gewesen, beim Tode seiner Mutter zu weinen; ein Jahr nach dem Hinscheiden Lamberts jedoch brach er plötzlich in heftiges Schluchzen aus – als habe sich das weiter zurückliegende Leid über den Verlust des ihm am nächsten stehenden Menschen durch sein fortgesetztes Grübeln über den späteren Trauerfall endlich Bahn gebrochen. Von seiner Tante Séraphie wegen dieses Ausbruchs stark gerügt, rannte er in die Küche und stammelte, sich gleichsam wegen dieses erneuten Verfolgungsbeweises zur Wehr setzend, vor sich hin: »*infame! infame!* gemeine Tyrannin!«[7]

Betrachtet man also die Lage des jungen Henri als eine Isolierung, in der er sich verteidigen mußte, so mag dies zwar objektiv begründet sein; für Stendhal selbst jedoch war es notwendig, seinen Vater (und alle, die auf seiner Seite standen) für moralisch widerwärtiger zu halten, als er eigentlich gewesen sein konnte, allein schon, um seine eigene rebellische Haltung mit lauteren Gründen zu rechtfertigen. Die meisten entscheidenden Begebenheiten, an die er sich aus seiner Kindheit erinnert, versetzten ihn faktisch in dramatische Opposition zu den Erwachsenen seiner Umgebung. Seine beiden frühesten Erinnerungen sind zum einen, daß er seine Cousine, eine gewisse Mme Pison du Galland, als Antwort auf ihre Aufforderung, ihr einen Kuß zu geben, in die Backe biß, und zum anderen, daß er aus Versehen ein Messer aus dem Fenster fallen ließ, welches eine Mme Chenevaz, eine der boshaftesten Frauen der Stadt, nur knapp verfehlte.* Beide Male hieß es, er sei ein Scheusal und lasse

* Jean-Paul Weber hat mit seiner seltsam anti-Freudschen Auffassung vom Unbewußten diese beiden Vorfälle, zusammen mit einem dritten, bei welchem das Kind Henri mitansah, wie ein tödlich verwundeter Handwerker die Treppe hinaufgetragen wurde, zum universalen Verständnisschlüssel für die Psychologie Stendhals und seine Grundthematik gemacht. Seine Deutungen sind öfters geistreich, gelegentlich sogar ausgezeichnet, aber stets von einer vorgefaßten Meinung beherrscht. Siehe *Stendhal: les structures de l'œuvre et du destin* (Paris, 1969).

einen ganz abscheulichen Charakter erkennen; bei solchen Anwürfen gab natürlich die verhaßte Séraphie den Ton an. Nach dem gleichen Muster werden die meisten weiteren Vorkommnisse im *Henry Brulard* berichtet. Darüber hinaus sah das Kind in dem politisch-revolutionären Geschehen, das sich nach 1789 in Grenoble stark bemerkbar machte, eine vorgezeichnete Bahn für seinen Drang, gegen die Familie aufzubegehren.

In Chérubin Beyle ein Ungeheuer zu sehen, war für seinen Sohn noch aus einem anderen Grunde wichtig: es verhalf ihm dazu, eine weitere Orientierungslinie seiner eigenen Weltschau festzulegen – die durch Temperament, Charaktertyp, kulturelle Grundeinstellung, Ethos und Klima bedingte Aufteilung zwischen Nord und Süd, Frankreich und Italien oder Spanien. Die Idee, der Süden sei das Land der Leidenschaft, entspricht natürlich einer in Europa verbreiteten Vorstellung – noch vor kurzem hat tatsächlich ein anthropologisch orientierter Kritiker Stendhals versucht, diese im *Henry Brulard* festzustellende Fixierung auf den Süden mit dem europäischen Mythos, Ägypten sei ein Land sonnenwarmer, sinnlicher Wonne, in Verbindung zu bringen, wobei er unter anderem darauf hinweist, daß Großvater Gagnon dem jungen Henry ein Bilderbuch über Reisen in Ägypten und Afrika gezeigt hat.[8] Mögen solche irrigen Vorstellungen auch als Leitidee in der Vielfalt der geokulturellen Wirklichkeit von zweifelhaftem Wert sein, können sie dennoch einen Schriftsteller dazu veranlassen, seine eigene Erfahrung unter ein bestimmtes Thema zu stellen, um sie dann romanhaft auszugestalten, wie es etwa das Beispiel Thomas Manns veranschaulicht, der, wie Stendhal, den Gegensatz zwischen Nord und Süd sehr gern behandelte.

Indem er den Kontrast zwischen den Gagnons und den Beyles hervorhebt, gibt Stendhal dem romantischen Familienroman – »Bin ich nicht vielleicht gar der Sohn eines großen Fürsten?« erwägt er im *Henry Brulard*[9] – eine Wendung ins Objektive, um kulturelle Aspekte ins Auge zu fassen. Seine Abstammung aus der protzigen Bürgerfamilie Beyle gab er höchst ungern zu. Seinem Gefühl nach war er durch und durch ein Gagnon; die Gagnons aber, so glaubte er (wahrscheinlich nicht zu Unrecht), stammten nicht aus der Dauphiné, sondern ursprünglich aus Italien, dem »Lande, wo – nach einem Lieblingsausdruck Stendhals – die Orangenbäume wachsen«. (Der Ausdruck könnte – so möchte man vermuten – dem bekannten Lied der Mignon in Goethes *Wilhelm Meisters Lehrjahre* nachempfunden sein.) Nach dem Tode seiner Mutter identifizierte er sich für immer mit den Gagnons und verbrachte viele Stunden bei seinem Großvater Henri Gagnon, einem Arzt, der ein Anhänger Voltaires und der Werte der Aufklärung war und für den jungen Henri ein Musterbeispiel guten literarischen Geschmacks darstellte. Henri Gagnons unbekümmerte Art stand in starkem Kontrast zu der Strenge der Beyles; letztlich enttäuschte er den Jungen jedoch durch seine Nachgiebigkeit, die ihn davon abhielt, sich gegen seinen Schwiegersohn und seine Tochter Séraphie zu behaupten. Henri Gagnons Schwester Elisabeth hingegen lebte in Henri Beyles Erinnerung als das vollkommene Beispiel dessen fort, was er sich unter dem *espagnolisme*, dem vornehmen, spanischen Charakterzug der Gagnons vorstellte – einer Wesensart, die nicht nur durch einen plötzlichen Ausbruch von Leidenschaft und eine starke Sensibilität gekennzeichnet war, sondern vor allem durch eine heroische Willenskraft, also durch genau jene Reserven, welche den in ihren kleinlichen Vernunfterwägungen und ihrem gesellschaftlichen Konformismus befangenen Franzosen seiner Ansicht nach unwiederbringlich abhanden gekommen zu sein schienen. Als der siebzehnjährige Henri mit Bonapartes Armee auf dem Wege nach Italien die Alpen überquerte, glaubte er endlich das Land entdeckt zu haben, in dem die Wurzeln seines Wesens verborgen lagen. Von da an hegte er den Traum, nach Italien zurückzukehren, um dort sein Leben zu verbringen – ein Traum, der sich schließlich, wie vorauszusehen, mit nur knapp befriedigenden Ergebnissen erfüllte. Mit den vor seinem Tode erlassenen Verfügungen, wonach auf seinem Grabstein die Worte »Arrigo Beyle, Milanese« stehen sollten, bestätigte er endgültig seinen Standort zwischen dem mürrisch strengen Charakter der Beyles und dem südländischen Temperament der Gagnons.

Nach den allgemein bekannten Tatsachen zu urteilen, muß Grenoble gegen Ende des 18. Jahrhunderts in mancher Hinsicht ziemlich reizvoll gewesen sein. Es stand im Ruf einer geschäftigen, recht lebensfrohen Stadt, obwohl es eine abgelegene Provinzstadt war. Der Hauptteil der Stadt bildete ein weites Oval auf dem Nordufer des windungsreichen, von mehreren Steinbrücken überspannten Flusses Isère. Die mit Fensterläden versehenen grauen Fassaden der ziegelgedeckten, vier- bis fünfstöckigen Häuser umschlossen eine Anzahl kleiner Plätze mit Kopfsteinpflaster. Vor dem *Hôtel de ville*, einem zum Sitz der Stadtverwaltung umgewandelten Adelspalais, befand sich ein reizvoller öffentlicher Park mit einer prächtigen Kastanienallee. Über den orangeroten Dächern strebten Renaissance-Kirchtürme empor, und fast von jeder Stelle der Stadt aus war das noch eindrucksvollere Massiv der Alpen zu sehen, das Grenoble umgibt. Henri Beyle kann für dies alles nicht gänzlich unempfänglich gewesen sein, war er doch, wenn auch widerwillig, ein echter *Grenoblois* und vermißte in Paris immer die Berge. Der Eindruck, den er in seiner Autobiographie von seiner Heimatstadt vermitteln möchte, läßt indes nichts von deren Reiz erahnen. Statt dessen betont er immer wieder das Bedrückende, das sie für ihn hatte, sowie ihre kulturelle und durch die Lage bedingte Nüchternheit. Sie war schlechthin ein Ort, dem man entfliehen mußte.

Die Empörung des jungen Henri gegen die Welt seines Vaters schien in seinen Augen durch die Revolution und ihre militärischen Folgeereignisse vor jedermann bestätigt zu werden. Die auch das Leben der Beyles nicht verschonende Aktivität der Jakobiner verschärfte die zwischen Vater und Sohn herrschende Feindseligkeit spürbar. Henri suchte und fand in der Politik eine Möglichkeit, die Lage der Familie kritisch zu sehen und vermochte umgekehrt durch den Druck der familiären Spannungen die Dynamik des politischen Konflikts zu spüren. Diese Angewohnheit, privaten Kummer und gesellschaftspolitische Umwälzungen im Zusammenhang zu sehen, bestärkte ihn wahrscheinlich darin, beide Bereiche in gewissem Sinn zu vereinfachen und zu schematisieren; in seinen Romanen erlaubte ihm dies jedoch gelegentlich, sowohl die historische als auch die familiäre Situation in ihrer manchmal komplizierten gegenseitigen Beeinflussung dramatisch zu gestalten. Einige bezeichnende Vorkommnisse in der jugendlichen Entwicklung Henris als eines Möchtegern-Revolutionärs verdienen besondere Aufmerksamkeit, weil sie Aufschluß über seinen Charakter geben sowie über die Art, in der er sich seine frühere Erfahrung zu eigen macht.

Die Schreckensherrschaft wirkte sich erstaunlich milde aus, nachdem sie im Frühjahr 1793 Grenoble erreicht hatte, vielleicht deshalb, weil – im Vergleich zur Haltung der Aristokratie in anderen Teilen Frankreichs – der ortsansässige Adel gegenüber der Partei der Revolutionäre im ganzen recht versöhnlich eingestellt war. Infolgedessen hat die durch die *Terreur* verursachte Unruhe im Hause Beyle eher den Charakter einer rührenden Farce als den einer beginnenden Familientragödie. Am 21. April trafen André Amar und Jean-François-Marie Merino, die Abgeordneten des Distrikts beim Pariser Nationalkonvent, in Grenoble mit der Anweisung ein, die Stadt von konterrevolutionären Elementen zu säubern. Fünf Tage später veröffentlichten sie eine Liste von 152 »notorisch Verdächtigen«, die wegen ihrer mutmaßlichen Untreue zur Republik verhaftet werden sollten. Die Liste enthielt auch die Namen Chérubin Beyles und des Abbé Raillane, des Hauslehrers, den Stendhal anachronistischerweise als »Jesuiten« bezeichnet und als schikanösen Tyrannen in Erinnerung hat. Raillane floh ins Gebirge, sehr zur Freude seines zehnjährigen Schülers. Chérubin Beyle hingegen blieb mit der Familie ganz in der Nähe – er ließ sich im Haus seines Schwiegervaters, Dr. Gagnon, nieder und war vorsichtig genug, sich nicht in der Öffentlichkeit zu zeigen. Im Laufe der nächsten anderthalb Jahre wurde er tatsächlich dreimal verhaftet und verbrachte wohl insgesamt elf Monate im Gefängnis; desungeachtet weist nichts darauf hin, daß er nennenswerte oder gar nicht wiedergutzumachende Entbehrungen erlitten hätte. Die Schreckensherrschaft wirkte sich auf die Beyles hauptsächlich psychologisch aus: die beiden älteren Generationen der Familie schwebten viele Monate lang in der Angst, die örtlichen revolutionären Kräfte könnten sie jeden Augenblick barbarisch drangsalieren.

Im Gegensatz zu ihnen begeisterte sich Henri am Anblick der revolutionären Dragonerregimenter, die auf ihrem Marsch an die italienische Front durch die Stadt zogen, und er freute sich, wenn einer der Soldaten im Beyleschen Hause einquartiert wurde, was wiederholt vorkam. Die unterdrückten Flüche seines Vaters aus dem Hintergrund, denen die tonangebende Tante Séraphie stets kräftig beipflichtete, müssen ihn um so mehr gereizt haben, über den Triumph der revolutionären Kräfte zu frohlocken und darauf zu brennen, in ihren Reihen mitmarschieren zu dürfen. Bald danach mußten die Beyles in ihrem Haus Priester auf der Flucht verbergen. Henri fühlte sich von ihren unmäßigen Eßgewohnheiten und ihrer erschreckenden Gewöhnlichkeit angewidert – ein geradezu typischer Beweis dafür, daß er schon in frühem Alter mit einer Begeisterung für republikanische Grundsätze eine durch und durch aristokratische Empfindsamkeit in sich vereinte.

Durch den Sturz und die Hinrichtung des Königs scheint der Junge sich in seinem Auflehnungsdrang gegen elterliche Bevormundung bestärkt gefühlt zu haben, und er begann sein Verhalten, sowohl offen als auch unter allerlei Vorwänden, danach auszurichten. Die Nachricht von der Guillotinierung Ludwigs XVI. am 21. Januar 1793 löste in dem Knaben etwas aus, das er etwa 40 Jahre später unverhohlen »eine der freudigsten Erregungen, die mich zeitlebens ergriffen haben«, nannte.[10] In den folgenden Monaten versuchte Henri bei mindestens drei verschiedenen Anlässen, die Trikolore der Revolution im Elternhaus zu hissen, als trotzige Reaktion auf das, was in seinen Augen eine von der Familie, insbesondere von seinem Vater ausgeübte Tyrannei war.

Als die Liste derer veröffentlicht wurde, die in der Stadt als Verdächtige galten, äußerte Chérubin Beyle im Familienkreis die Vermutung, André Amar habe seinen Namen nur deshalb auf die Liste gesetzt, weil er auch Advokat in Grenoble sei und damit einen beruflichen Rivalen habe aus dem Wege schaffen wollen. Henri erwiderte seinem Vater mit vernichtender Offenheit: »Amar hat dich auf die Liste gesetzt, weil du als *verdächtig* giltst, die Republik zu hassen. Für mich ist es *sicher*, daß du sie nicht liebst...«[11] Die Feststellung hat – zumindest in der vier Jahrzehnte später erinnerten Form – den Charakter einer knappen, geistreichen Replik in der im 18. Jahrhundert üblichen geschliffenen Sprache, die Großvater Gagnon so sehr bewunderte. Wie Henri rückblickend selbst feststellt, war sein erfolgreichster Beitrag zum republikanischen Aufstand lediglich verbaler Natur – die elegante Formulierung eines herausfordernden Satzes. Der alte Beyle lief vor Wut über diese Unverschämtheit des Knaben rot an; er schickte ihn gebieterisch in sein Zimmer und später, beim Abendessen, hüllten sich dem Kind gegenüber alle in frostiges Schweigen. Immerhin war es ihm gelungen, sich als überzeugter Republikaner zu gebärden. Als er jedoch einige Monate später versuchte, auf Worte Taten folgen zu lassen, brachte er sich durch seine jugendliche Torheit schmählich selbst ins Stolpern, mit dem Ergebnis, daß er auf eine nicht vorauszusehende Weise einen neuen Keil zwischen sich und seine Familie trieb.

Im Jahre 1794 gründete die Gesellschaft der Jakobiner in Grenoble eine Jugendwehr für Kinder von acht bis achtzehn Jahren, die »Bataillone der Hoffnung«. Die Jugendlichen sollten sich an Waffentragen und Drill gewöhnen, lernen, bei patriotischen Feiern Ordnung zu halten, und allgemein mit revolutionären Werten indoktriniert werden. Die Eltern waren nicht verpflichtet, ihre Kinder zu den Zusammenkünften der Jugendwehr zu schicken, und Chérubin Beyle sorgte natürlich dafür, daß sich sein Sohn von jeglichem Kontakt mit diesem Organ der Gottlosigkeit fernhielt. Eine führende Rolle in der republikanischen Bewegung von Grenoble spielte ein gewisser Antoine Gardon-Desvial, ein erst vor kurzem aus seinem Orden ausgetretener Priester; sein Name fiel im Hause Beyle des öfteren als der des am meisten gefürchteten unter den einheimischen Jakobinern. Der junge Henri hielt Gardon für den Leiter der Jugendwehr, obwohl der frühere Priester tatsächlich nichts mit ihr zu tun hatte. Jedenfalls war sein Name dazu angetan, die Beyles und Gagnons in Furcht und Schrecken zu versetzen, und Henri bediente sich seiner bei einem Versuch, aus seinem »Käfig« auszubrechen und den Republikanern offen beizutreten.

In der Zeit, als die Beyles bei Dr. Gagnon Zuflucht gefunden hatten, stellte der Junge eine an seinen Großvater gerichtete gefälschte Mitteilung her und unterzeichnete sie mit dem Namen »Gardon«. In der Mitteilung wurde der Bürger Gagnon aufgefordert, dafür zu sorgen, daß sich sein Enkel in der Kirche St. André (die von den Jakobinern beschlagnahmt worden war) einfände, um in die Jugendwehr aufgenommen zu werden. Er legte seinen Brief in den Flur zwischen den beiden Türen zur Gagnonschen Wohnung. Als die Familie ihn entdeckte, geriet sie, ganz wie Henri es erwartet und gehofft hatte, in helle Aufregung. Er hatte jedoch das Pech, daß sich gerade ein junger Mann aus dem Volke namens Isidore Tourte bei Dr. Gagnon befand, ein buckliger Knirps, der durch seine dicken Brillengläser glotzte und sich, so Stendhal, »als subalterne Kreatur, die nichts krumm nahm und allen um den Bart ging, ins Haus eingeschlichen hatte«[12]. Tourte hatte weit weniger Grund als die Beyles und Gagnons, sich über den Namen Gardon aufzuregen; deshalb konnte er das schreckliche Dokument kaltblütig untersuchen, verlangte eine Schriftprobe des jungen Henri und deckte die Fälschung alsbald auf.

Nachdem Henris fadenscheiniges Täuschungsmanöver aufgedeckt war, wurde er in das Naturalienkabinett seines Großvaters geschickt, wo er warten mußte, solange die Familie über eine geeignete Bestrafung beriet. Hier schaltet Stendhal in seine Erzählung drei Abschnitte ein, in denen er Henri während seines Wartens im Kabinett schildert. Natürlich wird dadurch die Spannung bis zu dem Augenblick, da man ihn ins Wohnzimmer zurückrufen würde, damit er seinen Urteilsspruch vernehme, wirksam gesteigert. Durch die ganze Angelegenheit offensichtlich durcheinandergebracht, knetet der Knabe eine Kugel aus weichem, rotem Ton und beginnt sie in seiner Nervosität in die Luft zu werfen. Als er sie einmal besonders hoch, fast bis an die Decke, geschleudert hat, sieht er mit Entsetzen, daß die herabfallende Kugel seines Großvaters kostbare Landkarte der Dauphiné streift und dabei einen langen roten Strich auf ihr hinterläßt. Seltsamerweise scheint er durch diesen Vorfall mindestens ebenso sehr aus der Fassung gebracht wie durch das Entlarven seiner Fälschung. »Damit tue ich meinem einzigen Beschützer weh!« denkt er. In diesem Augenblick ruft man ihn herein, damit er seiner Familie vor Augen trete. Fest entschlossen, die Rolle eines edlen Römers zu spielen, will er Pflicht und Vaterlandsliebe als seine Hauptbeweggründe anführen; bei der tatsächlichen Gegenüberstellung ist er jedoch hilflos nachgiebig und gerührt (*attendri*). Er selbst erklärt diese Schwäche mit seinem Schuldbewußtsein, weil er die in Ehren gehaltene Karte seines Großvaters beschmiert hatte.

Das hier anklingende Leitmotiv des großartigen Vorsatzes und seiner kläglichen Ausführung sollte wiederholt in Henri Beyles Leben und in seinen Romanen noch deutlicher zum Ausdruck kommen: der Held der Handlung identifiziert sich, weil er noch unsicher ist, mit einer Gestalt aus den Büchern, die er gelesen hat; sobald aber die Zeit zum Handeln gekommen ist, muß er erkennen, daß zwischen seiner wahren Natur und der Rolle, die er spielen möchte, eine unüberbrückbare Kluft besteht. Als Stendhal vier Jahrzehnte später zu seinem Scheitern in dem erwähnten Fall Stellung nimmt, versucht er freilich, durch terminologische Spitzfindigkeit diese Kluft zu verharmlosen: »Leider gab ich durch die Schwachheit meines Herzens (nicht meines Charakters) meine überlegene Position preis.«[13] Mit anderen Worten, Stendhal legt sich bewußt eine Art ideales Ich zu, seinen »Charakter«, der von frühester Kindheit an unveränderlich festgelegt ist und letztlich in vollkommenem Einklang steht mit dem aufgrund seiner Lektüre an ihnen ergangenen hehren Auftrag, welchem er in der Wirklichkeit des Aufbauens und Zerstörens immer wieder gerecht zu werden sucht.

Man fragt sich indes, warum Stendhal hier ein Schuldgefühl gegenüber dem Großvater als den eigentlichen Grund seines Schwachwerdens anführt, beziehungsweise, warum er in seiner Darstellung des Vorgangs dem Zwischenfall mit der roten Lehmkugel soviel Bedeutung beimißt. Eindeutig wurde dem jungen Henri durch sein Täuschungsmanöver mit der gefälschten Mitteilung zum ersten Mal klar, wie sehr er sich mit dem in seinen geliebten Großvater gesetzten Vertrauen im Irrtum befand. Während seines Wartens im Kabinett konnte der Knabe noch nicht wissen, daß sein Großvater die Partei der Familie ergreifen würde; aber er hatte bereits bemerkt, wie das Gesicht des alten Mannes beim Anblick einer mit »Gardon« unterzeichneten Mitteilung vor Angst erbleichte, und eben diese Blässe fiel ihm erneut auf, als er der Familie wieder gegenübertrat. In den Augen des Kindes ging Dr. Gagnon aus dem Zwischenfall als Feigling und Schwächling hervor, und rasch hatte Henri die Erklärung zur Hand, hier gehe es nicht nur um Furcht vor politischen Gewaltakten, sondern auch um persönlich begründete Feigheit: um die Angst des alten Mannes vor seiner Tochter Séraphie. Daß der strenge Vater sich immer gegen ihn stellte, war für Henri nur allzu natürlich; nun aber hatte ihn auch der sanfte Großvater in seiner plötzlich erkennbaren Schwäche im Stich gelassen. Durch die eigenartige Verlagerung des Schwerpunktes von Chérubin Beyle auf Henri Gagnon bestätigt der ganze Vorfall recht eindrucksvoll, wie stark sich das Kind vereinsamt fühlte.

Der Wunschtraum, in den Reihen der Revolutionäre mitzumarschieren – mochte er den Jungen auch in zwiespältige Gefühle kindlichen Grolls, vielleicht sogar in Schuldgefühle verstrickt haben – war zwar vorläufig vereitelt, aber keineswegs für immer ausgeträumt. In seiner Phantasie war die beschlagnahmte Kirche St. André auch weiterhin ein verbotenes und darum verlockendes Reich. An einem frostig-kalten Abend, wahrscheinlich in den Wintermonaten 1794/95, lief er bei Anbruch der Dunkelheit aus dem Hause unter dem Vorwand, er wolle seine Großtante Elisabeth abholen, die einzige Verbündete, die ihm in der Familie geblieben war; sie machte an jenem Abend einen Besuch bei einer Verwandten, Mme. Colomb. Anstatt sich sofort zum Hause der Mme. Colomb zu begeben, stahl er sich zur Kirche St. André, wo gerade eine Versammlung der Jakobinergesellschaft stattfand. Wieder sah sich Henri in der Rolle eines römischen Helden und malte sich auf seinem Weg zur Kirche aus, wie er eines Tages als ein zweiter Cincinnatus oder Camillus sein Volk durch die Gewalt seines Schwertes erretten werde. Von Schatten zu Schatten huschend, war er ständig auf der Hut vor den Spionen seiner Feindin, der gefürchteten Tante Séraphie.

In der Realität sah eine Versammlung der Republikaner allerdings ganz anders aus als in seiner Traumvorstellung. Er setzte wirklich seinen Fuß über die Schwelle von St. André und stand in einem überfüllten Raum, in dem sich eine buntgemischte Menge ärmlich gekleideter, übelriechender Menschen der untersten Volksschichten drängte; sie diskutierten wild darauflos, indem sie die jeweiligen Redner häufig unterbrachen. Sich an dieses Erlebnis erinnernd, greift der dreiundfünfzigjährige Stendhal nur eine Gruppe aus der Masse der Plebejer heraus: »Ich fand dort viele Frauen aus den untersten Schichten... schlecht gekleidete Weiber.«[14] Dabei rief sich der Knabe kleinlaut ins Gedächtnis zurück, wie sein Großvater sich mit Wonne über die derbe Art der einfachen Leute lustig zu machen pflegte, und er mußte sich eingestehen, daß sein eigener Eindruck dem seines Großvaters sehr nahe kam: »Ich fand diese Leute, die ich so gern geliebt hätte, entsetzlich vulgär.«[15] Wie Stendhal im *Henry Brulard* mehrmals zum Ausdruck bringt, befand er sich ständig im Zwiespalt zwischen seinen demokratischen Grundsätzen und seinen aristokratischen Neigungen. Er war darauf versessen, die Rechte des Volkes zu verteidigen, doch sobald er mit den Massen wirklich in Berührung kam, sah er in ihnen nicht *le peuple*, jenes zum Schlagwort gewordene Ideal republikanischer Rhetorik, sondern die *canaille* – den Pöbel.

Daheim erteilte ihm seine Tante Elisabeth eine sanfte, aber unmißverständliche Warnung, solche Dummheiten nicht zu wiederholen, sonst werde sein Vater es merken. Bald darauf jedoch wurde seine Abneigung gegen die Schmutzigkeit der Jakobiner durch den Bericht über irgendeinen neuen militärischen Erfolg der Republikaner, der seine Familie erbeben ließ, wieder verdrängt. Stendhal gesteht allerdings rückblickend ein, daß sein Großvater sie damals nur mit ein paar treffenden Worten hätte lächerlich zu machen brauchen, um ihn zu einem überzeugten Anhänger der Sache des Adels zu machen

Die Rolle des Römers, die Henri auf der Jakobinerversammlung hatte spielen wollen, war in all den literarischen Schablonen, die auf ihn eingewirkt hatten, enthalten: eine männliche Rolle – der stählerne Griff patriotischer Tugend am Heft des Schwertes. Höchst eigenartigerweise erklärt Stendhal seine zimperliche Reaktion auf die ungepflegten Republikaner mit physiologischen Ausdrücken, wobei er sich, wie er sagt, der Sprache Cabanis' bedient, des physiologischen Theoretikers aus dem 18. Jahrhundert: »Ich habe eine viel zu feine Haut, eine rechte Frauenhaut«[16] – und zwar die einer verzärtelten Frau, wie man annehmen muß. Die scheinbar nebensächliche Verdeutlichung, die er in Klammern hinzufügt, um diese Behauptung zu bekräftigen, zielt in Wirklichkeit direkt gegen den soeben erst entstandenen Eindruck seines jugendlichen Strebens nach römischem Heroismus: der Verfasser, ein Veteran der napoleonischen Feldzüge und Offizier im diplomatischen Korps, gesteht, daß er kaum eine Stunde lang seinen Säbel halten könne, ohne Blasen zu bekommen.*

* Indem er betont, er habe die Haut einer Frau – dies wird in unmittelbarer Aufeinanderfolge zweimal festgestellt – beruft sich Stendhal auf den Gedanken Cabanis', die sittlichen Eigenschaften eines Menschen würden entscheidend von physiologischen Faktoren bestimmt. Damit führt er seine soziale Überempfindlichkeit auf einen Reflex seiner physiologischen Veranlagung zurück. Gleichzeitig zeigt die nachdrückliche Identifizierung mit der körperlichen Zartheit einer Frau

Wie die meisten Bücher Stendhals war auch *Henry Brulard* eine glänzende, sozusagen aus dem Stegreif entstandene Leistung. Und obgleich das Buch insgesamt chronologisch aufgebaut ist, scheint doch die Verbindung der einzelnen Episoden und die Auswahl oft nur durch Gedankensprünge zustandezukommen. Kaum hat Stendhal den Bericht über seinen heimlichen Besuch bei der Jakobinergesellschaft abgeschlossen, teilt er dem Leser plötzlich mit, daß er sich zu jener Zeit mit bildender Kunst zu befassen begann und macht sich in den unmittelbar anschließenden Absätzen Gedanken über ein Landschaftsbild, das im Atelier seines Zeichenlehrers, M. Le Roy, hing. Auf dem großen, dunklen Gemälde war ein steiler Berg zu sehen, an dessen Fuß ein breiter, klarer, von Bäumen gesäumter Bach floß. Was jedoch den Blick des Heranwachsenden besonders fesselte, war eine Gruppe von drei nackten Frauen, die hier unbekümmert badeten und auf die die ganze Helligkeit auf der großen Leinwand konzentriert war. Die nackten weiblichen Gestalten, die sich in einer idyllischen Umgebung vergnügten, bildeten eine vollkommene Harmonie mit der eleganten Erotik der Romane, die Henri aus dem Kabinett seines Großvaters stibitzt hatte. »Diese Landschaft wurde für mich zum Ideal des Glücks. Es war ein Gemisch zärtlicher Empfindungen und süßer Wollust. Wer so mit liebenswerten Frauen baden könnte!«[17]

Die badenden Schönen bilden eine symmetrisch klare Antithese zu den Frauen der untersten Schicht in der Jakobinerversammlung. Außerhalb eines Künstlerateliers waren die Frauen, mit denen man es zu tun hatte, in ihrer von Fleischlichkeit und Schmutz geprägten Umgebung vulgär und widerwärtig. In dem Wort *saleté*, Schmutz, ist die ganze Episode in St. André zusammengefaßt, und im unmittelbaren Anschluß daran stellen die nackten Badenden auf dem Landschaftsgemälde einen geistigen Reinigungsvorgang dar. Sein erwachtes erotisches Verlangen

mit Sicherheit, daß Stendhal sich seiner groben Gesichtszüge und seines untersetzten Körperbaus ständig bewußt war: abgesehen von der lebhaften Intensität seiner Augen (die auf den besten Porträts zum Ausdruck kommt), hatte dieser scharfsinnige Intellektuelle die Physiognomie eines Schlachters. Wenn er sich also vorstellt, er habe die Haut einer Frau, so ist dies eine Einbildung, die ihm wohltut; denn durch sie kann er seine hochgradige Empfindsamkeit zumindest auf einen begrenzten Aspekt seines Äußeren übertragen.

versetzt Henri in seiner Phantasie in das Gemälde hinein, und er stellt sich vor, wie er gemeinsam mit den schönen nackten Frauen in dem klaren Bach plätschert: so verband er einen Akt der Reinigung mit verfeinertem, sinnlichem Entzücken.

Aus solcher Aneinanderreihung von Szenen ergibt sich ein zwar reizvoller, doch problematischer Bruch zwischen Frauen im wirklichen Leben und Frauen in der Kunst. Im Kunstwerk – und Stendhal bringt absichtlich die Malerei in einen Zusammenhang mit der Dichtung, um seine Reaktion auf jenes Landschaftsstück verständlich zu machen – kann die ersehnte Gestalt einer Frau zugleich sinnlich erregend sein und dennoch veredelt, gereinigt von der Unvollkommenheit und den scharfen körperlichen Ausdünstungen, die nun einmal zu ihrem Gegenstück im wirklichen Leben gehören. Der Riß sollte bei mehreren Protagonisten Stendhalscher Romane sichtbar werden – mit äußerster objektiver Schärfe bei Octave de Malivert, dem impotenten Helden seines ersten Romans *Armance*. Auch bei seiner eigenen lebenslangen Jagd nach Liebe sollte er sich ständig auswirken; denn ungeachtet der Seelenqual, die ihm seine oft unerwiderte Leidenschaft verursachte, scheint er gerade deshalb von Frauen fasziniert worden zu sein, weil sie für ihn unerreichbar waren. Aus einiger Entfernung, in manchen Fällen über Jahre hin, konnte er seine wohldurchdachten Liebesattacken strategisch kunstvoll planen, konnte die sich ihm entziehende Geliebte in seiner Vorstellung mit idealen Eigenschaften ausstatten. Und selbst bei seinen im eigentlichen Sinne »erfolgreichen« Liebesabenteuern genoß er besonders jene Augenblicke, in denen nach seiner Auffassung die erotische Wirklichkeit der in der Kunst angedeuteten Idee am ehesten entsprach. Zum Abschluß dieser Episode im *Henry Brulard* erinnert er sich mit Vergnügen daran, wie er im Jahre 1805, während seiner Marseiller Zeit, Mélanie Guilbert, die »wundervoll gebaute« junge Schauspielerin, die damals seine Geliebte war, in dem von hohen Bäumen überschatteten Flüßchen Huveaune baden sah, wodurch das bezaubernde Trugbild auf der Leinwand des M. Le Roy greifbare Wirklichkeit wurde.

Den nachhaltigsten Eindruck von der Kunst bekam der junge Beyle jedoch schon im frühen Alter von sieben oder acht Jahren durch die Literatur, und als Erwachsener bewahrte er als Freund der Künste eine ausgesprochene Neigung, diejenigen Werke der Musik und der Malerei, die ihm wirklich etwas bedeuteten, letztlich literarisch zu begreifen. Viele der Werke, die er als Frühreifer las, hatten überdies einen stark erotischen Tenor und hinterließen in ihm eine ganze Reihe enttäuschender, unsinniger oder amüsanter Illusionen über das Wesen der Frau und die Rolle, die er ihr gegenüber zu spielen hatte – Illusionen, die er als Romancier großartig durchschaute und verwertete, in seinem persönlichen Leben jedoch bis ins schlagflüssige Alter behielt. In der Bibliothek seines Großvaters verschlang er heimlich moderne Liebesromane des 18. Jahrhunderts mit Titeln wie *Félicia ou mes fredaines* – »Felicia oder meine losen Streiche« (dies war das Buch, an das er sich beim Betrachten des Gemäldes von M. Le Roy erinnerte) und *Vie, faiblesse et repentir d'une femme* – »Leben, Schwäche und Reue einer Frau«. Als Ergänzung zu dieser Pornographie des Fleisches las er häufig in einem Roman, der für ihn eine Pornographie des Gefühlslebens darstellte – *La Nouvelle Héloïse* von Rousseau. Das Buch gaukelte ihm Phantasiegebilde der Liebe vor und versetzte ihn in einen nicht endenden Rausch übersteigerter, ekstatischer Gefühle, ebenso wie Félicia und ihre Schwestern im Roman Phantasiegebilde unendlicher Wollust hervorriefen. In seinen reiferen Jahren hegte Stendhal einige Zweifel an seiner jugendlichen Begeisterung für die *Neue Héloïse;* insbesondere mißbilligte er deren geschwollenen Stil: in *Rot und Schwarz* lernt Julien Sorel, der alle Romane zynisch als Hirngespinste von Gaunern, die im Leben vorwärtskommen wollen, ansieht, die *Neue Héloïse* auswendig (wie auch Stendhal es getan hatte) und greift dann Abschnitte aus dem Buch heraus, um sie den Frauen, die er verführen will, vorzutragen. Dennoch kann Stendhal in dem 1835 Geschriebenen von sich sagen, er sei bei der Lektüre des Rousseauschen Romans ständig von einem Gefühl sittlicher Rechtschaffenheit erfüllt gewesen; denn er habe sich dabei mit dem Helden, Saint Preux, identifiziert, der voll unerschöpflicher Skrupel steckt. In paradoxer, aber für ihn charakteristischer Form drückt er das folgendermaßen aus: »Zwar konnte ich nach der Lektüre dieses Buches, das ich unter Tränen und in überströmender Liebe zur Tugend las, noch Schurkereien begehen, aber ich wäre mir dabei als Schurke vorgekommen.«[18]

In Wirklichkeit war Henri während seiner Pubertätszeit in eine andere romanartige Einführung in das Liebsleben vertieft, die sich zweifellos zum Lehrbuch eines Schurken eignete: *Les Liaisons dangereuses* von Choderlos de Laclos. Als französischer Armeegeneral war Laclos von 1769 bis 1775 in Grenoble stationiert gewesen, und einem örtlichen Gerücht zufolge sollte der mit glänzendem Zynismus geschriebene Roman des schonungslosen Egoismus sich eindeutig auf gewisse Verhältnisse in Grenoble beziehen. Jedenfalls war Stendhal fest davon überzeugt, er habe als Junge das lebende Vorbild der Mme de Merteuil, der Hohenpriesterin des erotischen Zynismus in dem Roman, gekannt. So gewannen Laclos' an sich schon faszinierende Romaneinfälle in den Augen des Knaben noch an Überzeugungskraft, weil er das Gefühl hatte, er könne in seiner unmittelbaren Umgebung die wahren Gestalten erblicken, die ein solches Leben voll eiskalt berechnender Sinnlichkeit geführt hatten. Und so wurde Valmont, der in alles eingeweihte Briefpartner der Mme de Merteuil und ihr in seinen erotischen Eroberungen gleichwertig, für den Jungen ein Vorbild. Dieser rührend keusche Jüngling – wie Stendhal sein früheres Ich nennt – kam aus der Provinz nach Paris, sozusagen fest entschlossen, gleichzeitig ein Saint-Preux und ein Valmont zu sein. Derart gegensätzliche Bestrebungen sollten, in unterschiedlichem Maße, auch weiterhin Henri Beyles Beziehungen zu Frauen bestimmen. Obgleich einige Frauen nichts weiter als angenehme Partnerinnen im Geschlechtsverkehr für ihn waren, während andere ihn vor recht komplizierte Gefühlsprobleme stellten (und manchmal kaum mehr als das), sollte man nicht voreilig vermuten, Stendhal habe in seiner Vorstellung von der Frau grundsätzlich einen Unterschied zwischen Madonna und Hure gemacht. Im Gegenteil, der Valmont in ihm wirkte beständig und unvorhersehbar auf den Saint-Preux in ihm ein und umgekehrt – oder, um das später von ihm verwendete Alternativ-Paar literarischer Urbilder zu übernehmen, der Don Juan auf den Werther. Was ihn zu einem solch faszinierenden Liebhaber und zugleich zu einem »Tiefenpsychologen« der Liebe machte, ist die Tatsache, daß er einer bestimmten Frau gegenüber selten nur die eine Rolle spielte, ohne gleichzeitig den Drang zu verspüren, in die andere überzuwechseln, oder gar beide miteinander zu kombinieren.

Der Valmont in dem jungen Henri hatte zusätzlich zu den literarischen Vorbildern auch ein persönliches vor Augen – seinen Onkel Romain Gagnon. Die drei Kinder des Dr. Henri Gagnon, Henriette, Séraphie und Romain, waren charakterlich grundverschiedene Naturen. Romain war der eindeutig verwöhnte Sohn, dem die ganze Zuwendung der Eltern zuteil geworden war, auf Kosten seiner beiden Schwestern, von denen die erstere eine duldsame Ehefrau und die andere eine frömmelnde Jungfer wurde. Alles, was der Rechtsanwalt vom Geschmack seines Vaters an der Literatur der Aufklärung mitbekommen hatte, war eine Vorliebe für Romane über heimliche Liebesverhältnisse. Über das bloße Lesen hinaus widmete er sich den darin geschilderten Aktivitäten mit weit mehr Eifer als seinem eigentlichen Beruf, zumindest, soweit es sein junger Neffe bemerken konnte. In einer Provinzstadt wie Grenoble, wo man für Gerüchte stets empfänglich war, hatte er sich den Ruf eines Verführers erworben; zudem kleidete er sich äußerst elegant, was seinem Neffen gleichfalls imponierte – und nicht selten hatte er ein Seidenhemd mit Rüschen oder einen kostbar bestickten Anzug der Freigebigkeit einer wohlhabenden Geliebten zu verdanken. Im Jahre 1790 heiratete er und ließ sich in dem savoyardischen Dorf Les Echelles, etwa sieben Stunden Wagenfahrt von Grenoble entfernt, nieder. Die meisten Erinnerungen Henris an seinen Onkel hängen mit dessen Ausflügen nach Grenoble Mitte der neunziger Jahre zusammen, bei welchen Romain sich von der Stille des Landlebens erholen und vielleicht seine früheren Geliebten wiedersehen wollte.

Bedeutsamer für die Entwicklung des Gefühlslebens des Jungen waren indes seine eigenen Besuche bei seinem Onkel in Savoyen. Eines der im *Henry Brulard* glänzend wiedergegebenen Erlebnisse ungetrübten Glücks ist ein Bericht über seinen Besuch bei Romain Gagnon und seiner jungen Frau in Les Echelles. Stendhal bleibt, wie so oft in seinen Tagebüchern und in seinen veröffentlichten Schriften, lieber stumm, anstatt die vollkommene Schönheit unmittelbaren Erlebens mit einem so schwerfälligen und unzulänglichen Instrument wie der Sprache zu entweihen. Doch den Besuch in Les Echelles empfindet er deutlich als zarte Vorankündigung jenes glückhaften Erlebens einer Landschaft, dessen er sich später in Norditalien erfreuen sollte. Bevor er seinen Überschwang reduziert, beschreibt er sein Verweilen in der savoyardischen Landschaft, nur ein paar hundert Meter von einem Wildbach entfernt, als einen »Aufenthalt im Himmel«. Les Echelles ist für ihn unübersehbar ein »Anti-Grenoble« so wie Italien zu einem »Anti-Frankreich« werden sollte, und wie Romain Gagnon, der Dandy und Intrigant des Liebeslebens, ein Inbegriff anti-beyleschen Wesens für ihn war. Die Verbindung einer heiteren, bukolischen Landschaft, durch die ein klarer Bach fließt, mit einem erotischen Reiz, von dem noch die Rede sein wird, geht zurück auf das Gemälde des M. Le Roy und kündigt das spätere Aufgehen Stendhals im beseligenden Landschaftserlebnis an. Camille Poncet, die schöne, großgewachsene, angeheiratete Tante Henris, wurde sowohl auf Grund ihrer körperlichen Reize als auch gewiß auf Grund des Umstandes, daß sie durch ihre Verbindung mit Onkel Romain sozusagen »vorbelastet« war, seinen eigenen Worten zufolge »das Ziel glühendsten Begehrens« – insbesondere nachdem er, so erinnert er sich, beim Aussteigen aus einer geschlossenen Kutsche zwei Finger breit von ihrem entblößten Schenkel zu sehen bekommen hatte. (Überraschenderweise reagierte er auf ein versehentlich entblößtes Bein seiner anderen, verabscheuten Tante Séraphie ähnlich: Damit wird plötzlich klar, daß sie ja eine junge Frau und keine alte Vettel war. Jedenfalls scheint es einleuchtend, daß der heranwachsende Jüngling ebenso davon träumte, seinen Vater, den er für Séraphies Liebhaber hielt, zu »ersetzen«, wie er sich insgeheim danach sehnte, sich die sexuellen Vorrechte seines beneideten und bewunderten Onkels anzumaßen.)

Es wäre eigentlich überflüssig, zu erwähnen, daß ein Knabe einen verstohlenen Blick auf das wirft, was er für das Paradies der Lüste hält, weil das für seine Entwicklung etwas Selbstverständliches ist. Bei Henri Beyle ist indessen etwas anderes bemerkenswert – zumindest da er sich ja im Alter eines erfahrenen Mannes, also in seiner Lebensmitte, an seine Kindheit erinnert: er harmonisiert den verlockenden Anblick eines begehrenswerten weiblichen Wesens stets mit einer natürlichen Umgebung, erfrischend unmittelbar und ungekünstelt – ein nachgerade vollkommener Kontrast zu den einengenden Verhältnissen in seinem bürgerlichen Elternhaus. Verfolgt man diese »privilegierten Augenblicke« in Stendhals Briefen, Tagebuchnotizen und Romanen, bemerkt man ein festes Gefüge von eng miteinander verknüpften Vorstellungen: erotische Freude – Natur (eine vorzugsweise hügelige oder bergige Landschaft mit Seen oder Wasserläufen) – Malerei – Musik. Wird auch ein Glied in dieser Kette von Assoziationen einmal nicht ausdrücklich genannt, so scheint es doch meist mitgemeint, oder zumindest letztlich mit inbegriffen zu sein. Diese frühe Erinnerung an Les Echelles findet in der gesamten Vorstellungswelt Stendhals tiefen Widerhall, weil sie ihm so lebhaft verdeutlichte, daß die »Jagd nach dem Glück« kein Trachten nach einem theoretischen Zustand der Zufriedenheit war, wie bei den Autoren des Aufklärungszeitalters, von denen er den Ausdruck übernommen hatte, sondern der Versuch, ein konkretes, sinnlich erfaßtes Ganzheitserlebnis zu reproduzieren oder es noch einmal »in Szene zu setzen«, ein Erlebnis, welches zugleich durch die unmittelbare Einwirkung und den metaphorischen Charakter eines jeden vollendeten Kunstwerks in ihm ausgelöst werden konnte. Eine der Eigenschaften, die Stendhal von den Romanschriftstellern des 19. Jahrhunderts sehr deutlich unterscheidet, ist – wie Walter Benjamin so treffend im Hinblick auf Proust sagt – sein Angetriebensein von »einem zwiefachen Glückswillen, einer Dialektik des Glücks: einer hymnischen und einer elegischen Glücksgestalt«.[19] Selbst seine Romanhelden, die ständig unter der materialistischen Einstellung und dem politischen Druck sowie unter der Schikane und der gesellschaftlichen Öde des 19. Jahrhunderts leiden, trachten, abgesondert von der sie verdrießenden Umwelt, nach dem Augenblick stiller Glückseligkeit: unter den Romanen jener Zeit dürfte *Die Kartause von Parma* ihr einzigartiges Gepräge vor allem der häufigen Vergegenwärtigung solcher Augenblicke verdanken.

Konzentrierte sich, wie die idyllische Begebenheit in Les Echelles zeigt, der Glückswille des jungen Henri einerseits auf die Natur, so war der andere Brennpunkt der entschiedenste Bereich der Kunst: das Theater. In diesem Spannungsverhältnis zeigt sich wieder das Angewiesensein auf einander ergänzende Gegensätze, das auch für sein späteres Leben typisch war: die Verzückung, die er in der Landschaft der obertialienischen Seen erlebte, ist nur vergleichbar mit seiner Begeisterung an den Opernabenden in der Mailänder Scala. Als Junge besuchte er das

Theater seiner Heimatstadt, welches nur ein paar hundert Schritte von seinem Elternhaus entfernt lag, zum ersten Mal in Begleitung von Romain Gagnon. Der Schmutz, die trübe Beleuchtung und der üble Geruch in jenem Gebäude minderten keineswegs den Zauber, den es auf ihn ausübte. (Schon vor dieser Zeit war er ein besessener Leser von Theaterstücken gewesen, und er behauptet, er habe sich, wie Molière, bereits als Siebenjähriger auf die Idee versteift, Komödien zu schreiben – ein ehrgeiziges Bestreben, das ihn veranlaßte, fast drei Jahrzehnte lang seine dichterische Kraft in eine falsche Richtung zu lenken.) In der Saison 1797/98 war Henri alt genug, um allein ins Theater zu gehen; von einem Stehplatz im Parterre aus folgte er regelmäßig den Aufführungen.

Es kann kaum überraschen, daß seine unbestimmte Sehnsucht, deren vorübergehende Aufwallungen schon erwähnt wurden, sich nunmehr beharrlich auf eine Person richtete – eine neunzehnjährige Schauspielerin namens Virginie Kubly. Die Leidenschaft, die er für sie hegte, war seltsam hoffnungslos überspannt. Abend für Abend sah er sie in billigen Rührstücken und Operetten auftreten (damals entwickelte sich seine leidenschaftliche Liebe zur Musik, wie Stendhal selbst bemerkt). Es brauchte nur jemand ihren Namen auszusprechen, schon begann er vor Erregung zu zittern; sprach jemand von ihr so, daß auch nur die geringste Mißachtung zu erkennen war, empörte er sich – und natürlich wechselte er nie ein Wort mit ihr. Das einzige Mal, als er sie, wie er sich erinnert, außerhalb des Theaters sah, hätte beinahe zu einer zufälligen Begegnung geführt. Während er eines Morgens im Stadtpark in der Nähe des Theaters spazierenging, erblickte er sie plötzlich am anderen Ende der Kastanienallee. Erschrocken ergriff er sofort die Flucht – und trat damit jenen denkwürdigen Rückzug an, den der 53jährige Stendhal auf einer seiner sorgfältiger ausgeführten Skizzen für die Nachwelt festzuhalten versucht: mit *H* bezeichnet er die Stelle, an der er der überwältigenden Gegenwart von *K*, Mlle Kubly, die drüben an der Mauer, auf der dem Fluß zugekehrten Seite des Parks ging, so schutzlos preisgegeben war. Er knüpft daran folgende Betrachtung: »Das ist einer der hervorstechendsten Züge meines Charakters; so bin ich immer gewesen (sogar noch vorgestern). Das Glück, sie von nahem, auf fünf oder sechs Schritte Entfernung, zu sehen, war zu groß; es entflammte mich [*brûlait* – man beachte die Anspielung auf sein Pseudonym Brulard], und ich floh vor diesem Brand [*brûlure*], den ich geradezu körperlich spürte.«[20] Virginie Kubly verließ Grenoble im April 1798 zusammen mit ihrem Mann, der auch Schauspieler war und von dessen Existenz Henri nichts wußte, und setzte ihre lange, kaum beachtete Laufbahn in provinziellen Tourneetheatern fort, völlig außerhalb des Gesichtskreises ihres jungen Verehrers aus Grenoble.

Natürlich wäre diese Zuneigung, diese versponnene Vernarrtheit eines Jünglings in seine erste Liebe, in jedem anderen Fall etwas ganz Alltägliches; für Henri Beyle jedoch war es typisch, daß er nicht aufhörte, sich etwas einzureden, darüber zu brüten und nachzusinnen, bis seine am dramatischen Erleben seiner Umwelt ständig arbeitende Phantasie das Bild der Frau und die Beteiligung seines Gefühls an der nicht vorhandenen Beziehung zu ihr absorbiert hatte. Unter einem bestimmten Blickwinkel erscheint die komische Stellung eines hoffnungslosen Liebhabers, die er Virginie Kubly gegenüber einnahm, wie eine frühe Einstudierung der Rolle, die er viele Jahre lang spielen sollte, zunächst bei Alexandrine Daru, der Frau seines Vetters und Wohltäters Pierre Daru, und dann in Italien bei der unerbittlich distanziert bleibenden Mathilde Dembowski, derentwegen er sich beinahe das Leben nehmen wollte. Obwohl die Wege der jungen Schauspielerin und des Jünglings sich nie mehr kreuzten, hat Virginie in seinem privaten Ehrentempel für geliebte Frauen einen Ehrenplatz: im zweiten Kapitel des *Henry Brulard*, wo er beschreibt, wie er die Initialen der in der Geschichte seiner Leidenschaft dominierenden Frauen am Ufer des Albanersees in den Sand malte, nimmt Virginie den ersten Platz in der chronologisch angeordneten Liste ein.

In diesem furchtsamen Liebhaber steckte nun allerdings auch der Intellekt eines angehenden Schriftstellers; deshalb dürfen wir seine Begierde nach Büchern und nach Erweiterung seines Wissens in den Grenobler Jahren nicht außer acht lassen, um so weniger, als dieser Drang mindestens ebenso stark in ihm ausgeprägt war, wie sein Bedürfnis nach Liebesromantik. Insgesamt zeigt Henri Beyle als Jüngling wie als Mann eine ungewöhnliche Mischung aus übermäßig vernunftbetonter Intelligenz und übertriebener Empfindsamkeit. Sobald er diese beiden Seiten in sich zu einem einheitlichen Ganzen zu verbinden verstand, wie es ihm zum ersten Mal in seinem ersten wahrhaft selbständigen Buch, der anekdotenhaften Abhandlung *De l'Amour* (1822), gelang, war aus ihm ein reifer Schriftsteller mit einer unverkennbar eigenen Note geworden.

Bis zu seinem dreizehnten Lebensjahr wurde Henri, dem väterlichen Grundsatz strenger Isolierung entsprechend, daheim von Hauslehrern unterrichtet. Derjenige unter ihnen, der in seinem Gedächtnis den breitesten Raum einnimmt, war der Abbé Raillane, ein Mann, dem er jedwedes Gefühl für Anstand und Menschlichkeit abspricht. Sein Vater hatte diesen Lehrer, wie er bissig bemerkt, nur deswegen eingestellt, weil ihm in seiner Eitelkeit der Gedanke schmeichelte, daß Abbé Raillane vorher im Hause Périer, der reichsten Familie der ganzen Gegend, unterrichtet hatte. (Mit demselben Snobismus stattete Stendhal M. de Rênal in *Rot und Schwarz* aus.) Die wenigen Tatsachen, die über die erzieherische Tätigkeit des Abbé Raillane außerhalb des Hauses Beyle bekannt sind, erhärten nicht gerade diese Vorstellung von einem »finsteren Halunken«*; dem jungen Beyle aber war er offenbar ein strenger Zuchtmeister – auf einem uns erhaltenen Porträt sieht er in der Tat kühl beherrscht aus, vierschrötig, mit angespannten Gesichtszügen, ein Mann aus Eisen –, und im Verein mit seinem Vorgänger, dem »widerlichen Pedanten«[21] M. Joubert, und seinem Nachfolger, dem jämmerlich unbedarften Pauker M. Durand, erweckte er in Henri gelinde Zweifel am Wert einer rein formalen Ausbildung. Um bei seinen Lehrern einen guten Eindruck zu machen, lernte der Junge die lateinische Bibelübersetzung auswendig (wiederum ein

* Stendhal berichtet jedoch (*Œuvres intimes*, hrsg. Martineau, S. 70 f) von einer absonderlichen Grille des Abbé Raillane. Sie läßt vermuten, daß er, ungeachtet seiner vorhandenen oder fehlenden Rechtschaffenheit, ein Mensch war, der von seinen eigenen Liebhabereien so besessen war, daß er dabei die Empfindlichkeit seiner Schüler gänzlich aus dem Auge verlor. Von einer Manie für die Kanarienzucht besessen, hatte der Abbé einen riesigen Käfig, in dem er etwa dreißig Kanarienvögel hielt, am Kopfende von Henris Bett aufgehängt – natürlich ging von dem Käfig ein entsprechender Lärm und ein übler Gestank aus. Der Junge wurde von dieser Vogelinvasion begreiflicherweise gepeinigt; doch Chérubin Beyle hatte offenbar nichts dagegen einzuwenden.

Kunststück, welches er auch seinen sympathischen Heuchler Julien Sorel fertigbringen läßt) und erwarb im Lateinischen eine angemessene Lesefähigkeit, obwohl er von den römischen Autoren, die er las, nicht sehr viel mehr übernahm, als die Ideen heroischer Vaterlandsliebe, deren Wirkung auf ihn bereits geschildert wurde. Einige Stendhalforscher haben den Einfluß seiner Lehrer an der Ecole centrale, die er von 1796 bis 1799 besuchte, stark hervorgehoben. Deren Wirkung ist zwar keineswegs zu übersehen, wie noch gezeigt werden soll; im Grunde jedoch war Henri Beyle ein passionierter Autodidakt: er hielt sehr zäh an jenen Büchern fest, die zu seiner von niemand beeinflußten Privatlektüre gehörten, machte sich ihre Gedanken zu eigen und formte daraus mit viel Fleiß eine grandiose eigene »Philosophie«, die ihm nach seiner Vorstellung einen Leitfaden für sein Leben sowie das geistige Rüstzeug, das ein großer Schriftsteller braucht, geben sollte.

Das Bemerkenswerteste an seiner frühen Begeisterung für Literatur – *Félicia* und dergleichen rechnet er als »Bücher, die man nebenbei liest«[22], nicht zu dieser Kategorie – ist wohl die Tatsache, daß sie keineswegs nur französisch, sondern geradezu europäisch orientiert war. Unter den französischen Autoren zollte er – neben Rousseau und, wenn auch mit entschiedenen Vorbehalten, Molière – Corneille eine Art neidischen Respekt, hatte eine Vorliebe für La Fontaine und war während seiner letzten Schuljahre stets ein leidenschaftlicher Anhänger von Saint-Simon. Aber die beiden nichtfranzösischen, europäischen Schriftsteller, die den Jüngling in wahre Begeisterung versetzten, waren Ariost und Cervantes. Jedes Buch fesselte ihn offensichtlich dann am meisten, wenn es ihm das Gefühl der Befreiung aus dem Käfig des Familiendaseins zu geben vermochte: deutlich erinnert er sich daran, wie seine Tante Séraphie ihm einen tadelnden Blick zuwarf, als er bei seiner Lektüre des *Don Quichotte* plötzlich in Gelächter ausbrach. An Ariost fand er im Laufe der Jahre immer weniger Geschmack, aber die Liebe zu Cervantes hielt sein ganzes Leben lang an, vielleicht weil der Spanier ihm ein Entweichen in die Welt der Phantasie ermöglichte, aus der er immer wieder kritisch gewitzt in die Wirklichkeit zurückfinden konnte. Mehr als drei Jahrzehnte später sollte diese Verehrung ihren Ausdruck finden in einer der hervorragendsten Anwendungen der Romantechnik des Cervantes im 19. Jahrhundert: *Le Rouge et le Noir*.

Irgendwann im Jahre 1798 – mag es auch nach Stendhals Erinnerung zwei Jahre vorher geschehen sein – entdeckte er beim Onkel eines Freundes Pierre Letourneurs Shakespeare-Übersetzung; das veranlaßte ihn zu der schlichten und summarischen Aussage: »Es war mir, als ob ich neu geboren würde, während ich ihn las.«[23] Es ist schwer, sich vorzustellen, wieviel von Shakespeares dichterischer Kraft sich in dieser französischen Übersetzung aus dem 18. Jahrhundert dem Jüngling mitteilen konnte – vor seinem 20. Lebensjahr erwarb er sich weder im Englischen noch im Italienischen (den beiden Sprachen, die ihm später den Hauptzugang zur nichtfranzösischen, europäischen Kultur verschafften) irgendwelche Lesekenntnisse – aber an der leidenschaftlichen Gefühlstiefe der Helden und Heldinnen Shakespeares, am uneingeschränkten Gesichtskreis und an der Vielfalt der in seinen Stücken dargestellten Menschen entzündete sich seine Phantasie, und vor seinen Augen entstand ein großes, unwiderstehliches Gegenbeispiel zu Racine, dem von seiner Familie gepriesenen Vorbild für das der Tradition verpflichtete, klassizistische französische Drama. Als er im Jahre 1824 *Racine et Shakspeare*, seinen berühmten polemischen Essay über die literarischen Werte der Romantik, schrieb, blieb er, wie er in *Henry Brulard* feststellt, der Leseerfahrung seiner Kindheit vollkommen treu.

Allerdings ist Henri Beyles Shakespeare romantisch und auf eigenartige Weise klassisch zugleich. Shakespeare sagt Stendhal deshalb so sehr zu, weil er – wenigstens vom französischen Standpunkt gesehen – die dramatische und dichterische Form völlig frei handhabt; und er ist offenbar der einzige Autor, der ihn immer wieder in jenen Zustand ästhetischer Wonne versetzen konnte, den auch bestimmte Gesangsmusik in ihm auslöste. (»Leidenschaftlich geliebt habe ich in meinem Leben nur Cimarosa, Mozart und Shakespeare«, schreibt er in *Souvenirs d'égotisme*.[24]) Zugleich sieht Stendhal, wie Samuel Johnson, in Shakespeare vor allem einen Dichter, der wegen seiner »richtigen Darstellung der allgemeinen Natur« zu bewundern sei, das heißt, weil er zeitlose psychologische Wahrheiten erfaßt. Stendhal geht so weit, daß er die Nachahmung Shakespeares mit der

Nachahmung der Natur gleichsetzt – womit er selbstverständlich zum Ausdruck bringen will, die in ihrer Tradition erstarrte französische Literatur sei, wie vor allem das Beispiel Racines erkennen lasse, das Gegenteil von Natur. Henri Beyles Liebe zu Shakespeare zeigt erneut, wie er eine wahre geistige Heimat in all dem entdeckte, was er als den tiefsten Gegensatz zu den Werten seines Elternhauses in Grenoble empfand – kennzeichnend hierfür ist das krasse Bild von der Neugeburt, mit dem er beschreibt, wie der englische Dichter auf ihn wirkt.

In den drei letzten Jahren, die er als Jüngling in seiner Heimatstadt verbrachte, erlebte er jedenfalls eine fortschreitende Befreiung. Zweifellos eröffnete ihm sein Eintritt in die Ecole Centrale den einzigen und wichtigsten Weg zu dieser Befreiung. Wieder einmal fielen die Ereignisse in Beyles Leben chronologisch zufällig mit einem Ereignis von geschichtlicher Bedeutung zusammen – durchaus zum Vorteil seiner möglichen Entwicklung zum Schriftsteller. Der Ausbildungsplan war hauptsächlich von Destutt de Tracy entworfen, einem Geometer und antimetaphysisch eingestellten Befürworter der philosophischen Richtung des Sensualismus. Er war seinerzeit mit der Abfassung seiner *Eléments d'idéologie* beschäftigt, einem Buch, das Henri Beyle noch ein Jahrzehnt später sehr viel bedeutete. Die Erneuerung des Lehrplans an den Ecoles Centrales bestand darin, daß auch Unterrichtsgegenstände wie Zeichnen, Geschichte, sowie Neue Sprachen und Literatur berücksichtigt wurden, und schließlich in dem Versuch, ältere Schüler in »allgemeiner Grammatik« zu unterrichten, eimem Fach, das sie nach Destutt de Tracys Erwartung zu klaren Definitionen und logischem Denken befähigen sollte.* Dr. Henri Gagnon wurde als einer der Hauptverfechter der Aufklärung in Grenoble sinnvollerweise in den Gründungs- und Organisationsausschuß der örtlichen Ecole Centrale gewählt. Als die Schule im November 1796 ihre Pforten öffnete, blieb der Familie deshalb keine andere Wahl, als Henri anzumelden. Sechs Jahre später, als Napoleon an der Macht und

* In Anknüpfung an die spätantike und mittelalterliche Bildungstradition der »sieben freien Künste«, deren drei erste – das sog. *trivium* (Grammatik, Rhetorik, Dialektik) – die sprachlichen und logischen Grundvoraussetzungen der Schulphilosophie bildeten. (Anm. d. Übers.)

das Programm der Republikaner überholt war, wurde die ganze Einrichtung wieder abgeschafft: auf diese Weise gehörte Henri Beyle zu der einzigen Schülergeneration, die aus den Ecoles Centrales hervorging.

Natürlich bedeutete der plötzliche Umgang mit anderen Jungen für den isoliert aufgewachsenen Henri eine beträchtliche Umstellung, die zunächst unangenehmer war, als er erwartet hatte. Er hatte sich Kameraden erträumt und stieß statt ihrer auf verbissen selbstsüchtige Konkurrenten, die oft schon als 14- bis 15-Jährige auf ihre Karriere erpichte Heuchler waren. (Es ist anzunehmen, daß Stendhal, als er die Schlangengrube des Priesterseminars von Besançon in *Rot und Schwarz* beschrieb, immer noch seine Klassenkameraden an der Ecole Centrale im Sinn hatte.) Ob die Einschätzung seiner Klassenkameraden zutreffend war, oder ob es sich hier nur um die allzu heftige Reaktion eines Kindes handelt, das bis dahin völlig allein großgeworden war und in der Abgeschlossenheit seiner Lesewelt glühende romantische Vorstellungen nährte, läßt sich schwer sagen. Im Alter von 14 oder 15 Jahren muß Henri ein schwieriger, überempfindlicher, leicht reizbarer Junge gewesen sein, der nicht wußte, welches Verhalten er von seinen Mitschülern zu erwarten hatte, und dem alles darauf ankam, die aus seinen Büchern bezogene, heldische Vorstellung von sich selbst zu rechtfertigen.

Gegen Ende seines ersten Schuljahres an der Ecole centrale war er bereits in ein Duell mit einem seiner Klassenkameraden verwickelt. Der seltsame Verlauf des Ereignisses kennzeichnet die Überspanntheit seines leicht erregbaren Stolzes; denn es war selbst im Jahre 1797 unter französischen Oberschülern kaum üblich, daß man zu den Waffen griff. In der Zeichenstunde brach wegen der Sitzordnung zwischen ihm und einem gewissen Marc-François Odru ein Streit aus, als dieser ihm seinen Stuhl von hinten wegzog. Da Odru einen Kopf größer war als er, fürchtete der junge Beyle, Prügel zu bekommen. So einigten sich die beiden auf ein Duell mit Pistolen. Daraufhin bewegte sich ein Zug von aufgeregten, beklommenen Schülern anderthalb Stunden lang hinter den grimmig entschlossenen Kämpfern her durch die Stadt bis hin zu den Stadtgräben. Dort wurden die Pistolen geladen; die Duellanten maßen ihre Schritte ab, Henri starrte auf ein kleines trapezförmiges Felsstück, um nicht die Nerven zu verlieren, und dann... gingen die Pistolen nicht los – vielleicht hatten die Sekundanten sie überhaupt nicht geladen. Widerwillig stimmten die beiden Jungen einer formellen Aussöhnung zu. Dieser Ausgang der Affäre quälte Henri in seinem Kampfgeist so sehr, daß er beim Gedanken daran noch 38 Jahre später zusammenzuckte: »Das verletzte alle meine Träume von spanischem Ehrgefühl. Wie konnte ich es wagen, den Cid zu bewundern, nachdem ich mich nicht geschlagen hatte? Wie an die Helden Ariosts denken?«[25]

Bis zum Frühling des Jahres 1798 war es Henri jedoch gelungen, mehrere echte Freundschaften zu schließen. Damals war wohl seine Beziehung zu dem Geschwisterpaar François und Victorine Bigillion die bedeutsamste für ihn. Bald nachdem Virginie Kubly im April 1798 Grenoble verlassen hatte, war er ein regelmäßiger Besucher in der Wohnung der Geschwister. Die 16-, 15- und 14jährigen François, Victorine und Rémy Bigillion waren, nur von einem Diener begleitet, aus ihrem Elternhaus auf dem Land nach Grenoble gezogen, um dort ihre Ausbildung fortzusetzen. Dem jungen Henri, der sich von seiner Familie so lange eingeengt und ständig belästigt gefühlt hatte, muß dieser Haushalt von Halbwüchsigen als eine Oase fröhlicher Selbständigkeit erschienen sein. François Bigillion machte den Eindruck eines ruhigen, biederen Jungen, der zwar durchaus nicht sehr begabt, aber nüchtern und aufgeschlossen war; er teilte sowohl Henris Begeisterung für die Jakobiner als auch seine Schwärmerei für Rousseau. Die dem Halbwüchsigenhaushalt vorstehende Victorine scheint dem überspannten, sich ständig in Szene setzenden jungen Beyle gegenüber eine ruhiggescheite, vielleicht etwas mütterliche Haltung eingenommen zu haben: als er ihr beispielsweise von seinem Widerwillen gegen Tante Séraphie (die zur unverhohlenen Freude ihres Neffen im voraufgegangenen Jahr gestorben war) erzählte, ließ Victorine durchblicken, sie glaube ihm nicht und schalt ihn, er habe einen schlechten Charakter. Obgleich er für ihre körperlichen Reize durchaus empfänglich war, scheint es zwischen ihnen nie auch nur zu einer ernstzunehmenden Liebelei gekommen zu sein. Victorine war Henri Beyles erste Freundin, ohne daß dabei romantische Vorstellungen im Spiel gewesen wären. Wenigstens dies eine Mal in seinem Leben machte er die Erfahrung, daß man scherzhaft entspannt und völlig unproblematisch miteinander verkehren konnte, und diese sorglose Idylle findet ihren adäquaten Niederschlag in einem leicht verspielten bukolischen Bild, mit dem Stendhal seinen Umgang mit den Geschwistern Bigillion charakterisiert: »Wir lebten damals wie junge Kaninchen, die im Walde spielen und wilden Thymian rupfen.«[26]

Außerhalb der Atmosphäre traulicher Geborgenheit bei den Bigillions schloß er sich an mehrere Mitschüler an, mit denen er bis in seine zwanziger Jahre, in einigen Fällen sein ganzes Leben lang, eng befreundet blieb. Fortuné Mante war in der Pariser Zeit um 1804 Beyles Intimus und im darauffolgenden Jahr sein Partner bei einem gescheiterten Geschäftsunternehmen. Félix Faure, der reservierteste und düsterste unter den Freunden, war bis 1814 ein Vertrauter Henri Beyles; er blieb als Regierungsbeamter in Grenoble, seine Anhänglichkeit an die wiedereingesetzte Bourbonenmonarchie führte jedoch schließlich zu einer Entfremdung zwischen ihm und Beyle. Dem in Turin geborenen Jean-Antoine Plana, Henris erstem italienischen Freund, stand eine hervorragende Mathematikerlaufbahn an der Universität seiner Heimatstadt bevor; Henri Beyle bewunderte ihn sein ganzes Leben lang und schenkte ihm sein Vertrauen. Im Hinblick auf seine geistigen Interessen war der echt verwandte Geist unter diesen Jugendfreunden Louis Crozet. Nach 1803 lasen die beiden jungen Leute eifrig zusammen und diskutierten miteinander über Tracy, Helvétius, Montesquieu, Shakespeare und Adam Smith; sie verfaßten gemeinsam eine Reihe psychologischer Charakterstudien; später, in den ersten Jahren nach der Restauration, half Crozet seinem Freunde Stendhal bei der Veröffentlichung und Verteidigung seiner ersten beiden Bücher. Crozet, der sich in seiner heimatlichen Dauphiné als Leiter des Département-Straßenbauamts niederließ, verkümmerte schließlich in der geistig sterilen Enge der Provinzdaseins, und Beyle hatte auch das Gefühl, die Frau Crozets habe ihren Mann seinem Freund entfremdet. Endlich war einer der für seinen späteren Werdegang wichtigsten Freunde aus der Grenobler Zeit sein Vetter Romain Colomb. Er wird im *Henry Brulard* kaum erwähnt, und zwar wohl deshalb nicht, weil Stendhal dazu neigte, seine Existenz als allzu selbstverständlich hinzunehmen und auf diesen zuverlässigen, treuen, ziemlich steifen und in keiner Weise hervortretenden jungen Verwandten etwas herabzusehen. Als der Romanautor später in Italien wirkte, arbeitete Colomb als Rechnungsführer im öffentlichen Dienst und betätigte sich inoffiziell als Stendhals literarischer Agent. Nach dem Tode Beyles widmete er sich hingebungsvoll der Verwaltung seines literarischen Nachlasses, indem er die Schriften aufbewahrte und die erste Veröffentlichung einer Gesamtausgabe überwachte.

Zusammen mit Colomb, Mante und ein paar anderen Freunden unternahm Henri im Spätherbst des Jahres 1798 einen seiner ungewöhnlichsten Jugendstreiche – einen Pistolenangriff auf den »Baum der Brüderlichkeit«, den die Behörden auf der Place Grenette, unweit des Gagnonschen Hauses, gepflanzt hatten. Als Erwachsener kann sich Stendhal nicht mehr genau erinnern, welche Beweggründe sie als Jungen hatten, es sei denn ein allgemeines Haßgefühl. Es gelang den jugendlichen Verschwörern, das am Baum angebrachte Schild mit der Aufschrift »Tod dem Königtum, Verfassung des Jahres III« mit Kugeln zu durchlöchern. Dann rannten sie Hals über Kopf davon, liefen durch finstere Seitengäßchen und schließlich einen Treppenaufgang hinauf. Es war allerdings seltsam, daß ein so verbissener Republikaner wie Henri Beyle sich an diesem Streich beteiligte; einige Forscher haben vermutet, er sei wohl darüber verärgert gewesen, daß man seinen Großvater aus dem städtischen Ausschuß für das Unterrichtswesen und dem Schulaufsichtsrat entfernt hatte. Einleuchtender erscheint es indes, die ganze Unternehmung als eine impulsive Auflehnung gegen ein Autoritätssymbol, gleich welcher politischen Richtung, zu deuten: das anspornende Gefühl, im Gegensatz zu seinen rebellischen Einzelaktionen drei oder vier Jahre zuvor, nun einer ganzen Gruppe von Verschwörern anzugehören, mochte Henri leicht dazu veranlaßt haben, zweitrangige Erwägungen wie formal-ideologische Grundsätze für einen Augenblick zu vergessen. Dies war ein gewagtes Abenteuer, und Voraussetzung für das Gelingen war, daß man sich auf die Seite der gefährdeten Opposition stellte. Aber das übermächtige Bedürfnis, Widerstand zu leisten und endlich die Fesseln des Provinzlebens abzuschütteln, fand bald ein legitimeres Betätigungsfeld.

Während seiner drei Schuljahre an der Ecole Centrale ließ Henri auf verschiedenen Gebieten immer deutlicher hervorragende Begabungen erkennen. Daß er für die formalen Unterrichtsgegenstände oder für die Art, in der die meisten Lehrer sie darboten, wirklichen Eifer gezeigt hätte, läßt sich kaum überzeugend nachweisen. Er schien jedoch erkannt zu haben, daß hervorragende Leistungen in der Schule eine unentbehrliche Voraussetzung für die Verwirklichung seiner Zukunftspläne waren. Zu Beginn seines zweiten Oberschuljahres wurde er im Wettbewerb um den Preis im Zeichnen und in der Mathematik ehrenvoll erwähnt. Im folgenden Frühjahr gewann er einen Preis im Zeichnen, für den er die *Réflexions critiques sur la poésie et la peinture* (1719) des Abbé Dubos bekam, ein Buch, das er mit größtem Vergnügen las, und das möglicherweise die ersten Ansätze seiner späteren Gedanken über die Wechselbeziehung zwischen den Künsten und den Einfluß klimatischer Unterschiede auf das künstlerische Temperament in ihm weckte. Im September 1798, zu Beginn seines letzten vollen Schuljahres, gewann er den ersten Preis in Literatur und ein Jahr später, kurz vor seinem Aufbruch nach Paris, den ersten Preis in Mathematik mit einer besonderen Auszeichnung.

Unter Berücksichtigung all dessen läßt sich wirklich nicht eindeutig sagen, wie viele Gedanken von bleibendem Wert er seinen Lehrern an der Ecole Centrale verdankte. In seiner schon früh vertretenen Meinung, die Literatur überschreite nationale Schranken, muß er zumindest durch den Stoffplan im Literaturunterricht bestärkt worden sein. Seinem Lehrer in diesem Fach, J. G. Dubois-Fontanelle, spendet er indes wenig Lob. Ein ernsthaftes Interesse für die Malerei wurde in ihm erst geweckt, nachdem er eine Zeitlang in Italien gelebt hatte. Im großen und ganzen darf man wohl annehmen, daß der im Logik- und allgemeinen Grammatikunterricht vermittelte philosophische Sensualismus und der Geist der Geometrie seine grundsätzliche Denkweise mitbestimmt haben.

Sonderbarerweise gehörte Henris große Leidenschaft in seinem letzten Jahr in Grenoble der Mathematik. Er und einige seiner Freunde fanden, ihr Lehrer an der Ecole centrale habe zu wenig Talent, und nahmen Privatunterricht bei Louis-Gabriel Gros, einem jungen Mann mit einer echten mathematischen

Begabung, der außerdem noch ein begeisterter Republikaner war. Im *Henry Brulard* beschreibt Stendhal ihn mit spürbarer Wärme als einen vorbildlichen Lehrer und völlig untadeligen Menschen. Die ausgeprägte Liebe des Jungen zur Mathematik entsprang auch einer reinen Nützlichkeitserwägung; denn er wußte: wenn er sich als hoffnungsvolles mathematisches Talent erwies, bot sich ihm die Chance, die verhaßte Stadt zu verlassen – der bloße Gedanke an Grenoble, so sagt er, habe ihm Magenbeschwerden verursacht – um nach Paris zu gehen und dort die Ecole Polytechnique zu besuchen. In der Hauptstadt angekommen, gab er schlagartig sein Interesse für die Mathematik auf. Das läßt vermuten, daß seine wahre Liebe zur Sache von begrenztem Ausmaß oder jedenfalls unbedeutend war im Vergleich zu seiner Begeisterung für die Literatur, das Theater und die Liebe. Höchst einfühlsam und mit gewohnter Eleganz sagt Paul Arbelet, der französische Biograph der frühen Jahre Stendhals: »Hinter seinen Zahlen und Formeln erahnte Stendhal die erträumte Stadt, die endlich erlangte Freiheit, den Ruhm und die Bücher, die Liebe und die Frauen. Das reichte wohl hin, um aus ihm einen begeisterten Mathematiker zu machen.«[27] Nüchtern ausgedrückt, das heißt so, wie auch der 16jährige Henri Beyle bisweilen seine Lage begriffen haben muß, als er sich endlich am 30. Oktober 1799 auf den Weg nach Paris machte, um vermeintlich eine technische Laufbahn einzuschlagen, hatte er sich die Fahrkarte zur Unabhängigkeit mit seinen hervorragenden Leistungen in Mathematik erkauft.

Aber, so fährt Arbelet fort, seine Vorliebe für die Mathematik hatte auch etwas Uneigennütziges: ihre nüchterne Sprache »bestach ihn durch ihre kalte, klare Schönheit«. Das mathematische System als solches interessierte ihn nicht mehr. Was ihn anzog und seiner zukünftigen geistigen Entwicklung die beherrschende Richtung wies, war die eigentliche Idee der Mathematik. In dem Augenblick, da er als höchst unerfahrener Jüngling zum ersten Mal Pariser Boden betrat, war er sich seiner völligen Unkenntnis darüber, wie er sich in der Gesellschaft zu benehmen hatte, seiner provinziell gefärbten Aussprache und seiner Häßlichkeit nur allzu sehr bewußt. Aber wie ein Don Quichotte fest dazu entschlossen, ein großer Dichter zu werden, hielt er an seiner Entdeckung fest, daß die Mathematik eine Ausdrucksweise verlangte, die jegliche Heuchelei ausschloß, und im Laufe der Jahre gewöhnte er sich, vielleicht zu seiner eigenen Überraschung, in seiner erzählerischen Prosa einen Stil an, der jener kompromißlosen Wahrhaftigkeit nahekam.

II
PARIS
(16.–17. Lebensjahr)

Zahlreiche bedeutende Romane des 18. und 19. Jahrhunderts, unter ihnen auch drei von den fünf aus Stendhals eigener Feder, behandeln – in Übereinstimmung mit einer Grundtendenz der europäischen Sozialgeschichte jener Zeit – das Streben eines naiven, jungen Helden, den es aus seinem provinziellen Milieu in den Strudel der Hauptstadt, zum Mittelpunkt des Lebens zieht, wo er dann mit seinen Illusionen vom Abenteuer und Vorwärtskommen an den harten Gegebenheiten städtischer Lebensformen scheitert. Dies zum Teil aus den älteren pikarischen Romanen übernommene Motiv der verlorenen Illusionen wird oft mit einer Art skeptischen Tatendrangs neu belebt: hat der Held einmal den Irrtum seiner Jünglingsträume von der Welt eingesehen und erkannt, wie notwendig es ist, das »Gesellschaftsspiel« klug berechnender Verstellungskunst und harten Wettbewerbs mitzuspielen, wird er ziemlich viel von dem Angestrebten erreichen, obwohl es durchaus sein kann, daß er seine Wünsche der neu erworbenen nüchternen Einsicht in die moralische Zwielichtigkeit menschlichen Strebens anpassen muß.

Die Enttäuschung, die der junge Henri Beyle bei seiner Ankunft in Paris im November des Jahres 1799 zu spüren bekam, war allerdings, zumindest in einer Hinsicht, anderer Art. Nicht nur, daß die Hauptstadt keineswegs alle seine

Erwartungen sofort befriedigte, sondern nach einer ersten Bekanntschaft mit ihr regte sich in ihm auch der Verdacht, sie verfüge am Ende gar nicht einmal über all das, wonach ihn gelüstete. (Dieser frühen Einsicht entsprechend schuf er später eine Reihe von Gestalten, die zwar rücksichtslos lebenstüchtig, doch innerlich einem Glücksideal verhaftet sind, das mit einem Erfolg in der Gesellschaft oder im Leben nichts zu tun hat.) In einem sozusagen symbolisch passenden Augenblick, am Tag nach dem Staatsstreich des 18. Brumaire (dem 9. November 1799), durch welchen das Direktorium gestürzt wurde und Bonaparte sich zum Staatsoberhaupt machte, traf Henri Beyle in der Hauptstadt ein, das heißt also buchstäblich genau zum Beginn der napoleonischen Ära. In jenem Augenblick hatte der benommene Jüngling jedoch keinen Blick für die politischen Ereignisse.

In den Augen des 16jährigen aus Grenoble herrschte in Paris offenbar allenthalben eine entsetzliche Öde. Ein regnerischer, trüber Winter stand bevor, nicht zu vergleichen mit dem Hochgebirgswinter in seiner Heimat. Der Himmel war grau, die Straßen waren voll Schmutz, am kahlen Horizont fehlten die Berge, von denen er bisher immer umgeben gewesen war. Selbst die Pariser Küche erschien ihm fade und eintönig.

In Wirklichkeit befand sich im Jahre 1799 die gesamte Bevölkerung von Paris sichtlich in Hochstimmung; die Stadt war voll von überschäumendem Leben und haarsträubenden Gegensätzen. Ein Jahrzehnt republikanischer Korruptheit hatte genügt, damit eine Menge von Schiebern und Geschäftemachern sich bereichern konnte, ohne daß sich an der bitteren Not der einfachen Bevölkerung etwas geändert hätte. Die krassen Unterschiede traten bereits im Straßenbild hervor. Damals wären einem Besucher der Stadt auf dem Wege vom Odéon zum Louvre nur acht Pferdeomnibusse und ein privater Zweispänner begegnet; doch vor den Theatern und Cafés der eleganten Welt riß der Karneval neureichen Protzentums nicht ab: Luxusequipagen jeder erdenklichen Ausstattung – einige waren mit Gold und Edelsteinen verziert – bedrängten sich gegenseitig in lärmendem Durcheinander. Sozial wie politisch war alles im Umbruch begriffen. Viele Angehörige der alten Aristokratie waren nach der Revolution aus Paris geflohen; in den Monaten nach dem

Staatsstreich Napoleons kehrten einige von ihnen zurück, andere warteten in ihren prächtigen Wohnsitzen im Faubourg St. Germain die weitere Entwicklung ab und träumten, genau wie die vertriebene jakobinische Linke, von Verschwörungen gegen den korsischen Tyrannen, der sich soeben zum Ersten Konsul gemacht hatte. Die Volksmeinung hingegen war auf seiten Bonapartes. Nach den vielen mörderischen Komplotten der verschiedenen republikanischen Regime hatten die Menschen ein Gefühl der Erleichterung, als er die Macht ergriff, denn sie hofften (wenn auch mit einer gewissen Skepsis), er werde Ordnung in die französische Regierung bringen und ihr womöglich sogar zur Integrität verhelfen. Schon bald machten seine militärischen Triumphe ihn zu einem gefeierten Helden.

Unterdessen war das Ende der republikanischen Epoche für die einfache Pariser Bevölkerung ein Anlaß zum Feiern. In zeitgenössischen Berichten ist die Rede von dem ständigen Lärm auf den Straßen, dem Betrieb in den Cafés und Restaurants, der nirgends fehlenden Musikkulisse und vor allem von der Tanzwut, welche die Stadt ergriff – das Wortungetüm *dansomanie* wurde damals geprägt. Der von manchen als unanständig angesehene Walzer war gerade zwei Jahre zuvor von den Deutschen übernommen worden. Frauen, die sich nach der griechisch-römischen Mode aus den letzten Jahren der Republik kleideten, trugen durchscheinende, hochtaillierte Gewänder mit den gewagtesten Dekolletés, sie konnten dadurch, mit einer zeitgenössischen Wendung ausgedrückt, ihre Reize galoppieren lassen, *faire galoper leurs attraits*. Im *Journal des Débats* vom Frühling des Jahres 1800 wird das bunte, pulsierende Pariser Straßenleben in begeisterten Tönen heraufbeschworen: »Welcher Reichtum, welche Pracht, welche Originalität – wieviele hübsche Frauen, jede anders in ihrer Art, wieviele junge Männer, alle einander gleich... Luxus und Natürlichkeit, Tag und Nacht, Damen und Huren, Laster und Unschuld – alles buntgemischt.« All dies mußte einen schüchternen Jüngling aus der Provinz überwältigen, mußte ihn aber in seiner eher prinzipiellen als temperamentsbedingten Lüsternheit ebenso quälen und verwirren, hatte er doch glanzvolle Vorstellungen von seiner eigenen Rolle in einem solchen Milieu, aber absolut keine Vorstellung, wie er jemals dazugehören könne; und so fühlte er sich in dieser ungewohnt städtischen Umgebung zugleich deprimiert und mit sich selbst unzufrieden.

Insgesamt beruhte Beyles anfängliche Enttäuschung über Paris hauptsächlich auf seinem Verhältnis zu den Einwohnern. Der angehende Schriftsteller hatte vage davon geträumt, in der Metropole eine Gesellschaft verwandter Seelen zu entdecken, in der seine literarische Begabung gefördert und zur vollen Entfaltung gebracht würde, und gleichzeitig – der Zusammenhang zwischen den beiden Wunschträumen war durchaus unklar – einen Schwarm herrlicher Frauen, die nur darauf warteten, von einem jungen Helden wie ihm aus ihrem Elend errettet zu werden. Wie vorauszusehen war, verstärkte sich statt dessen nach seiner Übersiedelung in die Hauptstadt vorerst das Gefühl der Vereinsamung, das ihm durch so viele Erfahrungen aus seiner Kindheit vertraut war. Er trennte sich von mehreren seiner Klassenkameraden aus Grenoble, die zu diesem Zeitpunkt mit ihm nach Paris gekommen waren, um die Ecole polytechnique zu besuchen, und verzichtete auf seine Vorbereitung zur Zulassungsprüfung. Schon bald mietete er sich ein Mansardenstübchen am Park des Invalidendoms; dort wollte er sich für eine glänzende literarische Laufbahn rüsten. Es fehlte ihm allerdings damals jeglicher gesellschaftliche oder institutionelle Rahmen, innerhalb dessen er sich hätte orientieren können; auch gehörte er zu keinem regelmäßig zusammenkommenden Kreis, in dem er Verbindung zu anderen Menschen hätte aufnehmen können. (Obgleich anzunehmen ist, daß er bald nach seiner Ankunft den Darus, den aristokratischen Vettern seines Großvaters, einen Besuch abstattete, scheint er während der ersten Wochen seines Aufenthalts in der Stadt keinen regelrechten Kontakt mit ihnen gehabt zu haben.) Auf der Straße sah er »lauter geschäftige Leute, die in schönen Wagen rasch an mir vorbeifuhren, während ich niemand kannte und nichts zu tun hatte«.[1] Drei Jahre später, bei seinem zweiten Aufenthalt in Paris, ließ er zwar schon erkennen, daß er sehr wohl imstande war, disziplinierte geistige Arbeit durchzuhalten; während der schwierigen Anfangszeit jedoch scheint er meist in den Tag hineingeträumt zu haben: »Ich war auf den Straßen von Paris ein leidenschaftlicher Träumer, ein Hans-guck-in-die-Luft, und lief dauernd Gefahr, von einem Kabriolett überfahren zu werden.«[2] Aufs Geratewohl in Paris umherstreifend und noch ohne Blick für das gesellschaftliche und geistige Leben, brachte Beyle sein »etwas blödes Erstaunen« (wie er es in seiner rückschauenden Betrachtung nennt) auf jene bekannte Formel, die er im Leben wie im Roman auf die Gesellschaft, die Natur, den Krieg und die Liebe wiederholt anwandte, weil dies alles nicht den großartigen Dimensionen entsprach, die er sich in seiner naiven Vorstellung gemacht hatte: »Quoi! n'est-ce que ça?«[3] Wie! Paris ist weiter nichts?

Die Bitterkeit der Enttäuschung wirkte sich alsbald auf seine körperliche Verfassung aus, zumindest nach Stendhals eigener Darstellung, die beinahe anzudeuten scheint, daß der junge Mann aus der Provinz seine Gemütsbewegung »somatisierte«, wie man es in späteren Zeiten formulieren sollte. Jedenfalls wurde er einige Wochen nach seiner Ankunft ernstlich krank, was insofern bemerkenswert ist, als sich zunächst einmal die Krankheit unmittelbar auf seine Lebensumstände auswirkte, und weiterhin, weil ihm seitdem chronische Leiden sein ganzes Leben lang Schmerzen verursachten, die ihn zwar wiederholt arbeitsunfähig machten, aber nie seine unbändige Freude am Schreiben, an romantischen Liebesabenteuern, an der Geselligkeit und am Reisen schmälern konnten. Diesmal litt er an einer Art Rippenfellentzündung, die von einer Magenverstimmung und hohem Fieber begleitet war (vielleicht handelte es sich um eine Virusgrippe). Gefährlicher als die wie auch immer geartete Krankheit selbst war wahrscheinlich der Umstand, daß er einem alten Militärarzt in die Hände fiel, einem »ausgemachten Kurpfuscher«, der sich darauf spezialisiert hatte, die Tripper der Studenten am Polytechnikum zu behandeln; er verschrieb ihm allerlei undefinierbare Arzneien und überließ ihn im übrigen sich selbst in seiner Dachkammer, die »wie eine Gefängniszelle nur ein einziges Fenster in sieben oder acht Fuß Höhe« hatte.[4]

Beyles bejahrter, wohlhabender Vetter Noël Daru wurde irgendwie von der Notlage seines jungen Verwandten unterrichtet. Er erschien plötzlich in Henris jämmerlicher »Bude«, und während der Kranke kaum merkte, was mit ihm geschah, ließ Noël ihn schleunigst aus seinem Bett holen und in das neuerworbene Haus der Familie Daru bringen. Einer der besten Ärzte von Paris wurde mit der weiteren Behandlung des Jungen betraut. Binnen weniger Wochen war er wieder gesund, obgleich wohl immer noch blaß und geschwächt. Da er durch die Krankheit eine Menge Haare verloren hatte, trug er von nun an ein Toupet – ein auffallender Bestandteil der üppigen kosmetischen Ausstattung, die er sich nach und nach anschaffte, um das, was er als Unzulänglichkeiten seines Äußeren empfand, auszugleichen. Durch die Umstände bedingt war Henri also mittlerweile von der Gunst und den guten Diensten der Darus abhängig geworden, und wenn er sich auch noch so widerwillig in seine neue Rolle schickte, fand er doch seinen Zugang zur Gesellschaft und zum Berufsleben nur als Protegé dieser Familie.

Im ganzen behandelten die Darus ihren entfernten Vetter aus der Provinz mit Wohlwollen, Geduld und einer beachtlichen Großzügigkeit. Seinerseits fühlte er sich ihnen gegenüber ziemlich fremd, weil er meinte, ihnen sei allzu sehr daran gelegen, im Leben vorwärtszukommen, und zwar in der berechnenden französischen Art, die seine übersteigerten »spanischen« Vorstellungen von einem Aufstieg durch Ruhmestaten beleidigte. Noël und sein ältester Sohn Pierre waren beide hochgestellte Beamte. Der damals seit langem pensionierte Vater hatte die vorteilhaften Verbindungen, die ihm seine Stellung als Intendant der Provinz Languedoc einbrachte, dazu benutzt, schon vor der Revolution ein beträchtliches Vermögen anzuhäufen. Im Jahre 1784 erkaufte er seinem Sohn die Stellung eines Provinzialkriegskommissars. Pierre war zwar vorübergehend durch das Schrekkensregiment in Schwierigkeiten geraten, hatte sogar kurze Zeit im Gefängnis verbracht, aber es war ihm gelungen, während der neunziger Jahre seine Karriere in der Militärverwaltung fortzusetzen, wobei er das Amt des Hauptzahlmeisters bekleidete und im Alter von 33 Jahren, also etwa um die Zeit, als sein junger Vetter Beyle nach Paris kam, bereits Generalsekretär des Kriegsministeriums war. In der Glanzperiode des Kaiserreichs wurde er schließlich Generalintendant der Großen Armee und Graf des *empire*.

An Noël erinnert sich Stendhal kaum, außer an seine große Nase, sein leichtes Schielen und sein etwas prätentiöses Wesen. Mme Daru hingegen – im Jahre 1800 eine runzlige, kleine alte Dame – stellt er als eine Persönlichkeit dar, deren Merkmale in ihrem Sohn Pierre am stärksten zum Ausdruck kamen: eine ausschließlich auf das eigene Interesse bedachte Klugheit, die keinerlei Gefühlsimpuls aufkommen ließ, eine Sittsamkeit und eine Höflichkeit, denen jegliches »himmlische Feuer« fehlte, wie Stendhal, hier einmal selbst der romantischen Ausdrucksweise verfallen, es nannte. Mit anderen Worten: der zum Dichterruhm strebende junge Mann fand im Hause Daru im wesentlichen die Prinzipien wieder, denen er durch seine Flucht aus Grenoble zu entgehen geglaubt hatte.

Als Beyle von der Familie aufgenommen wurde, damit er sich von seiner Krankheit erhole, war Pierre Daru gerade abwesend – er war bei der Armee in der Schweiz. Nach wenigen Wochen kehrte er jedoch zurück, um seine hauptamtliche Tätigkeit im Pariser Kriegsministerium wiederaufzunehmen. Unter allen Darus sollte er die wichtigste Rolle in Henris Leben spielen. Hier ist eine Erklärung angebracht, was »hauptamtliche Tätigkeit« für Pierre Daru bedeutete, denn daraus erklärt sich, was die beiden Vettern vor allem voneinander trennte, wie sehr Henri auch weiterhin auf Pierres Protektion angewiesen war. Der zukünftige Graf Daru war, wie Napoleon später selbst sagte, »ein Arbeitslöwe«, der das ganze Ungestüm und die ruhelose Kraft entfaltete, welche die Metapher impliziert. Über viele Stunden hielt er ein scharfes Arbeitstempo durch und kehrte häufig nach dem Abendessen noch einmal in sein Büro zurück, um bis spät in die Nacht an seinem Schreibtisch weiterzuarbeiten. Als unglaublich tüchtiger Verwaltungsbeamter stellte er schonungslos Anforderungen an sich selbst und seine Untergebenen. Stendhal – der an anderer Stelle einmal vorschlägt, niemand solle mehr als sechs Stunden am Tage arbeiten – erinnert sich, wie Daru nach seinen langen Arbeitstagen im Kriegsministerium mit roten Augen, vor Müdigkeit angespannt und ungeduldig am Familientisch saß und unablässig von seiner Arbeit redete. Aus seiner bürokratischen Sicht in bester Absicht handelnd, versuchte Pierre Daru sehr bald, seinem untätigen jungen Vetter eine Starthilfe zu geben, indem er ihn als Schreibkraft in seinem Büro beschäftigte.

Das bedeutete natürlich für Beyle das reinste Elend, erträglich nur, weil sich herausstellte, daß die harte Belastungsprobe kaum drei Monate andauerte. Es war geradezu, als habe sich sein hochfliegender Ehrgeiz in einer groben, demütigenden Parodie verwirklicht: anstatt ein bedeutender Schriftsteller zu werden, fühlte er sich in die Laufbahn eines niedrigen Schreiberlings lanciert. Den ersten Brief, den er abzuschreiben hatte, fertigte er nicht nur in einem scheußlichen Gekritzel an (seine Handschrift besserte sich nie besonders), sondern auch mit einem unerhörten orthographischen Fehler – das hinweisende Fürwort *cela* schrieb er *cella* (ein Schnitzer, den Julien bei M. de la Mole in *Le Rouge et le Noir* wiederholt). Durch Pierre Darus sarkastische Reaktion war der Jüngling in seiner Eitelkeit zutiefst getroffen: er war also »jener Literat, der glänzende Humanist, der die Bedeutung Racines in Frage stellte und in Grenoble alle Preise davongetragen« hatte![5] Möglicherweise bekam er den Racine betreffenden Seitenhieb auch erst einige Zeit nach dem ersten Vorfall, der falschen Schreibung des Wortes *cela*; denn als Beyle einmal seine regelmäßige Büroarbeit aufgenommen hatte, führte er mit einem Kollegen hitzige Streitgespräche über die Bedeutung Racines und Shakespeares – ein Gedankenaustausch, den zweifellos andere Büroangestellte mitanhörten, und der dazu beitrug, daß man sich über den Neuling aus der Provinz lustig machte. Von diesen kleinen französischen Geistern umgeben, fühlte sich Beyle einsamer als je zuvor, und zwar in einem solchen Maße, daß, wenn er aus dem Fenster schaute und die knospenden Lindenbäume in seinem ersten Pariser Frühling sah, der Gedanke in ihm aufkam, in den mit einem Mal so prächtigen Bäumen habe er endlich seine ersten Freunde in der Großstadt gefunden.

In Pierre Darus Kriegsministerium war jedoch nicht viel Zeit zum Aus-dem-Fenster-Gucken oder zum Führen von literarischen Streitgesprächen; denn dort schienen alle, wie in einem der von Dickens geschilderten Arbeitshäuser, ohne Unterbrechung von Arbeitswut besessen zu sein. »M. Daru«, gibt Stendhal zu, »war mein Wohltäter in dem Sinne, daß er mich vor vielen anderen eingestellt hat, aber« – fährt er fort, sich sein eigenes Elend und den psychologischen Grund von Darus Arbeitseifer lebhaft ins Gedächtnis rufend – »ich habe dafür viele Regentage von zehn Uhr morgens bis ein Uhr nachts mit Schreiben und, infolge des überheizten Ofens, mit Kopfschmerzen zugebracht, und das unter den Augen eines aufgebrachten Menschen, der nur deshalb immer zornig war, weil er *in ständiger Angst* lebte... er hatte eine maßlose Angst vor Napoleon, und ich wiederum hatte eine maßlose Angst vor ihm.«[6]

Nach alledem kann man sich schwer vorstellen, daß Pierre Daru auch ein Literat war – ein Schriftsteller von solchem Format, daß Sainte-Beuve zwei Generationen später in den *Causeries du lundi* drei Aufsätze über ihn schrieb, mehr als über Stendhal selbst. Obwohl man hätte erwarten können, daß zwischen beiden Vettern literarische Gemeinsamkeiten bestünden, war Daru gerade einer von den Schriftstellern, mit denen Henri Beyle keinerlei Gedankenaustausch hätte pflegen können, denn Daru gehörte zum kulturellen Establishment, noch dazu in einem Lande, in dem sich diese Gruppe als eine offiziell bestätigte Einrichtung augenfällig bemerkbar macht. Er schrieb konventionelle Gedichte über eine Reihe erbaulicher Themen aus der Geschichte, Politik und Philosophie, übersetzte Klassiker, versuchte sich an zwei Theaterstücken und brachte die Laplacesche Astronomie in Verse (!). Selbstverständlich wurde er nach der Restauration durch königlichen Erlaß Mitglied der Académie française. Das bloße Bewußtsein, ein offiziell anerkannter Schriftsteller zu sein, der wie ein Dentist seine Diplome aufhängen konnte, bestimmte Daru in seinem literarischen Werdegang von Anbeginn. Auf dem Titelblatt seiner Horazübersetzung aus dem Jahre 1804 prangt unter seinem Namen die stolze Aufzählung folgender Titel: »Mitglied der literarischen Gesellschaft von Boulogne; der Gesellschaft zur Verbreitung der Künste; der Akademie für Paläographie und Literatur sowie der Akademien der Schönen Künste, Literatur- und Naturwissenschaften von Paris; der Akademien von Montpellier, Aachen und Dijon.« Sein junger Vetter hingegen profilierte sich als Schriftsteller, indem er den Dünkel, die geschwollene Rhetorik und das pietätvolle Kulturgebaren sprengte, welche in Frankreich, wie er wenigstens argwöhnte, im literarischen Establishment seiner Zeit Erfolg gewährleisteten.

Zu *einem* Angehörigen des Hauses Daru aber fühlte sich Henri Beyle seinem Wesen entsprechend sofort hingezogen – zu Pierres jüngerem Bruder Martial, der im Jahre 1800 sechsundzwanzig war. Martial Daru war wie Pierre in der Militärverwaltung tätig, hatte aber seine Laufbahn als Leutnant der Artillerie begonnen und diente wiederholt in Napoleons Expeditionsstreitkräften, so daß man in ihm mehr einen Berufsoffizier als einen Verwaltungsbeamten zu sehen hat. Faszinierend durch sein militärisches Auftreten und seine im Ausland vollbrachten Ruhmestaten, war er in Beyles Augen ein leuchtenderes Beispiel dessen, was er vorher schon in seinem Onkel Romain verkörpert gesehen hatte. Als eleganter Mann von Welt eine Art Abenteurer und Don Juan, der tatsächlich über die von ihm eroberten schönen Frauen Buch führte, schien Martial vollkommen zu verwirklichen, was Henri seit seiner heimlichen Lektüre von *Félicia* und *Les Liaisons dangereuses* als Ideal angestrebt hatte. Zudem war Martial seinem jungen Vetter gegenüber äußerst freigebig, und ohne die geringste Herablassung oder Ungeduld über seine provinzielle Unbeholfenheit ermunterte er ihn, sich als Lernender oder jüngerer Kollege zu fühlen.

Martial weckte in Henri den Gedanken an eine militärische Laufbahn, und schon einige Monate später begrüßte er ihn in Mailand als Waffenkameraden. Nach Beyles Rückkehr in die französische Hauptstadt dauerte ihre Freundschaft an, und später, von 1806 an, war Henri Martials Untergebener in der Braunschweiger Militärintendantur. Drei Jahrzehnte danach faßte Stendhal, noch immer voll Dankbarkeit, in den *Souvenirs d'égotisme* zusammen, wie er über seinen Vetter dachte: Martial Daru war »der beste Mensch, den man sich denken konnte, mein Wohltäter und Lehrmeister, der mir im Jahr 1800 in Mailand und 1807 in Braunschweig das wenige, das ich von der Kunst im Umgang mit den Frauen verstehe, beibrachte«.[7] Darus eigene »Laufbahn« als Liebesabenteurer nahm allerdings ein ziemlich trauriges Ende: im Jahre 1829 starb er, Stendhal zufolge, an Entkräftung, weil er sich vermutlich mit Aphrodisiaka aufgepulvert hatte. Auf jeden Fall fragt man sich, ob das in Martial gesehene Vorbild nicht womöglich dazu beitrug, daß Henri Beyle ein trügerisches Ideal männlicher Eroberungslust und kaltblütiger Verwegenheit in sich nährte, das ihm in seinem Leben viel Schmerzen und manche Enttäuschung eintrug. Paul Arbelet beurteilt diesen Fall wieder einmal durchaus angemessen: »Beyle tat seiner Natur Gewalt an, während Martial der seinen einfach nachgab. Es gelang ihm nicht, einen Don Juan aus sich zu machen; er büßte dabei nur die seinem Wesen gemäße Gabe der Feinfühligkeit ein.«[8]

Bald schon machte Henri seine ersten linkischen Versuche, es Martial gleichzutun; aber während dieses ersten halbjährigen

Aufenthalts in Paris blieben seine Ambitionen, ein vollendeter Verführer zu werden, auf den Bereich seiner überhitzten Phantasie beschränkt, während sein tatsächliches Verhalten einzig und allein von Furcht und Zögern bestimmt war. Dabei lag die Versuchung sehr nahe, und – wenn er auch noch zu unerfahren war, es zu bemerken – die Gelegenheit, sich sexuell zu betätigen, war äußerst günstig. Genau unter Beyles Zimmer im Hause Daru hatte Magdeleine Rebuffel, Noël Darus angeheiratete Nichte, eine Wohnung für sich und ihre zwölfjährige Tochter Adèle gemietet. Es war ein typisch pariserisches Familienarrangement: M. Rebuffel, ein wohlhabender Geschäftsmann, unterhielt eine separate Wohnung zusammen mit seiner Teilhaberin und Maitresse (die dafür sorgte, daß seine Gefühle nicht erkalteten, indem sie ihm zuweilen heftige Szenen machte und ihm vielleicht auch untreu war); im übrigen achtete er peinlich darauf, einmal am Tage für eine Viertelstunde seine Frau und seine Tochter zu besuchen. Indessen nutzte die hübsche und liebenswürdige Mme Rebuffel ihre Freiheit ganz zu ihrem Vorteil aus. Einer ihrer früheren Liebhaber war niemand anders als Romain Gagnon gewesen; er hatte seinem Neffen die Methode verraten, die er einst in Lyon angewandt hatte, um sie zu verführen – er pries ihr wohlgeformtes Bein und bat sie, es auf einen Baumstamm zu setzen, damit er es gebührend bewundern könne. Einmal wurde er mit Mme Rebuffel von deren Mann *in flagranti* ertappt. Falls der Junge im Jahre 1800 schon von der Affäre mit seinem Onkel Romain Kenntnis hatte, wurde Henris sexuelles Interesse an Mme Rebuffel dadurch sicherlich erhöht; aber er konnte natürlich damals noch nicht ahnen – binnen zwei Jahren fand er es dann heraus – in welchem Maße diese reife Frau für seine Annäherung empfänglich war. Unterdessen nahm er allerdings von Adèle Notiz, die schon mit zwölf gefallsüchtig war und lebhaft kokettierte – für die Zukunft durchaus eine Chance. Im März verstand er sich schon ganz gut mit seinen Nachbarinnen, hielt sich oft in Mme Rebuffels Wohnzimmer auf und tanzte mit Adèle – wahrscheinlich den anstößigen Walzer. Mit der Anhänglichkeit, die er den Objekten seines erotischen Interesses so oft bewahrte, selbst wenn sie nur Wunschbilder waren, kehrte er nach seinem »Feldzug« in Italien zu Magdeleine und Adèle Rebuffel zurück.

Napoleon war soeben an der Spitze seiner Armee in die Lombardei eingedrungen. Pierre und Martial Daru wurden beide als Verwaltungsoffiziere nach Italien beordert. Nachdem Beyle drei öde Monate lang, in denen er sich frustriert fühlte und vor Sehnsucht verging, im Kriegsministerium Briefe gekritzelt hatte, befand er sich endlich auf dem Wege an die Front. Binnen weniger Monate wurde er durch die freundliche Vermittlung seines einflußreichen Vetters zum Dragonerleutnant ernannt und vollständig eingekleidet mit einem prächtigen grünen Uniformrock und einem gewaltigen Helm mit schwarzem Kamm. Freilich wußte er damals kaum, wie man mit einem Säbel umzugehen hat, und vom Reiten verstand er überhaupt nichts. Als er, auf dem Wege an die Front, in der Schweiz zum ersten Mal ein Militärpferd bestieg, galoppierte das Tier mit ihm davon, in ein Weidengebüsch hinein, so daß der Adjutant seines Hauptmanns ihm zu Hilfe eilen mußte. (Diese demütigende »Reitprüfung« behielt er als komischen Initiationsritus sehr genau in Erinnerung und unterwarf ihm wiederholt auch seine Romanhelden.)

Doch solche äußerlichen Schwierigkeiten dämpften keineswegs seine Begeisterung, als er am 7. Mai von Paris aufbrach, um zur Armee zu stoßen. Das Erwachsenendasein schien ihm die glänzenden Perspektiven zu eröffnen, die er bei seiner Lektüre so lange und sehnsüchtig ins Auge gefaßt hatte. Mit Säbel und Pferd ausgerüstet und mit der Aussicht auf seine Ernennung zum Offizier war er nicht nur im Begriff, ein zweiter Cid zu werden, sondern an seinem Wege zu den Gefilden des Ruhms lagen auch noch, wie vom Schicksal bestimmt, die Stätten, an denen die *Nouvelle Héloïse* entstanden war. Nach seiner Ankunft in Genf pilgerte er zu allererst ehrfurchtsvoll zum Geburtshaus Rousseaus. Nachdem ihm sein geduldiger Hauptmann (den er bereits zu einem Duell hatte herausfordern wollen!) in Anbetracht des bedauerlichen Zwischenfalls, bei dem das Pferd mit ihm durchgegangen war, ein paar Reitstunden gegeben hatte, reiste er weiter nach Rolle, völlig berauscht von der *Nouvelle Héloïse*, die er unterwegs noch einmal las. In Rolle kam ihm der Gedanke, das nahe gelegene Vevey, Rousseaus langjährigen Wohnort, aufzusuchen. In diesem allgemeinen Rauschzustand überschaute er von einem schweizerischen Hügel aus den leuchtenden Genfer

See in seiner ganzen Ausdehnung – da ertönte plötzlich das Geläut von Kirchenglocken. Durch zufälliges Zusammentreffen verschiedener Umstände wurde ihm einer jener begnadeten Augenblicke zuteil, wie er sie als Kind in Les Echelles in Savoyen erlebt hatte. Beim Lesen eines Buches die »hinreißende Musik« von Glocken zu hören, eine herrliche Gebirgslandschaft mit einem blauen Gewässer zu Füßen: dies war eine vollkommene Harmonie – das völlige Gegenteil jenes Wirrwarrs aus bruchstückhaften Mißklängen, die seine Erwartungen von Paris so sehr enttäuscht hatten – und ein Augenblick erhabener Empfindung, reiner ästhetischer Wonne, der nichts mit seinen auf Erfolg und amouröse Eroberung gerichteten Plänen zu tun hatte. Noch 36 Jahre später, als er sich bei der Niederschrift seines *Henry Brulard* an diesen Augenblick erinnert, fühlt Stendhal sein Herz wieder vor Erregung klopfen; er steht vom Tisch auf, weil er an der Möglichkeit verzweifelt, ein solches Erlebnis, nicht durch überschwengliche Rhetorik verfälscht, mit sprachlichen Mitteln auszudrücken. »Dort bin ich, scheint mir, dem vollkommenen Glück am nächsten gewesen. Um eines solchen Augenblicks willen lohnt es sich, gelebt zu haben.«[9]

Ihm schwebte vielleicht unbewußt – womöglich sogar gegen seinen Willen – ein zufriedenes Dasein außerhalb des Lebenskampfes in der großen Welt als Ideal vor; aber er war von dieser Welt allzu stark fasziniert, als daß er, im wörtlichen oder übertragenen Sinn, länger als einen Augenblick in der vollkommenen Stille des Gipfelglücks hätte verharren mögen. In nur wenigen Tagen überquerte er die Alpen auf den tückischen, gewundenen Pfaden des Großen St. Bernhardpasses, an den steilsten Hängen entlang (er beherrschte sein Pferd immer noch nicht sicher) bis nach Italien hinab – »Ist der St. Bernhard weiter nichts?« fragte er, wie vorauszusehen war, als er die Alpenüberquerung hinter sich hatte –, und nach einer Woche geriet er zum ersten Mal unter Beschuß. Bis zu dieser Zeit war Italien für ihn immer ein Land gewesen, das er aus Ariost kannte, und in seiner Phantasie war es ein zauberhaftes, von Leidenschaften erfülltes »Land, wo die Orangenbäume wachsen«. Jetzt, im Reifealter von 17 Jahren, fand er sich plötzlich in ein Italien versetzt, in welchem wirkliche Heere gegeneinander kämpften, wo er Frauen aus Fleisch und Blut begehren und womöglich erobern konnte, und wo er mit einer Musik und einer Kunst in Berührung kam, die voll sinnlicher Kraft war und völlig anders als das, was er als Knabe in Grenoble kennengelernt hatte. Allerdings hielt Italien für diesen weltfremden Jüngling auch neue, unliebsame Überraschungen bereit. Doch welche Art von Mißgeschick ihn auch immer traf – nach seinem Aufenthalt in Mailand von 1800 bis 1801 hatte er eine neue visionäre Vorstellung von dem, was er mit seinem Leben anfangen könnte, die ihn seitdem ständig in ihrem Bann hielt.

III
ITALIEN
(17.–18. Lebensjahr)

In den letzten Maitagen des Jahres 1800 betrat Beyle zum ersten Mal italienischen Boden. Am 30. Mai erlebte er seine Feuertaufe, als die Festung bei dem Dorfe Bard ihre Geschütze feuern ließ. Dieser Verlust seiner »Jungfräulichkeit«, bemerkt er mit trockenem Humor, habe ihm mehr bedeutet als der Verlust seiner sexuellen Unberührtheit. Seltsam, obgleich eigentlich nicht überraschend, ist die Tatsache, daß er, zumindest in der rückschauenden Betrachtung dieses ersten Kriegserlebnisses, das ästhetische Moment besonders betont. Im *Henry Brulard* (Kap. 46) hebt er im Druckbild hervor, in diesem Kampf habe sich ihm *das Erhabene* geoffenbart – freilich sei er dabei der Gefahr ein wenig gar zu nahe gewesen, als daß er es ungetrübt hätte genießen können, das heißt ohne eine Beimischung von Furcht, ihm könne etwas passieren. In Wahrheit war der Sechzehnjährige wohl eher von mühsam beherrschter Angst erfüllt: unter dem Kanonendonner bäumte sich sein Pferd immer wieder auf, und der frischgebackene Reitersmann hatte alle Hände voll zu tun, um seines Hauptmanns Anweisungen zu befolgen und das Tier am leichten Zügel zu führen.

Jedenfalls lernte Beyle im Verlaufe seines ersten militärischen Abenteuers das Kriegsgeschehen hauptsächlich aus der Ferne kennen. An der entscheidenden Schlacht bei Marengo am 15.

Juni – an die er sich später zuweilen erinnert – hätte er gar nicht teilnehmen können, denn damals befand er sich in Mailand. Möglicherweise war er hernach an den Schlachten von Mincio und Castelfranco beteiligt und schlug sich tapfer, wie von seinem kommandierenden Offizier unterzeichnete Bescheinigungen bezeugen; einige Forscher haben allerdings in Frage gestellt, ob diese Dokumente verläßliche Tatsachen wiedergeben oder lediglich den Wunsch eines wohlgesinnten Vorgesetzten, den jungen Mann in seiner Karriere zu fördern. Unbezweifelt bleibt die Tatsache, daß dieser erste Feldzug ihm keine schrecklichen Eindrücke vom Gemetzel des Krieges einbrannte – diese Erfahrung blieb ihm für seine Dienstreisen in Österreich und Rußland vorbehalten –, daß vielmehr seine militärische Aufgabe hauptsächlich darin bestand, in einer Besatzungsarmee unter relativ friedlichen Umständen zu dienen. Die grausame Wirklichkeit des Krieges konnte also kaum seine Vorstellung korrigieren, die französische Eroberung Italiens sei ein festliches Ereignis.

Die Zeremonie, durch die Beyle in sein eigentliches Italienerlebnis eingeweiht wurde, fand nicht unter dem Geschützdonner von Bard statt, sondern vor den Rampenlichtern der Stadt Novara, etwa 20 Meilen westlich von Mailand an der vom St. Bernhard her kommenden Marschroute gelegen. (Im *Brulard* verlegt Stendhal dies bedeutsame Ereignis nach dem weiter westlich gelegenen Ivrea; in einem Brief an seine Schwester Pauline aus dem Jahre 1808 jedoch, als seine Erinnerung den Ereignissen noch um 25 Jahre näher war, behauptete er, es sei Novara gewesen, was einleuchtender ist.) In der soeben erst eingenommenen Stadt herrschte Tumult: bei den erschrockenen Einwohnern wurden zwangsweise französische Soldaten einquartiert, und die Eindringlinge streiften in kleinen Trupps plündernd durch die Straßen. Ungeachtet der väterlichen Warnungen seines Hauptmanns, Beyle sei tollkühn, wenn er sich unter diesen riskanten Umständen des Nachts allein hinauswage, konnte der junge Theaternarr der Versuchung nicht widerstehen und hörte, als Zivilist gekleidet und mit einem Säbel, den er kaum ruhig halten konnte, bewaffnet, seine erste wirklich italienische Oper. Die von einer Truppe aus der Provinz bestrittene Aufführung kann nicht allzu großartig gewesen sein. Der Dame, die die weibliche Hauptrolle spielte, fehlte, wie er deutlich sehen konnte, ein Vorderzahn; das hielt ihn jedoch nicht davon ab, sich augenblicklich, wenn auch nur vorübergehend, in sie zu verlieben, in der gleichen verliebten Theaterschwärmerei, die sich zwei Jahre zuvor in seiner Verehrung für Virginie Kubly geäußert hatte. Das am Abend jenes 1. Juni aufgeführte Stück war Cimarosas spritzige komische Oper *Il Martrimonio Segreto*. Der Siebzehnjährige war überwältigt – dies war einer jener Augenblicke seines Lebens, die sozusagen als euphorische Entsprechungen seine traumatischen Erlebnisse ergänzten; sonst hätte er den Zustand völligen Hingerissenseins nicht so tief empfunden, daß er sich ihm als nie mehr aus seinem Bewußtsein schwindendes Inbild des Glücks eingeprägt hätte. Die Tatsache, daß er den St. Bernhard überquert hatte und plötzlich unter Beschuß geraten war, erschien ihm jetzt als etwas Gewöhnliches, Unbedeutendes. »Ich war in einem ähnlichen Rauschzustand, wie an der Kirche oberhalb von Rolle, aber was ich empfand, war sehr viel reiner, lebhafter... für mich begann ein neues Leben und meine ganze Enttäuschung über Paris war für immer begraben.«[1] An jenem Abend, so fährt er fort, seien die letzten Spuren von Grenoble in ihm getilgt worden: hier, könnte man schließen, während der provinziellen Opernvorstellung in der Lombardei, erlebte er zum ersten Mal die vollkommene Verwirklichung südlicher Lebensart, jenes *Espagnolisme*, von dem er seit seiner Kindheit geträumt hatte. In diesem Augenblick hatte er das Gefühl, die Musik sei als einziges auf der Welt würdig, ihr ein ganzes Leben zu weihen.

Höchstwahrscheinlich hätte fast jede Oper die gleiche Wirkung in ihm ausgelöst; aber Cimarosas Werk war besonders dazu angetan, in Beyle diese euphorische Stimmung zu erregen. Die Musik des *Matrimonio Segreto* ist von spielerischer Grazie und sprüht von geistvoller Erfindungskraft; die dramatische Handlung entfaltet sich mit einem Minimum von Rezitativen in einer raschen, abwechslungsreichen Folge melodiöser Arien, Duetten, Terzetten und Ensemblestücken. Insgesamt mußte Beyle den Eindruck gewinnen, daß sich im Gesang die komisch triviale Handlung in frei strömende Anmut auflöste. Seit jenem Abend war »der göttliche Cimarosa« ein fester Bestandteil der Privatmythologie des französischen Schriftstellers. Während er hier Sprache und Musik aufs glücklichste miteinander vereint fand, ließen ihn rein instrumentale Klänge leicht ungeduldig werden. Als er schließlich auf seinem eigenen künstlerischen Gebiet ein Meister geworden war, fand er in seinen beiden größten Romanen sprachliche Ausdrucksmittel, um das fortwährende Entzücken am vollendet melodiösen Spiel, das ihn zuerst Cimarosas Musik hatte auskosten lassen, in erzählender Prosa anzudeuten.

Im übrigen bestand die Handlung der ersten italienischen Oper, die Beyle besuchte, zwar aus dem üblichen kunterbunten Gemisch von jungen Liebespaaren, mißverstandenen Beziehungen und sich einmischenden Angehörigen der älteren Generation; doch es hoben sich auch einige Handlungselemente ab, die womöglich die Erinnerung an seine eigene Familiensituation ergötzlich anklingen ließen. Haushaltungsvorstand im *Matrimonio Segreto* ist Geronimo, ein verwitweter Vater, der hervorstechende bürgerliche Laster höchst komisch verkörpert: er ist ein Geldprotz und als reicher Kaufmann auf lächerliche Art von seiner Wichtigkeit erfüllt und aufs äußerste fasziniert von der Aussicht, durch die Heirat seiner Tochter seine Familie mit einem Adelstitel zu versehen. (Außerdem ist er halbtaub, was wie ein Symbol wirkt und die possenhafte Wirkung noch erhöht.) Mitbeteiligt an der Führung dieser mutterlosen Familie und außer dem adligen Freier diejenige Person, auf die sich vorwiegend der Spott in der Oper richtet, ist Geronimos verwitwete Schwester Fidalma: ihre Gedanken kreisen verliebt um den hübschen jungen Mann, der mit der jüngeren Tochter ihres Bruders heimlich vermählt ist. Die Vermutung, der junge Beyle habe in Geronimo und Fidalma einfach seinen Vater und seine Tante Séraphie gesehen, ginge natürlich zu weit; sicher jedoch steigerten die Entsprechungen zwischen den beiden Paaren sein Vergnügen an der Komödie, und vielleicht wurde er in dem Gefühl, in Cimarosas Kunst sei etwas »Göttliches«, dadurch bestärkt, daß ihm diese Oper eine Ahnung davon vermittelte, wie sich die bedrückenden Tyrannen des wirklichen Lebens herrlich stilisieren, distanzieren und kunstvoll ins Komische verwandeln ließen.

Um den 10. Juni traf Beyle in Mailand ein. Hier blieb er bis gegen Ende Oktober, als er seine Ernennung zum Dragonerleutnant erhielt. An einem strahlenden Frühlingsmorgen begegnete er bei einem Ritt in die Stadt auf der Corsia del Giardino seinem Vetter Martial, der prächtig aussah in seinem blauen Gehrock und dem breit aufgeworfenen Zweispitz eines Generaladjutanten. Martial, der in Sorge war, dem jungen Beyle sei womöglich bei Kampfhandlungen etwas zugestoßen, begrüßte ihn herzlich, nahm ihn sogleich ins Schlepptau und brachte ihn in der Casa d'Adda unter, einem beschlagnahmten Adelspalais, in dem er bereits selbst einquartiert war. Beyle war wie geblendet von dem Haus mit seiner großartigen Treppe und seinem prächtigen Salon, von dem aus der Blick auf die breite Hauptstraße ging. Es war das erste Mal, daß Architektur auf ihn einen solchen Eindruck machte. Überhaupt gab es in Mailand während seines ersten Aufenthaltes wenig, das nicht sein Entzücken hervorrief. Diese Stadt schien der natürliche Mittelpunkt der Welt des Wohlklangs zu sein, die Cimarosas Musik ihm in Novara zuerst erschlossen hatte.

Das Herz von Mailand schlug für ihn natürlich in der Scala; aber die leidenschaftlich pathetische und dabei unbefangen ästhetische Einstellung zum Leben, die ihn in der Pracht des Opernhauses ansprach, zeigte sich ihm auch in den stattlichen Palais und in der Kathedrale; in den schönen lombardischen Frauen, die so sehr viel natürlicher und zugänglicher als Pariserinnen zu sein schienen – und es auch manchmal waren; in dem lebendigen Betrieb der Kaffeehäuser; in dem ständig gärenden kulturellen Leben, welches das kosmopolitische Mailand mit seinen Dichtern, Malern und Komponisten zum geistigen Mittelpunkt Italiens machte.

Im Jahre 1800 spürte man in Mailand zum ersten Mal die urbane Vitalität der neuen Zeit, und vielleicht war der frische Elan der Stadt, der sich in so mannigfacher Hinsicht kundtat, einer der Gründe, weshalb sich der junge Beyle so stimuliert fühlte. Den größten Teil des 18. Jahrhunderts hindurch hatte sich Mailand kaum von einer ruhigen Provinzstadt unterschieden. Zur Zeit der französischen Eroberungen und weitgehend infolge dieser Ereignisse verwandelte es sich rasch in ein städtisches Zentrum voller Dynamik. In den neun Jahren nach Bonapartes erstem Einmarsch wuchs die Bevölkerung von 128 000 auf 142 000 Einwohner an. Das Anwachsen war hauptsächlich auf den Zustrom politischer Flüchtlinge aus Rom,

Venedig, Piemont und anderen Teilen Italiens und des Auslands zurückzuführen. Diese Neubürger verliehen Mailand den Charakter einer buntgemischten Metropole, und gleichzeitig trugen sie dazu bei, daß die Stadt zu einem Brennpunkt des aufkeimenden Nationalgefühls der Italiener wurde.

Während Paris den jungen Mann aus Grenoble durch die Starrheit seiner ausgeprägten gesellschaftlichen Rangordnungen entmutigte, war Mailand in jeder Hinsicht der erregende Schauplatz eines völlig neuen Lebensgefühls. Bedeutsame Reformen in der Ausbildung beider Geschlechter waren in Gang gekommen. In einer Flut kurzlebiger Zeitungen spiegelte sich die hitzige politische Grundstimmung der Stadt. Der neue republikanische Geist – dies mußte Beyle besonders angesprochen haben – wurde kühn in den ästhetischen Bereich übertragen. Die überladenen Stilformen des aristokratischen 18. Jahrhunderts wichen einer eleganten »griechisch-römischen« Einfachheit sowohl der Kleidung als auch der Raumausstattung. Es gab überall hochtaillierte, weiße Baumwollkleider zu sehen, die man häufig durch einen Schal oder ein Umschlagtuch in gedämpften Tönen, wie rostfarben und olivgrün, raffiniert belebte. Die Herren trugen lang und schlicht geschnittene Gehröcke in dunklem Grün und Blau. In den Salons, in denen Beyle verkehrte, wird er ein diesem klassizistischen Republikanertum verwandtes Stilelement bemerkt haben: die üppigen Wandbehänge aus dem 18. Jahrhundert hatte man entfernt, wodurch die klaren, geradlinigen Formen getäfelter Wände hervortraten, und in manchen Einzelheiten der Ausschmückung zeigte sich eine neue Art verhaltenen Reichtums. Auch das äußere Bild der Stadt wurde verschönert: Hauptstraßen wurden verbreitert, Gebäudefassaden renoviert, neue Bauwerke wuchsen empor. Hier wurde offensichtlich eine Stadt durch den pulsierenden Geist des neuen Jahrhunderts umgestaltet, durch einen Geist, der sich zwar bereits 1789 zu regen begonnen hatte, dessen prädestinierte Verkörperung indessen für viele der siegreiche junge General der französischen Armeen war.

War Beyle bereits durch die politische Erregung und das Gefühl für den historischen Aufschwung mitgerissen, so machte ihm die leidenschaftliche Anteilnahme der Mailänder am kulturellen Leben ihrer Stadt ganz sicher noch einen viel tieferen

Eindruck. Der Theaterbetrieb war in Mailand ungewöhnlich rege, und da zudem eine ganze Reihe zeitgenössischer italienischer Dramatiker Mailänder waren, gaben heftige Auseinandersetzungen über neue Stücke, in denen es häufig auch um politische Fragen ging, dem kulturellen Klima der Stadt das Gepräge. Aber alle kulturellen Institutionen und selbst das gesellschaftliche Leben wurden von der Scala an Bedeutung übertroffen. Auch sie war relativ neu und hatte besonders in der jüngeren Generation Anklang gefunden: den täglichen Opernbesuch betrachtete man als obligatorisch; er bestimmte so sehr den Wochenablauf, daß die vornehmen Häuser ihre Salons nur am Freitagabend, wenn die Scala geschlossen war, abhalten konnten. Sonst ging man Abend für Abend in die Oper, um Bekannte zu sehen und gesehen zu werden, und verständlicherweise widmete man dabei dem gesellschaftlichen Verkehr und manchmal sogar geschäftlichen Abmachungen ebenso viel Aufmerksamkeit wie der eigentlichen Aufführung. Dem jungen Beyle, soeben erst in Novara in das italienische Kulturleben eingeführt, muß eine Gesellschaft, deren Mittelpunkt eine glanzvolle Opernbühne war, wie die Verwirklichung eines Ideals kultureller Verfeinerung im konkreten gesellschaftlichen Leben vorgekommen sein. Jedenfalls erklärt sich mit Sicherheit seine Begeisterung über diese erste Begegnung mit Mailand zum großen Teil aus seinen Besuchen in der Scala und aus seinem Gespür für die außerordentliche Bedeutung dieser Einrichtung im Leben der Stadt.

Als Stendhal fast vierzig Jahre später das Eröffnungskapitel zur *Kartause von Parma* schrieb, erinnerte er sich an diese in Mailand verbrachten Monate überschwenglichen Glücks, versetzte sie allerdings in die Zeit der ersten Eroberung der Stadt durch Bonaparte im Jahre 1796 zurück. Der festliche Einmarsch jener jugendlichen Armee in Lumpen ist eine vortreffliche Einführung in eines der Hauptthemen des Romans, obwohl sich bezweifeln läßt, ob die Franzosen wirklich so ausschließlich als willkommene Befreier vom österreichischen Joch begrüßt wurden, und ob, wie es der Roman andeutet, wirklich auf den Straßen getanzt wurde, französische Soldaten italienische Babys in den Schlaf wiegten und sich die Häuser der Reichen und der Armen den Truppen der Eroberer so spontan öffneten. Sicherlich erblickten begeisterte Mailänder in der Errichtung der Cisalpinen Republik eine echte Verwirklichung nationaler Bestrebungen der Italiener; andere hingegen grollten den Franzosen, weil sie in ihnen ausländische Eindringlinge sahen, die nicht besser als die Österreicher waren. Paul Arbelets unerbittlicher Kommentar zu der Art, in der Beyle das Mailand der Jahrhundertwende erlebte, mag zwar in seiner kompromißlosen Skepsis fehlgehen; aber der Verfasser weiß die Dinge im wesentlichen richtig zu würdigen, wenn er sagt: »Beyle hat uns ein zugleich falsches und reizvolles Bild von Mailand vermittelt. Es ist die gänzlich aus seinen Illusionen zusammengesetzte Erinnerung eines Liebenden.«[2]

Was der Liebende mit dem Gegenstand seiner Zuneigung eigentlich anstellte, läßt sich aus den abschließenden Seiten des *Henry Brulard* nicht recht ermitteln; denn an dieser Stelle bleibt der autobiographische Erzähler in einer Reihe superlativischer Behauptungen stecken: »Es war die schönste Zeit meines Lebens«; »das war eine Zeit tollen, vollkommenen Glücks... fünf oder sechs Monate himmlischen, vollkommenen Glücks«.[3] Ein Grund dafür, daß Stendhal just an dieser Stelle auf eine Fortsetzung seiner Autobiographie verzichtete, ist wahrscheinlich darin zu sehen, daß er nicht dazu fähig oder nicht gewillt war, das Glück seiner ersten Begegnung mit Mailand zu entzaubern, indem er es zum Gegenstand von Erzählung und Analyse machte.

In beruflicher Hinsicht konnte ihm während dieser Zeit nicht viel Aufregendes passieren. Er arbeitete als Sekretär unter Louis Joinville, der als Kriegskommissar in Mailand Pierre Daru unterstellt war. Joinville scheint sich etwas bemüht zu haben, ihn als Protegé zu behandeln, zum Teil vielleicht wegen seiner Beziehung zu Daru; aber wie vorauszusehen war, fand Beyle einen Anlaß, um einen Streit mit Joinville vom Zaun zu brechen. Auf jeden Fall ließen ihm seine dienstlichen Obliegenheiten im Kommissariat reichlich Zeit, an den Vergnügungen in der Stadt teilzunehmen. Er war allerdings noch nicht in der Lage, sie voll auszukosten: schließlich war er noch immer ein schüchterner Jüngling, der das Ränkespiel des gesellschaftlichen Lebens ebensowenig durchschaute, wie er der italienischen Sprache mächtig war, einer, der sich in den Salons, in die man ihn einführte, linkisch benahm, weil er immer wieder durch seine überspannte Abwehrhaltung, wie Don Quichotte durch seinen Harnisch, behindert wurde. Doch seine jugendliche Unbeholfenheit erklärte sich wohl in erster Linie aus seinen euphorischen Gefühlen; denn gerade deshalb, weil er in dieser Wunderwelt von Mailand, die zu entdecken er sich anschickte, hauptsächlich in der Rolle des Beobachters blieb, stellte sie sich ihm als ein Reich ungetrübter, unbegrenzter *Möglichkeiten* dar, und seine Sinne erschauerten unter Verheißungen, von denen er inbrünstig glaubte, sie würden schon bald in Erfüllung gehen.

Was nun seine besondere Ambition anbelangt, die Zuneigung und Gunst der Frauen zu gewinnen und zu genießen, so erlebte er während dieser Monate in Mailand mindestens einen, bald vorübergehenden Anfall blinder Leidenschaft, wurde zudem in die Praxis des Geschlechtsverkehrs eingeführt und schließlich von seiner ersten großen Liebesleidenschaft heimgesucht; dies ergab sich fast zwangsläufig aus seinem Wunsch, ein von der Liebe Heimgesuchter zu sein (Rousseau sprach ihn mehr an als Laclos). Im Herbst 1800 wurde er von blinder Leidenschaft zu einer Mme Martin gepackt; über sie ist wenig bekannt, und es scheint sich um eine ziemlich unbedeutende Episode im Leben des jungen Beyle gehandelt zu haben, abgesehen von der Tatsache, daß diese Dame offensichtlich der Anlaß zu seinem zweiten Duell war, einem Ehrenhandel, der ebenso töricht war wie der erste mit seinem Schulkameraden an der Ecole centrale. In diesem Fall war sein Gegner der um ein Jahr ältere Alexandre Petiet, ein früherer Student an der Ecole polytechnique (die Beyle nicht hatte besuchen wollen) und derzeitiger Leutnant der Artillerie. Im Hinblick auf eine immer mehr hervortretende Neigung Beyles, mit Autoritätspersonen oder ihnen nahestehenden aneinanderzugeraten, sollte man erwähnen, daß Petiets Vater ein früherer Kriegsminister war und zu eben jenem Zeitpunkt außerordentlicher französischer Minister für die Cisalpine Republik. Es war natürlich vorauszusehen, daß die Dame, auf welche die beiden streitsüchtigen Jünglinge Anspruch erhoben und derentwegen sie die Klingen kreuzten, währenddessen ihr Herz bereits jemand anderem geschenkt hatte. Beyle trug eine Fleischwunde am Fuß davon, die ihn etwa eine Woche lang behinderte und in ihm zweifellos das tröstliche Gefühl zurückließ, sich nun auf dem Felde der Ehre sichtbar der Gefahr ausgesetzt zu haben, nachdem es ihm praktisch nicht vergönnt gewesen war, seinen Kampf gegen den schrecklichen Odru in Grenoble auszutragen. Eigenartigerweise sollte sich die einzige Berührung zwischen Petiet und Beyle im späteren Leben wiederum aus ihrem gemeinsamen Interesse für eine Frau ergeben, obwohl in jenem Falle das Interesse glücklicherweise nicht gleichzeitig bestand. Im Jahre 1808 heiratete Petiet Adèle Rebuffel, Beyles junge Pariser Freundin; aber wie noch gezeigt werden soll, strebte Beyle lange vor jener Zeit ein Verhältnis mit ihr an, ein eindeutig außereheliches allerdings.

Seine erste sexuelle Erfahrung machte er irgendwann in diesen Monaten mit einer Mailänder Prostituierten. Später konnte er sich nicht genau erinnern, wann und mit wem es geschehen war und was er dabei empfunden hatte. Sucht man in seinen Werken nach einem Echo seiner Reaktion auf diese Begegnung, so findet es sich wohl am ehesten in einer sexuellen Episode in *Lamiel*, seinem letzten, unvollendeten Roman. Die forsche junge Heldin dieses Buches will ohne Umschweife wissen, was es mit der in Romanen so hochgepriesenen »Liebe« eigentlich auf sich hat. Darum dingt sie sich gegen die Warnung ihrer Eltern einen kräftigen jungen Bauernburschen, damit er sie von der Bürde ihrer Jungfräulichkeit befreie. Nachdem der Vorgang beendet ist, zitiert Lamiel – wahrscheinlich genau wie Henri Beyle nach seiner eigenen sexuellen »Weihe« – die bekannte Stendhalsche Formel: »Ce n'est que ça?« – »Ist die Liebe weiter nichts?«

Die emotionalen Auswirkungen von Beyles Einführung in den Geschlechtsverkehr mögen unbedeutend gewesen sein, die körperlichen Folgen hingegen waren von etwas längerer Dauer. Er zog sich eine ansteckende Geschlechtskrankheit zu, gegen die als Heilmittel das übliche Quecksilberpräparat angewandt wurde; diese Medizin aber, mitsamt den Beschwerden an den betreffenden Körperstellen und den begleitenden Kopfschmerzen, Fieber und Magenverstimmung, brachten ihm danach eine ganze Reihe recht unbehaglicher Tage in Italien. Ob es sich bei der Infektion um Gonorrhöe oder Syphilis handelte, läßt sich schwer bestimmen. Henri Martineau, der ausführlichste und, was die Tatsachen anlangt, der maßgebende unter den Biographen Stendhals, neigt eher zu der folgenschwereren der beiden

Krankheiten, weil er vermutet, daß verschiedene chronische Beschwerden, an denen Stendhal später litt, die Symptome tertiärer Syphilis aufwiesen und daß der tödliche Schlag, der ihn traf, womöglich den verheerenden Folgen der Herz und Gefäße in Mitleidenschaft ziehenden Form dieser Krankheit zuzuschreiben sei.[4] Beim Vergleich dessen, was man über Stendhals Symptome im Jahre 1800 und in späterer Zeit weiß, mit der lehrbuchgemäßen Beschreibung der verschiedenen Stadien der Syphilis, kann man das als eine durchaus mögliche Diagnose anerkennen, die indes keinesfalls völlig überzeugen kann. Vielleicht liegt auch die Versuchung allzu nahe, diesen Schluß zu ziehen, weil er so gut zu dem Mythos des tragisch besudelten Genies paßt, den wir so gerne mit den großen schöpferischen Geistern des 19. Jahrhunderts in Verbindung bringen. Auf jeden Fall ist dieser Mythos auf Stendhal nicht anwendbar, da es sich im Falle einer Syphilis mit Sicherheit nicht um Neurosyphilis handelte mit ihren begleitenden Geistesstörungen wie Tobsuchtsanfällen, Wahnideen und Gedächtnisverlust. Was Stendhal sich auch im Jahre 1800 von einer Mailänder Prostituierten zugezogen haben mag, er behielt sein ganzes Leben hindurch seine geistige Klarheit, Gesundheit und Kraft, bis ihn der Schlag traf (am Morgen seines Todestages diktierte er noch eine neue Geschichte). Vielleicht ist es deshalb einfacher, davon auszugehen, daß seine erste sexuelle Begegnung lediglich einen ganz gewöhnlichen Tripper zur Folge hatte.

Hingegen folgten auf Beyles erste Berührung mit einer verführerischen jungen Mailänderin namens Angela Pietragrua noch »sekundäre und tertiäre Stadien«, die sich während der nächsten fünfzehn Jahre eindeutig in seinem Gefühlsleben äußerten, und sogar noch 1835, als er begann, den Plan des *Henry Brulard* zu erwägen, indem er mit seinem Spazierstock die Initialen der von ihm geliebten Frauen in den Staub zeichnete, bedrängte ihn die Erinnerung an sie und wühlte ihn auf. Angela Pietragrua, die zu der Zeit, als Napoleon zum zweiten Mal in Mailand einzog, ungefähr 23 war, hatte mit 16 Jahren einen Schreiber im Amt für Maße und Gewichte geheiratet und besaß schon einen fünf Jahre alten Sohn. Weder durch ihre Ehe noch durch ihre Mutterschaft ließ sie sich jedoch eine nennenswerte Zurückhaltung auferlegen: sie war eine typische Vertreterin jener Art von Mailänderinnen, die 1796 und dann wieder im Jahre 1800 gewisse französische Offiziere mit solch offenen Armen empfingen, wie es das Herz eines Soldaten sich nicht besser wünschen konnte. Louis Joinville, dessen Geliebte sie damals gerade war, machte Henri Beyle mit ihr bekannt, und es ist zu vermuten, daß die unbestreitbare Wirkung ihrer weiblichen Reize zumindest für ihn noch erhöht wurde durch ihre intime Bekanntschaft mit seinem unmittelbaren Vorgesetzten in der Militärverwaltung. Das einzige erhalten gebliebene Bild, auf dem vermutlich Angela zu sehen ist, scheint Beyles Beschreibung in einer Notiz aus dem Jahre 1804 zu bestätigen: er nennt sie »brünett, stattlich und sinnlich« – auf dem Porträt hat das Gesicht reife, volle Formen, in der aufgeworfenen Unterlippe eine Spur von Sinnlichkeit und im Augenausdruck eine unsentimentale Intensität, die als Anzeichen von Heftigkeit oder vielleicht auch von vorsichtiger Berechnung gedeutet werden kann.

In seiner rückschauenden Betrachtung im 2. Kapitel des *Brulard* charakterisiert er sie knapp als »großartige, echt italienische Nutte«.[5] In den Jahren 1800 bis 1801 schien sie für ihn allerdings gänzlich unerreichbar zu sein; jedenfalls wußte er nicht so recht, wie er sich ihr nähern sollte. Einstweilen bewunderte er sie also schweigend und von ferne, wenn er während dieser ersten Mailänder Monate hin und wieder ihren Salon besuchte, danach, wenn er in seinen verbleibenden Dienstjahren in Italien wieder einmal nach Mailand zurückkehrte und sie dabei gelegentlich zu sehen bekam, und einmal, als er ihr während seiner Stationierung in Brescia zufällig begegnete. Beyle beschäftigte sich in geistvollen Gedanken mit ihr und überbrückte so die Kluft unerwiderter, ja, nicht einmal ausgesprochener Liebe (später entwickelte er eine Theorie der Liebespsychologie, um die Dynamik dieses Prozesses zu erklären) und entwarf so von ihr ein schillerndes Bild idealer Weiblichkeit. Während der folgenden elf Jahre, bis zu der Zeit, da er nach Mailand zurückkehrte und wirklich Angela Pietragruas Liebhaber wurde, hatte er zwei Verhältnisse von längerer Dauer und eine Menge vorübergehender Liebschaften; außerdem waren seine Gefühle in etwa drei Fällen ernsthaft beteiligt, ohne daß daraus allerdings echte Affären wurden. Aber am Schluß des *Brulard* sagt er mit eleganter Präzision über diese Zeit, es seien

»elf Jahre, wenn schon nicht der Treue, so doch einer Art Beständigkeit«[6] gewesen.

So nahm er von seinem ersten Italienaufenthalt vor allem zwei Erlebnisse als leidenschaftlich anteilnehmender Beobachter mit – seine Erinnerung an die Euphorie, die ihm die Oper eingeflößt hatte, und die um die betörende Angela sich rankende Vision der Verheißung vollkommener Seligkeit. Zu gegebener Zeit sollte er dorthin zurückkehren, um das eine Erlebnis neu auszukosten und um zu versuchen, den Traum von dem anderen zu verwirklichen. Weitaus bedeutungsvoller ist es jedoch, daß er aus beiden das phantasiereiche Gewebe seiner Romane wob, wobei sich das eine in der Stimmung und im Stil niederschlug, das andere in einer scharfsinnigen Studie über die Psychologie des Mannes und den Charakter der Frau.

Am 23. Oktober 1800 erhielt Beyle dank der Bemühungen Pierre Darus seine offizielle Ernennung zum Leutnant im 6. Dragonerregiment. Wie bereits erwähnt, war sein Bestreben, durch eine militärische Karriere Ruhm zu erlangen, fast von dem Augenblick an erloschen, als er italienischen Boden betrat; es wurde ersetzt durch ein Interesse an ästhetischen Dingen und an der Liebe; seine neue Offiziersrolle befriedigte ihn, vielleicht abgesehen von der schmucken Uniform, kaum noch. Gegen Ende November stieß er zu seiner Kompanie und diente zunächst in Romanengo, dann in Bagnolo, zwei lombardischen Städtchen, etwa eine Tagesreise östlich von Mailand. Er fühlte sich geradezu aus Mailand verbannt; und was er von seiner Umgebung hielt, spiegelt sich in einem vom 7. Dezember datierten Brief an seine Schwester Pauline wieder: Bagnolo nennt er darin »ein elendes, drei Meilen von Brescia entferntes oberitalienisches Dörfchen«.[7] Als Angehöriger einer Besatzungsarmee in der italienischen Provinz stumpf vor sich hin vegetierend, wurde er rasch von einem Gefühl überwältigt, das er bei seinem Aufbruch aus Paris am allerwenigsten erwartet hätte – Langeweile.

Auch sein Gesundheitszustand war während dieser ganzen Zeit schwankend – sei es infolge der Geschlechtskrankheit oder einer anderen Art von Infektion, die er sich zugezogen hatte und nicht loswerden konnte. Das Tagebuch, das er ab April 1801 zu führen begann, ist voll von Hinweisen auf das periodisch wiederkehrende Fieber, unter dem er litt, und auf die verschiedenen Medikamente, die er schluckte. Ein kluger Arzt, dessen Meinung sich in der Tagebucheintragung vom 12. Dezember 1801 verzeichnet findet, neigte dazu, die Krankheit für psychosomatisch zu halten: er entdeckte bei Beyle »einige Symptome von Nostalgie und Melancholie« und machte ihm klar, seine »chronische Krankheit sei die Langeweile«.[8] Sehr oft in seinem Leben mußte Beyle sich bemühen, der Langeweile, dem *ennui*, von dem er ständig heimgesucht wurde, zu entfliehen; etliche seiner Helden stellte er unter die gleichen Bedingungen, um ihr Verhalten zu motivieren. Diese starke Furcht vor der Monotonie des Alltagslebens, einer grauen Bedrohung, die es durch eine zwingende Betätigung der Einbildungskraft oder ein kühnes Streben nach ungewöhnlichen Erlebnissen zu verbannen, zu überlisten oder auszustechen gilt, ist einer der Gründe, der Stendhal zu einem so typischen Menschen des 19. Jahrhunderts macht. Damals jedoch war er in erster Linie noch ein Jüngling, dessen entflammte Erwartungen von einer glänzenden Karriere im Dienst mit der Waffe unter der stumpfsinnigen Routine des Soldatenlebens in der hintersten Provinz ganz plötzlich erloschen waren. Ob die entkräftenden Fieberanfälle nun wirklich, wie der Militärarzt vermutete, durch seine Gemütslage verursacht wurden, können wir nicht wissen; man darf jedoch zumindest mit einiger Berechtigung annehmen, daß seine Widerstandskraft gegenüber dem, was er sich zugezogen hatte, durch seine niedergedrückte Stimmung erheblich geschwächt war.

Am 1. Februar 1801 machte General C. I. F. Michaud, der Befehlshaber der 3. Cisalpinen Division, Beyle zu seinem Adjutanten. Der junge Offizier war dem General von Louis Joinville empfohlen worden, und sowohl Joinville als auch Michaud schienen der Illusion zu erliegen, sie würden durch Beyles Beförderung das Wohlwollen Pierre Darus erlangen. Daru hingegen war wütend über die Ernennung, weil sie gegen die militärische Gepflogenheit verstieß – Beyle war weder im Rang eines Oberleutnants noch hatte er die nötige Kriegserfahrung, um den Rang eines Adjutanten zu bekleiden; außerdem wurden dadurch Darus eigene Pläne für seinen jungen Vetter durchkreuzt: er wollte ihn im Rahmen der Militärverwaltung aufsteigen lassen, nachdem er eine angemessene Zeitlang Felddienst geleistet hatte. Während der nächsten Monate ließ Daru nicht ab von seinen Beschwerden über Beyles Ernennung; gegen Mitte September gab Michaud nach und erteilte Beyle den Befehl, wieder in sein Dragonerregiment einzutreten. Wie es der Zufall wollte, erreichte ihn dieser Befehl, als er sich wieder einmal zwischendurch in Mailand aufhielt. So mußte er erneut die Erfahrung machen, sozusagen verbannt zu werden. Er stattete Angela Pietragrua einen letzten, zaghaften Abschiedsbesuch ab; er sollte sie ein Jahrzehnt nicht wiedersehen. Dann begab er sich in die Provinz Turin, wo seine Einheit bald in dem einen, bald in dem anderen Städtchen stationiert war. Inzwischen hatte er viele Monate lang wiederholt an Fieberanfällen gelitten und mußte gegen Ende Oktober tatsächlich anderthalb Wochen lang das Bett hüten. Er beantragte einen Genesungsurlaub mit der Absicht, nach Frankreich zurückzukehren, nicht bloß, um wieder gesund zu werden, sondern eindeutig auch, um seinen Abschied von der Armee zu nehmen und eine literarische Laufbahn einzuschlagen.

Während dieser sich lange hinziehenden Zeit der Krankheit und Untätigkeit begann Beyle Geschmack an Geselligkeit zu entwickeln und allerlei Vorhaben zu planen, die erkennen lassen, daß er bereits im Begriff war, die Verträumtheit und linkische Zaghaftigkeit des Jünglings, die sich noch ein Jahr zuvor zur Zeit seiner Ankunft in Paris so deutlich bemerkbar gemacht hatten, abzulegen. In seinem Tagebuch (15. Mai 1801) notierte er eine zufällig mitangehörte Bemerkung, die General Michaud zu einem seiner jüngeren Offiziere über ihn machte: »Dieser kleine Beyle gefällt mir sehr; er ist recht geistvoll... nur ist er zu offenherzig und zu schroff.«[9] Sein früher unreflektierter Starrsinn verwandelte sich zumindest in eine taktlose Direktheit, mit der er seine Meinung geltend machte, im übrigen mußte er als junger Adjutant sicher auch lernen, seine lebhafte und rasche Beobachtungsgabe im Rahmen einer Unterhaltung zu üben. Beyle neigte stets mehr dazu, seinen Geist zu entfalten als Taktgefühl zu entwickeln, wenn es darauf ankam, zwischen beidem zu wählen; doch was Michaud in seiner Beobachtung zu diesem frühen Zeitpunkt mit klarem Blick erkannte, ist der Umstand, daß diese Unbekümmertheit um das, was gesellschaftliche Diskretion oder berufsbezogene Besonnenheit etwa erforderten, eher einnehmend als anstoßerregend war. Michaud bewahrte seine Sympathie für den jungen Mann aus Grenoble auch, nachdem sie auseinandergegangen waren. In den Jahren 1803 bis 1804, als beide in Paris weilten, besuchte Beyle den General des öfteren in seinem Hause, und dieser versuchte, wenn auch vergeblich, seinen früheren Adjutanten davon zu überzeugen, er müsse seine unterbrochene Heereslaufbahn fortsetzen.

Unterdessen wälzte Beyle zwischen Anfällen von Fieber und Trübsinn Pläne, wie er sich in der Welt der Kunst und Literatur einführen und als Mann bestätigen könnte. Er nahm sich einen Fechtmeister – um ihn bald darauf wieder zu entlassen; dasselbe – nur für eine noch kürzere Zeitspanne – machte er mit einem Klarinettenlehrer. (Obwohl er, wie er bemerkte, ein *mélomane*, ein Musiknarr geworden war, kam er mit keiner seiner Bemühungen soweit, daß er in der Musik irgendwelche technischen Fertigkeiten erlangte.) Natürlich engagierte er einen Privatlehrer für Italienisch und machte auf diesem Gebiet auch wirklich einige Fortschritte, obgleich er sprachlich, außer in seiner Muttersprache, nie besonders gewandt war. Es war typisch für ihn, daß er sich, noch bevor er mehr als Grundkenntnisse im Italienischen hatte, an die Übersetzung der Goldonischen Komödie *Zelinda e Lindoro* machte und sie im Frühjahr 1801 in wenigen Wochen fertigstellte. Von dieser literarischen Bemühung wurde die Welt glücklicherweise nicht weiter behelligt, bis im 20. Jahrhundert Stendhals unermüdliche Herausgeber sie ausgruben. Er selbst scheint sie eher als eine Art Zwischenstudie betrachtet zu haben, die zum Teil schon eine Bearbeitung darstellte und etwas, aus dem er dann ein neues Stück hätte gestalten können.

Noch ehe er zwei Jahre zuvor aus Grenoble weggegangen war, hatte er von einer geplanten eigenen Komödie mit fünf Akten sogar schon fast drei Akte zu Papier gebracht. Das *Selmours* genannte schale Prosastück über junge Liebende, die durch scheinbar unüberwindbare Hindernisse voneinander getrennt werden und einen Helden, der auf törichte Weise jedermann gefallen will, ist die Arbeit eines Anfängers, der über den Papphorizont abgenutzter Theaterkonventionen noch nicht hinaussehen kann. In Italien entwarf er die Szenarien für zwei weitere Komödien in der gleichen Art, *Le Ménage à la mode* und *Les Quiproquo*. Gleichzeitig strebte er auch nach Höherem: er trug sich mit dem Gedanken, eine Verstragödie über Ariodant, einen der Helden seines geliebten Ariost, zu schreiben und eine weitere über keine geringere Gestalt als Odysseus. Wie so manche seiner Theaterprojekte gediehen diese Pläne, Molière und Corneille nachzueifern, glücklicherweise nicht über den Bereich glänzender Ideen hinaus.

Während er noch über seine verschiedenen dramatischen Vorhaben nachgrübelte, machte sich Beyle, zweifellos vom Beispiel seiner Regimentskameraden angespornt, daran, auf dem Gebiet sexueller Eroberungen, auf welchem er seine Komödien spielen lassen wollte, selbst einige Erkundungsvorstöße zu unternehmen. Hatte er während seines Aufenthalts in Mailand als Liebhaber zunächst noch teils nach einem unerreichbaren Ziel geschmachtet, teils sich mit käuflichen Mädchen abgegeben, so gibt es in den folgenden Monaten Anzeichen dafür, daß er nach Art eines echten Dragoners die Gastfreundschaft der Damen am jeweiligen Stationierungsort auszunutzen begann. An einem dieser Orte in der Provinz soll er sogar eine kurze Affäre mit einer Dame des italienischen Adels gehabt haben. In seinem Tagebuch fällt auf, daß er sich bei der Einschätzung erotischer Chancen einer bewußten Härte im Ton bedient – Arbelet spricht beißend von »Anmaßungen bis zur Unverschämtheit«[10] –, als müsse er selbst im privaten Bereich eines Tagebuchs beweisen, daß er ein würdiger Jünger seines Onkels Romain und seines Vetters Martial sei. So taxiert er in der Eintragung vom 2. Mai 1801 eine lombardische Schöne mit der kühlen Berechnung eines erfahrenen Verführers: »Mme Nota gilt hier als die hübscheste Frau der Stadt. Sie ist wahrhaftig nicht übel, bezieht ein Einkommen von 60000 Lire, hat einen *cavaliere servente* (ständigen Begleiter) – ein attraktiver Mann, der viel für sie springen läßt. Deswegen kommt man nicht an sie heran.« Im folgenden Satz behält der 18jährige Tagebuchschreiber diese forsche Attitüde des Gewußt-Wie in sexueller Hinsicht bei, obgleich das Wesentliche, das er über zwei adlige Damen am Ort sagt, noch immer jene leicht reizbare Überempfindlichkeit erkennen läßt, die ihn schon als Jungen vor der Gewöhnlichkeit der einfachen Frauen aus dem Volke in der St. Andreas-Kirche zurückweichen ließ: »Wir könnten mit zwei Gräfinnen schlafen, die in unserer Nähe wohnen; doch sie sind 28 oder 30 Jahre alt und wirken abstoßend schmutzig.«[11] Der quasi militärische Ton des erotischen Strategen – seit seiner frühen Lektüre der *Liaisons dangereuses* schon immer sein fernes Ideal – verhärtete sich bereits zum gewohnheitsmäßigen Verhalten, das er ständig beibehielt, obwohl er sich damit manchmal selbst schadete und als Liebhaber seinem von jeher idealistischen Instinkt oft Gewalt antat.

Ein weiterer sonderbarer Zug in Beyles Tagebuch während dieser letzten Monate in Italien sind die darin festgehaltenen Augenblicke nüchterner philosophischer Betrachtung. Man kann mit Sicherheit annehmen, daß sie ebenso wie seine zynischen sexuellen Bemerkungen im höchsten Grade ichbefangen sind: sie haben den theatralischen Ton eines intelligenten jungen Mannes, der gewichtige Aussagen über den Zweck des Daseins macht. *Diese* Pose zeitigte allerdings konstruktivere Folgen als die des erotischen Strategen. Mag der lehrhafte Charakter der Eintragungen auch affektiert wirken, so kommt in ihnen dennoch der grundsätzliche Ernst zum Ausdruck, mit dem Beyle damals schon über sein Leben nachdachte. Es lag eine echte Dringlichkeit in der Frage nach dem Sinn seines Lebens und der Art, wie er seine Begabung nutzen solle (und konnte er auch zu der Zeit noch nicht wissen, was er einmal schreiben würde – ein solches Gefasel wie *Selmours* war mit Sicherheit keine Antwort auf diese Fragen). Der Ernst der Fragestellung brachte ihn schon bald dazu, sich einer improvisierten geistigen Disziplin zu unterwerfen: sobald er wieder in Paris war, begann er eine Reihe von Überlegungen und Plänen zwecks weiterer literarischer Auswertung zu sammeln und Lesefrüchte aus seiner philosophischen Lektüre in einem besonderen Notizbuch aufzuzeichnen, das ihm als Führer in seiner geistigen Entwicklung dienen sollte, und dem er den hochtrabenden, aus zwei Sprachen gebildeten Titel *Filosofia Nova* gab.

Der entschlossene Impuls, mehr aus sich zu machen, ist bereits im folgenden Abschnitt des Tagebuchs unter dem Datum des 12. Juli 1801 erkennbar: »Beeilen wir uns, das Leben auszukosten, denn unsere Stunden sind gezählt; die Stunde, die ich damit zugebracht habe, mich zu grämen, hat mich trotzdem dem Tode näher gebracht. Arbeiten wir, denn die Arbeit ist der Vater des Vergnügens; grämen aber wollen wir uns nie; überlegen wir vernünftig, bevor wir einen Entschluß fassen; haben wir uns einmal entschieden, wollen wir uns nie mehr davon abbringen lassen. Mit Hartnäckigkeit erreicht man alles. Beschaffen wir uns Talente; eines Tages würde ich sonst die verlorene Zeit bedauern.«[12] All diese drängenden Imperative in der 1. Person Plural verleihen der Bekräftigung ein hohltönendes, rhetorisches Pathos; aber ironischerweise artikulierte der junge Tagebuchschreiber in diesen Gebärden eine Lebensanschauung, mit der er, wie er eines Tages entdeckte, wirklich leben konnte.

Ende 1801 wurde ihm der erhoffte Genesungsurlaub endlich bewilligt. Beyle brach, kurz vor seinem 19. Geburtstag, sofort nach Frankreich auf; er begab sich zunächst in seine Heimatstadt, da die geographische Lage dies nahelegte und auch seine körperliche Verfassung es verlangte. Während seines dortigen vierteljährigen Aufenthalts kam ihm Grenoble in mancher Hinsicht angenehmer vor, als er es von seiner Kindheit her kannte. Mitte April jedoch war er wieder in Paris auf der Suche nach einer, wie er sich einredete, neuen Liebe und schickte sich an, seine ganze Begabung für einen Vorstoß in die Welt des literarischen Ruhms einzusetzen. Italien hatte er hinter sich gelassen, um es erst nach zehn Jahren wiederzusehen. Doch wie die Frau, die für ihn die Schönheit und Leidenschaftlichkeit des Landes verkörperte, sollte es ein lockender Horizont in seiner Vorstellung bleiben.

IV
RÜCKKEHR NACH PARIS
(19.–22. Lebensjahr)

Beyles dreimonatiger Aufenthalt in Grenoble war eine angenehme Zeit des Sich-gehen-Lassens in einem Zentrum städtischen Lebens, wie er nun fand, nachdem er das Soldatenleben in der italienischen Etappe kennengelernt hatte. Er erholte sich schnell von seiner schleichenden Krankheit. Aller Verantwortung ledig, verbrachte er seine Zeit mit Lesen, machte Besuche in der Gesellschaft, tanzte auf Bällen und genoß – endlich einmal als Erwachsener in seiner Heimatstadt – wohl mindestens eine oder zwei vorübergehende Liebschaften. Entweder während dieses oder eines späteren Besuches in Grenoble befriedigte er eine junge Frau so gründlich – siebenmal nacheinander, wie er stolz festhielt (*Brulard*, Kap. 19, Anmerkung zu einer Planskizze)[1] –, daß die patriotischsten unter Stendhals französischen Biographen diesen Vorfall angeführt haben, um die Verleumdung zu widerlegen, der Autor des *Armance*, eines Romans über das Phänomen der Impotenz, habe im Schlafzimmer einer Dame selbst nicht viel getaugt.[2] Aber das große Gefühlserlebnis während seines Zwischenaufenthalts in Grenoble – vielleicht sollte man eher von Kopferotik sprechen – war seine Begegnung mit Victorine Mounier.

Victorine, die genau in Henri Beyles Alter war, und ihr um ein Jahr älterer Bruder Edouard waren zusammen mit ihren Eltern im Jahre 1790 emigriert; nachdem die Republik durch das Konsulat abgelöst worden war, kehrte die Familie gegen Ende 1801 von Weimar nach Grenoble zurück. Für Beyle, der darauf aus war, sich einer großen Leidenschaft fähig zu erweisen, war die kultivierte Victorine mit dem edlen, ovalen Gesicht, den großen, sanften Augen und dunklen Locken ein betörendes Geschöpf. Der unmittelbare Kontakt zwischen ihnen blieb ganz äußerlich – von den Gefühlen, die sie in ihm erregte, wagte er ihr kein Wort zu sagen. Bald jedoch beschäftigte sie seine Gedanken so ausschließlich, daß er ein freundschaftliches Verhältnis zu Edouard pflegte, an dem ihm sonst wenig gelegen war, nur um einen Zugang zu Victorine zu bekommen. Als sie im März 1802 von Grenoble nach Paris ging, war dies der Hauptgrund für Beyles Entschluß, selbst auch nach Paris zu ziehen; er setzte diesen Entschluß dann Anfang April in die Tat um. Allerdings hatte er keine Gelegenheit, sie dort wiederzusehen; denn schon bald nach ihrem Eintreffen reiste sie weiter zu ihrem Vater nach Rennes, wo dieser zum Präfekten ernannt worden war.

Über diese Entfernung hin war es für Beyle zweifellos leichter, den cerebralen Charakter seiner Leidenschaft für Victorine zu bewahren. Durch seine Scheu ebenso wie durch die gesellschaftlichen Anstandsregeln davon abgehalten, einen Briefwechsel mit ihr zu beginnen, kam er auf den für ihn charakteristischen phantastischen Ausweg, an Edouard gerichtete Briefe zu verfassen, in denen er verschleierte Anspielungen auf seine Liebe zu Victorine machte in der Hoffnung, sie würde diese Briefe zu lesen bekommen. Nichts läßt indes darauf schließen, daß Edouard seiner Schwester jemals Kenntnis von dieser eigentümlichen Korrespondenz gab, ja, es mag sogar sein, daß er die vorsichtig angebrachten Andeutungen gar nicht einmal verstand. Victorine war die erste von den wenigen Frauen, die Beyle als Ehepartnerin in Erwägung zog; sie heiratete aber schließlich einen Mann, der finanziell besser zu ihr paßte. Durch den Kunstgriff der indirekten Liebesbriefe erreichte Beyle lediglich, daß er das Feuer seiner Gefühle fast drei Jahre lang flackernd und immer wieder auflodernd bewahrte, während er hin und wieder einer anderen Frau nachstieg und der Geliebte wiederum einer anderen wurde, bis er endlich ein geeigneteres Objekt für eine große Leidenschaft fand.

Die beiden Pariserinnen, um die es im Jahre 1802 ging, waren niemand anders als Mutter und Tochter – Magdeleine und Adèle Rebuffel. Die reizende, heranwachsende Adèle, die Beyle im Frühling 1800 zuletzt gesehen hatte, war inzwischen zu einer attraktiven jungen Frau aufgeblüht. Beyle hatte ohnehin bereits ein locker intimes Verhältnis zu seiner lebhaften, lustigen jungen Cousine und war deshalb ihr gegenüber keineswegs so schüchtern wie in seinem Verhalten gegen Victorine, obwohl er sich in seinem Tagebuch schließlich den Vorwurf machte, mit ihr nicht noch kühner umgegangen zu sein. Daraus müßte man logisch folgern, in ihrer stark erotischen Beziehung sei es nie zum eigentlichen Geschlechtsverkehr gekommen; die etwas zweideutig formulierte Tagebucheintragung vom 26. August hingegen scheint eher das Gegenteil nahezulegen: »Dreimal, und zwar *die Kerze schneuzend, begegne (rencontre)* ich Adèle. Bevor ich um ein Viertel vor 4 Uhr hinausgehe, nehme ich sie in die Arme.«[3] Auf jeden Fall scheint die Verbindung zwischen Vetter und Cousine sich hauptsächlich in schwärmerischen Gesten ausgedrückt zu haben – von Adèles Seite das Geschenk einer Locke ihres Haares, eine rätselhafte Widmung Beyles in einem Adèle geschenkten Band, die Verheißung intimer Zusammengehörigkeit, als sie bei dem gemeinsam erlebten Schauspiel eines Feuerwerks sich liebevoll auf seine Schulter stützte.

Die auf dem Felde der Erotik erfahrene Mutter Adèles hatte indessen das äußere Getue eines Flirts nicht nötig; sie beschloß, sich des jungen Beyle zu bedienen. Blieb auch die Tochter sein eigentlicher Schwarm, so war doch diese unerwartete Gelegenheit zu sexueller Betätigung gewiß nicht ohne Reiz für ihn, und in Anbetracht der Tatsache, daß er zartfühlend sozusagen als zur Familie gehörig angesehen wurde, konnte er einem Verhältnis mit Mme Rebuffel nicht gut aus dem Wege gehen. Er nahm die Gunstbezeigungen der Mutter an und versuchte dabei – zweifellos nicht gerade erfolgreich – seine Versessenheit auf die Tochter vor ihr zu verbergen. Im Spätsommer und Herbst 1802 muß dieses Bemühen einige sehr gewagte Kunststücke erfordert haben, und versteht man das Verb *rencontre* in der Tagebucheintragung vom 26. August im sexuellen Sinn, so wurde er in der Tat sehr in Atem gehalten. Daher jener bewußt brutale Ton von Sexprotzerei (*machismo*), den er in den Eintragungen vom 27.

August anschlägt und der bereits in seinem italienischen Tagebuch zu beobachten war: »Ich suche Mme Rebuffel um 7 Uhr abends auf. Ich treffe M Rebuffel an; er empfängt mich mit der größten Freundlichkeit. Er geht fort, ich ficke die R. Adèle kommt um 11 Uhr nachts nach Hause. Sie behandelt mich mit der natürlichsten Gleichgültigkeit.«

Ungeachtet des bedrängenden verbalen Doppelspiels und der Aufregungen, welche dieses sonderbare Tragen auf zwei Schultern mit sich brachte, bedeutete Beyle während seiner zweiten Pariser Zeit die Gesellschaft von Männern eigentlich mehr als das Zusammensein mit Frauen. Wie bereits bemerkt, hatte er sich zur Zeit seines ersten Aufenthalts in der Hauptstadt qualvoll vereinsamt gefühlt. Jetzt gehörte er zu einem kleinen, engen Freundeskreis, dessen Mitglieder er täglich sah. Die meisten von ihnen waren ehemalige Schulkameraden aus Grenoble. Er hatte damals nacheinander mehrere Wohnungen, deren erste in demselben Gebäude lag, das Félix Faure bewohnte; mit ihm stand er einige Jahre lang auf zwanglos vertrautem Fuß. Ein weiterer Gefährte, den Beyle täglich zu sehen bekam und den er aus der Zeit an der Ecole Centrale kannte, war Louis de Barral; die beiden blieben ihr Leben lang befreundet. Unter den gleichaltrigen Grenoblern, mit denen er jetzt viel gemeinsame Zeit in Paris verbrachte, befanden sich auch Louis Crozet und Fortuné Mante. Mante spielte in zweifacher Hinsicht eine wichtige Rolle: zunächst übte er auf Beyle wegen seiner leidenschaftlich republikanischen Grundsätze einen anti-napoleonischen Einfluß aus; und dann bewog er ihn, wie noch gezeigt werden soll, dazu, mit ihm zusammen ein geschäftliches Risiko einzugehen. Schließlich waren Beyle und Martial Daru nach den gemeinsam in Mailand verbrachten Monaten eng miteinander befreundete, ständige Weggefährten geworden. Der Verdacht liegt nahe, der dauernde Umgang mit diesen jungen Freunden habe Beyle zu einem ausschweifenden Leben verleitet – Martials Aktivität als erotischer Intrigant hatte seinen noch unerfahrenen Vetter ja von Anfang an beeindruckt, und Barral war damals der Spielleidenschaft verfallen –, aber eher das Gegenteil traf zu. Für den angehenden Schriftsteller war dies vor allem eine Zeit, in der er sich ernsthaft selbständig weiterbildete, und unter seinen Freunden war immer der eine oder andere da, um an der lebhaften

Diskussion über Literatur, Theater, Politik und Geschichte teilzunehmen; mancher von ihnen beteiligte sich sogar an einigen seiner Unterrichtsstunden.

Anfang Juli 1802 verzichtete Beyle offiziell auf seinen Offiziersrang in der Armee, so daß er von da an gänzlich frei war, um sich ausschließlich auf eine literarische Laufbahn vorzubereiten. Er schlug sich schlecht und recht mit einem Taschengeld von seinem Vater durch. Nach etlichen Monaten fand er freilich die Höhe dieser Unterstützung immer unangemessener und hielt die Verzögerungen der Zahlung für unzumutbar. Seine Tagebucheintragungen und Briefe strotzten nun geradezu von Vorwürfen gegen seinen Vater – er bezeichnete ihn fortan regelmäßig als den »Bastard«. Ging es ihm auch manchmal ziemlich schlecht, war er doch immerhin dank der Zuwendungen seines Vaters durchaus in der Lage, sich ganz seinen Wünschen hinzugeben und sich sogar weiterhin so dandyhaft modisch zu kleiden, wie er es für angebracht hielt. (In den Briefen an seine Schwester Pauline bat er wiederholt und dringend um erstaunliche Mengen von Handschuhen, die unbedingt einen genau angegebenen Farbton haben mußten.) Schon bald nach seiner Ankunft in Paris nahm er sich einen Lehrer für Italienisch und einen für Englisch und machte nun im Lesen beider Sprachen erkennbare Fortschritte. Da er sich immer noch mit dem Gedanken trug, ein Dramatiker zu werden, wurde er ein regelmäßiger Theaterbesucher, trat leidenschaftlich für bestimmte Schauspieler und Schauspielerinnen ein und füllte sein Tagebuch mit Notizen über die besuchten Vorstellungen.

Im Sommer 1804 brachte ihn diese intensive Beschäftigung mit dem Theater so weit, daß er sich bei dem bekannten Schauspieler Jean La Rive zu einem Gruppenunterricht im Lesen von Schauspielen mit verteilten Rollen anmeldete. (In den Salons pflegte man damals aus Dramen zu rezitieren.) Doch schon nach wenigen Monaten war er mit La Rive nicht mehr zufrieden und wechselte zu einem Kursus über, den Jean-Henri Gourgaud, ein unter dem Bühnennamen Dugazon bekannter Schauspieler, anbot. Wie er seiner Familie gegenüber erklärte, bezweckte er mit diesen Unterrichtsstunden, seinen schleppenden Grenobler Akzent abzulegen; ihm selbst ging es vor allem auch darum, die Schauspielkunst gleichsam von innen her zu begreifen und sich in den Gedanken, selbst ein Schauspieler zu sein, einmal so intensiv wie möglich einzuleben. Die Leseproben sagten ihm eindeutig auch deshalb zu, weil sie ihm Gelegenheit zum unmittelbaren gesellschaftlichen Kontakt mit Berufsschauspielern und -schauspielerinnen sowie Schauspielschülern gaben; und dies sollte für ihn wichtige Folgen haben.

Die Tagebucheintragung vom 24. August 1804 vermittelt eine lebhafte Vorstellung von der Art, in der Beyle während dieses Lebensabschnitts seine Tage zubrachte. Um neun Uhr holte er Martial zum Frühstück ab. Danach gingen die beiden zur 10-Uhr-Probe bei La Rive, wo Racine rezitiert wurde. Nach der Stunde tranken Martial und Henri im Café de Foy ein Glas Limonade; dann lud Martial seinen Vetter zum Mittagessen ein. Beyle machte einen kurzen Anstandsbesuch bei seiner Verwandten Sophie Daru und ging dann heim, um von zwei bis fünf an einem Theaterstück zu arbeiten. Hierauf begab er sich wieder zu Martial, wo sich ein Freund den Vettern anschloß. Gemeinsam machten sie dann einen Spätnachmittagsbummel, auf dem ihnen Adèle Rebuffel mit ein paar Freundinnen begegnete. Die jungen Leute scherzten miteinander, und Beyle freute sich darüber, daß er einen ebenso guten Eindruck wie Martial machte. Etwas später trafen sie zufällig eine frühere Geliebte Martials, der er seinen Vetter mit ein paar spaßigen Bemerkungen vorstellte. Danach ging man in die Oper – Beyle zögerte einen Augenblick, weil ihm das Geld fehlte. Das aufgeführte Stück hieß *Les Bardes*. Während des ganzen Abends bewunderte Beyle die schlichte Ungezwungenheit und charmante Art seines Vetters Martial. Er selbst gab sich unmittelbar dem Vergnügen an dem ganzen Erlebnis hin und bewahrte gleichzeitig die Distanz eines Beobachters, wobei er Einzelheiten für eine künftige Wiederverwertung sorgfältig festhielt.

Die geistige Arbeit, die Beyle inmitten dieser Fülle geselliger Betriebsamkeit und Unterhaltung leistete, ist einer näheren Betrachtung wert. Seine tägliche Lektüre, sowohl zu Hause als auch in der Bibliothèque Nationale und in öffentlichen Lesesälen, war literarischer und zugleich – im Sinne des 18. Jahrhunderts – philosophischer Natur. Begeistert entdeckte er Tasso, begann seinen geliebten Shakespeare im Original zu lesen, las kursorisch den *Tom Jones* in einer Übersetzung, fand aber kein rechtes Gefallen an dem Buch (als er später Fielding noch einmal auf englisch las, bewunderte er ihn glühend). Den Vorrang in seinem privaten Leseprogramm hatten jedoch Schriftsteller wie Helvétius, Locke, Hobbes, Adam Smith, Montesquieu, La Rochefoucauld, Pascal und, als wichtigster von allen, der Autor des »Idéologie« genannten rationalistischen Systems Destutt de Tracy, dessen eifriger Verfechter er schließlich gegen Ende des Jahres 1804 wurde.*

In alledem ist etwas von dem klaren Geist der Geometrie wiederzuerkennen, der ihm in seinen Oberschuljahren in Grenoble aufgegangen war (und zwar durch einen bekanntlich von Tracy beeinflußten Lehrplan). Natürlich versuchte er rein instinktiv, seine leidenschaftliche Gefühlsbetontheit mit Hilfe eines intellektuellen Systems, das er von nüchternen Denkern – Rationalisten, Utilitaristen, Materialisten, Mechanisten – übernommen hatte, auszugleichen. Entscheidend aber war das naive Verlangen des jungen Beyle, das Leben, das heißt seine eigenen täglichen Erfahrungen, seine Beobachtungen über andere Menschen, sein zukünftiges Werk als Schriftsteller, fest in den Griff zu bekommen, indem er dessen scheinbare Formlosigkeit in die kristallklare Ordnung genau analysierter Prinzipien überführte. Es ist in diesem Zusammenhang bemerkenswert, daß er sich die Gedanken von Männern zu eigen machte, die im ersten Jahrzehnt des 19. Jahrhunderts schon allmählich aus der Mode kamen. (In Frankreich war schließlich Chateaubriand der neue Erfolgsschriftsteller, und in England waren die *Lyrical Ballads* – von Wordsworth und Coleridge – gerade erschienen.) »Ich muß mich aus meiner Zeit völlig herausnehmen«, bemerkte er in jener Sammlung von Maximen und Gedankensplittern, die er abwechselnd *Pensées* und *Filosofia Nova* nannte, »und mir vorstellen, ich lebte unter den Augen der Großen des Jahrhunderts Ludwigs XIV. Um immer für das 20. Jahrhundert zu arbeiten.«[4] Eine solche Bemerkung mag wieder einmal etwas von der Affektiert-

* Eine ausführliche Erörterung der Lektüre Stendhals und dessen, was er daraus machte, gibt Geoffrey Strickland in *Stendhal: The Education of a Novelist* (New York, 1974). Eine ausgezeichnete Erwägung der besonderen Bedeutung Tracys für Stendhal findet sich in dem Kapitel »Tracy: or the Advantages of Ideology« in Robert M. Adams, *Stendhal: Notes on a Novelist* (New York, 1959).

heit eines Neunzehnjährigen an sich haben; aber sie drückt doch genau das Bedürfnis des künftigen Romanciers aus, Abstand von den Geistesströmungen seiner Zeit zu gewinnen – ein Bedürfnis, das viele bedeutende Schriftsteller hatten; sie greift aber auch voraus, denn der reife Stendhal behielt in der Tat die klassizistische Vorliebe für die durchsichtige Klarheit der französischen Literatur voraufgegangener Epochen bei, und so war das, was er schrieb, weniger für seine Zeitgenossen als für spätere Generationen bestimmt. Was allerdings an dem persönlichen System geistiger Disziplin, das sich der junge Beyle damals zurechtgelegt hatte, fragwürdig erscheint, ist seine – besonders in den *Pensées* – offenkundige wiederholte Feststellung, er leite aus seiner Lektüre und seinen sorgfältigen Beobachtungen eine Reihe sicherer Prinzipien ab, aufgrund deren er unsterbliche literarische Werke werde schaffen können. Es wirkt fast rührend, wenn er mit seinem Vertrauen in die *ratio* in so jungen Jahren nach einem Lobeshymnus auf den Genius Corneilles bemerkt: »Was dieser große Mann fast dem Zufall verdankte, werde ich mit Hilfe meiner Methode leicht und sicher erreichen.«[5]

Beyles lange Briefe an seine Schwester Pauline spiegeln in klar verständlicher Form die geregelte Lebensführung, durch die er versuchte, sich auf alle Herausforderungen des Lebens vorzubereiten. Pauline war die einzige Frau, der er, ohne Vorsicht walten zu lassen, mit äußerster Vertraulichkeit und ohne Rücksicht auf die ausgeklügelten taktischen Schachzüge seiner amourösen Strategie alles berichten konnte; wiederholt erklärte er ihr, wie sehr er sie vermisse, wie sehr er sich wünsche, sie lebe bei ihm in Paris, wie er davon träume, eine Frau wie sie zu heiraten. Von allem, was er für sich selbst als nützlich empfand, glaubte er, es sei auch für Pauline das Richtige (seine geradezu feministischen Ansichten über das Recht der Frau auf Ausbildung traten damals bereits klar hervor). Daher erteilt er ihr – als zwanzigjähriger Mann mit Erfahrung, der sich an seinen noch unfertigen, doch vielversprechenden heranwachsenden Schützling wendet – in seinen Briefen unausgesetzt und mit vollem Ernst den Rat, Bücher, die er gerade erst selbst gelesen hatte, gründlich zu studieren, weiterhin Italienisch und Englisch zu betreiben und aus den von ihm empfohlenen rationalistischen Anleitungen zu lernen, wie man sich das Handeln der Menschen in seiner

Umgebung durch genaue Berechnung ihrer Wünsche und ihres Bestrebens, Schmerz zu vermeiden, erklären könne. Durch diese in den unbezweifelbaren Realitäten der Sinneserfahrung sicher fundierte, quasi mathematisch genaue Kenntnis von Charakter und Handlungsmotiven könne sie die Methode herausfinden, die es ihr ermögliche, das Verhalten anderer ihr gegenüber zu kontrollieren und – selbst in den Grenzen ihrer sozialen Rolle als Frau – jene Macht und Freiheit zu erlangen, die ihr als einem höherstehenden Wesen zukomme.

Es versteht sich, daß zu diesem Zeitpunkt seines Lebens das Bedürfnis, andere zu manipulieren und zu kontrollieren, ein Hauptanliegen Beyles war. Es ist die natürliche Reaktion eines intellektuellen, sehr jungen Mannes, der noch unsicher ist, wie er sich dem Geflecht von privaten und öffentlichen Machtstrukturen gewachsen zeigen kann. Diese Härte, dieser bewußt gepflegte Zynismus in der egoistischen Einstellung Beyles wird durch seinen ständigen Drang, sein Ich einer unerbittlichen Selbstprüfung zu unterziehen, ausgeglichen. Sein Tagebuch, seine Briefe, seine *Pensées* sind lauter ichbezogene Akte, teils der Selbstdarstellung, noch mehr jedoch einer Überprüfung der Selbsterkenntnis. »Verliere meine Briefe nicht«, schrieb er am 11. Mai 1804 an Pauline, »sie werden für uns beide von Nutzen sein: für Dich, weil Du später einmal verstehen können wirst, was Du zunächst nicht begriffen hast; für mich, weil sie mir die Entwicklung meines Geistes (*l'histoire de mon esprit*) zeigen werden.«[6]

Die profunden Einblicke in seinen Charakter, die er in gleichem Maße aus sich selbst zu gewinnen vermochte, wie auch aus dem, was andere über ihn sagten, gehören zu den erfrischendsten Stellen in Beyles privaten Aufzeichnungen aus dieser Zeit. So hielt er eine kritische Bemerkung von Mme Rebuffel fest (Mme Nardon nach dem Pseudonym-Code, den er damals bereits in seinem Tagebuch und seinen Briefen auf seine Bekannten anwandte), die erkennen läßt, daß sie ihn gelegentlich durchaus nicht nur über Geschicklichkeit im sexuellen Bereich belehrte: »In einem größeren Kreise bist du imponierend, wenn du vor zwanzig Leuten eine formvollendete Rede hältst; aber wenn du mit mir allein bist, bist du nur ein Kind« (Brief an Pauline vom 29. April 1805).[7] In der *Filosofia Nova* stellte er selbst eine gut dazu passende Beobachtung an über sein ständiges Bedürfnis, in

Gesellschaft einen blendenden Eindruck zu machen, aber auch über den Preis, den er dafür bezahlte. »Dieser verfluchte Zwang, glänzen zu wollen, veranlaßt mich, mehr darauf zu achten, daß ich selbst einen tiefen Eindruck hinterlasse, als zu bemerken, was in anderen vor sich geht. Ich bin zu sehr damit beschäftigt, mich selbst zu beobachten, als daß ich die anderen überhaupt wahrnähme.«[8]

Daß er sich im klaren darüber war, daß Selbsterkenntnis und Menschenkenntnis ihren sprachlichen Ausdruck finden müssen, war eine weitere wesentliche Voraussetzung für seine schriftstellerische Entwicklung: es kam darauf an, das genau treffende Wort für das Beobachtete zu finden und den vernebelnden Wortschwall bloßer Emphase oder rhetorischer Ausschmükkung zu vermeiden.

Das *Journal* und die *Pensées* sind zum Teil Übungen in stilistischer Selbstkritik: »Während ich diese Erinnerungen noch einmal überlese, pfeife ich mich oft selbst aus; sie geben meine Empfindungen nicht ausreichend wieder; das Wort ›gut‹ in ›gute Prinzipien‹ hier oben im Text ist zum Beispiel abgeschmackt. Es ist so, wie wenn ein Mann vom Teint seiner Frau sagen würde: ›er ist fleischfarben‹« (*Journal*, 26. August 1804).[9] An Mme de Staëls Roman *Delphine* bewunderte Beyle die leidenschaftliche Anteilnahme der Autorin und die Art, in der sie die Konventionen der Gesellschaft durchschaute; er beklagte jedoch die Überschwenglichkeit und die immer wieder abschweifende Ausführlichkeit ihres Stils: »Man kann Gefühle erregen, indem man *Fakten* und *Dinge* aufzeigt, ohne die Wirkung ausdrücklich festzustellen.«[10] Dies ist ein Stilideal einfacher, aber wirkungsvoller, bewußt zurückhaltender Darstellung, das wohl nur wenigen Romanschriftstellern vor Hemingway eingefallen ist – der reife Stendhal sollte es glänzend verwirklichen, vorläufig jedoch waren seine eigentlichen Schreibversuche mit erdichteten Stoffen weiter nichts als hilfloses Gestammel.

Im Jahre 1803 stellte er großartige Listen zusammen über die Komödien, Tragödien, epischen Dichtungen und Prosawerke, die er in den nächsten 15 Jahren zu schreiben gedachte. Darunter waren ein *Hamlet*, ein *Othello*, ein *Verlorenes Paradies*, eine *Liebeskunst*, geschichtliche Werke über die Französische Revolution und über Bonaparte, aber noch keine Romane (obgleich die *Pensées* zwei flüchtige Anspielungen auf die Möglichkeit, einen Roman zu schreiben, enthalten). Beyle beschloß indessen ohne langes Zögern, sich auf die Nachahmung Molières zu beschränken und konzentrierte seine Schaffenskraft auf eine satirische Komödie über das zeitgenössische Leben in Frankreich.

Seine erste anhaltende Bemühung in dieser Hinsicht galt *Les Deux hommes*, einem Stück, an dem er Anfang 1803 zu arbeiten begann. Darin stellte er mit schwerfällig didaktischem Nachdruck die Produkte zweier Erziehungssysteme brav nebeneinander – einen im Geiste der *Philosophes* erzogenen anständigen jungen Mann und einen lebensklugen jungen Heuchler, der in der pietätvollen Frömmelei des ancien régime aufgezogen wurde. Man könnte das Ganze als einen Fortschritt gegenüber den früheren dramatischen Entwürfen ansehen, einfach deswegen, weil es auf der Beobachtung echter Gegenwartsprobleme beruhte. Faktisch zollte *Les Deux hommes* allerdings nur ab und zu seinem eigentlichen ideologischen Thema Beachtung und war daher wieder nur eine schale Komödie mit konventionellen Intrigen, in der das Erscheinen eines angeblich verstorbenen Vaters in der letzten Szene den jungen Liebenden, deren Trennung eine berechnende Mutter ausgeheckt hatte, Rettung bringt. Einer in der klassischen Epoche üblichen Gepflogenheit folgend entwarf Beyle den Plan des Stückes zunächst in Prosa, in der Erwartung, er werde dann den Text in die erforderlichen gereimten Alexandrinerpaare übertragen können. Das Resultat war eine sich lang hinziehende Selbstquälerei, die erst nachließ, als er sich sein Scheitern eingestand. Sorgfältig zählte er die Anzahl von Verszeilen, die er täglich zu produzieren in der Lage war: es bedeutete für ihn eine herkulische Anstrengung, zehn herauszupressen, und dabei erwiesen sich diese noch oft genug als seicht, schwerfällig und metrisch unvollkommen. Zum Dichten in Versform war Beyle einfach noch weniger begabt als zum Dramen schreiben. Wie Jean Prévost nachgewiesen hat, lief der ausgewogene Rhythmus des zwölfsilbigen Alexandriners seiner natürlichen Neigung, in rhythmisch asymmetrischen Strukturen zu schreiben, regelrecht zuwider.[11] In seiner zielstrebigen Entschlossenheit, aus sich den neuen Molière zu machen, glich Beyle einem Athleten mit der Anlage, ein Meister im Langstrekkenlauf zu werden, der jedoch darauf besteht, sich nur am Wettbewerb im Stabhochsprung zu beteiligen; so führen denn seine Anstrengungen, sich hoch aufzuschwingen, lediglich zu zerbrochenen Stangen, verstauchten Fußknöcheln, abgeworfenen Querlatten und ein paar Mundvoll Sägemehl.

Im Sommer 1804 hatte Beyle *Les Deux hommes* aufgegeben und den Plan zu einem neuen satirischen Stück über ein entfernt verwandtes Thema gefaßt. Diese Prosakomödie wechselte im Lauf der Zeit mehr als ein halbes dutzendmal den Titel und die Personen, am häufigsten nannte er sie freilich nach der Hauptfigur »*Letellier*«. Das Stück beschäftigte Beyle mit Unterbrechungen als einziges konkretes literarisches Projekt während der nächsten zwölf Jahre: auf seinen verschiedenen Reisen führte er das Konzeptmaterial mit sich und arbeitete sogar an einzelnen Szenen, als er im Jahre 1812 mit Napoleons Armee in Moskau war, kam 1816 in Mailand wieder darauf zurück; und noch 1830, als das Projekt lange geruht hatte, schrieb er weitere Notizen zu den Grundgedanken des Stückes auf. Man fragt sich, was seine Aufmerksamkeit am *Letellier* so lange fesselte. Zunächst einmal war es ganz einfach das Joch, das er sich in seinem vergeblichen Bemühen, Dramatiker zu werden, selbst auferlegt hatte. Nachdem er einmal einen Stoff ausgearbeitet hatte, der ihm für eine erfolgreiche Komödie wirklich geeignet schien, wollte er nicht mehr davon lassen: länger als ein Jahrzehnt war dies praktisch die einzige Arbeit, die er noch in der Hand behielt, um sich selbst gegenüber das Versprechen, ein großer Schriftsteller zu werden, einzulösen.

Eine Erklärung ist allerdings noch darüber fällig, weshalb Beyle gerade an dem für den *Letellier* ausgewählten Thema so besonders hing. Die Hauptfigur war ausdrücklich nach dem Theaterkritiker Julien-Louis Geoffrey gestaltet, und der anderen satirischen Hauptfigur in dem Stück sollte Chateaubriand zugrunde liegen, so daß, wie Beyle es vorhatte, sowohl die politischen als auch die neo-christlichen Aspekte der herrschenden literarischen Modeströmungen bloßgestellt worden wären. Geoffrey grollte er, weil der Kritiker in der heftigen Auseinandersetzung über die Vorzüge zweier Schauspielerinnen für Mlle George gegen Mlle Duchesnois Partei ergriffen hatte; im übrigen sah er in Geoffrey aber auch eine Art Anti-Voltaire, der es darauf abgesehen habe, alle Werte der Aufklärung, die dem jungen Mann etwas bedeuteten, zu untergraben. Im *Letellier* drückte sich also in erster Linie Beyles Bedürfnis aus, von den damaligen literarischen Modeerfolgen Abstand zu gewinnen, sich selbst als Schriftsteller zu profilieren, indem er die vorherrschenden literarischen Ideale und die durch Institutionalisierung geförderte Entartung des literarischen Establishments kritisierte.

Diese literarisch kritische Haltung fand freilich nicht nur einen politischen sondern auch einen psychologischen Niederschlag. Letellier sollte in seiner repressiven Kritiksucht – »Ich lobe nur, um zu tadeln« ist sein Wahlspruch – und in seiner antirepublikanischen Gesinnung eine harmlose, durchaus komisch deutbare stellvertretende Figur für Napoleon sein, den der zornige junge Beyle zu der Zeit, als er das Stück in Angriff nahm, heimlich als einen Despoten verurteilte. Dazu muß man daran erinnern, daß Napoleon sich Ende 1804 zum Kaiser hatte krönen lassen und daß man sich in der Hauptstadt, wo man fünf Jahre zuvor das Konsulat hoffnungsvoll als eine stabilisierende Ausweitung der Republik begrüßt hatte, nun rasch an das zeremonielle Gepränge und die noch heute existierenden prahlerischen Denkmäler kaiserlicher Machtansprüche gewöhnte. Auf viele Jahre hin blieb Beyles Einstellung zu Napoleon schwankend, wie seine beiden mißlungenen Lebensbeschreibungen Bonapartes bezeugen. Als er lange nach dem Zusammenbruch des Kaiserreiches seine antinapoleonischen Aufzeichnungen zum *Letellier* noch einmal las, schrieb er allerdings mehr als einmal an den Rand: »Ich bitte dich um Verzeihung, o du Allergrößter. Ich war damals jung und von Alfieris Gedanken erfüllt.«*

Dem politischen wie dem literarischen Ressentiment in dem Stück liegt der Gegensatz zugrunde, den er bei der Darstellung seiner Kindheit im *Henry Brulard* zum zentralen Thema machte: der zwischen Jugend und Alter. Der wirkliche Geoffrey war damals über sechzig Jahre alt; Letellier, eher ein Mann in den mittleren Jahren, »bekundet Verachtung für die gegenwärtige Jugend von Paris«, insbesondere für Vardes, den idealistischen

* Conte Vittorio Alfieri war ein italienischer Dramatiker des ausgehenden 18. Jahrhunderts; von seiner glühenden Hingabe an die Sache der Freiheit empfing die nationale Befreiungs- und Einigungsbewegung in Italien einen ihrer ersten Anstöße.

jungen Mann in dem Stück, der Beyle und seine Freunde repräsentieren sollte. Eine 1816 geschriebene, kurze Notiz zu dem Stück macht sogar noch deutlicher, wie unmittelbar persönlich sein Hauptanliegen war: hier sagt Beyle ganz offen, der junge Mann sei er selbst, »voll Abscheu vor dem Kontakt mit Leuten wie dem Bastard« – wodurch er praktisch zugab, daß Letellier letztlich für Chérubin Beyle stand.

Aber engagierte sich Henri Beyle im *Letellier* auch mit seinem ganzen Gefühlsleben, gelang es ihm dennoch nicht, seine Vorstellung von dem Stück in ein geschlossenes Ganzes umzusetzen. Ursprünglich sollten seine Vorbilder der *Tartuffe* und *Les Précieuses ridicules* sein; aber in seinen Entwürfen findet sich nichts von Molières geistsprühendem Witz, von seiner Fähigkeit, die Komik der Situation und die Handlung in Bewegung zu halten. Nach der in den *Pensées* angepriesenen »Methode« arbeitend, fertigte Beyle umfangreiche Aufstellungen mit formelhaften Entwürfen für die Personen und Szenen an; aber die wenigen erhalten gebliebenen Seiten mit ausgeführten dramatischen Dialogen – die Hälfte des Manuskripts ging auf dem Rückzug von Moskau verloren – wirken zäh und schwerfällig. Selbst wenn man das verlorene Material berücksichtigt, gab es auf jeden Fall viele Seiten mit Anmerkungen, Erläuterungen und Szenarien für jede Textseite, und man kann getrost sagen, daß Stendhal während seiner über ein Jahrzehnt dauernden Lehrzeit als Schriftsteller mehr darüber schrieb, daß er ein Stück schreiben wolle, als er an dem Stück selbst schrieb.

Beyles Schwierigkeit erklärt sich zum Teil aus der Tatsache, daß er nur einen spärlichen Erfahrungsschatz verarbeiten konnte und bewußt seinen ganzen Willen daran setzte, ein Schriftsteller zu sein, obwohl es ihn in diesem Lebensabschnitt zutiefst danach drängte, etwas zu erleben. Vor allem aufgrund dieses Erlebnishungers war er unablässig von schwärmerischen Liebesaffären in Anspruch genommen, und gerade deshalb sind seine schriftlich festgehaltenen Reaktionen auf diese Liebschaften so interessant. »Deine wahre Leidenschaft«, bemerkte er in der Tagebucheintragung vom 19. Juni 1805, »ist die, etwas kennenzulernen und zu erproben. Sie ist niemals befriedigt worden.«[12] Damals war er gerade wieder einmal in Grenoble, auf dem Wege nach Marseille, wohin er der Frau nachfolgte, von der er in den vergangenen

Monaten wiederholt den Eindruck bekommen hatte, sie könne sein noch recht vages Verlangen nach intensiver Lebenserfahrung befriedigen.

Als Beyle sich Mitte Dezember 1804 Dugazons Schauspielklasse anschloß, war eine seiner Mitschülerinnen eine 25jährige angehende Schauspielerin namens Mélanie Guilbert, von ihren Kollegen meist Louason genannt. Mélanies wahres Wesen bleibt uns unbekannt; es war auch für Beyle selbst rätselhaft. Sie hatte eine natürliche Tochter von fünf Jahren und besaß sicherlich mehr Lebenserfahrung als der junge Mann, der bald ihr Verehrer wurde. Wie sie zu jener Zeit ihr Leben fristete, ist nicht ganz klar (sie scheint einige Ersparnisse gehabt zu haben); die Entscheidung, sich auf eine Bühnenlaufbahn vorzubereiten, obgleich sie für ein kleines Kind verantwortlich und selbst schon Mitte Zwanzig war, zeugt jedenfalls von einem hohen Maß an Entschlußkraft. Beyle fragte sich in diesen ersten Monaten des öfteren, ob sie wohl, wie so viele andere Frauen, nur eine gehobene Prostituierte sei. In solchem Argwohn wurde er durch den Hinweis seiner Freunde bestärkt – die ihn vielleicht nur aufziehen wollten –, sie sei eine Frau, die sich bereits anderen hingegeben habe, und er tue gerade jetzt gut daran, sie als eine nur allzu wahrscheinliche Ansteckungsquelle für Geschlechtskrankheiten zu meiden. Dessenungeachtet sah Beyle in ihr immer mehr jenes höhere Wesen, das ihm in seinem Briefverkehr mit Pauline vorgeschwebt hatte, und während ihrer gemeinsamen Unterrichtsstunden bei Dugazon glaubte er oft in ihrem Vortrag das zarte Timbre einer seltenen, von innerem Feuer erfüllten Sensibilität zu spüren.

In den ersten paar Wochen ihrer Bekanntschaft erwähnte Beyle Mélanie hauptsächlich als eine muntere Kameradin, obgleich er durchaus merkte, daß sie eine anziehende Frau war. (Sie hatte große blaue Augen und das, was er sich unter klassischgriechischen Gesichtszügen vorstellte; aber die einzige erhalten gebliebene Zeichnung von ihr ist amüsanterweise eine Skizze ihres Lippenprofils in seinem Tagebuch – sie sollte den Hauch von Wollust in ihrem einladenden Lächeln verdeutlichen.) Zu Beginn des Monats Februar 1805 fragte sich Beyle, ob er sich vielleicht für Mélanie interessieren solle, sozusagen als Heilmittel für seine dahinsiechende Liebe zu Victorine Mounier. Innerhalb weniger Wochen wurde aus den langen Tagebucheintragungen, die er damals machte, im wesentlichen ein Rechenschaftsbericht über jeden Schritt, mit dem er voll Leidenschaft Louason für sich zu gewinnen suchte. Diese Chronik der Gefühlsschwankungen, Enttäuschungen und stets ungeduldigen Erwartungen hat etwas von der Art, in der Proust schildert, wie Swann von Odette besessen ist – und in der Tat trug das *Journal* weit mehr als der *Letellier* dazu bei, daß der angehende Romanschriftsteller seine subtile psychologische Kunst erlernte. Es entzieht sich unserer Kenntnis, ob Mélanie sich zunächst von Beyle einfach nicht angezogen fühlte und erst allmählich wegen seiner geradezu hartnäckigen Verehrung ein romantisches Interesse für ihn entwickelte, oder ob sie ihn aus kluger Berechnung mehr oder weniger auf Distanz hielt; jedenfalls verbrachte er fünf Monate in einer fieberhaften Erregung, ohne das Ziel seiner Wünsche jemals ganz zu erreichen.

Im *Journal* kommt in diesen Monaten das Verb »haben« in seiner sexuellen Bedeutung auffallend häufig vor, und zwar immer im Konditional: »Ich hätte sie haben können, wenn ...« – wenn er an einem bestimmten Tage ein wenig mehr Geld gehabt hätte, um es für sie auszugeben; wenn er sich mehr in der Gewalt gehabt hätte, als sich eine Gelegenheit bot; wenn er sich nicht so abscheulich keusch betragen hätte (dies bezog sich auf sein Verhalten an einem Abend, als er sie abholen wollte und sie noch beim Ankleiden antraf). Beyle beobachtete mit überkonzentrierter Aufmerksamkeit sowohl sich selbst als Bewerber wie auch Mélanie, über deren Reaktion auf seine Liebe er sich nicht im klaren war. Als er während eines zärtlichen Gesprächs ihre Hände hielt, spürte er, wie auf ihren Handflächen der Schweiß ausbrach, hielt das für ein Zeichen von Erregung und schloß, als er noch dazu ihre tränenfeuchten Augen bemerkte, daß sie ihn in jenem Augenblick lieben müsse (*Journal*, 17. März). Das Bewußtsein, daß seine äußere Erscheinung nicht gerade anziehend war, bereitete ihm mehr Pein als je zuvor. So kam er auf den Gedanken, durch Entfaltung von Geist und Eleganz Mélanie von seiner Häßlichkeit abzulenken. *»Maximum of wit in my life«*, notierte er in einem seiner komischen Annäherungsversuche ans Englische, mit denen er fortan alle seine privaten Aufzeichnungen zu würzen pflegte; und nach einer Aufzählung der einzelnen Teile seiner Kleidung – der Seidenhose, der schwarzen Strümpfe, des zimtbraunen Rocks und des prächtigen gekräuselten Jabots –, die er angelegt hatte, um seinem Brillieren in der Unterhaltung noch mehr Wirkung zu verleihen, schloß er: »Meine ganze Seele trat hervor, sie ließ den Körper vergessen, ich machte den Eindruck eines sehr ansehnlichen Mannes, fast wie [der Schauspieler] Talma« (*Journal*, 25. Februar).[13]

Beyle betrieb allerdings sein Werben um Mélanie Guilbert nicht mit solcher Ausschließlichkeit, daß es ihn davon abgehalten hätte, vorübergehend auch andere Möglichkeiten ins Auge zu fassen. Er gedachte zum Beispiel, sich um eine junge Frau namens Tullia zu bemühen, wurde jedoch durch seine übliche Schüchternheit davon abgehalten. Eines Nachmittags ging er unmittelbar nach einem Besuch bei Mélanie kurz zu Adèle Rebuffel und faßte – vielleicht noch unter dem Eindruck einer soeben bei Mélanie erlebten Enttäuschung – nach ihren Brüsten (*Journal*, 30. April).[14] Doch dies waren unbedeutende Abschweifungen. Im Frühling 1805 war es schließlich soweit, daß die sich ihm immer wieder entziehende Schauspielerin seine ganze Aufmerksamkeit in Anspruch nahm; und darüber schwanden all seine anderen Interessen dahin, sogar seine Ambitionen auf gesellschaftlichen Erfolg und eine literarische Karriere in Paris. Es war ein kritischer Augenblick, als, am Nachmittag des 8. April, Mélanie ihm mit Tränen in den Augen eröffnete, sie habe mehr als die Hälfte ihres Vermögens aufgebraucht und werde sich bald mit ihrer Tochter aufs Land zurückziehen müssen. Möglicherweise steckte in diesem scheinbar spontanen Eingeständnis eine Spur von Berechnung; aber der hingerissene junge Liebhaber kam gar nicht einmal auf den Gedanken, an ihrer Aufrichtigkeit zu zweifeln. Er erklärte ihr vielmehr, er sei bereit, mit ihr in jeder beliebigen Gegend Frankreichs zu leben, er wolle sogar an ihrem ländlichen Zufluchtsort die Aufgabe übernehmen, ihre Tochter zu unterrichten. Zutiefst bewegt weinte Mélanie über seine Güte; zumindest deutete er ihre Tränen so. Bezeichnenderweise stellte Beyle nachher fest, dies sei wieder eine seiner verpaßten Gelegenheiten gewesen: »Mit etwas mehr Selbstsicherheit und etwas weniger Liebe wäre ich heute vielleicht hervorragend gewesen und hätte sie haben können« (*Journal*, 8. April).[15]

Im Laufe der folgenden Wochen erhielt Mélanie ein Angebot für ein Jahresengagement bei einer Provinztheatertruppe in Marseille. Aus finanziellen Gründen konnte sie die anständige Jahresgage von 6500 Francs kaum ablehnen; außerdem wurde ihr damit die Gelegenheit für ein vollwertiges Theaterdebüt geboten. Getreu seiner Zusicherung vom 8. April erklärte Beyle sofort, er habe die Absicht, mit ihr nach Marseille zu gehen. Obwohl er Mélanie gegenüber den Eindruck machte, er verzichte auf alles um ihretwillen, war die Übersiedelung nach Marseille eine Möglichkeit, die er schon aus anderen Gründen erwogen hatte. Sein Freund Fortuné Mante hatte sich nämlich, mit einem von seiner Mutter zur Verfügung gestellten Kapital versehen, als Partner in eine Import- und Zwischenhandelsfirma für Kolonialprodukte in Marseille eingekauft und Beyle bereits einige Monate vorher bedrängt, sich dem Unternehmen anzuschließen. Jetzt schien es so, als habe sowohl der kommerzielle wie der amouröse Erfolg Beyle in die von der Sonne verwöhnte Hafenstadt geführt. Am 8. Mai brach er zusammen mit Mélanie von Paris auf – die beiden waren genaugenommen noch immer kein Liebespaar – und begleitete sie auf dem Wege nach Süden bis Lyon. Von dort fuhr sie weiter nach Marseille, um mit der Probenarbeit zu beginnen, während er sich für einen zweimonatigen Aufenthalt nach Grenoble begab. Dort konnte er wieder einmal mit Pauline zusammen sein; dort mußte er aber auch seinem Vater gegenübertreten, um das für seine Teilhaberschaft in Mantes Firma nötige Kapital zu bekommen. Danach – so stellte er sich vor – konnte er an die Gestade des Mittelmeers eilen, um endlich die Früchte der Liebe zu ernten und außerdem die Saat für seinen zukünftigen Reichtum auszustreuen.

Zweiter Teil
Der Wegbereiter

Stendhal weiht uns als Berufener in die Geheimnisse des 19. Jahrhunderts ein.

Harry Levin,
The Gates of Horn

V
MARSEILLE
(22.–23. Lebensjahr)

Grenoble erwies sich diesmal als eine überaus harte Belastungsprobe. Voll Ungeduld, seinen glänzenden Traum von Liebe und Erfolg in Marseille zu verwirklichen, sah sich Beyle über zwei Monate der frühsommerlichen Langeweile in seiner Heimatstadt ausgesetzt. Er hatte sich vorgestellt, er werde von seinem Vater eine Summe von 30 000 francs erhalten, um damit in der Geschäftswelt Fuß zu fassen – er bekam nichts als eine entschiedene, mit einer langen Reihe von Argumenten und Vorwürfen gerechtfertigte Absage. »Ich fühle, wie das Vergnügen, das ich mir von meiner Reise nach Marseille versprochen hatte, durch die blödsinnigen, jämmerlichen und erniedrigenden Diskussionen mit meinem Vater und meinem Großvater, zu denen sie Anlaß gibt, verdorben wird« (*Journal*, 21. Juni 1805).[1] In seinem Gefühl, von der Familie im Stich gelassen zu sein, wurde Beyle sicherlich dadurch bestärkt, daß sein einstiger Verbündeter, Großvater Gagnon, sich so entschieden auf die Seite des Gegners gestellt hatte. Für ihn sah es so aus, als hätten sowohl sein Vater wie sein Großvater sich einfach als kleinliche Pfennigfuchser gezeigt; doch sie hatten andere Gründe als puren Geiz für die Ablehnung seiner Pläne. Beide hatten sie, der eine als Rechtsanwalt, der andere als Arzt, bereitwillig seinen Entschluß unterstützen können, Ingenieur, militärischer Verwaltungsbeamter oder vielleicht sogar – trotz der damit verbundenen wirtschaftlichen Ungesichertheit – Schriftsteller zu werden. Aber der Gedanke, er werde über Einfuhrzölle feilschen, die Preise für Kakao, Baumwolle, Gewürze und Rum manipulieren, war etwas ganz anderes, denn es bedeutete für diese aristokratisch gesinnten Bürger einen sozialen Abstieg in dem ohnehin nicht mehr stabilen, verschwommenen Gesellschaftsgefüge des nachrevolutionären Frankreich. Zudem muß ihnen das geschäftliche Risiko allzu groß vorgekommen sein, und zwar nicht ohne Grund. Die Handelstätigkeit in Marseille kam durch die Kontinentalsperre schnell zum Erliegen; daher war dies kaum der geeignete Moment, im Importgeschäft Geld anzulegen. Und tatsächlich befand sich die Firma Charles Meunier & Co., deren Partner Fortuné Mante geworden war, in ernsthaften Schwierigkeiten – allerdings konnte das in der Familie Beyle damals niemand wissen. Zu guter Letzt gab es einen konkreten Hinderungsgrund für Chérubin Beyle, seinem Sohn eine größere Summe Geldes zukommen zu lassen: er hatte seine eigenen Geldmittel damals mehr und mehr in Weinbergen und in der Schafzucht angelegt – und solche Formen der Bereicherung waren trotz des soliden ländlichen Hintergrunds allerdings genauso riskant wie Henris Vorstellung, aus kolonialen Schiffsladungen ein Vermögen zu ziehen.

Drei Tage nach seiner Ankunft in Marseille gegen Ende Juli faßte Beyle seinen Eindruck vom Aufenthalt in Grenoble in den grimmigen Worten zusammen: »*I arrived in* Grenoble *the... After two months and... days of* Betäubung, düsterer Langeweile *and somewhat despair*, bin ich endlich am 3. Thermidor des Jahres XIII nach Marseille abgereist«* (*Journal*, 28. Juli).[2] Die Ursachen der Betäubung und der düsteren Stimmung sind aus dem oben Gesagten ersichtlich. Andererseits erklärt sich *somewhat despair* (Beyle verwechselte wohl das englische *somewhat* = ›etwas‹ mit *sometimes* = ›manchmal‹) aus seiner Trennung von Mélanie. Die Briefe, die sie ihm nach Grenoble schrieb, waren kurz, sachlich und unverbindlich; für den überspannten, unsi-

* Falls kein anderweitiger Hinweis erfolgt, bedeuten fortan kursiv gedruckte Wörter in Zitaten aus Stendhals *Journal* und Briefen, daß der betreffende Ausdruck im Original in Englisch erscheint.

cheren jungen Liebhaber war dies Grund genug, sich fortan der Selbstquälerei hinzugeben. In dem einzigen vorhandenen Brief Beyles an Mélanie, der aus jener Zeit stammt (18.–20. Juni)[3], beklagt er sich ausführlich über die kalten Worte, die sie an ihn richtet, fragt sich, ob sie ihn wirklich liebe, oder ob sie womöglich mehr an einen der Verehrer denke, die sie in Paris umschwärmten, und gibt ihr zu verstehen, welch heftige Qual ihm, der sie bis zum Wahnsinn liebe, diese Zweifel verursachten. Völlig mutlos geworden durch die Verhärtung des Vaters und die Angst, er könne Mélanie verlieren, konnte Beyle es in Grenoble nicht länger aushalten und brach am 22. Juli nach Marseille auf, ohne einen *centime* von dem Kapital in der Tasche, das mitzunehmen er gehofft hatte. Das bedeutete, er konnte Meunier & Co. lediglich als Bürokraft seine Dienste anbieten; dies aber gab ihm wenigstens Gelegenheit, den kaufmännischen Beruf zu erlernen, wobei er sich allerdings immer noch an die Hoffnung klammerte, sein Vater werde früher oder später nachgeben und seinen Aufstieg vom gemeinen Büroangestellten zum kapitalkräftigen Teilhaber ermöglichen.

Kaum hatte er die Gegend um Grenoble hinter sich gelassen, da veränderte sich seine Stimmung. Auf der Fahrt nach Süden, zunächst mit der Postkutsche, dann per Schiff die Rhône hinunter, vertauschte er die Rolle des angstvollen Liebhabers mit der des aufmerksam beobachtenden Touristen. Der lange Rückblick im Tagebuch (Eintragung vom 28. Juli)[4] ist in Wirklichkeit sein erster Aufsatz als Reiseschriftsteller, eine Tätigkeit, der er in seinen späteren Jahren Tausende von Seiten widmete. Er hielt die verschiedenen Etappen seiner Reise unter der sengenden Sommersonne fest, bemerkte an den Ufern die schiefrig abgeblätterten, unter der Sonne glühenden, herausragenden Felsen, war überrascht von dem an Italien erinnernden Anblick der staubbedeckten und dennoch strahlendweißen Häuser von Avignon, und die Gesichtszüge eines Schiffers und seines Sohnes erinnerten ihn an Gesichter aus einem Gemälde von Raffael. All diese Gedankenverbindungen mit Italien waren wohl innere Vorbereitungen auf die nun endlich unmittelbar bevorstehende Erfüllung seiner romantischen Träume. Am 25. Juli traf er in Marseille ein und suchte sofort seinen Freund Mante auf. »H,H,H,H um 8 Uhr abends«, notierte er in seinem Tagebuch, was die Kryptographen Stendhals als »happy, happy, happy, happy« entziffert haben.

Auf den Anteil, den ihm Mélanie Guilbert an dieser Glückserfüllung geben sollte, konnte er vorerst nur hoffen. An jenem ersten Abend in Marseille bekam er sie nur in der Öffentlichkeit, im Grand Théâtre, zu sehen. Am folgenden Morgen machte er ihr in ihrem Zimmer einen Besuch – in freundlicher Voraussicht hatte Mante für Beyle ein Zimmer in Mélanies Hotel besorgt –, aber die Schauspielerin hielt ihren ungeduldig wartenden Liebhaber noch volle vier Tage in Spannung, woraus man schließen kann, daß sie sich absichtlich noch einmal als die Spröde gab. Am Abend des 29. Juli machte Beyle mit Mante einen Spaziergang über die Hafenbrücke, um den vollen Ausblick auf das Meer zu genießen, das er zum ersten Mal sah. Danach endlich suchte er Mélanie in ihrem Zimmer auf, und als er einige Stunden später wieder in seinem eigenen Bett lag, hielt er seine Hochstimmung in einem rätselhaften englischen Satz in seinem Tagebuch fest: *»The evening till the mid-night, for ever.«*

Solchem *for ever* ist natürlich eine erheblich kürzere Dauer beschieden, als es sich schwärmerische Einbildungskraft in ihrem unbegrenzten Tatendrang zunächst ausmalt. In diesem Falle scheint Beyles ungetrübtes Flitterwochenglück mit Mélanie nicht länger als von dieser Mittsommernacht bis zum Frühherbst gedauert zu haben. An den Wochentagen war er bei Meunier & Co. meistens mit nicht gerade fesselnden Aufgaben beschäftigt – er mußte den Schriftverkehr für die Firma erledigen (entsprechend seiner Tätigkeit in Pierre Darus Büro für die Militärverwaltung) und sich um unwichtige Buchhaltungsangelegenheiten kümmern, mußte zu der im ersten Stock der Marseiller Stadthalle untergebrachen Börse hinüberlaufen, um Preisschwankungen zu notieren und hatte vielleicht gelegentlich auf den Kaianlagen, wo neu eingetroffene Schiffsladungen gelöscht wurden, Aufträge für die Firma auszuführen. Der Staub, die Hitze und das Gerenne, das seine beruflichen Pflichten mit sich brachten, ließen ihn in seinen Briefen an Pauline dringend um neue Hemden und Strümpfe bitten, damit er die rasch verschmutzten alten ersetzen konnte. Mélanie war unterdessen tagsüber mit der Probenarbeit beschäftigt und hatte abends häufig wechselnde Rollen zu spielen. Für die Liebe blieben daher bloß die Nächte übrig, und diese auch nur bis zu einer bestimmten Stunde, denn sie achteten darauf, die Anstandsregeln zu wahren, indem sie in ihrem Hotel getrennte Zimmer behielten.

Die bürgerlichen Skrupel hatte wahrscheinlich Mélanie. Die Wirklichkeit sah allerdings so aus, daß das Paar in Marseille von grober, unverhüllter Sinnenlust rings umgeben war. Ihr in der rue Sainte, praktisch neben dem Grand Théâtre, gelegenes Hotel befand sich in einem von Straßenmädchen bevölkerten Viertel. Es war sogar üblich, daß die Prostituierten ins Theater kamen, um dort ihre Kunden aufzugabeln, und zuweilen waren die auf der Bühne deklamierten Verse von Racine und Corneille infolge des Lärms, der durch die weniger erhabenen Verhandlungen in den Gängen und den Reihen der billigen Plätze verursacht wurde, schwer zu verstehen. Selbst der in Europa verbreitete Usus, Vernunftehen durch feste, außereheliche Verhältnisse erträglich zu gestalten, wurde in Marseille mit einem besonderen Mangel an Feingefühl praktiziert. Wie Mante in einem Brief vom 4. Mai seinem Freund Beyle bereits erklärt hatte, besaßen die meisten Ehemänner ihre Geliebten und die meisten Ehefrauen ihre Liebhaber; solche Arrangements waren freilich so offen, daß es durchaus nichts Ungewöhnliches war, wenn der Ehemann und seine Geliebte, die Ehefrau und ihr Liebhaber mitsamt den dazugehörigen Kindern gemeinsam speisten.

Die eigentliche Poesie des Liebesglücks in den ersten Wochen mit Mélanie erlebte Beyle an den Sonntagen, wenn sie regelmäßig ihre Ausflüge zu landschaftlich schönen Stellen in der Umgebung machten. Auf einem dieser Ausflüge, am 25. August, war dem künftigen Romancier der Anblick von Mélanies schlankem Körper vergönnt, als sie nackt in dem Flüßchen Huveaune badete; in diesem Augenblick empfand er wieder das gleiche Entzücken wie als Junge, wenn er in M. Le Roys Studio das Landschaftsgemälde mit den nackten Badenden betrachtete, ein Gefühl, das er sich dann später im *Henry Brulard* wieder in Erinnerung rief. Ein vom 27. August bis 5. September datierter Brief an Pauline[5] enthält eine erlesene Beschreibung gerade dieses Sonntags; natürlich ersparte er seiner jungen Schwester die erotischen Einzelheiten, aber das ganze Erlebnis schilderte er als eine Art *Gesamtkunstwerk*, in welchem der Anblick eines

Schlosses mit »melancholischen« Türmen und einer prächtigen Platanenallee ihn an die erhabene Musik Cimarosas erinnerte und die Architektur, die Natur und selbst das Essen (die Speisenfolge eines köstlichen Picknicks) trugen in einem verfeinerten Ganzheitserlebnis zur Befriedigung aller Sinne bei. Sein euphorisches Glücksgefühl im Zusammenleben mit Mélanie war zu jener Zeit ein häufig wiederkehrendes Thema in Beyles Briefen an Pauline, auch wenn er weiterhin ernsthaft seine Rolle als ihr Mentor spielte. In der Einfalt seiner Leidenschaft unternahm er alles mögliche, um die beiden Frauen zusammenzubringen. Wiederholt schilderte er Pauline, wie sehr Mélanie ihr ähnele, besonders in ihrem feinen, vornehmen Wesen, und wie sehr die Schauspielerin darauf dränge, die jüngere Frau kennenzulernen; er erreichte sogar, daß seine Schwester und seine Geliebte miteinander korrespondierten. Pauline ließ sich überreden oder war ihrem Bruder so treu ergeben, daß sie tatsächlich in einem Testamentsnachtrag Mélanies Tochter, die Beyle in seinen Briefen an Pauline und an Henri Gagnon als seine Tochter ausgegeben hatte, ein Vermächtnis hinterließ. (Während dieser ganzen Zeit lebte das Kind in Neuilly bei Paris in einer Pension.) Sobald er und Mante sich als unabhängige Bankiers niedergelassen hätten, so malte Beyle es seiner Schwester aus, würden sie alle zusammen in Paris leben können, indem Mante Pauline heiratete und Beyle mit Mélanie die kleine Gemeinschaft edler Seelen vervollständige.

Louason zu besitzen erschien Beyle als die Erfüllung des seit seiner Kindheit gehegten Wunschtraumes – es bedeutete, sich der Liebe einer Schauspielerin zu erfreuen, deren schöne äußere Erscheinung und ungewöhnliche Sensibilität zugleich die Gewähr boten, daß Leidenschaft herrschte und große dramatische Dichtung entstand. Natürlich greifen das Leben und die Kunst nicht allzu oft mit solch choreographischer Präzision ineinander – im November begann er sich jedenfalls zu fragen, ob die Mélanie, die seine Bettgenossin geworden war, wirklich dem wundersamen Geschöpf entspreche, das er sich aus einiger Entfernung vorgestellt hatte. Auf der Bühne des Grand Théâtre hatte sie nicht gerade überwältigenden Erfolg, obgleich dies zumindest ebensosehr dem Publikum wie ihren Fähigkeiten anzulasten war. Sie hatte für den bei den damaligen Marseiller

Theaterbesuchern beliebten, übertriebenen emphatischen Deklamierstil nichts übrig; außerdem hatte sie keine tragende Stimme – sie pflegte über ihre »schwache Brust« und ihre zarte Gesundheit zu klagen; so konnten ihre Verse gar nicht durch all den Lärm und die Ablenkungen hindurch bis zum Publikum vordringen. Beyle machte zwar in seinem Tagebuch einige ärgerlich abfällige Bemerkungen über das Marseiller Publikum, aber er fing nun auch ein wenig an zu zweifeln, ob Mélanie so begabt sei, wie er geglaubt hatte.

Im Frühherbst, als er begonnen hatte, Destutt de Tracy noch einmal aufmerksam und gewissenhaft zu lesen, machte er in dem höchst abwegigen Wahn eines Liebenden den Versuch, Mélanie zu veranlassen, gemeinsam mit ihm Tracys *Logik* zu lesen. Mélanie war gewiß nicht intellektuell veranlagt, und nichts deutet darauf hin, daß Beyle mit seinem Bemühen, auch in ihr Interesse an der Philosophie oder gar an der Literatur zu wecken, irgendwelche Fortschritte machte, obgleich er noch viele Jahre später ihre feine Sensibilität bewunderte. Mélanie war offenbar durchaus lebensklug, sehr beharrlich und zielstrebig; aber sie hatte nichts Außergewöhnliches, vielleicht sogar, wie aus dem Folgenden hervorgeht, nicht einmal im Bett. Sie hatte den Entschluß gefaßt, sich Beyle anzuvertrauen, verließ sich auf seine Liebe zu ihr und war ihm dafür dankbar. Zu der Zeit, als sie seine Geliebte wurde, war sie ihm auch auf ihre Art recht treu ergeben; aber sie wollte von ihrem Partner ständig ernsthaft umworben sein. Im Herbst 1805 waren vier in Marseille stadtbekannte Don Juans hinter ihr her, lauter ältere Männer, von denen einer schon über sechzig und ein Aristokrat war. Betrog Mélanie ihren Beyle auch wohl nicht im eigentlichen Sinne, so scheint sie sich doch kaum ernsthaft bemüht zu haben, diese Verehrer zu entmutigen. Einer von ihnen lieferte jedenfalls den Anlaß für die ersten deutlichen Risse in ihrer Beziehung zu Beyle.

Am 8. November machte das Liebespaar wieder einen seiner Sonntagsausflüge. Nachdem sie unter einem Apfelbaum ein Frühstück, bestehend aus kaltem Geflügel, Wein und Torte, eingenommen hatten, machten sie einen Spaziergang durch die Wiesen; und plötzlich sagte Mélanie zu Beyle, er »sehe so aus, als ob er große Lust habe, es zu tun«. Die unausgesprochene traurige Bemerkung in seinem Tagebuch, die hierauf Bezug nimmt, läßt vermuten, daß er ein Gefühl des Unbefriedigtseins mit Mélanie und der Art, wie sie reagierte, wenn sie »es« mit ihm »tat«, mit sich herumtrug: »Sie hatte schon recht, aber das war nicht alles, was ich begehrte; ich hätte mir von ihr ein wenig mehr Verzückung gewünscht, oder genauer, ein wenig Verzückung.« Und dies Wesentliche, das er bei Louason vermißte, ließ ihn voll Sehnsucht an Angela Pietragrua denken: »Was Schönheit anlangt, so konnte niemand glücklicher sein; was ich hatte, übertraf meine Wünsche, eine hehre, vollkommene Schönheit, die Anmut der schönsten griechischen Gestalten; aber ich hätte mir etwas von der Verzückung gewünscht, deren nach meiner Vorstellung Angelina fähig war.« Vielleicht begann Beyle zu spüren, daß das, was Mélanie an ihn band, nicht Leidenschaft, sondern Abhängigkeit war; denn als sie auf ihrem weiteren Spaziergang eine Ruhepause machten, legte er ihre Beziehung zu ihm in folgendem Bilde aus: »Du bist eine Efeupflanze, du hast dich an einen kleinen Baum angeklammert und machst dir Sorgen darüber; statt dessen hättest du dich an einen dicken Baum, zu dem du volles Vertrauen haben könntest, anklammern müssen.«

Mélanie gab unumwunden zu, er habe recht mit seiner Bemerkung, und die Erörterung eines größeren und besseren Baumes für sie entfachte daraufhin natürlich Beyles Eifersucht auf ihre Verehrer. Er versuchte, sie zum Eingeständnis der genauen Art ihrer Beziehung zu einem gewissen M. Baux zu bewegen (in Beyles sonderbarem Code hieß er »Leases« wegen eines Wortspiels mit »bail« [A.d.Ü.: bail = der »Bürge«, spielt auf seinen eigenen Namen und die Sicherheit an, die er ihr gibt, während Baux »Leases« genannt wird, weil er Mélanie vermutlich »in Pacht nimmt« oder »mietet«]). Unbefriedigt über die spärlichen Enthüllungen, die er aus ihr herausholen konnte, schlug er eine Wette vor: falls es ihr nicht gelinge, den Baum, unter dem sie gepicknickt hatten, herauszufinden, müsse sie ihm offen sagen, ob »Leases« sie mit vertraulichem »du« anrede, falls sie die Wette gewönne, wolle er tun, was sie von ihm verlange. Mélanie hielt ihm entgegen, er seinerseits habe ja doch keine Geheimnisse preiszugeben. Dann stellte sie eine höchst aufschlußreiche Bedingung über den Einsatz, den er gegen den ihrigen setzen solle: falls sie den Baum richtig identifiziere, solle er in den kommenden fünfeinhalb Monaten unter keinen Umständen mit ihr schlafen. Daß sie solche Bedingungen vorschlug, läßt allerdings vermuten, daß ihrerseits von Verzückung in der Liebe nicht die Rede sein konnte, während die Tatsache, daß er in diese Abmachung einwilligte, vermuten läßt, daß die Heftigkeit seiner Eifersucht bereits eindeutig stärker war als die Heftigkeit seiner Leidenschaft. Er sprang über einen Graben und lief zu dem von ihr bezeichneten Baum – es war nicht derjenige, unter dem sie die Überreste ihres Picknicks gelassen hatten. Als Verliererin löste Mélanie ihre Schuld ein: ja, sie gab zu, M. Baux duze sie. (*Journal*, 8. Nov.)[6]

Schon vor diesem Novemberausflug hatte Beyle an seinen ehemaligen Schulkameraden Plana geschrieben, dem zu der Zeit in Turin eine sehr frühzeitige Ernennung zum Professor für Astronomie bevorstand, und er bat Plana, ihm ein tödliches und schmerzloses Gift zu besorgen. Aus einem Brief Planas vom 15. Dezember geht hervor, daß Beyle erwogen hatte, das Gift zum Selbstmord zu verwenden. Man hat die Vermutung geäußert, es sei einleuchtender, die Selbstmordgedanken auf den Frühsommer in Grenoble zurückzudatieren, als Beyle ganz und gar an Mélanies Liebe verzweifelte, anstatt sie mit seinem Idyll in Marseille, als er nur manchmal besorgt war, er müsse sie womöglich mit anderen teilen, in Zusammenhang zu bringen.[7] Diese Argumentation ist in ihrer mathematischen Klarheit sicherlich fragwürdig, weil sie die unterschiedlichen Grade der Gefühlsintensität verwirrter Liebe miteinander vergleicht. Jedenfalls stellt Plana in einem früheren Brief an Beyle (vom 5. November) eindeutig fest, es habe keinen Sinn, von Italien aus Gift zu schicken, weil es in Turin nichts gebe, was man nicht ebensogut in Marseille bekommen könne. Demzufolge hatte Beyle also seine Selbstmordgedanken in Marseille, und als einziges Motiv dafür kommen nur die Qualen der Eifersucht in Frage. Man muß sich indessen davor hüten, dies Vorhaben in dem gespenstisch melodramatischen Licht zu sehen, in dem es sich der zweiundzwanzigjährige Beyle selbst zweifellos vorstellte. Schließlich hatte er im voraufgegangenen Jahr in Paris *Die Leiden des jungen Werthers* gelesen, und die romantische Geste des Selbstmords war für ihn genauso ein *literarischer* Gedanke wie seine Ideen von Leidenschaft, Heldentum und Ruhm. Es war dies ein Gedanke, den er in sein ständiges Repertoire aufnahm und später anläßlich zweier anderer Verzweiflungsanfälle über enttäuschte Liebe in seinem Tagebuch mit Pistolen und Dolchen als den zugehörigen Attributen effektvoll demonstrierte. Wenn Beyle an Selbstmord dachte, war dies weniger kennzeichnend für einen depressiven als für einen überspannten Charakter. Im vorliegenden Fall spielte er Werthers Leiden vorsorglich in sicherer Entfernung vom Abgrund des Ernstfalles: statt den Versuch zu machen, sich an Ort und Stelle in einer Apotheke Gift zu beschaffen, schrieb er an einen Freund im Ausland; Plana hätte als Student der Mathematik und Astronomie, nicht der Medizin, keinen leichteren Zugang zu Giften gehabt als er selbst; und als einer der besonnensten von Beyles Freunden hätte er sich höchstwahrscheinlich am ehesten einem solchen Auftrag widersetzt, wie sein vernünftiges Zureden gegen die Selbstmordidee (in seinem Brief an Beyle vom 15. Dezember) praktisch vor Augen führt.

Ein weiteres Motiv dafür, daß Beyle im Herbst 1805 mit Selbstmordgedanken spielte, mag sein Wunsch gewesen sein, dadurch die Glut noch einmal zu entfachen und sich selbst einzureden, seine Liebe zu Louason, die in Wirklichkeit bereits langsam erlosch, sei eine feurige, schicksalsträchtige Angelegenheit auf Leben und Tod. Beyles Tagebucheintragungen gegen Jahresende weisen, soweit sie seine Gefühle gegenüber Mélanie berühren, zunehmend Anzeichen von Verärgerung und Enttäuschung auf. Der letzte, wirklich glückselige Augenblick wurde am Heiligen Abend des Jahres 1805 vermerkt: »*The next night ago was perfectly happy; the morning, two in the arms* von Mélanie: Wonne (*volupté*) und Glück« (*Journal*, 24. Dezember).[8] Zwei Wochen später jedoch erzählte ihm Mélanie von ihren Plänen, nach Paris zurückzukehren, und von den Geldschwierigkeiten, die sie haben werde, um sich dort niederzulassen; und Beyle reagierte weder mit Ärger noch mit Verzweiflung, sondern mit einem Gefühl der Niedergeschlagenheit und des Ekels über das, was ihn mit ihr verband: »Um halb fünf Uhr nachmittags Beginn der tiefsten Niedergeschlagenheit ohne Verzweiflung, stumpfer Überdruß, Mattigkeit ohne eine Spur von Energie« (*Journal*, 9. Januar 1806).[9] Mélanie war ihrerseits nicht geneigt, die Bindung an ihren Liebhaber – oder vielmehr die

Abhängigkeit von ihm – aufzugeben; aber die wirtschaftliche Notlage erzwang einfach ihren Weggang von Marseille. Die durch die Kontinentalsperre bedingte zunehmende Lähmung des Handels in der Hafenstadt ließ den Theaterbesuch erheblich zurückgehen, die Schauspieler wurden nicht mehr bezahlt. Im Januar organisierten die Darsteller des Grand Théâtre einen Streik. Mélanie beschloß nach Paris zurückzukehren, in der Hoffnung, sie werde aufgrund ihrer Erfahrung in weiblichen Spitzenrollen in der Provinz eine freie Stelle in einer der führenden Theatertruppen der Hauptstadt finden können. Am 1. März verließ sie Marseille. Beyles Reaktion auf ihre Abreise faßt treffend zusammen, was er damals ihr gegenüber empfand, in welcher Stimmung er allein in Marseille zurückblieb und wie er nun als Erwachsener die vielfältige Problematik der Jagd nach dem Glück betrachtete, die sich bereits jetzt aus diesem Scheitern seiner großartigen Liebesaffäre für ihn ergab: »Das Gefühl der Sklaverei, in dem mich Mélanie hielt, lastete oft auf mir; das Gefühl des Verlassenseins, in dem ich mich seit ihrer Abreise befinde, ist mir zuwider. Es ist also notwendig, daß ich mich korrigiere, um glücklich zu sein. Ich muß meinem Streben nach Glück neue Ausrichtungen geben« (*Journal*, 25. März).[10]

Inzwischen war Beyle seiner Zeitvergeudung im Handelsgeschäft ebenso schnell überdrüssig geworden wie seines Liebesverhältnisses mit Mélanie. Gegen seinen Firmenchef, Charles Meunier, empfand er fast nur Antipathie; selbst sein Freund Mante erwies sich in der gemeinsamen Arbeitsatmosphäre auch nicht gerade als der Gefährte, den er sich erträumt hatte: »Mante wird von Tag zu Tag dummer und schwerfälliger, sagen Mme Cosonnier und Mélanie; leider ist das wahr; mir scheint, vor zwei Jahren taugte er mehr.« (*Journal*, 2. Februar)[11] Die Arbeit selbst war größtenteils einfach mühsam, und da der verhinderte Unternehmer im Januar die Hoffnung aufgegeben hatte, daß sein Vater ihn doch noch mit Kapital versehen werde, begann er bereits, sich anderweitig zu orientieren.

Diesmal sah sein Plan, sich Erfolg im Leben zu sichern, so aus, daß seine Familienangehörigen ihn von ganzem Herzen darin bestärken konnten. Sein hochgestellter Vetter Pierre Daru war damals Leiter des kaiserlichen Staatsrats. Beyle hoffte, er könne durch Darus Vermittlung zum Kommissar (*Auditor*) in der

Militärintendantur ernannt werden. Er stellte sich vor, daß er in einer solch gesicherten Position mit einem Jahreseinkommen von 8000 francs alle Frauen würde haben können, die er sich wünschte, und außerdem viel freie Zeit, um sich literarischen Ruhm zu erwerben. Seit Anfang Januar organisierte er eine konzertierte Bestürmung Darus mit Briefen, und zwar schrieb er selbst sowohl an Pierre als an Pierres Mutter, veranlaßte seinen Vater und seinen Großvater, ebenfalls zu schreiben, spannte sogar seinen Onkel Romain ein, daß er an Martial (der seine Arbeit in der Intendantur wieder aufgenommen hatte) schreibe, und bat verschiedene Pariser Freunde, sich persönlich für ihn einzusetzen, und das alles, um für sich selbst einen Posten zu bekommen. Daru jedoch konnte die Art, in der sich der junge Mann über die wohlüberlegten Pläne für seinen Aufstieg hinweggesetzt hatte, indem er vier Jahre zuvor seinen Offiziersrang in der Armee aufgegeben hatte, noch immer nicht verwinden. Daher weigerte er sich jetzt, Beyles anhaltende Bitten zu beantworten, und seine mündliche Reaktion, die Beyles Pariser Freunde ihm nach Marseille berichteten, bestand in einer schroffen Abfuhr.

Trotzdem blieb Beyle hartnäckig; denn da ein Krieg mit Preußen unmittelbar bevorstand, erschien ihm eine Karriere im kaiserlichen Dienst immer klarer als der einzig sichere Weg, es im Leben zu etwas zu bringen. Vielleicht hatte ihn der Umgang mit einer mittellosen Geliebten ebenso wie die Tatsache, daß er der rauhen Wirklichkeit des kommerziellen Lebens preisgegeben war, zu der Einsicht geführt, daß es ohne finanzielle Sicherung kein Glück geben könne; denn nunmehr war er bereit, seine republikanischen Grundsätze zu ignorieren, wenn eine Laufbahn im Dienst des Kaisers der sicherste Weg zu materieller Unabhängigkeit zu sein schien. Immer in der Erwartung, von Pierre Daru gerufen zu werden, harrte Beyle in Marseille aus, erledigte prompt seine geisttötenden Pflichten im Importgeschäft, verkehrte zumeist mit anderen Ortsfremden, von den langen, mit Kartenspiel verbrachten Abenden ebenso angeödet wie von den Flirts, denen er sich einsam und mutlos hingab. Mélanie fragte dringend an, warum er nicht zu ihr komme. In seiner Reaktion verlegte er sich auf den Angriff als die beste Verteidigung, indem er ihr den Vorwurf machte, sie liebe ihn ja gar nicht. Sie stritt dies heftig ab, versicherte ihn ihrer Liebe und erzählte ihm, welch kummervolle Tage sie weinend verbracht habe, sich fragend, ob er sie noch liebe. Ob sie nun wirklich geweint hatte oder es nur vorgab – seine Gefühle ihr gegenüber schätzte sie jedenfalls richtig ein. Vielleicht war das, was Beyle in Marseille festhielt, zum Teil die Überlegung, es sei zur Zeit ratsamer, etliche hundert Meilen Abstand zwischen sich und Mélanie einzuhalten; Arbelet hat allerdings vermutet, ein sachlicherer Grund habe den Ausschlag gegeben: der Wunsch, Pierre Daru nach der schnellen Aufgabe seiner militärischen Karriere zu beweisen, daß er durchaus fähig sei, bei einer einmal erwählten beruflichen Tätigkeit zu bleiben.[12] Ein Brief an Martial Daru, den Beyle schrieb, als er endlich unterwegs nach Paris war, scheint insofern etwas ungewöhnlich, als er gleich zu Anfang einen derartigen Gedanken betont: »Ich bin hier in Grenoble, aber nicht aus Unbeständigkeit«; nur wegen der »schrecklichen Briefe« seines Großvaters, in denen dieser androhe, nichts für einen Enkel zu unternehmen, der ein gemeiner Geschäftsmann geworden sei, habe er sich veranlaßt gesehen, Marseille zu verlassen (1. Juni 1806).[13]

Beyles Gemütsverfassung während der drei Monate in Marseille nach Mélanies Abreise war eine ätzende Mixtur aus Schwermut und totaler Gleichgültigkeit gegenüber allem, was die Vermutung nahe legt, daß sein Verbleiben am Ort noch zusätzlich durch eine Art Gefühlsträgheit verursacht wurde: mochte sein Leben in Marseille auch noch so schal geworden sein – es hatte einfach keinen Zweck, irgendwo anders hinzugehen, bevor er nicht ein Angebot von Daru bekommen hatte. Am deutlichsten zeigt sich die Stimmung, die ihn während dieser Monate beherrschte, an seinem Umgang mit Frauen. In einem Milieu sexuell rastloser Ehefrauen und leicht zugänglicher junger Arbeiterinnen verkehrend, erlag Beyle dem grob sinnlichen Fluidum von Marseille, stellte, wie es der Zufall ergab, verschiedenen Frauen nach und, wenn sich das als zu mühsam erwies, genoß er die Gunst anderer, die schneller zu haben waren. Eine Tagebucheintragung vom 23. April illustriert treffend diesen traurigen Zustand von Gefühllosigkeit und rein mechanischer Lustbefriedigung. Beyle gabelte eine gewisse Rosa auf, und im Halblicht einer entfernten Straßenlaterne paarte er sich mit ihr in einem Hauseingang, auf die primitivsten Präliminarien verzichtend, im Stehen. Dann ging er mit ihr auf ihr Zimmer, wo sie die ganze Nacht sexuelle Übungen trieben, die er in der derbsten Ausdrucksweise wiedergab. Er verließ sie um sechs Uhr morgens, »durch und durch angeekelt und beschämt«. Doch ungeachtet seines Ekels erwog er bereits wieder, zu Rosa zurückzukehren, um ihre vielseitige Verwendbarkeit für ein Experiment im Analverkehr auszunutzen. Das Beste freilich, das er über sie sagen konnte, war, »daß sie mit mir nicht über Melle Louason gesprochen hat«.[14]

Beyle hatte wohl kaum den Wunsch, in dieser selbsterniedrigenden Weise noch länger vor dem Scherbenhaufen seiner großen Liebe vom voraufgegangenen Sommer zu verweilen; gegen Ende Mai ließ er sich endlich von seinen Familienangehörigen dazu bewegen, seinen Schreibtisch im Kontor zu verlassen. Nach einer angenehmen, einwöchigen Reise traf er am 31. Mai wieder in Grenoble ein. Hier hoffte er eine Reaktion auf seine an Pierre Daru gerichteten Briefe zu erhalten; aber nichts kam, nicht einmal eine Nachricht von Martial. Die Apathie der letzten Monate in Marseille hielt in seiner Heimatstadt an: »Nichts macht mir viel Vergnügen. Aufwallungen von Begeisterung kenne ich nicht mehr, mit Ausnahme der halbstündigen Begeisterungsanwandlungen für Frauen« (*Journal*, 27. Juni).[15] Er brauchte irgendeinen neuen Anfang; deshalb entschloß er sich, nach Paris weiterzureisen: dort konnte er alte Bekanntschaften auffrischen, vielleicht einmal nachschauen, wie es um sein Verhältnis zu Mélanie bestellt war, und das hartnäckige Schweigen Pierre Darus in einer unmittelbaren persönlichen Vorsprache durchbrechen.

Beyle verließ Grenoble am 1. Juli und traf neun Tage später in der Hauptstadt ein. Sogleich nahm er sein gewohntes Leben wieder auf, in seinem Tagebuch wird wieder ein flotter, energischer Ton erkennbar. Theater- und Opernbesuche wecken wieder Begeisterung in ihm, Martial sah er täglich, er arbeitete fleißig *L'Esprit des lois* von Montesquieu durch, begleitete die Damen Rebuffel, Mutter und Tochter, in den Jardin des Plantes, und überlegte, ob es nicht doch lohnend wäre, sich wieder einmal stärker um Adèle zu kümmern (doch im Hintergrund machte sich bereits Alexandre Petiet bemerkbar, und Beyle spürte, daß eine Heirat zwischen Adèle und seinem früheren Duellgegner bevorstand). Am 3. August ließ er sich, dem Beispiel Martials folgend, von den Freimaurern aufnehmen – zu diesem Schritt scheint er sich lediglich deshalb entschlossen zu haben, weil er hoffte, er werde dadurch für seinen beruflichen Aufstieg nützliche Verbindungen bekommen. Vom Geist der Loge fühlte Beyle sich kaum angesprochen, und sein Karrieredenken war keineswegs so zielstrebig, daß er es bei den Freimaurern entgegen seinen persönlichen Neigungen lange ausgehalten hätte. Nach ein paar Jahren wurde sein Name auf der Mitgliedsliste gestrichen, weil er seine Beiträge nicht bezahlte.

Schon am 18. August nahm er seinen sexuellen Verkehr mit Mélanie wieder auf (in der Tagebucheintragung vom 20. August vermerkte er ganz beiläufig, er sei »erschöpft, weil ich es zweimal mit Mélanie gemacht und die ganze Nacht fürchterlich geschwitzt habe«)[16], aber ihre Beziehung hatte nunmehr den Charakter einer mehr oder weniger angenehmen Gewohnheit – einer geläufigen Art, die warmen Sommernächte miteinander zu verbringen. Arbelet nennt diese Begegnungen treffend »den Katzenjammer« nach etwas, das vordem eine schöne, schwebende Liebesbeziehung gewesen war.[17] Tatsächlich kommt durch die Fortsetzung der Liebesaffäre mit Mélanie wieder jener Ton der Entkräftung in Beyles Tagebuch hinein, der es während des ganzen Frühlings gekennzeichnet hatte: »Ich kann nicht mehr, ich bin aufgebraucht, ausgepumpt bis auf den letzten Tropfen, moralisch und physisch« – ein Erschöpfungszustand, den er auf ein langweiliges Abendessen, während dessen unter anderem seine Geschichte mit Mélanie erörtert wurde, und zusätzlich darauf zurückführte, daß er die vorherige Nacht mit Mélanie verbracht hatte (*Journal*, 2. September).[18] Allmählich schien Beyle das Gefühl zu bekommen, er werde von Mélanie körperlich und seelisch »ausgelaugt«, was nicht überraschend ist, nachdem ihm klar geworden war, wie sehr sie von ihm abhängig war. Sie schliefen bis zu Beyles Abreise von Paris Mitte Oktober weiterhin zusammen, zumindest hin und wieder; sie müssen jedoch beide gewußt haben, daß zwischen ihnen alles aus war. Nach diesem zweimonatigen Nachspiel zu ihrer Liebesgeschichte verloren sie den Kontakt miteinander. Mélanie debütierte zwar am Théâtre Français, aber Beobachter fanden ihre schauspielerische Leistung schwach; sie konnte sich auf der Pariser Bühne keinen Namen machen. Später reiste sie mit der Truppe eines Wandertheaters nach Rußland, wo sie einem gewissen General Barkoff begegnete und ihn heiratete. Beyle hörte danach noch einmal von ihr, und als er 1812 in Moskau war, versuchte er sie ausfindig zu machen; sie war aber zu der Zeit in Petersburg und erwartete ein Kind. Er ließ ihr die Nachricht zukommen, daß sie ihm als Gast willkommen sei, falls sie je noch einmal nach Paris zurückkehre; als sie im folgenden Jahr wirklich nach Paris kam, sahen sie einander, diesmal freilich als liebe, alte Freunde. Es war für Beyle sehr typisch, daß er allen Frauen, zu denen er einst in enger Liebesbeziehung gestanden hatte, über viele Jahre hin in seinem Innern die Treue bewahrte. Noch im *Henry Brulard* erinnerte er sich an Mélanie Guilbert als eine der vier großen Lieben seines Lebens.

Unterdessen hatte Beyles Absicht, Pierre Daru persönlich anzusprechen, kein wirkliches Resultat erbracht. Daru war wohl dazu bereit, sich mit seinem kraftlosen jungen Vetter wieder auszusöhnen, aber er wollte ihm keine feste Zusage geben, daß er ihm eine Stellung beschaffen werde. Im Juli war Preußen der Krieg erklärt worden, und ganz Paris war in Erregung, weil sich ein neues kühnes Unternehmen des Kaisers anbahnte. Daru zog mit der Armee der Eroberer nach Preußen. Martial schickte sich nach seiner Eheschließung am 30. September an, seinem älteren Bruder zu folgen. Als er sah, daß sein Freund Henri noch immer keine Stellung hatte, schlug er vor, Beyle solle sich ihm einfach als Begleiter anschließen in der Erwartung, daß, wenn sie einmal im besetzten Preußen seien, Pierre schließlich einwilligen werde, seinem eigensinnigen Schützling eine Stellung zu verschaffen. Das Freundespaar brach am 17. Oktober von Paris auf. Elf Tage später trafen sie auf den Spuren Napoleons und Pierre Darus in Berlin ein. Zwei Tage nach seiner Ankunft betrat Beyle endlich zum ersten Mal eine Stufe der Ämterpyramide in der kaiserlichen Militärverwaltung, worum er sich fast ein Jahr lang bemüht hatte: Daru ernannte ihn zum einstweiligen Beigeordneten beim Kriegskommissariat in Braunschweig.

Die Zeit des ernüchternden Nachspiels zu seinem Marseiller Erlebnis schien Beyle vorwiegend zur inneren Neuorientierung ausgenutzt zu haben, bevor er sich wieder in das Abenteuer des

Lebens stürzte. In Marseille hatte er seine Lektüre – Tracy und Diderots ätzend komödiantischen *Jacques le fataliste* – verhältnismäßig sporadisch betrieben. Nach Paris zurückgekehrt, betrieb er seine Selbsterziehung wieder mit seiner früheren Emsigkeit. Das Gefühl, durch seine Lektüre der Philosophen und Historiker des 18. Jahrhunderts ein besseres Verständnis der menschlichen Natur zu gewinnen, gab ihm eine stille Befriedigung. Am Tage seines Aufbruchs nach Preußen faßte er das Erlebnis der drei in Paris verbrachten Monate zusammen: »Ich habe keine sehr starken Lustgefühle gehabt, aber oft Befriedigung erlebt. Die stärksten Lustgefühle, die ich hatte, sind mir aus dem Bewußtsein meiner fortschreitenden Erkenntnis der Lebenszusammenhänge entstanden«[19], und dies, so fuhr er fort, habe er hauptsächlich seiner Lektüre zu verdanken gehabt. Der Beyle, der sich im Gefolge der Armeen Napoleons aufmachte, eine neue Laufbahn einzuschlagen, scheint, nach der Ausdrucksform und dem Gehalt seiner privaten schriftlichen Äußerungen zu urteilen, wirklich eine ausgewogenere, weniger exzentrische Einstellung zu seinen Erlebnissen zu haben als der Beyle, der anderthalb Jahre vorher auf den Pfaden der Liebe und des Reichtums nach Süden aufgebrochen war. Im Gegensatz zu der relativen Isolierung, in der er den Italienfeldzug erlebt hatte, wurde er durch den Krieg in Preußen und Österreich zum ersten Mal mit aufwühlenden Realitäten konfrontiert; aber er war jetzt besser darauf vorbereitet, sie genau wahrzunehmen, ohne vor ihnen zurückzuschrecken, ebenso wie er sich nunmehr bereitwilliger darauf einstellte, der stumpfen Gleichförmigkeit des Dienstes in einer Besatzungsarmee mit den inneren Kraftreserven eines feinnervigen Erwachsenen zu begegnen.

VI
PREUSSEN UND PARIS
(23.–28. Lebensjahr)

Die Situation Henri Beyles in Preußen war gewissermaßen entgegengesetzt derjenigen, in der er sich in Italien befunden hatte. In beruflicher Hinsicht war sein Verwaltungsposten in Braunschweig, wo er am 13. November 1806 eintraf, eine verantwortliche Stellung. Er überwachte die Einkünfte aus den kaiserlichen Ländern, führte mit peinlicher Gewissenhaftigkeit den Schriftverkehr mit Amtsleuten, Intendanten, Präfekten, Inspektoren und dergleichen, und schon nach wenigen Monaten wurde seine Befähigung offiziell anerkannt: im Juli 1807 wurde sein Titel eines provisorischen Beigeordneten in den eines regulären Beigeordneten umgewandelt, und im Januar 1808 wurde er auf Ersuchen Pierre Darus zum Intendanten der Domänen Seiner Majestät des Kaisers im Departement Oker ernannt. Einige Zeit danach erwähnte er in einem Brief an Pauline (vom 26. Mai 1808), er sei in den Augen seiner Umgebung ein bedeutender Mann geworden, eine Respektsperson, die im offiziellen Schriftverkehr mit *Monseigneur* oder *Monsieur l'intendant* angeredet werde. Seine dienstlichen Obliegenheiten ließen ihm übrigens reichlich Zeit, den Mußebeschäftigungen eines vornehmen Herrn nachzugehen: er nahm Reitstunden, ging ziemlich häufig auf die Jagd (in späteren Jahren sah er darin freilich einen barbarischen Zeitvertreib), übte sich im Schießen und lernte auf längeren Fahrten die Umgebung kennen. In den ersten 16 Monaten seiner Braunschweiger Zeit machte er nach eigenen Angaben (*Journal*, 11. März 1808) 26 verschiedene Ausflüge – eine einmonatige Urlaubsreise nach Paris zu Beginn des Jahres 1807 war dabei nicht mitgerechnet. Eine Stadt in der weiteren Umgebung, die er zwar nicht eigens aufsuchte, an deren Namen er sich aber erinnerte, war Stendal, ca. 90 km östlich von Braunschweig und etwa auf halbem Wege nach Berlin.

Konnte Beyle auch dank seiner Tätigkeit in der kaiserlichen Administration endlich einmal das Gefühl genießen, im Leben vorwärtszukommen, so bot Deutschland im Gegensatz zu Italien doch sehr wenig, was seine Phantasie anregte. Rasch und vielleicht allzu oberflächlich brachte er das, was er von Preußen zu Gesicht bekam, mit der seit seinen Grenobler Jahren als Deutungsprinzip bevorzugten Nord-Süd-Polarität der Nationaleigenschaften in Verbindung. Wiederholt klagte er in seinem Tagebuch und in den Briefen, die Deutschen seien infolge ihres kalten Klimas und der riesigen Mengen von Schwarzbrot, Butter und Bier, die sie zu sich nähmen, schwerfällig, stumpf, kalt, ohne jegliche Spontaneität und rein praktisch eingestellt. Die deutsche Sprache klang für den Voreingenommenen wie das »Krächzen von Krähen«, und er strengte sich nie sonderlich an, sie zu beherrschen. Dennoch hatte er sich nach etwa einem Jahr so viele deutsche Wörter angeeignet, daß er einer Mozartoper einigermaßen folgen konnte; seine Amtsgeschäfte erledigte er jedoch auf Französisch, und mit den wenigen ihm befreundeten Leuten aus dem preußischen Adel und dem gehobenen Bürgertum konnte er sich ohne jegliche Schwierigkeit französisch unterhalten. Anstatt sich während seiner Braunschweiger Zeit auf die deutsche Sprache zu konzentrieren, nahm er sich sogar noch einen Englischlehrer und las schon bald Shakespeare, Samuel Johnson, Thomas Gray sowie – diesmal mit Begeisterung – den *Tom Jones*. Geradezu symbolisch für Beyles Aufenthalt in Preußen ist seine Tagebucheintragung vom 11. März 1808: »Meine ganze amtliche Korrespondenz erledige ich unter dem Porträt Raffaels, dessen Gesichtsausdruck sich mit den Stunden des Tages verändert. Dies schöne Antlitz, dessen Glück aus dem Herzen kam, verhindert, daß meine Seele gänzlich verdorrt.«[1] So klammerte sich Beyle während seiner trockenen Büroarbeit in einer Umgebung, die ihm als preußische Kulturwüste erschien, an einen Talisman italienischer Kunst mit seinen zarten visuellen Andeutungen von Schönheit, Leidenschaft und Glück.

Zur gleichen Zeit versuchte er natürlich, eine schlichte, normale Leidenschaft in der Bekanntschaft mit einer Frau zu entdecken, um so der drohenden inneren Verödung zu entgehen. Die erwählte Kandidatin war für diesen Versuch nicht sehr geeignet. Wilhelmine (Mina oder Minette) von Griesheim war die Tochter eines preußischen Generals und als solche allenfalls eine geeignete Gefährtin für Beyle auf seinen Ausflügen in Begleitung mehrerer Freunde; aber um seine Mätresse zu werden, war sie zu tugendhaft oder zu klug, und im übrigen kam sie für einen französischen Bürokraten, der über sein begrenztes Gehalt hinaus über keinerlei finanzielle Mittel verfügte, als Ehefrau kaum in Frage. Ihr Porträt läßt ruhig feste, echt deutsche Gesichtszüge erkennen: der breite Mund, die ausgeprägte Nase, die weit auseinanderstehenden Augen, die hohe, von einem dicht geflochtenen, symmetrischen Lockenaufbau umrahmte Stirn – dies alles unterschied sie sehr von den »griechischen« und italienischen Schönheiten, die Beyle vor kurzem noch vorgeschwebt hatten. Mina beschäftigte ihn besonders stark im Frühjahr und Frühsommer des Jahres 1807; als er jedoch erfuhr, daß sie sich mit einem Holländer verlobt habe, gab er seine Bemühungen um sie und sein inneres Engagement rasch auf. Am 9. November notierte er kurz und bündig in seinem Tagebuch: »Ich bin von meiner Liebe zu Minette geheilt«, worauf er die vernünftige Diät seiner Kur mitteilte: »Alle drei bis vier Tage schlafe ich aus physischem Bedürfnis mit Charlotte Knabelhuber, einer von M. de Kutendvilde, einem reichen Holländer, ausgehaltenen Frau. Ich bin in dieser Hinsicht mit mir zufrieden gewesen«.[2] Eine äußerst geschickte Regelung: er genoß ohne Verpflichtungen oder Ausgaben die angenehme Seite der Sache und machte obendrein einen Holländer zum Hahnrei. Etwa ein Jahr später war Beyle eine Zeitlang in eine Liebesbeziehung unbestimmten Charakters mit Livia Bialowiska, der noch nicht lange verwitweten italienischen Gemahlin eines polnischen Offiziers, verstrickt; ihre Reize wurden für ihn zweifellos durch sein nicht nachlassendes Heimweh nach Italien beträchtlich erhöht. Im ganzen jedoch waren seine Frauenaffären während seines Aufenthalts in Preußen von 1806 bis 1808 und danach in Österreich im Jahre 1809 eindeutig von der Art seiner Beziehung zu der Knabelhuber – eine bloße Befriedigung physischer Bedürfnisse.

Nachdem Beyle seine Laufbahn im Staatsdienst einmal begonnen hatte, wurde er, solange er darin blieb, mehr vom Ehrgeiz als von der Liebe verzehrt. Zum ersten Mal seit er das Elternhaus verlassen hatte, lernte er durch seine Verwaltungstätigkeit ein gewisses Maß an Selbständigkeit unter Erwachsenen kennen; aber er wußte sehr genau, wie wenig gesichert seine Stellung war, falls er in der Ämterhierarchie nicht aufsteigen konnte und so die Möglichkeit erhielt, seinen zukünftigen Wohlstand zu sichern. Doch beruflicher Aufstieg blieb für Beyle immer nur ein Mittel zum Zweck. Er hatte vor, falls er nicht heiratete, sich mit 31 Jahren vom aktiven Dienst zurückzuziehen, um in Italien ein Leben kultivierten Müßiggangs zu führen – dies tat er zwar schließlich auch, aber ohne die erhofften reichlichen Einkünfte.

In Erwartung neuer Dienstzuweisungen hielt er sich längere Zeit in Paris auf – zunächst von Dezember 1808 bis Ende März 1809, dann, nach seiner Teilnahme am Österreichfeldzug (von dem noch die Rede sein wird), von Anfang 1810 bis zum Spätsommer 1811. In dieser Zeit, als er sich in der Metropole der Macht befand, steigerte sich sein Verlangen nach sichtbarem Erfolg im Leben; denn hier konnte man ihn glanzvoll genießen: hier, an den Schalthebeln der Macht und des Einflusses, in dieser kaiserlichen Ära, wurde er plötzlich etwas Greifbares. Nachdem Beyle noch ein paar Jahre zuvor nahe dem Existenzminimum in der Hauptstadt gelebt hatte, gestaltete er sein Leben während seines zweiten und längeren Aufenthaltes in Paris so, wie er es sich zur Gewohnheit machen wollte.

Mit einem kleinen, aber regelmäßigen Einkommen, auf dessen beträchtliche Erhöhung er eine gewisse Aussicht hatte, gab er seinem Drang, den Dandy zu spielen, hemmungslos nach. Zu seiner Garderobe gehörten jetzt 18 verschiedene Westen, nicht weniger als 34 Frackhemden (die Wäschereien arbeiteten damals wohl nicht sehr prompt) und natürlich unzählige Handschuhpaare, wie er sie früher bereits von Pauline angefordert hatte, das heißt in den genau passenden Farbtönen. Am 30. April 1810 kaufte er sich ein Kabriolett *très a la mode* für 2100 francs, eine Summe, die etwa seinem Jahreseinkommen gleichkam (im 20. Jahrhundert würde dieser schicke zweirädrige Wagen mit zurückklappbarem Verdeck etwa einem besonders eleganten Sportauto entsprechen, zum Beispiel einem silbergrauen Mercedes-Kabriolett). Er hielt sich zwei Diener und zwei Pferde, speiste in erstklassigen Restaurants und war im Theater auf die besten Plätze abonniert. Gegen Ende Oktober mietete er eine geräumige, modern eingerichtete Wohnung, zusammen mit einem neuen Freund, Louis de Bellisle, einem eleganten jungen Mann von Welt, dem damaligen Liebhaber der Comtesse Marguerite Beugnot, der Beyle in aller Form vorgestellt wurde (seine Freundschaft mit der Gräfin sollte sich als dauerhaft erweisen und später noch interessante Auswirkungen haben). Obgleich Beyle gewiß über seine Verhältnisse lebte, gehörte er keineswegs zu jenen Menschen, die, wie Balzac, oder auf seine Art Sir Walter Scott, unter einer Art Zwang stehen, Eigentum zu vergeuden oder anzuhäufen. Sehr stark mit der Wirkung seiner Person beschäftigt, meinte er, er sei es sich schuldig, in der Gesellschaft einen glänzenden Eindruck zu machen; zumindest sein Dandytum kehrte er besonders deswegen hervor, weil er ständig wegen seines wenig anziehenden Äußeren besorgt war – schon gegen Ende seiner zwanziger Jahre bekam der untersetzte Beyle eine merklich beleibte Figur. In diesem übertriebenen Aufwand lag auch etwas Berechnendes, denn angesichts der kometenhaften Aufstiegsmöglichkeiten im kaiserlichen Dienst wollte er, gerade weil er besondere Beförderungspläne verfolgte, zeigen, daß er ein Mann sei, von dem man wußte, daß er in den besten Kreisen verkehrte.

Beyle fehlte jedoch der echte Geschmack an all dem gesellschaftlichen Betrieb: wie er später in den Hauptgestalten seiner Romane einprägsam deutlich machte, können die Verpflichtungen, die sich ein Mensch aus Ehrgeiz auferlegt, außerordentlich lästig werden. Im übrigen versuchte er wieder einmal am Teppich der Penelope zu weben, wie Martineau seine Arbeit an der Komödie *Letellier* genannt hat – im Juli legte er tatsächlich zuweilen Acht-Stunden-Tage dafür ein –; aber er wurde einfach von zu vielen anderen Dingen abgelenkt: »Besuche, Hausdiener, Wäscherinnen [für all seine Hemden!] und anderes, ebenso Wichtiges lenkten mich fünf- bis sechsmal im Laufe eines Morgens ab, erhitzten mein leicht erregbares Temperament, und ich brachte nichts zustande« (*Journal*, in einer mit August–September 1810 überschriebenen Eintragung).[3] Gegen Jahresende faßte er seine gesellschaftliche Inanspruchnahme in verdrießlichem Ton zusammen: »Gestern habe ich von 6 bis 11 Uhr fünf Besuche gemacht, vier davon aus lauter Ehrgeiz. Wie lästig!« (*Journal*, 29. Dezember)[4]

Mochte die mit dem beruflichen Aufstieg verbundene Anstrengung auch noch so lästig sein – Beyle hatte sich ganz darauf eingelassen; das bedeutete aber auch, daß er sich in immer größere Ausgaben verstrickte. Zu Anfang August 1810 erhielt er eine neue Stellung – er wurde zum Auditor im Staatsrat ernannt – dies war der Posten, auf den er vier Jahre zuvor in seiner Marseiller Zeit spekuliert hatte – mit einem Jahresgehalt von 2000 francs. Noch im selben Monat gewährte man ihm den zusätzlichen Titel eines Inspektors des Mobiliars und der Gebäude der Krone, welcher ihm ein Gehalt von 6000 francs eintrug. Als Inspektor hatte er viele Wochen lang an einem Projekt zu arbeiten, das seinem eigentlichen Interessengebiet entsprach, der Inventarisierung der im Musée Napoléon [dem Louvre, A.d.Ü.] enthaltenen Kunstwerke. Gleichwohl lag sein Jahreseinkommen von insgesamt 8000 francs noch mindestens 6000 francs unter dem, was er als Pariser Lebemann tatsächlich ausgab. Deshalb war er gezwungen, sich Geld zu leihen; manchmal stopfte er auch eine Lücke mit einer Geldüberweisung von Pauline, die im Jahre 1808 François Périer-Lagrange, einen Sproß aus einer wohlhabenden Grenobler Familie, geheiratet hatte. In den letzten Monaten des Jahres 1810 kam Beyle auf den Gedanken, sich als Vorbedingung für seine Berufung in den höheren Verwaltungsdienst einen Adelstitel zu erwerben (von seinem glühenden Republikanertum war nun überhaupt keine Rede mehr). Damit er dieses Ziel erreichen konnte, mußte sein Vater ihm zuerst ein Majorat erteilen, die gesetzliche Übertragung des Vorrechts des ältesten Sohnes auf das Erbgut, wie es dem europäischen Erbfolgerecht der Primogenitur entsprach. Er bedrängte Chérubin Beyle in seinen Briefen, jedoch ohne Erfolg.

Diese neuerliche Abfuhr bestärkte ihn in der Vorstellung, sein Vater, der »Bastard«, hege eine unversöhnliche Feindschaft gegen ihn; ihm war indessen nicht bekannt, daß der Familienbesitz infolge der verhängnisvollen landwirtschaftlichen Spekulationen Chérubin Beyles bereits mit Hypotheken belastet war, so daß der Vater gar nicht in der Lage war, das von seinem Sohn benötigte Majorat auf ihn zu übertragen. Obwohl Henri Beyle weitere drei Jahre hartnäckig an seiner Hoffnung, in den Adelsstand erhoben und weiterhin befördert zu werden, festhielt, hatte er faktisch bereits den Gipfelpunkt seines beruflichen und finanziellen Aufstiegs erreicht; nur seine Schulden stiegen weiter.

Während der Zeit von 1806 bis 1811 wurde Beyle von einer eigenartigen Diskrepanz zwischen seinem Willen und seinem Naturell, zwischen seiner frei eingegangenen beruflichen Bindung und seinem Gefühlsleben beherrscht. Er war zwar vom Ehrgeiz entflammt, empfand ihn aber nicht als die zutiefst treibende Kraft. Wie immer sehnte er sich danach, verliebt zu sein. Sieht man einmal von seinen zufälligen Liebschaften ab, so kam einem solchen Zustand eine sonderbare, selbstverordnete Pseudo-Leidenschaft am nächsten, überdies – wie noch gezeigt werden soll – eine auf das unpassendste Objekt gerichtete. Dieser Zwiespalt zwischen dem, wozu er seiner Natur entsprechend neigte, und seiner wirklichen Erfahrung ließ ihn mehr über sich selbst nachdenken, und zwar zum ersten Mal so, daß er sich nicht nur mit dem Verstand analysierte, sondern sich im eigentlichen Sinn beobachtete, abwechselnd darüber nachgrübelnd, wie er sich zur Zeit in seiner Haut fühlte und wie er sich vorher in ihr gefühlt hatte. Dieser neue Ton ist besonders deutlich in den langen, vertraulichen Briefen, die er aus Braunschweig an Pauline richtete. Leitmotive in ihnen waren die Erinnerung und – für einen 25jährigen recht seltsam – die Sehnsucht nach seinem früheren Leben. So zum Beispiel dachte er in dem bereits zitierten Brief vom 26. Mai 1808, in welchem er damit prahlte, als Monseigneur angeredet zu werden, voll Sehnsucht an seine ärmliche Jugendzeit zurück – immerhin waren erst vier Jahre vergangen, seit er in Paris nur »ein einziges Paar durchlöcherter Schuhe hatte, mitten im Winter ohne Feuer und oft sogar ohne eine Kerze war«:

»Könnte man das Leben wie einen Bauern auf dem Schachbrett hinsetzen, wo man wollte, würde ich noch einmal bei Dugazon die Kunst der Rezitation erlernen, Mélanie sehen, in die ich verliebt war, obwohl ich nur einen schäbigen Gehrock hatte, was mich untröstlich machte. Wenn sie mich nicht empfangen wollte, suchte ich eine Bibliothek auf, um zu lesen, und am Abend ging ich dann in den Tuilerien spazieren, wo ich dann und wann die Glücklichen beneidete. Aber wie viele köstliche Augenblicke gab es in diesem unglücklichen Dasein! Ich war in einer Wüste, wo ich hin und wieder einen Brunnen fand; jetzt sitze ich an einem voll gedeckten Tisch, habe aber nicht den geringsten Appetit.«[5]

In einem früheren Brief an Pauline (vom 26. März 1808) drückte er diesen Hang zur Nostalgie eleganter aus, und hier zeichnete sich bereits ein spezifisch Stendhalscher Gedanke ab – jene elegische Jagd nach dem Glück, während der merkwürdigerweise die Erinnerung selbst zum Glück vermittelnden Medium wird; dadurch gewinnen bloße Andeutungen (fast nie die Ausmalung der vollen Wirklichkeit) früher erlebter Wonnen, in einer jeweils eigentümlichen Struktur von Assoziationen aus der Erinnerung auftauchend, die anhaltende Leuchtkraft eines vollendeten Kunstwerks.

»Ich stelle etwas ziemlich Trauriges fest: verliert man eine Leidenschaft, so verliert man auch allmählich die Erinnerung an die Freude, die sie bereitete. Ich habe Dir davon erzählt, wie Adèle während des hübschen Feuerwerks in Frascati sich im Augenblick der Explosion für einen Moment auf meine Schulter stützte; ich kann dir in Worten nicht ausdrücken, wie glücklich ich da war. Zwei Jahre lang gab mir diese Vorstellung immer, wenn ich von Kummer niedergedrückt wurde, wieder Mut und ließ mich alles Unglück vergessen. Ich hatte das seit langem vergessen; heute wollte ich wieder daran denken. Gegen meinen Willen sehe ich Adèle so, wie sie ist; aber in meiner gegenwärtigen Verfassung ruft diese Erinnerung in mir nicht mehr das mindeste Glücksgefühl hervor. Mit Mme Pietragrua ist das anders: die Erinnerung an sie ist mit derjenigen an die italienische Sprache verknüpft; sobald mir in einem literarischen Werk etwas an einer Frauenrolle gefällt, lege ich es automatisch ihr in den Mund.«[6]

Der Unterschied zwischen seiner Erinnerung an Adèle in jenen ersten beiden Jahren und seinem bewußten, doch vergeblichen Versuch, sich im Jahre 1808 das Erlebnis vollständig ins Gedächtnis zu rufen, entspricht, wenigstens in einem gewissen Grade, Prousts Unterscheidung zwischen unwillkürlicher und willkürlicher Erinnerung. Für Stendhal ist das plötzliche Auftauchen einer unwillkürlichen Erinnerung fast stets mit dem Bild einer begehrten Frau verbunden, angefangen (zumindest im chronologischen, wenn nicht gar ursächlichen Sinne) mit jenem im *Henry Brulard* wiedergegebenen, auffallend erotischen Bild seiner ihn umarmenden Mutter. Die Erinnerung an die begehrte Frau wird dann wiederum mit dem Gefühl für vollendete Harmonie in der Kunst in Verbindung gebracht – selbst der Augenblick, als Adèle sich auf seine Schulter stützte, wird mit dem plötzlich aufstrahlenden Motiv eines Feuerwerks am nächtlichen Himmel treffend synchronisiert –, manchmal auch mit bestimmten Werken der Literatur, Malerei oder Musik. Angela Pietragrua eignete sich besser als Adèle zum Kristallisationskern unwillkürlicher Erinnerung, nicht nur, weil sie entfernt von Beyle lebte und letztlich sinnbildlichen Charakter für ihn hatte, sondern auch, weil sie in das Reich Cimarosas und Raffaels gehörte und ihm in den anmutigen Zeilen eines jeden italienischen Theaterstücks oder Gedichts begegnen konnte.

Zu einem späteren Zeitpunkt im selben Jahr ging der ewig Suchende auf der Jagd nach dem Glück in einem anderen Brief an Pauline (vom 29. Oktober 1808)[7] noch bedeutend weiter in seinen diesbezüglichen Überlegungen. Abermals rief er sich das Erlebnis mit Adèle während des Feuerwerks ins Gedächtnis, diesmal nannte er es »den glücklichsten Augenblick meines Lebens« und brachte es in Zusammenhang mit seinem Glücksgefühl während der Aufführung des *Matrimonio Segreto* in Novara im Jahre 1800. Seiner frisch vermählten Schwester gegenüber redete er neuerdings mit größerem Freimut über die sexuelle Seite seiner Beziehungen zu Frauen und äußerte die Vermutung, die Freuden der Liebe verblaßten vor den Freuden der Kunst: »Mir scheint, keine der Frauen, die ich gehabt habe, hat mir je ein so süßes und so wenig erkauftes Glücksgefühl geschenkt wie die eben gehörte Melodie. Diese Freude ist mir zuteil geworden, ohne daß ich sie im mindesten erwartet hätte; sie hat meine ganze

Seele erfüllt.« Und um sozusagen diesen durchaus Proustschen Gedanken noch zu vervollständigen, fragte sich Beyle in der Erwägung, wie wenig dauerhaft doch eine Leidenschaft sei und wie ermüdend sie werden könne, ob uns nicht die Kunst mehr geben könne als das, was wir Wirklichkeit nennen, zumindest im Hinblick auf die Intensität und Reinheit des Erlebens. »All dies, meine liebe Pauline, bringt mich auf den Gedanken, daß die Kunst, die uns zunächst deshalb gefällt, weil sie die Genüsse der Leidenschaften durch *Reflexion* wie das Licht des Mondes ausmalt, uns letztlich nachhaltigere Genüsse bereitet als die Leidenschaften.« [H. Beyles Hervorhebung des Wortes *Reflexion* weist auf die übertragene Wortbedeutung »nachsinnende Betrachtung« hin.]

Diese Betrachtungen lassen darauf schließen, daß sich in dem jungen Karrieremacher Beyle innere Veränderungen vollzogen, aus denen der gereifte Stendhal hervorgehen sollte. Manchmal spürte er jetzt einen starken Drang, sich aus einem Leben voll Aktivität, Unternehmungsgeist und Verpflichtungen, in das er sich mit so viel Energie hineingestürzt hatte, zurückzuziehen. Wenigstens bis zu einem gewissen Grade gab er diesem Drang nach, als der politische Umschwung es verlangte; voll verwirklicht wurde er nur in der Lösung des Handlungsknotens seiner beiden größten Romane. In dieser Krisenzeit seines Lebens ließ er die verborgene Seite seines Wesens an einem auffallenden Ideogramm sichtbar werden. Die rätselhafte Tagebucheintragung vom 9. September 1810 ist überschrieben mit »Mein Turm«.[8] Es folgen genaue Zahlenangaben mit Kostenanschlag für den Turm samt einer Aufrißskizze am Seitenrand. Er sollte einen Durchmesser von 18 Fuß und eine Höhe von 60 Fuß haben sowie einen umlaufenden Balkon in Höhe seines Arbeitszimmers, zu welchem eine Treppe mit 120 Stufen führte. Dieses erhöhte Refugium mit der schönen Symmetrie seiner durch 12 oder 6 teilbaren Maße blieb natürlich ein Turm auf dem Papier, ein Zufluchtsort seiner Phantasie, den Beyle mit fast mathematischer Präzision in eben jener Zeit entwarf, als er in seinem neuen Kabriolett umherfuhr und daran ging, sich eine elegante Wohnung zu mieten. Seine Wunschvorstellung wurde von den über Grenoble sich auftürmenden Alpen beeinflußt, von Les Echelles, dem Zufluchtsort in den Bergen und von dem Glockenturm bei Rolles, von dem herab es im Jahre 1800 für ihn geläutet hatte. Beyle zog sich in seinem Leben nie in einen solchen Turm zurück; aber eines Tages fand er wieder Verwendung für die Idee in Form paradoxer Gnadengeschenke für Julien Sorel, der in seiner hochgelegenen Turmzelle der Hinrichtung entgegensieht, und für Fabrizio del Dongo in seiner berauschenden Einzelhaft im Farnese-Turm, einem auf einem großen Festungsturm errichteten kleineren Turm, von dem aus sein Blick über Parma hinweg bis zu den Alpen schweift.

In der Zeit, als Beyle von Türmen zu träumen begann, war er unmittelbarer Zeuge dessen geworden, was Waffengewalt im grausamen Getümmel des Krieges anrichtete; und obgleich er nicht erkennen ließ, daß er sich über das mitangesehene Gemetzel lange Gedanken machte, wirkte sich das Erlebte sicherlich auf seine Vorstellung von einer vollkommenen Zufluchtsstätte ebenso aus wie auf seine skeptische Meinung über das stetem Wechsel unterworfene menschliche Treiben außerhalb der Erinnerung und der Kunst. Der früheste Bericht darüber, wie er im Kriege verübte Gewalttätigkeiten aus nächster Nähe beobachtete, findet sich in einem Brief an Pauline vom 19. September 1808.[9] Er berichtete darin über einen preußischen Aufstandsversuch, der kurz vorher in Braunschweig stattgefunden hatte. Der neckische Ton, den Beyle darin anschlug, ist – gelinde gesagt – befremdend. Natürlich mochte er versucht haben, in einem Brief an seine jüngere Schwester über Geschehnisse, die man sonst als grauenhaft ansehen würde, witzig und amüsant zu erzählen; vielleicht wollte er sich auch mit dem eigenartig scherzhaften Ton gegen das Grauen, das sich vor seinen Augen abgespielt hatte, innerlich zur Wehr setzen. Jedenfalls beginnt seine Beschreibung mit offensichtlich fehlangebrachter Ironie, der beißenden Schärfe eines Swift, ohne daß sie indes durch einen satirischen Anlaß gerechtfertigt gewesen wäre:

»Dann gab es vorgestern, das heißt am 10., eine Schlacht! eine Schießerei, die ich miterlebt habe, während der eine alte Frau den Vorzug genoß, daß man ihre über dem Bauch gekreuzten Hände durchbohrte, so wie es unserem Erlöser geschah, und danach noch den Bauch, so daß sie auf der Stelle die Wirkung seiner Barmherzigkeit erfahren konnte. Von mehreren Säbelhieben, deren sich niemand rühmt, soll gar nicht erst die Rede sein.

Herrlicher Mondschein; die breite Straße voller Menschen. *Ferflou-Ke-ta-Françauze*, was ›verfluchter Franzose‹ bedeutet, regnete es von allen Seiten auf meinen Uniformhut herab; ein Gewehrschuß – 20 Leute lagen um mich herum flach am Boden; die anderen hatten sich an die Mauern gestürzt, ich allein blieb stehen. Ein hübsches Mädchen von 18 Jahren, ihr Kopf fast unter meinen Stiefeln...«

Beyle konnte seine Geschichte, nachdem er sie im Brief mit drei Auslassungspunkten abgebrochen hatte, wenigstens mit einem rührenden Happy-End versehen: das Mädchen blieb am Leben und unverletzt, zitterte nur vor Angst; er nahm sie sanft auf und trug sie aus der Schußlinie heraus, wonach sie auf ihre Füße sprang, ein Knickschen machte und entfloh.

Sieben Monate danach sollte er während des Österreich-Feldzugs weit Schlimmeres zu sehen bekommen. In Paris, wo er nach Beendigung seiner Aufgabe in Braunschweig Urlaub machte, erreichte Beyle am 28. März 1809 der Befehl, sich den französischen Streitkräften in Straßburg anzuschließen. Den ganzen April hindurch und in der ersten Hälfte des Monats Mai war er mit der vorrückenden Armee unterwegs; am 13. Mai zog er in das eroberte Wien ein, wo er bis zum Jahresende stationiert blieb, mit Ausnahme einer kurzen Dienstreise aus unbekanntem Anlaß nach Ungarn und einem mehrwöchigen Aufenthalt in Linz Anfang Dezember. Als Verwaltungsbeamter stand er nie an der Front und war nie unmittelbar Zeuge entscheidender Schlachten (obgleich wieder einmal eine Wunscherinnerung ihn sich einbilden ließ, er sei in der Schlacht von Wagram dabeigewesen); er war dem wilden Kampfgeschehen jedoch immerhin nah genug, um die verheerenden Folgen, die es auf beiden Seiten hinterlassen hatte, zu sehen. Einerseits war er geneigt, den Krieg als ein erregendes Abenteuer zu betrachten, als eine Flucht vor der Langeweile, ein großartiges Schauspiel – dies Wort gebrauchte er wiederholt –, womit er sich zum Touristen auf den Spuren des Grauens degradierte. Andererseits war er sich jedoch auch bewußt, was dies Entsetzen für die davon betroffenen Menschen bedeutete, wenn er zum Beispiel hörte, wie ein sterbender Offizier mit näselnder Stimme nach Wasser verlangte, Haufen von Leichen am Straßenrand sah und feststellte, daß die französischen Angriffstruppen, um einen bestimmten Punkt einzunehmen, einen von zwei, ja sogar drei von vier Leuten verloren. Des Kaisers Feldzüge, jene großartige Gelegenheit für Beyle, Karriere zu machen, hatten eindeutig auch ihre grauenvolle Seite. Die schlimmste Situation erlebte er bei der Stadt Ebelsberg, wo die Franzosen soeben unter ungeheuren Verlusten die Brücke über die Traun eingenommen hatten. Nur auf dem Rückzug aus Moskau sah er ebenso schreckliche Szenen:

»Auf der Brücke angekommen, fanden wir Leichen von Menschen und Pferden; etwa dreißig befanden sich noch auf der Brücke; wir mußten viele von ihnen in den Fluß werfen, der ungewöhnlich breit ist; mitten darin, 400 Schritte unterhalb der Brücke, stand ein Pferd aufrecht und reglos – sonderbarer Eindruck. In der ganzen Stadt Ebelsberg waren die Brände soeben erst erloschen; die Straße, durch die wir fuhren, war mit Leichen übersät, die meisten waren Franzosen und fast alle verbrannt. Manche von ihnen waren so entstellt und verkohlt, daß man sie kaum als menschliche Skelette erkennen konnte. An mehreren Stellen hatte man Leichen aufgehäuft; ich sah mir ihre Gesichter an. Auf der Brücke ein tapferer Deutscher, tot, mit offenen Augen; der Mut, die Treue und die Gutmütigkeit eines Deutschen standen ihm noch im Gesicht geschrieben, das nur einen leisen Ausdruck von Wehmut hatte.

Allmählich verengte sich die Straße, so daß schließlich unser Wagen mit dem Vorderteil und den Partien unter den Türen über diese von den Flammen entstellten Leichen hinweggleiten mußte. Einige Häuser brannten noch immer. Aus einem Haus kam ein Soldat mit völlig verstörter Miene heraus. Ich muß gestehen, daß mir das Ganze Übelkeit verursachte« (*Journal*, 5. Mai 1809).[10]

Was in seiner Erinnerung haften blieb, wertete er fast 30 Jahre später in geläuterter Form in der *Chartreuse de Parme* aus, als er die großen Szenen aus der Schlacht von Waterloo gestaltete. Im gerade eroberten Österreich jedoch lenkte er die Kraft seines Gefühls in eine ganz andere Richtung. Am 21. Oktober 1809 traf Alexandrine Daru in Wien ein, um einen Monat bei ihrem Gemahl Pierre zu verbringen. Die beiden waren seit 1802 verheiratet, also etwa seit Beyles Rückkehr nach Paris im Anschluß an seine Dienstzeit in Italien. Die mit Beyle gleichaltrige Mme Daru hatte bereits vier gesunde Kinder geboren und befand sich zur

Zeit ihres Besuches in Österreich im achten Monat ihrer fünften Schwangerschaft. Seit 1806 hatte sie mit Beyle in herzlichem Einvernehmen gestanden – seine Erinnerung, er habe ihr damals »den Hof gemacht«, ist wahrscheinlich eine anachronistische Übertreibung. Als Mme Daru im Herbst 1807 ihren Gatten in Braunschweig besucht hatte, war Beyle die besondere Freundlichkeit aufgefallen, die sie ihm entgegenbrachte, und schon hatte er sich Gedanken gemacht, wie er eine anders geartete Beziehung zu ihr anknüpfen könnte. Während ihres einmonatigen Aufenthalts in Wien glaubte Beyle in Mme Darus Verhalten erstmals Anzeichen einer ihn ermutigenden Schwärmerei zu entdecken; daher nahm er sich vor, sie ernsthaft zu umwerben. Als er ihr bei ihrer Abreise einen verwandtschaftlichen Kuß durch den Schleier gab, machte er sich im stillen bittere Vorwürfe, daß er in den vergangenen Wochen nicht kühn genug gewesen sei, und obgleich er wußte, wie unwahrscheinlich dies war, gab er sich dennoch der schwachen Hoffnung hin, die Tränen in ihren Augen hätten ihm gegolten. Nachdem er in der zweiten Januarhälfte des Jahres 1810 nach Paris zurückgekehrt war, bekam die ständige gedankliche Beschäftigung mit der Frau seines Schutzherrn immer mehr Macht über ihn, bis sie schließlich im Frühling des folgenden Jahres in das für Stendhal charakteristische Stadium fieberhafter Besessenheit überging. Rückschauend zählte Beyle diese inneren Vorgänge zu seinen wenigen großen Leidenschaften; es war jedoch die eigenartigste von allen: ihr fehlte jegliche Substanz.

Wie verschiedene Zeitgenossen bezeugten, war Alexandrine Daru eine sittsame, kluge Frau, die feste religiöse Grundsätze hatte, ihrem Ehemann die Treue hielt (und zwar so sehr, möchte man hinzufügen, daß sie sogar in den letzten Wochen ihrer Schwangerschaft eine weite Reise unternahm, nur um ihn zu sehen) und die ihre Kinder hingebungsvoll liebte. Ihr Wohlwollen Beyle gegenüber läßt sich daran ermessen, daß sie sich bei ihrem Gatten öfter als einmal für ihn einsetzte; aber nicht der geringste Hinweis ist vorhanden, daß sie für den jungen Verwaltungsbeamten mehr als freundliche Anteilnahme empfunden hätte. Es gehört zwar zum Ritual der Stendhalanhänger, die Schönheit aller seiner Geliebten zu preisen, aber Davids konventionelles Porträt dieser Dame – welches auf jeden Fall bewußt schmeicheln sollte – läßt kaum äußere Reize erkennen. Die dünnen Lippen, der breite Mund, die dichten Augenbrauen und die Speckfalte unter dem breiten, halbmondförmigen Kinn strahlen eher matronenhafte Behäbigkeit als die damals beliebte körperliche Fülle oder dralle Sinnlichkeit aus. Warum fühlte sich Beyle so zu ihr hingezogen? Ihre Verbindung mit Pierre Daru scheint die einleuchtendste Erklärung zu sein. Ein seltsames Zeugnis seines Engagements, in dessen voll entwickeltem Stadium entworfen, bestätigt den Verdacht, warum er sich so eifrig mit ihr beschäftigte; gleichzeitig läßt es gewisse bedeutsame Nuancen erahnen, die dem imaginativen Charakter seiner Beziehungen zu Frauen eigentümlich sind.

Im April 1811 schrieb Beyle in Zusammenarbeit mit seinem Freund Louis Crozet eine »Beratung für Banti« – Banti war sein damaliges Pseudonym, und Gegenstand der Beratung waren seine »strategischen« Möglichkeiten, Alexandrine Darus Liebhaber zu werden. Beachtenswert ist in diesem Falle allein schon die häufige Verwendung von Pseudonymen. Beyle machte es sich zwar allgemein zur Gewohnheit, jeder Frau, für die er sich ernsthaft interessierte, ein Pseudonym zuzuordnen (mit seinen männlichen Freunden verfuhr er genau so); aber im Erfinden von Namen für Mme Daru kannte seine Phantasie keine Grenzen. In der »Beratung« heißt sie die Herzogin von Bérulle, an anderer Stelle Lady Palfy, Comtesse Z., Comtesse Marie, Elvira oder Alexandrine Petit. All dies deutet darauf hin, daß Beyle seine Phantasie anstrengte, weil er in dem hintergründigen gefahrvollen Spiel seiner Einbildungskraft einen ausgeklügelten Geheimcode für notwendig hielt. Vielleicht spiegelt sich darin auch wider, daß Mme Daru für ihn weit mehr ein Objekt seiner ausschweifenden Phantasie als seines Verlangens war. Die »Beratung« bekam die Form einer Anleitung für einen Liebhaber; Beyle erwähnt sich darin meist in der 3. Person. Er bewertet kühl die hervorstechenden Züge des Charakters und der Grundsätze Mme Darus, gibt einen Überblick über die Entwicklungsstadien ihrer Beziehung zu Beyle und nimmt – mit den üblichen militärischen Metaphern – ein Verfahren in Aussicht, nach dessen Berechnung sie seine Geliebte werden muß. Aufschlußreich ist, daß er die »Beratung« durch eine Art Anhang ergänzte, eine unsympathisch kalte Charakterstudie Pierre Darus.

Es drängt sich die Vermutung auf – und sie ist wohl auch nicht gänzlich abwegig –, Beyle habe sich unbewußt an Daru als einer Vaterfigur gestoßen und die ständig schwangere Gestalt Alexandrines habe ihn eben deshalb angezogen, weil sie ihn an seine Mutter erinnerte. Ungeachtet der Möglichkeit, daß der Beziehung ein Ödipuskomplex zugrunde lag, müssen als Wichtigstes die besonderen literarischen Bezüge beachtet werden, die Beyle ihr zulegte. In der »Beratung« beruft er sich auf das Vorbild Valmonts, des Erzverführers in Laclos' Roman *Les Liaisons dangereuses*. Überdies ähnelt das Bild, das er von Mme Daru entwirft, ganz dem der Präsidentin Tourvel in dem Roman von Laclos (obgleich diese Gestalt nicht erwähnt wird): der vollkommen tugendsamen, frommen Frau, die die wahre Geschlechtsreife noch nicht kennengelernt hat, welche nach Beyles Ansicht darin besteht, daß man im Geschlechtsverkehr eine gemeinsame Verzückung von Körper und Seele erlebt, nicht nur physisches Vergnügen. Er nimmt sich vor, sie zu bestürmen, so wie Valmont die Präsidentin Tourvel bestürmt, weil ihre Tugend scheinbar unüberwindlich ist, und weil er sich einbildet, er könne sie in eine gänzlich neue Erlebnissphäre einführen. Hier ist klar zu erkennen, wie die mit Pseudonymen überdeckte autobiographische Aussage sich in Richtung der romanhaften Autobiographie zu verschieben beginnt, und zwar in dem Maße, wie die umrißhaft angedeutete Lebenserfahrung des Autors mit den Konventionen des Romans in Übereinstimmung gebracht wird. Solche Vorstellungen gingen natürlich sehr stark auf Beyles Jugendlektüre zurück und kaum auf sein wirkliches Verhältnis zu Alexandrine Daru. Hartnäckig hatte er sich die Aufgabe gestellt, Mme Daru zu erobern, um seine eindeutig überspannte Auffassung von Mannhaftigkeit zu erproben. Dies erklärt wahrscheinlich, warum er sich fast fanatisch einem so wenig erfolgversprechenden Eroberungsversuch widmete. Zum Abschluß der »Beratung für Banti« bemerkt er: »Wenn er Mme de Berulle nicht bekommt, wird er sich das sein ganzes Leben lang vorwerfen.«[11] Und er machte sich wirklich in seinen Notizen auf dem 1819 nochmals überlesenen Manuskript sein Versagen im Jahre 1811 mehr als einmal zum Vorwurf und forderte sich auf: »Angreifen! Angreifen! Angreifen!«

Indem er den Angriff hinauszögerte, konnte Beyle seine

Inanspruchnahme durch Mme Daru als unerschöpfliche Quelle seiner Gefühlserregung in der langweiligen Stimmung verhältnismäßig ereignisloser Zeiten genießen. Die in einem Brief an Pauline vom 14. Juli 1809, das heißt aus einer Zeit, als er gerade anfing, sich heftig für Mme Daru zu interessieren, benutzten Ausdrücke lassen erkennen, welche Anreize er sich aus einer solchen Beziehung durch eine hemmungslose Entfaltung seiner Einbildungskraft beschaffen konnte: »Unüberwindliche Hindernisse und größte Gefahr für uns beide haben uns daran gehindert, anders als durch ausdrucksvolle Blicke miteinander zu sprechen... Um dir unser Verhalten in allen Einzelheiten auszumalen, stell dir einen Höfling vor, der in eine Königin verliebt ist: dann wirst du begreifen, welchen Gefahren sie ausgesetzt sind und welche Freuden sie genießen.«[12] So gefiel sich Beyle abwechselnd in der Rolle des gerissenen Valmont und des vom Schicksal benachteiligten Helden eines höfischen Liebesromans, und, wie sein Tagebuch zeigt, konnte er jeden unbedeutenden Gedankenaustausch zwischen sich und Mme Daru – eine zwanglose Unterhaltung während eines Besuches am Nachmittag, eine Bemerkung oder einen Blick während eines Diners – ausarbeiten und darin kaum wahrnehmbare und schwer zu deutende Signale entdecken, die auf seine Fortschritte in ihrer Wertschätzung, auf eine wachsende Vertrautheit zwischen ihnen sowie darauf hindeuteten, daß seine scheue Geliebte endlich schweigend ihre aufkeimende Liebe eingestand. Gespannt erwartungsvolle, erotisch geladene Ichbefangenheit wurde zuweilen geradezu eine Lebenshaltung, deren der zukünftige Romancier bedurfte, und diese zu verwirklichen gab Alexandrine Daru so, wie er sie sich vorstellte, ihm die beste Gelegenheit. Ein Biograph unserer Zeit, Victor Del Litto, hat das Wesentliche in dieser Veranlagung treffend erfaßt: »Was Stendhal unter diesen Umständen Liebe nennt, ist eine Art Fixierung seiner geistigen Haltung und seiner Sensibilität. Das Objekt, mit dem er es zu tun hat, heißt abwechselnd Louason, Alexandrine, Métilde, Comtesse Sandre; aber sein Verhalten, sein Vorgehen und der Ablauf der Dinge unterscheiden sich überhaupt nicht voneinander. Das schlimmste für ihn wäre gewesen – denn die unvermeidliche Folge wäre die Entzauberung –, wenn er das Flüstern vernommen hätte: ›Ich erwarte dich um Mitternacht...‹«[13]

Inzwischen hatte Beyle wieder eine Möglichkeit gefunden, schlichtere leibliche Bedürfnisse zu befriedigen. Im Juni 1810 begegnete er einer jungen Sängerin der Opera buffa-Gesellschaft des Théâtre Italien, namens Angéla Béreyter, und bemühte sich alsbald darum, näheren Kontakt mit ihr aufzunehmen. Am 29. Januar 1811 wurde sie seine Geliebte und schlief von nun an fast jede Nacht in seiner schicken neuen Wohnung in der rue Neuve-du-Luxembourg. Das Verhältnis war von dreijähriger Dauer und glich am meisten von allen Liebschaften Beyles dem eigentlichen Zusammenleben mit einer Frau. Ihre Beziehung zueinander scheint den Charakter einer heiteren, sinnlichen Kameradschaft gehabt zu haben, die sogar gewisse künstlerische Reize hatte – während ihrer intimen häuslichen Soupers pflegte Angéline ihrem Liebhaber Arien vorzusingen. Beyle war nett zu ihr, brachte ihr Geschenke mit und unternahm Ausflüge mit ihr; aber seine tieferen Gefühle waren dabei unbeteiligt. In seinem Tagebuch sprach er von ihr mit leichter Herablassung als »der kleinen Angéline« oder »der kleinen Jüdin«. Seitdem sie intim miteinander verkehrten, bekam er rasch das Gefühl, diese Liebesbande könnten vielleicht etwas zu viel des Guten sein. Die Tagebucheintragung vom 17. März 1811 faßt diesen Eindruck treffend zusammen: »Mir scheint, mein physisches Glück mit Angéline hat mir viel von meiner Einbildungskraft geraubt.« Dem fügt er in seinem seltsamen Englisch eine Zahlenangabe über ihren Geschlechtsverkehr hinzu, die nur allzu deutlich macht, wie gut es ihm ging und wie außerordentlich stark Angéline sexuell reagierte: »*I make that one or two every day, she five, six and sometimes* neunmal.«[14] Doch die Phantasie – das heißt, das schwärmerische Verlangen – hatte für ihn weit mehr Reiz als solch regelmäßiger, ungehinderter Sinnestaumel. In dem Maße, wie Beyle sich an diesen bequemen erotischen Verkehr mit Angéline gewöhnte, steigerte er sich sogar immer mehr in seine Besessenheit von Alexandrine hinein und trieb seinen Werbefeldzug um sie bis zu einem kritischen Höhepunkt. Im späten Frühjahr 1811 erzwang er endlich eine Konfrontation mit seiner pseudonymreichen Dame. Obwohl das Ergebnis kaum unerwartet sein konnte, kam er durch diese Gegenüberstellung unmittelbar an einen wichtigen Wendepunkt und zu einer Art Umkehr in seinem Leben.

VII
MAILAND
(28.–29. Lebensjahr)

In der »Beratung für Banti« hatte Beyle mit Crozets Hilfe sozusagen das Gelände für seinen großen Angriff erkundet. Dann gestattete er sich Ende April, vor dem entscheidenden Vorstoß seines Eroberungsfeldzuges, einen kurzen Urlaub: zusammen mit Crozet und Félix Faure machte er einen Ausflug nach Rouen und Le Havre. Der Teergeruch im Hafen von Le Havre erinnerte ihn an seine mit Mélanie in Marseille verbrachte Zeit, so daß ihm für einen Augenblick die Doppelzüngigkeit seiner eigenen Gefühle bewußt wurde, während er Alexandrine Daru bestürmte. »Ist es denn ganz unmöglich, daß ich mich jemals wieder verliebe? Muß ich, so jung noch, schon auf mein Herz verzichten?« (*Journal*, 30. April 1811)[1] Aber er hatte sich nun einmal die Anstrengung dieser Eroberung auferlegt, und so machte er ein paar Wochen nach seiner Rückkehr in die Hauptstadt »Lady Palfy« seine Liebeserklärung; später pflegte er diese schicksalhafte Begegnung am Abend des 31. Mai als die »Schlacht« zu bezeichnen.

Gebraucht man selbst diesen Ausdruck, so erliegt man der verfälschenden Rhetorik, deren sich Beyle bediente in dem Entschluß, seinem Gefühlsleben epische Größe zu verleihen, auch dann, wenn für ein Heldenepos kein Anlaß gegeben war. (Es ist aufschlußreich, daß er seine Gefühle dermaßen von konventionellen Metaphern prägen ließ: später, als Verfasser von Romanen, achtete er sehr darauf, seinen Stoff in sachlich unmetaphorischem Stil darzubieten). Praktisch ereignete sich am Abend des 31. Mai gar nichts Folgenschweres, obgleich Beyle seine ganze Vorstellungskraft bemühte, das Gegenteil zu glauben. Er hielt sich im Schloß der Darus zu Bècheville auf, etwa 25 km westlich von Paris am Seineufer. Pierre, den seine dienstlichen Obliegenheiten abhielten, war natürlich nicht zugegen. Nach dem Abendessen lud Mme Daru Beyle zu einem gemächlichen Abendspaziergang durch den Garten ein; man schritt durch die Flügeltüren und spazierte einen Gartenweg entlang: in derselben Nacht noch hielt Beyle in einer Kartenskizze im Tagebuch den zurückgelegten Weg fest, wobei er sorgfältig bestimmte Punkte, an denen sie besondere Gedanken ausgetauscht hatten, mit Buchstaben versah. Mme Daru fragte ihn, vielleicht mit einem Anflug von mütterlicher Besorgtheit, ob seine vagen Heiratspläne mit einer jüngeren Frau namens Jenny schon festere Formen angenommen hätten (nichts dergleichen war der Fall, und die Beziehung war im übrigen so unbedeutend, daß man nicht einmal sicher weiß, ob die in Aussicht genommene Braut eine gewisse Jenny Leschenault war oder jemand, der sich im *Journal* hinter dem Pseudonym »Jenny« verbarg). Von seiner Geliebten über Heiratspläne befragt zu werden, ging über das hinaus, was Beyle ertragen konnte; er reagierte mit einem plötzlichen Geständnis: »Sie bringen mir nichts als freundschaftliche Gefühle entgegen, und ich liebe Sie leidenschaftlich«[2]; damit ergriff er fest ihre Hand und versuchte dann in der Tat, wenn auch ohne Erfolg, sie zu küssen. Mme Daru reagierte, wie zu erwarten war. Sie beeilte sich, ihm zu versichern, ihre Gefühle ihm gegenüber hätten seit je lediglich in verwandtschaftlicher Zuneigung bestanden und sie könnten auch nur darin bestehen, er habe kein Recht, eine anders geartete Beziehung zwischen ihnen zu erwarten; und dann leitete sie die Unterhaltung geschickt zu seinen Heiratsaussichten und der Bedeutung, die sie für sein berufliches Fortkommen haben könnten, zurück (*Journal*, 31. Mai 1811).[2]

Die Zurückweisung konnte wohl nicht eindeutiger sein. Doch jemand, der sich wie Beyle so heftig der Einbildungskraft ergab, war nicht bereit, sie als solche hinzunehmen. Während des

Gespräches auf dem Gartenweg war ihm Mme Darus Gesicht durch den Schatten ihres breitrandigen Strohhuts verborgen geblieben. Als sie wenige Minuten danach wieder zu den anderen Teilnehmern der Abendgesellschaft stießen, konnte er sie besser sehen und glaubte in ihrem Gesicht eine ungewöhnliche Blässe zu entdecken, überdies waren ihre Augen gerötet; das konnte ein Anzeichen dafür sein, daß sie gerade geweint hatte oder überhaupt für ein »Angerührtsein vom Glück« (*je ne sais quoi de l'attendrissement du bonheur*). An sich ist es möglich, daß das, was Beyle als Mme Darus Reaktion wahrnahm, zutraf – daß sie als tugendhafte Ehefrau seine Vorstöße, wenigstens zunächst einmal, zurückweisen mußte, in Wirklichkeit jedoch über dies Liebesbekenntnis eines Mannes, den sie insgeheim bereits liebgewonnen hatte, überglücklich war. Wahrscheinlicher ist, daß sie vielleicht ein wenig geschmeichelt war, sich aber hauptsächlich betroffen fühlte durch dies unerwartete Geständnis des Vetters ihres Mannes, und daß sie nichts anderes im Sinn hatte, als daß ihre Beziehung weiterhin den Charakter einer herzlichen Freundschaft behielt – eine Schlußfolgerung, die durch ihr gesamtes weiteres Verhalten ihm gegenüber bestätigt wird. Die Diskrepanz zwischen Beyles Ausdeutung dieser Begegnung und dem, was sich wahrscheinlich in Wirklichkeit zugetragen hatte, paßt eher in eine Komödie: aber sein Bericht über diese Begebenheiten im Jahre 1811 läßt nicht erkennen, ob Beyle sich bewußt war, daß er sich zum Popanz einer raffinierten Selbsttäuschung gemacht hatte. Dennoch machte er gewisse, vielleicht noch unbewußte Lernfortschritte über die komplizierten Gefühlsvorgänge im Erfahrungsbereich der Selbsttäuschung, also auf dem Gebiet, das er im Roman mit reifer Urteilskraft am häufigsten untersuchte, wenn er seine Einbildungskraft im Hinblick auf an sich unbedeutende Personen, unwichtige Ereignisse und gleichgültige Beziehungen allzu üppig ausschweifen ließ.

Vorerst stellte sich Beyle beharrlich eine bleiche, zitternde Alexandrine mit vor Glück tränenfeuchten Augen vor. Dadurch konnte er seine »Liebeskampagne« bis in die Sommermonate hinein fortsetzen, wobei natürlich die direkten Umwerbungen spärlich und kraftlos blieben, weil er keinen Bruch mit ihr riskieren wollte; gleichzeitig machte er sich seine Scheu zum Vorwurf, weil er dadurch seine Beute zu verlieren fürchtete. In

Wahrheit mußte ihm – trotz all seiner Anstrengungen, diese Erkenntnis zu vertuschen – klar sein, daß er die Schlacht am 31. Mai endgültig verloren hatte, ja daß es gar keine Schlacht gewesen war. Seine Begeisterung für die Liebesjagd auf Mme Daru ließ nach, vielleicht begann er zu begreifen, daß er die ganze Zeit ein Irrlicht gejagt hatte. Da er nun nicht mehr in eine Liebesaffäre verwickelt war, die ihn ganz in Anspruch nahm, wurde er nach anderthalbjährigem Aufenthalt in Paris unruhig. Das Reich Napoleons hatte jetzt seine größte Ausdehnung erreicht, und Beyle erhoffte sich eine interessante Stellung in einem der eroberten Gebiete. Sein Freund Bellisle war im März nach Spanien aufgebrochen, um eine Dienststelle in Cartagena zu übernehmen. Martial Daru, mit dem sich Beyle nicht mehr so gut verstand, hatte den Posten des Intendanten in Rom bekommen. Beyle selbst hatte vorher an eine Aufgabe in Spanien gedacht; seit Anfang Februar machte er wiederholte Versuche, eine Stellung in Rom zu erhalten. Als bis Mitte des Sommers noch immer keine Dienstzuweisung nach Italien in Aussicht stand, entschloß er sich, Pierre Daru um Urlaub zu bitten, um auf eigene Faust eine Reise nach Italien zu unternehmen. Am 17. August wurde sein Gesuch bewilligt; eine Woche später machte er einen Besuch am Hof in Versailles und sah dort den Kaiser und die Kaiserin in ihrem vollen Hofstaat; am 28. August begab er sich nach Bècheville, um sich von Alexandrine Daru zu verabschieden. Am folgenden Morgen reiste er ab, von Félix Faure und der in Tränen aufgelösten Angéline Béreyter zur Kutsche begleitet. Nach einer neuntägigen Reise ohne Unterbrechungen war er wieder einmal dort, wohin ihn die Sehnsucht ein Jahrzehnt lang mit magnetischer Kraft gezogen hatte: in der Stadt der Scala und der Angela Pietragrua.

Kurz vor seiner Abreise nach Italien hatte Beyle immer häufiger Anzeichen von Gefühlsermattung erlebt. Die großartige Werbung um Alexandrine hatte sich in ein Nichts aufgelöst. Seiner hingebungsvollen Angéline war er müde geworden, ja er fand es schließlich sogar schwierig, sich von ihr sexuell erregen zu lassen, und dachte an andere Frauen, während er mit ihr verkehrte (*Journal*, 10. August). Von dem Gedanken beunruhigt, er bedürfe als sinnlicher Mensch ständig neuer Reize und sei als schwärmerischer Liebhaber zu endlosem Rollenspiel verurteilt, war er unfähig, noch etwas unmittelbar und spontan zu erleben. Mit dieser Erfahrung nach Mailand kommend, hatte er vom Augenblick seiner Ankunft an das Gefühl einer Wiedergeburt, so daß er nun wirklich ein Reich tiefer, echter Leidenschaft betrat, wo die Menschen es verstanden, sich der Kunst, jeder neuen Erfahrung und auch einander hinzugeben. Trunken vor Begeisterung vermerkte er seinen Einzug in Mailand zu Beginn seiner Tagebuchnotiz vom 8. September[3]: »Mein Herz ist voll. Gestern und heute erlebte ich Gefühle voller Wonne. Ich bin den Tränen nahe.« In die geliebte Stadt seiner Träume zurückgekehrt, sah er sich wieder ganz deutlich so, wie er damals war, als naiver 18jähriger, der nach Angela Pietragrua schmachtete und nicht wagte, ihr ein Wort davon zu sagen: »Ich sehe die Ursachen einer jeden Wirkung; ich empfinde zärtliches Mitleid mit mir selbst.«

Als erfahrener Mann von Welt ließ er jedoch diesmal keine unnütze Zeit verstreichen, bevor er sich Angela näherte; am Tage nach seiner Ankunft stattete er ihr seinen ersten Nachmittagsbesuch ab. Im Alter von nunmehr 34 Jahren hatte sie keineswegs an Schönheit eingebüßt. Hatte sie auch nicht mehr »jene üppige Anmut«, wie Beyle bemerkte, so war sie doch im ganzen jetzt eindrucksvoller und geistvoller: »Damals, zu meiner Zeit, war sie nur durch ihre Schönheit hoheitsvoll; heute wirkt sie außerdem durch die Stärke ihres Charakters« (*Journal*, 8. September). Zuerst erkannte sie ihn überhaupt nicht. In gewisser Weise gefiel ihm das – vielleicht deshalb, weil er sich kraftvoller fühlte, wenn er ihr nach zehn Jahren als ein unbekannter, neuer und kompetenter Mann gegenübertrat. Als er, ihrem Gedächtnis nachhelfend, sich als Beyle, den Freund Joinvilles, ihres damaligen Liebhabers, vorstellte, kam ihr plötzlich die Erinnerung wieder: natürlich, er war der Chinese – ein Spitzname, den ihm seine Schulkameraden gegeben hatten und den während seiner frühen Militärdienstzeit auch seine damaligen Kameraden wegen seines etwas schrägen Augenschnittes gern gebrauchten. Beyle rief ihr die Zeit, die sie 1801 zusammen verbracht hatten, wieder ins Gedächtnis und scherzte über die armselige Liebe, die er damals für sie empfunden hatte, der er aber so gar keinen Ausdruck habe verschaffen können. »Warum haben Sie mir damals nichts davon gesagt?« fragte sie zweimal, und man glaubt aus diesen Fragen den neckischen Unterton in der mit samtweicher Stimme vorgebrachten Einladung herauszuhören. Seit dieser ersten Begegnung war also ein Band intimen Einverständnisses zwischen ihnen geknüpft, obgleich sie noch eine gewisse Peinlichkeit zu überwinden hatten. Beyle bemerkte recht treffend zum Schluß seines Berichts vom 8. September über dies Zusammensein mit Angela: »Hat man sich zehn Jahre nicht gesehen, muß man erneut miteinander bekannt werden.«

Wie ernst diese Bekanntschaft zu nehmen war, konnte Beyle nicht ahnen. Zwei Wochen lang, bis sie sich »ergab« – in Angelas Fall hat die Doppelbedeutung der Anführungszeichen ihre Berechtigung –, ließ sie ihn über einen wilden Parcours jagen, und hatte sie einmal nachgegeben, fand sie immer wieder raffinierte Mittel, um die Jagd wiederaufzunehmen. Die possenhafte letzte Runde, in der sich Angelas äußerste Erfindungsgabe zeigte, wurde danach vier Jahre lang nicht mehr geritten. Die Liebe von Schauspielerinnen war Beyle nicht unbekannt, aber für Angela war das Schauspielern ohne Bühne oder Textbuch etwas Lebensnotwendiges, wodurch sie dem öden Alltag die Würze und das Flair eines Abenteuers gab. Niemand hat diesen Charakterzug Angelas glänzender erfaßt als Robert Martin Adams: »Sie war abwechselnd zärtlich und wild, ängstlich und unerschrocken, scheu und erfahren, sie konnte etwas von der Majestät einer Sibylle haben und wie eine in die Enge getriebene Füchsin kämpfen; doch wenn sie aus Liebesbedürftigkeit nachgiebig wurde, konnte keine Frau verführerischer sein als sie. Sie war in der Tat eine durch und durch geübte Kokette, eine unübertroffene Meisterin in der Kunst, einen Liebhaber zu ermuntern und ihn abzuweisen, eine unbeständige, launische, gänzlich freizügige Frau.«[4] Nach Adams Ansicht hat Angela neben Mathilde Dembowski und dem Rückzug von Moskau auf Stendhals Innenleben den entscheidendsten Einfluß ausgeübt, und es leuchtet ein, wenn er ihre Namensschwester Gina in *La Chartreuse de Parme* – jene hervorragende Schauspielerin, die durch ihre Umgarnung die Männer und die Ereignisse manipuliert – unmittelbar auf sie zurückführt.

Der einzige Punkt in Adams' glänzender Darstellung der Liebesbeziehung zwischen Angela und Beyle, in dem man eine abweichende Meinung vertreten könnte, ist der Gedanke, Beyle habe das Spiel von Anfang an vollkommen mitgespielt, und zwar in einem solchen Maße, daß man kaum zwischen dem führenden und dem geführten Partner unterscheiden könne. Gewiß ließ sich Beyle gern von dem unbezähmbaren Willen, dem quecksilbrigen Temperament und dem unerschöpflichen Listenreichtum seiner Geliebten verlocken, aber aus vielen Anzeichen in seinem Tagebuch geht doch hervor, daß er weit öfter ein ahnungsloses Opfer als ein gleichwertiger Partner in diesem Spiel war. Es gab sogar Augenblicke, in denen er geradezu ein wenig Angst vor Angela hatte, wenn auch offensichtlich jene Angst, welche die Anziehungskraft nur noch verstärkt. »Ich weiß nicht, wie sie dazu kam, es mir zu sagen«, erklärte er, als sie bereits ein Liebespaar waren, »auf ihre natürliche Art, die für sie so charakteristisch ist, und ganz ohne Eitelkeit: einige ihrer Freunde hätten ihr gesagt, sie mache ihnen Angst. Das ist wahr.« Und um den Gedanken zu bestätigen, beobachtete er ihr Gesicht, als sie in einem stillen Winkel einer wenig besuchten Kaffeestube einander gegenübersaßen: »Ihre Augen glänzten; ihr halberleuchtetes Gesicht war von einer sanften Harmonie und dennoch furchterregend vor übernatürlicher Schönheit. Ich konnte auf die Idee kommen, ein höheres Wesen habe Schönheit angenommen, weil ihm diese Verkleidung gerade am genehmsten war und lese mit seinen durchdringenden Augen im Grunde meiner Seele« (*Journal*, 2. November).[5]

Was hatte Angela mit Beyle im Sinn? Sicher fand sie es reizvoll, daß der scheue »Chinese« von 1801 ihr auf seine absonderliche Art all die Jahre hindurch treu geblieben war, und zweifellos meinte sie, es könne amüsant sein, ihm zu gegebener Zeit die von ihm begehrten sexuellen Vergünstigungen zu gewähren. Warum sollte sie ihn denn auch ausschließen, wo sie schon so vielen anderen ihre Gunst geschenkt hatte? Es gibt kaum Beweise dafür, daß Angela jemals in Beyle »verliebt« gewesen sei. Ließ sie ihn auch als ihren Liebhaber gelten, so sicherte sie sich doch sorgfältig dagegen, daß er ihr nicht lästig fallen und sie in ihrer Freizügigkeit behindern konnte. Und mit ihren durchdringenden Augen sah sie in ihm wohl von Anbeginn einen widersprüchlichen Charakter, der sie als einen weiblichen Machiavelli im Ränkespiel der Liebe herausforderte – einen Mann mit hervorragenden geistigen Fähigkeiten und seltener

Empfindsamkeit, der vor lauter Unsicherheit und Ichbefangenheit in seiner Rolle als Liebhaber so gefügig und so leichtgläubig wie der unerfahrenste Bauerntölpel sein konnte.

Am Tage nach seinem ersten Gespräch mit Angela kaufte sich Beyle einen modischen Spazierstock; als 28jähriger, der einer um sechs Jahre älteren Frau (!) den Hof machte, meinte er, damit sehe er um vier Jahre jünger aus, außerdem komme er so nicht in Versuchung, seine Hände wie ein älterer Herr auf dem Rücken zu halten, wenn er ihr einen Besuch machte. Als er zwei Tage später ihr Haus verließ, sah er sie in eine Unterhaltung mit Ludovico Widmann vertieft, dem venezianischen Offizier, der damals gerade ihr eigentlicher Liebhaber war, und voll eifersüchtiger Wut stapfte er in sein Hotelzimmer, gab sich aber zugleich der Vermutung oder vielmehr der Hoffnung hin, der gute Hauptmann Widmann habe sich über sein Erscheinen geärgert. Am Tage darauf duzte ihn Angela zum ersten Mal und küßte ihn; kaum jedoch versuchte er seinerseits sie zu küssen, wies sie ihn kokett mit einer knappen Maxime ab: »Empfangen, aber niemals nehmen.« Als sie über die Möglichkeit sprachen, daß er Mailand vielleicht verlassen werde, forderte sie ihn in einem sorgfältig abgestimmten Tremolo auf: »Geh, geh; ich spüre, daß du gehen mußt, damit ich Ruhe habe; morgen werde ich vielleicht nicht mehr den Mut haben, es dir zu sagen« (*Journal*, 13. September).[6] All dies war genau das, was Beyle in seinen Träumen immer aus dem Munde einer Geliebten hatte hören wollen, und er ließ sich davon restlos täuschen, oder er wollte sich zumindest davon täuschen lassen. Am Tage darauf dachte sich Angela mit ihren schauspielerischen Künsten einen raffiniert aufgezogenen Sinnenkitzel aus, den sie eine ganze Woche lang wirken ließ. Mit tränenfeuchten Augen »gab sie sich« in seine Arme »hin«, doch während sie sich noch von ihm streicheln ließ und ihn zärtlich küßte, widerstand sie seinen Versuchen, sie auf den Oberschenkel zu küssen, indem sie ihn auf sanfte Weise tadelte: »Wer soll uns denn davon abhalten, einen Schritt weiterzugehen? Nimmt man so Abschied voneinander? Wir verlieren immer mehr den Kopf.« Beyle kommentierte diesen Augenblick mit einer Bewertung, die genauer war, als er es wußte, und zugleich so etwas wie die Pointe eines Witzes: »Ich fühlte die Gegenwart einer höheren Vernunft« (*Journal*, 14. September).[7]

Eine Woche später beschloß Angela zu kapitulieren, wobei sie die Zeit, den Ort sowie den Ablauf sehr genau vorgeplant hatte. In seiner Tagebucheintragung vom 21. September 1811[8] verkündete er das Ereignis wie einen amtlichen Kriegsbericht: »Am 21. September, *at* elf Uhr dreißig, trage ich diesen so lange ersehnten Sieg davon.« Er war sich offenbar kaum bewußt, wieweit er diesen Sieg der Führung seiner Gegnerin zu verdanken hatte. Um 9.45 Uhr an jenem Vormittag hatte er sich auf Angelas Geheiß in die kleine Kirche an der Straßenecke ihrem Hause gegenüber begeben. (Ob er wohl an diese ironischerweise zum Treffpunkt für ein Stelldichein gewählte Kirche dachte, als er die entscheidenden Treffen zwischen Fabrizio und Clélia in der *Chartreuse* erfand?) Er war so überreizt, daß er die Glocken nicht einmal 10 Uhr schlagen hörte. Fünf Minuten später hatte Angela noch immer kein Zeichen gegeben. Er ging fort und kam um 10.25 Uhr noch einmal vorbei; da endlich erhielt er das verabredete Zeichen. Er eilte zu ihrem Hause und nach einer vollen Stunde genau kontrollierter Präliminarien wurde ihm seine Eroberung gewährt. Ein wenig nachdenklich hält er in seinem Tagebuch fest, sein Glück sei nicht ganz vollständig gewesen; denn das erste Mal sei lediglich ein Sieg, während man erst bei den nächsten drei Malen Intimität gewinne. Eine solche Erfüllung zu gewähren, war seine Geliebte jedoch nicht gewillt. Nach dem Eindruck zu urteilen, den sie bei ihrem Liebhaber hinterließ, machte sie ihm zur Pflicht, Mailand sofort zu verlassen, nachdem sie sich erlaubt hatte, den schicksalsschweren Schritt zu tun, vor dem sie so gebebt hatte. Mochte dieser Befehl auch noch so frustrierend für ihn sein, Beyle fand sicherlich sein Entzücken darin, die Liebe einer mit solcher Leidenschaft herrschsüchtigen Frau zu genießen: seine Mailänder Angela übersättigte ihn nicht mit leicht erreichbarem Vergnügen wie seine Pariser Angéline. In Eile packte er seine Sachen zusammen, bestellte sich einen Kutschenplatz und war noch in derselben Nacht um 1.30 Uhr auf dem Wege nach Mantua. Von dort setzte er seine Fahrt fort in Form einer raschen Rundreise durch Italien über Bologna, Florenz, Siena, Rom und Neapel. Angela sah er erst nach über einem Monat wieder.

Die Reise diente ihm nicht nur dazu, seine Zeit zu verbringen. Schnell wurde er zum professionellen Touristen. Sein Tagebuch über diesen ganzen Aufenthalt in Italien ist überhaupt eine seltsame Mischung aus einer Chronik über eine Liebesaffäre und einem herkömmlichen Reisebuch. Wie ein Buch ist es in Kapitel eingeteilt, und Beyle hatte auch vor, es trotz der nicht hineinpassenden persönlichen Stellen als »Reise durch Italien« zu veröffentlichen. Auf Weisung seiner Dame gen Süden getrieben, achtete er aufmerksam auf die sich verändernde Landschaft, das Verhalten seiner Reisegefährten, die Eigenarten und Gebräuche der verschiedenen italienischen Regionen, vor allem aber auf die Musik, die Malerei, die Werke der Bildhauerkunst und der Architektur, die überall seine Vorstellung bestätigten, Italien sei die Heimat der Künste. Bei seiner Ankunft in Mailand hatte er in seinem Tagebuch (8. September) den Gedanken geäußert, seine zwei an der Schwelle des Mannesalters in Italien verbrachten Jahre voller Seufzer, Liebe und Melancholie hätten für immer seine Empfindsamkeit geweckt, so daß er viele Seiten lang, wie mit einem Malerauge begabt, auf die feinsten Einzelzüge einer Landschaft reagierend sie beschreiben könne. Ungeachtet dessen, ob eine solche Verbindung wirklich bestand oder nicht: unverkennbar ist jedenfalls die Schwingung seiner Sympathie, von der Hochstimmung eines Liebenden (einer Auswirkung der Liebe italienischen Stils, nicht der blasierten pariserischen Art) bis zu seiner stark sensibilisierten Reaktionsfähigkeit auf die Meisterwerke italienischer Kunst.

Auf seiner »empfindsamen Reise« verbrachte Beyle auch einige Zeit mit zwei alten Bekannten. In Rom suchte er Martial Daru auf, dem er als dem Intendanten der Stadt ohnehin einen Besuch hätte abstatten müssen; Martial machte ihn mit dem großen Bildhauer Canova bekannt, bei der Arbeit in seinem Atelier. (Beyle unterließ es jedoch, dem französischen Polizeichef in Rom einen Anstandsbesuch zu machen, wie es das militärische Protokoll ebenfalls vorschrieb, weil er wußte, daß der derzeitige Amtsinhaber ein besonders unangenehmer Mann war; dies Versäumnis sollte ihm noch Schwierigkeiten machen, als er nach Paris zurückkehrte.) Von Rom reiste er weiter nach Ancona, wo er Livia Bialowiska wiedertraf, die Freundin, die er in Braunschweig kennengelernt hatte, und die sich gerade entsetzlich langweilte. Mit einer Reflexbewegung, die er sich angewöhnt hatte, wenn er sich bei einer Frau in einer unklaren

Situation befand, wagte er auch diesmal einen Erkundungsgriff in eine erogene Zone; anstatt sich dagegen zu wehren, ermunterte sie ihn mit Küssen. Dennoch verlangte ihn in Wirklichkeit nach Angela – Livia schien im Hinblick auf Körper und Geist ein armseliger Ersatz –, und so ließ Beyle von seiner Bemühung ab, ehe sich ernsthaftere Folgen einstellten (*Journal*, 19. Oktober).

Am 22. Oktober kam Beyle nach Mailand zurück, wieder, oder vielmehr immer noch, in einem schwärmerisch heiteren Gemütszustand. Angela war jedoch nicht da: sie hatte mit Mann und Sohn eine kurze Reise nach Varese im nordwestlichen Seengebiet gemacht. Er eilte ihr nach und erreichte am 24. Oktober das ein paar Meilen von Varese entfernte Dorf, in dem sich die Pietragruas aufhielten. Der Ehemann begrüßte Beyle ebenso herzlich wie er in den vergangenen 17 Jahren zweifellos eine lange Reihe von Liebhabern Angelas begrüßt hatte. Sie hatte ihrem willfährigen Gatten in dem Szenarium, das sie diesmal für ihren französischen Verehrer improvisierte, jedoch eine ganz andere Rolle zugedacht. Sie sei schrecklich kompromittiert worden, erklärte sie letzterem völlig außer sich, eines ihrer Rendezvous sei bekannt geworden: ein Dienstmädchen habe sie verraten. Signor Pietragrua wurde als ein vor Eifersucht rasender Löwe hingestellt; in einem Briefchen, das Angela Beyle zwei Tage später heimlich zuspielte, schlug sie eine mitternächtliche Begegnung vor, machte aber darauf aufmerksam, daß äußerste Vorsicht geboten sei, denn ihres Mannes Eifersucht sei geweckt. Ihre Beschwörung der Gefahr hatte sie mit einem strengen Verweis verbunden: in Beyles Abwesenheit habe sie einen an ihn gerichteten Brief von Faure geöffnet – gemäß der Anweisung, die er selbst gegeben habe! – und auf diese Weise erfahren, daß er mit den gemeinsten Verführungsplänen zu ihr nach Italien gekommen sei. Diese verbrecherischen Absichten wurden ihm jedoch recht rasch vergeben, damit sie das Stelldichein zur Mitternacht vorbereiten konnte; doch – welch ein Schrecken! Sie entdeckte auf einmal, bzw. erfand, daß in dem Zimmer, das er zu durchqueren hatte, um ihr Schlafzimmer zu erreichen, zwei Nonnen wohnten; deshalb ließ sie ihm, von ihrem 16jährigen Sohn begleitet, abermals verstohlen ein Briefchen zukommen, das ihn vor dieser neuen Gefahr warnte. Er solle sich nichts daraus machen, sie sei am Montag wieder in Mailand, und dann seien sie völlig ungestört. Angela zeigte in dieser ausgeklügelten Farce ein perfektes Gefühl für Timing. Allerdings: zu dem Zeitpunkt, als die beiden Nonnen eingeführt wurden, begann sogar Beyle, nachdem er einen Tag Zeit zum Überlegen gehabt hatte, an deren Existenz zu zweifeln (ohne jedoch zu bemerken, daß er in einem ganzen Netz von Erfindungen gefangen war). Aber 48 Stunden später war er wieder in Mailand und mit seiner großartigen Angela noch einmal glücklich im Bett vereint.

Genauer gesagt: so glücklich, wie es seine ungewisse Position bei dieser äußerst schwierigen Frau zuließ. Durch das phantastische Versteckspiel von *billets doux* und mitternächtlichen Treffen von ihr überlistet, war ihm unbehaglich bei dem Gedanken, ob er sich wohl zwischen den Laken als gleichwertiger Partner erweisen werde: »*This morning I made that a time, this night I should go to a very respectable number.* [Heute morgen habe ich es einmal gemacht, nächste Nacht müßte ich es eine beachtliche Anzahl von Malen schaffen, A.d.Ü.] Aber zunächst brachte die innere Unruhe infolge des Wartens und dann das, was sie zu mir sagte, meinen Geist zu sehr in Erregung, als daß der Körper hätte glänzen können« (*Journal*, 29. Oktober).[9] An den beiden nächsten Tagen vermerkte er mit einem zaghaften Anflug von Befriedigung, Angela »seemed to have pleasure«, was durchaus der Fall sein konnte, obgleich man bei einer so vollendeten Schauspielerin nie sicher war, wann das Schauspielern aufhörte. Indessen erfreute sie ihn mit den Beteuerungen ihrer Leidenschaft, die sie durch Warnungen vor den Gefahren seitens ihres eifersüchtigen Mannes noch aufwertete. Sie bot ihrem Liebhaber an, sie wolle Italien verlassen und mit ihm nach Frankreich gehen – ein Vorschlag, den sie sicher nicht ernsthaft in Betracht zog, der sogar, wie ein Biograph vermutet hat, eine List sein konnte, mit der sie ihn verscheuchen wollte.[10] Andererseits kündigte sie ihm an, sie müsse wieder eine kleine Reise unternehmen, entfernte sich auch vielleicht wirklich für ein paar Tage von Mailand, und sie versuchte Beyle zu überreden, seinerseits nach Venedig zu gehen, um »Verdacht abzulenken«. Diesmal leistete er jedoch Widerstand.

Die ihm zugestandene Zeit für seinen Aufenthalt in Italien war ohnehin fast abgelaufen. Gegen Ende Oktober hatte er in einem

Brief von Faure Nachricht erhalten, man habe ihm einen Monat Urlaubsverlängerung bewilligt; dies bedeutete jedoch, daß er auf jeden Fall Ende November seinen Dienst in Paris wieder anzutreten hatte, und er wollte sich noch drei bis vier Tage gönnen, um auf dem Rückweg Pauline und ihren Mann auf ihrem Landsitz bei Grenoble zu besuchen. So mußte er am 13. November von Mailand aufbrechen. Er hatte insgesamt höchstens zwei Wochen mit Angela intim verkehrt; aber sie hatte ihn so sehr in inneren Aufruhr versetzt, daß ihm noch weitere vier Jahre der Kopf davon schwindelte; sie hatte ihm ein Bild großartiger, gänzlich ungewöhnlicher Weiblichkeit eingeprägt, von dem er für sein ganzes künftiges Leben zehrte.

In diesen stürmischen Wochen in Mailand gab es auch Augenblicke, in denen er sich literarisch beschäftigte. Während er in dem möblierten Zimmer, das er für seine Rendezvous gemietet hatte, auf Angela wartete, las er Ossian und, was von größerer Bedeutung für ihn war, Lanzis *Geschichte der Malerei in Italien*, ein Werk, in dem er seine eigenen Eindrücke von der gerade erst vollzogenen Besichtigung der Galerien in Florenz, Rom, Bologna und anderswo formuliert fand. Am 29. Oktober kam ihm der Gedanke, Lanzi zu übersetzen. In Form eines an verschiedene Verleger gerichteten Briefes stellte er ein kurzes Exposé zusammen, aus dem hervorgeht, wie verschwommen er in der Frühzeit seiner schriftstellerischen Laufbahn zwischen Übersetzung, Plagiat und eigenem Werk unterschied. In seiner Tagebuchnotiz war von einem Übersetzungsvorhaben die Rede; in dem Exposé nahm er sich eine eigene Untersuchung vor, wobei er lediglich zugab, »die Geschichte von M. Lanzi ist mir sehr nützlich gewesen« (unter dem 30. oder 31. Oktober datierte *Tagebuch*-Eintragung). Zurück in Paris, war er bereits im Dezember glücklich an der Arbeit und diktierte zwölf oder mehr Stunden täglich seine Übersetzung Lanzis (dies neue Verfahren des Diktierens spielte später bei seiner Tätigkeit als Romanschriftsteller eine wichtige Rolle), und in sechs Monaten schaffte er es, die Hälfte der umfangreichen Geschichtsdarstellung zu beenden. Die erste Seite des Manuskripts enthielt die Widmung: »Für Signora Angela G.« Die Umgestaltung dieser stofflichen Vorbereitung zu seiner eigenen *Geschichte der Malerei* war erst 1817 vollendet, aber die 1811 geleisteten Anfangsarbeiten an dem

Buch sind schon darum beachtenswert, weil sie den Augenblick festhalten, da er – ohne seinen Jugendtraum, »der Barde« zu werden, gänzlich aufzugeben – den Gedanken, die Laufbahn eines Berufsschriftstellers einzuschlagen, gezielter ins Auge faßte. In der Vorstellung, er könne mit seiner in Aussicht genommenen Geschichtsdarstellung genug verdienen, um ein bequemes Leben in Italien zu führen, täuschte er sich zwar immer noch; aber dieser Täuschung haben sich von damals bis heute viele Schriftsteller immer wieder hingegeben, und sie gehört nun einmal zum Beruf.

Beyle war am 27. November wieder in Paris und meldete sich am nächsten Morgen zum Dienst. »Verlorene Schlacht« notierte er bei dieser Gelegenheit knapp und rätselhaft. Er schien gehofft zu haben, er bekäme eine Auszeichnung als Anerkennung seines viereinhalbjährigen treuen Verwaltungsdienstes, worin er wohl einen vorbereitenden Schritt für seine weitere Beförderung gesehen hätte. Statt dessen empfingen ihn seine Vorgesetzten mit einem eisigen Tadel wegen seiner Verletzung des Protokolls, denn er hatte es versäumt, dem Polizeichef in Rom seine Aufwartung zu machen; und Pierre Daru, der einige Monate vorher zum Staatssekretär erhoben worden war, zeigte sich seinem Schützling gegenüber besonders empört über dies neue Beispiel von Verantwortungslosigkeit. Damit verlor Beyle jeglichen Halt auf den Sprossen der Aufstiegsleiter; er weigerte sich jedoch, die Hoffnung auf einen weiteren Aufstieg in der kaiserlichen Ämterhierarchie aufzugeben. Anfang Februar ersuchte er um seine Ernennung zum Kriegskommissar und hielt gleichzeitig in seinen Briefen an die Familie in Grenoble noch immer an dem Plan seiner Erhebung in den Adelsstand fest. Nach etlichen Monaten Wartezeit wurde sein Gesuch um Berufung ins Kommissariat verworfen mit der Begründung, sein bisheriges Dienstverhältnis sei von amtlicher Seite als ziviler, nicht militärischer Natur bezeichnet worden. Man gab ihm nur eine geringe Abfindung, und in Paris war für ihn außer seiner selbst auferlegten Übersetzungstätigkeit nicht viel zu tun.

Er hatte sich auf einen herzlichen Empfang von Angéline Béreyter bei seiner Rückkehr gefreut; zu seinem Ärger war sie jedoch gerade nicht in Paris und kehrte erst am 18. Dezember zurück. Danach schliefen sie zwar weiter miteinander; doch, wie schon erwähnt, fesselte ihn kaum etwas an diesem Verhältnis. Halben Herzens versuchte er deshalb, die Asche seiner Leidenschaft für Alexandrine Daru wieder zum Glimmen zu bringen; aber nach der Zeit mit Angela war er dazu kaum fähig. Widerwillig gab er zu, seine Liebe zu ihr »liege im Sterben«; den Nachruf auf sie verfaßte er in einem am 14. Juli 1812 an Pauline geschriebenen Brief, als er Mme Daru endlich im nüchternen Tageslicht sah: »Seit *six weeks* war eine Leere in *my heart. A passion who lived in it, since two years* ist plötzlich um den 13. des vergangenen Monats erloschen, *by the sight of the mediocrity of the object.*«[11] Dies Gefühl der Leere, des ziellosen Umhertreibens und der Niedergeschlagenheit wurde nur in den Stunden, in denen Beyle seine Übersetzung diktierte, gelindert. Im übrigen jedoch bedeutete die Rückkehr aus Mailand, wo er schwärmerisch erregt gewesen war, nach Paris, wo seine Liebe verwelkt war und sein Ehrgeiz blockiert wurde, einen ernüchternden Sturz aus dem Paradies. Wie kraß und dramatisch lebhaft er diese Empfindung in einem Brief an Pauline vom 5. Dezember 1811, genau zehn Tage nach seiner Rückkehr, ausmalte, ist beachtenswert: »Stell dir einen Mann auf einem bezaubernden Ball vor, wo alle Frauen anmutig gekleidet sind; das Vergnügen strahlt ihnen aus den Augen, und man sieht, wie sie ihren Liebhabern Blicke zuwerfen. Der schöne Festsaal ist mit üppigem und würdevollem Geschmack ausgestattet; tausend Kerzen verbreiten einen himmlischen Glanz; ein süßer Duft läßt einen völlig außer sich geraten. Der glückliche Mann mit empfindsamer Seele, der sich an diesem Ort des Entzückens befindet, muß den Ballsaal verlassen; er gerät in einen dichten Nebel, in eine Nacht voll Regen und Schmutz; er strauchelt drei- oder viermal und fällt schließlich in einen Misthaufen. Das ist in wenigen Worten die Geschichte meiner Rückkehr aus Italien.«[12]

Anstatt in diesem trostlosen Sumpf, als den er das Leben in Paris nun ansah, weiter ziellos vor sich hin zu stolpern, war Beyle eher bereit, etwas gänzlich Neues zu unternehmen. Napoleon war im Juni 1812 in Rußland einmarschiert, und in Frankreich hatte man allgemein das Gefühl, dieser Feldzug werde sich als eine seiner größten Ruhmestaten erweisen und überdies, nach der blutigen Kampagne in Österreich, eine verhältnismäßig leicht zu bewältigende Angelegenheit sein. Jede Woche schickte der Staatsrat einen Sonderbeauftragten mit amtlichen Depeschen und zu unterzeichnenden Dokumenten als Kurier von Paris an die Front im Osten. Beyle bat um einen Kurierauftrag, und das Gesuch wurde prompt bewilligt. Am 14. Juli wurde er beauftragt, eine Reihe von Aktentaschen nach Wilna zu befördern. Er brach am 23. auf, nachdem er zuvor in voller Uniform der Kaiserin in Saint-Cloud seine Aufwartung gemacht hatte und von ihr einer kurzen Unterredung gewürdigt worden war. Sein Drang, sich der Großen Armee in Rußland anzuschließen, leitete sich zum einen aus seiner stillen Verzweiflung infolge der Langeweile und Frustration her, dann aber auch aus einer leichtfertigen Lust am Abenteuer. Die letztere Stimmung zeigte sich bereits klar in einer vor mehr als einem Jahr eingetragenen Tagebuchnotiz (vom 27. März 1811), als sich die Möglichkeit eines Krieges mit Rußland erstmals abzeichnete: »*They speak much of war with Russia*. Es müßte eigentlich reizvoll sein, sich nach der Rückkehr aus Italien einer Armee anzuschließen, die wirklich im Einsatz steht.«[13] Aber als Beyle diesen Kommentar am 25. Februar 1813, nachdem er die schrecklichen Monate des militärischen Zusammenbruchs in Rußland miterlebt hatte, noch einmal überlas, fügte er eine knappe, bitter untertriebene Bemerkung über seine damalige Illusion hinzu: »Das ist inzwischen geschehen. Reizvoll ist nicht ganz das richtige Wort.«

VIII
VON MOSKAU BIS MAILAND
(29.–31. Lebensjahr)

Am 14. August 1812 traf Beyle im Hauptquartier Napoleons zu Bojarinkowa ein und lieferte seine Depeschen ab. Sogleich wurde er dem Stabe Pierre Darus zugeteilt und blieb in dieser Stellung in unmittelbarer Nähe des kaiserlichen Oberkommandos bis Anfang Dezember, als die Große Armee den chaotischen Rückzug antrat. Bei seiner Ankunft in Smolensk am 18. August sah er die Stadt in Flammen aufgehen. Wie drei Jahre vorher in Österreich war er begierig, das »Schauspiel« des Krieges zu erleben, aber der konkrete Ablauf der militärischen Ereignisse sowie die Menschen in seiner Umgebung verdarben ihm sehr rasch diese ästhetisierende Einstellung. In seinem Tagebuch beklagte er sich seit der in Smolensk verbrachten Woche über einen ständigen Entkräftungszustand, der wohl ebenso auf seine psychische Niedergeschlagenheit wie auf Überarbeitung und auf eine hartnäckige Diarrhöe, die er sich zugezogen hatte, zurückzuführen war.

In einem Lager zwischen Smolensk und Moskau hatte er ein unverhofft freudiges Erlebnis – er traf seinen einstigen Rivalen aus der Mailänder Zeit, Lodovico Widmann. Die beiden tauschten glückliche Erinnerungen an Angela Pietragrua aus und verabschiedeten sich als gute Kameraden voneinander. Bald wurde Widmann eines der zahllosen Opfer dieses Angriffskrieges.

In das soeben erst eroberte Moskau zog Beyle am 14. September ein; er scheint dort nach den Anstrengungen des Feldzuges ein paar Wochen relativer Ruhe genossen zu haben, obwohl er jetzt unter einem Fieberanfall litt. Er hatte die Hefte, welche die Übersetzung des Lanzi und den *Letellier* enthielten, mitgenommen – das meiste davon ging auf dem Rückzug verloren – und verbrachte tatsächlich in Moskau einen Teil seiner Zeit mit der Arbeit an den beiden literarischen Vorhaben. Am 15. Oktober wurde Moskau von den Russen in Brand gesteckt, und die verhängnisvolle Torheit des napoleonischen Wagnisses lag nun klar zutage. Die Große Armee hatte praktisch keine Quartiere und angesichts des russischen Winters völlig unzureichende Vorräte; die Nachschublinien konnten wegen der Entfernung nicht aufrechterhalten werden und waren ständig Angriffen ausgesetzt. Napoleon lief Gefahr, in Moskau abgeschnitten zu werden und ganz Europa zu verlieren. Der sofortige Rückzug wurde befohlen. Während die Stadt in Flammen aufging und sich eine riesige kupferfarbene Wolke über ihr auftürmte, machte sich Beyle, der sich in seinem Quartier noch rasch einen Band Voltaire angeeignet hatte, mit Pierre Darus Stab auf den Weg nach Westen. Er warf noch einen Blick auf die brennende Stadt und machte einen letzten, erfolglosen Versuch, die Dinge mit den Augen eines Ästheten zu sehen; danach blieb ihm nur noch ein verzweifelter Kampf ums Überleben: »Wir fuhren aus der Stadt heraus, die von der schönsten Feuersbrunst, die es je gegeben hat, erhellt wurde: sie bildete eine ungeheure Pyramide wie die Gebete der Gläubigen, deren Basis auf der Erde und deren Spitze im Himmel war. Der Mond kam, glaube ich, über der Feuersbrunst hervor. Es war ein großartiges Schauspiel, aber man hätte bei seinem Anblick allein oder von verständnisvollen Leuten umgeben sein müssen. Was mir den Rußlandfeldzug verdorben hat, war der bedauerliche Umstand, daß ich ihn zusammen mit Leuten unternahm, denen das Kolosseum oder das Meer bei Neapel nichtssagend erschienen wären« (*Journal*, die Eintragung ist auf den 14.–15. September fehldatiert)[1]. Dieser kalt elitären Sprache eines Ästheten sollte man allerdings den folgenden, in einem Brief an die Gräfin Beugnot vom 18. Oktober enthaltenen Kommentar zur Zerstörung Moskaus entgegenhalten: »Nur eins hat mich traurig gemacht... diese reizvolle Stadt, einen der schönsten Tempel des Vergnügens, in verkohlte, stinkende Ruinen verwandelt zu sehen, durch die ein paar elende Hunde und ein paar Frauen auf der Suche nach Nahrung irrten.«[2] Die Hervorkehrung eines reizvollen Tempels des Vergnügens mag zwar wiederum ein Zug elitärer Empfindsamkeit sein; man muß sich indessen daran erinnern, daß in Beyles philosophisch hedonistischer Lebensbetrachtung die Mittelpunkte zivilisierten Lebens hauptsächlich dazu existierten, daß in ihnen ausgesuchte Lustbarkeiten stattfinden konnten; im übrigen läßt diese zweite Stellungnahme zur Vernichtung Moskaus eindeutig erkennen, daß er sich der menschlichen Tragödie sehr wohl bewußt war.

Beyle floh mit den kaiserlichen Truppen durch ein Land, das sie selbst auf ihrem Eroberungszug verwüstet hatten und in dem es nun weder Nahrung noch Unterkunft gab. Das schöne Herbstwetter während der ersten Rückzugstage wurde bald von plötzlich einbrechendem Frost und den ersten Schneefällen abgelöst. Das 700 000-Mann-Heer, das Napoleon nach Rußland hatte einmarschieren lassen – nur 300 000 davon waren Franzosen –, wurde durch Fahnenflucht, Erfrierungstod, Verhungern und feindliche Kugeln furchtbar dezimiert. Nur 55 000 von den Franzosen sollten Frankreich wiedersehen. Der Heerwurm zerlumpter französischer Soldaten war täglich den Angriffen von Partisanengruppen und Kosakenreitern ausgesetzt. Am 24. Oktober sah sich Beyles Einheit während der Vorbereitung des Nachtlagers plötzlich von schätzungsweise 4000 bis 5000 russischen Infanteristen umzingelt. Für ihn selbst und die Offiziere, mit denen er unterwegs war, bedeutete dies offensichtlich das Ende. Mit beeindruckender Entschiedenheit beschlossen sie, die Nacht über wach zu bleiben und im Morgengrauen in enggeschlossener, quadratischer Angriffsformation durch die russischen Linien zu brechen. Es sei besser, sagten sie sich, kämpfend zu sterben, als von den Bauern zu Tode gemartert zu werden, falls sie sich ergäben. Sie verteilten Goldmünzen an ihre Adjutanten, tranken den letzten Wein aus und packten Pakete mit persönlicher Habe, deren sie sich während des Angriffs entledigen konnten. Bei Tagesanbruch waren sie plötzlich in undurchdringlichen Nebel eingehüllt, und während sie vorsichtig, mit schußbereiten Gewehren vorangingen, stellten sie fest, daß die

Russen abgezogen waren (Brief an Alexandrine Daru vom 7. November 1812). Gegen Ende des langen Rückzugs kam Beyle auf preußischem Gebiet noch einmal knapp mit dem Leben davon, als sie vor einer Kosakenschwadron über das Eis des Frischen Haffs flohen und das Eis unter den Kufen seines Schlittens brach (*Essai d'autobiographie*, 1822).

Beyle zeigte während des ganzen Rückzugs eine Fähigkeit, mit jeder Situation fertig zu werden, und ein bemerkenswertes Durchhaltevermögen, was im Hinblick auf seine bisherige Erfahrung vielleicht etwas überrascht. Bis dahin war er in seinem Militärdienst gegen die Härten und Gefahren des Krieges ziemlich gut abgeschirmt geblieben – eher ein Tourist zwischen den rauchenden Aschenhaufen der Schlachtfelder Napoleons als ein aktiver Kampfteilnehmer. Und sein Privatleben hatte er natürlich weitgehend der Jagd nach Vergnügen und Ansehen sowie der Pflege seiner üppig blühenden Phantasie gewidmet. Doch als er sich der äußersten Lebensbedrohung ausgesetzt sah, von Sterbenden und Verzweifelten umgeben und selbst durch Krankheit geschwächt, da bewies er eine außergewöhnliche Härte und praktische Begabung. Es ging dabei übrigens nicht nur um seine eigene Rettung, sondern um vorbildlichste Pflichterfüllung. In späteren Jahren war er noch stolz darauf, daß er es als Quartiermeister fertiggebracht hatte, die einzigen Vorräte zu beschaffen, mit denen die Große Armee im schlimmsten Stadium ihres Rückzugs am Leben erhalten werden konnte. Sogar Pierre Daru war endlich einmal von der Leistung seines Günstlings beeindruckt. Diese härteste aller Bewährungsproben, die Beyle während der napoleonischen Jahre zu bestehen hatte, bedeutete also in gewissem Sinne für ihn einen Sieg.

Man darf daraus jedoch nicht den Schluß ziehen, Beyle sei aus Rußland mit neuer, innerer Kraft zurückgekehrt. Eher das Gegenteil traf zu: während des Rußlandfeldzuges war in ihm etwas zerbrochen. Er brauchte viele Monate, um sich davon zu erholen, und betrachtete die politischen Ereignisse nie wieder in seiner bisherigen hoffnungsvollen Unschuld. Das Jahr 1813 war eine entscheidende Übergangsperiode in Beyles Leben, und es ist wichtig, daß man zu begreifen versucht, was in dieser langen Zeit des Tiefstands in ihm vorging. Mitte Dezember 1812 erreichte er Königsberg. Nachdem er sich 14 Tage lang dort aufgehalten hatte, zog er weiter durch Preußen nach Frankreich und war am 31. Januar wieder in Paris. Die restlichen Wintermonate und den Beginn des Frühlings, jene Zeit also, während der die alliierten Streitkräfte nach Frankreich vorrückten, nutzte er zu einem Versuch, seine Arbeit mehr oder weniger dort wieder aufzunehmen, wo er sie unterbrochen hatte – das heißt eigentlich, wie aus allem Bisherigen hervorgeht, an keinem bestimmten Punkt; er war seit seinem Rußlanderlebnis zu tief niedergedrückt, als daß er die Energie und den Schwung aufgebracht hätte, irgend etwas in Angriff zu nehmen.

Angéline Béreyter teilte nun wieder in seiner Wohnung in der rue Neuve-de-Luxembourg das Bett mit ihm; aber, wie er es mit den brutalen Worten, in denen er nun seine eigenen Gefühle im Tagebuch auszudrücken pflegte, sagte, war nach drei Tagen sein »Durst [auf sie] gelöscht« (*Journal*, 4. Februar).[3] Ihre Liebesbeziehung, an der *seine* Gefühle schon immer recht wenig beteiligt gewesen waren, hatte zur Zeit seiner Abreise aus Paris gegen Ende April praktisch ihr Ende gefunden, obwohl der endgültige Bruch erst 1814 erfolgte. Mélanie Guilbert, die jetzige Mme Barkoff, war aus Rußland wieder nach Paris zurückgekehrt, und sie verkehrten hin und wieder auf freundschaftlicher Basis miteinander. Es ist kaum zu glauben, aber Beyle machte immerhin ein paar zaghafte Gesten, um seine längst begrabene Verehrung für Alexandrine Daru zu exhumieren, weil er sich einbildete, er könne bei ihr deutliche Anzeichen von Liebe entdecken, jetzt, da sie ihn wiedersah, nachdem er die Feuerprobe der Schlachten bestanden hatte. Kein Mann blieb seinen eigenen Vorstellungen von der Art seiner Leidenschaften und den Personen, denen sie gegolten hatten, jemals so treu wie Beyle; aber soweit sie Mme Daru betrafen, waren diese Vorstellungen lediglich fehlgeleitete Reflexe eines erschöpften Geistes und hielten nicht mehr lange vor.

Im Vertrauen auf seinen während des Feldzugs bewiesenen Mut und seine Fähigkeiten, hoffte Beyle wiederum, einen Orden zu bekommen, und bemühte sich abermals um eine vorteilhafte Anstellung im Kommissariat; und noch einmal griff er in seinen Briefen nach Grenoble die vage Frage der Erhebung in den Adelsstand auf. Keinem dieser Ziele kam er auch nur um einen Schritt näher als in den Jahren 1811–1812, und man gewinnt den

Eindruck, seine Bemühungen waren eher eine Form von Beharrungsvermögen als das Ergebnis eines echten Strebens nach äußerem Erfolg. Seine Begeisterung für *Die Geschichte der Malerei* war dahin; für den *Letellier* hingegen begann er nochmals Material zusammenzutragen; aber das Stück widerstand weiterhin seinen Bemühungen, und er blieb gleich weit entfernt von dem Ziel, ein Barde wie ein Baron zu werden.

Aus dem Krieg hatte Beyle kaum mehr heimgebracht als die Kleidung, die er trug, eine Menge grauer Haare und, wie er ironisch bemerkte, den Vorzug, endlich einmal dünn zu sein. Er fühlte sich müde und, wie er in einem Brief an Pauline bekannte (4. Februar 1813), dauernd kalt und hungrig – gerade so, als ob die körperlichen Strapazen des Rückzugs innerlich weiter an ihm zehrten. Kälte ist zu jener Zeit wirklich das ständige Thema in seinem Tagebuch, seinen Briefen und Randglossen, als stehe die Erkaltung seines Gefühlslebens sinnbildlich für das, was der russische Winter in ihm hinterlassen hatte. »Ich bin zur Zeit in einem völligen Kältezustand; ich habe alle meine Leidenschaften eingebüßt... Im Augenblick fühle ich mich tot; ein alter Mann von sechzig Jahren ist vielleicht nicht kälter« (*Journal*, 4. Februar 1813).[4] Einen Monat später fragte er sich, zwischen Wehmut und Hoffnungslosigkeit schwankend: »Ist dieser Zustand eines moralischen Todes die notwendige Auswirkung eines sechsmonatigen Kampfes gegen Ekel, Not und Gefahr?... Wie kann man dies vorzeitige Altern am schnellsten von sich abschütteln?« (*Journal*, 13. März)[5]

Es ist seltsam, daß Beyle sich über seine eigentlichen Erlebnisse auf dem Rückzug so sehr ausschwieg – seltsam jedenfalls für ihn, der gewohnt war, in seinen Briefen und Tagebüchern so überaus detailliert von seinen Erlebnissen zu berichten. Selbst wenn einzelne Hefte seines Tagebuchs auf dem Rückzug verloren gingen (was sich unserer Kenntnis entzieht), so fällt es doch auf, daß er sich jeglicher Äußerungen über die ganze Katastrophe enthielt, seitdem er wieder in Paris war. Die einzigen wichtigen Ereignisse, über die er seit seinem Anblick Moskaus als Flammenpyramide bis zu seiner Rückkehr nach Frankreich berichtete, sind die Nacht, in der sie von russischer Infanterie umzingelt waren, und – in einer nachträglichen, zehn Jahre später erfolgenden Rückschau – die Flucht über das Eis bei

Königsberg. Von den drei Wörtern, mit denen er seine Eindrükke vom Rußlandfeldzug zusammenfaßte – Ekel, Not und Gefahr – ist das erste, psychologisch gesehen, für ihn entscheidend. Es scheint, daß das, was er mitgemacht hatte, solch schlechthin abstoßende (oder besser gesagt: traumatische) Erlebnisse einschloß, daß er es nicht vermochte, sich schriftlich über sie zu äußern. Die Ursache seines Abscheus wird noch am deutlichsten in seiner Tagebucheintragung vom 21. Mai 1813, die unter dem Eindruck des Geschützfeuers bei Bautzen niedergeschrieben wurde. Wie er bemerkt, hatte er sich dem Schlachtort, wo etwa 300 000 Mann am Kampf beteiligt waren, in einer bequemen Kalesche geborgen genähert, befand sich also in einer besonders günstigen Situation, das kriegerische Schauspiel zu beobachten, innerlich völlig unbeteiligt. »Leider mußte ich an das denken, was Beaumarchais so geschliffen ausdrückt: ›Für jede Art von Gütern gilt der Besitz nichts, der Genuß aber alles‹.«[6] Dann aber reagierte er bezeichnenderweise auf diesen elegant formulierten Aphorismus aus dem 18. Jahrhundert, der seine Situation so genau zu umreißen schien, mit einem Anfall verbaler Kraftausdrücke: »Ich bekomme bei einem solchen Anblick keine Erektion mehr. Er macht mich besoffen – man verzeihe mir den Ausdruck –, so wie ein Mann, der zuviel Punsch getrunken hat und ihn wieder von sich geben muß, für sein ganzes Leben davon angeekelt ist. Der Einblick in das, was sich auf dem Rückzug von Moskau im Inneren der Menschen abspielte, hat mir für immer die Bemerkungen über diese rohen Kreaturen, diese mörderischen Haudegen [*manches à sabre*], aus denen sich eine Armee zusammensetzt, verleidet.«[7]

Was in Beyle beim Scheitern des napoleonischen Abenteuers in Rußland zerstört wurde, war im Grunde seine Auffassung von der menschlichen Natur. Seine Ansichten über die Verhaltensweisen und Möglichkeiten des Menschen hatte er bis dahin aus zweierlei verschiedenen literarischen Quellen bezogen. Einerseits hatte er seit seiner jugendlichen Lektüre des *Cid*, Tassos und der *Nouvelle Héloïse* dem heldischen Ideal einer Begabungselite angehangen. Andererseits hatte er von den *Philosophes* und ihren unmittelbaren Erben den Gedanken einer rationalen, sozusagen mathematischen Analyse des Menschen übernommen, nach der dieser ein Bündel von Impulsen war, die ihn zum

Vergnügen hin- und vom Schmerz wegführten und allgemeingültigen Motivationsgesetzen gehorchte. Beide Auffassungen wurden auf dem Rückzug von Moskau zutiefst in ihm erschüttert. Seine Elitevorstellungen gab er zwar nicht auf – im Gegenteil, er fühlte sich dazu getrieben, nur umso hartnäckiger an ihnen festzuhalten, wie an einem Anker im Strudel menschlicher Entwürdigung –, aber jedwede heroische Idealvorstellung, die er von den Möglichkeiten des Menschen hatte, wurde von nun an einer radikal ironischen Beurteilung ausgesetzt. Es ist anzunehmen, daß er auf dem Rückzug Beispiele heroischer Selbstlosigkeit nicht sehr häufig zu sehen bekam; und man darf vermuten, daß er besonders in den letzten Wochen des Jahres 1812, als er sich schließlich von den versprengten Armeeteilen absetzte, um sein eigenes Leben zu retten, auch in sich selbst eine nackte, animalische Angst vor dem drohenden Tode entdeckte – ein Gefühl, das er mit seiner bewundernswerten soldatischen Disziplin überspielt hatte. Das nüchterne Kalkül des 18. Jahrhunderts über sittliches und soziales Verhalten, mit dem er sich als Beobachter geschult hatte, war damit zwar nicht gänzlich widerlegt, aber als Verhaltensmuster erschien es nun auf geradezu groteske Weise ungeeignet. Alles was Beyle an Feigheit, Roheit und brutalem Egoismus unter den Menschenmassen auf der Flucht durch das vereiste russische Land mit eigenen Augen zu sehen bekam, erweckte in ihm eine abgründige Vorstellung vom Menschen (in etwa dem entsprechend, was viele nachdenkliche Autoren in den beiden Weltkriegen erlebten), für welche die Sprache der *Philosophes* mit ihrer glatten Präzision und ihrem kalten Selbstvertrauen nicht zuständig war. Beyles Engagement für die rationalistische Moralpsychologie war, wie schon bemerkt, in dem Wunsch begründet, menschliche Beziehungen kontrollieren zu können; aber die Beispiele äußerster Brutalität, die er auf dem Rückzug sah, müssen ihm das Gefühl gegeben haben, daß der bloße Gedanke einer verstandesmäßigen Kontrolle ein Hirngespinst sei, und daß es nutzlos sei, von einem distanzierten Standpunkt aus ein Epigramm über allgemein verbreitete Torheiten zu formulieren. Es ist symptomatisch, daß er die auf eine präzise Formel gebrachte Beobachtung eines Beaumarchais mit einer Obszönität beiseite schleuderte: Rußland hatte ihm, wie er genau formulierte, durch das, was es ihm über das »Innere der Menschen« enthüllt hatte, seine eigene, mühevoll erworbene, intellektuelle Methode der Analyse eines solchen Inneren zuwider gemacht.

Nach seinen Erlebnissen in Rußland war Beyle bestrebt, sich, soweit es ihm möglich war, in dem zivilisierten, geschützten Umkreis jenes symbolisch »sauberen, gut ausgeleuchteten Ortes« [»A Clean, Well-Lighted Place«, Titel einer Kurzgeschichte von E. Hemingway, A.d.Ü.] aufzuhalten, wie er ihn anläßlich seiner Rückkehr von Italien nach Frankreich in seinem Brief an Pauline beschrieben hatte – im Ballsaal einer hochkultivierten Gesellschaft, die es verstand, menschliche Triebe in choreographisch vollendete Figuren umzusetzen und sie in diesem Rahmen immer wieder neu zu befriedigen. Von nun an gewann Stendhals Doktrin von den *Happy Few* ihre endgültige Form; denn seit seiner Rückkehr aus Rußland überkam ihn die Befürchtung, die große Masse der Menschen sei auf allzu erschrekkende Weise unbelehrbar, als daß man mit ihr zusammenarbeiten oder für sie hoffen könne. Am 15. Juli 1815, als ihn in Mailand die Nachricht von Napoleons zweiter und endgültiger Niederlage sowie von der Restauration der Bourbonenherrschaft erreichte, schmähte er seine Landsleute wegen ihrer niedrigen Gesinnung, und es war typisch für ihn, daß ihn diese Wut durch offensichtliche Gedankenverbindungen erneut zu einer Betrachtung über den Rußlandfeldzug veranlaßte: »Der gemeine Anblick, den die Menschen unter widrigen Umständen bieten, kurz, das was ich in Rußland zu sehen bekam, verleidet mir Reisen, die auch nur ein wenig gefahrvoll sind.« (*Journal*, 25. Juli 1815)[8]

Seine allgemeine Ernüchterung über die Menschen und sein Bedürfnis nach einer Zuflucht drückt Beyle in einer Reihe häufig wiederkehrender Bilder aus: die Franzosen, ihre Politik und ihre Kriege sind eine sumpfige Niederung, ein Meer von Morast und Kot (der Mann, der den Ballsaal verläßt, stolpert bekanntlich in einen Misthaufen); Italien hingegen bietet das hohe Land der Liebe und der Kunst, in dem Klarheit, Ordnung und Harmonie möglich sind. Das Gegenüberstellen von Bildern mit Schlüsselfunktion, das in Stendhals Vorstellung eines der charakteristischen Ordnungselemente seiner Welt wurde, fällt bereits in einem aus Smolensk, also schon zu Beginn des Rußlandfeldzugs, an Félix Faure gerichteten Brief vom 24. August 1812 deutlich auf. Beyle klagte: »Alles ist grob, gemein, stinkend, sowohl im physischen wie im moralischen Sinn.«[9] Keine Belohnung seines Ehrgeizes, fuhr er fort, könnte ihn entschädigen »für den Morast, in dem ich stecke. Ich stelle mir die Höhen vor, auf denen meine Seele (in einem schönen Klima Werke schaffend, Cimarosa hörend und Angela* liebend) wie auf wonnigen Hügeln wohnt; weit entfernt von diesen Hügeln, in der Ebene, sind stinkende Sümpfe; ich bin in ihnen versunken, und nichts auf der Welt als der Anblick einer geographischen Karte erinnert mich an meine Hügel.« Durch den Zusammenbruch des französischen Kaiserreichs in den Jahren 1813–1814 wurde Beyle zweimal wieder zum aktiven Dienst gezwungen. Doch in dem Maße, wie er sich allmählich von dem Gefühl innerer Erstarrung, in dem er aus Rußland heimgekehrt war, zu erholen begann, erschien ihm der einzige Fluchtweg, auf dem er dem »vorzeitigen Altern« – jener fixen Idee, die ihn ergriffen hatte – entkommen konnte, der Weg zurück zu Angela, Cimarosa, den lombardischen Hügeln und zu all dem, was diese für ihn bedeuteten.

Beyle konnte noch immer nicht verwinden, daß er es nicht erreicht hatte, in Anerkennung seiner jüngst geleisteten, hervorragenden Dienste befördert zu werden. Da erhielt er, sehr gegen seinen Willen, Mitte 1813 den Befehl, an der preußischen Front zur Armee zu stoßen. Seine Stimmung in der Kampfzone war nicht sehr verschieden von der in Paris – eine Mischung aus Langeweile und Widerwillen; er fragte sich sogar, ob Napoleon wohl verrückt sei. Beyles innere Verfassung zeigte sich, wie bereits geschildert, als er am 21. Mai in seiner Kalesche vorfuhr, um von ihr aus die Schlacht bei Bautzen zu beobachten. An einer weiteren Stelle in derselben Tagebucheintragung erhebt er einen eher sachlichen als emotionalen Einwand gegen die Beobachtung

* Henri Martineau glaubt, die Genannte sei Angela Béreyter, weil Beyle sie Faure anvertraut habe, und weil sie in dieser Namensform am Ende des Briefes erwähnt werde. Aber sowohl die Nennung des Namens Angela im Zusammenhang mit Cimarosa und dem schönen Klima Italiens als auch die Hervorhebung des idealen Charakters seiner Liebe zu ihr läßt es als ziemlich sicher erscheinen, daß er an Angela Pietragrua dachte. Siehe die Anmerkung Martineaus in seiner Ausgabe der *Correspondance* (Paris, 1962), Bd. I, S. 1361.

des Kriegsschauspiels. »Von der Höhe des Hügelabhangs, dem gegenüber Bautzen liegt, können wir die Stadt vollkommen überschauen. Von 12 Uhr mittags bis 3 Uhr nachmittags sehen wir sehr gut alles, was man von einer Schlacht sehen kann, nämlich nichts.«[10] Diese bittere Bemerkung enthält, wie schon oft festgestellt wurde, *in nuce* das Wesentliche seiner Darstellung der Waterloo-Szenen in der *Chartreuse*, wo der bedauernswerte Fabrizio durch das chaotische Getümmel auf den Feldern stolpert und wissen will, ob er wirklich in einer Schlacht war. Man könnte hinzufügen, daß Beyle im Jahre 1813 nicht zu einer so sarkastischen Schilderung hätte kommen können, wäre er nicht auf dem Rußlandfeldzug so radikal ernüchtert worden: er war nun in der Lage, den Krieg mit den Augen eines Schriftstellers zu sehen, der die erste adäquate literarische Darstellung des Wahnsinns moderner Kriegführung gab, zu erfassen, wie der Einzelne nur als ein Stück Treibgut auf den Fluten sinnloser, zielloser Zerstörung gesehen wird.

Am 4. Juni wurde ein Waffenstillstand verkündet. Zwei Tage später wurde Beyle zum Intendanten in der schlesischen Stadt Sagan ernannt. Am 10. trat er seinen Dienst an, und ein paar Wochen lang ähnelte seine Lage sehr derjenigen, in der er sich sechs Jahre zuvor in Braunschweig befunden hatte, obwohl er jetzt in der Verwaltung eine Stellung mit höherer Autorität innehatte. Er stellte gesellschaftliche Kontakte zu den wichtigen Persönlichkeiten der Stadt her, stolzierte in seinem dandyhaften Staat einher, plante Besichtigungstouren in die Umgebung, begann mit der Lektüre des Tacitus und fühlte sich im übrigen natürlich außerordentlich gelangweilt. In den ersten Tagen des Monats Juli aber bekam er hohes Fieber, das während der nächsten beiden Monate nur selten nachließ. Infolge seiner Entkräftung durch den großen Rückzug, von der er sich noch nicht völlig erholt hatte, besaß er wohl nur wenig Widerstandskraft gegen jedwede Art von Infektion. Die damalige Terminologie, deren er sich bediente – »nervöses Fieber«, »gastrisches Fieber« –, gibt uns über die Art seiner Krankheit nicht viel Aufschluß; wie schwerwiegend sie war, geht jedoch aus einem Brief an Pauline vom 16. Juli hervor, der mit den Worten beginnt: »Ich glaubte schon, ich hätte die Ehre, in Sagan begraben zu werden«, und des weiteren folgende nüchterne

Analyse seiner Gefühle bietet: »Ich war erstaunt, wie wenig mir die Nähe des Todes ausmachte; ich glaube, das kommt daher, daß man annimmt, der allerletzte Schmerz sei nicht stärker als der unmittelbar voraufgegangene.«[11] Beyle hatte den vielleicht nicht ganz unbegründeten Verdacht, er werde in Sagan medizinisch nicht angemessen versorgt. Am 27. Juli machte er sich auf den Weg nach Paris, legte am 28. in Dresden eine Pause ein und besuchte trotz seiner Schwäche eine Aufführung seiner ersten Liebe unter den Opern, *Il Matrimonio Segreto* (er glühte vor Fieber, als die Vorstellung beendet war). In Dresden blieb er zwei Wochen, dann reiste er weiter nach Paris, wo er am 20. August eintraf. Er begab sich sofort in die Behandlung eines hochberühmten Arztes, dessen Therapie ihm unmittelbar Erleichterung zu bringen schien, und der ihn vor allem darin bestärkte, daß es ratsam sei, in einem milden Klima Genesung zu suchen. Nachdem man ihm einen ausgedehnten Krankheitsurlaub bewilligt hatte, verließ Beyle Paris zu Anfang September. Es braucht kaum erwähnt zu werden, daß sein Reiseziel Mailand war, denn dort hoffte er Balsam für seinen geschundenen Geist und seinen leidenden Körper zu finden. In beiderlei Hinsicht wurde er nicht enttäuscht.

Am 7. September, bei seiner Ankunft in Mailand, war Beyle von seiner Krankheit noch immer so geschwächt, daß er in Augenblicken der Erregung anfing zu zittern: als er, in die Stadt seines Glückes heimgekehrt, seinen ersten Kaffee schlürfte, verlor er die Gewalt über die Tasse, und der Inhalt ergoß sich über seine schöne neue graue Kaschmirhose. Zwei Jahre vorher war er während seines Italienaufenthalts in einem einzigen Taumel schwärmerischer Erregung gewesen. Jetzt konnte er, von seiner Kriegserfahrung bedrückt und durch seine Krankheit entnervt, die frühere Überschwenglichkeit kaum noch spüren; dafür aber weist sein Tagebuch eine ruhige Selbstbeherrschung und Zielbewußtheit auf, die er im Jahre 1811 nicht besessen hatte. In dem Augenblick, als er den Mailänder Dom zuerst am Horizont erblickte, kam ihm der Gedanke: »Auf meinen Italienreisen fühle ich mich ursprünglicher, mehr *ich selbst**. Ich lerne, das Glück mit mehr Verstand zu suchen.« (*Journal*, 7. Septem-

* Im Original ist der französische Ausdruck hervorgehoben.

ber)[12] Diese Beobachtung trifft das Wesentliche und erklärt so knapp wie möglich, warum Beyle von nun an mehr als die Hälfte seines Lebens in Italien zubrachte. Auch läßt der Kommentar erahnen, wieso Italien ihm fast unverzüglich dazu verhalf, aus der Gefühlslähmung zu erwachen, von der er seit seinem Rußlanderlebnis befallen war: er befand sich bereits wieder auf der Jagd nach dem Glück, indem er sich ausdachte, wie er sich als besonderer Mensch verwirklichen und so von der schrecklichen Masse der Menschen unterscheiden könne. Natürlich vollzog sich die Wiederherstellung seiner Kräfte weder in sehr kurzer Zeit noch ohne Rückfälle. Als er zum ersten Mal wieder die Mailänder Kunstgalerie aufsuchte, klagte er, er sehe die herrlichen Gemälde mit gleichgültigen Augen; weniger als vierzehn Tage später jedoch setzte er in einer Fußnote hinzu, er sei noch einmal in der Galerie gewesen und habe die Bilder mit seiner »Seele von damals« gesehen (*Journal*, 9. September).[13]

Das stärkste Elixir für seine depressiven Gefühle war natürlich Angela Pietragrua. Man gewinnt den Eindruck, daß sie in ihren launenhaften Einfällen gemäßigter, nicht mehr so übertrieben provozierend war wie im Jahre 1811. Vielleicht rührte sie dieser geschwächte, sichtlich gealterte Henri, der, aus dem Kriege heimgekehrt, ihr noch immer beharrlich die Treue hielt. Es ist anzunehmen, daß sie ihm wenige Tage nach seiner Rückkehr die Vorrechte eines Liebhabers einräumte; ihm aber schien es nun weniger auf physische Leidenschaft anzukommen als vielmehr auf die innere Befriedigung, die ein liebevoll vertrauter Umgang gewährt. Das Wort *bonheur*, Glück, kommt in seinen Tagebuchaufzeichnungen über diese Woche öfters vor; allerdings hielt er sich aus Furcht, das Gefühl zu schmälern, von einer genauen Beschreibung ausgesprochen zurück. In einer Stellungnahme in der Eintragung zum 15. September faßte er seine Stimmung kritisch zusammen: »Ich fühle mich nicht trunken wie im Jahre 1811. Aber mir scheint, ich bin in jenem zweiten Stadium *of love*, in dem Vertrautheit, Unbefangenheit und Natürlichkeit vorherrschen.«[14] Beyle bildete sich ein, er könne in Angela Anzeichen echter Liebe beobachten, welche er zwei Jahre zuvor nicht bemerkt hatte; aber es war für einen Liebhaber ohnehin nicht ganz angebracht, dieser Meisterin der Liebeskunst zu vertrauen.

Sehr bald schon leitete Angela ein neues Versteckspiel ein. Wieder einmal wurde das Gespenst der Eifersucht des Signor Pietragrua heraufbeschworen. Versprochene Mitteilungen kamen nie bei ihrem erwartungsvollen Liebhaber an. Öfters hielt sie es für nötig, eine Reise in das Seengebiet und anderswohin anzutreten, und machte bald um der Schicklichkeit willen Schwierigkeiten, wenn Beyle sie begleiten wollte. Zwar verbrachte er mit Angela ein paar idyllische Tage vom 9. bis 10. September in Monza und dann eine Woche später in Como; aber nach Mailand zurückgekehrt, schwebte er einige Tage in Ungewißheit, ehe er die Nachricht erhielt, er könne nach Monza zurückkommen, um sie zu treffen. Zwischen den Rendezvous machte er Aufzeichnungen für einen Kommentar zu Molière und plante wieder einmal, eine Geschichte der italienischen Malerei zu schreiben (beide Projekte waren zweifellos Anzeichen einer seelischen Erholung). Zu anderen Zeiten war er aber durch Angela zu sehr abgelenkt, um sich auf irgendetwas konzentrieren zu können: »Ich bin in der peinlichen Lage eines Mannes, der warten muß« (*Journal*, 25. September).[15] Meist jedoch schien er jetzt durchaus fähig zu sein, ihr Ausweichen mit einer Art Gleichmut zu genießen, als etwas, das ihre Beziehung immer wieder prickelnd machte. So faßte er zum Beispiel die ausgeklügelte Signaleinrichtung von geschlossenen oder halbgeöffneten Fenstern auf, eine neue Erfindung, mit deren Hilfe die wechselnden Stunden ihrer Verabredungen angezeigt wurden. Während dieses ausgedehnten zweiten Zusammenseins in Mailand nannte Beyle Angela meist mit dem Beinamen »comtesse Simonetta« (offenbar nach der Villa Simonetta, die sie zu Beginn ihres Liebesverhältnisses im Jahre 1811 zusammen besucht hatten). Der Umstand, daß er diese Bezeichnung beibehielt, zeigt, wie er gern und mit Absicht diese freizügige Frau eines kleinen Mailänder Beamten – aus der er die Gestalt einer stolzen, gebieterischen Dame machte, die, selbst wenn sie sich ihm hingab, geheimnisvoll und schwer zugänglich blieb – eine literarische Rolle in einem geheimen Liebesverhältnis spielen ließ.

Als sich gegen Ende September herausstellte, daß sie für 14 Tage außerhalb der Stadt bleiben werde und nicht zu erreichen sei, begab sich Beyle seelenruhig auf eine Reise nach Venedig. Er scheint sie genossen zu haben, ohne wegen seiner Trennung von

Angela ernsthaft verstört zu sein. In der zweiten Oktoberwoche waren sie beide wieder in Mailand, besuchten zusammen Ballettaufführungen (für diese Kunstrichtung zeigte Beyle damals erstmals Interesse) und verkehrten täglich intim miteinander. Im darauffolgenden Monat stand das Ende von Beyles Urlaub bevor. Die letzten, gemeinsam verbrachten Wochen hatten, soweit man aus den knappen Enthüllungen seines Tagebuchs und der Randglossen schließen kann, die milde Reife einer herbstlichen Idylle. Am 10. November, vier Tage vor seiner Abreise, vermerkte er in seinem Tagebuch: »*With* Gina von 8.30 bis 10 Uhr zugebracht. Ich war schwach, da ich etwas Fieber hatte. Bezaubernde Stunden sanfter Zärtlichkeit, vielleicht die bezauberndsten dieser Reise.«[16] Es wäre sogar denkbar, daß selbst Angela, zumindest vorübergehend, fand, Beyle sei am Ende doch nicht nur ein unverbesserlicher Tor, der ihre Täuschungsmanöver geradezu herausforderte, sondern ein faszinierender und auf rührende Weise anhänglicher Mann, dem sie gelegentlich aus natürlichem Antrieb lieber eine zärtliche Gina als die imponierende Gräfin Simonetta sein wollte.

Wie dem auch sei – als Beyle nach Frankreich zurückkehrte, war er zwar von seiner körperlichen Krankheit noch nicht völlig genesen, aber seine erfrorenen Gefühle waren endlich aufgetaut, für den Reichtum der italienischen Kunst hatte er neues Verständnis gewonnen, und sein Ehrgeiz, eine Schriftstellerlaufbahn einzuschlagen, war wiederaufgelebt. Unterdessen wurde er infolge der politischen Ereignisse ein letztes Mal in den kaiserlichen Dienst gezwungen. Ende November war Beyle wieder in Paris und sogleich bereit, sich, wie gewohnt, am kulturellen Leben in der Hauptstadt zu beteiligen, indem er Aufzeichnungen für eine Abhandlung über die Komödie machte, sich ein Theaterabonnement nahm und damit begann, eine Reihe von Abendgesellschaften zu geben. Von der allgemeinen Wehrpflicht war er zwar ausgenommen, aber am 26. Dezember erfuhr er, daß man ihn zum Verwaltungsassistenten des Grafen René de Saint-Vallier ernannt hatte, der mit der Organisation der regionalen Verteidigung von Grenoble und Umgebung beauftragt worden war, als die alliierten Streitkräfte im Begriff waren, nach Frankreich einzumarschieren. Eine Dienststellung ausgerechnet in Grenoble (diesem »Misthaufen«, diesem »Hauptquartier der

Kleinlichkeit« – *Journal*, 2. März 1814)[17], war nicht gerade verlockend, doch der nationale Notstand ließ keine Zeit für lange Überlegungen oder gar offiziellen Einspruch. Er suchte seinen neuen Vorgesetzten auf und fand ihn angenehmer als er befürchtet hatte; dann packte er in Eile seine Sachen zusammen und war am 31. Dezember in Begleitung seiner Schwester Pauline und ihres Mannes, die damals gerade Paris besuchten, unterwegs nach Grenoble.

Beyle erledigte seine Verwaltungsaufgaben mit beachtlichem Eifer, erntete jedoch von den Bürgern seiner alten Heimatstadt wenig Dank. Einige antiklerikale Maßnahmen, die er durchzuführen hatte, trafen auf heftigen Widerstand, und viele Einwohner von Grenoble betrachteten ihn als einen Emporkömmling, der das Elternhaus verlassen hatte, um in Paris ein Leben zweifelhaften Charakters zu führen, und der jetzt zurückgekehrt war und sich anmaßte, sie herumzukommandieren. Seine amtlichen Verfügungen waren mit dem Adelspartikel de Beyle unterzeichnet, wozu er absolut nicht berechtigt war, wie die Leute in der Stadt sehr wohl wußten; einige von ihnen machten sich daher auch die Mühe, die anstoßerregenden Buchstaben durchzustreichen oder die an Wänden öffentlicher Gebäude angebrachten Verlautbarungen mit einem höhnischen Kommentar zu versehen. In einer Zeit, als er ohnehin für die Franzosen allgemein wenig Sympathie hatte, bestätigten sich in seiner Heimatstadt die schlimmsten Verdächtigungen, die er seit seiner Kindheit gegen sie gehegt hatte. Sein heikler Gesundheitszustand verschärfte gewiß seine heftigen Ausfälle gegen Grenoble. Bald war klar zu erkennen, daß er seine Krankheit während seines Urlaubs in Italien nicht wirklich abgeschüttelt hatte. Die anstrengende harte Arbeit ermüdete ihn rasch, und Anfang Februar erlitt er einen Rückfall, so daß er für einige Zeit bettlägerig war. Er bat um Erlaubnis, aus Gesundheitsgründen nach Paris zurückkehren zu dürfen; Saint Vallier sah ein, daß Beyles Gesuch berechtigt war, obgleich er ungern auf seine Dienste verzichtete. Mitte März reiste Beyle nach der Hauptstadt ab, das heißt genau zu dem Zeitpunkt, als Napoleons letzte Verteidigung zusammenbrach. In Paris traf er in den letzten Märztagen ein, gerade noch rechtzeitig, um am 31. März die von russischen Truppen gewonnene Schlacht am Montmartre und die Siegesparade der alliierten

Streitkräfte auf den Champs-Elysées zu erleben. Am 7. April unterzeichnete er, wie Tausende von kaiserlichen Beamten, aus Klugheit eine Einverständniserklärung mit den Maßnahmen des Senats, der die Bourbonenmonarchie wieder einsetzte. Das bedeutete das Ende des Kaiserreichs und gleichzeitig der Träume Beyles vom gesellschaftlichen Aufstieg auf der Woge kaiserlicher Gunst. Während Napoleons Rückkehr für Hundert Tage im Jahre 1815 ließ sich Beyle in Italien wieder einmal von Angela umgarnen. Trotzdem kam er von dem Gedanken an Napoleon nicht los, wie so viele unabhängige Geister im 19. Jahrhundert. Nachdem er den großen Mann in der Nähe beobachtet und die Folgen der Taten des Kaisers erlebt hatte, arbeitete er schließlich das Phänomen Napoleon in einer eigentümlichen und eindrucksvollen Verknüpfung von scharfem Urteilsvermögen mit leidenschaftlicher Sympathie in seine Romane ein.

Zunächst einmal tat er sein möglichstes, um für die eigene Zukunft zu sorgen. Der einzige Beruf, auf den er zurückgreifen konnte, war der Dienst als Beamter. Jetzt, da der ganze sorgfältig aufgebaute napoleonische Verwaltungsapparat zerschlagen war, konnte er keine glänzende Stellung mehr erhoffen, sondern höchstens ein bequemes, aber einträgliches Amt – nach seiner Vorstellung am ehesten ein bescheidenes Konsulat in Italien, das ihm ein Jahresgehalt von 4000, vielleicht sogar 6000 francs einbrächte und ihm genügend Muße zur Beschäftigung mit der Kunst und zum Schreiben gewährleistete. Seit der Restauration konnte ihm sein Gönner Pierre Daru natürlich nicht mehr von Nutzen sein; daher bemühte er sich um die Hilfe der Gräfin Beugnot, die er durch seinen Freund Bellisle kennengelernt hatte und mit der er in freundschaftlichem Einvernehmen geblieben war. Der Gatte der Gräfin war zunächst Innenminister der neuen Regierung, das heißt also in einer für Beyles Hoffnungen auf ein Konsulat günstigen Position. Als Graf Beugnot aber Mitte Mai die Leitung des Polizeiministeriums übernehmen mußte, verzweifelte Beyle und erwog nur noch, sofort und ohne Geldmittel einfach nach Italien aufzubrechen. Genauer gesagt, ohne Geldmittel, aber mit einem Berg von Schulden – inzwischen waren es 37 000 francs, von denen er allein seinem Schneider 2100 schuldete. Es war also höchste Zeit, eine finanziell annehmbare Position zu bekommen.

Der frühere Kommissar harrte noch weitere zwei Monate in Paris aus, während deren seine einst so großen Erwartungen täglich geringer wurden. Anfang Juli ersuchte Graf Beugnot Talleyrand um ein italienisches Konsulat für Beyle; aber es wurde nichts daraus. Einige Forscher haben vermutet, falls Beyle nur die Geduld aufgebracht hätte, länger zu warten, hätte Beugnot innerhalb weniger Monate etwas Passendes für ihn bekommen. Aber Geduld mit den Franzosen aufzubringen, bedeutete eine Nützlichkeitserwägung, für die Beyle zu diesem Zeitpunkt ebenso sehr der Sinn fehlte wie das Bargeld in der Tasche; und obwohl ihm durchaus klar war, daß das Vernünftigste für ihn wäre, sich durch den Dienst im Ausland ein Einkommen zu sichern, stand ihm mittlerweile, nach acht Jahren vergeblichen ehrgeizigen Strebens in der Verwaltungshierarchie, der Sinn wenig danach, als Bittsteller bei der neuen Regierung zu antichambrieren. Für den 5. Juli notierte er in seinem Tagebuch: »Ich bin von Paris übersättigt, wenn auch keineswegs im Zorn. Der Beruf eines Kommissars und die anmaßende Dummheit der Mächtigen haben mich durch und durch angeekelt. Rom, Rom ist meine Heimat; ich brenne vor Ungeduld abzureisen.«[18] Am 18. Juli richtete er an das Kriegsministerium ein Gesuch um Gewährung des ihm als einem nichtaktiven Bevollmächtigten des Kriegskommissariats regulär zustehenden Gehalts (900 francs im Jahr) und brach zwei Tage später nach Italien auf; unterwegs besuchte er in der Nähe von Grenoble nochmals Pauline und ihren Mann.

In den letzten beiden Monaten vor seiner Abreise, die er als Bittsteller um ein Amt verbrachte, hatte Beyle ein eigenartiges literarisches Projekt in Angriff genommen und es auch tatsächlich vollendet. Es ist seltsam genug, daß er in dieser ungewissen Übergangsperiode seines Lebens ein solches Buch, ja, überhaupt ein Buch schrieb. Sein plötzliches Interesse gerade an diesem Thema sowie die zweideutige Stellung als Autor, in der er nun sein literarisches Debüt gab, sind sehr aufschlußreich, sowohl im Hinblick auf seine geistige Verfassung im Jahre 1814 als auch auf die Richtung, die er nun eingeschlagen hatte.

Zu Anfang des Monats Mai kam Beyle der Gedanke, ein Buch über das Leben Haydns, Mozarts und des Rokokolibrettisten Pietro Metastasio zusammenzustellen. Die unmittelbare Inspiration erfolgte durch ein kurz vorher veröffentlichtes Buch, das er wahrscheinlich aus Italien mitgebracht hatte, eine in Briefform dargebotene Haydn-Biographie von Giuseppe Carpani. Der Ausdruck ›Inspiration‹ verleiht allerdings dem Unternehmen eine geistige Würde, die es kaum verdient; denn Beyle tat nichts anderes, als Carpani in Bausch und Bogen zu plagiieren, ja, er raubte dem italienischen Musikhistoriker, wie dieser später beteuerte, dessen Alterserfahrung, seine persönlichen Besonderheiten und offenbar auch das Fieber, das ihn bei der Abfassung des Buches gepackt hatte. Denn diese literarische Fälschung war ebenso nachlässig wie skrupellos: Namen wurden verballhornt; willkürlich wurden Stellen ausgelassen; Tatsachen hinsichtlich der Zeit, des Ortes und der Umstände wurden durcheinander gebracht; italienische Ausdrücke wurden falsch übersetzt. Auch waren die Entlehnungen keineswegs auf Carpani beschränkt. Die Mozartbiographie war eine mehr oder weniger wörtliche Kopie – eine Übersetzung war nicht erforderlich, da das Original auf Französisch erschienen war – eines biographischen Artikels von C. Winckler, und der Abschnitt über Metastase näherte sich stark einem italienischen Aufsatz von Giuseppe Baretti und den Gedanken des schweizerischen Historikers J.-C.-L. Sismondi. Als Carpani, der Hauptgeschädigte, im Jahre 1816, ein Jahr nach der Veröffentlichung des Buches, den gedruckten Diebstahl anprangerte, schreckte der Beschuldigte nicht einmal davor zurück, seinerseits Carpani heftig anzugreifen, und fügte damit der Verletzung des Urheberrechts auch noch eine persönliche Beleidigung hinzu. Man kann sich kaum vorstellen, ein anderer genialer Schriftsteller hätte seine Laufbahn auf eine so anrüchige und moralisch fragwürdige Weise beginnen können.

Warum tat Beyle so etwas? Nichts legt den Verdacht nahe, es habe ihm an einem Gefühl für Berufsethos oder an einer normalen Ehrenhaftigkeit gefehlt, und dennoch ließ er in der bedauerlichen Angelegenheit des Buches *Haydn, Mozart et Métastase* einen unerhörten Mangel an beiden erkennen. Betrachtet man die seltsamen Umstände bei der Abfassung des Buches unter dem Blickwinkel der langen Zeit der Verzweiflung, die er im Jahre 1813 durchgemacht hatte und der völligen Unsicherheit, die er nun durch den Zusammenbruch des Kaiserreichs erlebte, so mögen sie vielleicht verständlicher erscheinen. Nach all den Jahren in der Tretmühle des *Letellier* und nach der Preisgabe der *Geschichte der Malerei in Italien* – die wiederaufzugreifen er offenbar unfähig war, bevor er nicht das Stimulans einer echt italienischen Atmosphäre hatte – war er sehr darauf angewiesen, sich selbst als Schriftsteller zu lancieren, um endlich einen Beruf zu haben; denn er war zu dem Schluß gekommen, daß für ihn kein anderer Beruf in Frage komme. Er war entschlossen, einen Schriftsteller aus sich zu machen, selbst wenn dies bedeutete, daß er mit umfangreichen »Entlehnungen« aus den schriftstellerischen Erzeugnissen anderer, denen er lediglich ein paar persönliche Veränderungen und Einschiebsel hinzufügte, begann. Das war nicht gerade anständig, aber es war ein Ausweg aus dem Zustand kraftloser Untätigkeit im Frühjahr 1814, der auch während des größten Teils der napoleonischen Ära gewissermaßen sein Berufsschicksal gewesen war. Indem er seine Übersetzung diktierte – diese Methode hatte er bereits bei der Arbeit an Lanzis *Geschichte* angewandt –, schaffte er die kombinierte Übersetzung, Bearbeitung und Zusammenstellung des Buches in weniger als zwei Monaten. So erwies sich das Unternehmen trotz seiner höchst verabscheuungswürdigen Seiten als eine wunderbar wirkungsvolle Befreiung von seiner vierzehnjährigen Blockierung als Schriftsteller.

Daran gewöhnt, selbst in seiner Privatkorrespondenz Pseudonyme zu verwenden, veröffentlichte er seine *Vies de Haydn, Mozart et Métastasio* unter der Tarnung eines Schriftstellernamens. Schon die übermütige Namenswahl legt den Gedanken nahe, er habe das ganze Projekt als eine Art Scherz aufgefaßt; jedenfalls könnte in dieser unernsten Einstellung zum Teil die Erklärung für sein Gefühl liegen, er brauche über die Benutzung von Quellen keine Rechenschaft abzulegen. Der Verfasser der *Vies* war angeblich ein Louis-Alexandre-César Bombet – die beiden ersten Namen spielten auf zwei in dieser Anfangszeit der Restauration verabscheute Monarchen an, Louis XVIII. und Zar Alexander, der dritte Name bezog sich auf Napoleon höchstpersönlich, während »Bombet« im Französischen eine geschwollene Form assoziiert (wie das deutsche Fremdwort ›Bombast‹) und vielleicht auch den Gedanken, »sich einen vergnügten Abend zu machen«. Die Widmung des Buches war gleichfalls pseudonym, wenn auch weniger possenhaft: ›Für Mme Doligny‹, Beyles Privatbezeichnung für Comtesse Beugnot. Die Gräfin versuchte er mit seiner üblichen Taktik des Flirts für sich einzunehmen, obwohl er sich bei ihr nicht allzu heftig engagierte. Als er aber Ende Juni glücklich den letzten Abschnitt des Buches diktierte, schlief er nach einer Zeitspanne von acht Jahren auch wieder mit Mélanie Guilbert. Für Beyle war dies eine Zeit der inneren Sammlung und der Vorbereitung auf Neues: liebebedürftig seine erkaltete Leidenschaft wiederanfachend, wurde er noch einmal für ein paar Wochen Mélanies Liebhaber und war gleichzeitig emsig dabei, sich ein literarisches Betätigungsfeld für die Zukunft zu sichern. Und in demselben Atemzug, in dem er seine erneute Liebelei mit Mélanie erwähnte (*Journal*, 4. Juli), berichtete er auch, daß er von dem schönen Antlitz und den offenen Augen der Comtesse Clémentine Curial, der 26jährigen Tochter der Gräfin Beugnot, hingerissen war. Diese Augen ruhten ein Jahrzehnt später mit leidenschaftlicher Aufmerksamkeit abermals auf ihm.

Indessen kreisten seine Gedanken um Italien, die italienische Kunst und ein Wiedersehen mit Angela Pietragrua. Das Buch, das zu schreiben er sich entschlossen hatte, bedeutete für ihn eine innere Hinwendung zu Italien, obgleich sich zwei seiner Biographien mit deutschen Komponisten befaßten. Haydn sah er natürlich durch eine italienische Brille, und wenn Carpani betonte, Musik sei eher ein sinnliches als ein geistiges Erlebnis, die Künste seien eng miteinander verwandt und der Charakter der Musik sei, dem nationalen Klima und der Sprache entsprechend, von Land zu Land verschieden, so fand Beyle darin seit langem gehegte eigene Gedanken bestätigt. Hierin mag der Grund liegen, daß er sich nachträglich weigerte zuzugeben, er habe Carpanis Formulierungen direkt übernommen.* Mozart verehrte Beyle als einen Komponisten von Opern, dieser höchsten italienischen Kunstform – er erkannte ihn als erstaunlichs

* Richard N. Coe hat in der vortrefflichen und gelehrten Einleitung zu seiner recht freien Übersetzung der *Vies* die These aufgestellt, Carpani habe Stendhals Musik- und allgemeine Kunstauffassung entscheidend beeinflußt. Dem muß man entgegenhalten, daß Stendhal sich mit den von Coe aufgeführten grundlegenden Gedanken seit langem selbst getragen hatte. Siehe *Haydn, Mozart and Métastasio*, hrsg. und übers. von Richard N. Coe (New York, 1972), S. XXII-XXIV.

Genie an, obgleich er von seiner »germanischen Melancholie« letztlich doch weniger angesprochen sei als von dem göttlichen Cimarosa. Metastasio wiederum wurde von ihm deshalb mit verschwenderischem Lob überhäuft, weil der italienische Dichter (der neben vielem anderen das Libretto des *Matrimonio Segreto* verfaßt hatte) als Schriftsteller die hohe Gabe besitze, das Wort mit dem Gesang und der dramatischen Handlung so vollkommen zu vereinen, daß eine Art Apotheose der Sprache beglückend verwirklicht werde. Hier werde das Begehren bereits in seinem Entstehen in die lichte Harmonie der Kunst übertragen: »Seine Helden haben fast nichts mehr von der faden Wirklichkeit. Seine Gestalten haben einen Schwung und eine Genialität, welche vom Glück sehr bevorzugte Menschen nur auf den Höhepunkten ihres Lebens erfahren haben: Saint-Preux beim Betreten von Julies Schlafzimmer« (»Métastasio«, 1. Brief).[19] So vereinigte sich hier nach seiner Auffassung die Pracht der Musik mit dramatischer Kunst und dichterischer Anmut; und die Augenblicke der Verzückung, die eine »großartige« Frau wie Angela einem Mann gewähren konnte, verschmolzen in der italienischen Kunst und auf italienischem Boden zu einem einzigen Bild der höchsten Verwirklichung dessen, was Rousseau schöpferische Einbildungskraft nannte.

Die privaten Gedankenverbindungen, denen sich Beyle während der Abfassung der *Vies* hingab, waren zwar für ihn selbst höchst verlockend, aber aus der Veröffentlichung des Buches war kaum praktischer Nutzen zu ziehen. Er publizierte es auf eigene Kosten von insgesamt 1150 francs (und zwar zu einem Zeitpunkt, als er mit Schulden überladen war!). Die Auflage umfaßte 1000 Exemplare, und da sein Anteil am Verkaufspreis fünf francs pro Exemplar sein sollte, hätte er, selbst wenn die Auflage ausverkauft worden wäre, von seinem Schuldenberg nichts Wesentliches abtragen können. Tatsächlich wurden jedoch nicht viel mehr als 100 Exemplare verkauft. Das war ein demütigender Anfang, und Stendhal sollte noch weitere derartige Enttäuschungen erleben, wenn auch zumindest in diesem Fall das kommerzielle Versagen einem gewissen L.-A.-C. Bombet, einem Menschen mit einem lächerlichen Namen, dessen Identität nicht allgemein bekannt war, angelastet werden konnte. Beyle schien sich allerdings zu jenem Zeitpunkt weder über das

Geld noch über den Erfolg übermäßige Gedanken zu machen, obgleich in ihm noch ein Gefühl lebendig war, daß er sich gelegentlich Gedanken machten *sollte*. Anfang Juli zog er aus seiner eleganten Wohnung in der rue Neuve-de-Luxembourg um in ein kleines Zimmer in einem sehr einfachen *Hotel garni* und verkaufte seinen Hausrat und sein Kabriolett. Dabei fühlte er sich vollkommen zufrieden, vielleicht auch ein wenig erleichtert, daß er sich des ganzen Ballasts entledigt hatte. Unbelastet machte er sich auf in das Land des Glücks, und das soeben fertiggestellte Buch war als solches schon eine Vorahnung jenes Glücks.

Am 10. August war Beyle wieder in Mailand. Bereits am 13. machte er eine seiner rätselhaften Randnotizen, »zweimal«; sie zeigt an, daß er nochmals volle Befriedigung in Angelas Bett gefunden hatte. Fast unmittelbar nach seiner Ankunft begann er wieder, an der *Geschichte der Malerei in Italien* zu arbeiten, woraus sich die schriftstellerische Antriebskraft ermessen läßt, die er in seinem eben vollendeten Werk als »Bearbeiter« entfaltet hatte. Gegen Monatsende verfaßte er einen kurzen Aufsatz, »Ein Bericht über das heutige Musikleben in Italien«, den er *Haydn, Mozart et Métastasio* als abschließenden Anhang hinzufügte. Ein Abschnitt ziemlich am Schluß faßte klar zusammen, wie er von nun an über die Bereiche des öffentlichen und privaten Lebens in einem vom Geist des Wiener Kongresses beherrschten Europa dachte: »Ich finde es zwar sehr angenehm, in einem Lande zu leben, das eine liberale Verfassung hat; aber falls jemand nicht gerade einen hochempfindlichen Nationalstolz hat und für die Belange des privaten Glücks unempfänglich ist, begreife ich nicht, wieso er dann ein Vergnügen darin finden kann, sich ständig um Fragen der Verfassung und Politik zu kümmern. In Anbetracht der heutigen Gewohnheiten und Vergnügungen eines Mannes von Welt erweist sich die Freude, die er an der Art der Machtverteilung in einem Land finden kann, als unerheblich: sie kann ihm wohl schaden, aber sie kann ihm kein Vergnügen bereiten« (»Métastasio«, 1. Brief).[20]

Dies ist ein Liberalismus zum Nulltarif; er gründet sich auf Skepsis gegenüber dem, was die politischen Institutionen selbst unter optimalen Bedingungen für den Einzelnen tun können. Als analytischer Beobachter blieb Beyle zwar weiterhin an der

Politik brennend interessiert; doch er lebte nach der hier artikulierten Philosophie der Ungebundenheit, denn nach dem Trauma seines Rußlanderlebnisses war es für ihn undenkbar, daß sich der Bereich der Politik für die Jagd nach dem Glück eignen könne. Gerade dies Gefühl des Freiseins von Verpflichtungen bestimmte ihn dazu, sowohl ein Buch über Musik (hauptsächlich die Oper) zu schreiben, als auch ausgerechnet in dem Augenblick nach Italien zu eilen, als Europa unter den Einfluß Metternichs und Talleyrands geriet. »Ich stürzte mit Napoleon im April 1814«, verkündete er später höchst dramatisch zu Beginn des *Henry Brulard*[21]; aber indem er sich bewußt aus den Gesellschaftsschichten zurückzog, in denen er seit Beginn seiner Mannesjahre gehofft hatte, es im Leben zu etwas zu bringen, machte er im Grunde erst die lange verhinderte Entfaltung seiner wahren Persönlichkeit möglich. Wenn er ständig in Italien wohnte, hatte er nicht nur die innere Freiheit, anders als zuvor die kulturellen Freuden des Lebens zu genießen, sondern auch die Aussicht, damit beginnen zu können, in rascher, knapper Prosa eben *die* Vorstellung vom Menschen und von der Gesellschaft, die er sich allmählich gebildet hatte, zu artikulieren. Mit anderen Worten: er konnte jetzt sowohl ein vollendeter Kunstliebhaber als auch ein Schriftsteller mit eigener Note werden. Trotz aller Qualen der Enttäuschung und allen Ärgers, die ihm der Zusammenbruch des Kaiserreiches bereitet hatte, erkannte Henri Beyle zum ersten Mal mit sicherem Blick, wie er aus sich einen Stendhal machen könnte.

Dritter Teil
Der freie Schriftsteller

Die beiden tragenden Säulen der Literaturwissenschaft alten Stils hießen, wie man sich vielleicht erinnert: der Mensch und sein Werk. Die beispielhafte Bedeutung des Phänomens Stendhal erklärt sich aus der Art, in der er diese beiden Begriffe ins Wanken bringt, indem er ihre Symmetrie zerstört, ihren Unterschied verwischt und ihre Beziehungen zueinander aus den gewohnten Bahnen bringt.

Gérard Genotte,
Figures II

IX
MAILAND
(31.–38. Lebensjahr)

Vom August 1814 bis zum Ende des Frühjahrs 1821 hatte Beyle seinen festen Wohnsitz in Mailand, der Stadt, die seit Beginn seiner Mannesjahre der Schauplatz seiner Träume von Kunst und Liebe war. Im Jahre 1820, als er sich bereits Gedanken über seinen Tod machte, entwarf er den ersten der bis ins Detail ausgearbeiteten Pläne für seinen Grabstein, auf dem er als »Errico Beyle, Milanese« bezeichnet werden wollte.[1] Fühlte er sich jetzt auch in der Hauptsache als Mailänder, so war er doch während dieser Jahre dank seiner Muße und seiner ebenso unbegrenzten kulturellen Neugier auch ständig unterwegs. Auf zahlreichen Reisen erkundete er die landschaftliche Lage, die Architektur, die Museen, die Restaurants und die gesellschaftliche Struktur der Städte Verona, Padua, Venedig, Florenz, Rom, Neapel, Genua und besichtigte Sehenswürdigkeiten der italienischen Halbinsel. Familiäre und gesellschaftliche Belange erforderten, daß er noch viermal nach Grenoble zurückfuhr; drei dieser Fahrten führten ihn auch für kurze Zeit in sein »Versorgungszentrum« Paris, und im Jahre 1817 hielt er sich sogar einmal 14 Tage in London auf. Aber der Mittelpunkt seiner Welt blieb Mailand, und trotz der aufregenden Schwankungen seines Gefühlslebens, von denen sogleich die Rede sein wird, wurde er in seinen Erwartungen von dieser Stadt nicht enttäuscht.

Wie verbrachte der kultivierte Junggeselle ohne erkennbaren Beruf in Mailand seine Tage in diesen Jahren nach dem Sturz Napoleons? Eine Beschreibung seiner täglichen Beschäftigung muß mit dem Abend einsetzen, denn sein Tagesplan war auf den Besuch der Scala hin angelegt. »Kurz, Italien gefällt mir«, schrieb er seinem Pariser Freund Adolphe de Mareste (21. März 1818).[2] »Jeden Tag von 7 Uhr abends bis Mitternacht höre ich Musik und sehe zwei Balletts. Das Klima tut ein übriges.« Aufschlußreich ist weiter unten in demselben Brief eine allgemeine Betrachtung über seinen auf Selbsterhaltung bedachten Egoismus, den er sich zu eigen gemacht hatte; in diesem Zusammenhang hob er den Gleichmut seines Lebens in Mailand dadurch hervor, daß er das Grauen des Feldzugs nach Moskau in ein Bild der Lässigkeit des Mailänder Cafélebens auflöste: »Das einzige, das in diesem Leben der Mühe wert ist, ist das *eigene Ich* (H. B.s Hervorhebung). Das Gute an dieser Denkweise ist, daß ein Rückzug aus Rußland nicht mehr Bedeutung hat als ein Zug aus einem Glas Limonade.«

Es war bereits die Rede von der Haupteinrichtung des Mailänder Gesellschaftslebens – dem allnächtlichen Stelldichein des Publikums im Opernhaus. Um zu verstehen, was dies bedeutete, muß man sich vorstellen, daß eine Loge in der Scala nicht wie die kleinen Balkons in den heutigen Theatern mit festen Sitzplätzen vollgestopft war, sondern eher wie ein kleiner Salon aussah. Eine Gruppe von acht bis zehn Personen fand bequem darin Platz und konnte sich nach Belieben niederlassen, entweder an einem Tisch mit Säulenfuß, der sich zum Lesen und Kartenspielen eignete, auf versetzbaren Stühlen an der Balustrade oder auf den Polstern des an einer Logenwand stehenden Sofas. Besuchte man eine Vorstellung in der Scala, so gehörte man also zu einer geselligen Gruppe von Menschen, die sich weder in der Art noch in der Dauer ihrer Tätigkeit durch das Geschehen auf der Bühne beeinträchtigen ließen. Wie Stendhal in *Rome, Naples et Florence en 1817* schildert, blieben er und seine Operngefährten oft nach der Vorstellung in ihrer Loge sitzen und spielten in einem abgedunkelten, von Besuchern entleerten Theater bis ein Uhr nachts Pharo, bis der Pförtner sie schließlich bat, das Haus zu verlassen. Danach soupierten sie noch gemeinsam und trennten sich erst nach Tagesanbruch. Stendhal bekannte, er habe unter den Leuten, mit denen er immer wieder in der Oper zusammen war, keine näheren Freunde gehabt, wie überhaupt während seiner ganzen Mailänder Zeit seine engsten persönlichen Bekannten seine Briefpartner in Paris waren. Dennoch fühlte er sich offenbar kaum jemals einsam; da man in Mailand an ein kultiviertes Wohlleben als an etwas Selbstverständliches gewöhnt war, hatte er oft ein Gefühl universellen Wohlbehagens – *ces soirées de naïveté et de bonheur* –, das ihm aus den Jahren des Kaiserreichs fast unbekannt war.

Da es praktisch sehr häufig vorkam, daß er seine abendlichen Unternehmungen bis zum Morgengrauen ausdehnte, blieben ihm nach einigen Stunden Schlaf oft nur die Nachmittage zum Leben und Schreiben. Seinem Beruf als Schriftsteller ging Beyle also weiterhin nur von Zeit zu Zeit nach, obwohl er sich in diesen sieben Jahren endlich auch einmal gedrängt fühlte, etwas zur Veröffentlichung Bestimmtes zu schreiben: gegen Ende seines Aufenthalts in Mailand stellte er ein Buch fertig, in welchem er seinem eigenen Ton voll Ausdruck verlieh. Allerdings trug seine berufsmäßige Schriftstellerei nicht das Geringste dazu bei, seine finanzielle Lage zu verbessern, und es ist ein Rätsel, wie er, noch dazu als Kunstliebhaber, sein Leben zu fristen vermochte. Seine Wohnung in Mailand war zwar bescheiden, und er erlaubte sich nicht die Ausschweifungen, in denen er sich noch vor ein paar Jahren als Pariser Lebemann gefallen hatte. Dennoch schätzte er es, wenn er einmal auf Reisen ging, vornehm zu reisen, in guten Restaurants zu speisen und in den besseren Hotels einzukehren. Wie stets fühlte er sich seiner Kleidung wegen zu beträchtlichen Auslagen genötigt; auch für den Kauf von Büchern gab er sehr viel Geld aus, und allein die Zinsen für seine Schulden in Paris betrugen jährlich 2000 francs. Außerdem wurde er zu Anfang dieser Zeit entweder darum gebeten oder hielt es selbst für ratsam, Angela Pietragrua monatlich eine Summe von 200 francs zukommen zu lassen – eine Übereinkunft, die zugleich die Frage nach der Art ihrer Beziehung (als verheiratete Frau gehörte sie nicht zur Kategorie einer *femme entretenue*) wie auch nach der Herkunft des Geldes aufwirft.

Soweit bekannt, bestand Beyles einzige zuverlässige Einkommensquelle zu jener Zeit in jährlichen Einkünften von 1600 francs, den Zinsen der Erbschaft, die ihm sein 1813 verstorbener

Großvater hinterlassen hatte. Daneben bezog er eine Jahrespension von 900 francs, die ihm in seiner Eigenschaft als früherer Kommissar zustand; diese wurde jedoch nur unregelmäßig ausbezahlt, wie seine wiederholten dringenden schriftlichen Gesuche an verschiedene Amtspersonen zeigen. Zwischen 1817 und 1819 hatte ihm sein Vater – in Beyles Briefen an Pauline wegen seiner angeblichen Knickerigkeit noch immer grimmig als der ›Bastard‹ bezeichnet – ein Haus in Grenoble überlassen, um ihm zum gesetzlichen Erwerb seines Majorats zu verhelfen; danach hatte der Sohn durch Verkauf des Objekts die Möglichkeit, genügend Geld aufzubringen, um seine Pariser Gläubiger auszubezahlen. Kürzlich hat eine Forscherin[3] durch sorgfältige Untersuchung autobiographischen Materials festgestellt, daß Beyle zwischen 1810 und 1822 einen seltsam schwankenden Geldbetrag bei seinem Freund Félix Faure in Paris investiert hatte. Sie zieht den sehr einleuchtenden Schluß, daß Beyle während seiner jahrelangen Tätigkeit in der napoleonischen Verwaltung, der von Leuten in solchen Positionen allgemein geübten Praxis folgte und des öfteren stillschweigend »Bestechungsgelder« oder Provisionen von den Armeelieferanten, mit denen er zu tun hatte, empfing. Auf solche Weise angesammelte Ersparnisse mußten natürlich verborgen bleiben, woraus sich die unbestimmte Höhe der in Félix Faures Händen befindlichen Summe erklärt. Dies erschlichene Kapital wäre demnach das Geld gewesen, mit dem sich Beyle während seines Mußelebens in Italien über Wasser hielt. Nicht mehr als das allerdings, denn oft genug war er gezwungen, Pauline dringend um Geld zu bitten, und mehr als einmal erwog er den Verkauf einiger Bücher, um das nötige Bargeld aufzubringen. Saß er auch gelegentlich geldlich in der Klemme, so waren seine Gedanken doch nie von Geldsorgen in Anspruch genommen; er besaß immer genügend Freiheit, sowohl seinen literarischen Interessen nachzugehen – sogar wenn das bedeutete, ein Buch auf eigene Kosten herauszubringen – als auch sein Interesse an der Liebe nicht zu verlieren – selbst wenn die betreffende Dame philanthropische Zuwendungen zu erwarten schien.

Zur Zeit seiner Ankunft in Mailand im Sommer des Jahres 1814 war die unmittelbar betroffene Dame natürlich Angela Pietragrua. Wie bereits bemerkt, machte Beyle drei Tage nach seiner Rückkehr, am 13. August, eine seiner bei solchen Gelegenheiten üblichen mysteriösen Randnotizen, »Mailand, zweimal«; sie zeigt an, daß Angela ihn bereitwillig wieder als Liebhaber zugelassen hatte. Diese Rolle hatte er zwar noch nie als etwas ihm Garantiertes genießen können; jetzt aber war sie ungewisser als je zuvor. Das Gefühl stiller Zufriedenheit, das ihn bei seinem letzten Besuch vor Jahresfrist beherrscht hatte, war dahin. Vielleicht war Angela der Gedanke ein wenig unbehaglich, daß sie in dem wieder von Österreichern beherrschten Italien einen Franzosen als Liebhaber hatte, noch dazu einen, der ehemals im Dienste Napoleons gestanden hatte. Jedenfalls bedeutete es für sie etwas ganz anderes, ob sie den anhänglichen Beyle empfing, wenn er hin und wieder zu mehrmonatigen Besuchen erschien, oder ob sie in ihm einen hartnäckigen Verehrer hatte, der sich in ihrer Heimatstadt niederließ; die Unannehmlichkeiten, welche die neue Lage mit sich brachte, waren ihr gewiß bewußt. Bald wurde das lange nicht in Anspruch genommene Gespenst eines eifersüchtigen Ehemannes wieder heraufbeschworen. Der französische Liebhaber wurde angeblich aus Vorsicht aufs Land geschickt, Verabredungen wurden ihm versagt, andere wurden ihm an entlegenen Orten und nur unter äußerst komplizierten Maßnahmen zur Geheimhaltung und zur Wahrung ihres Inkognitos bewilligt. Im Oktober 1814 überschüttete Angela Beyle bereits mit Vorwürfen, weil er sie angeblich vernachlässigt habe, und drohte mit dem endgültigen Abbruch ihrer Beziehungen; und dann wieder – sei es aus wirklicher Unberechenbarkeit, sei es aus purem Vergnügen an der Manipulation – gewährte sie ihm ein Rendezvous, bei dem sie sich verführerischer als je zuvor gab.

Die ersten Monate des Jahres 1815 waren eine letzte Zeit der Befriedigung für Beyle, bevor die endgültige Verschlechterung ihres Verhältnisses einsetzte. (Bekanntlich wurde er während Napoleons letzter Rückkehr für Hundert Tage hauptsächlich durch seine Beziehung zu Angela in Italien zurückgehalten.) Im Juli ließ er sich dazu überreden, Angela 3000 Francs für eine gemeinsame Reise nach Venedig zu geben; kaum jedoch hatte er der Bereitstellung des Geldes zugestimmt, da meldeten sich in ihm auch schon Zweifel. Im August kam es zu einer Entfremdung zwischen ihnen. Eine letzte, schwache Aussöhnung im

Oktober hielt auch nicht vor, und gegen Ende Dezember war die Liebe, die Beyle 15 Jahre lang wie einen Schatz gehütet hatte, erloschen und ließ sich selbst in seiner zäh entschlossenen Einbildungskraft nicht neu beleben. Bereits am 1. Dezember hatte Angela ihm geschrieben, sie wolle ihre Verbindung auflösen, weil sie sein abscheuliches Verhalten ihr gegenüber mißbillige. Am 28. Dezember schrieb sie ihm erneut, um sich gegen eine von ihm erhobene Anschuldigung zu verteidigen und ihn daran zu »erinnern«, daß ja schließlich er sie verlassen habe und nicht umgekehrt. Aus einer Bemerkung Beyles zu ihrem Brief geht hervor, daß die Anschuldigung von einer Drohung ausgelöst worden war, die er sie hatte aussprechen hören: sie wolle ihn der österreichischen Polizei anzeigen, vermutlich als Spion.[4] In solchem bitteren Mißklang endete diese Liebesgeschichte.

Es existiert allerdings noch eine andere, theatralischere Version vom Ende jenes halb possenhaften, halb melodramatischen Stücks, das Beyle so viele Jahre hindurch mit Angela zusammen aufgeführt hatte. Prosper Mérimée berichtet in einer nach dem Tode Beyles verfaßten Erinnerung an seinen Freund folgende Geschichte, die Beyle ihm vermutlich ein Jahrzehnt nachdem sie sich ereignet hatte, erzählte. Angelas Stubenmädchen verriet ihm, entweder, weil sie sich mit ihrer Herrin gestritten hatte, oder weil Beyle sie dazu herausgefordert hatte, seine geliebte Gina betrüge ihn fast täglich mit einem anderen Liebhaber. Um sich selbst davon zu überzeugen, verbarg er sich in einem Wandschrank in Angelas Schlafzimmer und konnte, durch eine Ritze lugend, beobachten, wie sich seine Geliebte, kaum einen Meter von ihm entfernt, mit einem anderen Mann vergnügte. Zuerst reagierte er mit hysterischer Ausgelassenheit: er konnte sich kaum soweit beherrschen, daß er nicht in ein Gelächter ausbrach, und noch eine Stunde später krümmte er sich in einem Café vor Lachen bei der Vorstellung der »Puppen, die ich gerade vor meinen Augen habe tanzen sehen«. Erst am folgenden Tage setzte eine entnervende Depression ein, die über Monate anhielt. Einige Zeit danach bat ihn seine verstoßene Geliebte, in Tränen aufgelöst, um Vergebung, klammerte sich an seinen Rockschoß und ließ sich von ihm auf den Knien nachschleifen.[5]

Diese rührende Schlußszene kann man ohne weiteres als eine durch und durch unglaubwürdige, genüßliche Erfindung Beyles abtun, zu der er zweifellos ermuntert wurde, als er einem erfahrenen Freund etwas über eine alte Liebesaffäre erzählte, in der er sich als der am Ende triumphierende Verächter hinstellen wollte: ob der Schluß der Geschichte auf Phantasie beruht, eine übertriebene Darstellung der Tatsachen oder deren echte Wiedergabe ist, läßt sich unmöglich feststellen. Die Anekdote hat den Charakter einer bühnenwirksamen Posse und ist als solche gewiß mit der Eigenart der langen Liebesaffäre Beyles mit Angela vereinbar; und falls sich die Enthüllung vor dem im Wandschrank Verborgenen wirklich so abspielte, wie Mérimée sie berichtet, ist es Angela mit Leichtigkeit zuzutrauen, daß sie ihr Mädchen dazu anstiftete, die ganze voyeurhafte Szene zu arrangieren, um sich durch diesen Trick des ihr ungelegenen Beyle zu entledigen. Jedenfalls war seine schwankende Reaktion, sowohl der hysterische Lachkrampf als auch die folgende tiefe Depression, offensichtlich Ausdruck seines wahren Gefühls. Berichtete Beyle das Ende seiner Liebesaffäre mit Angela auch vielleicht nicht ganz so, wie sie sich zugetragen hatte, so übertrug er sie zumindest glaubwürdig in romanhafte Form. In den Romanen, die er danach schrieb, schwelgte er in der Erfindung solcher bühnenwirksamen Situationen und machte oft auf überzeugende Weise deutlich, daß Qual und Albernheit gegensätzlicher Ausdruck der gleichen Stimmungslage, verschiedene Aspekte ein und derselben seelischen Verfassung sein können. Und es war gewiß keine geringe Erfahrung, die er aus dem lang andauernden amourösen Ränkespiel und der Gefühlsakrobatik, die Angela, diese »großartige Nutte«, mit ihm getrieben hatte, gewann.

Inzwischen übte sich Beyle auch in der Schreibtechnik während seiner Lehrzeit als Romanschriftsteller – obgleich er sich immer noch nicht bewußt war, daß der Roman sein eigentliches Genre werden sollte – und schrieb in seinen Mailänder Jahren über Kunstgeschichte, Reiseeindrücke und persönliche Betrachtungen. Im Herbst 1814 steckte er tief in der Arbeit an seinem zweiten Buch, *L'Histoire de la peinture en Italie*. Er führte sie während der nächsten zweieinhalb Jahre fort, obwohl er bis zu seinem endgültigen Bruch mit Angela durch seine Schwierigkeiten mit ihr oft zu verstört war, um sich auf das Schreiben zu konzentrieren. Seine zahlreichen Reisen innerhalb Italiens waren natürlich zum Teil »Forschungsreisen«, auf denen er sich Gemälde ansehen konnte, die seiner Erklärung bedurften. Der Anteil eigener Beobachtungen in dem Buch ist allerdings recht bescheiden. Wieder einmal gelangte Beyle zu schriftstellerischer Tätigkeit erst, indem er auf die Schultern anderer stieg. Wie in seinem Buch über Haydn und Mozart behandelte er auch diesmal ein Thema, zu dem er sich zwar aufgrund seiner Empfänglichkeit hingezogen fühlte, von dem er jedoch fachlich nicht viel verstand. Mérimée stellte später sehr zutreffend fest, Stendhal habe von Malerei im wesentlichen eine litararische und dramatische Vorstellung gehabt. Er hatte das Unternehmen bekanntlich mit einer Übersetzung des italienischen Kunsthistorikers Lanzi begonnen; inzwischen bestand das Gesamtwerk zu mehr als zwei Dritteln aus Material, das er aus Lanzi, Reynolds, Vasari und einer Menge weiterer Quellen zusammengetragen hatte. Das Ganze hatte allerdings nicht so sehr den Charakter eines Plagiats wie das Buch über Haydn und Mozart, weil es damals allgemein nicht üblich war, daß Verfasser von Sammelwerken ihre Quellen angeben mußten; Beyle, dem sehr wohl bewußt war, daß er Quellen benutzte, bemerkte denn auch mehrmals am Rande, er wolle seine Leser nicht mit Verweisen auf Fundstellen ermüden.

L'histoire de la peinture en Italie – eigentlich nur eine Geschichte der florentinischen Schulen – wurde zu Anfang des Jahres 1817 fertiggestellt. Beyle mußte ohnehin zu diesem Zeitpunkt nach Frankreich reisen, um seiner Schwester Pauline, deren Mann gerade gestorben war, beizustehen. (Im November nahm er sie zu einem ausgedehnten Besuch mit nach Mailand; freilich wurde die Sorge um Pauline, die jetzt eher eine plumpe Matrone als ein vielversprechender Schützling war, allmählich zu einer lästigen Verantwortung; daher nutzte sich das früher so begeisterte, innige Einvernehmen der Geschwister ab.) Seinen Aufenthalt in Frankreich benutzte er dazu, das Manuskript einem Pariser Verleger auszuhändigen. *L'Histoire de la peinture en Italie* erschien im Juli auf Kosten des Autors und war, wie die meisten in kleineren Auflagen erscheinenden Werke – zum Beispiel *Haydn, Mozart et Métastase* – dazu bestimmt, in den Regalen der Buchhändler zu verstauben. Das Werk war lediglich mit »M.B.A.A.« (*Monsieur Beyle, ancien auditeur*) signiert.

Beyle hatte zunächst vorgehabt, es Angela zu widmen, dann dem Andenken an Alexandrine Daru, die 1815 im Kindbett gestorben war; statt dessen trug der erste Band der *Histoire* schließlich eine Widmung an »den größten lebenden Herrscher«, womit er offenbar Zar Alexander I. meinte. Diese überraschende politische Kehrtwendung Beyles war wieder einmal das Ergebnis einer seiner hoffnungslos weltfremden Bemühungen, Karriere zu machen. Er stellte sich vor, der geschmeichelte Zar ließe sich vielleicht dazu bewegen, ihm eine Professur für Kunstästhetik in Moskau anzubieten, obgleich zu bezweifeln ist, daß der russische Herrscher überhaupt jemals auf die Widmung oder das Werk aufmerksam gemacht wurde; andererseits behauptete Beyle, seit seinen Erlebnissen an der Ostfront graue ihm vor dem kalten Klima. Auf der Titelseite des zweiten Bandes hingegen fand sich eine typische Formulierung Stendhals, von der er noch anderweitig Gebrauch machte, und zwar die englischen Worte *To the happy few*; dies Motto drückte die Tatsache, daß er sich nach den traumatischen Erlebnissen des Jahres 1812 zum Rückzug in die Kunst, nach Italien und in die sorgsam gehüteten Freuden seines Privatlebens gedrängt fühlte, vortrefflich aus. Die Formulierung als solche hatte er aus dem zweiten Kapitel des Buches *The Vicar of Wakefield* genommen, einem Roman, dessen erste Abschnitte er unter anderem zum Erwerb seiner englischen Sprachkenntnisse auswendig gelernt hatte.

Die Hauptbedeutung der *Histoire de la peinture en Italie* für die Entwicklung Stendhals bestand darin, daß ihn die Arbeit zur Auseinandersetzung mit einem wesentlichen Gedanken der europäischen Romantik führte: der Relativität ästhetischer Werte, ihre Bestimmung durch den Nationalcharakter, der seinerseits als abhängig von Klima und geographischer Lage galt. Diese Gedanken werden im einzelnen in einer langen Abhandlung im Mittelteil des Werkes untersucht; sie hat nur eine indirekte Beziehung zum Thema des Buches, und der Verfasser vergleicht darin das *beau idéal* vergangener Zeiten mit dem Schönheitsideal seiner eigenen Zeit. Das Klima, der Nationalcharakter und eine gleichsam physiologische Erklärung kultureller Tätigkeit werden in mechanischer Vereinfachung fast im Stil einer Selbstparodie heraufbeschworen. So heißt es z. B. vom Südländer, er trachte wegen des heißen Klimas nach körperlicher Ruhe: »Der

Südländer neigt infolge seiner Muskelträgheit immer wieder zur Meditation. Für ihn ist ein Nadelstich grausamer als ein Säbelhieb für den Nordländer. Also muß der künstlerische Ausdruck aus dem Süden stammen.«[6] Die Naivität jener mit »also« (donc) eingeleiteten Schlußfolgerung zeigt, daß Beyle noch immer ein einfältiger Schüler der Ideologen und Mechanisten des 18. Jahrhunderts war, die zur Bestimmung der Gemütsbewegungen und ihres Ausdrucks in der Kunst ein mathematisch genaues System forderten. Allerdings entdeckte er bald freiere, weniger »wissenschaftliche« Wege, auf denen er sich der angestrebten Präzision der Erklärung näherte.

Mailand war unmittelbar nach der Restauration ein lebendiges Diskussionsforum für die neuen Ideen der romantischen Bewegung, weil es sowohl selbst über hervorragende Repräsentanten der Literatur verfügte, als auch infolge seines kosmopolitischen Charakters für Einflüsse aus dem Ausland offen war. Kurz nachdem sich Beyle in Mailand niedergelassen hatte, entdeckte er die *Edinburgh Review*, die manchen von ihm selbst bereits erwogenen Gedanken über die Kunst maßgeblichen Ausdruck verlieh. Er wurde ein eifriger Anhänger der Zeitschrift, empfahl sie in seinen Briefen immer wieder seinen Freunden in Paris und verwendete gegen Ende des Jahrzehnts den ersten kleinen Gewinn aus seiner eigenen schriftstellerischen Tätigkeit zum Kauf einer vollständigen Serie. Die Artikel Jeffreys über Byron in der *Edinburgh Review* waren für ihn eine Offenbarung des wahren Wesens der Romantik.*

Dann lernte Beyle im Oktober 1816 in der Loge, über die sein Mailänder Bekannter Ludovico de Breme in der Scala verfügte, Byron, den er als den größten lebenden Dichter bewunderte, persönlich kennen. »Ich habe mit einem hübschen, charmanten jungen Mann zu Abend gegessen; er hat das Aussehen eines 18jährigen, obgleich er 28 ist, hat ein engelgleiches Profil und ein äußerst sanftes Wesen. Er ist das Urbild eines Lovelace oder vielmehr tausendmal besser als dieser Schwätzer Lovelace« (Brief an Crozet vom 20. Oktober 1816).[7] In den folgenden drei Wochen sahen Byron und Beyle einander fast jeden Abend.

* Jeffrey, einer der Gründer der *Edinburgh Review*, übte schonungslose Kritik an von ihm mißbilligten Autoren, insbesondere an den Dichtern der Lake School (Coleridge, Southey, Wordsworth). (Anm. d. Übs.)

Beyle fesselte Byron mit seinen Anekdoten über Napoleon und den Rückzug aus Moskau: man fragt sich, ob er wohl den englischen Dichter mit Darstellungen ergötzte, wie er sie bald darauf in *Rome, Naples et Florence* beiläufig erwähnte, zum Beispiel den Besuch eines Lazaretts in Wilna, in welchem man die Löcher in der Wand mit erfrorenen Menschenleichen zugestopft hatte. Der Aussage seines Freundes Hobhouse zufolge, schätzte Byron Beyles Urteilsvermögen, während Beyle seinerseits in Byron einen leidenschaftlich engagierten, glänzenden Gesprächspartner sah, der vor originellen Gedanken sprühte, aber dann plötzlich wieder der Gefangene seines kühlen Ichbewußtseins als englischer Lord war (Brief an Louise Swanton-Belloc vom 24. September 1824). Obwohl Stendhal Byrons Genius feierte, zeigte er sich in seinen eigenen Werken von dem legendären Ruhm dieses Dichters nicht so sehr beeindruckt wie die meisten europäischen Literaten seiner Generation. Diejenige Romanfigur Stendhals, die einem Byronschen Helden am meisten ähnelt, ist Octave, die zerquälte, aristokratische Hauptgestalt seines ersten Romans *Armance*; aber weder das Leiden Octaves noch seine edle Empfindsamkeit werden als sehr überzeugend dargestellt.

In den Jahren 1816 und 1817, der Übergangsperiode zwischen den beiden gegenwartsfremden Interessengebieten, in die Beyle sich in seinem Leben am meisten verbohrte, trug er sich mit allerlei Ideen für neue literarische Projekte. Während er *L'Histoire de la peinture en Italie* zum Abschluß brachte, schrieb er einige kurze Artikel über das Wesen der Romantik, die vage Hoffnung nährend, er würde sie in einer italienischen Übersetzung veröffentlichen und sich auf diesem Wege an der Diskussion der Mailänder über die umstrittene literarische Bewegung beteiligen können. Er entwarf die ersten Seiten einer Abhandlung über die Komödie und das Lachen, faßte den Plan, eine Lebensgeschichte Napoleons zu schreiben (an der er dann im Jahre 1818 für kurze Zeit arbeitete), und begann sogar wieder auf seiner alten, ausgedienten Leier zu spielen, das heißt an dem Stück *Letellier* zu arbeiten. In Wirklichkeit aber nahm er unwiderruflich Abstand von dem Gedanken, für die Bühne zu schreiben, sowie von seiner sisyphusähnlichen Anstrengung, Verse zu schmieden: 1820 äußerte er anläßlich seiner Byron-

Lektüre Mareste gegenüber den Gedanken, er habe eine »wachsende Abneigung gegen Dichtung«; er fand sie ermüdend, da sie »weniger genau als Prosa« sei (Brief vom 20. Oktober).[8] Unterdessen wurde ihm nach Abschluß seiner *Histoire de la peinture en Italie* klar, daß er ja längst etwas in der Hand hatte, woraus man fast wieder ein neues Buch machen konnte. Seit 1811 hatte er mit dem Gedanken gespielt, das Tagebuch seiner italienischen Reisen in ein zur Veröffentlichung geeignetes *Tour d'Italie* umzuarbeiten. Im Besitz der zahlreichen Notizen und Tagebucheintragungen, die er in den vergangenen sechs Jahren gesammelt hatte, brauchte er nur sein Material zusammenzustellen, einige verbindende Absätze hinzuzufügen, und das Buch war fertig. In den Wintermonaten des Jahres 1817 machte er sich Gedanken über die Gestaltung des neuen Werks. Als er im Mai in Paris war, um die Veröffentlichung der *Histoire de la peinture en Italie* zu überwachen, führte er auch schon Verhandlungen wegen *Rome, Naples et Florence en 1817*. Im Juni hatte man sich über die Bedingungen geeinigt, und im September wurde das Buch herausgebracht, und zwar in der höchst bescheidenen Auflage von 504 Exemplaren. Die Veröffentlichung blieb von der Presse praktisch unbeachtet; diesmal jedoch wurde die Auflage fast gänzlich ausverkauft, und innerhalb eines Jahres erschien eine englische Übersetzung (eine Übertragung von *Haydn, Mozart et Métastase* ins Englische war im Sommer 1817 herausgekommen; dies kann übrigens der Anlaß für Beyles kurze Reise nach London gewesen sein).

Rome, Naples et Florence trug als erstes von Henri Beyles Büchern das Pseudonym, unter dem er der Nachwelt bekannt wurde. Die Titelseite weist den Autor als *»M. de Stendhal, officier de cavalerie«* aus. Der Verfasser hatte wahrscheinlich die preußische Stadt Stendal, in deren Nähe er vor einem Jahr stationiert gewesen war, im Sinn. Das ›h‹ wurde – zur steten Verwirrung von Lektoren, Studenten, die eine Arbeit über »den Roman« zu schreiben haben, und von anderen, die mit der Orthographie kämpfen müssen – wahrscheinlich deshalb nach dem ›d‹ eingefügt, damit der Name einen fremdländischen, deutschen Klang bekam. Unter allen Vermutungen, die man über die Namenwahl angestellt hat, ist die am meisten einleuchtende die, daß der Autor glaubte, das Pseudonym könne ihm als politischer Deckmantel dienen. Sarkastische Äußerungen über seine liberale Einstellung, seine Verachtung für das habsburgische Regime und seine immer noch lebendige Treue zu Napoleon sind reichlich in dem Reisebuch verstreut; er schien also zu hoffen, die Behörden würden sich davon überzeugen lassen, das Buch sei »ungefährlich«, wenn er den Autor als Deutschen und obendrein als Kavallerieoffizier ausgab. In seiner üblichen Vernarrtheit in Tarnungstricks hatte er eine höchst naive Vorstellung von einem wirksamen Decknamen. Die aufrührerischen Stellen wurden natürlich prompt in den Akten der Geheimpolizei Metternichs vermerkt und ihr Urheber identifiziert; später sollte ihm dieser Bericht noch Schwierigkeiten verursachen.

Rome, Naples et Florence ist das erste von Stendhals Büchern, das man getrost als sein eigenes Produkt bezeichnen kann. Zwar zögerte er auch hier nicht, für bestimmte Stellen aus seiner Lektüre alles heranzuziehen, was ihm zur Behandlung eines Problems jeweils zweckdienlich erschien, zum Beispiel aus der *Edinburgh Review*, aus Mme de Staëls Werken und aus Goethes *Italienischer Reise*. Diesmal jedoch beruhte nicht nur der Inhalt des Buches auf seiner eigenen Idee, sondern auch der Tenor der Darstellung – die beißende Ironie, der erzählerische Schwung und die geistige Unruhe – entsprach viel deutlicher Stendhals eigener Art. *Rome, Naples et Florence* ist ein literarisches Konglomerat: teils Tagebuch, teils Reiseführer, teils populäre Geschichtsdarstellung, teils Beschreibung von Opernaufführungen, die er erlebt, und von Kunstgalerien, die er besichtigt hatte, teils Anekdotensammlung (diese nimmt einen ziemlich umfangreichen Raum ein) mit ausführlicher Wiedergabe von Gesprächen, an denen er selbst teilgenommen hatte, teils persönliche Betrachtungen über verschiedene kulturelle, historische und politische Themen. Am häufigsten spricht Stendhal in diesem Werk von seiner Opposition gegen die Beherrschung Italiens durch die Österreicher sowie von seiner Faszination durch die mannigfachen Ausdrucksformen des Nationalcharakters und deren Begleiterscheinungen. Das letztere Interessengebiet hatte bekanntlich auch im Zentrum der *Histoire de la peinture en Italie* gestanden, aber in dem späteren Buch wird der Nationalcharakter mehr aufgrund eigener Erfahrung, weniger schematisch behandelt. Italien, dies Land der Natürlichkeit, der kühnen

Originalität, der Leidenschaft und der feurigen Kraft, nahm in seiner Vorstellung den Platz eines Gegenbildes zu Frankreich ein, so daß die charakterlichen Mängel der Franzosen an den Tugenden der Italiener sichtbar wurden. (Zwei Jahrzehnte später verlieh die gleiche Gegenüberstellung nationaler Züge der *Chartreuse de Parme* ihren eigentümlichen Doppelcharakter eines »italienischen« Romans, in welchem beständig als antithetischer Hintergrund die Franzosen und ihre nationalen Eigenarten spürbar werden.) Auch England mit seiner in Beyles Augen ebenso exemplarischen Kultur wurde häufig zitiert. So betrachtete er den jeweiligen italienischen Stoff manchmal in einer Art Dreiecksschau, indem er ihn sozusagen in den optischen Brennpunkt zweier verschiedener Antitypen, Frankreich und England, rückte. Viele dieser angeblichen Nationaleigenschaften waren zwar im Jahre 1817 bereits Gemeinplätze in der Romantikbewegung; Stendhal aber wußte ihnen einen gewissen Reiz des Neuen zu geben durch die sinnreiche Methode einer antithetischen Betrachtung sowie durch die geschickte doppelte Optik eines echten Franzosen und eines geistig naturalisierten Mailänders.

Darüber hinaus hat die Stimme, die durch diese vielseitigen Themen hindurchklingt, eine besinnliche Reife, die man bei einem so zwanglosen, unterhaltsamen Reisegefährten nicht vermutet hätte. Man kann verstehen, daß der Autor von *Rome, Naples et Florence* gekränkt war, als seine geliebte *Edinburgh Review* das Werk wegen seiner leichtfertigen Art kritisierte. In Wirklichkeit zeigt sich sogar in den scheinbar kapriziösen Wendungen des Buches eine neue Ernsthaftigkeit, mit der er die Aufgabe, in diesem selbstgewählten italienischen Exil sein Leben zu meistern, eigenständig durchdachte. Nachdem der Erzähler zum Beispiel seine Ansichten über seine aristokratiefeindlichen Gefühle dargelegt hat, läßt er sich plötzlich durch die Meinung eines Bekannten, er habe unverkennbar aristokratische Züge, unterbrechen. Nach genauerer Überlegung muß er zugeben, dies sei eigentlich wahr, und behauptet dann sogar, wenn er etwas Aristokratisches an sich habe, könne er einfach nicht umhin, diese Seite seines Wesens aufrichtig zu bejahen. Zweifellos war dies einer jener Widersprüche, deretwegen die gestrenge *Edinburgh Review* Stendhal einer abstoßenden Leichtfertigkeit zieh; aber der Schriftsteller bekannte sich eben zu solchen Unvereinbarkeiten im vollen Bewußtsein der existenziellen Konsequenz seiner widersprüchlichen Haltung. So beschließt der Erzähler diese Selbstdarstellung eines aristokratischen Anti-Aristokraten mit folgender Beobachtung: »Was ist *das Ich* [*le moi*]? Ich habe nicht die geringste Ahnung. Eines Tages erwachte ich auf dieser Erde; ich entdeckte, daß ich an einen Körper, an einen Charakter, an ein Schicksal gebunden war. Soll ich meine Zeit mit dem vergeblichen Versuch zubringen, sie zu ändern und dabei vergessen zu leben?«[9]

Beyles Bereitschaft, sich – trotz seiner Bestrebung, sein Leben sorgfältig zu planen – unbekümmert seinen aus Erfahrung gewonnenen Impulsen hinzugeben, war sicher einer seiner sympathischsten Züge. *Visse, scrisse, amò* lautete die Devise, die er 1820 für seinen Grabstein entwarf. Leben bedeutete für ihn natürlich Schreiben, aber auch Lieben. Ende 1817, nachdem er seine beiden Bücher veröffentlicht hatte, kehrte er nach Mailand zurück, und wenige Monate später war er maßloser und im wörtlichen Sinne hoffnungsloser verliebt als je zuvor.

Mathilde Viscontini Dembowski – von Stendhal gewöhnlich mit der französischen Form ihres Namens, Métilde, genannt – war 28, als Beyle sie zu Beginn des Jahres 1818, wahrscheinlich durch beiderseitige, freiheitlich gesinnte Freunde, kennenlernte. Sie hatte 1807 einen polnischen Offizier, einen naturalisierten Italiener, geheiratet und besaß zwei Söhne von ihm. Zeitgenössische Berichte stellen Jan Dembowski als habgierigen, brutalen, eifersüchtigen Mann dar. Im Jahre 1814 sah sich Métilde infolge der Mißhandlung durch ihren Mann gezwungen, aus der Ehe auszubrechen; zwei Jahre lang nahm sie zusammen mit ihrem jüngeren Sohn Zuflucht in der Schweiz; nach Mailand kehrte sie erst zurück, als Dembowski sich damit einverstanden erklärt hatte, sie dort, getrennt von ihm und ohne durch ihn gestört zu werden, leben zu lassen. Daß Métilde nach den harten Prüfungen in ihrer Ehe jemals dazu geneigt hätte, sich einen Liebhaber zu halten, ist nicht klar bezeugt. Einem Gerücht zufolge soll sie in eine Affäre mit Ugo Foscolo verwickelt gewesen sein, dem italienischen Freiheitsdichter, mit dem sie seit ihren ersten Ehejahren freundschaftlich verkehrt hatte; in Wahrheit aber waren sie lediglich miteinander befreundet, wie aus den Dokumenten hervorgeht, die nach dem Tode der beiden aufgefunden wurden. Falls sie wirklich in einer Liebesbeziehung zu jemandem stand, wie Stendhal später glaubte, dann allenfalls zu Graf Giuseppe Pecchio, einem anderen liberal eingestellten Freund, der sich für die italienische Unabhängigkeit einsetzte. Métildes wahre Leidenschaft war offenbar wirklich auf politische Ziele gerichtet. Sie war eine äußerst energische und entschlossene Frau – diese Eigenschaften machten sie natürlich für Beyle um so anziehender – und auf die gefahrvolle Sache der nationalen Befreiung eingeschworen.

In den Jahren 1817 bis 1821, das heißt genau zu der Zeit, als Beyle Métilde begegnete, erreichte die Aktivität der revolutionären Bewegung der Carbonari (benannt nach der Zunft der »Köhler« aus dem 18. Jahrhundert, aus der sie sich angeblich entwickelt hatte) ihren Höhepunkt. Die Carbonari bildeten eine Untergrundbewegung, die sich wie ein Netz über die ganze Halbinsel ausbreitete, und Mailand war einer der wichtigsten Knotenpunkte. In den Jahren 1820–1821 traf man Vorbereitungen für einen unmittelbar bevorstehenden Aufstand in ganz Italien (1820 hatte eine Erhebung in Neapel tatsächlich eine Zeitlang Erfolg). Aber Metternich, der mit Hilfe seiner italienischen Kollaborateure ein raffiniertes Spiel mit doppelten Agenten trieb, die Briefe abfingen und ihnen anvertraute Geheimnisse verrieten, erhielt Kenntnis von den revolutionären Plänen und konnte die Aufstandsversuche im Keime ersticken.

Die Carbonari sprachen als politische Gruppe Beyle sowohl in seinen Grundsätzen als auch in seinem Empfinden stärker als jede andere Bewegung an. Sie hatten im letzten Jahrzehnt der napoleonischen Herrschaft als anti-französische Gemeinschaft (unterstützt durch republikanisch gesinnte französische Offiziere) zu wirken begonnen; eine Macht, mit der man rechnen mußte, aber waren sie erst in ihrem Widerstand gegen die österreichische Herrschaft nach 1814 geworden. Als heimliche, in Zellen von je zwanzig Mitgliedern organisierte Gemeinschaft hatten die Carbonari eine Anzahl Rituale von den Freimaurern übernommen; zu ihren Zeremonien gehörte eine Einweihung mit verbundenen Augen, während welcher der Initiand einen feierlichen Eid leisten mußte, daß er bereit sei, einen gräßlichen Verstümmelungstod zu erleiden, falls er je Geheimnisse der

Bewegung verraten sollte. Zu diesem Geschmack am Melodramatischen gesellte sich ein von Voltaire inspirierter antiklerikaler Geist. Die Mitglieder der geheimen Gesellschaft gehörten zumeist der Aristokratie und den gebildeten Kreisen an, so daß die revolutionäre Bewegung hauptsächlich die oberen Schichten erfaßte und kaum von der breiten Masse des Volkes getragen wurde. Beyle fühlte sich in seiner Denkweise noch mehr durch den Umstand angesprochen, daß, besonders in Mailand, die politische mit der literarischen Opposition auf Gedeih und Verderb verbunden war. Die Klassizisten in der Literatur standen auf der Seite der Restaurationsmächte; die führenden Vertreter der Romantikbewegung, die Dichter Foscolo, Monti, Manzoni, die Beyle alle persönlich bekannt waren und in denselben Kreisen verkehrten wie Métilde Dembowski, hatten Beziehungen zu den Carbonari. Beyles engster Freund in Mailand, der Rechtsanwalt Giuseppe Vismara, der ihn möglicherweise mit Métilde bekannt gemacht hatte, war ein prominenter Carbonaro. Es ist zwar unwahrscheinlich, daß der Franzose in Geheimnisse der Organisation eingeweiht war; aber er muß ein lebhaftes Gespür für die ganze geheimnisumwobene Atmosphäre gehabt haben, und Métildes enge Verbindung zu den Revolutionären erhöhte gewiß den Reiz, den sie auf ihn ausübte.

Ende 1820, wenige Monate vor Beyles Rückkehr nach Frankreich, griff die Polizei hart gegen die Mailänder Carbonari durch. Mehrere Verschwörer wurden festgenommen, man entdeckte belastende Briefe, andere Mitglieder der Bewegung mußten fliehen. Im Sommer 1821, kurz vor Beyles Abreise, machte man einigen Carbonari-Anführern den Prozeß und verurteilte sie; inzwischen wurden die Untersuchungen fortgesetzt. Im Jahre 1822 stellte man sogar Métilde Dembowski für kurze Zeit unter Hausarrest und verhörte sie wegen einer Geldsumme, die sie Giuseppe Vismara gegeben haben sollte. Wie vorauszusehen war, begegnete sie dieser versuchten Druckmaßnahme der Behörde unbeugsam und würdevoll, und man erreichte nichts von ihr. Ihre Freunde Vismara und Graf Pecchio, die beide außer Landes gegangen waren, wurden in Abwesenheit zum Tode verurteilt; sogar der Franzose Henri Beyle wurde wegen seiner verdächtigen Beziehung zu diesen Aufrührern zu einer gefährlichen Person erklärt.

Als politische Aktivistin mag Métilde allein schon durch ihren Mut und ihre Charakterstärke beeindruckend gewesen sein, indes sah Beyle in ihr außerdem noch die vollkommene Verkörperung lombardischer Schönheit – eine Einschätzung, die durch die beiden Porträts, auf denen sie vermutlich dargestellt ist, nicht gerade bestätigt wird. Überdies hat der Ausdruck der schmalen Lippen auf beiden Bildern etwas Verschlossenes, wenn nicht sogar Abweisendes. Aufschlußreich ist die Tatsache, daß Beyle in ihrer äußeren Erscheinung ein Ebenbild der weiblichen Hauptgestalt auf Luinis Gemälde »Herodias« sah. Die liebliche lombardische Salome auf dem Gemälde hat zwar die ovale Gesichtsform, die hohe Stirn, die ausgeprägte Nase und den langen, anmutigen Hals mit Métilde gemeinsam, aber ihre Züge sind viel feiner, ihr durch das Licht stark hervorgehobenes Antlitz ist ein Bild strahlender Innerlichkeit und von einem Hauch sanfter Sinnlichkeit erfüllt; dies drückt sich auch in der sittsam gezierten Gebärde aus, mit der sie die Schale mit dem abgetrennten Haupt Johannes des Täufers hält. Das Gemälde gibt also gewissermaßen noch überzeugender, als es Beyle vielleicht bewußt wurde, Métildes Wesen und die Art seiner Beziehung zu ihr wieder. Es ist natürlich eine genaue Präfiguration seiner herrlichen Mathilde de la Mole in *Le Rouge et le Noir*, die am Schluß des Romans mit dem guillotinierten Kopf ihres Liebhabers im Schoß davonfährt.

Im März 1818 überkam Beyle die Liebe zu Métilde. Gegen Ende des Monats, wie dann auch wiederholt in den folgenden Monaten, vermerkte er in der pseudomilitärischen Ausdrucksweise, die er während seines langen, vergeblichen Werbens um Alexandrine Daru mit Vorliebe benutzt hatte: »Kampf und Niederlage«. Aber an dem, was ihn zu Métilde hinzog, war nichts Verstandesbetontes, nichts von dem bewußten Bemühen, verliebt zu sein, das für seine Umwerbung Alexandrines so typisch gewesen war. Diesmal war Beyle ganz von Liebe überwältigt, ja von ihr besessen, so daß er zuweilen an nichts anderes denken konnte. Métilde ermunterte ihn nicht im geringsten; sie war eher auf der Hut vor ihm, weil er als ein Wüstling galt, wie ihr eine Freundin boshaft berichtet hatte, und als sein Werben um sie in eine kritische Phase kam, »rationierte« sie die Zahl seiner Besuche auf einen alle 14 Tage. Alexandrine gegenüber hatte Beyle sich auf eine illusionäre Hoffnung gestützt – Métilde gab ihm nicht einmal zu solchen Illusionen Anlaß; in seinen privaten Aufzeichnungen konnte er bestenfalls die schwache Andeutung einer Möglichkeit, daß er ihr vielleicht nicht völlig gleichgültig sei, registrieren. Aber letztlich war dies eine hoffnungslose Liebe und wurde als solche von ihm mit vollem Bewußtsein akzeptiert. Am 4. Oktober 1818 stellte Beyle in einem Brief an Métilde mit großer Klarsicht fest: »Ich liebe Sie sehr viel mehr, wenn ich fern von Ihnen bin, als in Ihrer Gegenwart. Aus der Ferne gesehen sind Sie mir gegenüber nachsichtig und gut, Ihre Gegenwart zerstört diese süße Illusion.«[10] Solche Klarheit linderte jedoch keineswegs seinen Schmerz, von ihr getrennt zu sein. Einen Monat später, am 16. November, stellte er, nachdem er ihr versichert hatte, er werde sie lieben, solange er lebe, ganz offen fest: Ich glaube, ich würde den Rest meines Lebens hingeben, um mit Ihnen eine Viertelstunde über die gleichgültigsten Dinge von der Welt reden zu können.«[11] Wie auch sonst in seinen an Métilde gerichteten Briefen wird in solchen Äußerungen, die in anderem Zusammenhang als bloße Übertreibung gelten könnten, der unmittelbare Ausdruck seiner bis zum Äußersten gespannten Gefühle erkennbar. Noch später, am 7. Juni 1819, schrieb er ihr: »An den langen einsamen Abenden gibt es Augenblicke, in denen ich zum Mörder werden könnte, wenn es nötig wäre, jemanden zu ermorden, um Sie zu sehen.«[12] Mag einem dies auch zur Beurteilung dessen, wozu er wirklich fähig war, seltsam unrealistisch vorkommen, so scheint es als Beweis für die Heftigkeit seiner Gefühle doch sehr glaubhaft. Nun war Beyle ganz von jener stürmischen italienischen Leidenschaft gepackt, an der er so lange als einer bloßen Idee festgehalten hatte, und war nun ebenso unfähig, sich davon zu befreien, wie diese Liebe zur Erfüllung zu bringen.

Man fragt sich, warum Mathilde Dembowski, die offenbar nicht die Absicht hatte, intim mit ihm zu verkehren, und sich durch seine Aufmerksamkeiten in gewisser Weise eher belästigt fühlte, diesen Verehrer drei Jahre lang im ungewissen schweben ließ. Beyle war, nun Mitte Dreißig, korpulent, hatte eine rötliche Gesichtsfarbe, litt immer wieder unter Kreislaufstörungen und das unter seiner Perücke hervortretende Haar begann schon zu ergrauen (im Jahre 1820 bat er Mareste dringend um ein Rezept zum Haarefärben) – er war äußerlich weniger anziehend als je, wenn er auch andererseits oft als glänzender Plauderer und Mann mit scharfem, fundiertem Urteilsvermögen in den Salons gewiß viel zur Unterhaltung beitrug und dementsprechend gern gesehen wurde. Métilde hatte zwar nichts von Angelas raffinierter Koketterie; es ist jedoch nicht auszuschließen, daß auch sie das Übermaß von Beyles Verehrung so reizvoll verführerisch fand, daß sie vielleicht gar nicht einmal wünschte, sich seiner gänzlich zu entledigen. Wie lästig eine solche Ergebenheit auch sein mochte: sie hatte doch etwas Schmeichelhaftes, und selbst in einer so vornehmen Frau mag leicht der Wunsch geweckt worden sein, mit dem unbelehrbaren Anbeter zu spielen. Hiervon ist etwas in einer besonders peinlichen Geschichte zu spüren, die Stendhal in den *Souvenirs d'égotisme* (Kap. 3) über Métilde berichtet. Seine unantastbare Geliebte erzählte ihm einst, der Liebhaber einer ihrer Freundinnen pflege jeden Abend, nachdem er die Dame seines Herzens besucht habe, zu einer Hure zu gehen. »Stellen Sie sich einmal vor, in welcher Lage sich diese Frau befand«, leitete sie diese Mitteilung ein. Erst als Beyle Mailand verlassen hatte, ging ihm auf, mit welcher Absicht sie ihm die Anekdote erzählt hatte. »Ich begriff, daß diese Wendung ins Moralische keineswegs zu der Geschichte über Mme Bignami gehörte, sondern ein moralischer Fingerzeig für mich war.«[13] Beyle hatte sich allerdings während dieser drei Jahre unerwiderter Liebe eng mit der Mailänder Opernsängerin Nina Vigano angefreundet; er konnte sie ungehindert mehrere Nächte in der Woche von elf bis in die frühen Morgenstunden aufsuchen, auch an den genau geregelten Abenden, an denen ihm ein Besuch bei Métilde gestattet war. Ninas sonstiges Verhalten zeugte, soweit bekannt, nicht gerade von unantastbarer Tugendhaftigkeit. Beyle jedoch blieb, anders als Mme Bignamis Liebhaber in der Geschichte, der Geliebten seines Herzens treu, zumindest, soweit Nina davon betroffen war. (Er suchte sich jedoch gelegentlich Trost für seine Enttäuschung über Métilde; allerdings klagte er auch Ende 1819, er habe sich dabei den Tripper geholt.)

Beyle konnte unbeabsichtigt tragisches Leiden zur Posse werden lassen. Führte er später in seinen Romanen eine solche

Verwandlung bewußt herbei, schuf er damit unvergeßliche Szenen. Einmal geriet er, auf Métildes Spuren reisend, am Zielort angelangt in eine Situation von peinlicher Komik. Mitte Mai des Jahres 1819 hatte sie sich auf eine längere Reise begeben, in deren Verlauf sie auch einige Zeit bei ihren beiden Söhnen, die in Volterra eine Privatschule besuchten, verbringen wollte. Vierzehn Tage nach ihrer Abreise konnte der verlassene Beyle sich nicht länger zurückhalten und fuhr ihr nach. Am 3. Juni traf er in Volterra ein. Um nicht entdeckt zu werden, trug er eine neue Jacke und eine Brille mit grünen Gläsern – sozusagen das sichtbare Gegenstück zu *»M. de Stendhal, officier de cavalerie«* auf der Titelseite seines Buches und ebenso wenig wirksam wie dies. An diesem Abend ging Métilde um ein Viertel nach acht zufällig vorüber, als er gerade seine Brille abgenommen hatte, um seinem Wirt gegenüber nicht allzu auffällig zu erscheinen; sie erkannte ihn natürlich sofort. Offenbar verhielt sie sich in der Unterhaltung, die sie miteinander führten, recht freundlich zu ihm. Das genügte, um ihn in Hochstimmung zu versetzen. Er sandte ihr zwei sehr geziemende Briefe, in denen nichts stand, was sie kompromittieren konnte. In einem kurzen strengen Antwortschreiben protestierte sie jedoch gegen die unschickliche Art, in der er ihr nachgestellt habe. Als er am 5. Juni an der Mauerbrüstung lehnte und Ausschau hielt nach dem fernen Meer, das, wie er ihr schrieb, »mich in Ihre Nähe getragen hat und in welchem ich mein Leben am besten beendet hätte«[14], kam sie wieder vorbei und war höchst peinlich berührt, daß er ihr immer noch nachspürte. (In seinem Brief behauptete Beyle, nicht allzu überzeugend, es sei ihm gänzlich unbekannt gewesen, daß sie täglich an der Mauerbrüstung entlang spaziere.) Sie begegneten einander noch ein zweites Mal, Beyle zufolge zufällig. Am 9. schickte Métilde ihm dann folgenden eiskalten Satz: »Mein Herr, ich wünsche von Ihnen keinen Brief mehr zu empfangen und Ihnen auch nicht mehr zu schreiben. Mit vorzüglicher Hochachtung verbleibe ich, usw.«[15] Sein dennoch an sie gerichteter Brief vom 11. Juni, in dem er die ganze Woche in Volterra noch einmal zusammenfaßte, ist ein qualvoller Versuch der Selbstrechtfertigung. In einem aus etwa 1200 Wörtern bestehenden Brief von diplomatischer Sorgfalt, in welchem Beyle darauf achtete, Métilde nur mit dem respektvollen ›Signora‹ anzureden, verwahrte er sich gegen jede Absicht, sie bloßzustellen, erklärte, seine scheinbare Aufdringlichkeit sei auf eine Reihe unvorhergesehener Umstände zurückzuführen, beteuerte, welch ausgesuchte Hochachtung, ja, Liebe er für sie empfinde, und behauptete von sich am Schluß völlig überzeugend: »Es leuchtet doch wohl ein, daß ein prosaischer Mensch gar nicht erst nach Volterra gekommen wäre.«[16]

Nach diesem unseligen Auftritt in Volterra wurde für ihn der Zugang zu Métilde noch schwieriger – sie richtete jetzt die vierzehntägigen Wartezeiten ein –; aber dieser auch ohne seine grüne Brille höchst unprosaische Liebhaber bestand mit männlicher Beharrlichkeit darauf, ihr weiterhin seine Aufwartung zu machen. Ende Juli traf er wieder in Mailand ein, nachdem er Florenz und Bologna besichtigt hatte. Als er jedoch die Nachricht vom Tode seines Vaters erhielt, mußte er am 5. August nach Grenoble reisen. Konsequent in dem Gefühl der Entfremdung von seinem Vater ließ Beyle nicht den Eindruck aufkommen, als habe er einen besonderen Verlust erlitten. Er hatte gehofft, ein beträchtliches Erbe anzutreten, womöglich gar im Werte von 100 000 francs; zu seiner Bestürzung stellte er jedoch fest, daß das väterliche Erbteil infolge der landwirtschaftlichen Spekulationen seines Vaters mit Schulden belastet war. Die tatsächlich ererbte Summe betrug wohl weniger als 5000 francs. Seine Enttäuschung bestätigte das Haßgefühl, das er seit seiner Kindheit gegen Chérubin Beyle empfunden hatte. Nach Erledigung der juristischen Formalitäten in Grenoble verbrachte er noch einen Monat in Paris und war am 22. Oktober wieder in Mailand. Er hatte sich offenbar vorgestellt, Métilde sei nach seiner fünfmonatigen Abwesenheit nicht mehr gekränkt, sondern endlich bereit, ihm die verdiente Reaktion auf seine Verehrung zu gewähren. Statt dessen wurde er natürlich wiederum abweisend empfangen, wie er es wohl hätte voraussehen können. »Dies ist eine Liebe, die nur aus der Einbildungskraft lebt«, vermerkte er am 25. November am Rande eines seiner Bücher.

Aber er konnte sich noch immer nicht losreißen. Das Jahr 1820 hindurch und in den ersten Monaten des Jahres 1821 schmachtete er weiterhin nach Métilde, und seine Verzweiflung wuchs. Unterdessen wurde seine Lage in dem von Österreich beherrschten Mailand politisch gesehen allmählich beunruhigend. Im Juli 1820 entdeckte er zu seinem Entsetzen, daß unter seinen italienischen Freunden ein Gerücht umlief, er sei ein französischer Spitzel. Während der konterrevolutionären Säuberungsaktion in Mailand im folgenden Frühjahr hatte man wohl allen Ernstes den Verdacht, er sei Parteigänger der Carbonari, und sein Freund Crozet riet ihm dringend in einem Brief, es sei klüger, wenn er nach Frankreich zurückkehre. So heftig sich Beyle auch dagegen sträubte, die Stadt, mit der er so verwachsen war, zu verlassen, mußte er ihm doch beipflichten. Inzwischen hatte er, was Mathilde betraf, die Hoffnung gänzlich aufgegeben. Außerdem waren seine unsicheren Geldreserven nahezu erschöpft. Er bildete sich ein, aus der komplizierten juristischen Sachlage in Grenoble sei immer noch eine Erbschaft herauszuschlagen, und er hatte die vage Vermutung, er könne in Paris einen einträglichen Posten bekommen. (In dem Brief an Mareste vom 1. April 1821 und in dem auf den folgenden Tag datierten Brief an denselben Adressaten zitierte er anzüglich das englische Sprichwort: *The hunger brings the wolf out of the forest.*) Eine Woche vor seiner am 13. Juni erfolgenden Abreise aus Mailand stattete er Mathilde Dembowski einen letzten Besuch ab; er sollte sie nie wiedersehen. Vier Jahre später starb sie im Alter von 35 Jahren. Als er die Nachricht erhielt, setzte er das Datum 1. Mai 1825 auf sein eigenes Exemplar des von ihr inspirierten Buches und schrieb darunter vier englische Worte: *death of the author.*

Als Beyle sich nach dem Zusammenbruch des Kaiserreichs in Mailand niedergelassen hatte, war er fest entschlossen gewesen, ein geistig ungebundenes Leben zu genießen. »Nichts von dem, was hier geschieht«, vermerkte er, auf die österreichische Herrschaft bezogen, in seinem Tagebuch am 25. Juli 1815, »kann mich berühren; ich bin nur ein Fahrgast auf dem Schiff.«[17] Die beiden ersten Bücher seiner Mailänder Epoche waren als Beobachtungen (und Entlehnungen) eines Touristen und Kunstliebhabers auch dementsprechend flüchtige Arbeiten. Wie wir gesehen haben, wurde Beyle jedoch in dieser Stadt unmerklich in die Kämpfe um die Anerkennung der Romantik in der Kunst und bald darauf auch in die mit diesen eng verknüpfte Sache der nationalen Befreiungsbewegung hineingezogen. Obendrein verschlang ihn die Liebe zu einer Frau, die mit den Verfechtern der

Kunstbewegung durch Freundschaft und mit den Freiheitskämpfern darüber hinaus auch durch eigene Betätigung verbunden war. Seit Ende des Jahres 1819, das heißt während der letzten anderthalb Jahre seiner Mailänder Zeit, in der Phase seiner völligen Hoffnungslosigkeit Métildes wegen, war er zum ersten Mal in seinem Leben höchst unmittelbar und qualvoll von seinem Thema betroffen. Ein Vorversuch, seiner Probleme durch Schreiben Herr zu werden, war *Le Roman de Métilde*, ein zu Anfang November begonnener Roman. Dies erste Stück literarischer Prosa entwarf er als eine nur schwach verhüllte Darstellung seiner Liebe zu Mathilde Dembowski. Es fehlte ihm jedoch die schöpferische Distanz zu seinem Stoff, um aus ihm die Welt eines Romans zu gestalten. Deshalb war er unfähig, seinen Plan auszuarbeiten und brach die Erzählung nach ein paar Seiten ab. Am 29. Dezember kam ihm dann ein völlig neuer Gedanke, und stolz vermerkte er am Rand eines seiner Bücher auf englisch: *»Day of genius«*. Wie sich herausstellte, hatte er diesmal nicht übertrieben. *De l'Amour*, »ein Buch, das ich während meiner lichten Augenblicke in Mailand mit dem Bleistift geschrieben habe« (*Souvenirs d'égotisme*)[18] ist Stendhals erstes durchaus eigenständiges Buch. In geraffter Prosa hielt er die ganze Revolution seines Inneren, die Métilde in ihm ausgelöst hatte, fest, wobei er eine Form ersann, in der er die kühl zergliedernde Distanz seiner Vorbilder aus dem 18. Jahrhundert und seinen romantischen Hang für ein übersteigertes Gefühlsleben miteinander verbinden konnte.

De l'Amour hat ebenso wenig »Struktur« wie das unmittelbar voraufgegangene Werk *Rome, Naples et Florence*. Es ist nicht einmal eine durchgeführte Abhandlung über die Liebe, wie der Titel vielleicht vermuten läßt; es besteht vielmehr aus einer Reihe kurz aufeinander folgender Bemerkungen, in Kapiteln vom Umfang einiger Seiten oder auch nur weniger Zeilen, in denen die Liebe unter verschiedenen Gesichtspunkten – psychologischen, kulturellen, gesellschaftlichen und historischen – definiert wird, wobei die Definitionen ab und zu durch persönliche Anekdoten veranschaulicht werden (in ihnen gebraucht Beyle neben anderen Pseudonymen für Métilde den Namen Léonore, für sich selbst Salviati). Stendhal bereitete sich sozusagen auf seine großen Romane vor, indem er hier sein Verständnis der

Liebe analysierte, um es dann in seinen Romangestalten mit Leben zu erfüllen. Was jedoch für seine spätere Tätigkeit als Romanschriftsteller noch wichtiger wurde und bereits *De l'Amour* zu einem so fesselnden Buch macht, war seine Fähigkeit, in einem Medium von scheinbar wissenschaftlicher Sachlichkeit, manchmal direkt, manchmal verblümt, ureigene Gefühle auszudrücken. Das 9. Kapitel besteht aus nur drei Sätzen, in denen der Autor seine Gedanken über den Stil als Ausdrucksmittel knapp zusammenfaßte – ein Prinzip, das in *De l'Amour* ständig verwirklicht wurde. Die Art, in der sich Stendhal von nun an selbst an dieses Prinzip hielt, unterscheidet ihn eindeutig von den typischeren Schriftstellern der französischen Romantik: »Ich gebe mir jede erdenkliche Mühe, *trocken* zu sein [Hervorhebung durch H. B.]. Ich will meinem Herzen Schweigen gebieten, weil es glaubt, es habe viel zu sagen. Ständig fürchte ich, nur einen Seufzer aufs Papier gebracht zu haben, wenn ich glaube, ich hätte eine Wahrheit aufgezeichnet« (*De l'Amour*, 9. Kap.).[19]

Die trockene Aufzeichnung von Wahrheiten, ein Ideal, das Stendhal den *Philosophes*, Destutt de Tracy und seiner eigenen ersten Begeisterung für die Mathematik verdankte, verlangte eine exakte und wirksame Ausdrucksform sowie eine neue, eindringliche Art, die Dinge zu sehen. Zu Beginn versucht er, sein Thema in geometrischer Ordnung und Klarheit zu umreißen, indem er zunächst vier Arten von Liebe unterscheidet; darauf wird der Prozeß des Sichverliebens zuerst in fünf, dann in sieben Stadien zergliedert und schließlich eine Reihe sich gegenseitig ergänzender oder einander entgegengesetzter Reaktionen von Männern und Frauen, je nachdem, wie sie die verschiedenen Stadien und Arten der Liebe erleben, dargestellt. Begreiflicherweise – und zum Glück – läßt sich diese »mathematische« Art der Betrachtung nicht sehr lange durchführen; auch hält sich Stendhal nicht streng an die säuberlich aufgestellten Kategorien. Gedankenverbindungen veranlassen ihn leicht zu Abschweifungen, Anekdoten und Betrachtungen, wobei sich sein Ideal eines trockenen Stils vor allem in der Anlehnung an die epigrammatische Form des 18. Jahrhunderts äußert. Das Epigramm kann sich aus der Beobachtung des gesellschaftlichen Verhaltens ergeben – »In England ist die Mode eine Pflicht, in Paris ist sie ein

Vergnügen«[20] – oder, was noch interessanter ist, aus der Selbstbeobachtung: »In der Einsamkeit kann man alles erwerben, nur keinen Charakter« (»Fragments divers«, Nr. 1).[21] Beide Beispiele lassen erkennen, wie Stendhal immer wieder dazu fähig war, sich von anerkannten Meinungen freizumachen, wodurch er sich eine besondere Treffsicherheit im Urteil oder eine satirische Schärfe erwarb. So konnte er z. B. eine Begebenheit aus der eleganten Welt mit der »Naivität« eines Gulliver behandeln, der sich das höfische Leben der Liliputaner anschaut. (Mit der gleichen satirischen Verfremdungstechnik – die in der russischen Formalistenschule *ostranenie* genannt wird – schilderte Er in der *Chartreuse* das Kriegsgeschehen, und behandelte Tolstoi, der seinem Vorgänger hierin deutlich folgte, Krieg, Oper und andere Themen in »Krieg und Frieden«. »Hofzeremonien, bei denen die Frauen ihre entblößten Brüste zur Schau stellen wie die Offiziere ihre Uniformen, ohne daß die Enthüllung so vieler Reize mehr Aufsehen erregt, rufen unwillkürlich die Erinnerung an die Szenen Aretinos wach« (»Fragments divers«, Nr. 79).[22] Damit ersetzte Stendhal den kulturellen Relativismus seiner beiden vorhergehenden Bücher in *De l'Amour* durch eine aggressive wissenschaftliche Distanzierung von den meisten konventionellen Auffassungen. In einer Fußnote zu Kap. 26 bemerkte er: »Die wichtigsten Erkenntnisse über uns selbst sollten wir aus der vergleichenden Anatomie beziehen.«[23] Das heißt, die Schamhaftigkeit sowie die Riten der Liebeswerbung und Verführung sollten unter dem Gesichtspunkt der Verhaltensforschung am Tier betrachtet werden, wenngleich sie durch den Zivilisationsprozeß kompliziert werden. Es ging ihm nun nicht mehr um den Einfluß des Klimas und des Nationalcharakters auf das zu erforschende Phänomen – diese Probleme hatten ihn in seinen beiden voraufgegangenen Büchern beschäftigt –, sondern um den Einfluß voneinander abweichender politischer Systeme, Wirtschaftsformen und vor allem gesellschaftlicher Institutionen.

Diese durch konventionelles Denken und Verhalten nicht voreingenommene Freiheit des Erkennens zeigt sich wohl am klarsten in den Kapiteln über die weibliche Erziehung, in denen er seine Anschauungen über die Gleichberechtigung der Frau, für die er sich seit seiner jugendlichen Belehrung Paulines eingesetzt hatte, scharfsinnig ausdrückt. In *Rome, Naples et Florence* hatte er bereits den provozierenden Gedanken geäußert, Frauen könnten dadurch gleiche Rechte erlangen, daß sie es lernten, sich zu duellieren – denn schließlich könne ja eine Frau eine Pistole ebenso gut handhaben wie ein Mann. In dem neuen Buch machte er sich eine utilitaristische Sicht zu eigen (er war lange Zeit ein Bewunderer Benthams gewesen), indem er die Behauptung aufstellte, den Frauen eine ordentliche Erziehung vorzuenthalten heiße ganz einfach, die Gesellschaft der Hälfte ihrer geistigen Kapazität zu berauben und ebenso zu verhindern, daß die Männer echte Gefährtinnen bekämen, die mehr als eheliche Freuden und die tägliche Hausarbeit mit ihnen teilen könnten. Seine Argumentation stammte zum Teil von Tracy und aus der *Edinburgh Review*; aber sie wurde mit der federnden Prägnanz und dem geistvollen Schwung vorgetragen, die ihm eigentümlich sind. Diese rhetorische Kraft konnte er in satirischer Form gegen Andersdenkende einsetzen: »Diese ganze [gegen die weibliche Erziehung gerichtete] Beweisführung läuft darauf hinaus, daß man sie anerkennt, um von seinem Sklaven sagen zu können: ›Er ist zu dumm sich aufzulehnen‹.«[24] Oder er nutzte seine Wendigkeit im Ausdruck, um die Einfühlungsgabe des Lesers auf die hoffnungslose Lage der Frauen in der Gesellschaft zu lenken, wie z. B. im folgenden Kapitel: »Was [einer alternden Frau] an jugendlichen Reizen bleibt, ist etwas, worüber man sich nur noch lustig macht, und es wäre für unsere heutigen Frauen ein Glück, im Alter von fünfzig Jahren zu sterben.«[25] Stendhals geradezu feministische Haltung, die in diesen Kapiteln von *De l'Amour* zum Ausdruck kommt, hatte wesentliche Konsequenzen für seine Vorstellungskraft als Romanschriftsteller. Im Gegensatz zu vielen anderen bedeutenden Romanciers seines Jahrhunderts, wie Balzac, Dickens und Dostojewski, war er fähig, seine Frauengestalten gänzlich unbeeinflußt von den stereotypen Vorstellungen der damaligen Zeit – der geduldig Leidenden, dem sanften Musterbeispiel von erlösender Tugend usw. – zu erfinden; deshalb konnte er seinen eindrucksvollsten Frauengestalten die gleichen Eigenschaften verleihen, mit denen er seine interessantesten männlichen Charaktere ausstattete: Tatkraft, Eigenwille, übersteigerte Selbst-Inszenierung, körperlichen Wagemut und Intelligenz.

Auf die Psychologie der Liebe bezogen erfand Stendhal in *De l'Amour* als Zentralbegriff den Ausdruck »Kristallisation«. Viele Stendhalforscher haben diesen Begriff mit einer fast religiösen Ehrfurcht behandelt; im 20. Jahrhundert mag man ihn für seltsam halten – immerhin spielte er in Stendhals Werk wie in seinem Leben eine wichtige Rolle. Durch ihn wird, wenn auch unter einem recht eigenartigen Aspekt, ein Hauptgesichtspunkt in der Liebeserfahrung erhellt. Den Vorgang der Kristallbildung stellte sich der Autor folgendermaßen vor: hat der Liebende einmal seine Aufmerksamkeit auf ein bestimmtes Objekt konzentriert, reichert er es mit einer endlosen Vielfalt von Vollkommenheiten, von leuchtenden Anzeichen des Glücks an; in das alchimistische Medium der Einbildungskraft eines Liebenden eingetaucht, wird das Bild der Geliebten magisch verwandelt, wie nach Stendhals Darstellung der in einen Salzstollen gelegte kahle Zweig von strahlenden Kristallen besetzt wird. (Man könnte natürlich einwenden, dies zentrale Bild bleibe in der Darstellung des geliebten Gegenstandes etwas vage.) Aus der Qual seiner Liebe zu Mathilde Dembowski, die er zu der strahlenden Schönheit von Luinis Salome »kristallisiert« hatte, und aus seiner sich lange hinziehenden Selbsttäuschung über Angela Pietragrua und Alexandrine Daru kam Beyle zu dieser Vorstellung, die man heute Idealisierung nennen würde, allerdings ohne die herabsetzende wissenschaftliche Bedeutung, die diesem Begriff im modernen psychologischen Gebrauch oft gegeben wird. Denn obgleich Stendhal erkannte, daß man mit Kristallisation sehr wohl das Wirken einer blühenden Phantasie an einem verhältnismäßig unbedeutenden Objekt – einem kahlen, abgebrochenen Zweig – umschreiben konnte, so war er doch auch zutiefst davon überzeugt, daß die Erregung, die innere Anteilnahme, in gewissem Sinne der eigentliche Liebesgenuß, ganz der »Kristallisation« zu verdanken waren. Im Grunde faßte Stendhal die Liebe hier solipsistisch auf. Später, nachdem er die Phase seiner völligen Inanspruchnahme durch Métilde überwunden hatte, durfte er, wie noch deutlich werden soll, die Liebe als echten Austausch zwischen zwei Menschen erleben.

Den Ausführungen in *De l'Amour* zufolge muß aber der Liebende selbst alles ausfindig machen, was die Kristallisation fördert. Stendhal meinte sogar, es sei von Nachteil, eine sehr schöne Frau zu lieben, weil sie der Kristallbildung nicht genug Raum lasse. Im Bann seiner unerwiderten Leidenschaft für Métilde behauptete er sogar, der wahre Reiz der Liebe bestehe in der verheißenen Wonne, an der sich die Phantasie entzünde, nicht in der Erfüllung, die nichts mehr erwarten lasse. Mit diesem Argument schuf Stendhal eine der gehaltvollsten Darstellungen vom machtvollen Wirken der Phantasie in der Liebe. Oft entwickelte er seinen Gedanken mit einer überraschend eigenwilligen Wahrnehmung, die für seine Schreibweise kennzeichnend wurde: »Das höchste Glück, das die Liebe einem Menschen geben kann«, stellte er in einem charakteristischen – und berühmten – Wort fest, »ist der erste Händedruck einer Frau, die er liebt.«[26] Solch extreme Behauptungen sind zum Teil typisch für Stendhals provozierende Rhetorik, zum Teil lassen sie aber auch sein Bedürfnis erkennen, die langen Monate der Enttäuschungen, die er Métildes wegen durchgemacht hatte, zu rechtfertigen. Auf jeden Fall stellte sich später heraus, daß die ständige Betonung, die *Einbildungskraft* sei das Wesenselement der Liebe, dem Romanschriftsteller besonders angemessen war.

Im letzten Kapitel wird die Verteidigung der Kristallisation in der lebendigen Gegenüberstellung von Don Juan und Werther ausgezeichnet zusammengefaßt. Bekanntlich hatte Beyle selbst seit seiner Kindheit dem Leitbild Don Juans nachgeeifert, zuerst irregeführt durch dessen literarische Verkörperung im 18. Jahrhundert in Laclos' Valmont. Als reifer Mann war er nun in der Lage, die wegen Métilde erlittene Qual mit klarer Überlegung zu betrachten, und kam zu dem Schluß, daß man als Don Juan einen zu hohen Preis bezahle. Während das Urbild des Verführers über die »nützlichen Tugenden... der Kühnheit, Wendigkeit, Lebhaftigkeit, Kaltblütigkeit und geistvollen Unterhaltsamkeit« verfügt, öffnet Werther seine »Seele allen Künsten, allen sanften, romantischen Eindrücken«.[27] Historisch gesehen repräsentieren Don Juan und Werther in Stendhals Vorstellung jeweils die Aspekte des 18. bzw. 19. Jahrhunderts. *Stilistisch*, hinsichtlich der Technik des Schreibens, blieb er sozusagen Don Juan treu, aber *empirisch*, hinsichtlich der Empfindung, legte er sich seit seiner Liebe zu Métilde eindeutig auf Werther fest. Die Handlungen seiner beiden größten Romane sind faktisch eine Art Entgleisung des Don Juanismus und die Entdeckung einer

Wertherschen Lösung: in beiden Fällen hat der Held seine Einstellung, er könne die Gesellschaft dreist manipulieren, zugunsten einer romantischen Weltentsagung aufzugeben. In der geschickten Gegenüberstellung dieser beiden Gestalten am Schluß von *De l'Amour* weist Stendhal das Liebesprinzip von sich, das er seit seiner Bewunderung für das erotische *savoir-faire* seines Onkels Romain Gagnon und seines Vetters Martial Daru zu befolgen versucht hatte: »Ich halte diejenigen, die wie Werther lieben, für glücklicher, weil ein Don Juan die Liebe zu einem alltäglichen Vorgang abschwächt. Er hat es nicht wie Werther mit einer Wirklichkeit zu tun, die sich nach seinen Wünschen formt, sondern mit Wünschen, die von der kalten Wirklichkeit unvollkommen befriedigt werden, wie es Ehrgeiz, Habgier und andere Leidenschaften mit sich bringen. Anstatt sich in den verzaubernden Träumereien der Kristallisation zu verlieren, denkt er wie ein General an den Erfolg seiner Manöver und tötet, kurz gesagt, die Liebe, statt sich ihrer mehr als ein anderer zu erfreuen, wie man gemeinhin von ihm annimmt.«[28]

Im Juli 1820 war das Manuskript von *De l'Amour* vollendet und wurde nach Paris abgesandt. Ursprünglich hatte Beyle beabsichtigt, nur eine kleine Broschüre von etwa 30 Seiten zu schreiben; da er aber diesmal nicht unter dem Zwang stand, sie durch überflüssiges Beiwerk aufzufüllen, war sie organisch zu einem Werk von über 400 Seiten angeschwollen. Zu seinem Entsetzen wurde die einzige Abschrift, die er von dem Manuskript hatte anfertigen lassen, durch die Post fehlgeleitet und erreichte erst gegen Ende 1821 ihren Bestimmungsort. Zu dem Zeitpunkt war Beyle schon wieder seit sechs Monaten in Paris. Als das Buch im folgenden Jahr erschien, wurde es von der französischen Leserschaft überhaupt nicht zur Kenntnis genommen (außer von Balzac, der seiner Bewunderung Ausdruck verlieh und Teile daraus für seine *Physiologie du mariage* benutzte). Ein erfolgreicher Berufsschriftsteller war Beyle damit also noch immer nicht geworden; aber dadurch, daß er die angestauten Kräfte persönlichen Schmerzes im Schreiben dieses Buches freisetzte, hatte er ein Werk mit höchst eigener Note hervorgebracht; darüber hinaus hatte er hinsichtlich des Stils und des allgemeinen Entwurfs den Boden für das noch zu bewältigende Hauptwerk vorbereitet.

X
PARIS
(38.–44. Lebensjahr)

»Am 13. Juni 1821 brach ich von Mailand nach Paris auf«, stellte Stendhal zu Beginn der *Souvenirs d'égotisme* fest; »ich glaube, ich besaß damals 3500 francs und hielt es für ein unvergleichliches Glück, mir eine Kugel durch den Kopf zu jagen, wenn diese Summe aufgebraucht sein würde.«[1] Nach Frankreich zurückgekehrt, trug er sich in den ersten Monaten ständig mit Selbstmordgedanken, wenigstens seinem eigenen, rückschauenden Bericht zufolge – er führte kein Tagebuch mehr, und seine Erinnerungen an diese Jahre, *Souvenirs d'égotisme*, verfaßte er erst 1832. Auf den Blattrand einer romantischen Tragödie, die er damals zu schreiben versuchte, zeichnete er Pistolen, und nur aus »politischer Neugier« widerstand er letztlich dem Drang, seinem Leben ein Ende zu machen. Nachdem er eine Woche in Paris zugebracht hatte, empfand er die Stadt als so häßlich und war von ihrem Mangel an politischem Leben so niedergedrückt, daß er einen noch seltsameren Entschluß faßte, den er am Ende des ersten Kapitels der *Souvenirs d'égotisme* verschlüsselt wiedergab: »Meinen Schmerz dazu auszunutzen, um t L 18«.[2] Die Kryptographen Stendhals haben dies als eine bloße Abkürzung entschlüsselt: *tuer Louis XVIII,* Ludwig XVIII. zu töten. Genau wie die überspannten Versicherungen in seinen Briefen an Métilde, sollte man auch diese Gedanken an Selbstmord, bzw.

an Selbstmord durch Königsmord, nur insofern ernstnehmen, als Beyle imstande war, sich einzureden, er sei wirklich fähig dazu; eigentlich wollte er dadurch aber nur Effekte erzielen. Hält man sich vor Augen, welchen Schwung er kurz danach im Pariser gesellschaftlichen und literarischen Leben zeigte, bekommt man den Verdacht, in Wirklichkeit habe ihm nie »die Pistole so locker« gesessen, wie er es sich 1821 oder noch einmal 1826, nach einer anderen Liebesenttäuschung, einzubilden beliebte. Aber die Vorstellung, daß die Hand, die die Feder führte, auch den Abzug bedienen konnte, muß tröstlich für ihn gewesen sein, besonders wenn er sich ausmalte, er könne seinem eigenen Leben ein Ende setzen, indem er den gichtkranken, alten König umbringe, »den dicken Ludwig XVIII. mit seinen Glotzaugen«, den er des öfteren in seinem von sechs fetten Pferden gezogenen Wagen langsam durch die Straßen fahren sah[3]; dieser Monarch war für den napoleonisch gesinnten Liberalen schlechthin die Verkörperung der Minderwertigkeit und der reaktionären Politik der Bourbonen.

Beyles engster Bekannter während der ganzen Zeit, die er in den zwanziger Jahren in Paris zubrachte, war Baron Adolphe de Mareste; er war auch sein treuester Briefpartner in den Mailänder Jahren und sein inoffizieller literarischer Agent für *De l'Amour* gewesen. Mareste, in Beyles Alter und zu Beginn der zwanziger Jahre noch Junggeselle, war ein urbaner Kunstliebhaber, der weder eine besondere Begabung noch geistigen Ehrgeiz besaß. Seinen Lebensunterhalt verdiente er als höherer Zollbeamter. Stendhal schrieb Mareste in *Souvenirs d'égotisme* eine in Anbetracht seines Alters ungewöhnliche Lebensklugheit und Reife des Urteils zu, obwohl er andererseits seinen Geiz und seinen aristokratischen Snobismus kritisierte. (Aus Gründen, die noch zu erläutern sind, erkaltete die Freundschaft im Jahre 1829, und das vertraute Verhältnis wurde nie wieder hergestellt.) Unmittelbar nach seiner Rückkehr nach Paris im Jahre 1821 pflegte Beyle Mareste zweimal am Tage zu sehen. Er stand um 10 Uhr auf, um sich gegen 10.30 Uhr mit Mareste und gewöhnlich auch mit seinem Vetter von großväterlicher Seite, Romain Colomb, im Café de Rouen zu treffen, wo man zum Frühstück Kaffee und Brioches verzehrte. Danach begleitete er Mareste zu dessen Büro; auf dem Wege dorthin schlenderten sie durch die Tuilerien und am Seineufer entlang, wo sie häufig stehenblieben, um sich die Stiche in den Auslagen der Bouquinisten anzusehen. Stendhal erinnerte sich, daß es ihm jedesmal unangenehm war, sich von Mareste zu trennen, weil ihm davor graute, in seinem dumpfen Brüten über Métilde allein zu sein, und er dann erst recht nicht die vier Wände seines einsamen Zimmers ertragen konnte.

So verbrachte er seine Tage ruhelos und ziellos umherstreifend, ging ins Museum, oder kaufte sich hin und wieder ein Buch, das er dann in den Gärten der Tuilerien las. Um fünf Uhr stieß Mareste wieder zu ihm, und sie aßen im Hôtel de Bruxelles, in dem sie beide wohnten, gemeinsam zu Abend. Nach einem Abendbummel auf dem eleganten Boulevard de Gand begaben sie sich gegen 10 Uhr 30 zu der Mailänder Sopranistin Giuditta Pasta, um hier bis zwei oder drei Uhr in der Frühe Pharo zu spielen. Oberflächlich gesehen ähnelte diese Lebensweise nicht wenig dem geregelten Müßiggang Beyles in Mailand; hier vermißte er jedoch jenes ungezwungene Vergnügen, das er in Italien genossen hatte, bevor er Métilde kennenlernte. Der Anblick der schicken Prostituierten, die den Boulevard entlang schlenderten, und der miteinander wetteifernden eleganten Kavaliere machte ihm nur seine eigene Misere umso bewußter; manchmal erwähnten Mme Pastas Mailänder Freunde Métildes Namen, und schon verspielte er in tiefe Träumerei versunken sein Geld am Kartentisch; die Gedanken an die Frau, die er geliebt und nie erobert hatte, rissen ihn selbst aus seiner Shakespearelektüre.

In welcher inneren Verfassung er sich damals befand, zeigt am deutlichsten eine Begebenheit, über die er erstaunlich aufrichtig und bewundernswert »trocken« im 3. Kapitel der *Souvenirs d'égotisme* berichtete. Mit dem gleichen Schwung und der gleichen inneren Distanz, mit denen er nach 1832 die Erlebnisse seiner Romanhelden darstellte, schrieb er jetzt über seine eigenen intimen Erlebnisse und begann seine Schilderung mit der Feststellung: »Im Jahre 1821 begabte mich die Liebe mit einer höchst eigenartigen Tugend – der Keuschheit.«[4] An einem Abend im August hatten Mareste und zwei andere Freunde in dem Bemühen, den niedergeschlagenen Beyle aufzuheitern, eine elegante *partie de filles*, einen Abend im Bordell, arrangiert. Die vier Männer konnten sich ihre Partnerin auswählen; die größte

Anziehung ging allerdings von einer schlanken, schwarzäugigen Achtzehnjährigen namens Alexandrine aus, die ihren Beruf erst seit kurzem ausübte. Mareste zog sich als erster mit ihr zurück; eine »gewaltige Zeitspanne« verging, ehe er wieder in den Salon kam, seinem Freund ein kameradschaftliches »Beyle, du bist dran« zuwarf und ihm das Zimmer angab, in dem Alexandrine ihn erwartete, halb angezogen auf ihrem Lager hingestreckt. Er fand sie entzückend und sich zum Geschlechtsverkehr gänzlich unfähig. Nach einem Versuch, sie manuell zu »entschädigen« *(dédommagement)*, dem Alexandrine allerdings abgeneigt war, erklärte ihr Beyle in möglichst angemessener Form seine mißliche Lage und verließ das Zimmer. Verwundert über ihre erste Erfahrung mit einem Impotenten, erzählte Alexandrine prompt dem nächsten, der von den vier Männern an der Reihe war, was sich ereignet hatte. Aus dem Schlafzimmer ertönten Lachsalven. Der Freund geleitete Alexandrine in den Salon zurück und verriet den anderen das Geheimnis von Beyles Fiasko.

Es ist zwar zu berücksichtigen, daß sie alle getrunken hatten und in libertinöser Stimmung waren; immerhin war die grausame Reaktion der sogenannten Freunde ein zwanzig Minuten anhaltendes unbändiges Gelächter auf Beyles Kosten. Rückblikkend behauptete er allerdings, diese demütigende Szene habe ihn unberührt gelassen; das mag wirklich zutreffen, denn im Jahre 1821 hatte ihn sein tiefes Nachdenken über seine Liebeserfahrung und die mit ihr verbundenen harten Enttäuschungen bereits innerlich so überlegen gemacht, daß er frei war von der jugendlichen sexuellen Angeberei, die viele Männer nie überwinden. »Diese Herren wollten mir einreden, ich müsse vor Schande sterben und dies sei der erbärmlichste Augenblick meines Lebens. Ich war verwundert, weiter nichts. Plötzlich, ich weiß nicht warum, war ich von dem Gedanken an Métilde ergriffen, als ich dieses Zimmer betrat, das durch Alexandrine so reizend geschmückt war.«[5] Da der Vorfall in der Pariser Gesellschaft allgemein bekannt wurde, liefen in den folgenden Jahren unaufhörlich Gerüchte über Beyles angebliche Impotenz um; nichts deutete indessen darauf hin, daß ihn dieser falsche Ruf sehr bekümmert hätte, zumindest bezeugte eine Pariserin nach nicht allzu langer Zeit höchstpersönlich das Gegenteil.

Im Herbst 1821 dachte sich Beyle selbst ein Heilmittel gegen seine Depressionen aus, das sich als sehr viel wirksamer erwies als die von seinen Freunden in bester Absicht geplanten erotischen Maßnahmen. Am 18. Oktober fuhr er nach London, nicht zu einem eiligen Kurzbesuch wie im Jahre 1817, sondern zu einem sich über volle fünf Wochen erstreckenden Aufenthalt. Sein größter Wunsch war es, eine Shakespeare-Aufführung zu erleben. Dies sollte seine erste Unternehmung gleich nach der Ankunft sein; aber der ›Barde‹ (wie er ihn nun schon seit Jahren nannte) wurde gerade zu der Zeit nicht gespielt. Immerhin hatte er an seinem ersten Abend in London das Glück, Goldsmiths *She Stoops to Conquer* zu sehen. Bis zum 19. November, das heißt, fast bis zum Ende seines Londoner Aufenthalts, mußte er warten, um den großen Shakespeare-Darsteller Edmund Kean in einer Aufführung des *Othello* zu erleben. Beyle war begeistert; gleichzeitig war er, der stets gern den vergleichenden Anthropologen spielte, überrascht, daß die Engländer sich zum Ausdruck bestimmter Gemütsbewegungen einer völlig anderen Gebärdensprache bedienten als die Franzosen. Die freudige Erregung über das Erlebnis, Shakespeare in des Dichters heimischer Atmosphäre gespielt zu sehen, lenkte Beyle, wie er gehofft hatte, ein wenig von seinen Gedanken an Mailand ab. Abgesehen von seinen Theaterbesuchen, streifte er oft durch die Straßen Londons, betrachtete die Häuserfronten, beobachtete das Geschäftsleben und die Menschen, registrierte ihre Art, sich zu kleiden, sowie ihre Eßgewohnheiten; er bekam ein Gespür für die typische Mentalität der Engländer und die besonderen Spannungsverhältnisse zwischen den Klassen dieser aufwärtsstrebenden, merkantilen Gesellschaft. Stendhal hatte an der ihm schon vertrauten Rolle des berufsmäßigen Touristen wieder Geschmack gefunden, und diese Tätigkeit schien mindestens ebenso viel wie Shakespeare dazu beizutragen, daß er die Verzweiflung, in die er durch seine Enttäuschung über Métilde geraten war, überwand.

Beyle wurde auf seiner Reise nach London von einem Mitbewohner des Hôtel de Bruxelles, Rémy Lalot, begleitet; er war einer der drei Freunde, die in der Nacht im Bordell seine Blamage miterlebt hatten. Etwa eine Woche nach ihrer Ankunft gesellte sich Mareste zu Beyle und Lalot, und alsbald wurden die drei von einem unternehmungslustigen englischen Mittelsmann dazu überredet, abermals eine *partie de filles* zu veranstalten, diesmal auf englische Art. Beyle war zu dieser Zeit seines Lebens eigentlich noch nicht gewohnt, mit Prostituierten zu verkehren. Die erste Begegnung hatten seine Freunde arrangiert, um seine Lebensgeister zu wecken; dies zweite Mal, genau drei Monate später, war er lediglich ein abenteuerlustiger Tourist. Was ihn im Grunde trieb, an dem Abend teilzunehmen, war nicht so sehr die Gelegenheit zum Geschlechtsverkehr als sein Gedanke an die damit verbundene Gefahr: die Frauen wohnten in einer abgelegenen Gegend in der Westminster Bridge Road, und Beyle bildete sich ein, finstere Zuhälter der ihnen unbekannten Prostituierten könnten ihn und seine Freunde überfallen und ihnen um ihrer Brieftasche willen die Kehle durchschneiden.

Mit zwei Pistolen und einem Dolch bewaffnet betrat er das Haus an der Westminster Bridge Road; aber statt der schlampigen Geschöpfe, auf die er gefaßt gewesen war, traf er drei adrette kleine Engländerinnen an, deren winziges Häuschen mit lauter Dingen angefüllt war, die für eine zwar ärmliche, aber peinlich saubere Häuslichkeit typisch sind: Stendhal faßte seinen Eindruck in dem englischen Wort *snugness* zusammen. Lolot wollte den Frauen ihr Geld geben und sogleich wieder gehen; Beyle aber war entzückt. Er zog sich mit einer gewissen Miß Appleby zurück; schüchtern bestand sie darauf, er solle das Licht im Schlafzimmer löschen; sie fuhr erschrocken zusammen, als er seine Pistolen und seinen Dolch auf dem Nachttisch ablegte. Auf dem Wege zur Westminster Bridge Road hatte Lolot spöttisch zu Beyle gesagt: »Wenn Sie bei Alexandrine in einem zauberhaften Haus mitten in Paris schon so glänzend in Form waren, was wollen Sie dann erst hier machen?«[6] Aber als es soweit war, war von seinen früheren Schwierigkeiten nicht mehr die Rede. Während der restlichen Zeit seines Aufenthalts in London freute sich Beyle jeden Tag darauf, daß er sich am Abend in das gemütliche Häuschen an der Westminster Bridge Road zurückziehen konnte. In *Souvenirs d'égotisme* bemerkte er: »Hier fühlte ich mich zum ersten Mal innerlich echt getröstet in dem Elend, das jeden Augenblick meiner Einsamkeit vergiftete.«[7] Und mit der Unbestechlichkeit sich selbst gegenüber, die er inzwischen gewonnen hatte, als er dies im Jahre 1832 niederschrieb, fügte er folgende Erläuterung hinzu: »Man erkennt sofort, daß ich im Jahre 1821 erst zwanzig war. Wäre ich achtunddreißig gewesen, wie es mein Taufschein bewies, hätte ich versuchen können, diesen Trost bei den liebenswürdigen Pariserinnen, die mir Zuneigung entgegenbrachten, zu finden.« Am Abend vor seiner Abreise flehte ihn seine kleine englische Freundin an, sie doch mit nach Frankreich zu nehmen; sie versicherte ihm sogar, sie wolle nur von Äpfeln leben und ihm kaum Kosten verursachen. Sofort wurde in Beyle die Abneigung gegen Verpflichtungen wach (er erinnerte sich, wie in Mailand die Gefahr bestanden hatte, daß seine verwitwete Schwester Pauline sich »wie eine Klette« an ihn heften würde), und er drückte der Kleinen sein Bedauern aus. Immerhin hatte die Episode mit Miß Appleby sein Vertrauen auf die eigene Fähigkeit, sich dem Genuß eines solchen Erlebnisses einfach hingeben zu können, wiederhergestellt, und so dazu beigetragen, ihn von seiner drei Jahre dauernden Fixierung auf Métilde zu befreien.

Nach Paris zurückgekehrt, war Beyle nun auch in der Stimmung, am kulturellen Leben der Stadt mit echter Begeisterung teilzunehmen. Trotz aller Feindseligkeit, die er seit 1814 gegen ein Frankreich hegte, das von *le parti de l'éteignoir*, wie er die tonangebenden Kreise nannte, beherrscht wurde (»den Parteigängern der Schlafmütze« – seiner Lieblingsbezeichnung für den König Louis XVIII. –, von Leuten, die er gleichzeitig als ein »Löschhorn« ansah, mit dem das von der Revolution entfachte und zum Ruhme der Nation im Kaiserreich aufgeloderte Feuer wieder ausgelöscht wurde), mußte er doch anerkennen, daß in den Jahren seines Exils stimulierende geistige Veränderungen stattgefunden hatten. Die romantische Bewegung in Frankreich war auf ihrem Höhepunkt, und waren ihre politischen Bindungen auch durchaus verschieden von denen ihres Mailänder Pendants, so machte Beyle sich doch alsbald zu einem ihrer Hauptsprecher. Eine wichtige Gemeinsamkeit zwischen der italienischen und der französischen Romantikbewegung bestand in der Auflehnung der Jugend gegen das Alter. Das Regime Ludwigs XVIII. hatte etwas von einer Gerontokratie, einer Herrschaftsform, die im Bereich der Literatur bei den kulturell konservativ eingestellten »Greisen« der Académie Française Unterstützung fand. In den Jahren des Kaiserreichs waren Scharen aufgeweckter junger Männer dank Napoleons Politik der »Öffnung der Berufswege für Begabte« in den Staatsdienst geströmt; jetzt, da viele Beförderungsmöglichkeiten im staatlichen Verwaltungsdienst gestoppt waren, drängte es viele begabte junge Leute statt dessen zu literarischer Betätigung. Die schwerfällige und nur widerwillig an eine Verfassung gebundene, restaurierte Bourbonenmonarchie gewährte faktisch eine viel größere Freiheit der Meinungsäußerung, als sie unter Napoleons autokratischer Herrschaft je bestanden hatte. (Die Zensur betraf vor allem politische, nicht so sehr literarische Veröffentlichungen; jedenfalls wurde erst unter der fehlgeleiteten Herrschaft Karls X. gegen Ende der zwanziger Jahre ein ernsthafter Versuch gemacht, schärere Kontrollen durchzuführen.) Der durch den Frieden ermöglichte freie Austausch mit fremden Ländern förderte auch im großen Stil das geistige Leben, und vielleicht bestand die einzige und außerordentlich wichtige Neuerung im Pariser Kulturleben der Restaurationsepoche in der neuen Lebendigkeit der literarischen Salons; sie gewannen damals eine zentrale Bedeutung, die sie nie zuvor besessen hatten. Was Alphonse de Lamartine, einer der großen romantischen Dichter, bezeugt, ist aufschlußreich: »Mit der Restauration war die gesellige Unterhaltung wiedergekehrt, und mit dem königlichen Hof, dem Adel und den Emigrierten auch die Muße und die Freiheit. Die an eine Verfassung gebundene, ständig Gesprächsstoff für die Auseinandersetzung der Parteien liefernde Regierung, die Garantie der Meinungsfreiheit, die Zwanglosigkeit und der mitreißende Schwung der Reden, und das wirklich Neue an diesem politischen Regime, das in einem Lande, welches gerade zehn Jahre des Schweigens durchgemacht hatte, freie Gedanken und Äußerungen erlaubte – dies alles verstärkte mehr als in jeder anderen Epoche unserer Geschichte den in der Pariser Gesellschaft ständig pulsierenden Strom der Gedanken und ihr gleichmäßig lebhaftes Stimmengewirr.«[8]

Einer der wenigen Vergleiche Stendhals zwischen Frankreich und Italien, die zugunsten seines Heimatlandes ausfallen – indirekt am Schluß der *Souvenirs d'égotisme*, direkt in seinen Tagebüchern –, sagt, daß die Konversation als Kunst nur in Frankreich, der Heimat Voltaires und Molières, richtig gepflegt werde. Seit den ersten Monaten des Jahres 1822 gehörte er als regelmäßiger Besucher zum »festen Inventar« der Pariser Salons, mit Ausnahme jener, die in den Häusern der Aristokratie des Faubourg Saint Germain stattfanden, sowie ganz weniger anderer, wie zum Beispiel des Kreises um Victor Hugo (der Kontakt zwischen beiden Schriftstellern war sehr beschränkt, da sie einander nicht mochten). Das wichtigste, von Beyle seit Februar 1822 allwöchentlich besuchte Zusammentreffen war der literarisch-intellektuelle Zirkel, der an jedem Sonntagnachmittag in der Dachwohnung des Kunstkritikers Etienne Delécluze tagte. Die hier Versammelten waren geradezu verwirrend in ihrer geistigen Brillanz und der Mannigfaltigkeit ihrer Meinungen. Zu den regelmäßigen Teilnehmern gehörten der Maler Eugène Delacroix, die damals tonangebenden Dichter Lamartine und Béranger, Sainte-Beuve, der der einflußreichste Literaturkritiker seiner Generation wurde, der Philosoph Victor Cousin, der Bildhauer David d'Angers, der im Jahre 1829 ein schönes Medaillon von Stendhal prägte, der General de La Fayette, der 1820 in einen Aufstandsversuch der französischen Carbonari verwickelt gewesen war und eine führende Kraft der liberalen Opposition gegen die Regierung blieb, die Romanschriftsteller Benjamin Constant, Balzac – der später dem Genius Stendhals eine bemerkenswerte Anerkennung zollte – und Prosper Mérimée, damals ein noch nicht zwanzigjähriger, frühreifer junger Mann, der dann Stendhals lebenslänglicher Freund werden sollte. In den geistig äußerst anregenden Diskussionen über Politik und Literatur in Delécluzes Dachwohnung fand der »Bürger Mailands«, wie er sich selbst nannte, reichlich Entschädigung für den eher rein ästhetischen Glanz der Scala, der ihm nun nicht mehr so viel bedeutete.

Äußerungen von Zeitgenossen lassen vermuten, daß Beyle an den Sonntagnachmittagen bei Delécluze eine glänzende Rolle spielte, ebenso wie in den Salons von Destutt de Tracy, Mme Cabanis (der Witwe des Physiologen, dessen Werk er wie Tracys *Idéologie* lange bewundert hatte), Comtesse Beugnot, Mme Ancelot und manch anderem. Sein intellektuelles Brillieren war allerdings mit einer gewissen Ausgelassenheit gepaart; er gefiel sich in der Rolle eines aparten Außenseiters und erwarb sich damit den Beinamen »fetter Mephisto«. Diese Neigung, die sich in seinem gesellschaftlichen Verhalten bis dahin nur gelegentlich gezeigt hatte, bedarf einer Erläuterung. Von Mme Virginie

Ancelot, die Beyle eigentlich erst im Jahre 1827 kennenlernte, stammt ein Bericht über sein erstes Auftreten in ihrem Salon, der für sein Betragen während der zwanziger Jahre in Paris typisch zu sein scheint. Um sich bei ihr einzuführen, hatte Beyle ihr ein Exemplar seiner Haydn-Biographie übersandt, ein Werk, das er bekanntlich unter dem Pseudonym César Bombet veröffentlicht hatte. Als er am Abend ihr Haus betrat, ließ er sich als M. César Bombet vorstellen. Eine halbe Stunde lang beharrte er redegewandt und erfinderisch auf der Fiktion, er sei Bombet, ein Lieferant von Mützen und Strümpfen für die Armee, wobei er bis in alle Einzelheiten auf den aus jeder Mütze gezogenen Profit und auf die kniffligen Probleme des Konkurrenzkampfes zu sprechen kam und sich in den höchsten Tönen über das Ansehen seines Berufs und dessen außerordentliche Nützlichkeit für die Gesellschaft erging.[9]

Die Lust, die Beyle seit seiner frühen Jugend am Pseudonym hatte, grenzte an eine Manie; er spielte gern die Rolle eines anderen; aber seine Auftritte in den Pariser Salons nach der Rückkehr aus Mailand zeigen, daß seine Verstellungssucht ein neues kritisches Stadium erreicht hatte. Das Neue daran wurde durch die Qual um Métilde ausgelöst; sie war sein Trauma, das er mit sich nach Paris zurückbrachte. In den *Souvenirs d'égotisme*[10] rief er sich seine Gedanken auf der Rückreise durch Frankreich in Erinnerung: »Das schlimmste Unglück wäre es für mich, so sagte ich mir, wenn meine Freunde, diese schrecklich gefühllosen Menschen, mit denen ich zusammenleben werde, meine Leidenschaft durchschauten, und obendrein eine Leidenschaft für eine Frau, die ich nicht besessen habe! Das sagte ich mir im Juni 1821, und indem ich dies im Juni 1832 niederschreibe, erkenne ich zum ersten Mal, daß diese tausendfach wiedererlebte Angst in Wirklichkeit zehn Jahre lang das Leitprinzip meines Lebens war. Das brachte mich dazu, *to be witty*« (von H. B. hervorgehoben).

Beyles närrisches Rollenspiel diente also hauptsächlich dazu, sich selbst in einen Schutzmantel zu hüllen. Im Grunde war er ein freundlicher Mensch, bisweilen sogar gefühlvoll und vor allem äußerst verletzlich. In den Pariser Salons nahm er gern eine aggressive, provozierende, frivole, unempfängliche Attitüde ein. Es wäre ihm recht gewesen, daß man ihn für jeden beliebigen hielt, nur nicht für ihn selbst – eine Neigung, die sogar seinen Gleichmut angesichts seiner Bloßstellung vor seinen Freunden im Bordell begreiflich machen könnte: wie Horner in Wycherleys Komödie *The Country Wife* (die Beyle sicher kannte) fand er sich womöglich damit ab, als Eunuch verspottet zu werden, wenn er dadurch nur sein wahres Wesen zum eigenen Nutzen verborgen halten konnte. Es ist sicher von Bedeutung, daß er sich gerade zu jener Zeit in seinen privaten Äußerungen über sich selbst auf ein Lieblingspseudonym festgelegt hatte: Dominique, ein Name, der an Domino erinnert, also jemand, der bei einer Maskerade im Domino erscheint.

Jedoch abgesehen von seinem Bedürfnis, sich zu schützen, setzte sich Beyle damals auch deshalb gern eine Maske auf, weil er auf diese Weise einem Ich entfliehen konnte, an dem er besonders nach seinem Versagen gegenüber Métilde ein peinliches Ungenügen empfand. »Ich entdeckte an mir alle möglichen Mängel«, beschrieb er seinen Bewußtseinszustand im Jahre 1821[11], »ich hätte ein anderer sein mögen.« Bis an sein Lebensende spielte er mit der Vorstellung, in seiner Konstitution, seinem Naturell, seiner gesellschaftlichen Stellung als Künstler und in seinem persönlichen Schicksal jemand anderes zu werden. Bekanntlich quälte ihn immer wieder der Gedanke an seinen untersetzten Körperbau, seine chronische Fettleibigkeit, seine groben Gesichtszüge und sein schütteres, ergrauendes Haar. In den *Souvenirs d'égotisme*[12] erklärte er offen: »Gern würde ich eine Maske tragen, mit Freude meinen Namen ändern. Die *Märchen aus Tausendundeine Nacht*, die ich sehr liebe, nehmen mehr als ein Viertel meines Kopfes ein. Oft denke ich an Angelicas Ring*; mein größtes Vergnügen würde darin bestehen, mich in einen großen blonden Deutschen zu verwandeln und so durch Paris zu spazieren**.«

Sich wie die Trägerin des Ringes in Ariosts Epos, die höchst verführerische Königstochter Angelica, mit allen Männern und allen Frauen zu identifizieren, sich überall hin zu bewegen,

* In Ariosts *Orlando furioso* ein Ring, der durch eine Drehung seinen Träger unsichtbar macht.

** Die anregendste allgemeine Erörterung von Stendhals Vorliebe für Masken findet sich bei Jean Starobinski in *Stendhal pseudonym*, L'Oeil vivant (Paris, 1961), S. 193-257.

ungehindert, unentdeckt, mit gottähnlicher Allwissenheit – dies Vergnügen konnte er als ein Romancier, der seine vielen Gestalten mit Scharfblick durchschaute, erleben. Stendhals besondere Leistung als Romanschriftsteller aber bestand in der radikalen Methode, mit der er seine eigene Neigung, in eine fremde Rolle zu schlüpfen, auf die Lebensführung seiner Helden übertrug. In diesem wesentlichen Punkt erwies er sich als derjenige Romancier des 19. Jahrhunderts, der seiner Zeit am meisten voraus war; denn nach seiner Ansicht – die in *Le Rouge et le Noir* zentrale Bedeutung gewann – war man nach der Ära Napoleons in Europa derart gezwungen, eine Rolle zu spielen, daß es für einen Menschen problematisch zu werden schien, hinter seiner jeweiligen Rolle eine gefestigte Persönlichkeit zu bleiben. Abgesehen von den Masken seiner Figuren schuf er, wie Victor Brombert geistreich gezeigt hat[13], durch die mehrdeutige, ironisch wechselnde Haltung seiner Erzähler weitere raffinierte Masken für seine eigentlichen Sympathien und seine leidenschaftliche Bewunderung. In den zwanziger Jahren läuterte er seinen Erfahrungsschatz in seinem Inneren, bevor er ihn im Kunstwerk hervortreten ließ: aus dem Zwang heraus, sich lieber verwunden zu lassen, als sich den anderen zu entdecken, und lieber eine Niederlage einzustecken, nur, um dem bohrenden Gefühl seines Ungenügens zu entgehen, schuf Beyle einige der differenziertesten und zugleich vielschichtigsten Romane des 19. Jahrhunderts.

Zunächst mußte er jedoch die banalere Aufgabe bewältigen, seinen Lebensunterhalt zu verdienen. Alle heimlichen Ersparnisse, von denen er wahrscheinlich in Mailand noch gezehrt hatte, waren nunmehr aufgebraucht; seine einzige größere Zuwendung bestand aus den Jahreszinsen aus seines Großvaters Vermächtnis in Höhe von 1600 francs, sowie aus seiner stets unsicheren Pension von 900 francs, die er als früherer Kommissar bezog. Beyle träumte noch immer davon, aus einem seiner Bücher eine enorme Geldsumme herauszuschlagen, wie es inzwischen Hugo, Chateaubriand, Eugène Scribe und anderen französischen Schriftstellern gelang; aber von dem im Sommer 1822 veröffentlichten *De l'Amour* wurden fast keine Exemplare verkauft – später behauptete er Mme Ancelot gegenüber, die ganze Auflage habe ihre endgültige Bestimmung als Schiffsballast gefunden – und von den anderen Büchern, die er in jenem Jahrzehnt schrieb (dazu gehörte auch *Le Rouge et le Noir*) trug ihm keines mehr als 1500 francs ein. Nicht lange nach seiner Rückkehr nach Frankreich bot sich ihm jedoch eine unerwartete Gelegenheit, durch Schreiben seinen Lebensunterhalt zu verdienen – als hauptsächlich für die englische Presse arbeitender Journalist.

Unter Beyles Pariser Bekannten der zwanziger Jahre befanden sich mehrere Engländer und Iren. Denn nach zwei Jahrzehnten der Feindseligkeit waren viele Besucher aus Großbritannien nach Paris geströmt – eine weitere wichtige Veränderung während Beyles Abwesenheit. (Im Jahre 1821 kamen mehr als 20 000 Engländer nach Frankreich, um sich einige Wochen oder gar mehrere Monate im Lande aufzuhalten.) Der anglophile Beyle fand zu vielen Engländern, denen er nun in Paris begegnete, leicht Kontakt. Während seiner Londonreise im Jahre 1817 hatte er einen jungen Engländer namens Edward Edwards kennengelernt, der ein starker Trinker war. Seit dem Jahre 1822 gehörte er zu den regelmäßigen Besuchern des Salons von Edwards' älterem Bruder William, einem bekannten Experimentalphysiologen, der sich in Frankreich niedergelassen hatte (bei Dr. Edwards traf man sich an jedem Mittwoch; hier lernte Beyle auch den großen englischen Essayisten William Hazlitt kennen). Bald darauf befreundete er sich mit Sutton Sharpe, einem unverheirateten Anwalt und Lebemann, der ihn auf einer Reise durch England im Jahre 1826 begleitete. Unter den verschiedenen Leuten von der anderen Seite des Kanals, die Beyle auf gesellschaftlicher Ebene kennenlernte, war auch ein Ire namens Bartholomew Stritch, der Londoner Herausgeber der Zeitschrift *The Germanic Review*. Stritch hatte zahlreiche Verbindungen zu Londoner Verlegerkreisen. Im Jahre 1822 stellte er einen beruflichen Kontakt zwischen Beyle und Henry Colburn her, der die englische Übersetzung von *Rome, Naples et Florence* herausgebracht hatte und die Zeitschriften *The New Monthly Magazine, The London Magazine* und *The Atheneum* verlegte. Aufgrund der Fürsprache von Stritch verpflichtete sich Beyle, gegen ein Jahresgehalt von £ 200, das waren etwa 4800 francs, Artikel über das kulturelle und politische Leben in Frankreich für *The London Magazine* und *The New Monthly Magazine* zu liefern – später schrieb er auch solche für *The Atheneum*. Die Artikel wurden auf Französisch abgefaßt und zur Veröffentlichung in englischer Sprache zunächst von Stritch, dann von anderen übersetzt. Ebenfalls vom Jahre 1822 an schrieb Beyle für *The Paris Monthly Review*, eine in Paris erscheinende Zeitschrift in englischer Sprache. Zwei Jahre danach begann er regelmäßig Artikel über die neuesten künstlerischen Ereignisse und Opernaufführungen für das *Journal de Paris* sowie gelegentlich für den *Mercure de France*, die *Revue de Paris* und andere französische Zeitschriften zu schreiben. Von 1822 bis 1829 veröffentlichte Stendhal über 100 Zeitschriftenartikel, meist Kritiken oder Notizen zum kulturellen Leben, die jeweils einen Umfang von weniger als 2000 Wörtern hatten und sämtlich entweder ungezeichnet waren oder unter einem Pseudonym veröffentlicht wurden. Sein gesamtes, hauptsächlich durch journalistische Tätigkeit verdientes Jahreseinkommen betrug in den Jahren 1823 und 1824 fast 7000 francs, in den besten Jahren 1825 und 1826 zwischen 8000 und 10 000 francs. Das entsprach zwar nicht der schriftstellerischen Karriere, die er sich vorgestellt hatte; aber es reichte immerhin dazu aus, sich modisch zu kleiden und sich auf seinen häufigen Reisen in eleganter Umgebung zu bewegen.

Die französische Originalfassungen der englischen Artikel Stendhals sind alle verlorengegangen; deshalb ist das sprühende Spiel seines differenzierten Geistes in dem bedächtigeren Rhythmus des biederen englischen Prosastils nur zu erahnen. Dennoch sind viele dieser Arbeiten auch heute noch eine fesselnde Lektüre, und man könnte sich gut vorstellen, daß Stendhal heutzutage jeden Monat einen höchst interessanten »Letter from Paris« für eine urbane Zeitschrift wie *The New Yorker* lieferte. Für seine britischen Leser kommentierte er das aktuelle Geschehen, die politischen Tendenzen und vor allem die französische Gegenwartsliteratur. Während er sich in Frankreich zum Vorkämpfer der Romantik machte, nahm er sich doch die Freiheit, unter dem Deckmantel der Anonymität für ein englisches Publikum schreibend, seiner Verachtung für die intellektuelle Verschwommenheit, die Gefühlsergüsse, die katholischen Mystifikationen und die aristokratische Anmaßung, die so häufig mit dem romantischen Schrifttum in Frankreich verbunden waren, kräftig Ausdruck zu geben. Seine Urteile über Zeitgenossen waren oft bissig, in ihrer besten Form geistvoll, sarkastisch und ganz im Geiste des gesunden Menschenverstands des 18. Jahrhunderts, in dem er aufgewachsen war. Als Literaturkritiker war er ein ausgesprochen kühler pragmatischer Don Juan in einer Schar von theatralischen Werthern.

So schrieb er zum Beispiel von Lamartine: »Es ist ihm gelungen, seine Gefühle in Versen auszusprechen, die mitunter zu Herzen gehen; sobald er aber vom Ausdruck seiner Liebesempfindung abweicht, wird er kindisch« (*The New Monthly Magazine*, März 1823).[14] Und in demselben Artikel bemerkte er über Hugo: »Seine Dichtung ist kalt, antithetisch und übertrieben... Es läßt sich indes nicht leugnen, daß er sehr gut französische Verse zu machen versteht; aber leider ist er dabei höchst ermüdend.«

Die Fabel von Vignys *Eloa**, einem phantastischen Epos über das Schicksal einer Träne Christi, faßte der Rezensent recht süffisant zusammen und schloß mit der Bemerkung: »Man wird es kaum für möglich halten – und doch ist es Tatsache –, daß dies unglaubliche Gemisch aus Abgeschmacktheit und Gotteslästerung von einer großen Stadt mit 80 000 Einwohnern, dem in Paris sogenannten Faubourg Saint Germain, begeistert gefeiert wird« (*The New Monthly Magazine*, Dezember 1824).[15] Chateaubriand, dessen geschwollenen Stil er schon seit langem verabscheut hatte, kanzelte er mit einer beißenden Sentenz ab: »M. de Chateaubriand hat sein ganzes Leben lang jene rührende Eloquenz angestrebt, die man salbungsvoll nennen kann, jenes rhetorische Talent, durch das sich die Angeredeten von der Aufrichtigkeit des Autors überzeugen lassen. Er hat es aber nie erreicht« (*The New Monthly Magazine*, September 1826).[16] Nicht gewillt, in der Dichtung einen Verzicht auf einfache Logik und die Wirklichkeit des Alltags hinzunehmen, zog er an anderer Stelle Lamartine zur Rechenschaft, weil er bei der Beschreibung eines in See stechenden Schiffes die Aufeinanderfolge der einzelnen Manöver durcheinanderbringe: »Wenn M. de Lamartine

* Das Thema vom unschuldigen Mädchen und seinem Verführer behandelt Alfred de Vigny hier in mythischer Form: Eloa, geboren aus dem Mitleid Christi, kennt vor dem Bösen in der Welt nur Mitleid und läßt sich durch den Engel des Bösen und seine »Wahrheiten« verführen. (Anm. d. Übers.)

unfähig ist, eine so einfache Tatsache zu begreifen, wie die, daß man den Anker lichten muß, bevor man die Segel setzt, was zum Teufel wird er dann aus all den moralischen und politischen Wahrheiten machen, die sozusagen die gängige Münze der gesellschaftlichen Unterhaltung darstellen und heutzutage allen Leuten mit gesundem Menschenverstand zugänglich sind?« (*The London Magazine*, Juli 1825)[17]

In all diesen journalistischen Kommentaren zur zeitgenössischen Kulturszene ist Stendhals Fähigkeit, die schwachen Punkte jener Leute, die zu seiner Zeit das größte literarische Ansehen genossen, genau zu erkennen, durchaus beeindruckend. Am aufschlußreichsten ist in dieser Hinsicht seine Einstellung zu Sir Walter Scott. Unter den europäischen Romanciers der Zeit zwischen 1815 und 1830 war Scott die absolut beherrschende Gestalt, und Stendhal zeigte in seinen privaten schriftlichen Äußerungen zunächst eine nicht geringe Bewunderung für den Verfasser der *Waverley Novels*. Allmählich jedoch wurde er von Scott ernüchtert, einmal, weil er in dem schottischen Schriftsteller einen politischen Opportunisten sah, zum anderen, weil er schließlich viele beschreibende und stilistische Elemente in seinen Romanen für überflüssig hielt. (Im Jahre 1823 erhielt Beyle einen Brief von Byron, in welchem dieser gegen eine in *Rome, Naples et Florence* enthaltene Kritik Scotts Einspruch erhob; in seiner Reaktion beharrte der französische Schriftsteller fest auf seinem Standpunkt.) In den zwanziger Jahren des 19. Jahrhunderts war es Mode, Scott mit Shakespeare auf eine Stufe zu stellen; Stendhal jedoch, der Scotts Romane in einem französischen Artikel (*Le National*, 19. Februar 1830) mit dem klassischen Roman des 17. Jahrhunderts, *La Princesse de Clèves* von Mme de la Fayette, verglich, deutete mit prophetischer Klarheit an, in den siebziger Jahren des 20. Jahrhunderts werde Scotts angebliche Größe stark vermindert erscheinen. Seine Vorbehalte gegenüber Scott faßte er in einem einzigen kurzen Satz zusammen, der gleichzeitig sein eigenes Romanprogramm erklärt: »Wams und Lederhalsband des mittelalterlichen Leibeigenen sind leichter zu beschreiben als die Regungen des menschlichen Herzens«. So zeigte sich Stendhal zwar immer wieder verärgert über den geschwollenen Stil, die politisch konservative Einstellung und die religiöse Haltung der romantischen Schriftsteller in seiner Umgebung, aber mit ihrer Auflehnung gegen die starre Autorität des Vergangenen konnte er sich dennoch begeistert solidarisch erklären, wenn auch nicht gerade mit ihrer Art, sie vorzubringen. Eine öffentliche Verunglimpfung Shakespeares, den Beyle bekanntlich seit seiner Kindheit verehrt und dem er den Vorzug vor dem an Regeln gebundenen Racine gegeben hatte, lieferte den unmittelbaren Anlaß zur Formulierung seines romantischen Manifests. Im Sommer des Jahres 1822 wollte eine englische Theatertruppe *Macbeth* in der Originalsprache in Paris aufführen; ihre Vorstellung wurde von einer pöbelhaften Demonstration französischer Liberaler aus Haßgefühlen gegen England unterbrochen. Obgleich der Protest eigentlich politischer, nicht literarischer Natur war, nutzte Stendhal die Gelegenheit, um eine Art Unabhängigkeitserklärung für die französische Bühne zu veröffentlichen, eine Verlautbarung, in der er die Freizügigkeit Shakespeares den starren und unzeitgemäßen Regeln des französischen klassizistischen Theaters, die literarisch Konservative im 19. Jahrhundert noch immer für verbindlich hielten, entgegensetzte. Er publizierte *Racine et Shakspere* als Artikel – auf Französisch – in *The Paris Monthly Review* im Oktober 1822 und im folgenden März in erweiterter Form als Broschüre. Bis zu diesem Zeitpunkt hatte man Stendhal in Paris als Verfasser seltsam nebensächlicher und meist ungelesener Bücher gekannt, *Racine et Shakspere* aber versetzte ihn in den Mittelpunkt der französischen Literaturszene. Seine Stellung als kämpferischer Bannerträger wurde noch verstärkt, als Louis-Simon Auger von der Académie française über die verderblichen Lehren der neuen literarischen Sekte im April 1824 den Stab brach und Stendhal darauf mit einem zweiten Teil zu *Racine et Shakspere* reagierte, einer Schrift, in der er seine frühere Stellungnahme bekräftigte und einen Frontalangriff gegen den überholten Klassizismus der Académie führte.

Die in Stendhals Manifest verkündeten Gedanken waren nicht besonders neu: viele von ihnen lagen in Paris bereits in der Luft; andere hatte er aus Italien mitgebracht. Nachdem er selbst im stillen zwei Jahrzehnte lang vergeblich mit dem schwierigen Alexandriner-Versmaß gerungen hatte, konnte er es sich erlauben, öffentlich für das in Prosa verfaßte große Drama einzutreten – ein damals nicht gerade umwerfend neuer, jedoch in dem

Frankreich des Jahres 1823 noch immer als kühn geltender Gedanke – und, grundsätzlicher noch: behaupten, literarische Normen seien relativ und entwickelten sich ständig weiter. Die Stärke der Schrift *Racine et Shakspere* lag nicht in der Originalität der darin geäußerten Gedanken, sondern in den scharfen und polemischen Formulierungen. Lamartine drückte es, trotz gewisser Vorbehalte gegenüber Stendhals Ansichten, in einem Brief an Mareste so aus: »Er hat das Wort, das uns allen auf der Zunge lag, ausgesprochen.« Am nachdrücklichsten spricht er für alle Romantiker wohl in der berühmten polemischen Definition der Romantik und der Klassik zu Beginn des 3. Kapitels: »*Romantik* ist die Kunst, den Völkern solche Literaturwerke zu bieten, die ihnen nach dem gegenwärtigen Stande ihrer Gewohnheiten und Meinungen vermutlich das größtmögliche Vergnügen bereiten. Der *Klassizismus* hingegen bietet solche Literatur, die ihren Urgroßeltern das größtmögliche Vergnügen bereitete.«[18]

Während Beyle sich in Paris heftig in dem Streit für die Romantik engagierte und sein Geld hauptsächlich durch journalistische Arbeiten für Londoner Zeitschriften verdiente, fand er auch noch eine Möglichkeit, die Verbindung mit der dritten Hauptstadt seiner privaten geistigen Welt, Mailand, aufrechtzuerhalten. Im Sommer 1822 war er aus dem Hôtel de Bruxelles in ein Gebäude in der rue de Richelieu umgezogen, in dessen Erdgeschoß, unter seinem im zweiten Stock gelegenen Zimmer, die Opernsängerin Giuditta Pasta wohnte, die damals in Paris glänzende Erfolge hatte. Er war bereits, wie schon bemerkt, ein regelmäßiger Besucher der Spielabende bei Mme Pasta; jetzt sah er sie fast täglich. Ihre Beziehung war freundschaftlicher, nicht erotischer Art; hauptsächlich blieb er durch sie in lebendigem Kontakt mit der Zauberkraft der Scala. Das auffälligste Talent unter den zeitgenössischen Opernkomponisten war Rossini; er hatte in Mailand zu Beyles Bekannten gehört, und Mme Pasta war durch ihre Aufführungen mit seinem Werk eng vertraut. Früher hatte Beyle gegen Rossini gewisse Vorbehalte geäußert, da er vermutete, seine Musik leite sich mindestens zum Teil automatisch von dem stets unerreichten Cimarosa her. Solche Zweifel schienen durch die Entfernung von Mailand und Mme Pastas Nähe aufgehoben; im Januar 1822 veröffentlichte er jedenfalls einen begeisterten Artikel über den Komponisten in *The Paris Monthly Review*. Ermutigt durch den Erfolg dieser Arbeit, die prompt ohne Genehmigung von *Blackwood's Edinburgh Magazine* und *The Galignani's Monthly Review* nachgedruckt wurde, schlug Beyle den Londoner Verlegern seiner Haydn-Biographie ein Buch über Rossini vor (zunächst sollte es ein allgemeineres Werk über die Musik des 19. Jahrhunderts werden). In wenigen Monaten stellte er das Manuskript fertig, und die englische Übersetzung erschien Anfang 1824 mit zahlreichen Streichungen, die der Verleger vorgenommen hatte, ohne den Autor zu befragen. Unterdessen erschien Stendhals eigene, revidierte und beträchtlich erweiterte Fassung des Buches auf Französisch im November 1823. Diesmal wurden wohl einige Exemplare gekauft, aber die ohnehin bescheidene Auflage war keineswegs vergriffen. Immerhin wurde das Werk von der Kritik ziemlich günstig aufgenommen, wodurch Stendhal zwar noch nicht den Ruf einer Autorität bekam, aber zumindest den eines talentierten und passionierten Opernfreundes.

Faktisch besteht *La Vie de Rossini* aus einer Art vermischter Schriften im Plauderton, wie Beyles frühere Bücher über Musik und Kunst, es ist keineswegs eine dem Thema entsprechende, einheitliche Studie. Ungeachtet des Titels ist es weniger eine Biographie als eine sporadische Kette von Anekdoten über Rossini, die sich um breit ausgeführte Inhaltsangaben der Opern rankt und reich verziert ist mit Abschweifungen über die besondere Art der italienischen Gesellschaft, die notwendigen Vorbedingungen für die Entfaltung der schönen Künste und die im Gegensatz zu den dortigen Verhältnissen einengenden Bedingungen der zeitgenössischen französischen Gesellschaft, sowie die Minderwertigkeit der französischen Musik. Zu diesem Zeitpunkt hatte sich Stendhal durch seine vier vorausgegangenen Bücher und durch seine journalistische Tätigkeit eine außerordentliche stilistische Leichtigkeit und schriftstellerische Gewandtheit angeeignet und hatte es nicht mehr nötig, etwas von Vorgängern zu übernehmen. Diese Fähigkeiten gewährleisteten natürlich kaum die Entstehung eines straff geschriebenen Buches; aber ohne sie hätte er nicht seine Größe als Romanschriftsteller erreicht, denn seine besten literarischen Werke entstanden in atemberaubender Geschwindigkeit als glänzend durchgehaltene Improvisationen, und sobald er sein Tempo verlangsamte und sich die Mühe machte, etwas zu verändern, wurde er in der Regel künstlerisch unsicher.

In persönlicher Hinsicht bedeutete *La Vie de Rossini* für den Autor eine Bestätigung seiner unverminderten Treue zu Italien, der Heimat der Musik und der leidenschaftlichen Gemüter. (Es war bezeichnend für ihn, daß er kurz nach dem Lesen der Druckfahnen des *Rossini* im Oktober 1823 eine dreieinhalbmonatige Italienreise antrat. Die Visa für Mailand wurden ihm wegen der subversiven Meinungen, die er in *Rome, Naples et Florence* geäußert hatte, verweigert.) Diese Liebe zu Italien erklärt seine wiederholten Ausfälle in dem neuen Buch gegen die französische Gesellschaft und die französische Musik als psychologisch, wenn nicht gar thematisch notwendig. In den Pariser Salons und in etwas anderer Art in seinen Zeitschriftenartikeln trug Stendhal ständig eine andere Maske in seinem nicht endenden Spiel aus *Tausendundeiner Nacht*. Im Gegensatz dazu offenbarte er in *La Vie de Rossini* an einigen Stellen über die italienische Musik seine ganz persönlichen Erwartungen vom Leben: hier beschwor er wieder einmal den von der italienischen Kunst inspirierten Traum vom Glück in der stillschweigenden Erinnerung an Freude und Schmerz seiner Mailänder Jahre herauf. »Die schönen Künste sind zur Tröstung geschaffen«, versicherte er, und damit wurde auf einmal ein elegischer Unterton in der Stimme des 41jährigen Stendhal vernehmbar; das Bauchreden des Schöngeists im Salon und der schrille Klang des Polemikers und Kritikers waren für einen Augenblick verstummt. »Wenn die Seele sich über den ersten Kummer im Herbst des Lebens grämt, wenn man sieht, wie das Mißtrauen sich einem grimmigen Phantom gleich hinter jeder Hecke erhebt, dann tut es gut, in der Musik Zuflucht zu suchen.«[19]

Unterdessen fand Beyle im Frühling 1824 in einer ganz anderen Richtung unerwartet Trost, ja, er wurde sogar mit neuem Leben erfüllt. Die Gräfin Clémentine Curial, die Tochter seiner langjährigen Freundin Gräfin Beugnot, hatte, wie erinnerlich, bereits 1814 mit ihren ausdrucksvollen Augen seine Aufmerksamkeit erregt. Clémentine hatte 1808 einen Armeegeneral geheiratet und ihm vier Kinder geboren. Obwohl General Joseph Curial im Militärdienst großen Mut bewies, war er nach dem Zeugnis seiner Vorgesetzten ein unbedeutender Mensch; zudem war er nicht gerade ein idealer Ehemann, denn er hatte einen höchst ordinären Hang für Hausangestellte und mißhandelte seine Ehefrau. Seine durch den Dienst im Felde bedingte lange Abwesenheit war wohl der Hauptvorteil, den seine Frau aus der Ehe zog. Etwa ein Jahr, bevor Beyle aus Italien nach Frankreich zurückkehrte, nahm Comtesse Curial sich einen Liebhaber, vielleicht ihren ersten, und zwar, hauptsächlich, wie es scheint, um sich an ihrem Mann zu rächen. Henri Beyle, dessen Geliebte sie im Alter von 36 Jahren wurde, sollte indes ihre erste echte Leidenschaft werden.

In Beyles Augen kam die Liebesbeziehung durch einen höchst eigenartigen Rollentausch zustande. Er hatte immer dazu geneigt, sich alle Frauen, zu denen er in einer echten Gefühlsbindung stand, als Prinzessinnen vorzustellen, hoch oben in unbezwingbaren Türmen eingeschlossen, deren schroffe Mauern er unter Gefahr für Leib und Leben erklettern mußte. Im Falle der Menti, wie er Clémentine bald nannte, war nicht er derjenige, der von ferne schmachtete, sondern die Dame: sie machte aus ihm ein Kristallisationsobjekt und wagte volle zwei Jahre nicht, ihre Liebe zu gestehen. Anfangs begegneten sie einander bei gesellschaftlichen Anlässen im Jahre 1822; und Beyle, der offenbar noch ein wenig benommen war von den Nachwirkungen seines durch Métilde erlittenen Schocks, nahm nur geistesabwesend zur Kenntnis, daß jene bemerkenswerten Augen häufiger auf ihm ruhten. »In meiner Dummheit dachte ich nicht weiter darüber nach. Ich fragte mich nicht: warum schaut die junge Frau mich so an? – Ich hatte die ausgezeichnete Liebesschulung, die mir mein Onkel Gagnon und mein Gönner Martial Daru vor langer Zeit hatten angedeihen lassen, gänzlich vergessen.«[20] Aber wie Stendhal in seinem Rückblick sicherlich klar wurde, bedurfte es nicht der Anleitung jener Boudoirstrategen, um Menti zu erobern, denn schließlich machte sie den ersten kühnen Vorstoß. Als Menti keine Hoffnung mehr hatte, daß Beyle all ihre stillen Winke jemals beachten würde, ging sie eines Tages im Mai 1824 direkt auf ihn zu und erklärte ihm, daß sie ihn liebe. Diese Enthüllung versetzte ihn so sehr in Erstaunen, daß er zunächst offenbar unsicher war, wie er darauf reagieren solle. Am 20. Mai schrieb ihm Menti in einer höchst seltsamen

Mischung aus formeller Anrede und unverhohlener Leidenschaft: »Teilen Sie mir mit, mein Herr, wie wir uns noch vor Montag sehen können, sei es auch nur für zehn Minuten; denn aufs Land zu fahren, ohne von Ihnen gehört zu haben ›ich liebe dich‹, ist für mich ein Opfer, das über meine Kräfte geht.«[21] Beyle war in der Lage, das verlangte *je t'aime* zu liefern und für die schmachtende Gräfin noch etwas mehr als zehn Minuten zu erübrigen, denn zwei Tage nach Übersendung dieses Billetts wurden sie ein Liebespaar.

War Angela Pietragrua, die zuletzt Beyles Liebe in hohem Maße erwidert hatte, durch ihre raffinierte Planung einmalig gewesen, so übertraf Menti durch ihre außergewöhnliche Impulsivität das übliche Maß – hierin Beyle selbst nicht unähnlich. In Gesellschaft war sie offenbar eine sehr liebenswerte Persönlichkeit – eine liebevolle Mutter, eine heitere, charmante Gastgeberin, eine oft geistsprühende, in Literatur und Kunst recht bewanderte Frau. Einige ihrer Zeitgenossen behaupteten, sie habe ziemlich unauffällig ausgesehen; andere hielten sie für schön: eine Büste von ihr läßt ein intelligentes, empfindsames Geschöpf mit anmutigen weiblichen Zügen erkennen. Wenige Tage nach Beginn ihrer Liebesbeziehung wußte Beyle, daß Menti nicht nur eine leidenschaftliche, sondern auch eine temperamentvolle, eifersüchtige und unbeständige Frau war. Sie erwartete von ihrer Beziehung eine so absolut reine Leidenschaft, daß sie ihn beständig der Gleichgültigkeit oder der Untreue verdächtigte oder glaubte, er mache bloß aus der Anziehung durch ihren Körper, dem er so viel Lust bereitete, einen Kult. Daher schrieb sie ihm im Juli 1824: »Ich würde gern mit dir endlose Monate verbringen, ohne dir etwas zu gewähren; erst dann würde ich glauben, du liebtest mich wirklich. Was gewisse Gewaltakte anlangt, so profitiere ich zwar von ihnen, aber ich schätze sie durchaus nicht, und ich schwöre dir, ich glaube, weil du in dieser Hinsicht allzu hervorragend warst, haben sich meine eigenen Gefühle ein wenig abgekühlt. Dies schien mir eine vulgäre Art, mir deine Zärtlichkeit zu beweisen.«[22]

Zu einem anderen Zeitpunkt im Juli schrieb sie ihm einen erheblich längeren Brief, der von Vorwürfen strotzte. Sie beklagte sich, er habe jegliche Aussicht auf Glück in ihrem Leben zerstört, indem er sich ihr zuerst zwei Jahre lang grausam entzogen und sie dann acht Tage nach ihrem Liebesgeständnis »aufgegeben« habe. Er sei vermutlich darauf aus, sie mit Mme Pasta zu betrügen; und Menti trieb ihn geradezu sarkastisch dazu an, doch in die Arme der italienischen Sängerin zurückzukehren, denn seine Liebe sei das größte Unheil, das einer Frau geschehen könne. In diesem Brief sind die Anredepronomina wild durcheinandergewürfelt, vom ärgerlichen förmlichen *vous* bis zu einem flehentlich vertrauten *tu*; er beginnt mit einem gebieterischen »Ich bin es schon wieder, mein Herr«, und erreicht voll empörter Leidenschaft seinen Höhepunkt in der melodramatischen Feststellung: »Du bist nur dann glücklich gewesen, wenn Du mir ständig einen Dolch ins Herz bohrtest.«[23] Dieser Brief wurde am 4. Juli geschrieben. Das Liebespaar muß bald darauf eine befriedigende Versöhnung erlebt haben, denn etwas später in demselben Monat reiste er zu ihr auf ihr Landschloß, wo sie sich als die feurigste Geliebte zeigte, die er sich in seinen glühendsten literarischen Vorstellungen je hätte ausdenken können. Drei Tage hielt sie ihn in einem Keller verborgen, der nur über eine Leiter zu erreichen war; sie mußte jedesmal neu aufgestellt und wieder entfernt werden. Da die Gräfin nicht gewillt war, eine andere Person ins Vertrauen zu ziehen, brachte sie ihm selbst etwas zu essen und zu trinken hinab, ja, sie übernahm sogar das Ausleeren seines Nachttopfes.[24]

Hatte Menti auch womöglich Spaß daran, sich in einem Brief mit der rhetorischen Hypothese einer rein platonischen Beziehung zu Beyle wichtig zu tun, so bezeugte sie doch in ihren übrigen erhaltenen Briefen an ihn freimütig ihre sinnliche Befriedigung durch die gemeinsam erlebte physische Leidenschaft. So bestätigte sie am 10. August, etwa zwei bis drei Wochen nach dem Bravourstück im Keller, ein Billett von ihm mit folgenden Worten: »Als ich dein Briefchen vom Samstag las, habe ich ähnlich gezittert wie dann, wenn deine schöne Hand über meine alte Haut streicht; das solltest du mir öfter zukommen lassen.«[25]

Während der beiden Jahre, in denen sie miteinander verbunden waren, schrieb Menti insgesamt 215 Briefe. Vor seinem Tode erteilte Beyle seinem Testamentsvollstrecker Romain Colomb die Anweisung, sie alle zu vernichten. Der widerstrebend seiner Pflicht gehorchende Colomb hob fünf Briefe auf und fertigte von anderen eigene Zusammenfassungen an, bevor er den Rest verbrannte. Aus diesen Überbleibseln, die uns den Verlust des größten Teils schmerzhaft empfinden lassen, kann man mit Sicherheit schließen, daß die ganze, sich über zwei Jahre erstrekkende Zeit wie diese ersten Monate eine lange Kette heftiger Gefühlsausbrüche, Verdächtigungen, Anschuldigungen, überschwenglicher Versöhnungen sowie leidenschaftlicher und spielerischer Intimitäten waren. Mindestens einmal befürchtete Menti, sie habe sich bei Beyle eine Geschlechtskrankheit geholt, und unter bitteren Vorwürfen wegen seiner Zügellosigkeit drohte sie, für immer mit ihm zu brechen, falls dies zutreffe. Ein anderes Mal glaubte sie, sie sei durch ihn schwanger geworden; ihr Entschluß für den Fall, daß sich dies bewahrheitete, war zweifellos der gleiche, den er an ihrer Stelle in dramatischer Form ebenfalls gefaßt hätte – Selbstmord zu begehen. Dies romantische Liebespaar entsprach einander auf so seltsame Weise, daß sie letztlich doch nicht zueinander paßten, weil sie in der Hemmungslosigkeit ihrer Gefühle und in ihrem extremen Gebaren einander zu sehr glichen, als daß sie mit einiger Aussicht auf Beständigkeit eine Verbindung von längerer Dauer hätten eingehen können. Da Menti als erste entflammt war, kühlte sie sich auch als erste wieder ab.

Ende Mai 1826 war Beyle – mittlerweile ernstlich darum besorgt, Menti nicht zu verlieren – nahe daran zu erkennen, daß sie ihn nicht mehr liebte, obgleich er sich weiterhin Hoffnung machte, nach einem solch starken Pulsieren der Gefühle bestehe vielleicht doch eine Möglichkeit, die gemeinsam genossenen, überaus intensiven Intimitäten noch einmal wiederzubeleben. Im Juni fuhr er mit seinem Freund Sutton Sharpe nach England in der Absicht, auf einer neuen Reise Ablenkung von seiner Niedergeschlagenheit zu suchen und vielleicht auch, um einige Zeit verstreichen zu lassen, damit sich Mentis und seine erregten Gefühle beruhigen konnten, wobei er sich der leisen Erwartung hingab, sie könne bis zu seiner Rückkehr wieder anders gestimmt sein. Diese Englandreise war die längste, die er je unternahm; sie dauerte zweieinhalb Monate und führte ihn durch den Lake District sowie in die Städte Lancaster, Manchester und Birmingham. Am 15. September, kurz vor seiner Abreise von London nach Paris, erhielt er offenbar von Menti einen Brief, der ihm mit aller Deutlichkeit klarmachte, daß er nichts mehr zu hoffen hatte. Sie teilte ihm wahrscheinlich mit, daß sie sich in einen Offizier aus dem Generalstab ihres Mannes verliebt hatte. Welcher Art die Mitteilung auch im einzelnen gewesen sein mochte, Beyle bezeichnete später mehrfach in seinen Randnotizen und im *Henry Brulard* den 15. September 1826 als *den* »schrecklichen Unglückstag« in seinem Leben. In den folgenden Monaten sagte er wieder einmal des öfteren in seinem unverbesserlichen Englisch von sich, er sei »*very near of* Pistole«.

Seine gedrückte Stimmung wegen der Beendigung seiner Liebesaffäre mit Menti wurde in diesen Monaten durch einen weiteren Grund zur Bekümmernis noch vertieft und vermutlich in einem mehrdeutigen Sinne kompliziert. Beyle hatte zu Mentis Tochter Bathilde, die damals etwa dreizehn Jahre alt war, große Zuneigung gefaßt. Genau zu dem Zeitpunkt, als sich die Wege der Liebenden trennten, erkrankte Bathilde schwer. Ein Forscher hat die Vermutung geäußert, in dem Roman *Le Rouge et le Noir* sei vielleicht Mme de Rênals Anfall von Schuldbewußtsein wegen ihres Ehebruchs im Augenblick der lebensgefährlichen Erkrankung ihres Sohnes Stanislas auf das Verhalten der Gräfin während der Krankheit ihrer Tochter zurückzuführen. Beyle war jedenfalls von Bathildes Leiden zutiefst mitgenommen (einer von vielen Charakterzügen, die kaum zu dem Bild eines »Mephisto«, als der er damals in der Gesellschaft galt, passen), und seit dem Tode des Kindes im Januar 1827 wurde er von dem Gedanken an das Sterben von Kindern heimgesucht. Es ist eigenartig, daß er sich den nur andeutungsweise berichteten Tod Sandrinos, des Kindes der Liebe von Clelia und Fabrizio, als den verborgenen Schlüssel zum Verständnis der *Kartause von Parma* vorstellte; vielleicht geschah es deshalb, weil er sich daran erinnerte, wie der Tod eines geliebten Kindes schließlich zum traurigen Epilog seiner eigenen romantischen Liebesepisode mit Menti geworden war.*

Zu Beginn des Monats Februar 1826 hatte Stendhal einige Tage lang eine grobe Planskizze für einen Roman entworfen, der

* Die verschollene Geschichte von Bathilde ist von François Michel aufgestöbert worden in »Une enfant à travers l'œuvre de Stendhal«, *Revue Hommes et Livres*, Sept. 1947 (Nr. 14). Siehe bes. S. 112-116.

von einer buchstäblich »unmöglichen« Liebe handeln sollte. Er war dazu durch ziemlich ungewöhnliche literarische Ereignisse, von denen im folgenden Kapitel noch die Rede sein wird, angeregt worden. Wie die meisten seiner bis dahin vorgesehenen und viele seiner später in Aussicht genommenen schriftstellerischen Pläne wurde auch dieser als Fragment wieder aufgegeben. Nun aber, am 19. September, dem Tag seiner Rückkehr aus London, vertiefte er sich »als Heilmittel« in die Arbeit an dem Manuskript. In wenigen Monaten war der kurze Roman *Armance*, sein erstes Werk dieser Gattung, reif zur Veröffentlichung. Die ursächliche Beziehung zwischen der Abfassung dieses Buches und Stendhals Niedergeschlagenheit Mentis wegen war ganz anderer Art als diejenige zwischen der Entstehung von *De l'Amour* und seinem durch Métilde verursachten Leiden. In dem früher erschienenen Buch übertrug er seine eigene jüngste Erfahrung direkt in eine originelle »Geometrie« der Leidenschaft. Als solches war es das Werk eines Originalgenies, das sich nicht in einen herkömmlichen Rahmen einordnen ließ und für die damalige Leserschaft gewiß ungeeignet war. *Armance* hingegen gab zwar des Verfassers jüngste Liebesenttäuschung nur indirekt wieder, entsprach jedoch direkt gewissen Erwartungen in diesem literarischen Genre. Der Autor reagierte damit auf die Herausforderung, ein in Pariser literarischen Kreisen gerade diskutiertes Thema in Romanform zu behandeln. Infolgedessen ist es ein farbloseres Produkt als das frühere Buch, denn der Autor versuchte immer noch, im Rahmen der traditionellen Literaturgattung seinen unkonventionellen Weg einzuschlagen. Aber während dies Buch in Stendhal heranreifte und er seine persönliche Erfahrung zu dem umfassenderen Bereich der zeitgenössischen Gesellschaftsszene ausweitete, bediente er sich zum ersten Mal desjenigen literarischen Mediums, das ihm gestattete, seinem Wunschbild vom Leben auf eine durch äußerste Differenziertheit bezwingende Weise Ausdruck zu geben. Im Alter von 44 Jahren wurde er endlich ein Romanschriftsteller.

XI
DAS ENDE DER PARISER JAHRE
(44.–47. Lebensjahr)

Der Roman *Armance* entwickelte sich aus einem pikanten literarischen Gesellschaftsspiel. Die Duchesse de Duras, eine bekannte, aber unbedeutende Schriftstellerin, hatte soeben zwei Romane über »unmögliche« Liebesgeschichten veröffentlicht; die eine handelte von der Liebe zwischen einer Schwarzen und einem Weißen, die andere von der zwischen einer Adligen und einem Bürgerlichen. Im Jahre 1825 krönte sie diese Romanfolge mit dem Entwurf eines Romans in Briefform, den sie *Olivier oder das Geheimnis* nannte; er handelte von einem impotenten Grafen, der von einer schönen, jungen Witwe geliebt wird: er erwidert ihre Liebe, trägt ihretwegen sogar ein Duell aus, aber da er weiß, daß ihre Leidenschaft niemals erfüllt werden kann, nimmt er sich schließlich das Leben. *Olivier* erschien zwar nie im Druck (der Entwurf wurde in den vierziger Jahren des 20. Jahrhunderts im Schloß der Familie aufgefunden), wurde aber in einem kleinen Freundeskreis vorgelesen und war dadurch wegen seines Themas in Paris ziemlich weit bekannt. Ein Pariser Literat mit dem prachtvollen Namen Hyacinthe-Joseph-Alexandre Thabaud de Latouche verfaßte rasch einen eigenen Roman über einen impotenten Liebhaber und veröffentlichte das ebenfalls *Olivier* benannte Buch ohne Angabe des Autors Ende 1825 in dem gleichen Format, in dem zuvor die beiden Romane der

Herzogin von Duras erschienen waren. Beyle verstand sich gut mit Latouche (der bald darauf der Schriftstellerin George Sand Starthilfe leistete); er sah ihn häufig an den Sonntagen bei Delécluze und auf anderen Literatentreffen. Mitte Januar 1826 besprach er in *The New Monthly Magazine* Latouches *Olivier* in einer lobenden Kritik, in der er die Duchesse de Duras als Verfasserin des Romans angab – vermutlich wider besseres Wissen, einfach, um seinerseits das von Latouche raffiniert ausgedachte Spiel fortzusetzen. Einige Wochen später machte er seinen ersten mißlungenen Versuch, selbst einen *Olivier* zu schreiben. Im September, als er vor der nüchternen Tatsache stand, daß er Menti endgültig verloren hatte, nahm er den Roman noch einmal in Angriff, nicht nur, weil er sich damit zerstreuen konnte, sondern auch, weil ihm das abseitige Thema eine Möglichkeit bot, sein eigenes Gefühl der Verzweiflung, ohne daß er sich dessen wohl ganz bewußt war, auszudrücken.

Die Tatsache, daß Stendhal in *Armance* das Phänomen der Impotenz behandelte, hat zu manch kritischer Erörterung Anlaß gegeben, zumal es praktisch unsichtbar bleibt. Der junge, hübsche und wohlhabende Adlige Octave de Malivert scheint einer entsetzlichen Pein ausgesetzt zu sein. Der Leser bekommt jedoch kaum einen Hinweis, worin sie bestehen könne, denn selbst der Name Olivier, der der Pariser Leserschaft des Jahres 1827 den entscheidenden Aufschluß hätte geben können, war vom Autor nach einigem Zögern geändert worden. Das vermutete Sujet wird dem Leser erst gegen Schluß des Romans andeutungsweise enthüllt, als Octave seiner Verlobten, der schönen, ihm treu ergebenen Armance de Zohiloff, die ihn innig liebt und deren Liebe er tief und voll Zwiespalt erwidert, sagt, er wolle immer bei ihr bleiben, *aber* – und in düsteres Schweigen verfällt. Die arme Armance versucht mit liebevoller Geduld das Übrige aus ihm herauszulocken; aber das einzige, was er hervorzubringen vermag, ist das dunkle Geständnis: »Ich habe ein furchtbares Geheimnis, das ich niemals einem Menschen anvertraut habe«, wobei seine Gesichtsmuskeln plötzlich krampfartig zu zucken beginnen, und dann folgt die völlig unerwartete Erklärung, er sei »eine Mißgeburt«.[1] Es ist kein Wunder, daß zeitgenössische Kritiker den Roman lediglich als rätselhaft und phantastisch ansahen.

Stendhal hatte das Manuskript Mérimée gezeigt; der erhob Einwände gegen das sonderbare Sujet, die Unbestimmtheit der Ausführung und gewisse Einzelheiten, die ihm unwahrscheinlich vorkamen. Stendhals Brief an Mérimée (vom 23. Dezember 1826), in welchem er seinen Roman rechtfertigte, bietet einen aufschlußreichen Kontrast zum Buch, weil er zeigt, wie klar und konkret er das von ihm so dunkel dargestellte sexuelle Thema gedanklich bewältigen konnte. Die *pudeur*, das sexuelle Taktgefühl, wurde ein in allen seinen Romanen wiederkehrendes Merkmal, auf das man immer wieder hingewiesen hat; dabei war Beyle selbst keineswegs prüde: in seiner Antwort auf Mérimées Frage, wie Armance denn wohl in den kurzen Tagen ihrer Ehe mit Octave ein so ekstatisches Glück habe erleben können, führte er anschaulich im einzelnen aus, welche Mittel ein impotenter Mann anwenden könne, um einer noch unerfahrenen jungen Frau physische Befriedigung zu verschaffen. Daß Stendhal in seinen Romanen solches *savoir-faire* im Geschlechtsverkehr gar nicht erwähnt, wie er überhaupt schlüpfrige Schilderungen des Liebesspiels völlig vermeidet, erklärt sich zum Teil aus seinem schriftstellerischen Taktgefühl; in immer stärkerem Maße jedoch benutzt er die *omissio* auch zur Verwirklichung seiner eigentlichen künstlerischen Absicht. In *Armance* fällt es dem Leser allerdings noch schwer, in der Schamhaftigkeit einen besonderen künstlerischen Zweck zu erkennen; daher entnimmt er aus dem Brief an Mérimée nur mit Verwunderung, daß Stendhal sich wegen der technischen Probleme in den Flitterwochen Octaves überhaupt solch konkrete Gedanken machte. Daß er dies nach Abschluß des Romans noch tat, legt den Verdacht nahe, daß er seinem Freund Mérimée auf dessen Herausforderung hin mit seinen Kenntnissen imponieren wollte, hatte doch dies Thema mit dem gesamten Entwurf des Romans überhaupt nichts zu tun.

Trotz jenes Vorfalls an dem Abend im Bordell, den Stendhal, sich selbst bloßstellend, in den *Souvenirs d'égotisme* berichtete, und trotz eines kurzen, sexuellen »Blamagen« gewidmeten Kapitels in *De l'Amour* ist die Vermutung, er habe sich besonders mit dem Problem der Impotenz befaßt, unbegründet. Zur Erklärung der Impotenz Octaves sind einige kluge Deutungsversuche angestellt worden: vom Standpunkt der Psychoanalyse, die seine übermäßige Mutterbindung und seine offenkundige Scheu vor den Frauen, die er verehrte, anführt, sowie neuerdings in der Revision der Freudschen Kategorien durch Jaques Lacan. Mit solchen Analysen rennt man jedoch letztlich offene Türen ein; denn Stendhal selbst nahm die Impotenz seiner Hauptfigur als eine gegebene Tatsache an, die zu erklären ihm nie in den Sinn kam, und gestaltete dann die Personen und Ereignisse so, daß sie allenfalls nur lose mit dem angeblichen Thema verknüpft sind. Die ersten beiden Drittel des Buches lassen sich wirklich durchweg als Roman einer Liebeswerbung lesen, in welchem die ständig sich verändernden Schwierigkeiten zwischen den beiden Liebenden einzig von *ihren* Komplexen herrühren, da sie sich ihm gesellschaftlich unterlegen fühlt, sowie von *seiner* Niedergeschlagenheit, da er befürchtet, nur seines Reichtums wegen begehrt zu werden. Erst nachdem die beiden verlobt sind, spürt der Leser, daß das Thema der Impotenz zur Sprache kommen müßte. Worin jedoch das Problem in diesem Roman letztlich begründet liegt, hat Victor Brombert scharfsinnig erkannt: »Eine gewisse Dürftigkeit der Struktur und ein grundsätzlicher Mangel an Proportion beeinträchtigen den Roman, und zwar nicht so sehr deshalb, weil der Autor dem Leser die Entschlüsselung von Octaves geheimem ›Babilanismus‹ [ital. f. Impotenz] vorenthält, sondern weil er auf seine Hauptgestalt die Intensität seines eigenen Traumas aus jüngster Zeit überträgt, und damit eine Mutlosigkeit, deren Ursachen nicht auf der besonderen Zwangslage des impotenten jungen Helden beruhen.«[2]

Im Herbst des Jahres 1826, als Henri Beyle, von Menti zurückgewiesen, verzweifelt war, muß die Projektion seines Ich in die Gestalt dieses hübschen, jungen Adligen, der von der edelsten, aufrichtigsten Frau, die er je kennenlernte, geliebt wird, doch durch einen geheimnisvollen Fluch von dem eigentlichen Liebesglück für immer ausgeschlossen bleibt, tröstend gewesen sein. Es wäre sogar denkbar, daß Stendhal, als er die Romanhandlung ersann, die beiden Ausdrücke in ihrer wesentlichen Begriffsbestimmung logisch umkehrte: Impotenz sah er zwar als geheimnisvollen Fluch an, aber im Grunde stand Octaves Leben in seiner Vorstellung, praktisch unabhängig von dessen Impotenz, im Schatten eines umfassenderen *geheimnisvollen Fluchs*. Der Romanheld trägt viele Züge seines Autors, die dieser unter seiner possenhaften Maske eines Salon-Mephisto verbarg: er ist einsam, stolz, äußerst verletzlich und verachtet die Grobheit, die Gemeinheit, die tiefe Verderbtheit der meisten Männer und Frauen. Sein Widerwille gegen alle Freuden dieser Welt spiegelt ziemlich unmittelbar Stendhals Depression in den Jahren 1826–1827 nach dem Abbruch seiner Liebesbeziehung zur Gräfin Curial wider, und der Entschluß, einen Roman darüber zu schreiben anstatt sein eigenes Leben zu vernichten, war für Stendhal der einzig vernünftige Weg, die Selbstmordgedanken, von denen er in jener Zeit besessen war, umzusetzen. In alledem ist Octave so ausdrücklich an Byron orientiert, daß er ganz am Ende des Romans, als er sich im Anschluß an seine Flitterwochen nach Griechenland einschifft, angeblich, um für die Sache der Freiheit zu kämpfen, sich an Byrons frühen Tod erinnert und in einer Art Halluzination Byron zum Zeugen seines Verhaltens macht. Er schluckt ein Gemisch aus Opium und Digitalis und gleitet danach sanft aus diesem Leben; seine Armance fast ebenso sehr wie seinen Tod liebend, scheint er am Ende die Träume vom Suizid, mit denen der Dichter sich selbst Erleichterung verschaffte, zu erfüllen und zugleich die Wirklichkeit vollkommen zu verschleiern.

Die künstlerischen Probleme des Romans *Armance* werden noch dadurch kompliziert, daß der Verfasser, unbeschadet seiner Neigung, sich mit dem Helden zu identifizieren, ziemlich viel Verachtung für ihn bekundet. In seinen späteren Romanen machte sich Stendhal absichtlich eine zwiespältige Einstellung zu seinen Helden zunutze, um sie möglichst vielschichtig zu charakterisieren; hier hingegen erscheinen seine widersprüchlichen Einstellungen weitgehend zusammenhanglos. Allzu leicht kann sich der Romancier in der »außergewöhnlichen Seele« Octaves, die für diese Welt zu gut ist, spiegeln und unmittelbar darauf Octaves überspannte Gefühle, seine übermäßige Empfindsamkeit, seinen aristokratischen Snobismus und seinen Mangel an Energie scharf kritisieren, ohne diese beiden Haltungen dialektisch miteinander zu verbinden. Mit welch bewußter Abneigung er Octave sehen konnte, wird in einem Brief an Mme Jules Gaulthier (vom 6. August 1828) deutlich, in dem er den Roman schroff als »die Geschichte eines Herrn, der M. de Curial ähnelt« beschrieb.[3]

Technisch wird dieser Mangel an der verhältnismäßig flachen und unvermittelten Stimme des Erzählers spürbar: er ist unfähig, die sprunghaft verschiedenen Einstellungen miteinander zu verbinden. Wenn Stendhals spätere Romane ihm so glatt von der Hand gingen, lag das zum Teil daran, daß in ihnen ein weltgewandter, feinnervig ironischer Erzähler ständig zwischen den widersprüchlichen Ansichten der Personen vermitteln sowie Gestalten und Ereignisse mit dem klaren Blick seiner überlegenen Intelligenz betrachten konnte. In diesem ersten Werk finden sich nur spärliche, episodenhafte Anzeichen jener romantechnischen Entdeckung von zentraler Bedeutung.

In Stendhals großem Freundeskreis fand sich fast niemand, der *Armance* viel Beachtung geschenkt hätte; er selbst jedoch hörte nicht auf, sein Werk hartnäckig zu verteidigen und zu behaupten, unter seinen Zeitgenossen sei das Zartgefühl nicht genügend entwickelt, um diesen Roman zu würdigen. (Erst gegen Ende seines Lebens bezeichnete er am Manuskriptrand der *Chartreuse de Parme* seinen ersten Roman als ein »mißratenes Werk«.) Es ist bezeichnend für ihn, daß er am Rande seines eigenen Exemplars die Meinung eines seiner besten Freunde in Paris, des im Exil lebenden Neapolitaners Domenico Fiori, festhielt: »M. Fiori sagt, das Werk tauge überhaupt nichts.« Dieser Bemerkung fügte er die Erwiderung hinzu: »Mir erscheint es feinfühlig und erlesen, so wie *La Princesse de Clèves*.«[4] Daß Stendhal sich mit seinem ersten Roman an der wunderbar verhaltenen künstlerischen Vollendung von Mme de La Fayettes Meisterwerk aus dem 17. Jahrhundert ausrichtete, macht sowohl deutlich, inwiefern sein Erstling innovative Kraft hatte, als auch, inwieweit er wirklich mißlungen war. Wie andere Schriftsteller der Epoche, die auf die Ära Napoleons folgte, lernte er Geschichte als dynamische, mitunter gar bedrohliche Kraft zu begreifen, die Beziehungen zwischen den Gesellschaftsschichten als brüchig, instabil und veränderlich zu sehen und sich des subtilen Einflusses der politischen Institutionen auf das Leben und den Charakter des Einzelnen bewußt zu werden. (Der Verleger gab dem Roman *Armance*, damit er sich besser verkaufe, in reichlicher Übertreibung der darin nur angedeuteten Schilderung des gesellschaftlichen Lebens den Untertitel »einige Begebenheiten aus einem Pariser Salon im Jahre 1827«, während der Autor als Untertitel einfach *Anecdotes du XIXème siècle* vorgeschlagen hatte, was etwa mit »interessante Begebenheiten aus dem 19. Jahrhundert« wiederzugeben wäre.) Die vorherrschende Ansicht, wie das neue Geschichtsbewußtsein im Roman spürbar zu machen sei – Balzac verwirklichte diese Aufgabe mit wahrer Meisterschaft –, war von den Romanen Walter Scotts geprägt, was bedeutete, daß die Personen in ein reich koloriertes Milieu einzubetten waren. Stendhal aber hatte in seiner Bewunderung für Mme de La Fayette, Diderot und Laclos nichts übrig für all das umständliche Beiwerk an Kleidung und Gerätschaften sowie an Einzelheiten der Architektur, des Gesichtsausdrucks und der Landschaft – ein Vermächtnis, das Scott dem Roman hinterlassen hatte. Die hintergründigen Wahrheiten über den Menschen, die im Roman offenbar werden sollten, mußten, wie tief sie auch historisch bedingt sein mochten, in den Regungen des Geistes und im Fluß der Wechselrede aufgedeckt werden, nicht durch solche äußerlichen Drapierungen. Diese Differenziertheit in den Darstellungsmitteln wirkte sich im Stil aus: er mußte schlicht und prägnant, womöglich sogar aussparend sein und hatte jede unangemessene Detailschilderung und jeden volltönenden Redeschwall zu vermeiden.

Bedeutend ist *Armance* also hauptsächlich als eine Art Manifest der dichterischen Auffassung Stendhals vom Roman; dies kann eine Erklärung dafür sein, warum er angesichts der allseits erhobenen Kritik so hartnäckig an diesem Buch festhielt. Leider hatte er aus den aufgezeigten Gründen weder eine klare psychologische Vorstellung von seinen Personen noch besaß er genügend Sicherheit in der technischen Ausführung seines Romanprogramms. Statt die vom Autor angestrebte Differenziertheit aufzuweisen, erscheint die Handlung oft sprunghaft und ohne Zusammenhang, oder wie Henry James sagen würde, unzulänglich *dargeboten*. So zum Beispiel nimmt am Schluß des 11. Kapitels Octaves Mutter Armance beiseite und eröffnet ihr plötzlich, sie habe ihr schon seit langem etwas sagen wollen: »Du hast nur ein Jahreseinkommen von hundert Louisdor. Das ist aber auch alles, was meine Feinde gegen meinen leidenschaftlichen Wunsch, dich mit meinem Sohn zu verheiraten, einwenden könnten.« Der Leser ist keineswegs bereit, ohne weiteres zu glauben, Mme de Malivert habe dies schon seit langem sagen wollen, da er auf ihre überraschende Mitteilung nicht vorbereitet wurde. Dies ist eine von mehreren auffallenden Unwahrscheinlichkeiten im Handlungsablauf. Belangvoller ist in diesem Zusammenhang allerdings die Art, in der der Erzähler Armance auf diese Mitteilung reagieren läßt: »Mit diesen Worten warf sich Mme de Malivert Armance in die Arme. Dieser Augenblick war der schönste im Leben des armen Mädchens; Tränen der Rührung überströmten ihr Gesicht.«[5] Damit endet das Kapitel, und obgleich die Unterhaltung angeblich nach einer Pause, in der Armance vor Ergriffenheit schweigt, zu Beginn des nächsten Kapitels wieder aufgenommen wird, spürt der Leser, daß Stendhal einfach keine passende Reaktion des jungen Mädchens eingefallen ist. Die Kürze, die Beherrschtheit signalisieren soll, wirkt lediglich abrupt, insbesondere, da die beiden knappen, Armances Verhalten in diesem Augenblick betreffenden Feststellungen eine überschwengliche Gefühlsreaktion in klischeehaften Wendungen wiedergeben: es ist der schönste Augenblick ihres Lebens, und ihr Gesicht ist von Tränen überströmt.

Betrachtet man das Problem unter allgemeinerem Aspekt, so war Stendhal in *Armance* bemüht, ein geeignetes Vokabular zur Verdeutlichung der von ihm angestrebten besonderen Mischung aus klassischem und romantischem Roman zu finden. Der romantische Held forderte, aufgrund seines Charakters und seiner Lebenssituation, eine Sprache der Extreme, des Einmaligen, unbestimmter, doch überspannter Gemütszustände; andererseits mußte Stendhal diese Gestalt in genauen und verständlichen Ausdrücken klar umreißen. Diese Schwierigkeiten zeigen sich deutlich im ersten Absatz des 3. Kapitels: »Nicht nur des Nachts und wenn er allein war, wurde Octave von diesen Verzweiflungsanfällen gepackt. Damals stand sein ganzes Verhalten unter den Zeichen äußerster Heftigkeit und außergewöhnlicher Boshaftigkeit, und zweifellos hätte man ihn, wäre er nur ein armer Jurastudent ohne Eltern oder Protektion gewesen, als Geisteskranken eingesperrt. In einer solchen gesellschaftlichen Stellung hätte er allerdings auch keine Gelegenheit gehabt, sich jene Eleganz der Umgangsformen anzueignen, die seinem sonderbaren Naturell Schliff gab und ihn dadurch selbst in höfischer Umgebung zu einem Wesen besonderer Art machte. Octave verdankte diese hochgradige Vornehmheit unter anderem dem Ausdruck seiner Gesichtszüge; sie zeigten Kraft und Sanftmut, nicht Kraft und Härte wie bei gewöhnlichen Menschen, die wegen ihrer Schönheit die Aufmerksamkeit auf sich ziehen. Von Natur aus beherrschte er die schwierige Kunst, was auch immer er dachte mitzuteilen, ohne je zu verletzen oder wenigstens ohne jemand unnötig zu kränken, und dank dieser vollkommenen Beherrschtheit im Alltagsleben kam der Gedanke an ein Irresein gar nicht erst auf.«[6]

Mehrere Anzeichen in der ersten Hälfte des Absatzes machen deutlich, daß Stendhal unsicher war, daß ihm noch nicht die Mittel des Romanciers zu Gebote standen, um seinen Protagonisten über den düsteren Weltschmerz eines typisch Byronschen Helden, nach dessen Vorbild er entworfen war, zu erheben. Octave ist äußerst heftig, er ist ebenso äußerst vornehm, selbst seine Boshaftigkeit (*méchanceté*) ist außergewöhnlich; er hat einen einzigartigen Charakter, ist ein Wesen für sich. Was Stendhal in den ersten drei Sätzen aussagt, ist nicht mehr, als daß sein Held nicht wie andere Menschen geartet ist, daß er vielmehr einmalig ist, in seiner Andersartigkeit wie in dem Adel seiner Persönlichkeit. Das häufige Vorkommen solcher Sätze in *Armance* schafft im Leser den Eindruck, er solle dem Protagonisten eine durch die Anlage des Romans keineswegs klar begründete Intensität des Gefühls entgegenbringen. In der zweiten Hälfte des Absatzes jedoch bildet sich in ihm eine unerwartete Vorstellung. Octave ist ein heftiger, triebhafter Mensch – mit vollkommener Lebensart. Jetzt ist er nicht nur deshalb ein besonderes Wesen, weil der Erzähler es schlicht behauptet, sondern auch, weil ihn seine Gesichtszüge, in denen sich überraschenderweise Kraft und Sanftmut vereinigen, anziehend machen und ihn von den mehr auf gewöhnliche Art gut aussehenden Männern unterscheiden. Der zu dem schroffen Helden nicht recht passende Charakterzug der *douceur* ist zugleich ein Kennzeichen der Gesellschaftsschicht, der er angehört und die ihn zu zarter Rücksichtnahme erzogen hat, sowie seines Wesens, dessen natürliche Liebenswürdigkeit (eine weitere Bedeutung des Wortes *douceur*) und Sensitivität in krassem Gegensatz zu seinen finsteren Wutausbrüchen stehen. Kämen solche Stellen in *Armance* häufiger vor, wäre Octave schließlich noch zu einer glaubwürdigen, fesselnden Gestalt geworden. Immerhin hatte

Stendhal einen Anfang gefunden. Drei Jahre später zeigte er, daß er dies Spiel mit plötzlichen Einblicken in einen Charakter, das in seinem ersten Roman nur gelegentlich anklang, verfeinern und ausweiten konnte und immer wieder neu zu beleben verstand, so daß es zum transparenten Ausdrucksmittel eines Meisterwerks wurde.

Im Frühjahr 1827 unterzeichnete Stendhal einen Vertrag über *Armance*, demzufolge er 1000 francs für das Buch erhielt. Als der Roman Mitte August erschien, war der Autor schon in weiter Ferne: er war bereits einen Monat vorher zu einer neuen, ein rundes halbes Jahr dauernden Italienreise aufgebrochen – die Reisekosten deckte er wahrscheinlich mit dem Vorschuß, den er von seinem Verleger bekam. Nach einem kurzen Besuch der Hafenstadt Genua reiste er auf dem Seewege von Anzio nach Neapel, wo er einen Monat verbrachte, und von dort zu ausgedehnteren Aufenthalten nach Rom und Florenz. In dieser Stadt war Beyle einige Zeit mit Lamartine zusammen, und obwohl er vieles, was dieser Dichter geschrieben hatte, nicht ertragen konnte, entdeckte er in dem Menschen Lamartine eine sehr liebenswürdige Persönlichkeit. (Diese Fähigkeit, einen strengen literarischen Maßstab mit einer toleranten Offenheit gegenüber der Person des Autors zu vereinbaren, war kennzeichnend für ihn.) Am Silvestertag des Jahres war Beyle zum ersten Male wieder in Mailand, seit er im Jahre 1821 die Stadt hatte verlassen müssen. Doch er kam kaum dazu, seine Reisetaschen auszupacken: die Behörden erteilten ihm Befehl, sofort wieder abzureisen, und selbst die Bemühungen einiger alter Mailänder Bekannter, die sich für ihn verwendeten, waren fruchtlos. Beyle versuchte, seine Verantwortung für das aufwieglerische *Rome, Naples et Florence* zu leugnen; aber es war zur Genüge bekannt, daß er der Autor dieses Buches war. Der Mailänder Polizeichef warnte ein paar Wochen später in einem Schreiben an den Präfekten in Wien vor der Anwesenheit dieses »gefährlichen Ausländers« in Norditalien und sprach damit deutlich aus, was die italienischen Behörden von dem Verfasser »jenes niederträchtigen Werkes« hielten: »Er hat darin nicht nur die verheerendsten politischen Prinzipien zum Ausdruck gebracht, sondern hat darüber hinaus durch verleumderische Behauptungen den guten Ruf mehrerer in den hiesigen Provinzen und in anderen italienischen Staaten wohnhafter Persönlichkeiten ernsthaft beeinträchtigt; er besitzt sogar die Unverfrorenheit, seine Stimme in der ruchlosesten Art gegen die österreichische Regierung zu erheben.« Mailand, das ihn fast drei Jahrzehnte lang magnetisch angezogen hatte, blieb ihm von nun an für immer verschlossen, und nach drei weiteren Jahren setzte die Tatsache, daß er in den Akten als politisch unerwünschte Person geführt wurde, auch seinen beruflichen Plänen in anderen Teilen Italiens eine unüberwindliche Schranke entgegen.

Ende Januar 1828 war Beyle wieder in Paris. Hatte er vielleicht zur Zeit seines Aufbruchs im voraufgegangenen Sommer Mentis wegen noch hin und wieder einen jähen Schmerz verspürt, so deuteten jetzt alle Anzeichen darauf hin, daß sich solche Empfindungen während seiner langen, vergnüglichen Reise verflüchtigt hatten. Gelegentlich sah er die Gräfin Curial noch bei gesellschaftlichen Anlässen. Brannte dann auch augenblicklich wieder der Schmerz über ihren Verlust in ihm, wurde sie doch nicht zu einer bleibenden Zwangsvorstellung wie Métilde. In diesen letzten Jahren der Restauration der Bourbonenherrschaft genoß er seine gesellschaftlichen Beziehungen immer überschwenglicher und erlitt andererseits mehr und mehr finanzielle Rückschläge. Damals begann er den Salon der Mme Ancelot, die seine mätzchenhaften Auftritte in der Gesellschaft der Nachwelt überlieferte, zu frequentieren; mit zwei anderen Gastgeberinnen von Salons, Sophie Duvaucel und Jules Gaulthier, die er schon seit Mitte der zwanziger Jahre ziemlich gut kannte, pflegte er inzwischen einen freundschaftlich vertrauten Umgang. Sophie, die mit seinem Freund Sutton Sharpe sozusagen verlobt war, kümmerte sich sogar um Einzelheiten seiner Kleidung; Jules, die literarischen Ehrgeiz besaß, vertraute sehr bald auf sein Urteil als das eines anerkannten Schriftstellers und verlieh ihm dadurch den Schwung, ein größeres eigenes Werk zu planen.

Er war nun wirklich ein anerkannter Schriftsteller, doch bedeutete das keineswegs, daß er in der Lage gewesen wäre, seine Miete und seine Schneiderrechnungen zu bezahlen. Die Einkünfte aus seiner journalistischen Tätigkeit, die in den Jahren 1825 und 1826 verhältnismäßig hoch gewesen waren, erfolgten nun mit Unterbrechungen und waren überhaupt unsicher geworden. Henry Colburn, sein englischer Verleger, hatte die zwischen ihnen getroffenen Vereinbarungen zu Beginn des Jahres 1827 gebrochen. Nachdem sie ein Jahr lang miteinander verhandelt hatten, begann Stendhal im Februar 1828 wieder für Colburn zu schreiben; aber in seiner Korrespondenz der Jahre 1828 und 1829 erhob er immer wieder Beschuldigungen gegen Colburn, weil ihm zustehende Summen nicht ausgezahlt wurden. Ausgerechnet in dem Augenblick, als Beyle zu seiner Italienreise aufbrach, stellte das *Journal de Paris* sein Erscheinen ein; damit war eine weitere bedeutende Einkommensquelle versiegt. Im Jahre 1828 wurde seine Pension von 900 francs, die er als früherer Kommissar bezog, laut Gesetz um die Hälfte reduziert. Ersparnisse, die er vielleicht hatte, schwanden rasch dahin, und Ende 1828 war nichts mehr von ihnen übrig. Bezeichnenderweise reagierte er auf diese Schwierigkeiten sowohl pathetisch als auch pragmatisch. Einerseits fuchtelte er in den Randbemerkungen seiner Bücher wieder einmal mit den Pistolen des Selbstmörders herum und verfaßte zwischen Ende August und Anfang Dezember 1828 vier verschiedene Testamente. Andererseits bemühte er sich ernsthaft um ein Regierungsamt, zunächst um das eines Archivars, dann um verschiedene andere Stellungen, die teils wirkliche Tätigkeit erforderten, teils bloße Sinekuren waren. Diese Bemühungen waren so lange zum Scheitern verurteilt, bis die Regierung selbst gestürzt wurde; dem mittellosen Beyle zum Glück ließ dies Ereignis nicht mehr lange auf sich warten.

Während Stendhal sich zwecks einer finanziellen Sanierung um eine Stellung im Staatsdienst bewarb, versuchte er weiterhin energisch und durchaus ohne Selbstmordgedanken als Schriftsteller seinen Lebensunterhalt zu verdienen. Im Sommer des Jahres 1828 bot sich ihm eine günstige Gelegenheit, rasch ein Buch mit beträchtlichen Verkaufschancen zu produzieren. Im voraufgegangenen Jahr hatte er eine Fülle von Material für eine zweite Auflage von *Rome, Naples et Florence* gesammelt, das er aber nicht verwerten konnte; jetzt kam ihm der Gedanke, eine Art Fortsetzung des Buches zu schreiben. Im Juni 1828 bot ihm sein Vetter Romain Colomb, der gerade von einer Italienreise zurückgekehrt war, seine Mitarbeit an einem neuen italienischen Reiseführer an. Damit ergab sich für Stendhal eine bequeme Möglichkeit, den bereits angesammelten Stoff zu verwerten. Wie sich herausstellte, war Colomb weniger ein Mitarbeiter als eine Art Forschungsassistent seines begabteren Vetters.

Die im September 1829 erschienenen *Promenades dans Rome* waren insofern nach Art des früheren Buches abgefaßt, als sie eine Folge von Notizen aus einem Reisetagebuch bildeten; in diesem Falle war allerdings die Form eines Tagebuchs, in welchem die Romanerlebnisse von sieben Reisenden verwertet waren, ein literarischer Kunstgriff, zumal der Verfasser und sein Assistent in Paris saßen und zum Teil zwar ihre eigenen Aufzeichnungen, aber in noch stärkerem Maße ihre bibliothekarischen Nachforschungen über Italien verarbeiteten. Wie ihr Vorläufer waren die *Promenades* ein reizvoll gemischtes Buch, in dem Stendhal seinem Lieblingsgedanken über Italien als Heimat der Kunst, der Leidenschaft und der Lebenskraft nachhing, dem ein neuer historischer Aspekt hinzugefügt wurde sowie Betrachtungen darüber, wie sich die Kultur der Gegenwart aus der vielschichtigen Vergangenheit entwickelte (einige Jahre danach befaßte sich der Autor zeitweilig sogar noch nebenbei mit Archäologie). Dies stark mit Anekdoten durchsetzte Werk erhielt einen speziellen Charakter durch die düsteren oder schauerlichen italienischen Erzählungen von Verbrechen aus Leidenschaft, die manchmal bis in blutrünstige Einzelheiten hinein berichtet werden, wie zum Beispiel raffinierte Formen von Giftmorden, in unzugänglichen Klöstern eingesperrte Geliebte und dergleichen mehr. Bald darauf zeigte Stendhal diese Vorliebe in seinen *Chroniques italiennes* auch als Erzähler und schließlich fand er auch einen Weg, Stoffe dieser Art in dem Gewebe des realistischen Romans *La Chartreuse de Parme* zu verarbeiten.

In technischer Hinsicht gab die kaleidoskopartige Anekdotenform der *Promenades* Stendhal Gelegenheit, seine einzigartige Begabung zu atemberaubend schnellem Erzählen zu praktizieren, eine Technik, die uns durch Handlung und Dialog die wesentlichen Charakterzüge so rasch enthüllt, wie ein Fechtmeister ein Rapier schwingt, noch ehe wir überhaupt bemerken, daß es sich bewegt. So zum Beispiel leitet er die mit 27. Januar 1828 datierte Eintragung mit folgendem, in vierzig Wörtern skizzierten Bericht ein: »Man erzählt uns die rührende Anekdote von dem Oberst Romanelli, der sich in Neapel das Leben nahm, weil die Herzogin C. ihn verlassen hatte. ›Ich könnte zwar leicht meinen Rivalen töten‹, sagte er zu seinem Diener, ›doch das würde der Herzogin zu viel Kummer bereiten‹.«[7] Seit Stendhal das Unwesentliche so behende übergehen konnte – und in der Literatur wird, wie sich oft herausstellt, das Unwesentliche hauptsächlich deshalb mit aufgenommen, weil es üblicherweise erwartet wird –, war er in der Lage, in jenem charakteristischen Erzähltempo zu schreiben, das *Le Rouge et Le Noir, La Vie de Henry Brulard* und *La Chartreuse de Parme* auszeichnet.

Am 8. September 1829, just als die *Promenades dans Rome* auf dem Buchmarkt erschienen, begab sich Stendhal, dessen Kasse durch einen Teil seines Honorars von 1500 francs vorübergehend aufgefüllt war, wieder einmal auf Reisen, diesmal nach Südfrankreich und über die spanische Grenze bis Barcelona, ins Land seiner Kindheitsträume, wo, wie in Italien, »die Orangenbäume wachsen«. Es ist kaum zu übersehen, daß solchen Unternehmungen eine Absicht zugrunde lag; denn er hatte es so eingerichtet, daß er jedesmal, wenn die Kritiken eines seiner drei letzten Bücher erschienen, nicht in Paris war. Mochte er auch mit der keck aggressiven Maske bei seinen gesellschaftlichen Auftritten den Eindruck erwecken, als seien ihm die Nichtbeachtung oder die Angriffe, denen seine Bücher ausgesetzt waren, gleichgültig – seine Gewohnheit, sich zum Zeitpunkt ihrer Veröffentlichung von Paris zu entfernen, legt eher den Gedanken nahe, daß er für das Echo, das sein Werk hervorbrachte, sehr viel empfänglicher war als er zugeben wollte. Diesmal wurde das Buch sogar von vielen Kritikern positiv besprochen, und mochte Rom darin auch recht eigenwillig behandelt sein, wurde es doch für französische Touristen ein Standard-Reiseführer, der so verbreitet war, daß er Stendhals schriftstellerischen Ruf festigte, wenn auch leider nicht in dem Maße, daß sich seine heikle wirtschaftliche Lage verbesserte.

Trug schon sein Bemühen, sich wieder in die Welt Italiens hineinzuversetzen, dazu bei, daß Beyle gegen Ende 1828 von seinen eingebildeten Selbstmordgedanken loskam, fand er in der ersten Hälfte des Jahres 1829 einen noch direkteren Weg, um sich von dem Trübsinn, der durch den geldlichen Engpaß verursacht war, abzulenken und sich neu zu beleben. Die damals noch nicht ganz fünfundzwanzigjährige Alberthe de Rubempré, eine Kusine des Malers Delacroix, war, wie so viele Frauen ihrer Gesellschaftsschicht in jener Zeit der *mariages de convenance*, mit einem Mann verheiratet, dem sie praktisch entfremdet war und von dem sie sich schließlich trennte. Mérimée zufolge war sie eine »ganz ungewöhnliche Frau«, die außerordentlich geistreich war und, wie ihr Bildnis erkennen läßt, eine vornehme, intelligente Schönheit ausstrahlte. Sie war voll »romantischer« Einfälle (ihrem Vornamen hatte sie ein ›h‹ eingefügt, um ihm einen fremdländischen Akzent zu verleihen), und sie machte auch kein Hehl aus ihren spiritistischen Neigungen. Lange nach dem Tode Beyles fertigte Delacroix ein Porträt von Alberthe an, wie sie in einem orientalischen Gewand mit turbanumwickeltem Kopf den Geist des »armen Henri« heraufbeschwor. Im Jahre 1829 hatte sie gerade eine Liebschaft mit Delacroix; er stand jedoch in dem Ruf, ein nicht besonders kraftvoller Liebhaber zu sein, was für Alberthe offenbar sehr wichtig war, und die Beziehung scheint von ihr aus nicht allzu intensiv gewesen zu sein. Gegen Anfang des Jahres 1829 machte Delacroix wahrscheinlich Beyle, Mérimée und Mareste mit Alberthe bekannt. Im Februar war Beyle bereits in sie verliebt, wie aus seinen Marginalien hervorgeht. In den vier darauf folgenden Monaten nahm er auch wieder sein bekanntes verliebtes Gebaren an, er schmachtete nach Alberthe, fragte sich immer wieder, ob er bei ihr wohl Fortschritte mache, und litt unter Eifersuchtsanfällen, die zweifellos berechtigt waren. Wiederholt klagte er, er sei nicht imstande, sich auf das Lesen der Korrekturbögen der *Promenades dans Rome* zu konzentrieren, weil er sich in seinen Gedanken dauernd mit ihr beschäftige. Schließlich wandte er die List an, Alberthe selbst eifersüchtig zu machen, indem er scheinbar Mme Ancelot den Hof machte – dieselbe Taktik ließ er Julien in *Le Rouge et le Noir* anwenden. Sei es, daß Beyle mit diesem Täuschungsmanöver wirklich Erfolg hatte, wie er sich selbst einredete, sei es, daß »Mme Azur« (Alberthe wohnte in der rue Bleue) einfach neugierig auf ihn wurde und ihn dann, als sie lebhaft genug an ihm interessiert war, zu einem ihrer Liebhaber machte – jedenfalls feierte er am 21. Juni den ersehnten »Triumph«. An jenem Tage vermerkte er in einer seiner rätselhaft kurzen Randbemerkungen: »*no p by wa and hap. Ever Sanscrit*«. Das heißt: »kein Korrekturlesen wegen [des Sieges in diesem Liebes-]Krieg und Glück«. Sanskrit war Beyles andere private Bezeichnung für Mme Azur, weil sie sich für Spiritismus und fernöstliche Mystik interessierte.

Vom 21. Juni an erlebten die beiden, nach den vorhandenen Andeutungen zu urteilen, insofern einen recht »heißen« Sommer miteinander, als sie sehr viel mehr das genossen, was in *De l'Amour* physische Liebe genannt wird, als irgendwelche kristallisierte Verdichtung der Vorstellungskraft. Alberthe war so frei von Hemmungen, daß sie vor anderen die athletische Leistungskraft dieses höchst unathletisch aussehenden Liebhabers rühmte und so schließlich den Ruf der Impotenz aus der Welt schaffte, den man Beyle seit 1822 gerüchtweise angehängt hatte. Er wiederum leistete sich eine noch schlimmere Indiskretion, indem er seinem Freund Mérimée die Geliebte allzu warm anpries. Der auf seine sexuelle Erfahrung nicht wenig eingebildete jüngere Mann kam zu der Überzeugung, Alberthe sei eine Erprobung wert; die Folge war eine viertägige Liebesaffäre, die ihren Abschluß fand, als der anspruchsvolle Mérimée schon die Fassung verlor, wenn sich Alberthe ihm nur mit bis zu den Knöcheln hinuntergerollten Strümpfen zeigte. Schwach belegt ist die Annahme einiger Biographen, Beyle habe seine dreimonatige Reise in den Süden im Herbst 1829 eigens deshalb unternommen, um durch seine Abwesenheit Alberthes unstet flakkernde Leidenschaft neu zu entfachen. Vielleicht dachte er auch nur – und das nicht zu Unrecht –, es sei gut für ihn, sich von dieser Frau eine Weile zu entfernen; nach einer Trennung würde es leichterfallen, die Frage zu beantworten, wie er die Beziehung zu ihr fortsetzen solle.

Als er Ende November nach Paris zurückkehrte, fand er, daß es nichts mehr fortzusetzen gab: sein Freund Mareste war an seine Stelle getreten. (Offenbar war Sanscrit eine Frau, die zwischen ihren spiritistischen Sitzungen gesellschaftlich sehr »aktiv« war.) Im Januar 1830 nahmen Beyle und Alberthe zwar ihre Beziehungen für ein paar Tage wieder auf, doch zur allgemeinen Überraschung hielt sie Mareste nun wirklich die Treue – jedenfalls blieb sie ihm auf ihre Art treu, wenn man dem Klatsch über eine Frau, die ihr Spiel mit den Männern trieb, wie ihn Mérimée später in seinen Briefen wiedergab, Glauben schenken kann – sie und Mareste blieben bis zu seinem Tod ein

Liebespaar. Schien Beyle durch den Verlust Alberthes auch nicht sehr tief verletzt zu sein, so betrachtete er doch eindeutig Marestes Verhalten als Verrat ihrer Freundschaft. Bald fand er einen Anlaß, sich mit dem Mann, der seit 1821 sein engster Gefährte gewesen war, zu streiten; er mied sogar das Café Rouen, das er neun Jahre lang regelmäßig aufgesucht hatte, nur um Mareste aus dem Wege zu gehen. Auch für Alberthe brachte er nachträglich keine sehr freundlichen Gefühle mehr auf. In *Henry Brulard*, wo er sie an einer Stelle als Mme Azur anführt, kann er sich nicht mehr an ihren eigentlichen Namen erinnern, zumindest gibt er es vor; und in demselben Buch beschreibt er in dem *catalogue raisonné* seiner diversen Geliebten Angela Pietragrua als eine »großartige Nutte« und klassifiziert unmittelbar darauf Alberthe als eine »weniger großartige Nutte, in der Art der Mme Du Barry«.[8]

In diesen letzten Monaten der Restaurationsepoche steigerte sich Beyles Lebensrhythmus. Nach Vollendung des Romans *Armance*, dem anderthalb Jahre darauf die *Promenades dans Rome* folgten, entwickelte er rasch den nötigen Schwung für seine neuentdeckte Berufung zum Autor erzählender Werke. Vom Ende des Jahres 1829 bis zum Frühjahr 1830 schrieb er drei gehaltvolle Geschichten, die zur Veröffentlichung in Zeitschriften bestimmt waren: »Vanina Vanini«, »Le Philtre« und »Le Coffre et le Revenant«. Blieb *Armance* auf die nach außen hin abgeschlossene Welt des französischen Adelsmilieus beschränkt, so gaben diese drei Erzählungen der »spanischen« Seite in Stendhals Temperament Ausdruck – die Handlung von »Le Coffre et le Revenant« spielte in Spanien selbst, »Le Philtre« hatte eine leidenschaftliche spanische Hauptfigur, und »Vanina Vanini«, die stärkste der drei Erzählungen, handelte von einer jungen römischen Adligen, die bereit ist, alles für ihren geliebten Carbonaro zu opfern, sogar seine Revolutionsgefährten. In diesen Geschichten wimmelte es von gezückten Dolchen, vermummten Gestalten, mitternächtlichen Fluchten und anderen obligatorischen Bravour- und Gewalteffekten. Aber diese grellbunte Stoffülle bot Stendhal in seinem straffen Stil, und er zeigte nun in seiner raschen, knappen Erzählkunst eine Gewandtheit, die in *Armance* noch kaum zu erkennen war. Zur gleichen Zeit faßte er auf seiner Reise durch Südfrankreich im Herbst 1829 in

Marseille den ehrgeizigen Plan zu einem *Julien* betitelten neuen Roman und schrieb in plötzlichen Anfällen von Arbeitswut, die für ihn zur Gewohnheit wurden, während seines einmonatigen Aufenthalts in der Hafenstadt am Mittelmeer einen vollständigen ersten Entwurf nieder. Ein Jahr später wurde das Buch unter dem Titel *Le Rouge et le Noir* veröffentlicht.

Eine ähnliche Beschleunigung des Tempos erlebte Beyle in seinen Liebesabenteuern. Wie oben erwähnt, erfreute er sich Mitte Januar 1830 zum letzten Mal – Vergeltung übend oder sehnsuchtsvoll? – der Gunst Alberthes. Doch bereits am 21. Januar bemerkte er den »erstaunlichen Empfang«, den ihm Giulia Rinieri bereitete; er kannte und schätzte sie schon seit 1827; hatte jedoch nie wirklich daran gedacht, sie zu umwerben. Bereits nach wenigen Tagen machte er sich mit wachsendem Erstaunen klar, daß sie ihm ganz ernsthaft, vielleicht sogar etwas verwegen zugetan war. Giulia Rinieri war eine damals etwa 29jährige Patriziertochter aus Siena, die als inoffizielles Mündel Daniello Berlinghieris, des Gesandten vom Hof der Toskana am französischen Hof in Paris lebte. Berlinghieri gab sie als seine Nichte aus; in Wirklichkeit jedoch war er der *cavaliere servente* ihrer verstorbenen Mutter gewesen, und stand allenfalls in einer etwas zweideutigen onkelhaften Beziehung zu ihr. Es ist ein Rätsel, warum eine solch elegante, lebensprühende Frau aus adliger Familie in einem für die damalige Zeit recht vorgerückten Alter noch unverheiratet war. Vielleicht fühlten sich ihre Bewerber abgeschreckt durch die eifersüchtige Wachsamkeit Berlinghieris, eines kleinen Mannes mit affenartig baumelnden Armen, der mit seinem pockennarbigen Gesicht und seiner langen Nase einer Karikatur ähnelte und dabei den Charme und die Intelligenz des geborenen Diplomaten besaß. Jedenfalls wurde Giulia, wie vor ihr Menti, ohne daß eine Ermunterung von Beyle ausging, zu ihm hingezogen; sie gab ihm am 21. Januar zum ersten Mal klar ihre Gefühle zu erkennen und machte ihm am 27. Januar eine ausdrückliche Liebeserklärung.

Nachdem sich Beyle sein Leben lang erfinderisch bemüht hatte, die Grenzen, die ihm die Nachteile seiner äußerlichen Erscheinung setzten, zu überwinden, kam ihm allmählich die Erkenntnis, daß für die Augen einer Frau von ihm ein »Glanz« ausging, der ihm nicht im mindesten bewußt war. Auf amüsante

Art – sicherlich amüsierte er selbst sich über dies alles am meisten – formulierte er seine Erfahrung in einer Randbemerkung zu den *Promenades dans Rome* in seinem üblichen Gemisch aus Französisch und verstümmeltem Englisch: »Enfin Dominique regarde *love as a* lion terrible *only at forty seven*!« [Endlich, erst im Alter von 47 Jahren, betrachtet Dominique die Liebe als einen furchterregenden Löwen!« A.d.Ü.] Wenn Giulia einen Strahl löwenhaften Glanzes an Beyle bemerkte, gab sie sich bestimmt nicht der Illusion hin, dies habe etwas mit seinem Äußeren zu tun. Am 3. Februar machte sie ihm in Worten, die er in seinen Marginalien gewissenhaft notierte, ein »einzigartiges Liebesgeständnis«: »Ich bin mir völlig bewußt – und bin es schon seit geraumer Zeit –, daß du alt und häßlich bist« – worauf sie ihm einen bezaubernden Kuß gab.

Giulia gestand Beyle nicht nur, daß sie ihn liebe, sondern sie bedrängte ihn geradezu, seine Geliebte zu werden. Das allerdings ließ ihn zögern, und wieder einmal, den üblichen Regeln zuwider, bat er sie, ihm ein paar Monate Zeit zu lassen, damit er sich die Sache überlegen könne. Sich mit einer verheirateten Frau, die ihrem Mann entfremdet war, einzulassen, war für einen Mann von Welt nichts weiter als natürlich, und es war nichts Ehrenrühriges dabei; aber Liebhaber einer unverheirateten Frau aus guter Familie zu werden, die noch dazu allem Anschein nach ihre Jungfräulichkeit nicht verloren hatte, das mußte man sich überlegen. Einige skeptische Interpreten haben Giulias Beweggründe sowie ihre Unschuld in Zweifel gezogen und vermutet, sie habe entweder aus Enttäuschung über eine Liebesaffäre mit einem Mitglied der toskanischen Gesandtschaft Beyle mit so starkem Interesse verfolgt oder sich ihn deshalb aufs Korn genommen, weil sie im Alter von 29 Jahren alles daransetzte, einen Ehemann zu finden. Immerhin vermerkte Beyle ein Jahrzehnt später am Rand der *Chartreuse* ausdrücklich, er habe Giulia ihrer Jungfräulichkeit beraubt; in solchen Dingen war er allzu erfahren, als daß er sich hätte irren können, und außerdem hatte er keinen besonderen Grund, so etwas in einer privaten Randbemerkung lediglich zu erfinden. Hält man die Bezeugung in der Marginalie der *Chartreuse* für glaubhaft, könnte der Gesandtschaftsangehörige, der angeblich Beyles Vorgänger war, höchstens mit Giulia geflirtet haben. Was die Vermutung angeht, sie habe befürchtet, eine alte Jungfer zu werden, so hätte eine angesehene Frau mit Heiratsabsichten sicher einen besseren Weg wählen können, als sich einem alternden, mittellosen französischen Schriftsteller, dem der Ruf eines Wüstlings vorausging, an den Hals zu werfen. Am plausibelsten bleibt schließlich die scheinbar naive Annahme, daß Giulia von Beyle trotz seines Alters, seiner Häßlichkeit und seiner Warzen völlig hingerissen war und die Erfüllung ihrer Liebe sehnlichst wünschte. Am 22. März war Beyle offenbar endlich zu der Überzeugung gekommen, Giulias Leidenschaft sei mehr als die flüchtige Vernarrtheit einer Jungfer, und seine eigenen Gefühle waren bereits zutiefst beteiligt.

Ihre Liebe blühte den Frühling über bis in den Sommer hinein, während Beyle das Manuskript von *Le Rouge et le Noir* noch einmal überarbeitete, um bald darauf die Korrekturbögen zu lesen. Zur gleichen Zeit trieb Charles X. durch die wachsende Verachtung, die er für parlamentarische Privilegien und Pressefreiheit zeigte, das Bourbonenregime an den Rand des Zusammenbruchs. Am 26. und 27. Juli begannen Arbeiter und Studenten mit den ersten Straßendemonstrationen als Antwort auf die königlichen Verordnungen, die jegliche Zeitungsveröffentlichung ohne vorherige Ermächtigung untersagten. Am 28. Juli wurden Barrikaden errichtet und es kam zu regelrechten Feuergefechten: während Beyle im *Mémorial de Sainte-Hélène* las (Napoleons Rechenschaftsbericht, dem »Koran« Julien Sorels[9]), beobachtete er das Gewehrfeuer vom Fenster seines Zimmers in der rue de Richelieu. Am 29. verbrachte er die Nacht bei Giulia, um sie vor den Ausschreitungen der Revolution zu beschützen. Solch zärtliche Besorgtheit bestimmte auch in der Folgezeit ihr Verhältnis zueinander, obwohl sie in dem Wirrwarr der politischen Ereignisse bald voneinander getrennt wurden.

Es war für Beyle ein erhebendes Gefühl, in den Straßen von Paris wieder die Trikolore flattern zu sehen, und er freute sich, daß er endlich der verhaßten Bourbonenherrschaft ledig war. Auch erkannte er rasch, daß die Errichtung der konstitutionellen Juli-Monarchie einem solch eingeschworenen Liberalen wie ihm berufliche Chancen eröffnen könnte. Bereits am 3. August bewarb er sich bei dem provisorisch ernannten Innenminister Guizot um eine Präfektur, und Ende des Monats hatte er sich auf den Gedanken eingestellt, ein Konsulat in einer der reizvolleren Städte Italiens zu übernehmen. Die ihm befreundete Mme de Tracy und Domenico Fiori machten beide ihren Einfluß für ihn geltend, und am 25. September wurde er zum französischen Konsul in Triest ernannt. Diese Stadt war zwar ziemlich abgelegen, und er war noch nie dort gewesen – er hatte eher an Neapel oder Genua gedacht –, aber vielleicht hatte sie am Ende doch ihre Reize, und es war sehr viel besser, dort mit einem Jahresgehalt von 15 000 francs zu leben als mittellos in Paris auszuharren. Schon lud er Mérimée, Delacroix und sogar Sainte-Beuve ein, als seine Gäste im Triester Konsulat zu wohnen. Am 6. November machte er sich auf den Weg, um seine neue Stellung anzutreten, und fand nicht einmal mehr Zeit, den letzten Stapel Korrekturfahnen von *Le Rouge et le Noir* durchzusehen.

Völlig im Einklang mit seinem anfänglichen Zögern und dem Zartgefühl, das er dann Giulia Rinieri gegenüber zeigte, stellte er am Tage seiner Abreise Daniello Berlinghieri einen Brief zu, in dem er um ihre Hand bat. Die drei kurzen Absätze dieses Briefes stellten ein Muster an Aufrichtigkeit, Takt und Rücksichtnahme dar. Beyle sagte darin unter anderem, er spreche als »Ehrenmann zu seinesgleichen« (*en honnête homme à un honnête homme*). Er gab zu, daß er arm sei, erhob keinerlei Anspruch auf das Vermögen der jungen Dame und gestand freimütig: »Ich sehe es als ein Wunder an, daß mich im Alter von 47 Jahren jemand lieben konnte.«[10] Er hatte nicht die Absicht, Signor Berlinghieri der liebevollen Gegenwart seiner Nichte zu berauben – er wußte offenbar, daß er gegen die Besitzgier des kleinen Gesandten werde ankämpfen müssen – und machte im Hinblick darauf tatsächlich den Vorschlag, Giulia solle nach der Heirat weiterhin sechs Monate im Jahr bei ihrem Onkel leben.

Berlinghieri reagierte prompt mit einem elegant formulierten, höflichen Brief, in welchem er als geschickter Diplomat scheinbar die Meinung vertrat, die Entscheidung habe allein Giulia zu fällen, und sein einziger Einwand gegen die Heiratsabsicht bestehe darin, daß man Zeit zum Überlegen brauche, bevor man einen solch schwerwiegenden Schritt tue. Der höfliche Aufschub bedeutete in Wirklichkeit eine Absage; jedenfalls fühlte sich Giulia offensichtlich von der Zustimmung ihres Vormundes abhängig. Drei Jahre danach bekam sie einen Ehepartner, der gesellschaftlich besser zu ihr paßte, einen Vetter, der bald darauf auch Mitglied der toskanischen Gesandtschaft in Paris wurde. Im Jahre 1838, nach dem Tode des von Besitzerstolz erfüllten Berlinghieri, zog das Ehepaar nach Italien zurück, und zwar nach Florenz. Beyles Verhältnis mit Giulia hatte nichts Heftiges oder Dramatisches; dieser Geliebten war er, mehr als allen anderen, in Güte und Verantwortung zugetan, und bis an sein Lebensende pflegte er trotz ihrer Ehe enge Beziehungen zu Giulia.

Im November 1830, als Beyle südwärts nach Italien reiste, glaubte er in seinem Leben einen dreifachen Höhepunkt erreicht zu haben, obgleich ihm zwei von seinen Träumen im Augenblick ihrer Verwirklichung zerrannen und die Erfüllung des dritten nicht einmal von ihm selbst klar anerkannt wurde. Er hatte endlich eine prächtige Frau gefunden, die ihn leidenschaftlich und treu liebte und dazu unbelastet von früheren Liebesbindungen war – natürlich wußte er noch nichts von Berlinghieris Brief, der ihm nachgesandt wurde. Außerdem war ihm endlich eine sorgenfreie Stellung in einer malerischen italienischen Stadt sicher – obwohl seine noch nicht lange zurückliegenden Schwierigkeiten mit den österreichischen Behörden in Mailand ihn hätten warnen sollen, argwöhnte er keineswegs, daß er in Triest Ärger bekommen würde. Unterdessen wurde in Paris eine Woche nach seiner Abreise *Le Rouge et le Noir* veröffentlicht. Es war ihm zwar deutlich bewußt, daß der Roman besser war als alles, was er bislang geschrieben hatte; doch da ihm von seinen Zeitgenossen kaum Bestätigung zuteil wurde, konnte er, nachdem er dreißig Jahre lang in falschen Richtungen nach literarischer Größe gestrebt hatte, nicht mit Sicherheit wissen, daß dies Produkt seiner Arbeit eines der kühnsten und originellsten Meisterwerke europäischer Literatur war.

Stendhal hatte seine schriftstellerische Laufbahn damit begonnen, daß er seine Stoffe unverfroren aus den Werken anderer übernahm. Als er seine Begabung zum Romancier entdeckte, gewöhnte er sich ein Verfahren an, das zwar oberflächlich gesehen ähnlich, qualitativ jedoch verschieden war: in jedem seiner Romane nahm er als Kern eine fremde Anekdote und arbeitete sie zu einer völlig eigenständigen Romanwelt aus. Zu *Le Rouge et le Noir* ließ er sich praktisch von drei Anekdoten anregen; eine davon gewann zentrale Bedeutung, eine zweite war ihr annähernd gleich, und eine weitere legte ihm gewisse Züge in der Charakterentwicklung einer der drei Hauptpersonen nahe. Stets auf Erzählungen erpicht, in denen die »italienischen« Charaktereigenschaften Tatkraft, Leidenschaft und Wagemut zur Entfaltung kamen, hatte er in den *Promenades dans Rome* die Geschichte eines Kunsttischlers aus den Pyrenäen, namens Laffargue, der seine Geliebte ermordet hatte, nacherzählt. Dann stieß er, wahrscheinlich nicht vor 1829, beim Herumblättern in alten Ausgaben der sensationsgeladenen *Gazette des Tribunaux*, in der er auch den Bericht über den Fall Laffargue gefunden hatte, auf ein ebensolches Verbrechen aus Leidenschaft, das sich in komplizierterer Form im Jahre 1827 in seinem heimatlichen Departement Isère ereignet hatte. Antoine Berthet, Sohn eines armen Arbeiters und zeitweiliger Student der Theologie, war von seiner Familie in seinem Heimatort als Hauslehrer engagiert worden und der Geliebte der bis dahin tugendsamen Mutter seiner Schüler geworden, einer um zwölf Jahre älteren Frau. Seiner Stellung enthoben, studierte er eine Zeitlang am theologischen Seminar zu Grenoble und bekam dann wieder eine Stellung als Hauslehrer; diesmal ließ er sich mit der Tochter des Hauses ein, wurde unverzüglich davongejagt und feuerte, außer sich vor Empörung, einen Pistolenschuß auf seine erste Geliebte ab, als sie in der Kirche kniend im Gebet versunken war. Wegen seiner Tat vor Gericht gestellt, wurde er verurteilt und guillotiniert. Diese Folge von Ereignissen lieferte Stendhal natürlich das Handlungsgerüst in *Le Rouge et le Noir*, dem er dann zur weiteren Ausgestaltung und Charakterisierung der Gestalt der zweiten Geliebten von Antoine/Julien eine Geschichte hinzufügte, die in den ersten Monaten des Jahres 1830 der Stadtklatsch von Paris war; sie betraf Marie de Neuville, eine eigensinnige junge Aristokratin, die den gesellschaftlichen Konventionen stolze Gleichgültigkeit entgegensetzte und mit ihrem Geliebten nach London auf und davon ging.

Als Romanschriftsteller erlaubte sich Stendhal natürlich größte Freiheit, nicht nur in der Erfindung der Einzelheiten, mit denen er die zugrunde liegende Anekdote ausgestaltete, sondern auch in der Wiederverwendung der »gegebenen« Handlungselemente zu seinen eigenen Zwecken. So verlagerte er zum Beispiel die Geschichte geographisch in die Gegend der Franche-Comté; dann ordnete er ihre einzelnen Teile neu an, so daß er in drei etwa gleich umfangreichen Teilen Juliens Aufstieg von der Kleinstadt über die Provinzhauptstadt bis nach Paris und im Hinblick auf seine soziale Umwelt von einem großbürgerlichen Hause über eine kirchliche Einrichtung – dem Seminar in Besançon – bis zum Adelspalais verfolgen konnte. (Es ist gut möglich, daß er zu dieser sozialen und geographischen Dreiteilung durch den von ihm inzwischen glühend bewunderten Roman *Tom Jones* angeregt wurde, in welchem der Held seine Abenteuer in vollkommen symmetrisch angeordneten Einheiten von sechs Büchern erlebt: zunächst in einem Herrensitz auf dem Lande, darauf während eines unsteten Wanderlebens auf der Straße und danach in London, um abschließend, wie in *Le Rouge et le Noir*, zum Ausgangsort zurückzukehren.) Jedenfalls läßt sich die Art, in der Stendhal diese rudimentären Handlungs- und Charakterelemente zu einem abgerundeten Roman verwob, am genauesten mit dem Wort Ausarbeitung, oder vielmehr einer Reihe aufeinanderfolgender Ausarbeitungen umschreiben.

Der erste Entwurf, den er im Herbst 1829 im Laufe eines Monats in Marseille niederschrieb, war offenbar ziemlich kurz: vermutlich hatte er etwa den Umfang der *Armance* und wirkte womöglich auch in manchen Teilen ähnlich abrupt wie dieser frühere Roman. Als er diesen Stoff im Januar 1830 zu überarbeiten begann, scheint er so vorgegangen zu sein, daß er kleine Einzelheiten, vollständige Sätze und Absätze, ja, sogar ganze Szenenabschnitte nachträglich einfügte (einige von diesen lassen sich in dem veröffentlichten Text mit Sicherheit aus den Hinweisen auf politische Ereignisse, die zwischen Februar und Juli 1830 zu datieren sind, nachweisen). Diese nachträglichen Einschübe nahm er auch noch vor, als er die ihm ab Mai aus der Druckerei zugesandten Stapel von Korrekturfahnen fortlaufend überarbeitete. Diese Kompositionsweise hat Henri Martineau treffend mit der Herstellung von Zuchtperlen verglichen: auch dabei läßt man allmählich Schicht auf Schicht des kostbaren Materials um einen winzigen Kern herum wachsen.[11] Nachdem dieser Vorgang einmal abgeschlossen war, schien Stendhal selbst nur gelegentlich davon überzeugt zu sein, daß er eine Perle von unübertrefflichem Wert hervorgebracht hatte. Es war bezeichnender für ihn, daß er beim Wiederlesen des Romans einige Jahre später eher darüber klagte, der Stil sei noch immer zu »abgehackt«, er habe nur das Grundlegende (*le fond des choses*) gebracht, ohne den Stoff genügend komplex zu gestalten oder zu entwickeln.

Eigentlich war dies nachträgliche Infragestellen dessen, was er geschaffen hatte, nicht gerechtfertigt. Führt man sich vor Augen, wie zögernd und umständlich sich Stendhals literarische Bemühungen über nahezu drei Jahrzehnte hin entwickelt hatten, ist das Erstaunlichste an *Le Rouge et le Noir*, wie plötzlich in der Arbeit von ein paar Monaten alles in vollendeter Form zusammenschoß, wie er imstande war, alle seine Erfahrungen und Beobachtungen künstlerisch zu verwerten, wie er in der Formung seines Stils und in der Tiefe seiner Charakterdarstellung, in seiner Erfindung von Schauplatz, Handlung und Gebärdensprache immer wieder genau den richtigen Ton anschlug. Das Ganze ist nicht nur ein glänzendes Stück Prosaliteratur, sondern ein Roman, der sich in mancher Hinsicht von jedem bis dahin verfaßten Roman unterscheidet. Wie in den meisten Werken dichterischer Phantasie ist auch hier eine individuelle, in der spezifischen Erfahrung, Menschenkenntnis und Sensibilität des Autors verwurzelte Schau auf komplexe Art mit einer ebenso neuartigen schriftstellerischen Technik verknüpft. Wie die zwei Ausprägungen seiner Originalität in diesem Roman ineinander verwoben sind, läßt sich wohl am klarsten unter den folgenden beiden Hauptgesichtspunkten erkennen: Stendhals innerer Beziehung zu seinen Hauptgestalten, vor allem zu Julien – ein Aspekt, in den man gleichzeitig die Art des Erzählers oder Sprechers, den er zum Vermittler seiner Gedanken macht, miteinbeziehen muß – und seiner unauffälligen Handhabung des Erzählerstandpunktes und verwandter Techniken des Kommentars im Roman, die nicht zu trennen ist von seinem Verständnis des Menschen und der Gesellschaft, von seiner Vorstellung, was wesentlich und was unwesentlich ist in der Erfahrung eines Menschen. Es ist zweckmäßig, die Probleme des Standpunkts und des Kommentars im Roman als erste zu betrachten, da sie sich am leichtesten an konkreten Beispielen erklären lassen. Mit anderen Worten, um Henri Beyles plötzliche Entwicklung zu künstlerischer Reife zu verstehen, müssen wir unser Augenmerk auf bestimmte Neuerungen in technischen Details seiner Romankunst richten.

Bevor *Le Rouge et le Noir* erschien, gab es zwei Romanperspektiven: entweder die Darstellung in der ersten Person (so auch in den Romanen in Briefform) oder die in der dritten Person. Die Erzählung eines fiktiven Ich zwang dem Leser dessen alleinige Perspektive auf, so daß er bisweilen – besonders im Roman in Briefform – unter sehr engem Blickwinkel die Erfahrung dieses Ich in all ihrem Gefühlsüberschwang betrachten mußte. Erzähler in der dritten Person hingegen neigten dazu, einen souveränen Überblick über ihre Gestalten zu bewahren, wobei sie sich eines Einblicks in die schwer zu deutenden inneren Regungen einer Person enthielten und in manchen Fällen sogar deren Gedanken mehr oder weniger in der gleichen Art behandelten wie die Dinge ihrer Umgebung oder ihr äußeres Gebaren. Jane Austen (deren Werk Stendhal offenbar nicht kannte) führte zwar einen gewissen Kompromiß zwischen beiden Erzähltraditionen herbei, aber erst *Le Rouge et le Noir* beseitigte eindeutig den zwischen ihnen bestehenden Unterschied und schuf damit die technische Voraussetzung für die späteren Meisterwerke eines Flaubert, Tolstoi, Henry James und vieler anderer. Aufgrund seiner Erfahrungen in der Gesellschaft und mit Frauen, die er liebte, beobachtete Stendhal mit unbestechlicher Aufmerksamkeit und stellte regelmäßig seine Betrachtungen an, sowohl hinsichtlich der Gedanken anderer über ihn wie seiner eigenen über sie. Deshalb war für ihn das Wichtigste an einem Vorgang nicht der äußere Ablauf, sondern die Art, in der er sich in den Augen dieser oder jener Person abspielte. Dies veranlaßte ihn dazu, seine Erzählung aus einer Reihe ineinander übergehender und aufeinander bezogener Darstellungsformen aufzubauen: bald verfolgt der Erzähler stillschweigend die Sinneswahrnehmungen einer bestimmten Person, um sich kurz danach auf diejenigen einer anderen einzustellen, bald ahmt er unter Beibehaltung der dritten Person in freier, indirekter Rede (*style indirect libre*) das innere Selbstgespräch einer Person genau nach, bald faßt er den unausgesprochenen Gedankengang einer Figur umrißhaft zusammen, bald gestaltet er innere Monologe im eigentlichen Sinn, die bisweilen dramatischen Monologen ähneln.*

Als Beispiel hierfür sei die allererste Begegnung zwischen Mme de Rênal, der jungen Mutter aus gehobenen, bürgerlichen Kreisen, und Julien Sorel, dem künftigen Hauslehrer ihrer Kinder, angeführt: »Beschwingt und anmutig, so wie sie war, wenn sie sich nicht den Blicken anderer ausgesetzt fühlte, trat Mme de Rênal durch die Flügeltür des Salons, die in den Garten hinausführte. Da sah sie am Tor einen jungen Bauernburschen stehen, fast noch ein Kind, ganz blaß und mit verweinten Augen. Er trug ein blütenweißes Hemd und hatte eine sehr reinliche Strickjacke aus grober violetter Wolle unter den Arm geklemmt. Der kleine Bauernjunge hatte eine so weiße Haut und so sanfte Augen, daß Mme de Rênal in ihrer etwas schwärmerischen Art zunächst auf den Gedanken verfiel, es könne sich um ein verkleidetes Mädchen handeln, das den Herrn Bürgermeister um einen Gefallen bitten wolle. Sie faßte Mitleid mit dem armen Geschöpf, das da am Tor stand und sich offensichtlich nicht traute, die Glocke zu ziehen.« (1. Buch, Kap. I)[12]

Die Art, in der Stendhal dies schildert, ist so natürlich und klar, daß der Leser gar nicht sofort merkt, wie viele wichtige dramatische, psychologische, soziologische und thematische Informationen er in wenigen, scheinbar flüchtigen Federstrichen vermittelt bekommt. Im Einklang mit seiner scharfen Kritik an Walter Scotts Darstellungsmethode versucht Stendhal gar nicht erst, den Schauplatz und die Personen im einzelnen zu beschreiben oder gar seine Gestalten förmlich einzuführen. Mme de Rênal charakterisiert er lediglich durch einen vorangestellten päpositionalen Ausdruck (*avec la vivacité et la grâce qui lui étaient naturelles...*); dieser Satzteil ist zwar der eigentlichen Tätigkeit, die sie gerade ausführt, untergeordnet, vermittelt jedoch den bestimmenden Eindruck einer Frau, die sich trotz

* Die Frage des Standpunkts in *Le Rouge et le Noir* wird grundlegend von Erich Auerbach im 17. Kapitel seines Buches *Mimesis* (Bern, 1946) erörtert. Georges Blin in *Stendhal et les problèmes du roman* (Paris, 1954) behandelt die Frage zwar einsichtsvoll, doch ziemlich umständlich. Die beste allgemeine Einführung in diesen Aspekt der künstlerischen Leistung Stendhals gibt wohl John Mitchell in seiner eleganten kleinen Studie *Stendhal: Le Rouge et le Noir* (London, 1973).

ihrer verborgenen Lebhaftigkeit und ihres weiblichen Charmes scheu in die vom Manne bestimmte bürgerliche Ordnung fügt, in ihrer natürlichen unreflektierten Anmut indes den Gegenpol sowohl zu dem ständig mit sich selbst beschäftigten Julien als auch zu der auf ihre Wirkung bedachten Mathilde de la Mole darstellt. (Durch Verflechtung kommentierender Bestandteile mit dem Fortgang der Erzählung führte Stendhal eine wichtige neue Darstellungsform in die Romankunst ein.) Diese knappe Charakterisierung der Wesensart von Mme de Rênal, die immer dann zum Ausdruck kommt, wenn sie sich unbeobachtet glaubt, gibt natürlich die Erkenntnis des allwissenden Erzählers wieder, der darauf unvermerkt ihren Standpunkt einnimmt, um sich von ihm nur im ersten Satz des zweiten Abschnitts für einen Augenblick zu distanzieren, wenn er dem Leser mitteilt, daß Mme de Rênal eine »etwas schwärmerische Art« (*l'esprit un peu romanesque*) hatte.

Was ihr auf den ersten Blick an Julien auffällt, ist die Blässe seiner Haut, etwas, das man wirklich aus mittlerer Entfernung wahrnehmen kann. Neben seiner Jugend und seiner vom Weinen bleichen Gesichtsfarbe bemerkt sie seine Kleidung, die seine bäuerliche Herkunft verrät, was scheinbar im Widerspruch zu seiner hellen Hautfarbe steht, und das bringt sie zu der seltsamen Vermutung, sie habe ein verkleidetes junges Mädchen vor sich. Es ist erstaunlich, wie knapp und geschickt Stendhal den Schauplatz, die Personen, den Anfang ihrer Beziehung zueinander und den gesellschaftlichen Hintergrund beschreibt. Der Leser weiß, daß der geradewegs aus der väterlichen Sägemühle kommende Julien sich sehr bemüht hat, einen guten Eindruck zu machen: sein Hemd ist sorgfältig gewaschen und gebügelt, außerdem hat er eine zwar nur aus grober Wolle gestrickte, aber tadellose bzw. reinliche (*propre* kann beides bedeuten) Jacke mitgebracht. Man erfährt sogar, daß es ein sehr warmer Tag ist, denn er trägt seine Jacke unter dem Arm, und die knappen Angaben über die Flügeltüren, den Garten und das Tor führen uns die Szene so weit vor Augen, wie es nötig ist, damit wir Stendhals unmittelbare dramatische Absicht verstehen.

Wieviel jedoch darüber hinaus in diesen wenigen Zeilen ausgesagt wird, kann der Leser erst ermessen, wenn er die Romanhandlung weiter verfolgt hat. Denn kurz darauf nimmt der Erzähler Juliens Standpunkt ein, wie er den freundlichen Ausdruck in Mme de Rênals Augen bemerkt, ihre Schönheit, ihre elegante Kleidung – sie hat sich ihm inzwischen so weit genähert, daß er den »Duft« (*parfum*) in sich aufnehmen kann – und vor allem ihren weißen Teint, der den an bäuerliche Hautfarbe Gewöhnten geradezu »blendet.« So bekommt man den ersten diskreten Hinweis, daß sie bald »in Hautnähe« sein werden; gleichzeitig jedoch werden die sie trennenden gesellschaftlichen Unterschiede knapp angedeutet. Es gibt auch einen zarten Wink, wie mütterlich diese erste und letzte Geliebte Juliens ihm gegenübersteht: sie sieht in ihm »fast noch ein Kind«, und die ersten Worte, die sie an ihn richtet, sind: »Was wollen Sie hier, mein Kind?«[13]

Die übrigen kommentierenden Bestandteile dieses Abschnitts sind, vom Folgenden her betrachtet, hauptsächlich ironisch. Während Julien unten am Gartentor steht, beobachtet Mme de Rênal ihn von oben herab, ein räumliches Symbol für ihre soziale Stellung zueinander. Aber als entschlossener Aufsteiger wird er wiederholt mit Erhöhungen in Verbindung gebracht: zuerst sieht man ihn rittlings auf einem der Dachbalken von seines Vaters Schuppen sitzen und im *Mémorial de Sainte Hélène* lesen (Vater Sorel holt dann den Jungen mit seinem Buch gewaltsam von seinem luftigen Sitz herunter); wie er sich selbst einschätzt, machen zwei seiner bedeutungsvollsten Erlebnisse klar: das eine hat er auf einem Berggipfel, wo er den Flug eines einsamen Sperbers beobachtet, das andere in einer Felsenhöhle; zur letzten Selbstverwirklichung gelangt Julien in einer hundertachtzig Stufen hoch gelegenen Gefängniszelle – genau wie der Turm mit den hundertachtzig Stufen, den Henri Beyle im Jahre 1810 in sein Tagebuch gezeichnet hatte –, von wo er hinaus- und hinabblikken kann. Julien erstrebt die Kühnheit, die unbezwingbare Stärke, die das eigene Ich schützende Undurchdringlichkeit eines Napoleon; Mme de Rênals erster Blick jedoch fällt auf den in seiner ganzen Schwäche Weinenden, und sie hält ihn sogar fast für ein Mädchen. Aber auch darin kündet sich der weitere Ablauf ihres Verhältnisses zueinander an, denn was sie für ihn einnehmen wird, sind nicht seine ausgeklügelten Verführungskünste, sondern die spontanen Enthüllungen seiner Schwäche, selbst seine Tränen. Vergegenwärtigt man sich darüber hinaus, daß in dem Roman ja eine ganze Reihe von Assoziationen zu rot eine wichtige Rolle spielen – militärischer Ruhm im Dienst des Kaisers, Gewalttätigkeit, Revolution, ritueller Pomp, Leidenschaft, Blutschande, *Liebestod* – und im Gegensatz dazu solche zu schwarz – Priestertum, Heuchelei, Niedertracht, die Reaktion des Bourbonenregimes, der nackte Tod* –, dann bekommt die Hervorhebung von weiß in dieser einleitenden Szene eine thematisch zentrierende Funktion; hier werden zwei schöne und gefährdete menschliche Gesichter visuell herausgelöst aus dem verworrenen Geflecht historischer, gesellschaftlicher und politischer Kräfte, in das sie verstrickt sind. Kurz, man kann sich schwerlich vorstellen, daß irgendein Romanschriftsteller mehr als all dies in wenigen, scheinbar zufälligen Sätzen mitteilen könnte. Als Stendhal mit solch vollendeter Leichtigkeit schreiben konnte, war die lange Lehrzeit des Schriftstellers eindeutig beendet.

Wie dies aus einem ganzen Spektrum von Erzähltechniken ausgewählte Einzelbeispiel bereits erahnen läßt, ist in *Le Rouge et le Noir* die Gestaltung einzelner Szenen und die Beibehaltung größerer »architektonischer« Einheiten in ihnen ebenso eindrucksvoll. Allerdings war Stendhal keineswegs ein umsichtiger »Architekt« von Romanstrukturen wie Thomas Mann oder James Joyce: einige wiederkehrende Elemente in seinem Roman mag er vorher sorgfältig geplant haben, andere fielen ihm wahrscheinlich erst während der Überarbeitung seines Entwurfs und bei der Durchsicht der Korrekturfahnen ein, und eine ganze Menge von ihnen muß er in seiner rasch improvisierenden Kompositionsweise intuitiv in die einzelnen Abschnitte hineingearbeitet haben. Was die »Stimmigkeit« der einzelnen Szenen selbst anbelangt, so resultiert die in ihnen bewiesene, plötzlich vollendete Technik aus dem Scharfblick, mit dem er seine Figuren durchdringt, und dieser wiederum ist die reife Frucht seines lebenslangen Bemühens um das Verstehen seines eigenen Ich und seiner disziplinierten Menschenbeobachtung. Die Ge-

* Die Deutungsmöglichkeiten des Romantitels sind häufig diskutiert worden. Die beste Erörterung ist wohl die sorgfältig begründete, psychoanalytische Interpretation von Geneviève Mouillaud in *Le Rouge et le Noir de Stendhal: le roman possible* (Paris, 1973), S. 151-236.

schmeidigkeit, mit der er den Erzählerstandpunkt variiert, ist mit anderen Worten eine Folge der auf eigener Erfahrung gegründeten Feinfühligkeit seines Menschenverständnisses.

Als Julien sich zum Beispiel das zweite Mal erkühnt, Mme de Rênals Hand in der Dunkelheit des Gartens zu ergreifen, während ihr Mann, nur vier Schritte von ihr entfernt sitzend, über den nur Unheil verursachenden Pöbel herzieht, heißt es: »Julien bedeckte die ihm überlassene Hand mit leidenschaftlichen Küssen – wenigstens kamen sie Mme de Rênal so vor.«[14] Der eindeutig von einem alles sehr klar durchschauenden Erzähler stammende, korrigierende Nachsatz läßt den Leser plötzlich innehalten und ruft ihm gleichzeitig ins Bewußtsein, daß es ja Mme de Rênal ist, die »leidenschaftliche Küsse« spürt, daß dies eine abgenutzte literarische Klischeeformel ist, die schon oft bei zweideutigeren Anlässen hat herhalten müssen, und daß der arme Julien in diesem Augenblick viel zu sehr mit dem beschäftigt ist, was er für die »Aufgabe« eines Verführers hält, als daß er sich leidenschaftliche Gefühle erlauben könnte. Diese wenigen kommentierenden Worte des Erzählers beanspruchen des Lesers Aufmerksamkeit für drei verschiedene Fakten zugleich: für das, was in Mme de Rênal vorgeht, für das was in Julien vorgeht, und für die stereotypen sprachlichen bzw. literarischen Wendungen, auf die sie beide zurückgreifen, um das Erlebte zu ordnen und zu deuten. Dies ist ein kleines, aber typisches Beispiel, wie Stendhals Erzählweise vom Leser ein stets waches, kritisches Mitdenken erfordert und aus ebendiesem Grunde das, was in einer konventionelleren Literatur Handlungshöhepunkte wären, immer wieder vermeidet, streicht oder umgestaltet, um deutlich zu machen, daß das, worum es ihm in Wahrheit geht – das eigentlich Menschliche an der Sache –, anderswo zu suchen ist.

Es ist bemerkenswert, wie diese Vermeidung des Konventionellen um der kritischen Aufnahme willen gerade daran zu erkennen ist, daß er die Augenblicke der angestrebten sexuellen Erfüllung in seiner Darstellung konsequent übergeht. (Natürlich konnten respektierliche Romanciers es sich damals nicht erlauben, sexuelle Szenen mit unpassender Deutlichkeit zu schildern; dennoch bleibt es beachtlich, daß Stendhal bei solchen Anlässen jede Anzüglichkeit bewußt vermied.) Als die tugendhafte Mme de Rênal den spontanen Tränen Juliens endlich nachgibt (I.

Buch, Kap. 15), erfahren wir über den verhängnisvollen Liebesakt selbst nichts weiter als: »Einige Stunden später, als Julien das Zimmer der Mme de Rênal verließ, blieb ihm, wie man im Romanstil sagen könnte, nichts mehr zu wünschen übrig.«[15] Die meisten großen Romane rufen dem Leser gern ins Gedächtnis, daß das Leben nicht wie ein Roman ist; im vorliegenden Fall jedoch widerlegt sich der Satz auf ironische Weise selbst, denn die Lebensgeschichte Juliens zeigt hauptsächlich die problematische Seite des Begehrens; erst am Ende, im Kerker, entdeckt er, was es bedeutet, wenn das Verlangen erfüllt worden ist. Stendhals Aktualität als Romanautor beruht weitgehend darauf, daß er erfaßt, wie sein Held dazu kommt, nicht mehr zu wissen, was er begehrt, seiner eigenen Erfahrung entfremdet zu werden durch die unerbittliche Ichbefangenheit, das ständige Rollenspiel, das sein jeweiliger Standort in der Gesellschaft und in seiner eigenen Lebensgeschichte von ihm zu fordern scheint (die Seelenqualen, die ihm seine Ichbefangenheit verursachte, als er Mélanie, Angela, Alexandrine und Métilde zu erobern versuchte, hatte Beyle keineswegs vergessen). Julien weiß, daß das, was Mme de Rênal ihm soeben gewährt hat, in den Romanen, die er gelesen hatte, »glücklich sein« genannt wird; doch er ist viel zu sehr darauf bedacht, seinen Wert als höheres Wesen zu beweisen, als daß er sich solche Gefühle erlaubte.

Wie flüchtig ein Erlebnis im Augenblick der Erfüllung ist, zeigt sich besonders im zweiten Teil des Romans, wo Julien in Mathilde de la Mole eine Rollenspielerin kennenlernt, die sogar noch überspannter ist als er selbst. Seine erste mitternächtliche Begegnung mit ihr in ihrem Schlafzimmer, zu dem er – von ihr veranlaßt – im vollen Mondlicht mit Hilfe einer Leiter hinaufgeklettert ist, bildet zweifellos einen bewußt komödiantischen Höhepunkt in der Romanhandlung (II. Buch, Kap. 16). Argwöhnend, daß »diese Herren«, die hochmütigen Aristokraten, ihm eine Falle gestellt haben, steigt er mit Pistole und Dolch bewaffnet zum Fenster hinauf. Beide, nicht nur Julien, sondern auch Mathilde, erfüllen, indem sie ein Liebespaar werden, sich selbst gegenüber feierliche Pflichten; deshalb haben sie vor diesem ersten intimen Zusammensein in dem vom Mondlicht durchfluteten Zimmer etwa das gleiche Gefühl innerer Anspannung und Beklommenheit, mit dem man manchmal auf den

Stuhl eines Zahnarztes zugeht. Mathilde konzentriert sich völlig auf die gewaltige Anstrengung, die es sie kostet, Julien mit *du* anzureden, während er, nachdem er sich vergewissert hat, daß keine verborgenen Lakaien darauf warten, sich auf ihn zu stürzen, allein durch ihren Gebrauch des *tu* viel zu verblüfft ist, um zu bemerken, daß der Ton, in dem sie sich dieser Sprache der Vertrautheit bedient, eher ihre Tollheit als ihre Zärtlichkeit verrät. Während der ganzen »Szene« achtet der eine kaum auf das, was der andere tut, so sehr sind beide darauf bedacht, sich genau so zu verhalten, wie man es von Liebenden erwartet, so sehr sind ihre wahren Gefühle von kalter Ich-Befangenheit betäubt. Mit trockener Präzision stellt Stendhal, nachdem die beiden zusammen im Bett waren, fest: »Die leidenschaftliche Liebe war immer noch mehr ein Vorbild, dem man nacheiferte, als eine Realität.« Julien, der wild dazu entschlossen ist, die leidenschaftliche Erregung zu finden, die seine Bücher ihm versprochen haben, »erschien diese Nacht eher seltsam als beglückend«.[16]

Die englische Romanschriftstellerin Elizabeth Bowen hat einmal treffend bemerkt, im Roman dürfe die Enthüllung der Charaktere zu Beginn der Handlung nicht vorhersehbar sein, hernach jedoch müsse sie unumgänglich erscheinen. Diese Faustregel ist auf den Roman *Le Rouge et le Noir* ganz besonders anwendbar, denn in ihm sind die drei Hauptgestalten, jede auf ihre Weise, hinsichtlich ihres Verhaltens und ihrer Gefühlsreaktionen äußerst sprunghaft; dennoch offenbaren sie mit jeder plötzlichen Kehrtwendung nur um so deutlicher ihre wahre Natur. Mme de Rênal, die zurückhaltende, christlich fromme Frau und Mutter, wird eine leidenschaftliche Geliebte, dann eine von Schuld gequälte Büßerin, dann eine ganz der Liebe Hingegebene, die das Urteil der Menschen höchst gleichgültig läßt. Die stolze Mathilde erlegt sich selbst den Zwang auf, diesem kleinen Sekretär ihres Vaters nachzugeben, unmittelbar darauf ärgert sie sich darüber, daß sie ihm Macht über sich gegeben hat, dann, als er sie mit einem von der Wand gerissenen Schwert zu bedrohen scheint, schwelgt sie entzückt in dem Gefühl, Juliens »Sklavin« zu werden, dann ärgert sie sich erneut über ihn, und zuletzt entschließt sie sich aus Eifersucht, die Julien durch seine »Strategie« in ihr erweckt hat, zu einem Leben edelmütiger Hingabe bis zum Tod und genießt am Schluß die Erfüllung ihres heimlichen dramatischen Traums, als man ihr, wie der Geliebten ihres Ahnherrn aus der Renaissance, die Ehre einräumt, das abgetrennte Haupt ihres Liebhabers davonzutragen.

Was Julien betrifft, dessen Denkvorgänge in der Darstellung einen beherrschenden Raum einnehmen, bekommt der Leser Einblick in seine teils kleinen, teils größeren Gedankensprünge. Einmal fühlt sich Julien zum Beispiel plötzlich mit M. de Rênal, dem soeben erst von ihm betrogenen Ehemann, solidarisch und ärgert sich über Mme de Rênal, weil sie gezeigt hat, daß sie um ihres Geliebten willen fähig ist, mit weiblicher List ihren Mann zu betrügen; einige Stunden später macht er sich selbst zum Vorwurf, daß er ein solch törichtes Gefühl hat. Die Häufung solch blitzschnell wechselnder Gedanken in Julien, die vor dem auslösenden Ereignis nicht vorherzusehen sind, deren überraschende Aufdeckung jedoch überzeugt, bereitet den Leser auf die Peripetie vor: Julien fährt wie im Trancezustand von Paris nach Verrières, um seine Pistole auf Mme de Rênal abzufeuern (was in ein paar abgerissenen Sätzen mitgeteilt wird), wird erneut von Liebe zu ihr ergriffen als er erfährt, daß sie mit dem Leben davonkommen werde, und entsagt der Welt, als er in der Zuflucht eines Kerkers unerwartetes Glück findet.

Wieso Stendhal plötzlich imstande war, seine Romangestalten mit solch autoritativer Sicherheit zu »kennen«, ist nicht leicht zu erklären, obwohl sein Erfolg als Charakterpsychologe mindestens zum Teil mit der Tatsache zusammenhängt, daß seine Charaktere, die weiblichen nicht ausgenommen, glanzvoll überhöhte Ich-Projektionen sind und zugleich Aspekte seiner selbst, die er im kalten Licht der Selbstanalyse lange seinem prüfenden Blick ausgesetzt hatte. Eine Methode, nach der man die Überzeugungskraft seiner Charaktere *nicht* erklären kann, wie es so viele Kritiker versucht haben, ist, besonders im Hinblick auf die weiblichen Hauptgestalten, die Suche nach »echten« Vorbildern im Leben Henri Beyles. Stendhals Menschengestalten sind zwar von der inneren Bewegtheit seiner eigenen Erfahrung durchpulst, und sicherlich verleiht er ihnen bisweilen wirklichkeitsgetreue, anekdotenhafte Züge aus seiner Vergangenheit, aber die lebendige Individualität, mit der er sie ausstattet, ist wohl kaum das Ergebnis einer mit Hilfe von Schere und Kleister zusammengesetzten Montage von Personen und Ereignissen aus seiner Erinnerung.

An Stendhals kompliziertem Verhältnis zu Julien läßt sich am besten zeigen, wie er seine Phantasie spielen läßt und gleichzeitig seine Gestalten einer strengen Überprüfung unterzieht, wodurch der Eindruck entsteht, sie hätten psychologische Tiefe. In gewissem Sinne ist Julien offensichtlich so, wie der Autor selbst hätte sein mögen: ein junger Mann von vollkommener Schönheit, der durch seinen natürlichen Charme die Frauen bezaubert, besonders, wenn er sich nicht darum bemüht; ein glühender Anhänger des napoleonischen Heldenideals, bereit, das Bewußtsein seiner Überlegenheit über die gemeine Masse bis zum Äußersten, ja bis zum Tode zu bewahren. Julien hat wie Henri Beyle einen Vater, den er verachtet und mit dem ihn nichts verbindet; anders als Beyle jedoch bekommt er genügend Hinweise, die ihn schließlich in der Vermutung schwelgen lassen, er sei in Wirklichkeit der Sohn eines Adligen; so kann er die attraktive Hauptrolle in einem freudianischen Familienroman spielen, einen »Sohn«, dem am Ende sogar noch der unbestrittene Besitz der »Mutter« gewährt wird, nachdem er unbewußt seine Aggression gegen sie ausgetragen hat. Der innere Gleichklang zwischen der schönen mütterlichen Mme de Rênal und der eigenen schmerzlich vermißten Mutter, die ihm so früh durch den Tod entrissen wurde, wie er es im *Henry Brulard* schilderte, ist schon oft bemerkt worden, und die auf Mme de Rênal gerichtete Pistole könnte sehr wohl eine unbewußte Umsetzung von Schuldgefühlen bedeuten, die sich in dem siebenjährigen Henri regten, als seine Mutter im Kindbett starb*, oder eher eines mit Unwillen vermischten Schuldgefühls, weil er sich von seiner Mutter »verlassen« glaubte.

Desungeachtet bleibt Julien seinem Autor in wesentlichen Punkten unterlegen. Er ist bäuerlicher Herkunft, kein Angehöriger der bürgerlichen Mittelschicht; daher ahnt er sogar noch

* Die beste allgemeinverständliche Erläuterung des Abstammungsmythos im romantischen Familienroman so, wie er auf *Le Rouge et le Noir* anwendbar ist, schreibt Marthe Robert in *Roman des origines et origines du roman* (Paris, 1972). Die auf einer sorgfältigen Interpretation der entsprechenden Stellen im *Henry Brulard* beruhende Vermutung über die kindlichen Schuldgefühle beim Tode seiner Mutter wird von Geneviève Mouillaud, a.a.O., S. 191-192 aufgestellt.

weniger von der Kompliziertheit des gesellschaftlichen Lebens als der neunzehnjährige Beyle, und seine ständige Fehleinschätzung von Menschen erklärt sich zum Teil aus einem Ressentiment, das Beyle nicht kannte – einem tiefen Klassenhaß. Er hat die *Nouvelle Héloïse* ebenso wie die Vulgata auswendig gelernt, aber er benutzt Rousseaus Buch lediglich als Quellenwerk für die Sprache der Verführung und glaubt, daß alle Romane von Schurken geschrieben würden, die es im Leben zu etwas bringen wollen, weil er nie einen Blick in die Welt der Phantasie geworfen hatte, die die Literatur eröffnen kann. Kurz, Juliens Sicht ist sehr begrenzt, und verständlicherweise nennt ihn der Erzähler manchmal herablassend »mein armer kleiner Julien« oder stellt rundheraus fest, er sei ein mediokres Geschöpf. Genauer gesagt, seine Vorstellung vom Menschen, von der Liebe, dem Glück und der Kultur ist medioker; doch sein ursprüngliches Empfinden, das zu pervertieren er sich so sehr bemüht, ist fein differenziert, und die Energie, mit der er seine noch so fehlgeleiteten Wünsche zu verwirklichen sucht, übersteigt das normale Maß; sie ist die ihn treibende Kraft in den tragikomischen Verwicklungen des gesamten Handlungsgefüges und macht ihn innerlich bereit zu seinem tragisch-heroischen Ende.

In künstlerischer Hinsicht vermag Stendhal diese Gestalt, die seine geheimsten Träume verkörpert und ihm dennoch unterlegen ist*, im Brennpunkt des Interesses zu halten, indem er sie dem Leser durch einen charmant urbanen Erzähler vor Augen führt – die Idealgestalt eines Parisers, mit der sich der Autor wohl selbst gern identifizierte –, jemand, der sich zwar oft im Plauderton auf die Seite des Helden stellt, der aber dessen Begrenztheit und Selbsttäuschung durchschaut und stets über ihm steht. So zum Beispiel überblickt Julien, auf seinem hochragenden Felsen sitzend, die Welt zu seinen Füßen (I. Buch, Kap. 10); der Erzähler indessen stellt von einer noch höheren Warte aus (I. Buch, Kap. 13) folgende Betrachtung über seinen Helden

* Eine ähnliche Beobachtung, nämlich daß Julien Stendhal sowohl unterlegen als auch überlegen sei, hat G. C. Jones in seiner Beschreibung der ironischen Einstellung Stendhals gemacht. Siehe *L'Ironie dans les romans de Stendhal* (Lausanne, 1966), S. 83.

an: »Er konnte nun sozusagen von einem erhöhten Standpunkt aus urteilen und überblickte gleichsam die tiefste Armut und den Wohlstand, den er noch Reichtum nannte.«[16] Zweifellos hat Julien über die Gesellschaft und auch über sich selbst noch viel zu lernen. Seine Unwissenheit stellt weniger eine Erinnerung an die mangelnde Weltkenntnis des jungen Beyle dar als deren Ausweitung bzw. bewußt komische Intensivierung. Von der Charakterisierung der Hauptgestalt abgesehen, kann Stendhal durch diesen weltgewandten Kommentar im Unterhaltungsstil die Handlung sehr viel anschaulicher in der Zeit, der Umwelt, der Gesellschaftsschicht und der Politik verankern. So hat der Erzähler wie oben gezeigt nicht nur die Möglichkeit, sich des öfteren mit den Personen zu identifizieren, er kann auch statt dessen allgemein über sie reden, in seinem Kommentar ihre Beweggründe und Wertmaßstäbe genauer herausarbeiten oder gar sich völlig von den Personen lösen, um kurze bzw. ausführlichere Betrachtungen über die Gesellschaft im 19. Jahrhundert, die Stellung der Frau, das Leben in der Provinz und das Leben in Paris, sowie schließlich über das Wesen des Romans anstellen.

In dieser elegant abschweifenden Art hatte Stendhal natürlich schon seit fünfzehn Jahren seine Bücher über Kunst, Musik und Reisen geschrieben, doch nun richtete er sich wahrscheinlich ganz besonders nach einem bestimmten Vorbild in der Romanliteratur. Am Schluß eines an den ihm befreundeten Grafen Salvagnoli in Florenz gerichteten Briefes aus dem Jahre 1832, den er als italienischen Beitrag ohne Namensangabe in seinem Buch »unterbringen« wollte, bezeichnete er *Le Rouge et le Noir* als einen Roman, dem auf dem Bücherbrett ein Platz neben dem »unsterblichen *Tom Jones*« gebühre. Wenn er *Tom Jones* als höchsten Wertmaßstab erwähnt, so bedeutet dies nicht unbedingt, daß sein eigener Roman in seiner Art demjenigen Fieldings gliche; *ein* formales Element jedoch haben diese zwei in ihrer Art und in ihrem Thema so verschiedenen Romane ganz eindeutig gemeinsam: in beiden begleitet den Leser ein anregend fabulierender Erzähler; er wirft ein feingesponnenes Netz von kulturellen, gesellschaftlichen und politischen Erläuterungen über die berichteten Ereignisse und vertieft unseren Einblick in die Charaktere durch das wechselvolle Spiel seiner ironischen Bemerkungen, und durch all dies erweitert er unaufdringlich die

Aussage der Romanhandlung. Praktisch bekannte sich Stendhal zu dieser, zumindest angestrebten, besonderen Verbundenheit mit Fielding, als er vier Jahre später nach erneuter Lektüre eines Teils von *Le Rouge et le Noir* auf dem Rand des Manuskripts von *Lucien Leuwen*, seinem nächsten Roman, anmerkte: »wahr, aber trocken. Man muß sich einen reicher ausgeschmückten, weniger trockenen Stil angewöhnen, geistvoll und heiter, nicht in der gleichen Art, wie der *Tom Jones* von 1750 war, sondern so, wie derselbe Fielding im Jahre 1834 wäre«.[17] Die anregende Sensibilität von *Le Rouge et le Noir* ist auf widersprüchliche Weise romantisch: das historische Bewußtsein und das Gefühl dafür, wie sich die politischen Ereignisse im Leben des Einzelnen auswirken, sind sehr charakteristisch für die nachnapoleonische Ära; aber die häufig von dem vermittelnden Erzähler gezeigten Eigenschaften weisen zurück auf die Gelassenheit der satirischen Werke des 18. Jahrhunderts in England und Frankreich; sie passen zu der »Kühnheit, Wendigkeit, Lebhaftigkeit, Kaltblütigkeit und geistvollen Unterhaltsamkeit«, die dem Don Juan im 59. Kapitel des Buches *De l'Amour* zugeschrieben werden.

In diesem Zusammenhang ist bemerkenswert, daß die bekannte Definition, der Roman sei ein auf der Straße mitgeführter Spiegel, die Stendhal in den Text von *Le Rouge et le Noir* einflocht, zwar Fieldings Roman und seinen Vorläufern, den Schelmenromanen, völlig angemessen ist, nicht jedoch, wenigstens nicht auf den ersten Blick, seinem eigenen Roman, der sich ja doch zumeist in Salons und Schlafzimmern abspielt und weniger Reiseeindrücke schildert als vielmehr das, was im Inneren der Personen vor sich geht. Einige Kritiker haben diese Stelle als naiv »reflektierende« Theorie über die Beziehung zwischen dem Roman und der Wirklichkeit verstanden; andere haben die Ansicht vertreten, die ganze Stelle entbehre jeglicher Beziehung zum Textzusammenhang und solle sich deshalb ironisch selbst widerlegen, oder sie stehe in einer langen Parenthese, wodurch sich ihr etwaiger Sinn zwangsweise kompliziere. Einfacher läßt sich die Tatsache, daß Stendhal dies auf Fielding zutreffende Emblem von dem auf der Landstraße mitgeführten Spiegel für den Roman wählte, damit begründen, daß es ihm die Möglichkeit gab, eine Reihe von deutlich im Gegensatz zueinander stehenden Bildern einzuführen, die *symbolisch*, nicht wörtlich verstanden, seine eigene, kunstvoll in Romanform umgesetzte Lebensanschauung andeuten sollten. Übrigens gebrauchte er derartige Bilder, wie bereits erwähnt, auch an bedeutsamen Stellen in seinem Tagebuch und in seinen Briefen. Die betreffenden Sätze in *Le Rouge et le Noir* lauten: »Ja, mein Herr, ein Roman ist ein Spiegel, der sich auf einer Landstraße bewegt. Manchmal spiegelt er für Sie das Blau des Himmels, manchmal den Schlamm der Straßenpfützen. Und Sie bezichtigen den Mann, der den Spiegel in seiner Kiepe trägt, der Unmoral! Sein Spiegel zeigt den Schmutz, und Sie geben dem Spiegel die Schuld! Klagen Sie lieber die Landstraße an, auf der die Pfützen sind, oder besser noch den Wegebaumeister, der zuläßt, daß das Wasser stagniert und sich Pfützen bilden.«[19]

Kurz vorher hat der Erzähler sich über Mathildes exzentrisches Wesen geäußert und im Gegensatz dazu über die konventionelleren jungen Damen in seiner Umgebung gesprochen, Frauen, deren gesellschaftliche Gepflogenheiten – wie er bissig formuliert – »der Kultur des 19. Jahrhunderts einen so hervorragenden Platz unter allen Jahrhunderten sichern werden«.[20] Das Bindeglied zwischen dem Bild von der Landstraße und dem auf Paris bezogenen Thema ist also metaphorisch, kaum metonymisch. Im übrigen ist die Vorstellung von dem demütig duldenden Autor, der in einer Kiepe einen Spiegel auf dem Rücken trägt, wohl in gewissem Sinn ironisch zu verstehen und gehört zu den rhetorischen Stilmitteln, die der Erzähler in seinem fiktiven Gespräch mit dem Leser verwendet. Wesentlich ist jedoch, daß der symbolische Spiegel, weil er sich auf einer Landstraße bewegt, die beiden gegensätzlichen Elemente spiegeln kann, durch die Henri Beyle seit den Jahren 1811–1812 die einander entgegengesetzen Lebensbereiche der verhaßten gemeinen Masse und der Happy Few angedeutet hatte – auf der einen Seite Schmutz, Morast und Kot, auf der anderen die reine Luft auf den Berggipfeln und das klare Blau des Himmels. Man fühlt sich daran erinnert, daß Beyle, entsetzt über das, was er auf dem Feldzug nach Moskau sah, in seinen privaten schriftlichen Äußerungen ein von krankhafter Abneigung bestimmtes Bild von der gemeinen, käuflichen und brutalen Masse als einem besudelnden und verschlingenden Sumpf entwarf und dagegen seinen Traum von den lombardischen Hügeln setzte, in welchem die klare Luft von den durchsichtigen Harmonien Cimarosas erfüllt war. Der Übergang aus dem ersten Bereich in den letzteren bestimmt im wesentlichen die Handlung von *Le Rouge et le Noir.*

Aber zwischen dem 29jährigen Tagebuchschreiber von 1812 und dem meisterhaften Romanschriftsteller von 1830 besteht ein entscheidender Unterschied: nach siebenjährigem Aufenthalt in Mailand und nach zehnjähriger Erfahrung in den Salons von Paris reagiert er auf den Sumpf der zeitgenössischen französischen Gesellschaft nicht mehr mit Abscheu, sondern mit leidenschaftsloser Neugier, mit peinlich genauer Beobachtung. Juliens Lebensgeschichte ist auch eine ausgezeichnete »Chronik aus dem Jahre 1830«*, wie der Untertitel des Romans besagt, denn statt sich mit einer ständigen Wiederholung des verunglimpfenden Symbols vom Unrat zu begnügen, verfolgte der Verfasser die verzweigten Pfade, auf denen Persönlichkeit, Familienbande, ja selbst die Leidenschaft entstellt werden durch rücksichtslose Verfolgung egoistischer Zwecke, materialistische Einstellung, Doppelzüngigkeit und kaltes Nützlichkeitsdenken, wie sie im Frankreich der bourbonischen Restauration durch das Zusammenwirken von Krone, Kirche und Klassengeist gefördert wurden.

Unter diesem Aspekt bildet der verhältnismäßig kurze Mittelteil des Romans, in welchem die Monate beschrieben sind, die Julien im Seminar zu Besançon verbrachte, den thematischen Schlußstein: zwischen der großbürgerlichen Atmosphäre des Hauses Rênal und der Adelswelt des Hôtel de la Mole eingefügt, ist das Seminar der Ort, wo die in der Gesellschaft verbreitete Heuchelei nicht zu übersehen und der unter Karl X. gedeihende Katholizismus in konzentrierter Form zu beobachten ist. Nach der in Besançon verbrachten Zeit nimmt Julien einen raschen Aufstieg, und mit jedem Schritt wird seine Selbstentfremdung deutlicher.

Einmal stößt Stendhal seinen Helden buchstäblich in den Schlamm (II. Buch, Kap. 3), als er Julien einer bösen ritterlichen

* Für die Erstausgabe mußte dieser von ihm vorgesehene Untertitel in »Chronik aus dem 19. Jahrhundert« geändert werden, um die irrige Annahme auszuschließen, das Sujet des Romans sei die Juli-Revolution.

Bewährungsprobe unterwirft, die er in seiner Jugend selbst bestehen mußte: auf einem Ritt im Bois de Boulogne mit dem jungen Grafen Norbert de la Mole versucht Julien, einem Kabriolett auszuweichen, stürzt vom Pferd und beschmutzt sich mit Dreck. Ein anderes Mal wälzt sich Julien im moralischen Sumpf der Gesellschaft des 19. Jahrhunderts, ohne daß der Autor diese Metapher ausdrücklich evoziert. Mit scharfsinniger Einfühlung in die Entwicklung seines Helden läßt Stendhal Julien zwar den Lauf der Welt immer sicherer erkennen und meistern, so daß er schließlich sogar bei der kapriziösen Mathilde einen Erfolg hat, der seine Erwartungen übersteigt, jedoch innerlich nicht mehr aus noch ein weiß (wie ein Mensch, der in einen Sumpf geraten ist) und sich entweder selbst nicht mehr kennt oder gar den Menschen, den er aus sich gemacht hat, verabscheut. »Ja, diese höchst verachtenswerte, von mir *Ich* genannte Kreatur mit Hohn und Spott zu bedecken, würde mir Spaß machen«[21], überlegt er sich, während er mechanisch das Täuschungsmanöver durchführt, durch das er Mathilde zurückgewinnt. In noch krasserer Form sagt er am Schluß des übernächsten Kapitels zu sich selbst: »Mein Gott! Warum bin ich so, wie ich bin?«[22] Von Natur ist Julien schwächlich, aber er hat außerordentliche Willenskraft gezeigt – deshalb fühlten sich später Leser wie Nietzsche von ihm angesprochen –; doch letztlich wirkt sich die hartnäckige Heuchelei, der er sich ausgeliefert hat, *entnervend* auf ihn aus: »Die Mühe, die er aufwenden mußte, um seine Rolle durchzuhalten, nahm ihm vollends jede seelische Spannkraft.«[23] Unmoralisches Handeln besudelt einen Menschen, zieht ihn unweigerlich nach unten, und Stendhals einzige Möglichkeit, seinen Helden zu retten, ist, ihn mit Gewalt hochzureißen durch den ihn bloßstellenden Brief Mme de Rênals, Juliens Mordanschlag auf sie, seine Einkerkerung und seine Erhebung über die Gesellschaft – im wörtlichen wie im übertragenen Sinn – in seiner Todeszelle.

Nachdem Julien die beiden verhängnisvollen Schüsse abgefeuert hat, ist er wie betäubt und nimmt nichts mehr wahr; dann erst kommt er allmählich »wieder ein wenig zu sich selbst« – nicht nur aus dem Trancezustand, in dem er sich seit der Enthüllung des brandmarkenden Briefes befand, sondern auch aus der Selbstentfremdung, der er sich von Anfang an bewußt ausgesetzt hat. In seiner erhabenen Kerkerzelle kümmert sich Julien nicht mehr um das, was andere über ihn denken und ist in den Stunden voll Zärtlichkeit, die er noch mit Mme de Rênal genießt, endlich ganz unverstellt. »Niemals bin ich so glücklich gewesen«, sagt er zu ihr, und als sie dies überraschende Geständnis bezweifelt, bestätigt er ihr: »Nie, und ich spreche zu dir, wie ich zu mir selbst sprechen würde.«[24]

Aus unserer post-romantischen Perspektive ist es sicherlich eine seltsame, ja sogar verkehrte Lösung, wenn Stendhal zu verstehen gibt, in der Gesellschaft, wie sie nun einmal beschaffen sei, könne letzte Aufrichtigkeit und damit wahres Glück nur in einer völligen Abschließung von der Welt, angesichts des Todes, gewonnen werden. Dies ist der am stärksten von der Romantik geprägte Zug in *Le Rouge et le Noir*, aber er wird in den abschließenden Kapiteln des Romans nur mit Zurückhaltung angedeutet. In Juliens letzter Liebesszene klingt ein anmutig beherrschter, sanft klagender, eher von Mozart als von Cimarosa kommender Ton an. Wie überall in dem Roman beschränken sich die Andeutungen des sinnlich Wahrnehmbaren auf ein Mindestmaß und sind dennoch taktisch wirkungsvoll: nach seinem langen, mühevollen Weg durch den Schmutz dieser Welt hat Julien seinen Turm, seinen Ausblick auf den Himmel, und Stendhal möchte dem Leser das Gefühl geben, dies sei genug.

Vor ihm hatten andere französische Schriftsteller, zuerst Chateaubriand, Romane gemacht, motiviert durch den Traum von einem lichtvollen *ailleurs*, jener verklärten Erfüllung im Jenseits, das den in der Mühsal seiner irdischen Existenz gefangenen Helden anlockte. Dieser Traum wurde allerdings bezeichnenderweise in einem verschwommenen und erhabenen Stil ausgedrückt, der die Umrisse der wirklichen Welt vernebelte oder verzerrte. Im Gegensatz dazu war Stendhal in der Lage, eine stets klare Erkenntnis mit einer schlichten und zuweilen ironisch zurückhaltenden Form des romantischen Traums zu verbinden. Ein wesentliches Kennzeichen seiner Originalität als Romancier ist seine Fähigkeit, durch die formale Struktur seinen Stoff unter zwei verschiedenen Blickwinkeln darzustellen, die sowohl den stets wechselnden Schauplatz der zeitgenössischen Gesellschaft mit ihren typischen Lastern und Absonderlichkeiten erfaßten – jenen ausgedehnten Sumpf, in dem sein Held steckenbleibt – als auch eine Ahnung von einer Seligkeit weit außerhalb der gesellschaftlichen Zwänge vermittelten. Sein ganzes Leben lang hatte Henri Beyle nach literarischem Ruhm gestrebt, nun wußte er endlich, wie er mit einer sorgfältig ausgewogenen Kunst, die ganz seine eigene war, seinen Traum verwirklichen konnte.

Vierter Teil
Der Konsul

Wie seine Gesalten, seine Gedanken und seine Werke steht auch Stendhal selbst im Halbschatten eines schwer zu deutenden Geheimnisses, der allmählich in den Glanz einer widersprüchlichen Wahrheit übergeht. Der tiefste Grund bleibt immer im Dunkel.

Robert M. Adams,
Stendhal: Notes on a Novelist

XII
CIVITAVECCHIA
(48.–53. Lebensjahr)

Ein bis ins Mark dringender Wind fegte von den Bergen herab durch die Straßen von Triest, als Henri Beyle am 25. November 1830 dort eintraf. Dies war ein düsteres Omen für das, was ihn in seiner neuen Tätigkeit in Italien erwartete. In einer Aufwallung jugendlichen Tatendrangs hatte er Paris den Rücken gekehrt und sah sich nun endlich im Land seiner Sehnsucht auf dem Wege zu der so lange schon erträumten sorgenfreien Stellung; aber der eisige Zugriff der Bora, des nordöstlichen Fallwindes über der Adria, machte ihm sogleich bewußt, daß er nun doch in einem körperlich anfälligen Alter war und daß das Klima sowie die politische, gesellschaftliche bzw. kulturelle Situation in Italien seinen Lieblingsvorstellungen womöglich gar nicht entsprachen. Wie er ein paar Monate später in einem Brief an Mareste bekannte, litt er seit dem Tage nach seiner Ankunft ständig unter Bauchkrämpfen – er nannte sie bildhaft »Rheumatismus der Eingeweide« – und führte sie auf die Einwirkung der Bora zurück. Vielleicht beeinflußte auch die bittere Enttäuschung seine körperliche Hinfälligkeit; jedenfalls verursachte ihm sein ohnehin nie ganz einwandfreier Gesundheitszustand von nun an ständig Beschwerden.

Triest erschien ihm öde, bar jedes ästhetischen oder gesellschaftlichen Reizes und vorwiegend von geldgierigen Grobianen bevölkert. Selbst die Sprache bereitete ihm Schwierigkeiten. Er hörte die Leute ebenso viel Deutsch wie Italienisch sprechen, so daß er, falls er in Triest blieb, sich ausgerechnet in der Sprache eine gewisse Fertigkeit würde erwerben müssen, die seinen halbherzigen Bemühungen in den Jahren seines kaiserlichen Dienstes in Preußen und Österreich so erfolgreich widerstanden hatte. Am Neujahrstag 1831 schrieb er an Mme Ancelot einen Brief, in welchem er seine trübe Stimmung folgendermaßen zusammenfaßte: »Ach, Madame, ich sterbe vor Kälte und Verdruß. Das ist das Neueste, das ich Ihnen heute, am 1. Januar 1831, berichten kann.«[1] Er pflegte nur spärlichen Umgang mit Menschen beiderlei Geschlechts. In dem erwähnten Brief an Mme Ancelot bemerkte er mit einem sauertöpfischen Beigeschmack von Exhibitionismus und mit einer rechnerischen Exaktheit, die die gewinnsüchtigen Triester karikieren sollte: »Die schönsten Damen liegen mir zum Preis einer Zechine (12 francs 63 centimes) zu Füßen« (a.a.O.). Bald versuchte er sich mit einer Liebschaft abzulenken; das Ziel seiner Bemühungen war ein Fräulein Ungher, eine etwa 24jährige Triester Sängerin. »Doch«, so erklärte er angewidert in einem Brief an Mareste, »sie kann zu gut rechnen; ich wollte ihr weismachen, 48 sei gleich 25; das hat sie jedoch keineswegs zugegeben.« (23. März 1831)[2]

Die Stellung in Triest hätte ihm also, abgesehen von dem damit verbundenen sicheren Jahresgehalt von 15 000 francs, in keiner Hinsicht behagt; es stellte sich aber ohnehin sehr bald heraus, daß die habsburgischen Behörden ihn als persona non grata ansahen. Man fragt sich wirklich, wieso er sich einbilden konnte, er sei ein den Österreichern genehmer Konsul, nachdem ihn erst zwei Jahre zuvor deren wachsame Polizei als Aufrührer aus Mailand vertrieben hatte. Die einleuchtendste Erklärung gibt wohl Victor Del Litto mit seiner Vermutung, das ganze Vorhaben Beyles sei ein weltfremder Verzweiflungsakt gewesen.[3] Als seine Geldmittel praktisch aufgebraucht waren, glaubte er vielleicht, er könne die Regierung der österreichisch-ungarischen Monarchie vor eine vollendete Tatsache stellen, indem er einfach nach Triest fuhr, um die Führung seines Konsulats aufzunehmen. Dabei hatte er nicht einmal vorher vom österreichischen Botschafter in Paris ein Visum erhalten. Bereits in Pavia wurde sein visaloser Paß von einem Beamten beanstandet, und er wurde aufgefordert, sich der Mailänder Polizeibehörde zu stellen (bei dieser Gelegenheit sah er seine geliebte Stadt zum letzten Mal). Der französische Generalkonsul schaltete sich ein, und Beyle durfte die Reise zu seinem Bestimmungsort fortsetzen. Inzwischen hatte man jedoch in Wien die Akte über Henri Beyle, alias Stendhal, den berüchtigten Verfasser des bösartigen Buches *Rome, Naples et Florence*, gründlich geprüft, und während man Beyle in Mailand festhielt, instruierte Metternich am 21. November höchstpersönlich seinen Botschafter in Frankreich, er solle das französische Außenministerium ersuchen, diese unannehmbare Designation für das Triester Konsulat rückgängig zu machen. In der ersten Dezemberwoche kursierten bereits Gerüchte über die österreichische Verweigerung; am 24. Dezember erhielt Beyle die amtliche Mitteilung, seine Beglaubigung als Konsul sei abgelehnt.

Statt als französischer Diplomat in Italien ein Wohlleben nach seinen Wünschen zu führen, fand er sich in eine feindselige Umgebung verschlagen, in der er allseitige Ablehnung zu spüren bekam. Sofort nach seiner Ankunft in Triest übernahm er die Verwaltung des vakanten Konsulats in der Hoffnung, er könne durch seine Aktivität seine bereits angefochtene Anwartschaft auf die Stellung durchsetzen. Aber seit dem 24. Dezember wußte er, daß er den Posten nur vertretungsweise bis zur Ankunft eines neu Ernannten ausfüllte. Die eigentliche Übergabe der Amtsgeschäfte fand erst Ende März statt. In der Zwischenzeit jedoch waren seine Pariser Freunde, soweit sie Einfluß im Außenministerium hatten, für ihn tätig gewesen. Das Angebot des Konsulats in Civitavecchia muß unmittelbar nach Ablehnung der Ernennung für Triest in die Wege geleitet worden sein, denn Beyle erwähnte es bereits – nicht gerade mit Begeisterung – in einem Brief an Mareste vom 17. Januar. Er sei einst durch einen Sturm dorthin verschlagen worden, rief er Mareste in Erinnerung, und die kleine Hafenstadt des Kirchenstaates sei ihm als »ein abscheuliches Loch« vorgekommen. Dies blieb seine feststehende Bezeichnung für Civitavecchia, die sich in den elf Jahren seines höchst sporadischen Aufenthalts an diesem Ort zur Genüge bestätigte. Die amtliche Mitteilung über seine neue Ernennung bekam er Mitte März; am 31. brach er nach Civitavecchia auf, um nach einer geruhsamen Reise über Venedig,

Padua, Bologna, Florenz und Siena seine neuen konsularischen Aufgaben am 18. April in Angriff zu nehmen.

Beyle hatte sich zwar einen Posten in Italien gewünscht, aber dies war nach seiner Ansicht nichts weiter als die Türschwelle des schäbigsten Hintereingangs zu einem Ziel im Land seiner Träume. (Über den kulturellen Affront hinaus mußte er auch noch eine finanzielle Benachteiligung hinnehmen: auf diesem Außenposten bekam er als Konsul ein Gehalt von nur 10 000 francs, das niedrigste Gehalt im diplomatischen Dienst.) Etwa 45 Meilen nordwestlich von Rom an der Mittelmeerküste gelegen, war Civitavecchia der einzige Hafenort des Kirchenstaates und hatte aus diesem Grund gewisse wirtschaftliche, womöglich sogar strategische Bedeutung – deshalb war dort ein Konsulat erforderlich. Einer Ernennung Beyles stand hier nichts im Wege, weil die päpstlichen Behörden, im Unterschied zu Metternich, darauf bedacht waren, sich die neue französische Regierung gewogen zu halten, obgleich ihnen, wie aus dem amtlichen Schriftverkehr hervorgeht, die verdächtigen Prinzipien des neuen Konsuls durchaus nicht paßten und sie die Ablösung seines treu monarchistischen Vorgängers bedauerten. Beyle bestätigte sogleich ihren Argwohn, indem er sich mit den republikanisch gesinnten Bürgern der Stadt anfreundete, und zwar besonders eng mit Donato Bucci, einem ortsansässigen Antiquitätenhändler, der ihn in das zeitraubende Hobby der Amateur-Archäologie einführte. Der Argwohn seitens der päpstlichen Behörden blieb so groß, daß man den französischen Konsul während seiner Besuche in Rom manchmal von Geheimagenten beobachten ließ: so war sein fortwährender Drang, einer Entlarvung zu entgehen, endlich einmal objektiv gerechtfertigt.

Abgesehen von seinen Ausflügen zu etruskischen und römischen Ruinen in der näheren und weiteren Umgebung von Civitavecchia sowie von seinen Gesprächen mit einer Handvoll liberal gesinnter Bürger fand Beyle am Ort wenig Zerstreuung. Damals hatte die Stadt weniger als 7500 Einwohner. Es war ein öder Ort – und ist es noch heute; die zwei- bis dreigeschossigen, schmucklosen Häuser drängten sich in dichten Reihen am Meeresufer zusammen; infolge der starken Sonneneinstrahlung blätterte die Farbe von den rissigen Mauern, in den Gassen häuften sich allerlei Unrat und Schutt; es roch nach Abfällen und faulenden Fischresten; auf den Straßen schufteten Kettensträflinge; das Hafenbecken war von der wuchtig drohenden Masse der als Gefängnis dienenden Michelangelo-Festung beherrscht. Zu all diesen unerfreulichen Anblicken kam noch hinzu, daß Beyle gesundheitlich unter dem heiß-feuchten Klima dieser sumpfigen Gegend fast ebenso sehr litt wie vorher unter der Bora in Triest. Es ist nur allzu verständlich, daß er immer wieder die achtstündige Kutschenfahrt nach Rom auf sich nahm und es so einrichtete, daß er möglichst viel Zeit in der Hauptstadt zubrachte.

Doch wie sehr ihn auch der Schmutz, die Häßlichkeit und die Fieberdünste von Civitavecchia belasteten, was ihn am meisten niederdrückte – und in seinen Briefen an die Freunde in Paris betonte er es immer wieder – war der Mangel an geistig aufgeschlossenen Menschen. Dies Gefühl der Abgeschlossenheit legte ihm häufig Todesgedanken nahe. So beschreibt er in einem Brief an seinen Vetter Romain Colomb ein eigens für ihn veranstaltetes, elegantes Abendessen in einer reizvollen Gartenatmosphäre und klagt dann, wie sehr er die geistvolle Pariser Gesellschaft vermisse und daß an jenem Abend in Civitavecchia nicht ein einziger geschliffener oder interessanter Gedanke geäußert worden sei. »Muß ich von Dummköpfen erstickt zugrunde gehen? Es sieht sehr danach aus.«[4] (10. September 1834) Einige Wochen danach klagt er in einem Brief an Sophie Duvaucel noch lauter: »Seit einem Jahr habe ich Sie nicht mehr gesehen, habe ich Paris nicht mehr gesehen. Muß ich auf solche Weise mein Leben an diesem gottverlassenen Gestade zubringen und beschließen? Ich befürchte es. Dann werde ich durch Langeweile und durch die Unmöglichkeit, neue Gedanken mitzuteilen, völlig abgestumpft zugrunde gehen.« (28. Oktober 1834)[5] Seinem Freund Domenico Fiori, der ihm zu dieser Stellung verholfen hatte, schildert er, wie er am Fenster seines Amtszimmers 60 Fuß über dem Meere sitzt und stumpfsinnig Papierfetzen ins Wasser hinabwirft. Und er stellt die Betrachtung an, daß andere Leute von kühlerer Wesensart an seiner Stelle vielleicht glücklich oder zumindest gelassen wären, »aber meine Seele ist ein Feuer, das erstickt, wenn es nicht aufflammt. Ich brauche täglich einen Kubikmeter neuer Gedanken, so wie ein Dampfer Kohlen braucht«. (1. November 1834)[6]

In Rom tat Beyle sein Bestes, um seiner geistigen Flamme Nahrung zu geben. Er freundete sich alsbald mit dem französischen Botschafter in Rom, dem Grafen de Sainte-Aulaire, und mit seiner charmanten, blonden Frau an. Die hartnäckige, auf Alexandrine Daru bezogene Kopferotik, die er mehr als zwei Jahrzehnte vorher gehegt hatte, sozusagen als blasse Kopie wiederholend, vermochte er sich in den Wintermonaten des Jahres 1832 einzureden, er sei in Louise de Sainte-Aulaire verliebt. Sie redete ihm das auf taktvolle Weise aus, und sie blieben Freunde, bis ihr Mann Anfang 1833 nach Wien versetzt wurde. Im Jahre 1835 wandte Beyle diese Methode noch einmal an, als er sein Augenmerk auf die Gräfin Giulia Cini richtete (»Comtesse Sandre«, wie sie in der schülerhaften Geheimsprache der privaten Aufzeichnungen Beyles hieß, weil ihr Name ihn an das lateinische Wort *cinis*, Asche, erinnerte, welches auf Französisch *cendre* heißt), seitdem er im Hause Cini als regelmäßiger Gast ein- und ausging. Auch diesmal wurde er kaum ermuntert; vielmehr trug ihm seine Vernarrtheit eine zeitweilige Entfremdung von einem seiner besten Freunde in Rom ein, dem Aristokraten Philippi Caetani, der tatsächlich ein Verhältnis mit Giulia Cini hatte. Dank dieser vereinzelten schwachen Reflexe des im Dienste Amors ergrauten Beyle spielte Giulia Rinieri, wie noch zu zeigen ist, weiterhin als verlockende Gestalt in seinem Gefühlsleben eine Rolle.

Mochte er sich auch veranlaßt fühlen, sein verborgenes Ich hinter einem ganzen Arsenal von Masken zu bewahren, so ist doch wiederum bemerkenswert, daß er den Umgang mit anderen Menschen brauchte und immer wieder seine Fähigkeit zur Freundschaft bewies. Wie aus dem obengenannten Beispiel hervorgeht, gehörten zu seinen Freunden in Rom Mitglieder des französischen Diplomatischen Korps und der römischen Aristokratie und ortsansässige Ausländer wie der Russe Alexander Turgenjew (der nicht mit dem späteren berühmten Romanautor zu verwechseln ist) und der französische Künstler Abraham Constantin. Beyle hatte Constantin, einen höchst erfolgreichen Emaille- und Porzellanmaler, während der zwanziger Jahre in Paris kennengelernt. Nun wurden beide enge Freunde und teilten seit Juli 1831 eine gemeinsame Wohnung in Rom. 1833 verließ Constantin zwar Rom für einige Jahre, doch von 1839 bis zur endgültigen Rückkehr Beyles nach Frankreich wohnten sie wieder zusammen und arbeiteten damals gemeinsam an einer Einführung in die italienische Malerei, die 1840 unter der alleinigen Autorschaft Constantins veröffentlicht wurde.

In Rom litt Beyle demnach nicht unter einer Isolierung inmitten von Dummköpfen wie in Civitavecchia, aber der Papststadt fehlte trotz aller Kunstschätze der Zauber des reizvollen kulturellen Lebens und der Liebesabenteuer, der ihn einst in Mailand betört hatte; befand er sich in Rom auch in angenehmer Gesellschaft, so gab es doch hier nichts, was dem geistvollen Gedankenaustausch vergleichbar war, den er während des in Paris verbrachten Jahrzehnts genossen hatte und an den er sich jetzt voll Sehnsucht erinnerte. Die Ironie des Schicksals fügte es so, daß aus »Arrigo Beyle Milanese« in der Zeit zwischen 1821 und 1830 in Wirklichkeit ein echter Pariser geworden war. Zwischen zwei Kultursphären hin- und herpendelnd hatte er, ohne sich dessen bewußt zu werden, einen Menschen aus sich gemacht, der ständig im Exil lebte: in Frankreich hatte er sich nach der Leidenschaft, der Lebenskraft und der Musik Italiens gesehnt; nun fühlte er, wie er in einem Italien, das der idealisierten Lombardei seiner Jugendzeit wenig glich, seelisch verkümmerte, weil er von dem intensiven geistigen Leben der Pariser Salons mit ihrem sprühenden Witz und ihrer reichen Kultur des Wortes abgeschnitten war. Erst in dem zweiten Meisterwerk, das er vollendete, *La Chartreuse de Parme*, fand er einen Weg, diese beiden, so verschiedenartigen geistigen Heimatländer in einer Gesamtschau zu vereinigen.

Verständlicherweise war also Beyles Leben in Italien Anfang der dreißiger Jahre von einer gewissen Unrast erfüllt. Weder in der Erledigung seiner amtlichen Pflichten noch in seinen erotischen Interessen noch in seiner schriftstellerischen Tätigkeit (hierin zumindest bis zum Jahre 1834 nicht) brachte er anhaltende Konzentration auf. Sofern er nicht krank war – im Frühjahr 1831 litt er unter heftigem Fieber, dann unter Anfällen von Gicht und Nierensteinen – oder sich langweilte, ging er auf Reisen. Das Jahr 1832 begann er zum Beispiel in Neapel, verbrachte das Ende des Monats Februar und die erste Hälfte des März in Rom, wurde dann, nach einem dreiwöchigen Aufenthalt in Civitavecchia nach Ancona geschickt (diesmal in offiziellem Auftrag), und vom Juni bis zum Jahresende gelang es ihm wiederholt, Besuche der Städte Florenz und Siena sowie eine Reise in die Abruzzen einzuschieben. Im ganzen verbrachte er etwa ein Drittel des Jahres in seinem römischen pied-à-terre und alles in allem kaum mehr als acht bis neun Wochen in Civitavecchia. Zu all diesen Ortsveränderungen trieb ihn allerdings nicht übermütige Neugier wie in früheren Jahren, eher mischte sich in seine gewohnte Reiselust ein Unbehagen, eine Furcht vor Langeweile. Auf einem Gemälde von Ducis aus dem Jahre 1833, einem von mehreren offiziellen Porträts, die Beyle in diesem Jahrzehnt von sich anfertigen ließ, ist die Unruhe, die ihn während seiner beruflich in Italien verbrachten Jahre beherrschte, mit feinem Gespür eingefangen: seine Augen erscheinen melancholisch, vielleicht auch bekümmert, seine Lippen sind auf angespannte Weise geschürzt, auffallend strenge Linien verlaufen von den Nasenflügeln herab und um den Mund.

In dieser allgemeinen Gemütsverfassung fand Beyle in seinen häufigen Reiseunternehmungen keine ausreichende Ablenkung von der Einsamkeit und Monotonie seines Lebens. Bereits Mitte 1833, genau zwei Jahre nach seinem Amtsantritt und nach einer zusätzlichen persönlichen Enttäuschung, von der noch die Rede sein wird, ersuchte er um einen ausgedehnten Urlaub – es war der erste und kürzeste von den dreien, die ihm gewährt wurden – um Frankreich wiederzusehen. Gegen Ende August brach er nach Paris auf und verbrachte dort drei Monate, von Anfang September bis Anfang Dezember. Er erneuerte seine Kontakte mit alten Freunden und Freundinnen und knüpfte unter anderem auch eine Verbindung wieder an, die Jahre hindurch einen nicht gerade freundlichen Charakter gehabt hatte – seine Beziehung zu Clémentine Curial. Obwohl Stendhal sich erst ein Jahr zuvor, als er sein autobiographisches Fragment *Souvenirs d'égotisme* schrieb, der Qualen entsonnen hatte, die er litt, als Menti ihm den Laufpaß gab, war der Schmerz inzwischen genügend abgeklungen, so daß sie noch einmal gute Freunde wurden; und da er sie als verwandten Geist in Erinnerung hatte, als eine Frau, die ihm ihre Liebe aus freien Stücken, ja verschwenderisch geschenkt hatte, wollte er bezeichnenderweise eine Spur der liebevollen Intimität mit ihr bewahren. Zu Beginn des Monats November war er für einige Tage Gast der Curials im Schloß der

Familie bei Compiègne. Danach bekamen ihre Briefe wieder einen freundlich vertrauten Ton, und auf seiner nächsten Reise nach Paris im Jahre 1836 suchte Beyle Menti wieder auf.

Im übrigen war er in Paris durch zahlreiche Besuche und Abendgesellschaften in Anspruch genommen – unter vielen anderen durch eine festliche *partie de filles*, die der stets lüsterne Mérimée zur Feier seines dreißigsten Geburtstags veranstaltete – sowie durch offizielle Begegnungen mit Ministern; vielleicht hatte er sogar eine Audienz bei Louis Philippe. Als ihm seine Freundin Jules Gaulthier Anfang Oktober das Manuskript eines Romans anvertraute, mußte er sich in einem Schreiben entschuldigen, es sei ihm einfach unmöglich, etwas zu lesen, solange er in Paris sei, und sie müsse sich bis Januar oder Februar gedulden, dann erst könne er ihr seine Anmerkungen und Vorschläge von Italien aus schicken. Dies Versprechen erfüllte er getreulich, wenn auch etwas verspätet; immerhin mußte er, nachdem er der Amateurschriftstellerin seinen Rat erteilt hatte, entdecken, daß ihr Manuskript ihn zu einem eigenen anspruchsvollen Vorhaben angeregt hatte.

Alles in allem ging es Beyle nur zu gut während dieser drei Monate in Paris; denn, wie man an den im Jahre 1834 geschriebenen, oben zitierten Briefen erkennen kann, empfand er nach seiner Rückkehr die Isoliertheit in Civitavecchia umso qualvoller. Wohl zum letzten Mal brach seine Pariser Hochstimmung aus ihm hervor, als er im Dezember auf einem Dampfschiff die Rhône bis Marseille hinunterfuhr und bei dieser Gelegenheit George Sand und Alfred de Musset begegnete, die auch unterwegs nach Italien waren – übrigens wurde aus der Reise dieses schlecht zusammenpassenden Liebespaares eine recht unglückselige Unternehmung. Aus George Sands Darstellung zu schließen muß Beyle in glänzender Verfassung gewesen sein: um seiner Warnung Nachdruck zu verleihen, daß sie, indem sie Paris den Rücken kehrten, auf jegliches wahre geistige Leben verzichteten, ahmte er für die Sand und Musset mit seinem Schauspielertalent die stumpfen und lächerlichen italienischen Gestalten nach, denen sie begegnen würden. George Sand amüsierte sich bis zu einem gewissen Grad über Beyles Ausgelassenheit, und ihre Bemerkung »ich glaube nicht, daß er boshaft war, denn er gab sich zu viel Mühe, um diesen Eindruck zu erwecken« läßt erkennen, daß sie ihn durchschaute. Aber sie legte (trotz ihrer unkonventionellen Liebesaffären) auch wiederum zu viel Wert auf das, was sich schickte und war in ihrem Wesen zu ernsthaft, als daß ihr Beyles Hanswurstiaden angenehm gewesen wären. Einmal tanzte er Sand und Musset leicht beschwipst eine Art Gigue vor; diesen Augenblick in der Geschichte des Tanzes hielt Musset in einer flüchtigen, doch temperamentvollen Skizze für die Nachwelt fest: sie zeigt, wie der Verfasser von *Le Rouge et le Noir* mit schwingenden Rockschößen, pelzgefütterten Stiefeln und einem auf verwegene Art schief aufgesetzten Zylinder um einen Tisch herum seine Kapriolen macht. Dies kam George Sand ziemlich unpassend vor, außerdem fühlte sie sich durch seinen echt oder scheinbar obszönen Ton beleidigt: er hatte sicherlich Kenntnis von ihrem kurzen Verhältnis mit Mérimée, wahrscheinlich sogar bis in die intimsten Einzelheiten, und beging offenbar den Fehler, sich eines Wortschatzes zu bedienen, der ihm für diese zweifelhafte Freundschaft angebracht schien. George Sand schloß die Darstellung ihrer Eindrücke von Beyle mit einem nach ihrer Ansicht ausgewogenen Urteil ab: »Ansonsten war er ein vortrefflicher Mann mit einem eher kunstvollen als treffenden Scharfblick... mit einem echten, originellen Talent begabt und einem schlechten Stil, in welchem er sich dennoch so ausdrücken kann, daß er seine Leser beeindruckt und stark fesselt.«[7] Stendhal seinerseits hinterließ keinen Bericht darüber, wie er persönlich auf diese Begegnung mit der Sand reagierte, aber seine Ansicht über ihre stilistischen Fähigkeiten äußerte er mit deutlicher Schärfe in den Randkommentaren zu seinem nächsten großen Roman. Sie trennten sich unterdessen sehr zu Sands Erleichterung in Marseille, weil Beyle auf dem Landwege nach Italien weiterreiste, während sie und Musset die Reise per Schiff fortsetzten. Im wörtlichen und übertragenen Sinne gingen ihre Wege immer weiter auseinander.

Man fragt sich, ob Beyle zwischen seinen Urlaubsreisen nach Frankreich, seinen Vergnügungstouren innerhalb Italiens und seinen ausgedehnten Aufenthalten in Rom jemals an seine konsularische Verantwortung in Civitavecchia dachte. Nicht erst nach seinem Tode, auch schon zu seinen Lebzeiten erhob man gegen ihn den Vorwurf, er habe sein Amt als bloße Sinekure aufgefaßt und seine Pflichten fast völlig vernachlässigt. In Wahrheit waren die Dinge komplizierter. Aus den dargelegten Gründen war das Leben in Civitavecchia für ihn nicht bloß unangenehm, sondern oft schier unerträglich. Immerhin war er ein fähiger Verwaltungsbeamter, wie er im Dienste des Kaisers bewiesen hatte, ein scharfer Beobachter, den die verschlungenen Pfade der Politik faszinierten, und ein Mensch, der gern Amtsgewalt ausübte, wozu er in diesem abgelegenen Provinzkonsulat leider nur sehr beschränkte Möglichkeiten fand. Wie Beyle sich als Diplomat selbst einschätzte, läßt sich daran ermessen, daß er in seinen Briefen seit Ende des Jahres 1830 seine Pariser Freunde immer wieder bedrängte, ihren Einfluß geltend zu machen, damit man ihm in Anerkennung seiner Leistungen als Beamter das Kreuz der Ehrenlegion verleihe. Vielleicht glaubte er, die Auszeichnung könne seine Beförderung im auswärtigen Dienst beschleunigen; aber eindeutig sah er darin auch eine offizielle Bestätigung seiner Tätigkeit als verantwortungsbewußter Verwaltungsbeamter. Deshalb war er eigentlich enttäuscht, als man ihm 1835 das Kreuz lediglich in seiner Eigenschaft als französischer Schriftsteller verlieh.

Beyle hielt sich in Civitavecchia nie mehr als sieben Monate im Jahr auf, in manchen Jahren bekanntlich sehr viel weniger. Dennoch läßt der von ihm geführte konsularische Schriftverkehr darauf schließen, daß er, sooft er seinen Pflichten nachkam, sie mit peinlicher Sorgfalt erfüllte. In Anbetracht der geringen Bedeutung seines Postens meinte er, er könne in der übrigen Zeit seinen konsularischen Verpflichtungen durch Delegieren seiner Amtsgewalt nachkommen. Da er von seinem Fenster aus den Hafen übersehen konnte, brachte er natürlich seine Zeit nicht nur damit zu, Papierschnitzel schwimmen zu lassen, sondern beobachtete das Ausladen von Getreide, Zucker, Stoffen und anderen Einfuhrartikeln, vermerkte, sofern dies angebracht war, unter welcher Flagge ein Schiff fuhr, notierte die genaue Menge der Ladung und in welchen Behältern sie transportiert wurde, und gab dies alles vorschriftsgemäß in seinen Meldungen an die vorgesetzte Behörde weiter. Manchmal mußte ihm ziemlich unbehaglich zumute gewesen sein, wenn ihm bewußt wurde, wie sehr diese Tätigkeit seinen lästigen Routinegängen in die Hafenanlagen von Marseille glich, die ihm, als er noch jung war, während seiner Tätigkeit im Importgeschäft oblagen.

Offensichtlich verlangte Beyle nach einem anspruchsvolleren Schauplatz zur Entfaltung seiner diplomatischen Talente. Er versuchte seinen Wirkungsbereich dadurch zu erweitern, daß er dem Außenministerium in Paris ausführliche Analysen über die Veränderungen der politischen Tendenzen im Kirchenstaat und in anderen Teilen Italiens einsandte. Diese Bemühungen scheint man jedoch lediglich als aufdringlichen Diensteifer angesehen zu haben. Von dem französischen Konsul in Civitavecchia erwartete man, daß er Getreide- und Zuckerladungen zähle, nicht aber, daß er sich die Privilegien des Botschafters anmaßte.

Gelegentlich eintretende Krisensituationen meisterte Beyle mit kaltblütiger Kompetenz, so zum Beispiel im Jahre 1835, als das französische Dampfschiff *Henri IV* etwa vierzig Meilen nordwestlich von Civitavecchia auf ein Riff vor der Küste auflief, oder im März 1832, als die Franzosen ein Expeditionskorps entsandten mit dem Auftrag, Ancona zu besetzen – angeblich, um die Österreicher davon abzuhalten, in das Gebiet des Kirchenstaats einzudringen – und Beyle damit beauftragt wurde, das Unternehmen militärisch zu beaufsichtigen. Nach der Mission »Ancona« lobte Botschafter Sainte-Aulaire in einem Brief an den Außenminister Beyle wegen seiner bewundernswerten Erledigung eines »unangenehmen und schwierigen Auftrags«. Doch mochte er seinen Diensteifer und seine beruflichen Fähigkeiten auch noch so sehr unter Beweis stellen, es gab für Beyle im Grunde keine Möglichkeit, aus dem »abscheulichen Loch«, in das ihn das Auswärtige Amt gesteckt hatte, befreit zu werden. Er war eben ein Literat, der sich durch seine Veröffentlichungen politisch zu seinem Nachteil exponiert hatte. Hin und wieder träumte er wohl von einem neuen Posten in Spanien (vielleicht im Gedanken an den *Cid* und die blühenden Orangenbäume), aber im Außenministerium meinte man gerade genug für ihn getan zu haben, indem man ihn durch Zuweisung eines zweitklassigen Konsulats in einem langweiligen italienischen Provinznest vor der Armut rettete. Wollte Beyle sich schadlos halten, blieb ihm also nur die Möglichkeit, seiner Arbeitsstätte so oft wie möglich fernzubleiben, ohne daß seine wichtigsten konsularischen Aufgaben unerledigt blieben.

In dieser Hinsicht beging er allerdings einen schweren taktischen Fehler, unter dessen Folgen er während seiner ganzen

Amtszeit in Italien zu leiden hatte. Zu dem diplomatischen Personal, das Beyle mit seinem Amtsantritt im Jahre 1831 übernommen hatte, gehörte ein 26jähriger Konsulatsangestellter namens Lysimaque Caftangioglou Tavernier, der aus Thessaloniki stammte und einen Griechen zum Vater und eine Französin zur Mutter hatte. Beyles Vorgänger, Baron de Vaux, hatte ihn gewarnt, Tavernier könne man nicht trauen; doch der neue Konsul neigte dazu, dem Rat geringen Wert beizumessen, einesteils wahrscheinlich, weil er den bourbonisch orientierten politischen Ansichten des Barons mißtraute und sich mehr zu dem von Tavernier zur Schau getragenen Republikanertum hingezogen fühlte, andererseits, weil der junge Mann es verstand, sich bei seinem neuen Vorgesetzten beliebt zu machen, zumal er sicher rasch erkannte, daß diesem daran gelegen war, die unangenehmeren konsularischen Aufgaben jemand anderem zu übertragen. Im Juli 1831 war es soweit, daß Tavernier sich als geschäftsführender Sekretär des Konsulats unentbehrlich gemacht hatte; seitdem legte er alles darauf an, sich seinem immer wieder abwesenden Dienstvorgesetzten in wachsendem Maße nützlich zu erweisen. So wartete er ab, bis seine Zeit gekommen war und Beyle im Jahre 1834 dem Außenministerium vorschlug, Tavernier als bevollmächtigten Kanzleivorstand des Konsulats in Civitavecchia zu bestätigen. Beyle stellte sich gewiß vor, daß er, wenn Tavernier offiziell die Kanzleigeschäfte führe, seinem Untergebenen sogar noch mehr Obliegenheiten übertragen könne, während er selbst in Rom und anderswo seinem Vergnügen nachging: selbst ein Mensch mit einem noch so durchdringenden Verstand kann völlig verblendet sein, wenn er glaubt, er könne es sich leisten, lästige Verpflichtungen auf bequeme Art loszuwerden.

Die Ernennung Taverniers zum Kanzleivorstand trat im Mai in Kraft. Sowie ihm seine Stellung sicher war, ging er dazu über, sich Beyles Anordnungen zu widersetzen und alles in seiner Macht Stehende zu tun, um das Ansehen des Konsuls zu untergraben. Anfang Juni erteilte Beyle Tavernier einen scharfen, schriftlichen Verweis; dieser reagierte darauf mit einem in unverschämte Ausdrücke gekleideten Rücktrittsgesuch. Eine Woche später ließ sich Beyle von seinen Vorgesetzten dazu überreden, Tavernier als Kanzleivorstand wieder einzusetzen, obgleich er wußte, daß er sich damit einem »Labyrinth von Rivalitätskonflikten« aussetzte. Unterdessen sandte der Speichellecker Tavernier an das Außenministerium Denunziationsbriefe, in denen er seinen unermüdlichen Einsatz für die Verwaltung des Konsulats beteuerte und gleichzeitig seiner Bestürzung darüber Ausdruck gab, daß der amtierende Konsul seine Pflichten in unerhörter Weise vernachlässige und ständig abwesend sei. Diese Schachzüge trugen Beyle mehrere amtliche Verweise ein sowie die strenge Order, sich fortan nicht mehr von Civitavecchia zu entfernen.

Statt einer Möglichkeit, dem »abscheulichen Loch« häufig zu entfliehen, hatte sich der arme Henri einen persönlichen Dämon geschaffen, der ihn umtanzte, sich über ihn lustig machte, ihn provozierte und dafür sorgte, daß er auf diesem öden Posten gefangen blieb. Es ist gut zu verstehen, daß Beyle im Jahre 1835 mit dem Gedanken spielte, aus dem diplomatischen Dienst überhaupt auszuscheiden, um noch einmal sein Glück als Berufsschriftsteller in Paris zu versuchen. »Ich Dummkopf«, bekannte er in einem Brief an Domenico Fiore im April jenes Jahres, »ich bin eigentlich dazu berufen, in einer Dachkammer einen Roman zu schreiben; denn ich habe mehr Spaß daran, Torheiten zu schreiben, als einen mit Brokat bestickten Frack zum Preise von 800 francs zu tragen.«[8] Vielleicht hielt ihn nur die Aussicht auf einen bevorstehenden, ausgedehnten Parisurlaub davon ab, die Alternative einer Amtsniederlegung ernsthafter in Erwägung zu ziehen.

Der Umstand, daß der Konsul Beyle sich an einem einsamen Gestade ausgesetzt fühlte, hatte weiterhin zur Folge, daß er eine Zeitlang öfter als je zuvor an eine Heirat dachte. Eine neue Liebesaffäre hätte möglicherweise seine chronische Langeweile angenehm unterbrochen; doch er sehnte sich jetzt nach einer schlichten und dauerhaften Gemeinschaft, also nach einer Lebensform, die er eher im Zusammenleben mit einer Ehefrau als mit einer Geliebten finden konnte. Während der ersten beiden Jahre seiner Amtstätigkeit im Kirchenstaat trug er sich noch immer mit dem Gedanken, Giulia Rinieri zu heiraten. Sein Heiratsantrag, den er am Tage vor seiner Abreise nach Triest Daniello Berlinghieri schriftlich eingereicht hatte, war von diesem zwar in höflicher Form übergangen, jedoch nicht gänzlich abgelehnt worden. Deshalb nährte Beyle immer noch die Hoffnung, sein Werben werde zum Erfolg führen. Gegen Ende Oktober des Jahres 1832 traf Berlinghieri, der gerade erst Giulias gesetzlicher Vormund geworden war, mit seinem Mündel in Siena sein, um in der gemeinsamen Heimatstadt einen längeren Urlaub von seinem Botschaftsposten in Paris anzutreten. Giulia hatte Beyle offenbar sofort benachrichtigt, daß sie in Italien sei; denn es waren noch nicht zwei Wochen seit ihrer Rückkehr vergangen, da traf er bereits nach einer zweitägigen Fahrt von Rom kommend am 7. November zu einem zwölftägigen Besuch in Siena ein. Ende November war er schon wieder in Siena, diesmal für eine Woche als Gast in Berlinghieris Landhaus, und im Januar 1833 weilte er abermals in Siena, und zwar volle drei Wochen lang.

Man weiß nicht genau, was sich während dieser Besuche zwischen den sich früher so leidenschaftlich Liebenden ereignete; was auch immer geschah – es war wohl für Beyle ziemlich problematisch und nicht gerade befriedigend. Der lästige Berlinghieri war zwar bereit, den französischen Konsul als Gast bei sich aufzunehmen; kam er jedoch als Freier in sein Haus, zeigte er ihm kein besonderes Entgegenkommen und würde es gewiß nicht stillschweigend geduldet haben, daß Beyle sich mit Giulia den Liebesfreuden hingab. Natürlich finden Liebende immer Mittel und Wege, um selbst den wachsamsten Blicken zu entgehen, und es ist ziemlich wahrscheinlich, wenn auch nicht ganz sicher, daß Beyle und Giulia in Siena Gelegenheit fanden, die in Paris genossenen intimen Beziehungen wieder aufzunehmen. Es ist eine Randnotiz von Beyle erhalten, die sich auf »alle die Kämpfe von Siena« im späten Herbst des Jahres 1832 bezieht; es ist unklar, ob er damit sagen wollte, daß Giulia sich zunächst dem Geschlechtsverkehr mit ihm widersetzte oder lediglich seine erneuten Heiratsanträge ablehnte. Später erinnerte er sich an die »schönen Tage und noch schöneren Nächte« seiner Besuche in Siena. Mitte Dezember schrieb sie ihm, um ihn zu bestärken, er solle auf keinen Fall die Hoffnung aufgeben, worauf er, erbost darüber, daß sich diese Hoffnung immer wieder verflüchtigte, antwortete, er wünsche, es stünde in seiner Macht, sie zu vergessen. Während seines Besuchs Ende Januar bis Anfang Februar wurde er offenbar Zeuge, wie Giulia mit einem Herrn aus Siena flirtete und sich von ihm betören ließ und wie ein anderer ihr mit ernsten Heiratsabsichten zusetzte. Desungeachtet waren sie weiterhin sehr vertraut miteinander, vielleicht sogar mehr als das. Daher war Beyle tief verletzt und enttäuscht, obwohl er allen Anlaß hatte, sich darauf gefaßt zu machen, als Giulia ihn zu Anfang des Monats April schriftlich davon in Kenntnis setzte, sie werde einen Vetter, namens Giulio Martini, heiraten.

Beyle brauchte zwölf Tage, um (am 20./21. April 1832) eine Antwort zu formulieren, die milder und freundlicher als sein erster Entwurf ausfiel, wie aus einer Notiz auf seinem Briefbogen hervorgeht. Immer noch redete er Giulia mit »mein lieber Engel« an und setzte voraus, daß sie mit seinen Pseudonymen für ihre Freier und seine Gefährten vertraut war; andererseits bedauerte er es, daß sie fortan nur noch Freunde sein könnten. Er wollte von ihr in allen Einzelheiten über die bevorstehende Heirat unterrichtet werden und teilte ihr seinerseits mit, er tröste sich mit »den mademoiselles Pauline, wie jene, die letzten Sommer in der Seine badete, erinnerst du dich? die in Alfreds Brief, den du ja gelesen hast«[9] (*Corr.*, Bd. II, S. 511). Diese rätselhafte Anspielung ist von dem emsigen François Michel[10] entschlüsselt worden. »Alfred« ist Mérimée, und den Ende Oktober 1832 geschriebenen und in seiner Schlüpfrigkeit typischen Brief hatte Beyle an Giulia zu ihrer Erheiterung weitergeleitet. Er enthielt die pikante Geschichte von einer gewissen Pauline, die Mérimée auf einer Bootsfahrt aufgegabelt hatte: Pauline war infolge einer Unachtsamkeit in die Seine gefallen; als sie in einer Kabine ihre Kleider wechselte, hatte der auf der Lauer liegende Mérimée versucht, sie nackt zu vergewaltigen; Pauline hatte ihm schlagfertig zu verstehen gegeben, sie würden beide sehr viel mehr Spaß an der Sache haben, wenn er warte, bis sie in der Stimmung sei, sich ihm freiwillig hinzugeben. Der Brief schloß mit der selbstgefälligen Bemerkung, Pauline habe Mérimée später in der Tat als Mätresse erfreut, er teile sich inzwischen mit Sutton Sharpe in ihre Gunst und biete sie Beyle an, wenn er das nächste Mal nach Paris komme; übrigens sei sie in bestimmten Koitusformen, die an dieser Stelle mit ihren vulgären Bezeichnungen einzeln aufgeführt werden, bemerkenswert geschickt. Wie François Michel feststellt, war dies nicht gerade der erbaulichste Lesestoff für eine ledige junge Frau aus gutem Hause; es scheint jedoch unnötig, daraus wie er den Schluß zu ziehen, Giulia könne bei Beyle nicht in sehr hohem Ansehen gestanden haben, wenn er ihr so etwas zu lesen gab. Immerhin hatten sie einander drei Jahre lang nicht nur auf platonische Weise geliebt. Da sie nach Intimitäten, an denen sie beide Vergnügen gefunden hatten, durch eine Art sinnlicher Kameraderie miteinander verbunden waren, läßt es sich durchaus verstehen, warum Beyle diese prickelnde Mitteilung von Mérimée an Giulia weitersandte; es liegt kein Hinweis darauf vor, daß die anfängliche Zuneigung für sie und die Achtung, die er ihr entgegenbrachte, von irgendeinem Makel behaftet worden wäre. Tatsache ist, daß er sehnlich danach verlangte, sie solle seine Frau werden. Indessen wurden durch ihre Eheschließung mit Martini im Jahre 1833 ihre Beziehungen zueinander keineswegs abgebrochen; sie beschränkten sich nicht einmal, wie Beyle zunächst befürchtete, auf bloße Freundschaftlichkeit.

Seitdem Giulia für ihn als Ehefrau nicht mehr in Frage kam, begann Beyle unverzüglich, sich anderweitig nach einer Frau umzusehen. Bereits am 13. Mai, kaum einen Monat nach Erhalt des schicksalsträchtigen Briefs aus Siena, machte er einer gewissen »Mlle Rietti« (was möglicherweise wieder eine von seinen Kodebezeichnungen war) einen Heiratsantrag; über sie ist nichts weiter bekannt, als daß sie ihn prompt zurückwies. Zwei Jahre danach unternahm er ernsthafte Schritte, mit einer Signorina Vidau die Ehe einzugehen. Die Familie Vidau, die französischer Abstammung war, spielte eine führende Rolle in Civitavecchia. Nach dem Tode Beyles verbreitete der genauestens informierte Tavernier den Klatsch, die Vidau sei die Tochter einer Wäscherin und die Verbindung sei an einem frommen, reichen Onkel, der an Beyles Charakter Anstoß genommen habe, gescheitert. Wie Beyle an zwei Stellen in seinem Briefverkehr des Jahres 1835 deutlich macht, hatte in Wirklichkeit sein zukünftiger Schwiegervater, ein Mann von 65 Jahren, den Vorschlag gemacht, er wolle mit dem jungen Paar zusammenwohnen, was für den Konsul Grund genug war, sich rasch in die Sicherheit seiner Junggesellenbehausung zurückzuziehen. Doch noch am 27. September äußerte er recht wehmütig in einem Brief an Albert Stapfer, anläßlich von dessen Hochzeit: »In der Ehe kann man zwar Zeiten voll Ungeduld erleben, doch niemals den tiefen, dunklen Überdruß des Junggesellendaseins.«[11]

Solche und womöglich weitere, weniger ernstgemeinte Heiratspläne zerschlugen sich. Es blieb nicht aus, daß er trotz gelegentlicher Ablenkung durch Freunde, durch Reisen und durch seine archäologischen Interessen doch immer wieder zum Nachdenken über sich selbst und über sein bisheriges Leben gebracht wurde, und er fühlte sich getrieben, diese Betrachtungen im Vorgang des Schreibens konzentrierte Form annehmen zu lassen. Ganz im Gegensatz zu seiner regen Tätigkeit als Romanschriftsteller und Journalist gegen Ende der zwanziger Jahre schrieb Beyle jetzt für sich – und ganz bewußt – für die Nachwelt; denn er war der tiefen Überzeugung – und er hatte allen Grund zu seiner Annahme –, daß ihn die offizielle Rolle, die er als Konsul unter der Julimonarchie spielte, in der völligen Freiheit des Ausdrucks, die er als Schriftsteller brauchte, behinderte. Durch seinen Amtssitz in Italien blieb er gesellschaftlich ohne Kontakte, durch den politischen Charakter seiner Stellung wurde er auch als Schriftsteller isoliert. Er beschloß, nichts für eine Veröffentlichung zu schreiben und schlug wiederholt die dringenden Bitten um neuen Stoff ab, die der Verleger von *Le Rouge et le Noir*, Alphonse Levavasseur, äußerte. Natürlich verfolgte er aus der Ferne, wie sein letzter Roman aufgenommen wurde, und verteidigte ihn heftig in seinen Briefen, als er zu seiner Bestürzung erfuhr, daß einige seiner Freunde – unter ihnen ausgerechnet Mérimée! – ihn leicht anstoßerregend fanden bzw. in Julien nicht nur einen Erzschurken, sondern auch eine Selbstdarstellung Henri Beyles sahen. Unterdessen begann er nicht zu Ende geführte Schreibvorhaben zu sammeln und beschäftigte sich so, wie es ihm gerade in den Sinn kam, bald mit erfundenen, bald mit autobiographischen Stoffen.

Im ersten Jahr seines diplomatischen Dienstes in Italien begann er zwei Novellen, von denen er die eine, die in der italienischen Renaissance spielte, vollendete. Ein paar Jahre danach erwarb er, möglicherweise durch den ihm befreundeten Antiquar Bucci, ein Manuskriptbündel von Renaissance-Erzählungen über Leidenschaft und Rache und überlegte sich, wie er sie für französische Leser umarbeiten könne. Im Herbst des Jahres 1832 skizzierte er die Anfangskapitel eines Romans mit dem Titel *Une Position sociale*: es war einer von einem halben Dutzend Romanen, die Stendhal im letzten Jahrzehnt seines Lebens zu schreiben begann und als Fragmente hinterließ. Vom Mai des Jahres 1834 bis zum November des darauffolgenden Jahres arbeitete er ziemlich stetig an einem neuen Roman; dann brach er die Arbeit ab, um eine Autobiographie in Angriff zu nehmen. Sowohl der Roman, *Lucien Leuwen*, als auch die Autobiographie, *La Vie de Henry Brulard*, waren selbst im unfertigen Zustand sehr ausführlich und sollten sich nach seinem Tode als Meisterwerke erweisen. In der ersten Hälfte der dreißiger Jahre stellte also Stendhal seine schriftstellerische Tätigkeit keineswegs ein; doch die Exponiertheit seiner beruflichen Stellung und die Art seiner Themen zwangen den bekannten Schriftsteller, eine Zeitlang unsichtbar zu bleiben.

Chronologisch läßt sich Stendhals literarische Tätigkeit während dieses Zeitraums in zwei verschiedene Abschnitte unterteilen: der erste dauerte vom Ende des Jahres 1830 bis Mitte 1834, der zweite von der Jahresmitte 1834 bis zum Frühling des Jahres 1836. In den ersten dreieinhalb Jahren seines Konsulats trat sozusagen eine Schaffenspause in seiner schriftstellerischen Tätigkeit ein. Zwar nahm er, wie gesagt, drei literarische Arbeiten sowie ein autobiographisches Projekt in Angriff; aber daß hierdurch seine Aufmerksamkeit nicht wirklich gefesselt wurde, läßt sich daran erkennen, daß er immer nur einige Tage oder höchstens ein paar Wochen an einem dieser Vorhaben arbeitete. Eigentlich könnte man sich vorstellen, daß er die Ruhe und Abgeschiedenheit seines Postens in Civitavecchia dazu ausgenutzt hätte, um zur Ruhe zu kommen und ein größeres Werk zu schaffen, indem er etwa vormittags an dem Roman arbeitete und nachmittags die Getreideverladung überwachte und sich um die Einhaltung von Quarantänebestimmungen kümmerte. Stendhal war jedoch ein Romancier, der den Anreiz geselliger Betriebsamkeit brauchte, der immer dann die lebendigsten Einfälle hatte, wenn sein Gemüt bewegt war oder wenn er sich wohl fühlte. Er brauchte eben seinen »Kubikmeter neuer Ideen pro Tag«, und er mußte vermutlich auch von französischen Lauten umgeben sein, während er schrieb. Es war sicher kein Zufall, daß die drei Romane, die er wirklich vollendete und um deren Veröffentlichung er sich kümmerte, alle in Paris entstanden (denn *Le Rouge et le Noir* schrieb er in Marseille lediglich als ersten Entwurf nieder).

In der Zeit von Ende 1830 bis Mai 1834 war Beyle also durch seine diplomatische Tätigkeit stark frustriert, fühlte sich einsam, gelangweilt, war wiederholt krank, ließ je nach Laune sein Amt im Stich und warf unter diesen kläglichen Begleitumständen ziemlich kopflos seine Netze aus auf der Suche nach einer Geliebten oder Ehefrau. Berücksichtigt man dazu seine Überzeugung, solange er im auswärtigen Dienst bleibe, könne er kein Werk veröffentlichen, ist es nur allzu verständlich, daß ihm für eine anhaltende schriftstellerische Tätigkeit sowohl die treibende Kraft als auch die geeignete Stimmung fehlten. Sein Urlaubsaufenthalt in Paris gegen Ende des Jahres 1833 hatte ihn in dem Gefühl bestärkt, daß die französische Hauptstadt eben doch die Umgebung sei, in die er eigentlich gehöre; dies wiederum verschärfte seinen Eindruck des Abgeschlossenseins, als er nach Italien zurückgekehrt war. Sein Ärger mit Lysimaque Tavernier im Frühjahr 1834 machte ihm noch nachhaltiger bewußt, wie unerträglich seine diplomatische Stellung war, ja, ließ ihn sogar daran denken, aus dem auswärtigen Dienst auszuscheiden.

Gerade zu diesem Zeitpunkt, im Mai 1834, machte sich Stendhals Berufung zum Schriftsteller aufs neue machtvoll geltend. Wieder einmal, wie schon in den Jahren 1829–30, war er in ein schriftstellerisches Vorhaben völlig vertieft, und von da an bis zum Frühling des Jahres 1836, als ihm abermals ein Frankreich-Urlaub gewährt wurde, war er fast ununterbrochen zunächst mit einem, dann mit einem zweiten Buch beschäftigt, die beide seine Kraft voll in Anspruch nahmen. Vielleicht spürte er in der düsteren Stimmung, die ihn nach seinem Paris-Erlebnis des Jahres 1834 befallen hatte, daß Schreiben das einzige ihm verbleibende Mittel war, sein Innenleben zu reaktivieren, oder zumindest, um sich Rechenschaft darüber abzulegen. Sicher jedoch war die Schriftstellerei die Tätigkeit, die ihn noch am ehesten mit dem Mittelpunkt geistigen Lebens in Paris verband, auf das er gerade wieder einmal hatte verzichten müssen; und während er nun mit dem Gedanken spielte, den diplomatischen Dienst zu quittieren, konnte er sich schon eher vorstellen, daß er in nicht allzu ferner Zukunft den Beruf eines Literaten ausüben werde. Außerdem darf man natürlich bei einem improvisierenden Schriftsteller wie Stendhal den spontanen Impuls, ausgelöst durch eine Idee für das Buch, das zu schreiben er gerade vorhatte, nicht übersehen. Als er mit dem Entwurf zum *Lucien Leuwen* begann, indem er rasch aus der Fülle seiner eigenen Beobachtungen die Schauplätze, Episoden und Charaktere ersann, die er zur Ausarbeitung des von ihm entdeckten anekdotischen Kerns benötigte, war der Romanautor wieder voll im Zuge, und seine dreieinhalbjährige »Schaffenspause« war beendet.

Dieser Roman, der einen komplizierten Prozeß der Erforschung seines Ich in einer Mischung aus Erdachtem und Erinnertem widerspiegelt, steht chronologisch zwischen zwei Versuchen, eine Autobiographie im eigentlichen Sinne zu schreiben, und es dürfte zweckmäßig sein, die letzteren zuerst zu betrachten. Stendhals erster ernsthafter Versuch, sein eigenes Leben darzustellen, waren die *Souvenirs d'égotisme*, eine flott und aus frischer Erinnerung geschriebene Rückschau auf das in Paris verbrachte Jahrzehnt, an der er im Frühsommer 1832 in Rom nicht länger als vierzehn Tage arbeitete. Das Manuskript vermachte er Constantin mit der Anweisung, es dürfe erst zehn Jahre nach seinem Tod veröffentlicht werden. Wie der *Henry Brulard* erschien es allerdings erst in den neunziger Jahren im Druck. Sind die *Souvenirs d'égotisme* auch ein von kritischer Selbsterkenntnis erfüllter Rückblick, haben sie doch als autobiographische Schrift einen weit konventionelleren Charakter als der *Brulard*, ein Werk, das zumindest im Hinblick auf seine Form die radikalste Neuerung Stendhals darstellt.

Diesen Bericht über seine ersten achtzehn Lebensjahre, den wir zur Betrachtung seiner Kindheit und frühen Jugend immer wieder herangezogen haben, ist von einigen Interpreten mit dem später von Freud entwickelten psychoanalytischen Vorgehen verglichen worden: über die Ursprünge des Ich nachsinnend, scheint Beyle in seiner Erzählung oft frei assoziierend vorzugehen; er führt ein Schlüsselsymbol aus der Archäologie an, um die allmähliche, aber nur unvollkommene Aufdeckung vergessener und praktisch verschütteter Erlebnisschichten zu erklären; insbesondere ist ihm daran gelegen, den Ursprung der Begierde zu erforschen, ein Bedürfnis, das ihn manchmal auch dazu führt, von der Gesellschaft nicht geduldete, ja tabuisierte Triebe aufzudecken, wie zum Beispiel in seinem bekannten Eingeständnis, daß er in früher Kindheit seiner Mutter gegenüber Lustgefühle empfunden habe.

Doch solche Vergleiche mit der Psychoanalyse sollte man nicht zu weit treiben, denn das auffallendste Charakteristikum des *Henry Brulard* ist das allgegenwärtige literarische Ichbewußtsein. Das heißt, *La Vie de Henry Brulard* ist eine Autobiographie, deren Verfasser sich stets über die Bedingtheit ihres Zustandekommens Rechenschaft ablegt – vielleicht die erste Autobiographie, in der dies konsequent geschieht – genauso wie der *Tristram Shandy*, auf den Stendhal in diesem Werk an mehreren Stellen bewußt anspielt, sozusagen ein sich selbst hinterfragender Roman ist, der seine improvisierte Form dem Leser auf verschiedene Arten bewußt macht – durch eine ständige Reflexion über die Willkür gattungsmäßiger Konventionen, mit denen er arbeiten muß, dann über das Wechselspiel von mehrdeutigen Signalen und ungewissen Reaktionen, das sich zwischen Autor und Leser ergeben muß, schließlich über die ontologische Kluft zwischen den Wörtern und den Dingen, die sie bezeichnen sollen.

»Ich kann nicht das wirkliche Geschehen wiedergeben«, stellte Stendhal bezeichnenderweise fest, »ich kann nur seinen *Schatten* sichtbar machen«[11] (Hervorhebung im Original). Diese Unfähigkeit ist zum einen im Wesen der Sprache begründet, die zwangsläufig von der Wirklichkeit verschieden ist, zum andern in der Natur des Gedächtnisses, das als Medium ebenso heikel ist wie die Sprache, weil es das Erlebte entstellt, der Vergessenheit nur qualvoll fragmentarische Fakten entreißt und dort, wo der Schriftsteller eine Situation mitsamt den kausalen und sonstigen Zusammenhängen in ihren feinen Wechselbeziehungen wiederherstellen möchte, oft nur eine Spur der Gemütsbewegung in der Erinnerung bewahrt. Ähnliche Betrachtungen stellte der Autobiograph über die schwer zu definierende Natur des Ich an, auf das er sich so peinlich oft berufen mußte: war es eine unveränderliche Größe? Bestand zwischen dem Ich des Jahres 1835 und dem Ich des Jahres 1800 eine wirkliche Identität? Wieviel Kenntnis von seinem wahren Ich konnte der Schriftsteller für sich beanspruchen? In genauer Entsprechung zu diesem skeptischen Infragestellen des sich mit dem Zeitablauf weiterentwickelnden

Ich wird in der Darstellung jedwedes schlicht lineare zeitliche Fortschreiten vermieden; statt dessen wechselt die Erzählung rasch zwischen den Jahren der Kindheit, die den Hauptteil des Erzählstoffes ausmachen, und verschiedenen Augenblicken aus der jüngeren Vergangenheit; dabei werden häufig Szenen aus der Zeit der Abfassung der Autobiographie – der Schriftsteller steht zum Beispiel auf einem der Hügel Roms oder sitzt an einem trüben Tag in seinem Arbeitszimmer zu Civitavecchia – mit einer aus der Vorstellung rekonstruierten Ansicht des jungen Henri verflochten. Dies alles ist rasch und mit leichter Hand improvisiert; dabei verzichtete Stendhal getreu seinem Vorsatz, sich selbst gänzlich unprätentiös, eher *durchsichtig* darzustellen, auf den zu seiner Zeit üblichen rhetorischen Faltenwurf. Er erfand statt dessen eine literarische Form, welche die moderne, das innere Geschehen und die zeitliche Verflechtung einbeziehende Romandichtung eines Proust, Joyce, Faulkner und der Virginia Woolf vorwegnahm. So schuf er ein Werk, das noch in unserer Zeit der bewußten Hinterfragung von Sprache, Erzähltechnik und Erfindungen des Ich eine außerordentliche Unmittelbarkeit und Überzeugungskraft besitzt.

Auf dem Manuskript des *Lucien Leuwen* notierte Stendhal im Herbst 1836, kurz nachdem er die Arbeit am *Henry Brulard* abgebrochen hatte: »J. J. Rousseau, der deutlich begriff, daß er *täuschen* wollte, mußte – als Scharlatan, der sich selbst etwas vormachte – seine ganze Aufmerksamkeit auf den *Stil* richten« (Hervorhebung im Original). Er schien den Verfasser der *Confessions* im Auge zu haben, so daß der Kontrast, den er in der folgenden Bemerkung deutlich machte, ihn selbst als Autobiographen betraf: »Dominique, J. J. zwar weit unterlegen, doch in anderer Hinsicht ein gewissenhafter Mann, richtet seine ganze Aufmerksamkeit auf das *Wesentliche [le fond des choses].*«[13] Als er den *Henry Brulard* schrieb, wurde ihm wiederholt bewußt, daß *le fond des choses* sich naturgemäß der sprachlichen Gestaltung widersetzen kann; aber dadurch, daß er dies offen zugab und technische Kunstgriffe ersann, damit die literarische Form der Lebensbeschreibung zumindest den *Anschein* erweckte, als sei sie spontan, unmittelbar und äußerst freimütig, wurde die seines eigenen Lebens zu einer der bemerkenswertesten autobiographischen Schriften des 19. Jahrhunderts.

Das erzählerische Werk, das er im November 1835 beiseite legte, um den *Brulard* in Angriff zu nehmen, ist in seiner Art fast ebenso beachtlich. Als Beyle zu Ende des Jahres 1833 nach seinem dreimonatigen Aufenthalt in Paris wieder nach Italien zurückkehrte, brachte er bekanntlich das Manuskript eines Romans von Jules Gaulthier, *Le Lieutenant*, mit. Am 4. Mai 1834 schrieb er seiner Freundin dann endlich seine Meinung über ihren Roman und sagte ihr ganz offen, das Manuskript bedürfe einer gründlichen Überarbeitung: »Sie müssen sich vorstellen, Sie übersetzten ein Buch aus dem Deutschen.« Damit wollte er sagen, daß sie alle Elemente eines überschwenglichen und modisch erhabenen Stils rigoros entfernen müsse. Beyle sagte kurz und bündig: »Der arme Romancier muß versuchen, die *brennende Leidenschaft* [seines Helden] glaubhaft zu machen, darf sie aber niemals beim Namen nennen, das geht gegen das Taktgefühl.«[14] (Hervorhebung im Original) Kaum hatte er den Brief abgeschickt, stellte er bereits Versuche an, dem Manuskript, das zunächst noch in seinen Händen blieb, eine neue Fassung zu geben. Binnen weniger Tage war er bereits in die Arbeit an einem nunmehr völlig eigenständigen Roman vertieft. Da *Le Lieutenant* nicht erhalten ist, läßt sich nur mutmaßen, wieviel von der Romanstudie seiner Freundin Stendhal für das riesige Projekt, aus dem dann der *Lucien Leuwen* entstand, übernahm. Wahrscheinlich regte ihn das Manuskript der Gaulthier lediglich zu dem Umriß der langen Anfangsepisode seines Romans an (man hat übrigens erwogen, ob Mme Gaulthier ihre Idee vielleicht aus einer anekdotenhaften Andeutung in *Racine et Shakspere* entwickelt hatte). Es handelte sich um die Geschichte eines durch seine Herkunft hoch begünstigten jungen Kavallerieoffiziers, der in einer Provinzstadt stationiert ist und, obwohl er glaubt, er sei über die Liebe erhaben, sich in eine ortsansässige Schöne verliebt. Darauf plante Stendhal einen zweiten Teil: in dem irrigen Glauben, die von ihm bis zur Besessenheit geliebte Frau, die adlige junge Witwe Bathilde de Chasteller, habe ihn betrogen, quittiert Lucien seinen Dienst in Nancy und kehrt nach Paris zurück; dort strebt er auf Betreiben seines immens reichen Vaters eine politische Karriere an, und zwar als Privatsekretär des Innenministers. Der erste Teil wurde zu Papier gebracht und ausgiebig überarbeitet; der zweite Teil wurde bis auf einige

Lücken, besonders gegen Schluß, zu Ende geführt; ein vorgesehener dritter Teil, in welchem die einander entfremdeten Liebenden sich in Rom begegnen, sich schließlich miteinander aussöhnen und heiraten sollten, wurde nie geschrieben.

Vom Mai des Jahres 1834 bis Mitte März des folgenden Jahres führte Stendhal in intensiver Arbeit am *Lucien Leuwen* die Erzählung bis zum Ende der Erlebnisse seines Helden in Paris durch; in den darauffolgenden Monaten, bis zu dem Zeitpunkt, als er das Manuskript beiseite legte, überarbeitete er das bereits Geschriebene. Er hatte vor, den Roman mit seiner vernichtenden Kritik der zeitgenössischen französischen Politik nach vier bis fünf Jahren zu veröffentlichen; er hoffte, bis dahin würde er aus dem auswärtigen Dienst ausgeschieden oder aber die Juli-Monarchie gestürzt sein. Es wurde aber nur der erste Teil des Romans veröffentlicht, und zwar erst im Jahre 1835 von Romain Colomb; die erste, durch den Herausgeber Jean de Mitty aufgrund des Manuskripts rekonstruierte Fassung des ganzen Buches erschien erst 1894. Das Original-Manuskript, auf dessen Rändern sich dicht gedrängt Kommentare und Handlungsentwürfe häufen und dessen Text kreuz und quer bedeckt ist mit Streichungen, Einschüben und Korrekturen, veranschaulicht am besten, wie Stendhal diesen Roman entworfen, wie er ihn bearbeitet hat und warum er unfähig war, ihn fertigzustellen.

»Im *Julien* [d. h. *Le Rouge et le Noir*]«, bemerkte er zu Beginn seines neuen Vorhabens in einer Gegenüberstellung mit seinem früheren Roman, »wird die Vorstellung des Lesers nicht genug durch kleine Einzelheiten gelenkt. Andererseits großzügigere Malweise, Fresko im Vergleich zu Miniatur.«[15] Welche Folgerungen sich im einzelnen aus dieser »Miniaturmalweise« ergaben, wird die Betrachtung der technischen Neuerungen im *Lucien Leuwen* deutlich machen. Das Manuskript zeigt auch, worin sich der Kompositionsvorgang des *Lucien Leuwen* von dem des voraufgehenden und dem des nachfolgenden Buches unterschied. *Le Rouge et le Noir* und *La Chartreuse de Parme* waren beide das Ergebnis anhaltend rascher Improvisation; der eine Roman entstand, wie oben ausgeführt wurde, aus einer Reihe nacheinander »angewachsener Schichten«, der andere war eine einzige Eruption ununterbrochener Erfindung. Im Gegensatz dazu war *Leuwen* weit mühevoller und bewußter ausgearbeitet: Stendhal versuchte einen improvisatorischen Elan zu bewahren, indem er auf dem Rand notierte, daß er sich nicht mehr als zwei Seiten von dem Arbeitspensum des vorherigen Tages zu überlesen gestatte, aus Furcht, an Schwungkraft zu verlieren; die Ideen müßten ihm kommen, noch ehe er sie eigentlich plane. Dennoch verstrickte er sich in ausführlichen Entwürfen und Leitnotizen und ertappte sich alsbald dabei, daß er das bereits Geschriebene unermüdlich überarbeitete. Wie Jean Prévost an Einzelheiten gezeigt hat[16], war Stendhal nur dann zu vollendeten Leistungen fähig, wenn er improvisierte, wenn die im Laufe vieler Jahre einverleibte Erfahrung plötzlich wie von selbst sozusagen mitten in den Brennpunkt rückte. Machte er sich statt dessen ans Überarbeiten, wurde er meist unsicher, ob der eingeschlagene Weg der richtige sei.

Lucien Leuwen, besonders der zweite Teil, war im Manuskript gewissermaßen *mehr* als ein vollständiger Roman, und ihm durch Streichungen die richtigen Ausmaße zu geben, erwies sich als nicht so einfach, wie er es sich vorgestellt hatte, als er folgende Randnotiz schrieb: »Es ist besser, wenn das Manuskript, das ich mit nach Paris nehme, *zu* lang ist. Ich brauche es dann nur zu kürzen, während ich im Falle des *Rouge* das Wesentliche im Augenblick der Drucklegung schaffen mußte, weil das Marseiller Manuskript zu kurz war. Diesmal brauche ich nur den Stil zu glätten und ihm rhythmisches Maß zu geben, nachdem ich die notwendigen Streichungen vorgenommen und einige Überleitungen hergestellt habe. Es ist also gar nicht schlimm, wenn das gebundene Manuskript *lang* ist« (Hervorhebung im Original).[17]

Vielleicht bestand für Stendhal die Schwierigkeit, den großangelegten Plan des *Lucien Leuwen* zu meistern und zu vollenden, letztlich in seiner Unsicherheit darüber, welche Art von Roman er aus diesem Stoff machen wollte. Die Reihe der von ihm in Erwägung gezogenen Titel dürfte eine solche Unschlüssigkeit über seine Absicht widerspiegeln. Außer dem Titel, für den sich die Herausgeber nachträglich entschieden (nicht jedoch eindeutig er selbst), hatte er folgende geplant: *Der Telegraph, Die Wälder von Prémol, Der grüne Jäger, Die Orange von Malta, Rot und Weiß, Blau und Weiß, Amarant und Schwarz*. Es ist bemerkenswert, daß fünf von den sieben Titeln nach Farben benannt sind. In dreien dieser Farbentitel wollte Stendhal offenkundig den Titel von *Le Rouge et le Noir* anklingen lassen, um darauf hinzuweisen, daß der neue Roman eine »Chronik« des Lebens unter der Juli-Monarchie sei und von demselben Autor stamme, der die Chronik von 1830 verfaßt hatte. Die Farben sind zum Teil politische Symbole, doch, wie in *Le Rouge et le Noir*, strahlen von ihnen auch Assoziationen aus: Stendhal gab sich gern der Vorstellung hin, er könne seine Romanstoffe wie Figuren auf einem Schachbrett anordnen; in Wirklichkeit jedoch lag seine dichterische Größe unter anderem in seiner Fähigkeit, sich selbst seinen Stoffen hinzugeben und in ihnen sein eigenes, fast vergessenes oder unbewußtes Erleben nachklingen zu lassen.

Die bisherigen Ausführungen haben gezeigt, daß Stendhal in seinen Romanen die Akzente nicht gerade durch visuelle Eindrücke setzte; im ersten Teil des *Lucien Leuwen* ist indessen eine ausgesprochene Tendenz zu erkennen, an Stellen mit Schlüsselfunktion die Romansituation durch auffallende Farben zu kennzeichnen, die zwar ihre Bedeutung haben, doch keineswegs symbolisch gemeint sind; vielmehr wird durch sie die Aufmerksamkeit des Lesers gefühlsmäßig gleichsam auf einen Brennpunkt konzentriert. Am Schluß des 1. Kapitels wird Luciens Entscheidung, Offizier zu werden, fast ausschließlich durch Farben verdeutlicht; darin äußert sich ein feines Gespür für das, was psychologisch in ihm mitschwingt, als er diesen Entschluß faßt. Angetan mit einer weinroten Hose und einem auffallenden blaugoldenen Morgenrock steht er auf einem kostbaren türkischen Teppich, den seine Mutter in sein Schlafzimmer bringen ließ, und betrachtet die auf seinem Sofa ausgebreitete grüne, mit weinroten Paspeln abgesetzte Uniformjacke eines Kavallerieoffiziers. Als er mit seinem Regiment zum ersten Mal zu Pferde in die Stadt Nancy einrückt, fällt sein Blick auf einen grellgrün gestrichenen Fensterladen in der Mitte einer großen weißen Hauswand, und sein erster Gedanke ist: »Welch schreiende Farben wählen sich diese komischen Leute in der Provinz aus!«[18] Hinter den halbgeöffneten grell-grünen Fensterläden lugt eine schöne junge Frau mit aschblondem Haar und verächtlicher Miene hervor. Von diesen Augen hinter den Fensterläden abgelenkt, erlebt Lucien den ersten seiner beiden peinlichen Stürze aus dem Sattel in den Schmutz von Nancy. So oft Lucien die scheinbar unzugängliche Wohnung der Bathilde de Chasteller im wörtlichen und übertragenen Sinne umkreist, bleiben die grellgrünen Fensterläden im Brennpunkt des Interesses. Ihr Vorhandensein ruft seine beiden schmachvollen Stürze vom Pferd ins Gedächtnis, evoziert die räumliche und kulturelle Distanz zwischen dem Helden aus Paris und seiner Geliebten in der Provinz und verkörpert ohne weitere Erklärung einen reichhaltigen Gefühlskomplex, so wie ein bestimmtes Kleidungsstück oder Ornament, ein Geschmack oder ein Duft oft zu einem Gedächtnismetonym für eine ganze Reihe intensiver Gefühlserlebnisse wird.

Luciens gesellschaftlicher Verkehr mit anderen Damen des Nanziger Adels wird ebenfalls ins rechte Licht gerückt durch gelegentliche, aber planvolle Hervorhebung der Farben, die ihm an ihrer Kleidung auffallen, oder der Harmonie zwischen diesen Farben und der Raumausstattung. (Blieb Stendhal auch ein unerbittlicher Gegner des Romans, der sich als Kostümdrama präsentiert, notierte er hier am Rande dennoch als einer, der sich gewissenhaft informierte und gleichzeitig seine Zunft ironisch kritisierte: »Ein paar Seiten bei der Modeverkäuferin Sand nachlesen und die Toiletten in Ordnung bringen.«)[19] Mlle Bérard, die bigotte Jungfer, die Mme de Chasteller in einer schwachen Stunde als Gesellschafterin anstellt, um ihre eigene Tugend abzusichern, lebt in Luciens Vorstellung in ihrer gelben Spitzenhaube mit dem verblichenen grünen Band – ein blasser schäbiger Abklatsch der geschmacklos grünen Fensterläden auf der weißen Hausfassade –, worin das abstoßende Wesen der verblühten Frau zum Ausdruck zu kommen scheint.

Es ist aufschlußreich, daß diese Versuche, wichtige Knotenpunkte im Gang der Handlung, das heißt entscheidende Erfahrungen im Lebensweg der Hauptgestalt, durch Farben hervorzuheben, im zweiten Teil des Buches unterbleiben. Unter kompositorischem Aspekt leitet Luciens Rückkehr nach Paris eine deutlich erkennbare, von Stendhal vielleicht gar nicht einmal voll beabsichtigte Wende im Roman ein. Der erste Teil ist entschieden und mit feinem Gespür als Luciens *Bildungsroman* angelegt. Der Leser verfolgt die Stimmungsschwankungen, die Selbstbeobachtung und die Menschenbetrachtung eines noch sehr unerfahrenen jungen Mannes, der echter Gefühle fähig und dank seinem lebensklugen Vater und seiner pariserischen Erziehung mit seinem beißenden Spott schnell bei der Hand ist. Die in dieser Stadt bestehenden politischen Gegensätze zwischen Liberalen und Ultras (den Befürwortern einer Wiederaufrichtung der Bourbonenherrschaft) werden klar dargestellt; daneben wird der primitive Karrieregeist der dreißiger Jahre vor dem Hintergrund örtlich auftretender Unruhen unter den Proletariern, ihrer brutalen militärischen Unterdrückung und der Furcht der Aristokratie vor einer neuen Revolution sichtbar. Doch im Vordergrund bleibt eindeutig Luciens Liebe zu Bathilde de Chasteller, und sie wird durch die von Stendhal selbst erwähnte Miniaturtechnik auf raffinierte Weise spürbar gemacht.

Demgegenüber ist der *zweite* Teil, ganz anders als der erste, ein unbarmherzig politischer Roman, obgleich sich in ihm einige hervorragende psychologische Betrachtungen finden, und gegen Schluß als Glanzstück der Charakterisierungskunst Stendhals das Porträt der Mme Grandet, die sich Lucien hingibt in der Hoffnung, dadurch für ihren Mann einen Ministerposten zu ergattern. Luciens innere Entwicklung tritt demgegenüber oft gänzlich zurück; bisweilen scheint Stendhal ihn sozusagen fast nur als bewegliche Kamera zu benutzen, mit deren Hilfe er dem Leser Einblick in das korrupte Geschehen hinter den Kulissen der zeitgenössischen politischen Szene verschafft. Überdies verliert der Erzähler in sechs langen Kapiteln Lucien fast buchstäblich aus dem Auge und verfolgt statt dessen die sukzessiven Stadien der parlamentarischen Intrigen seines Vaters. In seinen Randnotizen läßt Stendhal zumindest einmal klar erkennen, daß ihm bewußt war, wie er sich im Morast der politischen Detailfragen so sehr festfuhr, daß er seine Aufmerksamkeit nicht mehr dem Hauptinteresse des Romans widmen konnte. Im Anschluß an eine überaus umständliche Darstellung der politischen Vorbereitung einer Provinzwahl, die Lucien im Auftrag des Innenministeriums durchführen soll, bemerkte der Romancier auf seinem Manuskript: »Es wird höchste Zeit, daß ich mich von den mit der Wahl und den ehrgeizigen Interessen zusammenhängenden Gedanken löse. Das hält nun schon seit Seite 14 an; dies ist Seite 278, also 264 Seiten Wahl.«[20]

Damit soll jedoch nicht gesagt sein, daß die ins einzelne

gehenden politischen Passagen des *Lucien Leuwen* uninteressant wären. In den Romanen des 19. Jahrhunderts finden sich kaum Stellen, welche diese gänzlich illusionsfreie, durchdringende Analyse des politischen Lebens übertreffen. Aber diese Teile sind nicht ausreichend in die Lebensgeschichte Luciens integriert; sie wurden nicht genügend umgestaltet von einer politischen Entlarvung in Romanform zu einer übergreifenden dichterischen Schau dessen, was das Leben eines Einzelnen vor dem Hintergrund der politischen Systeme seiner Zeit bestimmt. Alle drei großen Romane Stendhals haben einen stark politischen Charakter, aber jeder auf andere Weise, und *Lucien Leuwen*, der am stärksten politische unter den dreien, befriedigt wohl am wenigsten in der Art, wie er die Politik in die Romanhandlung einbezieht. Maurice Bardèche hat die drei Bücher gerade im Hinblick hierauf scharfsichtig miteinander verglichen: »*Le Rouge et le Noir* zeigt das politische Getriebe von unten bzw. von außen betrachtet; man sieht nur die Folgen. *Lucien Leuwen* versetzt den Beobachter ins Innere der politischen Maschinerie; es kommt zu einer Besichtigung des Räderwerks: aber es fehlt die umfassende politische Schau – wir sind zu nahe daran... In der *Chartreuse de Parme* stehen wir über dem Geschehen auf der Bühne; wir haben sozusagen eine erschreckende Totalansicht von oben: hier überblickt man das Ganze souverän.«[21]

Mag der Einblick in das Funktionieren des politischen Geschehens den Verstand noch so sehr ansprechen, der zweite Teil des *Lucien Leuwen* enttäuscht doch weithin die im ersten geweckten Erwartungen. Dies liegt nicht zuletzt darin begründet, daß die Entwicklung einer leidenschaftlichen Liebe, die das Wesentliche des *ersten* Teils ausmacht, mit so äußerst feinem Gespür vergegenwärtigt wird. Das zumindest hinsichtlich der technischen Gestaltung Bemerkenswerteste ist wohl der Umstand, daß Stendhal in der Lage ist, statt in herkömmlicher Art zu erzählen, fließende Gefühle und innere Einstellungen fortlaufend zu zergliedern. Im Bereich der Romankunst kamen ihm darin erst der späte Henry James und Proust gleich. Das häufig gebrauchte Wort *raisonnement* – das Erheben von Einwänden, die Auseinandersetzung mit sich selbst – umreißt das, was der Erzähler dem Leser über das Abwägen von Ansprüchen, das Ziehen von Schlußfolgerungen, den Wechsel der Standpunkte in den Hauptgestalten vermittelt. Immer wieder verwendet der Autor den Konjunktiv, wenn die Personen den Tatsachen zuwiderlaufende Bedingungen durchdenken oder der analysierende Erzähler Betrachtungen darüber anstellt, was passiert wäre, falls die Charaktere anders wären als sie in Wirklichkeit sind. Oft sind die Personen, obgleich mit anderem beschäftigt, so sehr in ihre gefühlsgeladenen Gedankengänge vertieft, daß der leiseste äußere Reiz – ein geflüstertes Wort, das Rascheln eines Rocks, der einen Billardtisch streift – sie schockartig in die Gegenwart zurückholt. Mochte Stendhal auch als Erwachsener seine Gedanken, besonders im Hinblick auf seine Beziehungen zu Frauen, dauernd wie von einer Zwangsvorstellung besessen hinterfragen und analysieren – nunmehr war es ihm gelungen, seine Ichbefangenheit in subtile Kunst umzusetzen.

Obgleich Bathilde Lucien längst liebt, ist sie keineswegs gewillt, die Folgen dieser Tatsache hinzunehmen, und das noch weniger, als er bereit ist, sich in seiner Leidenschaft zu ihr den Luxus einer Hoffnung zu gestatten. In dieser Situation befinden sich die beiden in einem unbeobachteten Zwiegespräch: Bathilde versucht eindringlich, Lucien klarzumachen, daß sie nicht nur ihre Tugend, sondern auch ihren Ruf schützen müsse. Als sie zu ihm sagt: »Sie kommen oft zu mir...« wird sie von ihm unterbrochen: »Ach so – sagte Leuwen tonlos. Bis dahin hattte Mme de Chasteller in einem schicklichen, kühl besonnenen Ton gesprochen, zumindest nach Leuwens Ansicht. Der vollendetste Don Juan hätte dies Wort ›ach so‹ wohl ebenfalls mit versagendem Stimmton ausgesprochen; so wie Leuwen es aussprach, lag in ihm jedoch keine Spur von Effekthascherei, es kam aus einem natürlichen Impuls, war die Natürlichkeit selbst. Dies schlichte Wort aus Leuwens Mund veränderte alles. Es klang so unglücklich, es lag so viel Beflissenheit zum augenblicklichen Gehorsam darin, daß Madame de Chasteller dadurch sozusagen entwaffnet war. Sie hatte ihren ganzen Mut aufgebracht, um gegen eine starke Natur anzukämpfen: was sie fand, war äußerste Schwäche. Mit einem Mal war alles verändert; sie brauchte nicht mehr zu befürchten, daß es ihr an Entschlußkraft fehlen würde, sondern vielmehr, daß sie einen allzu festen Ton anschlagen, sich den Anschein geben würde, ihren Sieg auszunutzen. Es tat ihr leid, daß sie Leuwen unglücklich machte.«[22]

Die gleiche Reaktion – daß ein Frauenherz eher durch männliche Schwäche als durch Verführungskünste bezwungen wird – findet man natürlich an beherrschender Stelle auch in *Le Rouge et le Noir*. Aber die Art, in welcher der Gefühlswandel vermittelt wird, weist charakteristische Unterschiede auf. Im Falle Juliens und Mme de Rênals wird alles mit lakonischer Kürze abgetan, in einer sehr knappen, trocken ironischen Seitenbemerkung. Im Falle Luciens und Mme de Chastellers geht Stendhal behutsam und mit feinen Pinselstrichen zu Werke; er gibt dem Leser weniger einen direkten Bericht über das, was im Bewußtsein seiner Hauptgestalten vor sich geht, als seine eigene, sorgfältig überlegte Version dieser Vorgänge. Während er am *Lucien Leuwen* arbeitete, verschlang er noch einmal Fieldings *Tom Jones* und Gibbons *Decline and Fall of the Roman Empire*, und indem er Aufkommen und Ende privater Leidenschaften in seiner mit realistischen Einzelheiten beschriebenen Umwelt behandelte, machte er offenkundig den Versuch, für das 19. Jahrhundert ein Gegenstück zu schaffen zu der überragenden Weltläufigkeit und dem souveränen Überblick über die vielfach verzweigten Kausalzusammenhänge und die schwer zu erfassenden Verflechtungen, die den Charakter der beiden großen englischen Werke der Erzählkunst und der Geschichtsdarstellung bestimmen.

In der zu diesem Zweck entwickelten Erzähltechnik wird die äußere Gebärde bzw. das krude Geschehen – im obigen Text das »ach so« – bis zum Scheitelpunkt einer auf die Spitze gestellten Pyramide reduziert, deren Basis sozusagen die gesamte moralische »Geschichte« der Hauptperson bildet. Die geradlinige Erzählweise aufgebend, bewegt sich der Autor in seiner analytischen Darstellungsweise mit der Subtilität eines James hin und her zwischen Spitze und Basis, zwischen der äußeren Handlung und dem Komplex aus Gefühl, innerer Einstellung, vorgefaßter Meinung, Neigung und Impuls, der wiederum auf die Handlung einwirkt und ihr Bedeutung verleiht. In dem gefühlsgeladenen Gedankenaustausch des angehenden Liebespaares hat die leise Schwingung des Stimmtons die Gewalt einer Keule, die in einem Roman von Walter Scott geschwungen wird. Charakteristisch für diese Stelle ist der symmetrische Rahmen: der Wirkung von Bathildes Ton auf Lucien am Anfang der Episode entspricht an deren Schluß ihre Befürchtung, wie ihr Ton von Lucien aufgefaßt werden könnte; die radikale Umwandlung ihrer Beziehung zueinander aber wird durch den Stimmklang bewirkt, in dem er die beiden vielsagenden Silben ausspricht.

Die minuziöse Charakterisierung des Tons sowie dessen, was sich durch ihn enthüllt, soll nicht nur die ständigen Veränderungen in einer menschlichen Beziehung begreiflich machen, sie ist für Stendhal auch ein Mittel, die fein nuancierten Gefühle, in denen die Liebenden diese Beziehung erfahren, deutlich zu machen. In einem früheren Kapitel des Romans[23] spricht der Erzähler von der »edlen Schlichtheit des Tons«, den Lucien Bathilde gegenüber annehmen kann; dadurch wird die feine Nuance der Vertrautheit spürbar, »die zwei gleichgestimmten Seelen ansteht, wenn sie inmitten der Masken dieses gemeinen Maskenballs, den man die Welt nennt, einander begegnen und sich gegenseitig erkennen«. Der unmittelbare Anschluß des etwas ausgefallenen Bildes »So könnten Engel miteinander sprechen, die, um eine Botschaft auszurichten, den Himmel verlassen haben und hienieden zufällig einander begegnen« wird durch die behutsame Art, in der Stendhal die Bewußtseinsvorgänge der Liebenden und ihre Gespräche darstellt, gerechtfertigt.

Wie auch in *Le Rouge et le Noir* ist die formale Vollendung mit einer oft geradezu übersinnlichen Einfühlung in das Wesen der Charaktere gepaart. Diese Sicherheit der Einfühlung wird immer wieder spürbar: bald in nebensächlichen Szenen, wie zum Beispiel in dem Augenblick, als Bathilde, auf eine Rivalin eifersüchtig, ihr Gesicht in einem Spiegel prüft, findet, daß sie häßlich sei, und zu dem Schluß kommt, sie liebe Lucien umso mehr, weil er den guten Geschmack besitze, die andere Frau ihr vorzuziehen; bald an szenischen Höhepunkten wie der großartigen Konfrontation gegen Schluß des zweiten Teils, als Mme Grandet Lucien in seinem Amtszimmer im Innenministerium aufsucht. Bis zu diesem Augenblick ist sie deutlich als gefühlskalte, gänzlich ordinäre Opportunistin geschildert worden; doch wie Stendhal sehr überzeugend darstellt, ändert Mme Grandet ihre Einstellung plötzlich, nachdem sie sich Lucien (durch Vermittlung seines Vaters, was ihm zunächst verborgen bleibt) hingegeben hat: sie verliebt sich in ihn, und der Gedanke, er könne sie aus Zorn verlassen, macht sie untröstlich. Während sie ihm in seinem Amtszimmer gegenübersitzt und ihr Körper vor Schluchzen zu zucken beginnt, staunt Lucien über die Schauspielkunst »dieser Pariser Komödiantinnen«; dennoch kann er sich einer gewissen Rührung nicht erwehren und ist nahe daran, sich zu fragen, ob sie ihm wirklich nur etwas vortäusche; zugleich regt sich Verlangen in ihm bei dem Anblick dieses schönen Körpers, den er vor so kurzer Zeit erst besessen hat und der sich nun in dem Armsessel vor ihm in krampfhaften Zuckungen windet.[24] Die unberechenbaren Wandlungen der inneren Einstellung eines Menschen, die Vielschichtigkeit des Bewußtseins, das endlose Ratespiel voller Täuschungsmanöver, das Männer und Frauen in der Annahme, sie durchschauten einander, zu spielen verurteilt sind, haben nur wenige Romanautoren so sicher erfaßt.

Ungeachtet der strukturellen Mängel des *Lucien Leuwen* hatte Stendhal es wieder einmal verstanden, nicht nur seine ganze Lebenserfahrung gründlich zu verwerten, sondern vielmehr durch die folgerichtige Weiterführung seiner Erlebnisse als Erwachsener sein Leben tiefgründiger zu verstehen als es ihm in einer bloßen Rückschau möglich gewesen wäre. Am bemerkenswertesten unter diesem Aspekt ist wohl seine Fähigkeit, in der Gestalt Luciens ein gefälliges Phantasie-Ich und Phantasie-Schicksal zu erfinden, ohne seine völlig klare Erkenntnis der moralischen Problematik, welche die bevorzugte Stellung seines Helden mit sich bringt, zu verlieren. Lucien ist in mancher Hinsicht ein Gegenbild zu Julien: obwohl in Paris, im Zentrum des Lebens, aufgewachsen, ist er behütet, seine Laufbahn wird von einem liebenden Vater überwacht; im Gegensatz zu Julien ist er nicht affektiert; und sehnt er sich auch nach den heroischen Idealen des napoleonischen Zeitalters zurück, gibt er sich doch keineswegs der Illusion hin, das Heldentum könne in neuer Form in die Tat umgesetzt werden; obgleich er stolz und empfindam ist wie Julien, fehlt ihm doch dessen theatralische Gebärde, und er ist frei von der qualvollen Naivität und den paranoiden Anwandlungen des jungen Mannes aus der Provinz.

Verkörpert Julien auf extreme Weise den rebellischen Drang, den Stendhal selbst in sich fühlte und klug einschränkte, führt Lucien die Tendenz sich einzufügen bis zum äußersten, eine

Neigung, die dem Autor aus eigener Erfahrung bekannt sein mußte, war er doch zunächst Republikaner, dann Bonapartist und nun, da sich die Gelegenheit dazu bot, Beamter einer neuen, von ihm verachteten Monarchie. »Er ist allzu geschmeidig«, sagt Vater Leuwen einmal zu seiner Frau im Hinblick auf seinen Sohn, »er erhebt gegen nichts Einspruch, das erschreckt mich.«[25] Eine solche Geschmeidigkeit wirkt in der Tat ein wenig erschreckend angesichts eines so durchweg korrupten politischen und gesellschaftlichen Systems, wie es in diesem Roman zur Geltung kommt. Nachdem er im ersten Teil zweimal in den Schmutz gefallen ist, bekommt Lucien im zweiten Teil als an der Wahlmanipulation Mitbeteiligter einen buchstäblichen und moralischen Mundvoll Schmutz mit, den ihm ein wütender Mann aus Protest ins Gesicht schleudert; und er scheint kaum die innere Kraft zu besitzen, sich aus dem Schlamm zu befreien (in dieser Gegend ist kein Turm) – ein schwerwiegender Mangel in den Charakteranlagen der Hauptgestalt, der sich für den Autor womöglich auch als grundlegendes Hindernis der Vollendung des Romans auswirkte.

Stendhal war sich also völlig darüber klar, daß Lucien durch solch munteren Konformismus den Boden unter den Füßen verlieren konnte; darüber hinaus war er sich gleichfalls bewußt, daß eine derartige soziale Begünstigung für einen jungen Mann unter Umständen einen schweren Nachteil für seine moralische Entwicklung bedeutete. Auf den ersten Blick könnte es so aussehen, als habe Henri Beyle seinem Helden *den* Vater gegeben, den er sich selbst wohl erträumte, nachdem er ein halbes Jahrhundert lang voller Groll an Chérubin Beyle gedacht hatte. Vater Leuwen, »der Talleyrand der Börsenspekulation«, ist übermäßig großzügig in seiner Einstellung zum Geld und zu Menschen, ist ein so einflußreicher Großbürger, daß er über die engen Vorurteile seiner Gesellschaftsschicht erhaben ist, ist geistvoll und weltgewandt und vor allem eifrig bemüht, dafür zu sorgen, daß sein einziger Sohn im Leben vorwärtskommt. Was könnte ein Sohn sich besseres wünschen? – Etwas weniger väterliche Mühe, lautet die Antwort, die der Roman ruhig, aber bestimmt vorschlägt. Wie Vautrin in Balzacs Roman *Le Père Goriot* zeigt sich M. Leuwen vollendet geeignet, Anleitung in jener höheren Form des Zynismus zu geben, die zu den Maximen der damaligen Zeit paßt; leider jedoch widerspricht diese Doktrin der Menschenverachtung Luciens Natur. Gerade Herrn Leuwens vollkommene Weltgewandtheit löst in seinem Sohn ein Gefühl der Befremdung aus, macht es ihm immer wieder unmöglich, in seines Vaters Gegenwart innere Zuneigung und natürliche Vertrautheit zu empfinden. (Psychologisch betrachtet kann ein Vater seinen Sohn durch besondere Großzügigkeit und durch selbstsicheres Auftreten letztlich ebenso wirksam entmachten wie durch bloße Kraftentfaltung.) Gegen Schluß des zweiten Teils macht Lucien die wesentliche Entdeckung über das Verhältnis seines Vaters zu ihm: »Ja, mein Vater ist wie alle Väter, das habe ich nur bisher nicht zu sehen vermocht; wenngleich unter Einsatz von sehr viel mehr Geist und sogar Gefühl als ein anderer, versucht er nichtsdestoweniger mich *auf seine Art* und nicht auf die meine glücklich zu machen.« (Hervorhebung im Original)[26] Natürlich läßt Lucien ganz im Sinne Stendhals dieser Erkenntnis eine Flucht in die Anonymität folgen; er mietet unter einem angenommenen Namen ein Hotelzimmer und genießt zum ersten Mal, losgelöst von seinem Vater und von der Bürde seiner Herkunft, ein erquickendes Gefühl der Freiheit.

Zwischen Lucien und Henri Beyle bestehen eindeutig tiefe Affinitäten; aber es ist ebenso wichtig, daß man sich klar macht, wie verschieden sie voneinander sind. Stendhals Randbemerkungen zeigen, daß er manchmal bewußt aus eigener Erfahrung stammende »Modelle« benutzte – er selbst gebrauchte diesen Ausdruck –, aber, wie sich ebenso aus seinen Randkommentaren schließen läßt, geschah es sehr viel häufiger, daß er in dem, was er geschrieben hatte, nachträglich seine eigene Vergangenheit wiederentdeckte, zwar in verwandelter, aber dennoch bezwingend lebendiger Form.

Während er einfühlsam Luciens Liebe zu Bathilde de Chasteller ausleuchtete, bestätigte sich immer wieder die Erfahrung, die er in seiner dreijährigen hoffnungslosen Liebe zu Mathilde Dembowski gesammelt hatte, einer Frau, die nun schon seit langem tot war. »*I write upon sensations of 1819*, frisch wie von gestern nach fünfzehn Jahren.«[27] Diese und viele gleichartige Bemerkungen im Manuskript haben einige Kritiker dazu veranlaßt, den Roman für eine literarische Umgestaltung dessen zu halten, was Beyle in Mailand erlebt hatte, und insbesondere Mme de Chasteller als ein »Porträt« Métildes hinzustellen. Stendhal selbst drückte sich genauer aus, wenn er sagte, er schreibe über die *Empfindungen* (das ist das, was er in seinem französischen Englisch mit »sensations« meinte) von 1819. Was er in der Liebesgeschichte zwischen Lucien und Bathilde so überzeugend wiederaufleben ließ, war die emotionale Kraft seiner Leidenschaft für Métilde, nicht der wirkliche Gang der Ereignisse. Bathilde hat praktisch den ihr erteilten Namen mit der Mailänder Geliebten Beyles gemeinsam, und in ihrer überaus empfindlichen Besorgtheit um ihre Tugend sowie in der widerspruchsvollen Art, in der sie bald ihren Verehrer ermuntert, bald ihm ausweicht, erinnert sie an Métilde; doch sie hat nichts von der Kühnheit, der Entschlossenheit und dem sprühenden Geist ihres angeblichen Vorbilds, und gesellschaftlich und politisch ist sie völlig anders orientiert als Métilde. Sie ist keine durch Verschleierung ihrer äußeren Züge verwandelte Métilde, sondern eine in ihrer eigenen inneren Folgerichtigkeit phantasievoll durchgeformte Gestalt, die nur einige, aus der Erinnerung an Métilde stammende Züge aufweist. Der *Lucien Leuwen* enthält nicht etwa Stendhals eigene Erfahrung in rekonstruierter Gestalt; in diesem Werk zeigte er vielmehr seine geniale Befähigung zu liebender Erinnerung. Dadurch wurde das neue, und in mancher Hinsicht verschiedene Erleben, das er in seiner Romanwelt erschuf, nicht nur psychologisch überzeugend, sondern bekam auch Gefühlstiefe.

Vielleicht lag ein weiterer Grund für Stendhals Unfähigkeit, den vorgesehenen dritten Teil des Romans auszuführen, darin, daß der Erinnerungsschatz, auf den er bei der Auslotung seiner zärtlichen Gefühle für Métilde stieß, nicht geeignet war, um daraus die geplante große Versöhnung zwischen Lucien und Bathilde innerlich überzeugend zu gestalten. Er quälte sich so sehr mit seinem Stoff ab, daß er das bereits Fertiggestellte zu kürzen und neu zu formulieren begann; und als ihm dann der Gedanke kam, *Henry Brulard* zu schreiben und ein Thema zu behandeln, das ihn dazu verlockte, sich mit grundlegenden Erinnerungen, die ihm unmittelbar zugänglich waren, zu befassen, legte er wahrscheinlich mit einem Gefühl der Erleichterung den Roman beiseite. Am 23. November 1835 begann er mit der

Arbeit an seiner Autobiographie; in den vier darauf folgenden Monaten nahm sie neben konsularischen Pflichten, Krankheitsanfällen und dem Hin- und Herreisen zwischen Civitavecchia und Rom seine Aufmerksamkeit hauptsächlich in Anspruch. Unterdessen hatte er aus Krankheitsgründen ein Urlaubsgesuch eingereicht; Ende März 1836 erhielt er die Nachricht, daß es ihm bewilligt sei. Er benötigte weitere sechs Wochen, um alle Anordnungen für die Verwaltung des Konsulats während seiner Abwesenheit zu treffen, und brach dann endlich nach Paris auf. Diese sehnlich erwartete Rückkehr aus der Verbannung bedeutete für ihn, daß er die beiden unvollendeten größeren Werke, an denen er während der vergangenen zwei Jahre in Rom und Civitavecchia gearbeitet hatte, aufgab. In Paris angelangt verstand Beyle es, seinen Diplomatenurlaub auf volle drei Jahre in die Länge zu ziehen. In Italien hatte er oft, in leichter Abwandlung einer Feststellung, auf die bereits hingewiesen wurde, geäußert, er sei eigentlich dazu berufen, in einer Pariser Dachkammer zu leben und Meisterwerke zu schaffen. Genau dies schickte er sich nun an zu verwirklichen – von der Dachkammer abgesehen.

XIII
PARIS
(53.–55. Lebensjahr)

Als Beyle Ende Mai nach Paris zurückkehrte, waren die »milden Lüfte erwacht«: damit begann wirklich der Lange Spätsommer seines Lebens. Sein Diplomatenurlaub war eigentlich wie im Jahre 1833 auf drei Monate bemessen; doch als der Sommer des Jahres 1836 zu Ende ging und diese Zeit gerade abgelaufen war, eröffneten sich für den höchst widerwillig an Civitavecchia denkenden Konsul durch einen Ministerwechsel plötzlich unerwartete Aussichten, in Paris zu bleiben.

Graf Mathieu Molé hatte schon einmal, und zwar zu Beginn der Julimonarchie im Jahre 1830, für knappe drei Monate das Amt des Außenministers innegehabt; er hatte damals Beyle auf den Konsulatsposten in Triest berufen. Die beiden Männer hatten kaum persönliche Beziehungen zueinander; Beyle äußerte sogar in privaten Kreisen Kritik an Molés Fähigkeiten und an seiner angeblichen Gefühlskälte. (Er hatte Molé eigentlich eine Büste des Tiberius, die er bei einer Ausgrabung im Jahre 1834 gefunden hatte, schicken wollen, hatte es dann aber in der Befürchtung, dies könne nach Schmeichelei im eigenen Interesse aussehen, bei einem Gipsabdruck des Originals bewenden lassen. Erst im Jahre 1839, nachdem Molé endgültig aus dem Amt des Außenministers ausgeschieden war, schenkte ihm der Schriftsteller das Original der Büste.) Sehr gut verstand sich Graf

Molé jedoch mit Domenico Fiori und mit Sarah de Tracy, der englischen Schwiegertochter Destutt de Tracys; diese beiden hatten sich im Jahre 1830 tatkräftig für ihren Freund Beyle eingesetzt und waren dazu auch jetzt wieder bereit. Denn Anfang September 1836 hatte Molé noch einmal die Geschäfte des Außenministers übernommen, und solange er das Amt innehatte, das heißt bis zum März des Jahres 1839, gewährte er Beyle bereitwillig eine Reihe von Verlängerungen seines Urlaubs.

Alles, was der Schriftsteller in den zurückliegenden beiden Jahren seiner Isolation in Italien schmerzlich vermißt hatte, schien jetzt in unmittelbarer Nähe: kultivierte Gespräche, eine lebendige literarische Atmosphäre, das französische Theaterleben (und ebenso die italienische Oper), Freundinnen und Freunde, sowie Frauen, die es wert waren, geliebt zu werden. Es drängte Beyle wieder in die Welt der Pariser Salons, in denen er während der Restaurationsepoche manchmal etwas fragwürdig geglänzt hatte; er suchte Mme Ancelot, Mme de Tracy und andere Angehörige der Gesellschaft, die er von früher her kannte, auf, besuchte besonders eifrig den Salon der Gräfin Castellane, der jetzt als der führende in Paris galt und wegen seiner lebhaften literarischen Diskussionen berühmt war. Er machte auch einen neugegründeten offiziellen Kreis ausfindig, den von Mérimée und einigen seiner Freunde gegründeten Cercle des Arts, in dem er stets gebildete, sympathische Menschen antreffen konnte. Wie Lucien Leuwen strebte er in die Lesesäle, und als er über die vorgesehene Zeit hinaus in Paris blieb, verbrachte er seine Abende, sofern er nicht an Theatervorstellungen, Diners oder Salontreffen teilnahm, immer häufiger in dem *cabinet de lecture* des Cercle des Arts in der rue de Choiseul; hier konnte er Zeitschriften durchsehen, Briefe schreiben und ungezwungen mit anderen plaudern.

Seine Freude an dieser Heimkehr nach Paris wurde noch erhöht durch die häufigen Gelegenheiten, französische Schauspiele zu sehen; diesem jugendlichen Hang frönte Stendhal noch immer, auch nachdem er den Ehrgeiz, ein zweiter Molière zu werden, längst aufgegeben hatte (übrigens befriedigte er diesen Ehrgeiz, wie noch gezeigt werden soll, bald in glänzenderer Form als je zuvor, zwar nicht als Dramatiker, aber als Romanschriftsteller). Die blendendste Erscheinung auf den Pariser Bühnen entdeckte Beyle im Jahre 1838, seinem zweiten Jahr in Paris, als die große Tragödin Rachel im Alter von achtzehn Jahren ihr Debüt am Théâtre Français gab. Bekanntlich hatte Beyle seit seinen ersten Jahren in Paris zu Beginn des Jahrhunderts die verschiedenen Stilarten der Schauspieler sehr scharf beobachtet und auch manchmal heftig Partei ergriffen; doch unter den Schauspielern und Schauspielerinnen, die er bisher gesehen hatte, war niemand gewesen, von dem eine solche Erregung ausging wie von dieser schlanken jungen Darstellerin. Etwa sechs Monate nach Rachels Debüt, am 3. Januar 1839, schrieb er an Graf Cini: Sie »spielt eine Tragödie so, als ob sie das, was sie sagt, selbst erfände; ... Mlle Rachel ist die Tochter eines deutschen Juden, der auf Jahrmärkten Freilichtaufführungen von Schwänken veranstaltete; sie hat eine verblüffende Begabung, die mich jedes Mal in Erstaunen versetzt, wenn ich sie spielen sehe; seit zweihundert Jahren hat man ein solches Wunder in Frankreich nicht mehr erlebt.«[1]

Besonders auffallend an Beyles Reaktion ist nicht etwa der kritische Blick, mit dem er die geniale Begabung erkannte – das war von ihm zu erwarten –, sondern seine spontane, uneingeschränkte Begeisterung; in ihr zeigt sich unverkennbar, welcher Stimmungswandel sich in ihm vollzog, als er das »gottverlassene Gestade« von Civitavecchia für die Pariser Cafés, Salons und Theater eintauschte. Seine leidenschaftliche Teilnahme am kulturellen Leben, seine Beziehungen zu den Frauen und letztlich sein literarisches Schaffen in jener Zeit kündeten von einem Drang oder eher einem wehmütigen Sehnen nach dem, was ihn in seiner Jugend erregt hatte. Dies läßt sich am ehesten daran erkennen, daß er in den ersten Monaten, nachdem er Italien den Rücken gekehrt hatte, den Versuch machte, zwei alte und intime Freundschaftsbande wieder in glühende Liebesromanzen zu verwandeln.

Beyle hatte ja während seines Frankreichaufenthalts im Jahre 1833 seine vertraute Beziehung zu Clémentine Curial wiederhergestellt. Nun zog es ihn wieder zu ihr hin, und im Sommer des Jahres 1836 machte er so viele Gelegenheiten wie nur irgend möglich ausfindig, um mit ihr allein zu sein. Die leidenschaftliche Gräfin, die ihn vor einem Jahrzehnt die Skala der Gefühle von der Ekstase bis zur Verzweiflung hatte durchlaufen lassen, so wie sie ihn die Leiter im Schloß hatte auf- und niedersteigen lassen, war nun 47 Jahre alt. Beyle hinderte dies keineswegs, in ihr noch immer *ma vieille charmeuse* zu sehen und ihr alsbald zu beteuern, er fühle das gleiche unbändige Verlangen nach ihr wie im Jahre 1824. Als er Anfang August Mérimée in Laon, eine Tagereise nordöstlich von Paris, besuchte, wo dieser seiner Tätigkeit als Regierungsinspekteur für historische Denkmäler nachging, schien Beyle völlig überreizt zu sein. Er gestand seinem jüngeren Freund, die von ihm begehrte Frau habe auf sein Drängen mit dem erstaunten Ausruf: »Wie kannst du mich in meinem Alter lieben!« reagiert. Beyle – von dem Mérimée sagte, er sei den Tränen nahe gewesen – bestand auf seiner Bitte, entlockte jedoch Menti einige Wochen später (am 22. August) nur folgendes Urteil (es liegt lediglich in Colombs Resümee des von ihm zerstörten Briefes vor): »aus Asche könne man nicht wieder ein Feuer entfachen; dies Gefühl sei im Jahre 1836 erloschen und begraben – und er solle sich mit dem Platz des besten Freundes begnügen«.[2] Unentwegt wie stets, wenn es darum ging, die Heftigkeit seiner Gefühle bis zur Neige auszukosten, ließ er sich selbst durch diese völlig eindeutige und vernünftige Abfuhr nicht gänzlich von ihr abhalten. Menti jedoch blieb eisern, und einen Monat später (am 28. September) stellte Beyle am Rande eines seiner Bücher wehmütig fest, er habe keine andere Wahl, als diesem »kleinen Wiederaufflackern von Liebe« zu entsagen, obgleich »ich mich unangenehm verwirrt fühlte, wenn ich in Mentis Nähe war, ohne ihre schönen Hände zu berühren«.[3]

Bald jedoch zeigte sich, daß seine Treue als Freund stärker war als das Unbehagen des enttäuschten Liebhabers. Wie aus Colombs Auszügen aus der Korrespondenz zwischen den beiden hervorgeht, besuchte Menti Beyle nicht nur regelmäßig in seiner Junggesellenwohnung, sondern bat sogar »den Autor von *De l'Amour* um seinen erfahrenen Rat«, wie sie einen unzuverlässigen Liebhaber fesseln könne. Trotz ihrer 47 Jahre war die Gräfin offenbar weit davon entfernt, im Streit um Liebe das Feld zu räumen; aber sie war gewitzt genug, sich klarzumachen, daß sie mit dem Versuch, die Uhr ihrer Gefühle für den guten Henri auf das Jahr 1824 zurückzustellen, einen schlimmen Fehler begehen würde, daß sie jetzt als vertrauensvolle Freunde mehr voneinander haben könnten denn als Liebespartner.

Nachdem Beyle seiner Leidenschaft für Menti entsagt hatte, stellte er fast unmittelbar darauf einen neuen Heiratsplan auf. Aus dem Folgenden wird ersichtlich, wie er nun die Tatsache hervorkehrte, daß er sich seines Alters bewußt war, gerade so, als ob er nach dem Scheitern seines Comeback als glühender Liebhaber glaubte, er könne sich ebenso gut mit der Rolle eines ältlichen und bequemen Ehegatten abfinden. Eulalie Françoise Lacuée war eine 46jährige Witwe. Wahrscheinlich kannte Beyle sowohl sie als auch ihren Vater, Graf Réal, seit der Zeit des Kaiserreichs, denn sie verkehrten in denselben Kreisen wie die Darus; mit Sicherheit stand er Ende der zwanziger Jahre in gesellschaftlichem Kontakt mit ihnen, nachdem Réal aus seinem durch die Bourbonenrestauration erzwungenen zwölfjährigen Exil zurückgekehrt war. In Beyles Augen handelte Baronin Lacuée »heroisch«, weil sie im Unglück zu ihrem Vater gehalten hatte, und als er nun erfuhr, daß sie ungebunden war – sie war eng befreundet mit Mérimée und dessen Mutter, von der sie sich in Heiratsfragen Rat holte – gewann er den Eindruck, daß diese charakterfeste Frau eine höchst geeignete Ehepartnerin sei. In einem Brief, der das Datum des 17. März 1837 trägt, von François Michel jedoch aufgrund seiner stets gründlichen Nachforschungen überzeugend auf den Oktober des Jahres 1836 datiert worden ist, machte Beyle Mme Lacuée in bilderreicher Sprache und aus dem Bedürfnis, sich nicht bloßzustellen, sich selbst ironisierend, folgenden Heiratsantrag: »Mir scheint, wir haben beide noch eine Wegstrecke vor uns. Dieser Weg geht etwa in die gleiche Richtung; allein, Sie gehen noch weiter als ich. Würden Sie einen Reisegefährten akzeptieren, eine Art Majordomus, der sich um die Bestellung der Postpferde kümmert und sie nötigenfalls auch selbst reitet? – Das Lächerliche ist nur, daß dieser Kurier bei weitem das Alter überschritten hat, in dem man auf dem Pferd eine gute Figur macht; sein einziges Verdienst bestünde darin, Ihnen die Mühe zu ersparen, selbst mit den Postillons zu reden. Dieser berittene Stallmeister hat etwas Angst vor Ihnen, sonst hätte er Ihnen die Reisegemeinschaft mündlich vorgeschlagen. Das Mißliche, ja, der Hauptnachteil ist, daß diese Gemeinschaft einen allzu schönen Namen hat, einen gar zu phantastischen Namen, der vielleicht noch ein wenig zu meinem Charakter paßt, aber in einem grausamen Mißverhältnis steht zu der Menge von Talern, die ich für Reisen ausgeben kann, sowie zu der Anzahl von Jahren etc. etc.«[4]

In einem für ihn typischen Anflug, sich hinter geschwollenen Pseudonymen zu verstecken, unterzeichnete Beyle den Brief mit »C. de Seyssel, 53 Jahre alt«. Da der Brief lediglich als flüchtiger Entwurf des Schriftstellers vorhanden ist, steht nicht einmal fest, ob er wirklich abgesandt wurde. Jedenfalls zerschlug sich dieser Heiratsplan genau so, wie diejenigen, die er zuvor gemacht hatte. Im Dezember 1836 heiratete Mme Lacuée einen Ingenieur, der ein Vetter Mérimées war – es hat also den Anschein, daß nicht einmal die Familie Mérimée Beyles Brautwerbung befürwortete. Von nun an fand sich der Romancier mit seinem Junggesellendasein ab.

Bis zu seinem Lebensende konnte er jedoch nicht auf den Drang nach Liebesabenteuern verzichten. Anderthalb Jahre später schrieb er in einem Reisetagebuch: »Es wäre falsch, in einem bestimmten Alter nicht mehr zu lieben. Solange man in der Lage ist, selbst eine stockdumme oder höchst theatralische Frau um ihrer köstlichen Einfälle oder auch ihrer Naivität willen zu lieben, ist man liebesfähig. Und das Glück liegt weit mehr darin, zu lieben als geliebt zu werden.«[5] Auch in seinem fünften Lebensjahrzehnt hielt er an seinem zwanzig Jahre zuvor in *De l'Amour* formulierten Bekenntnis zur Kristallisation fest, obgleich sich in den zitierten Worten eine Art bittere Satire auf die Selbsttäuschungen des vernarrten Liebhabers erkennen läßt, ein Ton, der in dem früher entstandenen Werk nicht anklang. War auch sein Versuch, im Sommer 1836 ein Feuer aus der Asche aufflammen zu lassen, gescheitert, so kam er doch bald darauf, im Anschluß an seinen fehlgeschlagenen Heiratsplan, auf den Gedanken, aus den Funken seiner Freundschaft mit Jules Gaulthier ein Liebesverhältnis zu entfachen.

Im Herbst des Jahres 1836 hielt sie sich einige Zeit auf dem Lande auf; die Briefe, die sie damals wechselten, haben einen zwanglos vertrauten Ton, eine liebevolle Besorgtheit füreinander; daneben spielte sie ihrerseits ein wenig die Gekränkte, weil er ihr nur sporadisch seine Aufmerksamkeit gewidmet habe. (Als er noch in Italien war, hatte sie ihm geschrieben, sie sei erstaunt, daß er sich noch nie in sie verliebt habe.) Seine Kritik an ihrem Roman *Le Lieutenant* hatte Jules ihm offenbar nicht übelgenommen; ob er ihr etwas über *Lucien Leuwen* mitteilte, dessen Manuskript er mit nach Paris gebracht hatte, ist unklar. Der Veteran der Liebe bedurfte auf seiner Suche nach einer *amoureuse* über eine solch freundliche Ermunterung hinaus keines weiteren Fingerzeigs. Am Weihnachtstag des Jahres 1836 machte er ihr seine Liebeserklärung.

Mochte Jules Gaulthier als Romanschriftstellerin noch so amateurhaftes Ungeschick gezeigt haben, diese überraschende Wende der Ereignisse meisterte sie mit schöner Gelassenheit und ausgesuchtem Takt. Liebenswürdig lehnte sie Beyles Anerbieten, die Art ihrer Beziehung zu ändern, ab, gab ihm aber gleichzeitig zu verstehen, sie betrachte seine Erklärung als ein großes Kompliment. »Sie brauchen diesen Tag nicht im mindesten zu bereuen«, schrieb sie ihm, sobald er ihr Haus verlassen hatte, »Sie sollten ihn zu den besten Ihres Lebens zählen, für mich ist er der ruhmreichste! Ich empfinde ganz die süße Freude über einen großen Erfolg: gut angegriffen, gut verteidigt, kein Friedensvertrag, keine Niederlage, nichts als Ruhm für beide Parteien... Beyle, glauben Sie mir, Sie sind hunderttausendmal mehr wert als die Leute glauben, als Sie selbst glauben und als ich noch vor zwei Stunden geglaubt habe!«[6] Die geistvolle Form, die Besonnenheit und das edle Zartgefühl dieser Reaktion lassen vermuten, daß Beyle sich seine Freundin gut ausgewählt hatte; sie verkehrten auch weiterhin in herzlicher Form miteinander. Seine beiden im Jahr 1836 angestellten Versuche, Freundschaft in Leidenschaft zu verwandeln, künden von der Sehnsucht, noch einmal das starke Hingerissensein seiner früheren Jahre zu erleben. Er sollte sein Verlangen jedoch nicht in den Armen einer Geliebten erfüllen, sondern in dem imaginativen Akt der Erschaffung einer neuen Romanwelt.

Übrigens fand Beyle, als er im Mai 1836 wieder nach Paris kam, noch eine andere Frau, die ihm ganz aus freien Stücken die Möglichkeit zu einer Liebeserklärung bot: Giulia Rinieri, deren Ehemann seit dem Herbst des Jahres 1833 Mitglied der toskanischen Gesandtschaft in Paris war. Einige Anzeichen deuten darauf hin, daß Giulia Gelegenheit fand, ihren früheren Liebhaber bald nach seiner Rückkehr wieder freudig in ihr Bett aufzunehmen; aber sei es, daß sich aufgrund ihrer Ehe und der Nähe ihres »Onkels« Berlinghieri Hindernisse ergaben, sei es, daß Beyle ihr immer noch grollte, weil sie drei Jahre zuvor seinen Heiratsantrag zurückgewiesen hatte – in der zweiten Hälfte des Jahres 1836 war er, wie gesagt, anderweitig interessiert. Das ganze Jahr 1837 hindurch und während der Wintermonate des Jahres 1838 litt Giulia an einer sonderbaren Krankheit mit akuten Unterleibsbeschwerden, die sie offenbar »außer Gefecht« setzten. Während dieser Zeit war Beyle oft auf Reisen in Frankreich, in der Schweiz, den Niederlanden und Deutschland; wenn er aber in Paris war, besuchte er stets besorgt seine kränkelnde Freundin. Es drängt sich die Frage auf, ob Giulias Beschwerden vielleicht eher psychosomatischer Natur waren; denn der Arzt, der an ihr eine »Wunderheilung« vollzog – und zwar durch Anwendung von Mitteln, die er nicht einmal in dem aus Reklamegründen publizierten Bericht über den Fall spezifizierte –, war ein berüchtigter Quacksalber namens Benech.

Wie auch immer der medizinische Tatbestand geartet sein mochte – als Beyle, nachdem er fast vier Monate unterwegs gewesen war, Ende Juli 1838 nach Paris zurückkehrte, traf er seine Geliebte aus Siena wieder völlig gesund an, und bereits am 3. August spiegelte sich, wie üblich bei solchen Gelegenheiten, seine Reaktion in einer Randnotiz wider: *»She gives things, the amica of eleven years«*. Das Verständnis von Beyles seltsamem Englisch wird durch die Unleserlichkeit seiner Handschrift noch erschwert; daher ist vielleicht die Plumpheit des ersten Satzteils auf eine falsche Lesart zurückzuführen, wie ein Forscher vermutet hat, und der Anfangsbuchstabe des Hauptworts ist ein *w* statt eines *th* [sie gibt Flügel, diese Freundin seit elf Jahren, A.d.Ü.] Denn in jenen Wochen enthalten seine rätselhaften Randbemerkungen nicht nur sexuelle Zahlenangaben, sie berichten auch von gewissen beschwingten Augenblicken, in denen der Liebhaber seine Giulia Melodien von Paësiello summen ließ, Augenblicken voller »Anmut« und »Liebreiz«, wie er sie in seiner Erinnerung nannte. Gerade zu jener Zeit waren Giulia und ihr Mann im Begriff, nach Florenz aufzubrechen, um dort für immer zu bleiben. Berlinghieri war im Januar 1838 verstorben, und alsbald fand sein Günstling Martini, daß seine Dienste in der toskanischen Gesandtschaft nicht länger benötigt würden. Giulia schmerzte der Gedanke, Paris verlassen zu müssen, nicht nur weil dadurch ihre glücklich erneuerte Liebschaft mit Beyle gestört wurde, sondern weil sie ebensowenig wie ihr Liebhaber den Pariser Schwung und Esprit entbehren konnte, wie sie ihm im Oktober aus Italien schrieb. Sie hoffte, irgendwann einmal nach Paris zurückzukehren; unterdessen stellte sie ein Wiedersehen in Italien in Aussicht. Es war noch nicht ein Jahr vergangen, als es tatsächlich stattfand.

Man darf allerdings aus diesen teils wirklichen, teils nur beabsichtigten Verstrickungen nicht den Schluß ziehen, Beyle habe sein Interesse damals lediglich den Frauen zugewandt. Kaum waren die ersten Monate in Paris vergangen, machte er sich an die Ausführung verschiedener schriftstellerischer Vorhaben, die noch im einzelnen zur Sprache kommen werden; und im zweiten und dritten Jahr seines verlängerten Urlaubs verschrieb er sich dem Tourismus mit nachhaltigerer Leidenschaft als einer Giulia, Menti oder Jules. Wahrscheinlich wurde Beyle ursprünglich zu seinen Ende Mai 1837 beginnenden ausgedehnten Reisen unter anderem aus Sparsamkeit veranlaßt. Solange er von seinen konsularischen Aufgaben beurlaubt war, bezog er nur sein halbes Gehalt; dies aber reichte kaum dazu aus, seinen gewohnten Pariser Lebensstil beizubehalten. Die rege Nachfrage, die die *Promenades dans Rome* weckten, hatte ihm jedoch gezeigt, daß sich Reisebücher ganz gut verkauften. Indes kam seine Entscheidung, Stoff für ein neues Reisebuch zu sammeln, dadurch zustande, daß er versuchte, den Zwang zur Sparsamkeit mit seiner unersättlichen Neugier auf Menschen, ihre Sitten und Gebräuche, auf Architektur, Kunst, Geschichte und fremde Landschaften zu verbinden. Am Rande der *Voyages dans le midi de la France* bemerkte er höchst aufschlußreich: »Ein Glück, wenn man seine Leidenschaft als Beruf [*métier*] hat. In dieser Lage ist Dominique« (auf den 22. März datierte Eintragung). Aus dem Textzusammenhang geht hervor, daß die erwähnte Leidenschaft sowohl im Reisen als auch im Schreiben über das Reisen bestand. Denn der Unterschied zwischen Stendhals damaliger Reisetätigkeit und seinen nicht so ausgedehnten Reisen in Italien zu Anfang der dreißiger Jahre erhellt daraus, daß er jetzt mit Lust über das, was er auf seinen Reisen sah, schrieb – in Italien war er durch seine Gemütsverfassung gehemmt gewesen.

Es war die Mühe wert, daß man sich auf holprigen Straßen in schlecht gefederten Kutschen durchschütteln ließ, plötzlich hereinbrechenden Unwettern trotzte, manchmal in allzu bescheidenen Gasthäusern abstieg und für den Tee lauwarmes Wasser gereicht bekam, wenn man dafür neue Gegenden und neue Menschen in seinen Gesichtskreis aufnahm. Darüberhinaus gab ihm die Situation des Reisenden – das heißt die eines vom Alltag losgelösten Menschen, der alles mit großer Bewegungsfreiheit betrachtete und über seinen Beobachtungsprozeß nachdachte – besonders gut Gelegenheit, seine Erfahrungen in reflektierender Form schriftlich festzuhalten. In diesen reifen Mannesjahren bedeutete der Beruf eines Schriftstellers für Stendhal, daß er sich ständig angespannt darauf konzentrierte, seine Beobachtungen in Worte zu fassen, und zwar nicht nur deshalb, weil er ihre Veröffentlichung im Auge hatte.

Auf der ersten Reise fuhr Beyle, von Mérimée begleitet, das Loiretal abwärts, teils auf dem Landwege, teils an Bord eines Schiffes. Von Nantes aus, in der Nähe der Atlantikküste, reiste er allein weiter, nordwärts durch die Bretagne und zurück über Le Havre und Rouen. Anfang Juli war er wieder in Paris. In den folgenden zwölf Monaten konnte er sich eine Fahrt nach Grenoble leisten sowie ausgedehnte Reisen durch Südfrankreich und eine schnelle Tour durch die Schweiz, Deutschland, Holland und Belgien. Womöglich stattete er auch London noch einen kurzen Besuch ab, allerdings gibt es darüber keinen ausdrücklichen Bericht.

Die Eindrücke von diesen Reisen schlugen sich zuerst in den *Mémoires d'un touriste* nieder. Stendhal verfaßte diesen literarischen Bericht nach seiner Rückkehr aus der Bretagne, und zwar gegen Ende des Jahres 1837, als er vermutlich längere Zeit in Paris blieb. Er arbeitete das Buch aufgrund der Notizen in seinem Reisetagebuch aus, nahm aber auch Anekdoten auf, die ihm seine Freunde berichteten, und entsprechend seiner schon früher geübten Praxis zögerte er nicht, aus bereits veröffentlichten Werken anderer abzuschreiben, wenn er es für erforderlich hielt. Die mit einem Autorenhonorar von 1560 francs vergüteten *Mémoires* erschienen im Juni 1838; von der Presse wurde das Buch unterschiedlich aufgenommen, immerhin waren einige Besprechungen äußerst positiv. Damals war Stendhal allerdings schon wieder unterwegs und sammelte Stoff für ein zweites Reisebuch. Aber Mitte des Sommers, kurz nach seiner Rückkehr in die Hauptstadt, war er von dem unausweichlichen Gedanken erfüllt, einen neuen Roman zu schreiben; deshalb ließ er seinen Bericht über die Reise in den Süden in der Tagebuchform liegen – er wurde erst nach seinem Tod unter dem Titel *Voyage dans le midi de la France* veröffentlicht.

Beide Reisebücher sind wegen ihrer widersprüchlichen Kombination jugendlicher Ausgelassenheit mit der nüchternen Überlegung eines gereiften Menschen bemerkenswert. In den *Mémoires d'un touriste* werden diese Züge durch einen pseudoliterarischen Kunstgriff vermittelt, den Stendhal bereits in früheren Reisebüchern angewandt hatte: der Erzähler stellt sich als Eisenwarenhändler vor, angeblich ein Mann zwischen dreißig und vierzig Jahren, der jedoch manchmal offenkundig im Ton des 55jährigen Autors redet. Auch sein Esprit und seine politischen Anschauungen entsprechen unverkennbar denen Stendhals.

So zum Beispiel stellt der Erzähler Betrachtungen an über die geistige Größe der Mme Roland, jener Märtyrerin der Revolution, die in den Augen Stendhals stets das äußerste Heldentum verkörperte, und trifft dann folgende Feststellung: »Nach dieser großen Gestalt kamen die Damen der Kaiserzeit, die auf dem Rückweg von Saint-Cloud in ihren Kaleschen weinten, wenn der Kaiser ihre Kleider geschmacklos gefunden hatte; danach die Damen der Restaurationsepoche, die in Sacré-Cœur zur Messe gingen, um ihre Männer zu Präfekten zu machen; schließlich die Damen des *juste-milieu* [die Anhänger der Julimonarchie], Musterbilder von Natürlichkeit und Freundlichkeit.« (a.a.O., auf den 15. Mai 1837 datierte Eintragung.) Nach der vernichtenden Direktheit der beiden ersten Genrebilder dürfte die mit gesteigerter Ironie durchgeführte Bloßstellung der Damen der dreißiger Jahre ihre Wirkung auf zeitgenössische Leser kaum verfehlt haben. Insgesamt war von der Gereiztheit, mit der er bisher seine politischen Ansichten in gedruckter Form geäußert hatte, kaum noch etwas zu spüren. Die in jener Zeit entstandenen kürzeren literarischen Produkte wurden entweder anonym oder unter einem neu geprägten Pseudonym veröffentlicht; hingegen wurden die *Mémoires d'un touriste*, ebenso wie danach *La Chartreuse de Parme*, auf der Titelseite als ein Werk »des

Autors von *Le Rouge et le Noir*« ausgewiesen. Offensichtlich lag für Beyle damals die Aussicht, in den aktiven diplomatischen Dienst zurückzukehren, in allzu weiter Ferne, als daß er sich Sorge gemacht hätte, er könne sich politisch kompromittieren; vielleicht ließ er sich auch durch die dringende Notwendigkeit, sein karges Einkommen aufzubessern, dazu verleiten, politische Klugheit für zweitrangig zu erachten. Wollte er überhaupt zur Veröffentlichung Bestimmtes schreiben, so durfte er sich hinsichtlich dessen, was er schreiben wollte, nicht behindert fühlen.

In dem Register der Stimmen, die in den *Mémoires d'un touriste* zu Wort kommen, meldet sich zeitweilig als Gegenpol zu der Stimme des ironischen Beobachters diejenige eines ergreifend persönlichen Sprechers, mit der Beyle über seine eigene Situation nachdachte, wenn beispielsweise der Eisenwarenhändler gelegentlich eines »anthropologischen« Vergleichs zwischen Ritualen am Totenbett, wie sie auf den Kanalinseln nördlich von Saint-Malo und in Paris gehandhabt werden, plötzlich kommentiert: »Es geschehen traurige Dinge, so wie sie stets, ohne unsere törichten Institutionen, zu geschehen pflegen, in der Stille und in der Einsamkeit.« Daran knüpfte er eine moralische Betrachtung, die sich auf das bezieht, was Henri Beyle von seinem Großvater und von den Rationalisten der Aufklärungszeit gelernt hatte und woran er sein Leben lang glaubte: »Da die Vorstellung einer *eternal hell* [Hervorhebung durch den Autor] verlorengeht, wird der Tod wieder etwas ganz Einfaches, so wie er es vor der Regierungszeit Konstantins war.«[7]

In der *Voyage dans le midi de la France* können diese verschiedenartigen Stimmen Stendhals sogar noch unmittelbarer zur Sprache kommen, da hier der pseudoliterarische Erzähler fehlt. Am Anfang des Buches feiert der Verfasser in einer kurzen Bemerkung die Schönheit der Frauen von Angoulême – ihre Augenbrauen, sagt der Reisende, seien wirklich wie der Bogen aus Ebenholz, von dem in *Tausendundeine Nacht* die Rede ist – und er läßt sich von dem Schwung der Südfranzosen faszinieren, fast so, als entdecke er in seinem Heimatland einen Ersatz für jenes Italien, das er seit seiner Jugend mythologisiert hatte und von dem er jetzt enttäuscht war. Doch bei allem Entzücken über seine Erlebnisse im Süden fühlte er oft schmerzhaft das Weh ferner Erinnerungen und mit ihnen Gedanken an das Altern und den Tod: »Jetzt denke ich an die Kunst, an die Feldzüge Napoleons. Der letztere Gedanke stimmt mich traurig; ich sehe, daß ich in eine Übergangsepoche, das heißt in eine Ära der Mittelmäßigkeit hineingeboren bin; und sie wird kaum zur Hälfte vorüber sein, wenn die Zeit, die für ein Volk so langsam und für einen Einzelnen so schnell verstreicht, mir ein Zeichen gibt, daß ich davon muß.«[8] Wenige Monate danach verwob Stendhal alle diese tiefen Gedanken in dem prächtigen Teppich der *Chartreuse de Parme* – die Sehnsucht nach dem Heldentum des napoleonischen Zeitalters und die Auffassung, die Gegenwart sei eine Übergangsepoche der Mittelmäßigkeit; eine durchdringend satirische Sicht der europäischen Sitten und der Politik in der Ära Metternichs; den Kontrast zwischen der unbekümmerten, überschäumenden Jugend und dem ichbefangenen und oftmals zynischen Menschen mittleren Alters; die Verherrlichung des Feuers und der Leidenschaft südländischer Menschen; die Macht, mit der sich der Liebende danach sehnt, die Seele über die traurige Öde weltkluger Berechnung und Täuschung zu erheben. Entscheidend war dabei nicht nur die Kontinuität thematischer Anliegen zwischen den beiden Reiseberichten und der gewaltigen literarischen Leistung, die Stendhal im Herbst des Jahres 1838 bewältigte, sondern auch die für die Arbeitsmethode des Schriftstellers charakteristische Tatsache, daß er in den Reisebüchern die Reichweite der erzählerischen und der reflektierenden Stimmen erprobte und vervollkommnete, bevor er sie sozusagen aus dem Stegreif in dem überragenden Meisterwerk der *Chartreuse de Parme* zu einem so wunderbar harmonischen Ganzen vereinigte.

Ehe es jedoch soweit war, beschäftigte sich Stendhal mit zwei anderen schriftstellerischen Vorhaben, die mit dem nach ihnen entstandenen großen Roman thematisch und gleichsam metonymisch in Verbindung standen. Das erste Buch, das er im Herbst 1836 schreiben wollte, nachdem er sich in Paris wieder eingelebt hatte und Ruhe zum Arbeiten fand, war eine Lebensgeschichte Napoleons. Bekanntlich hatte er bereits in seiner Mailänder Zeit einige Kapitel über dieses Thema geschrieben. Jetzt begann er das Buch noch einmal von Anfang an neu zu schreiben, dabei behandelte er die einzelnen Umstände der Herkunft Napoleons mit größerer Aufmerksamkeit und ließ, nachdem zwei Jahrzehnte vergangen waren, die in die frühere Fassung aufgenommene Kritik der Eitelkeit des Kaisers und seines anmaßenden Ehrgeizes aus, statt dessen sprach er ehrfurchtsvoll von ihm als dem *grand homme*, diesem großen Mann. Aber wie eine Biographie anzulegen war, davon hatte Stendhal kaum eine Vorstellung. Die Schilderung des Lebens Napoleons bleibt schon bald in peinlich genauen Berichten über seine ersten Feldzüge stekken, und man schöpft den Verdacht, der Biograph sei keineswegs gewillt gewesen, seine Darstellung über die frühen Ruhmestaten des jungen Bonaparte hinaus bis zu der Zeit seines in die Irre gehenden und schließlich selbstzerstörerischen Ehrgeizes weiterzuführen. Im Frühjahr 1837 gab Stendhal diesen zweiten, mit der Hoffnung auf einen erklecklichen Vorschuß verbundenen Versuch, eine Napoleonbiographie zu schreiben, auf. Auf der Suche nach anderen Verdienstmöglichkeiten als Schriftsteller schloß er mit der *Revue des Deux Mondes* einen Vertrag über die Lieferung einer Reihe von Erzählungen ab, die in der italienischen Renaissance spielten. Zwei von ihnen, *Vittoria Accoramboni* und *Les Cenci*, erschienen im Jahre 1837, zwei weitere, *La Duchesse de Palliano* und der erste Teil von *L'Abbesse de Castro*, im darauffolgenden Jahr. Sie wurden zusammen mit verschiedenen anderen Novellen Stendhals als *Chroniques italiennes* posthum veröffentlicht.

Beyle war natürlich schon seit langem von der italienischen Renaissance fasziniert, aber die unmittelbare Anregung zu diesen Geschichten bekam er durch eine Sammlung alter Erzählungen, die er wahrscheinlich im Jahre 1833 als Manuskript in Italien erworben hatte, und von denen er zu erheblichen Kosten getreue Kopien hatte anfertigen lassen. Seine eigenen Fassungen präsentierte er dem Leser häufig mit der Behauptung, er setze lediglich die altertümliche Sprache und die rudimentäre Erzählweise des Originals in ein zeitgemäßes Französisch um. In Wirklichkeit blieben seine Neufassungen zwar zunächst ziemlich eng am Text der Vorlage, aber als er *L'Abbesse de Castro* bearbeitete, erlaubte er sich bereits große Freiheit in der novellistischen Ausarbeitung seines Materials. Indessen sind die *Chroniques italiennes* kaum als große Literatur zu bezeichnen. Heutzutage sind sie hauptsächlich noch interessant, weil sie im Zusammenhang mit der

Chartreuse stehen und Aufschluß über die Phänomenologie der Vorstellungskraft Stendhals geben können. In den als Vorwort gedachten Bemerkungen, die sich in seinem Nachlaß fanden, hebt Stendhal einen bezeichnenden Ausdruck hervor, um sein Vorhaben zu rechtfertigen. Es sind »die Tiefen des menschlichen Herzens«, die sich in diesem Wirrwarr von korrupten und gewalttätigem Despotismus, ungehemmten Trieben, grausigem Rachedurst und ständiger Mißachtung der durch die Moral gesetzten Grenzen realistisch offenbaren. Nachdem er kurz die verschiedenen Formen der von Leidenschaften diktierten Übergriffe in Neapel und Rom angedeutet hat, bemerkt er: »Ich bin sicher, daß heutzutage Engländer, Deutsche und Franzosen durch Geltungssucht und Eitelkeit aller Art viel zu verderbt sind, als daß sie auf lange Sicht solch scharfe Schlaglichter in die Tiefen des menschlichen Herzens werfen könnten.«[9] Von diesen »Gegebenheiten« des menschlichen Herzens, wie Stendhal sie an anderer Stelle weniger pathetisch nennt, nimmt der moderne Mensch selten Notiz, weil die glatten oberflächlichen Verhaltensnormen der Zivilisation, die ihn zur Befriedigung banaler Genüsse anhalten, in einem fundamentalen Gegensatz stehen zu dem furchteinflößenden, unvorstellbar grausamen Verhalten, zu dem Menschen fähig sind, wenn sie wie diese Gestalten der Renaissancezeit den Mut haben, ihren Trieben hemmungslos zu folgen. Hier wird das grausige Schauspiel der Unmenschlichkeit, das Henri Beyle auf dem Rückzug von Moskau erlebt hatte, gewissermaßen in eine heldische Tonart transponiert: er versucht sich ein heroisches Verhaltensmuster vorzustellen, das durch Erwägungen konventioneller Moral nicht behindert, allein von dem radikalen Willen bestimmt wird.

In diesen Erzählungen ist von Erdrossselung, Vergiftung, Verschwörung, Blutschande, nicht auszulöschender Liebe und schwelendem Haß die Rede; am bemerkenswertesten ist das immer wiederkehrende Motiv der Einkerkerung. In allen Geschichten wird die Geliebte in einer Klosterzelle oder einem Schloßgemach eingeschlossen, und wer sie erreichen will, muß Wachen überwältigen, Mauern erklettern, durch ein Labyrinth von Gängen laufen und geheime Eingänge entdecken. Die von Stendhal aufgefundenen Renaissanceerzählungen entsprachen praktisch in dramatischer Form dem Gefühl, daß die ersehnte

Frau unerreichbar sei, einem Gefühl, das seit seiner Jünglingszeit, vielleicht gar schon seit dem frühen Tode seiner Mutter in ihm mächtig war.

Die bereits am Schluß von *Le Rouge et le Noir* zum Ausdruck kommende Idee der Einkerkerung faszinierte Stendhal allerdings persönlich noch nachhaltiger, wenn nicht eine ersehnte Frau gefangensaß, sondern eine männliche Gestalt, mit der er sich unmittelbarer identifizieren konnte. Denn die Vorstellung der Kerkerhaft hatte für ihn aus mehreren Gründen einen unbestimmten Reiz: sie ließ ihn zugleich an Verfolgung denken, an seine krankhafte Furcht vor Isolierung und an seine krankhafte Liebe zur Einsamkeit, zu einem Refugium, in das er sich aus der Welt zurückziehen konnte. Doch gleichgültig, ob die Eingekerkerten Männer oder Frauen waren – die unheimlichen Geschehnisse und die fernen Gestalten der *Chroniques italiennes* gaben ihm nicht viel Gelegenheit, die widerspruchsvollen Charaktere psychologisch so zu entwickeln, daß sie Interesse weckten. Bald jedoch arbeitete er diese Paradoxa auf suggestive Weise in einem Roman aus, in dessen Mittelpunkt ein Gefängnis steht, das zur Kartause wird.

In den Erzählungen besteht ein seltsames Mißverhältnis zwischen den blutrünstigen Situationen und der Form ihrer Darstellung; auf diese Form hatte sich Stendhal festgelegt, indem er alles in rascher Folge, mit kühler Untertreibung und unter Vermeidung jeglichen rhetorischen Schwulstes berichten wollte. Als Beispiel möge seine Schilderung des Todes der Herzogin von Palliano dienen, einer aus der Reihe der stolzen, unerschütterlichen Frauen in den *Chroniques*. Soeben hat ihr Bruder seine Vorbereitungen beendet, um sie zu töten, weil sie die Familie besudelt hat [Er hat einen anderen Strick herbeigeholt, da ihm der erste einen schmerzlosen Tod der Herzogin nicht gewährleistete, A.d.Ü.]: »Wieder band er ihr das Tuch über die Augen, legte den Strick um ihren Hals, steckte den Stock durch die Schlinge, drehte ihn und erdrosselte sie. Auf seiten der Herzogin ging die Sache ganz wie eine normale Unterhaltung vor sich.«[10] Die beiläufige Form des Berichts, in der Stendhal den heroischen Gleichmut der Herzogin widerspiegelt, ist zwar interessant, aber etwas allzu seltsam, als daß dieser grausige Augenblick in der Darstellung überzeugend Wirklichkeit würde. Wollte Stendhal erreichen, daß seine Bevorzugung außergewöhnlicher Charaktere seiner Vorliebe für einen knappen Stil vollkommen entsprach, mußte er seine italienischen Menschen in eine Umgebung versetzen, in der sein stellvertretender, mit ihren Problemen innig vertrauter Erzähler sich ihnen mit der ironischen Wendigkeit eines intelligenten Zeitgenossen behaglich widmen konnte. Dieser Gedanke kam ihm im Herbst des Jahres 1838 und zeitigte sogleich außerordentliche Ergebnisse.

Unter den italienischen Novellen, die Stendhal aus Civitavecchia mitgebracht hatte, war eine kurze Erzählung mit einem Umfang von weniger als 1200 Wörtern, betitelt: »Origine delle grandezze della famiglia Farnese« (Der Ursprung der ruhmreichen Familie Farnese). Die Hauptgestalt dieser Erzählung ist Alessandro Farnese, der im Jahre 1534 Papst Paul III. wurde. Der junge Mann und Wüstling wird festgenommen, weil er eine Adlige entführt und vergewaltigt hat; es gelingt ihm jedoch, aus seinem Gefängnis zu entfliehen, und zwar mit Hilfe eines Stricks, den ihm der Liebhaber seiner schönen Tante Vandozza, der Kardinal Roderigo Borgia, besorgt hat. Danach sorgt die liebevolle Tante dafür, daß ihr Neffe im Alter von 24 Jahren zum Kardinal ernannt wird. Später lebt er lange mit einer adligen Dame, namens Cleria, zusammen; diese Verbindung ist jedoch kein Hindernis dafür, daß man ihn im Alter von 76 Jahren zum Papst wählt. Obwohl in dieser Version die historischen Tatsachen ziemlich durcheinandergebracht werden, was die Personen und ihre Beziehungen zueinander angeht, lieferte sie Stendhal die Situation, die er brauchte. Lediglich den Schluß, wo der Erfolg im Leben auf dem Thron des heiligen Petrus seine Krönung findet, änderte der Romanschriftsteller radikal, um die Handlung seiner eigenen Vorstellung von romantischem Ethos anzupassen. Im übrigen wurde aus Alessandro Farnese der mit Unerfahrenheit und Unbefangenheit ausgestattete Fabrizio del Dongo: Cleria wurde dem volkstümlichen Urbild der »mitleidsvollen Tochter des Kerkeraufsehers« angepaßt und in Clelia umbenannt; aus Roderigo Borgia und La Vandozza schuf Stendhal jenes überaus welterfahrene, kluge Liebespaar, den Grafen Mosca und die Herzogin Sanseverina.

Am 16. August 1838, genau drei Wochen nach Stendhals Rückkehr aus den Niederlanden und einen Tag, nachdem *La*

Duchesse de Palliano in der *Revue des Deux Mondes* erschienen war, vermerkte er auf seinem eigenen Exemplar der Farnese-Chronik in seinem Englisch: *»To make of this sketch a Romanzetto.«* Der Gebrauch der Diminutivform *romanzetto* weist eindeutig darauf hin, daß er anfangs nichts weiter vorhatte, als eine weitere Renaissanceerzählung zur Veröffentlichung in Zeitschriften zu schreiben. Am 3. September hatte er zum ersten Mal den Gedanken, diesen Stoff zu einem Roman zu verarbeiten. Zunächst jedoch war er durch andere Vorhaben in Anspruch genommen, und zwar durch den ersten Teil der *Abbesse de Castro*, den er Mitte September schrieb, durch seine eigene Liebesromanze mit Giulia, die Paris am 27. September verließ, durch eine Novelle in der Art von Scarron, die er begann, dann aber Anfang Oktober liegen ließ, und schließlich durch eine weitere Reise in die Bretagne und die Normandie, derentwegen er vom 12. Oktober bis zum 3. November nicht in Paris war. Inzwischen war er aufgrund freundschaftlicher Beziehungen auf andere Art fabulierend tätig geworden, was sich besonders auswirkte, als er den »Ursprung der ruhmreichen Familie Farnese« in *La Chartreuse de Parme* umwandelte.

Während seines Parisurlaubs hatte Beyle durch Mérimée Gräfin Montijo kennengelernt, eine spanische Adlige, die mit ihren beiden Töchtern Paca und Eugénie in Frankreich lebte (letztere wurde übrigens 1853 als Gemahlin Napoleons III. Kaiserin von Frankreich). Die beiden Mädchen freuten sich die ganze Woche über auf den Donnerstagabend, an dem Beyle zu Besuch kam; natürlich hatten sie nicht die geringste Ahnung, daß dieser äußerst charmante und aufmerksame Freund des Hauses von Beruf Schriftsteller war und sich Stendhal nannte. Sie durften dann eine Stunde länger aufbleiben, und es war der Höhepunkt solcher Besuche, wenn sie auf Beyles Schoß in einem Sessel am Kamin saßen und fasziniert seinen Erzählungen aus den Tagen der Großen Armee und von den Heldentaten Napoleons lauschten. »Wir weinten, wir lachten, wir zitterten, wir waren ausgelassen«, erinnerte sich Eugénie später. »Er zeigte uns nacheinander den strahlenden Kaiser unter der Sonne von Austerlitz, den blassen im russischen Schneegestöber und den sterbenden auf Sankt Helena.«[11] An den ersten beiden Tagen des Monats September 1838 diktierte Stendhal seinem Schreibgehilfen als freundliche Gabe eines Schriftstellers für die Töchter des Hauses Montijo eine ins einzelne gehende Schilderung der Niederlage von Waterloo, so wie sie ein junger Kampfteilnehmer namens Alexandre aus seiner verwirrten Sicht geben konnte. (In sein gedrucktes Exemplar der *Chartreuse* schrieb der Autor später an den Schluß des Waterloo-Kapitels die Widmung: »Für Euch, Paca und Eugénie«). Es ist keineswegs klar, ob Stendhal in diesem Alexandre bereits Alessandro Farnese bewußt in das 19. Jahrhundert übertragen hatte, oder ob ihm erst zwei Monate später, als er ernsthaft an dem Roman zu arbeiten begann, plötzlich der Gedanke kam – vielleicht, weil die beiden Helden denselben Vornamen hatten – die Geschichte der Farnese zu modernisieren und durch Einfügung der bereits in einer größeren Erzählung geschriebenen Waterloo-Episode mit dem Sturz Napoleons zu verbinden. Jedenfalls lag ihm die Übertragung in eine zeitgenössische Umgebung sehr viel mehr, und im Hinblick auf die politische Klugheit, die er als Konsul im Kirchenstaat walten lassen mußte, konnte er sogar sehr viel freier über die Machenschaften an einem fiktiven parmesanischen Hof des 19. Jahrhunderts schreiben als über einen Taugenichts, der mit Hilfe einer verführerischen, in Sünde lebenden Tante eine historisch greifbare Papstgestalt wurde.

Am 4. November, dem Tag nach seiner Rückkehr aus Rouen, begann Stendhal in seinem möblierten Zimmer in der rue Caumartin Nr. 8 *La Chartreuse de Parme* zu diktieren. Vier Tage lang überarbeitete er seinen Waterloo-Bericht und entschloß sich dann, Alexandre Farnese in Fabrizio del Dongo umzubenennen. Während der darauffolgenden sieben Wochen schloß er sich praktisch mit seinem Manuskript und seinem zweifellos völlig ermatteten Schreibgehilfen ein und arbeitete täglich oft mehr als zehn Stunden; der Hausmeister war instruiert, jedem etwaigen Besucher zu sagen, Beyle befände sich auf der Jagd. Es ist kaum vorstellbar, daß ein Meisterwerk von diesem Ausmaß mit solch erstaunlicher Schnelligkeit erschaffen wurde. Alles schien dem vom Schwung seiner Erfindungskraft mitgerissenen Stendhal nur so zuzufliegen – dramatisch aufgebaute Dialoge, die fluktuierende Bewegung langer innerer Monologe, in allen Einzelheiten geschilderte Liebesszenen und politische Intrigen, Nebenfiguren und das psychologische Bild der Hauptgestalten mit seinen endlosen Verästelungen. Bis zum 15. November hatte er 270 Manuskriptseiten geschrieben; am 2. Dezember belief sich ihre Zahl auf 640; und am 26. Dezember, genau 52 Tage, nachdem er begonnen hatte, händigte er Romain Colomb die sechs umfangreichen Kladden, die das vollständige Manuskript enthielten, aus, damit er sie seinem Verleger zeige. Er hatte allerdings so viel geschrieben, daß Ambroise Dupont, der den Roman veröffentlichte, den letzten Teil im Hinblick auf die Kosten »abwürgte«, wie Stendhal es nannte; so ist es wahrscheinlich zu erklären, daß der vorliegende Schluß so zusammengedrängt wirkt.*

Früher hatte Stendhal zwar auch schon in kurzen Arbeitsanfällen rasch improvisierte Glanzleistungen geschaffen. Das atemberaubende, ununterbrochene Tempo, in dem er die *Chartreuse* schuf, konnte er jedoch nur durchhalten, weil dieser Roman in seiner sprachlichen Form und in seinem Gehalt so unverkennbar dasjenige Werk war, zu dessen Entstehung er sein ganzes Leben lang das Rüstzeug angesammelt hatte. Es war das große Epos, von dessen Erschaffung er träumte, seitdem er als junger Mensch den unbestimmten Ehrgeiz gehabt hatte, das zu werden, was er unter einem »Barden« verstand. Wohl kein anderer Roman hat seine Kritiker so häufig zu enthusiastischen Äußerungen veranlaßt. Diese nicht zu erwartende Tatsache ist wirklich aufschlußreich sowohl für die Art der Leistung Stendhals als auch für das Kunsterleben und die Lebenserfahrung, aus denen sie hervorging.

In der Kritik ist häufig die Rede von der Musik in der *Chartreuse*, von ihrem opernhaften Glanz oder von ihrem anhaltenden Opera-buffa-Effekt. Andere Kritiker haben, eine Bemerkung des Autors aufgreifend, das an die Technik Correggios erinnernde Spiel von Licht und Schatten gerühmt, das in den beschreibenden Passagen, den Charakterdarstellungen und in dem übergreifenden thematischen Gesamtaufbau des Romans sichtbar wird. Die herrlich eigenwillige Herzogin Sanseverina, die großartigste Charakterfigur des Romans, ist mit den Heldinnen Shakespeares verglichen worden und hat Veranlassung

* Es ist nicht ganz klar, ob der Verleger auf wesentlichen Kürzungen des bereits geschriebenen Schlußteils bestand, oder ob er es Stendhal bloß verwehrte, den letzten Teil während der Korrektur der Druckfahnen auszuweiten.

gegeben, dem Buch die Qualitäten eines Werkes von Shakespeare zuzusprechen. Die besonders eindrucksvollen satirischen Szenen sind molièreartig genannt worden, und sicherlich werden Erinnerungen an Molières Komödien geweckt, wenn zum Beispiel Fürst Ranuccio Ernesto IV., der Prototyp eines kleinmütigen Provinzpotentaten, sich in einem höchst bühnenwirksamen Schauspiel wie eine Karikatur Ludwigs XIV. spreizt, bis ihn die herausfordernd lässige Herzogin Sanseverina so weit treibt, daß er vor ohnmächtiger Wut zu stottern beginnt.

La Chartreuse de Parme ist also ein Roman, der den Leser zu Vergleichen mit Kunstwerken anderer literarischer und ästhetischer Gattungen verlockt, weil in ihm sozusagen die Grenzen dessen überschritten werden, was gemeinhin als für den Roman typisch gilt. Durch solche Vergleiche kann sich der Leser allerdings lediglich die Atmosphäre des Romans bewußt machen; er darf sich nicht dazu verleiten lassen, sie darüber hinaus zur Textanalyse heranzuziehen. Sie weisen eben nur auf die besondere ästhetische Absicht hin, die Stendhal in diesem Buch verwirklichte. Seit jenem Abend des Jahres 1800 in Novara, als er die Aufführung des *Matrimonio Segreto* wie eine Offenbarung erlebte, hatte ihm das federnde Zusammenspiel von Sprache und Musik in der Erzählung als das ideale Medium, Glückseligkeit zu vermitteln, vorgeschwebt. Seine »Seele verehrte Cimarosa, Mozart und Shakespeare«, lautete eine der Inschriften, die er für seinen Grabstein entwarf. In der Prosa der *Chartreuse* kommt das Lyrische und das Geistbeseelte, das sich in ganz unterschiedlichen Kombinationen auch in den Werken seiner drei künstlerischen Idole entfaltet, zum Zusammenklang. Musik kann natürlich nichts weiter als eine bloße Metapher für das oft so schlicht konversationsartige Wortgeflecht in einem Roman sein; in einer Hinsicht jedoch drängt sich diese Metapher geradezu auf: die Musik ist für Stendhal die reinste Form des Kunsterlebnisses, und dies Erlebnis wiederum betrachtet er als Verlebendigung des in der Erinnerung ruhenden Glücks. Hierauf aber kommt es in diesem Roman letztlich an. Maurice Bardèche hat diesen besonderen Charakter der *Chartreuse* sehr schön formuliert, indem er bemerkt, es sei nicht bloß »der Roman des Glücks, sondern auch der Sehnsucht nach Glück, der Roman des verlorenen und immer neu ersehnten Glücks«.[12]

Die Romanhandlung spannt sich von einem Höhepunkt des Entzückens zum nächsten, im bildlichen wie im wörtlichen Sinn. Die Ursache des Entzückens aber erklärt sich aus der besonderen Art der Betrachtung: einer ferngerückten, ja sogar immer ferner rückenden Perspektive, die den hingerissenen Betrachter stets auf Distanz hält – wie Clelia zum Beispiel von Fabrizio in seinem Gefängnisturm entfernt bleibt; und das Entzücken ist letztlich deshalb so nachhaltig, weil es nicht aus der gegenwärtigen Schau sondern aus der Erinnerung lebt. In der ersten der einprägsamen, visionären Landschaftsbeschreibungen des Romans kündet sich zweifellos der Komplex von Bildern und Themen an, aus denen die spätere Folge der Blicke Fabrizios vom Turm und damit die wesentliche Aussage des Buches besteht. In diesem Fall ist Gräfin Pietranera, die bald darauf zur Herzogin Sanseverina wird, die begeisterte Betrachterin des Naturpanoramas. Gina ist in jenem Augenblick eine strahlend schöne, 31jährige Witwe. Ihre Ankunft auf dem Schloß der Familie del Dongo in Grianta am Comer See hat ihrer Schwester, Fabrizios Mutter, die sich kurz zuvor noch wie eine Hundertjährige fühlte, »die schönen Jugendtage wiedergeschenkt«. Auch Gina selbst kennt, wie aus dem Folgenden hervorgeht, diese unterschiedlichen Altersempfindungen: »Voll Entzücken begegnete die Gräfin den Erinnerungen aus ihrer frühesten Jugend wieder und verglich sie mit ihren gegenwärtigen Empfindungen.« Diese vom Erzähler gegebene Einführung wird von einem inneren Monolog abgelöst, in welchem ihr inmitten der lombardischen Landschaft folgende Gedanken kommen:

»Angesichts dieser wunderbar geformten Berge, die in solch einzigartigen Steilhängen zum See hin abfallen, kann ich alle meine aus den Beschreibungen Tassos und Ariosts gewonnenen Vorstellungen bewahren. Alles ist edel und zart, alles spricht von Liebe, und nichts erinnert an die häßlichen Anblicke, die unsere Zivilisation mit sich bringt... Auf den Bergkuppen liegen Einsiedeleien, die man alle bewohnen möchte, und darüber erblickt das staunende Auge die Gipfel der Alpen mit ihrem ewigen Schnee, und ihre strenge Erhabenheit gemahnt uns gerade so weit an die Last des Lebens, daß wir die Lust des gegenwärtigen Augenblicks umso mehr genießen. Der ferne Glockenklang aus einem Dörfchen, das unter den Bäumen verborgen liegt, ruft in der Vorstellung wehmütige Gedanken wach: die über das Wasser zu uns herübergetragenen, gedämpften Klänge haben etwas sanft Melancholisches und Entsagungsvolles; es ist, als ob sie dem Menschen sagen wollten: Das Leben flieht dahin; zeige dich drum nicht so spröde gegenüber dem Glück, das sich dir bietet, sondern genieße es, solange noch Zeit ist. Was diese entzückende Landschaft, die auf der Welt nicht ihresgleichen hat, der Gräfin sagte, ließ sie im Herzen sich wieder wie damals fühlen, als sie erst sechzehnjährig war.«[13]

Das Gefühl der Gräfin läßt sich also nicht ganz mit dem lustvollen *carpe diem*, der von den unsichtbaren Glocken verkündeten Botschaft, umschreiben; denn an dieser Stelle liegt der Ton auf der Freude über den Abstand von der umgebenden Wirklichkeit, einer Freude, die nicht so sehr die Sinne entzückt als vielmehr die Vorstellung, und diese wiederum ruft mit Hilfe der äußeren Umgebung Erinnerungen an frühere Erlebnisse und Kunsteindrücke wach. In dieser Landschaft entdeckt die nicht gerade alt zu nennende Gräfin von neuem die Sehnsüchte, die sie beseelten, als sie erst halb so alt war. Etwas später genießt der jugendliche Fabrizio den Blick hinab von dem Glockenturm, in dem er sich verbirgt, und ist plötzlich überwältigt von »all den Erinnerungen an seine Kindheit«, die auf ihn einstürmen.[14] Der in diesem ersten Landschaftseindruck Ginas betonte Aspekt der *Distanz* – später wiederholt er sich in den von Fabrizio genossenen Eindrücken – ist zwar explizite räumlich, doch implizite ebensowohl zeitlich: beiden Betrachtern wird noch einmal ein Blick in ihre Kindheit gewährt, ohne daß sie natürlich in sie zurückversetzt werden; aber hieraus erklärt sich letztlich jenes höchst friedvolle Gefühl von Glückseligkeit mit einem Hauch von Melancholie. Es ist kein Wunder, daß in einem solchen Augenblick selbst die lebenserfahrene Gina an das Glück denkt, das ein Rückzug in die besinnliche Stille einer Einsiedelei gewährt, so wie sehr viel später ihr Neffe, der vom Farneseturm aus ein weites Panorama bis hin zu den Gipfeln der Alpen überschaut, dem Wesen nach sein Gefängnis in die Abgeschiedenheit der Kartause verwandelt, in die er am Schluß des Romans buchstäblich einzieht.

Wie bereits an mehreren Beispielen deutlich wurde, schwankte Stendhal im Blick auf sein eigenes Leben in jener Phase immer wieder zwischen jugendlicher Lebendigkeit und der Vorahnung des Eingriffs von Alter und Tod. Viele der charakteristischen Merkmale des Romans entstammen der heiklen Spannung zwischen diesen beiden entgegengesetzten Tendenzen im reifen Menschen. Die Hinwendung zur Jugend bzw. Kindheit, welche die Gestalten der *Chartreuse* erleben dürfen, ging in Wirklichkeit auf bestimmte bildhafte Eindrücke von zentraler Bedeutung in den früheren Lebensjahren Henri Beyles zurück. Die Silhouette der Alpen am Horizont geht letztlich zurück auf die fernen schneebedeckten Gipfel, die auf das Grenoble seiner Kindheit herniederschauten und in dem Jungen die »kühle« Vorstellung förderten, er könne dem einengenden Kreis der Familie und dem bürgerlichen Milieu, die für ihn die ganze »Häßlichkeit der Zivilisation« verkörperten, entfliehen. In der Gebirgslandschaft, einer Quelle klaren Wassers, der Anwesenheit einer schönen Frau und den Gedanken an die Kunst finden sich hier alle die konstituierenden Elemente der Bildeindrücke wieder, die den jungen Henri entzückten: M. le Roys bukolische Landschaft, die Besuche bei seinem Onkel in Les Echelles und das Glockenläuten bei Rolles. Alles dies hatte er sich natürlich erst zwei Jahre vorher, als er den *Henry Brulard* schrieb, in Erinnerung gerufen.

Die Kunst steht nicht im Gegensatz zur *Natur*, sondern vielmehr zur häßlichen *Zivilisation*. Dadurch, daß der Betrachter in seinen Gedanken die Natur mit den schönen »Illusionen« der Kunst verschmilzt, bekommt die Natur in Wirklichkeit mehr Eigenständigkeit, wird mehr zur Fundgrube der süßen Wunschträume. Stendhal fühlt nicht wie Wordsworth das ursprüngliche Einssein des unverdorbenen Gemüts mit der Natur; ihm schwebt stattdessen eine Erfahrung freudiger Naturnähe vor, die ihm durch sein frühes Kunsterlebnis vermittelt wurde: bezeichnenderweise erlebt in seiner Beschreibung Gina ihren Augenblick des Entzückens, als sie sich an zwei große italienische Dichter erinnert, die zwei der Lieblingsautoren des jungen Beyle waren. Angesichts dieser Neuformulierung der lichtvollen Themen aus Stendhals frühen Jahren an den wichtigen Stellen des Romans erscheint seine Entscheidung, den Einzug der napoleonischen Streitkräfte, »jenes jugendlichen Heeres«, in die Stadt Mailand an den Anfang des Buches zu setzen, gefühlsmäßig von bezwingender Logik. Dies ist eine dichterisch geistvolle Ouvertüre zur Haupthandlung, sie ruft sein erhebendes Gefühl als Siebzehnjähriger in Erinnerung, als er in Mailand eine Stadt entdeckte, die jene Träume vom Glück zu verkörpern schien, welche er bis dahin nur gelegentlich in seiner Lektüre und in seinem Zwiegespräch mit der Natur und den Menschen erahnt hatte.

La Chartreuse de Parme ist indessen sehr viel mehr als die beglückende Phantasie einer Wiederbegegnung mit der Jugend; denn Jugend und Erfüllung werden ständig in spannungsvollen Kontrast zu Alter und Verlust gesetzt, ebenso wie ekstatische Einsamkeit kontrastiert wird mit klarstem Einblick in die überall zutage tretende Korruptheit und die grotesken Rechtsentstellungen des politischen Lebens; beziehungsweise, um diese thematischen Gegensätze allgemeiner zu formulieren: hier werden die Elemente der Liebesromanze – der im Turm gefangene Held, die makellose, tugendhafte Jungfrau, die veredelnde Macht der Liebe – gegen die typischer romanhaften Elemente des Buches ausgespielt. Fabrizio, nach Jean Prévosts eleganter Formulierung »das imaginäre Kind, das Stendhal mit seiner Geliebten, Italien, zeugte«,[15] dieser frische, charmante und leidenschaftliche junge Mann, der so gefährlich leicht die Frauen betört, wird dialektisch verklammert mit einem anderen Aspekt der Ich-Projektion des Autors – dem Grafen Mosca, der in seinem vollendeten Zynismus, seinen Augenblicken des Überdrusses und der Unsicherheit nicht nur eine Art Vater Fabrizios ist, sondern auch ein verletzlicher, argwöhnischer Rivale.

Der Roman stellt das zwischen diesen beiden Polen erzeugte, veränderliche Kraftfeld dar. Dies hat bereits F. W. J. Hemmings bemerkt, obgleich er sich einer mehr geometrischen Metapher bedient, die wohl der Modifizierung bedarf: »Der ganze Roman macht den Eindruck, als werde er auf der Schnittlinie zweier geneigter Ebenen im Gleichgewicht gehalten: die eine steigt an mit der aus den warmen Morgennebeln aufgehenden Sonne, die andere senkt sich mit den länger werdenden Abendschatten hinab in das kalte Dunkel von Kloster und Grab. Der Konvergenzpunkt [sic!] läßt sich auf Haaresbreite genau bestimmen: es ist der Augenblick, in dem ein nicht genannter Marquis Gina zuflüstert…, Fabrizio sei gefangengenommen worden.«[16] Dies ist sicher mehr als nur zur Hälfte richtig; dennoch ist in dem Roman weniger Symmetrie, weniger Schematismus, als das Bild der sich schneidenden Ebenen unterstellt. Gewiß läßt sich in dem Handlungsablauf eine allgemeine Bewegung von der Jugend bis zum Kloster und Grab feststellen; aber an dieser Konkretisierung des Lebensgefühls ist doch wohl interessanter, daß Gina, Mosca und manchmal sogar Fabrizio ein Altersbewußtsein haben, das zwischen solchen Extremen heftig hin- und herschwankt.

Jugend wird hier als Funktion von Lebenskraft und Leidenschaft dargestellt. Werden diese ihrer belebenden Bezugsperson beraubt, beginnt der Mensch sich alt zu fühlen. Als Gina sich mit 31 Jahren auf das Schloß Grianta »zurückzieht«, redet sie von sich so, als ob ihr Leben zu Ende wäre; Moscas Vorschlag, sie als seine Geliebte nach Parma zu holen, bedeutet, daß für sie »die Jugend oder zumindest das aktive Leben von neuem beginnt«.[17] Mosca selbst fühlt sich mit 45 bereits wie ein an der Schwelle des Alters Wankender, und nur seine Liebe zu Gina kann ihm ein paar Jahre Aufschub vor dem Altern erwirken. Der 17jährige Fabrizio hat im Glockenturm für einen Augenblick das Gefühl, als blicke er vom Ende her auf sein Leben zurück. Als Gina erfährt, daß man Fabrizio in die Zitadelle von Parma gebracht hat, verkündet sie recht melodramatisch, sie sei sechzig, die Jugend in ihr sei gestorben. »Ich bin eine Frau von siebenunddreißig Jahren, ich befinde mich an der Schwelle des Alters, fühle schon seine ganze Mutlosigkeit, vielleicht stehe ich sogar am Rande des Grabes.«[18]

Das Übersteigerte dieser Erklärungen wirkt im Blick auf Ginas nachfolgende Aktivität um so amüsanter: auf den nächsten zweihundert Seiten strahlt sie voll leidenschaftlicher Tatkraft, indem sie Fabrizios Flucht ermöglicht, gegen den Fürsten konspiriert, ihre weibliche Macht einsetzt, um die Männer zu manipulieren, und stets wild entschlossen auf den Vorrechten beharrt, die sie aus ihrem stolzen Selbstgefühl herleitet. Alter, so läßt der Roman immer wieder erkennen, bemißt sich nicht einfach nach Lebenszeit; sobald sich aber dieses Bewußtsein des Alterns mit einem Drang zu jugendlicher Intensität verbindet, entsteht daraus eine sanfte Komik mit einem Anflug von Traurigkeit. Zu einer solchen Einsicht kann ein Schriftsteller erst mit fortgeschrittener Reife gelangen und Stendhal wohl erst in diesem Herbst seines Lebens.

Insgesamt kommt in der *Chartreuse* des Autors ganze Lebenserfahrung von früher Kindheit bis ins Mannesalter am nachhaltigsten zum Klingen. Eben darum entzieht sich der Roman mehr noch als seine früheren Bücher jeglichem Versuch, die Hauptfiguren als Ausarbeitungen von »Modellen« aus Henri Beyles Leben zu erklären. Einige Interpreten haben zum Beispiel behauptet, zu der Gestalt Ginas habe sich der Autor durch die Mailänderin gleichen Namens, Angela (oder Gina) Pietragrua anregen lassen, die wie sie eine strahlende, ihrer Wirkung bewußte, beherrschende Natur war; andere sehen in ihr mit einem durchaus angebrachten Hinweis auf den leicht inzestuösen Charakter ihrer Liebe zu Fabrizio eine Umformung von Stendhals früh vermißter, geliebter Mutter; dann wiederum ist sie aufgrund ihrer Rolle einer kühnen entschlossenen Verschwörerin, die ihre eigene Revolution in die Wege leitet, mit Métilde, der Komplizin der Carbonari, in Beziehung gesetzt worden. Wesentlich ist, daß Gina jede von ihnen ist und zugleich doch mehr als die Summe dieser Teile.

Psychologisch gesehen ist der elementarste Aspekt das Mütterliche an dieser Frau, und es gibt bestimmte Augenblicke, da wird dem Leser deutlich bewußt, daß der Schriftsteller ein Ereignis aus seinem Leben in eine Romansituation umformte. Einmal geht Fabrizio zum Beispiel, obwohl er sich innerlich sträubt, auf das herausfordernde Verhalten seiner schönen Tante ein: »In einer natürlichen Gefühlsaufwallung und wider alle Vernunfterwägung schloß er diese bezaubernde Frau in seine Arme und bedeckte sie mit Küssen. Im selben Augenblick hörte man, wie der Wagen des Grafen in den Hof hereinfuhr ...« und fast unmittelbar darauf erscheint Mosca auch schon im Zimmer.[19] Diese Szene ist ein fast wörtliches Echo der Stelle in der Autobiographie *Henry Brulard*[20], an der er sich erinnert, daß Henri seine »Mutter mit Küssen bedecken wollte« und wütend war, wenn sein Vater durch seinen plötzlichen Eintritt ins Zimmer diese Intimität störte.

Wenn sich der Schriftsteller auch in dem Roman die Kraft des Gefühls, die von jenem frühen Kindheitserlebnis ausging, machtvoll in die Erinnerung zurückrief, machte er sie doch zu etwas ganz anderem, indem er mit instinktsicherer Konsequenz der inneren Dynamik im Charakter jeder einzelnen Gestalt folgte. So sehr Gina Fabrizio auch mütterlich umhegt und beschützt und ihm ihre unumschränkte Liebe schenkt, ist sie doch auch eine temperamentvolle, eifersüchtige Geliebte, kann sich meisterhaft in Szene setzen und hält fanatisch an dem fest, was ihr leidenschaftlicher Wille ihr diktiert. Auch der Ödipustrieb, in dem manche Forscher den Schlüssel zum Verständnis von Stendhals gesamtem Schaffen sehen wollen, hat hier eine gänzlich andere Ausrichtung bekommen. Julien, der sich in *Le Rouge et le Noir* zwischen zwei Frauen hin- und herbewegt, entscheidet sich schließlich für die mütterliche Gestalt und wählt damit – vielleicht aufgrund der unbewußten Logik des Inzesttabus – gleichzeitig den Tod. Fabrizio hingegen kennt kein echtes Problem einer Wahl zwischen seinen zwei Frauen: trotz seiner augenblicklichen »Gefühlsaufwallung« (*transport*) wird er zu seiner Tante nicht wirklich hingezogen, sondern ist von seinem ersten Tag im Gefängnis an von Clelia, der jüngeren Frau, gefesselt. Es ließe sich indes die Vermutung anstellen, daß das Gefühl für das Verwehrte von der leidenschaftlichen Mutter sogar auf die heiratsfähige Tochter verlagert wird: zu der am meisten befriedigenden »Erfüllung« gelangt Fabrizios Liebe zu Clelia lediglich durch den Kontakt der Blicke – er schaut von seinem hochgelegenen Zellenfenster hinab, sie blickt von ihrer Voliere zu ihm hinüber; und in einer wunderlichen Entsprechung hierzu bleibt am Schluß des Romans, als sie wirklich zusammenkommen, der Kontakt der Augen ausgeschlossen.

Es ist oft schwierig zu erkennen, wo bei Stendhal die Trennungslinie zwischen Intuition und Absicht, zwischen unbewußter und bewußter Erinnerung verläuft. In gewisser Weise war er wie die meisten Menschen von Modelleindrücken, die er in früher Kindheit empfangen hatte, beherrscht und man darf wohl sagen, daß es ihm gelungen ist, einige von ihnen bewußt neu zu beleben, im Licht seiner vielschichtigen Erfahrung als Erwachsener über sie nachzudenken und sie auf jeden Fall künstlerisch erstaunlich umzugestalten. Gilbert Durand geht zwar fehl mit seiner Behauptung, die Meisterschaft Stendhals könne nur dann recht begriffen werden, wenn man die Einzelheiten des Romans auf mythische Archetypen zurückführe; aber er vertritt immerhin in seinem Buch die interessante Auffassung, aufgrund seiner Erfahrung mit Métilde habe Stendhal in Fabrizios besonderer Lösung des Zwei-Frauen-Problems das Ödipusdrama umgestaltet – und dies, so könnte man hinzufügen, nach einer auf diese Erfahrung folgenden, zwei Jahrzehnte andauernden, ergebnisreichen Innenschau, die erst kurz zuvor im *Lucien Leuwen* und *La Vie de Henry Brulard* ihren Höhepunkt erreicht hatte. »Métilde läßt Stendhal erkennen, daß es eine andersartige Liebe als die Rückkehr zur Mutter gibt; aber paradoxerweise nimmt das Bild der toten und ›für immer‹ verlorenen Métilde Züge an, die es in seltsame Nähe zu dem der verstorbenen Mutter rückt. Durch Métilde wird zwar die Emanzipation der Liebe ermöglicht, aber mit Métildes Tod entschwindet die Verwirklichung der Liebe, entflieht zu einem unerreichbaren Horizont der Ideale.«[21] Mag Durands Vermutung über den Ursprung der sonderbaren Einstellung Stendhals zur Liebe zutreffen oder nicht, sie macht jedenfalls deutlich, wie freizügig der Romanautor in seiner Vorstellung mit den disparaten Elementen seines frühen und späten Erfahrungsschatzes umging, um diesem Meisterwerk Gestalt zu geben.

Ein Roman dient natürlich nicht nur dazu, sich Ersehntes vor Augen zu führen, sondern auch dazu, eine Geschichte zu erzählen. Und auch in dieser Hinsicht gelang es Stendhal, durch das mitreißende Tempo seiner Improvisation, sich auf glücklichere Art als je zuvor selbst zu verwirklichen. Die Fortführung der Erzählweise von *Le Rouge et le Noir* (nicht so sehr von *Lucien Leuwen*) zeigt sich deutlich: der urbane, bisweilen plaudernde Erzähler, der hier zwischen seinen italienischen Helden und seinem französischen Leserpublikum vermittelt und sich oft mit ironischem Kommentar einschaltet, wenn seine Hauptfiguren ihren Gefühlen allzu überschwenglich nachgeben; die Ansätze ostentativer Hinterfragung des Romans; die leichten Übergänge zwischen dem Kommentar des Erzählers und innerem Monolog, zwischen einer Zusammenfassung der Gedankengänge der Personen und der Einnahme ihres Standpunkts. Bemerkenswert ist lediglich der Unterschied, daß einige dieser Techniken kühner gehandhabt oder gar in einem mit Absicht übersteigerten Maß angewandt werden. So experimentiert Stendhal zwar in *Le Rouge et le Noir* immer wieder mit einer

Einschränkung des Gesichtskreises auf den Blickwinkel einer Person, aber in diesem älteren Roman findet sich nichts, das der breit ausgeführten Glanzleistung der Waterlooszene vergleichbar wäre; hier erlebt der Leser die völlige Verwirrung von Fabrizios Wahrnehmungsfähigkeit auf dem Schlachtfeld: er sieht zum Beispiel aus dem gepflügten Ackerboden schwarze Erdklümpchen hochspritzen und merkt erst hinterher, daß dies auf die Einwirkung von Gewehrschüssen zurückzuführen ist; immer wieder versucht er einen Zusammenhang herzustellen zwischen allem, was seine Augen konfus wahrnehmen, und dem Wort *Schlacht*, das er bis zu diesem Augenblick nur aus der Literatur kannte.

Daß Stendhal in der *Chartreuse* romantechnisch freizügiger verfährt, zeigt sich wohl am deutlichsten in seiner Handhabung der Zeit. Vielleicht hatte er im *Tom Jones* das Grundprinzip kennengelernt, daß die Zeit in einem Roman nicht mit der Regelmäßigkeit eines Uhrwerks abzulaufen braucht, daß der Romancier ihr Tempo nach Belieben verlangsamen kann, um einem Dialog Wort für Wort zu folgen, oder es beschleunigen kann, indem er Zeitspannen unterschiedlicher Dauer überspringt. Bereits in *Le Rouge et le Noir* sind eine Reihe von Aussparungen (sogenannte Ellipsen) in der Erzählung zu beobachten, besonders hinsichtlich erotischer Einzelheiten; dies Verfahren wird in der *Chartreuse* noch häufiger und mit noch überraschenderer Wirkung angewandt. Immer wieder stört der Erzähler in dem »italienischen« Roman Stendhals den Leser ein wenig aus seiner Ruhe auf, sucht über den raffinierten Umweg unerwarteten Schweigens Kontakt mit ihm und fällt Urteile über seine Figuren, indem er hinsichtlich dessen, was er erzählen und was er unerwähnt lassen möchte, sein Vorrecht wahrnimmt.

Im 6. Kapitel[22] beendet Mosca in direkter Rede seine Ausführungen, in denen er Gina den ungewöhnlichen Vorschlag macht, sie möge in eine *pro forma*-Ehe mit dem abwesenden Herzog Sanseverina einwilligen, damit sie in Parma eine angesehene gesellschaftliche Stellung einnehmen und dort Moscas Geliebte werden könne. Aber der Leser erfährt weder, was sie dem Grafen antwortet, noch bekommt er eine Zusammenfassung vom Abschluß der Erörterung zwischen den beiden und von ihrem endgültigen Beschluß. Statt dessen unterbricht der Erzähler den zeitlichen Ablauf der Ereignisse und tritt mit der Beteuerung hervor, man könne ihn nicht gut verantwortlich machen für die »zutiefst unmoralischen Handlungen« der Personen, deren Chronist er sei, Handlungen, die undenkbar seien in einem Land (wie Frankreich natürlich), in dem »das Geld, das Instrument der Eitelkeit«, die einzige Leidenschaft sei. Unmittelbar nach diesem eingeschobenen kurzen Absatz erfährt der Leser Folgendes: »Drei Monate nach den bisher erzählten Ereignissen setzte die Herzogin Sanseverina-Taxis den Hof von Parma durch ihre ungezwungene Liebenswürdigkeit und die vornehme Ausgeglichenheit ihres Wesens in Erstaunen; ihr Haus wurde unbestritten das beliebteste in der ganzen Stadt.« Die Auslassung dieser drei Monate, in denen sich eine Heirat, ein größerer Ortswechsel und die Einrichtung eines Haushalts vollzogen, sagt dem Leser unverblümt, daß Moscas Plan inzwischen vollendete Tatsache geworden ist – Gina Pietranera ist wie durch Zauberkraft von Mailand nach Parma entführt worden und tritt dort plötzlich in vollem Glanz als Herzogin von Sanseverina-Taxis auf. Ja mehr noch, die Aussparung in der Erzählung ist ein raffiniertes Zeichen stillschweigenden Einverständnisses zwischen dem Autor und seinem ebenso lebensklugen Leser. Die soeben von Mosca und Gina begangene »zutiefst unmoralische Handlung« wird zwar als solche erkannt, dann aber mit diskretem Schweigen übergangen, ohne daß ihrem äußeren Ablauf nachgeforscht wird. So werden Probleme in der Welt gelöst, zumindest in den Ländern, in denen man anderen Leidenschaften frönt als der Eitelkeit, wofür der Erzähler durchaus Verständnis hat und es auch von seinen Lesern erwartet.

Stendhals Freiheit, Zeit zu raffen und Erzählstoffe wegzulassen, kann sich ebenso auf das Überspringen von Wochen, Monaten und Jahren wie auf den Umfang einer einzelnen Szene erstrecken. Nur wenige Absätze nach dem eben angeführten wird Gina zum ersten Mal von Ranuccio-Ernesto IV. in Audienz empfangen; dies wird in folgenden Worten mitgeteilt: »Er empfing Mme Sanseverina huldvoll; er sagte ihr geistreiche und kluge Dinge; aber sie merkte sehr wohl, daß der herzliche Empfang nicht übermäßig gnädig war. – Wissen Sie warum? – fragte Graf Mosca sie, als sie von der Audienz zurückkehrte. – Mailand ist eben eine größere und schönere Stadt als Parma.«[23]

Wie bei einer falschen Einblendung im Film merkt der Leser im ersten Augenblick kaum, daß er von einer Szene in die andere gestolpert ist, daß inzwischen etwa eine Stunde im Roman vergangen ist, daß er sich nun anderswo befindet und daß die Worte »Wissen Sie warum?« von Mosca an Gina gerichtet sind als Reaktion auf ihren vermutlich genauen Bericht über die Audienz. Dieser Bericht wird allerdings dem Leser nicht präsentiert, sondern in der Zusammenfassung ihres Eindrucks nur angedeutet: »... sie merkte sehr wohl, daß der Empfang nicht übermäßig gnädig war.«

Wesentlich ist, daß der Fürst der Ehre einer szenischen Darstellung nicht gewürdigt worden ist. Der Durchschnittsleser sieht sich in seinen Erwartungen enttäuscht bzw. ziemlich kühl abgefertigt, als ob der Erzähler sagen wollte: mit dem eingebildeten Gehabe dieses albernen Wichtes, der sich Porträts Ludwigs XIV. in Lebensgröße aufhängt, kann man sich nun wirklich nicht abgeben, selbst wenn die Leute so etwas in einem Roman zu finden hoffen. Die Beachtung des Lächerlichen kann für spätere komische Höhepunkte aufgespart werden; im Augenblick kommt es nicht auf eine mimische Darstellung an, sondern auf die Analyse der Motive durch den politischen Verstand. Deshalb wenden wir uns sogleich Moscas Erklärung des provinziellen Inferioritätskomplexes im Fürsten zu, aus der Gina wiederum ihren Nutzen ziehen soll.

Übrigens bildet dies Übergehen der ersten Begegnung Ginas mit Ranuccio-Ernesto IV. eine symmetrisch genaue Entsprechung zu ihrer aus etwas anderen Gründen übergangenen letzten Begegnung mit Ranuccio-Ernesto V. gegen Ende des Romans: »Nachdem ihn die Herzogin empört aus dem Hause gewiesen hatte, wagte er drei Minuten vor zehn Uhr zitternd und todunglücklich wieder bei ihr zu erscheinen. Um halb elf Uhr bestieg die Herzogin ihren Wagen und fuhr nach Bologna.«[24] Soviel wird über das »Glück« berichtet, das dem kläglichen jungen Prinzen gewährt wird, weil er Gina gezwungen hat, ihre Liebesschuld abzutragen. Auch diesmal setzt der Erzähler mit lebenskluger Diskretion voraus, daß man über diese wenig erfreuliche halbe Stunde nichts Genaueres wissen will, daß aber die genaue Zeitangabe der ausgelassenen 33 Minuten (von denen er in Gedanken die Zeit abzieht, die für das Entkleiden, Ankleiden und Hinuntergehen benötigt wird) eiskalt darauf hinweist, wie unbedeutend die »Eroberung« des Fürsten war.

In Anbetracht seiner Länge läßt der Roman *La Chartreuse* den Eindruck eines außergewöhnlichen Tempos aufkommen, nicht zuletzt, weil die Anwendung solch elliptischer Erzählweise nicht vorauszusehen ist. Bis zu einem gewissen Grad läßt dies Verfahren erkennen, daß Stendhal der ästhetischen Tradition des 18. Jahrhunderts nahestand und wohl ganz besonders der geistvollen Erzählkunst Diderots. Aufgrund solcher geistigen Verwandtschaft war Stendhal bei aller romantischen Feinfühligkeit sehr unduldsam gegen die umständliche Genauigkeit, den schwerfälligen oder schwülstigen Stil, die übermäßige Deutlichkeit und die Einhaltung der konventionellen Form – die Charakteristika der zu seiner Zeit erfolgreichen Romane. (Später machte er in dem Entwurf eines Briefes an Balzac die beißende Bemerkung: »Wenn die *Chartreuse* von Mme Sand ins Französische übersetzt würde, hätte sie beim Publikum Erfolg; allerdings, um das auszudrücken, was in den beiden Bänden steht, würde man dann drei oder vier brauchen.« (28.–29. Oktober 1840)[25] Setzte Stendhal sich immer wieder über konventionelle Erwartungen hinweg, so war dies eine Folge seiner kompromißlosen Einstellung, daß im Roman wache Intelligenz sowohl die Erzählung wie die Gesprächsführung auszeichnen sollte. Eine derartige Technik zwingt den Leser immer wieder dazu, sein Urteil durch eigene Schlußfolgerungen zu fällen, seine Annahmen zu überprüfen und in unvermuteten Blickrichtungen bedeutsame Aussagen zu erkennen. Diese innovativen Verstöße gegen die Romankonvention haben offenkundig den Charakter von ad hoc-Erfindungen, was sich aus dem improvisierenden Verfahren erklärt, nach welchem der Roman entstand. Während er diktierte, entschied Stendhal, offensichtlich der Eingebung des Augenblicks folgend, was wesentlich und was entbehrlich war, wo und in welcher Form es nötig war, von einem Sprecher- bzw. Erzählerstandpunkt zum anderen überzuwechseln.

Der Wechsel des Erzählerstandpunkts ist tatsächlich ein noch häufiger angewandtes Kompositionsmittel in der *Chartreuse* als die Ellipse und er trägt ebenso dazu bei, daß in dem Roman der Eindruck eines raschen Erzähltempos erzeugt wird. Selbst wenn der Erzähler sich an einer besonders wichtigen Stelle des Romans die Zeit nimmt, die Gedankenfolge einer Person wiederzugeben, geht dies Gefühl nicht verloren; denn der wache Verstand entwickelt seine eigene Geschwindigkeit, wenn er rasch zwischen verschiedenen Auffassungsmöglichkeiten wechselt. Es dürfte zweckmäßig sein, noch einmal einen Abschnitt genauer zu betrachten, um zu erkennen, wie diese Methode sich auswirkt. Der erste Absatz des 6. Kapitels lautet folgendermaßen:

»Wir wollen offen zugeben, daß der Kanonikus Borda mit seiner Eifersucht nicht ganz unrecht hatte. Als Fabrizio aus Frankreich heimkehrte, war er der Gräfin Pietranera wie ein schöner Fremder vorgekommen, den sie vielleicht früher einmal gut gekannt hatte. Hätte er ihr gesagt, er liebe sie, so hätte sie ihn höchstwahrscheinlich wiedergeliebt. Empfand sie nicht für sein bloßes Auftreten und seine ganze Persönlichkeit eine leidenschaftliche und sozusagen schrankenlose Bewunderung? Aber Fabrizio umarmte und küßte sie mit einer so überschwenglich unschuldigen Dankbarkeit und arglosen Freundschaft, daß sie sich selbst verabscheut hätte, wenn sie in dieser unbefangenen, beinahe kindlichen Zuneigung ein anderes Gefühl hätte suchen wollen. Im Grunde, sagte sich die Gräfin, mögen mich einige Freunde, die mich vor sechs Jahren am Hofe des Prinzen Eugen gekannt haben, immer noch hübsch und sogar jung finden, für ihn hingegen bin ich eine achtbare Frau... und wenn ich es ohne Rücksicht auf meine Eigenliebe ausdrücken soll, eine ältere Frau. Die Gräfin machte sich eine falsche Vorstellung von dem Lebensabschnitt, an dem sie angelangt war, doch nicht so, wie es gewöhnlich Frauen zu tun pflegen. Im übrigen, fügte sie hinzu, übertreibt man in seinem Alter gern ein wenig die Spuren, die die Jahre hinterlassen; ein Mann in vorgerückten Jahren...«*

* Der erste Absatz des 6. Kapitels lautet in der Originalfassung: »Nous avouerons avec sincérité que la jalousie du chanoine Borda n'avait pas absolument tort; à son retour de France, Fabrice parut aux yeux de la comtesse Pietranera comme un bel étranger qu'elle eût beaucoup connu jadis. S'il eût parlé d'amour, elle l'eût aimé; n'avait-elle pas déjà pour sa conduite et sa personne une admiration passionnée et pour ainsi dire sans bornes? Mais Fabrice l'embrassait avec une telle effusion d'innocente reconnaissance et de bonne amitié, qu'elle se fût fait horreur à elle-même si elle eût cherché un autre sentiment dans cette amitié presque filiale. Au fond, se disait la comtesse, quelques amis qui m'ont connue il y a six ans, à la cour du prince Eugène, peuvent encore me trouver jolie et même jeune, mais pour lui je suis une femme respectable... et, s'il faut tout dire sans nul ménagement

Die elastische Empfindung des Alters, von der bereits ausführlich die Rede war, findet ihre technische Entsprechung in der Elastizität, mit welcher der Erzähler im raschen Wechsel der Darstellungsformen die Bewegung der in unbestimmbaren Zeitrhythmen lebenden Personen mitmacht. Zu Beginn des Kapitels kommentiert der Erzähler gleichsam vor dem Vorhang die Berechtigung des Blickwinkels, unter dem eine Gestalt die andere sieht (»Wir wollen offen zugeben...«). Im ersten Teil des nächsten Satzes (»Hätte er ihr gesagt, er liebe sie...«) steckt er bereits mitten in der Erwägung nicht eingetroffener Eventualitäten im Modus des Konjunktivs, der schon so häufig im *Lucien Leuwen* angewandt wurde, um feine Nuancen in Beweggründen und Charakteren hervorzuheben. Aber die Charaktere werden in diesem Roman noch mehr als im *Lucien Leuwen* gleichsam durch polyphone Stimmführung umschrieben. Mit großer Leichtigkeit schlüpft der Erzähler unvermittelt in den Stil der freien indirekten Rede (*style indirect libre*), der Vortäuschung einer erlebten Rede in der dritten Person (»Empfand sie nicht...«), und wie sehr sich diese Wiedergabe der Gedanken dem eigentlichen inneren Monolog in der zweiten Hälfte des Absatzes annähert, erkennt man daran, daß Stendhal keine Anführungszeichen gebraucht, um die direkte Rede zu kennzeichnen. Nachdem der Erzähler sich mit Ginas Gedanken im *style indirect libre* identifiziert hat, tritt er wieder einen halben Schritt zurück (»Aber Fabrizio umarmte und küßte sie mit einer so überschwenglich unschuldigen Dankbarkeit..., daß sie sich selbst verabscheut hätte...«), um ihre Gedanken zusammenzufassen, anstatt sie zu zitieren; dabei greift er noch einmal eine nicht eingetretene Eventualität auf und folgt dem Flug eines Wunsches, von dem Gina selbst fürchtet, er könne ihr verwehrt sein. (Wohl kein anderer Schriftsteller spürte so sicher wie Stendhal, daß sich in der scheinbar logischen Gliederung eines Konjunktivsatzes eine psychologische Zwiespältigkeit ausdrükken kann.) Danach wird der Leser in wunderbar entlarvender

pour mon amour-propre, une femme âgée. La comtesse se faisait illusion sur l'époque de la vie où elle était arrivée, mais ce n'était pas à la façon des femmes vulgaires. A son âge, d'ailleurs, ajoutait-elle, on s'exagère un peu les ravages du temps; un homme plus avancé dans la vie...« (a.a.O., S. 109) Hrsg. v. H. Martineau (Paris, 1952)

Unlogik aus der Zusammenfassung von Ginas angeblichem moralischen Entsetzen über dies inzestuöse Verlangen in einen inneren Monolog geführt, in welchem sie zunächst bange, dann nach einem durch die drei Auslassungspunkte markierten Augenblick des Zögerns in komischer Übertreibung überlegt, wie alt sie wohl ihrem Neffen erscheinen muß. Das fordert den Erzähler heraus, sich noch einmal einzuschalten (»Die Gräfin machte sich eine falsche Vorstellung...«) mit einer lakonischen Bemerkung über Ginas Art, einen gewissen Altersanspruch zu erheben, worin sie sich allerdings von gewöhnlicheren Frauen unterscheide. Unterdessen hat des Erzählers Intervention Gina sozusagen Zeit zu einer weiteren Überlegung gegeben; sie rückt damit beinahe so heraus, als reagiere sie auf des Erzählers Kommentar, den sie natürlich nicht gehört haben kann: immerhin bin ich schließlich noch nicht *so* schrecklich alt, wenn auch ein so junger Mann wie Fabrizio mich vielleicht nicht richtig einschätzen kann; aber ein älterer Mann – und ihr Monolog verliert sich verträumt in einer weiteren Reihe von Auslassungspunkten. Sie denkt natürlich an Mosca, den sie jüngst in Mailand getroffen hat, und unmittelbar darauf bleibt sie, wohl kaum wie eine alternde Frau vor einem Spiegel stehen und lächelt.

Hier ist leicht zu erkennen, wie das geistige Feuer des Südländers, das Stendhal erst kurz vorher in seinen Reisenotizen bewundert hatte, in der *Chartreuse* den Stil der Erzählung beherrscht. Dieser Romanschriftsteller bringt dem Leser die in sich widerspruchsvollen Züge einer psychologisch überzeugenden Darstellung des individuellen Menschen näher als seine Vorgänger es vermocht hatten. Gleichzeitig entsteht durch die raschen Einblicke in Bewußtseinsvorgänge und Charakterzüge eine glänzende Komödie voll menschlichen Verständnisses. Wenn an *La Chartreuse de Parme* etwas ist, das an Shakespeare erinnert, so liegt dies wohl hauptsächlich an einer gewissen geistigen Verwandtschaft mit den letzten Romanzen des Dichters, in denen die menschlich tiefgründigsten Aussagen durch Märchensituationen vermittelt werden, in denen Alter, Verlust und Tod in eine komödienhaft heitere Schau eingegangen sind und in einer Welt sich selbst verklärenden Spiels verkörpert werden.

In der *Kartause von Parma* konnte Stendhal den beiden

scheinbar entgegengesetzten Seiten seines Wesens am deutlichsten Ausdruck verleihen: dem Erben der *Philosophes* und »Ideologen« sowie dem Anhänger Rousseaus. Inzwischen war aus ihm ein nicht nur unersättlicher, sondern auch ein sehr erfahrener Beobachter der Politik und des gesellschaftlichen Lebens geworden. So gelang es ihm, in diesem Roman ein hohes Maß an Weltkenntnis zu verarbeiten: äußerst differenziert in der Aufdeckung von Beweggründen und frei von konventionellen Moralbegriffen gibt er praktisch in der kleinen Welt des Hofes von Parma ein getreues Abbild der Politik in einer Epoche verbrauchter Ideologien, die in mancher Hinsicht ebenso der unseren wie derjenigen Metternichs gleicht. Indessen beschwört der Titel im Grunde den Gedanken an einen Rückzug aus der Welt herauf, und Fabrizios Kerkerhaft in der Zitadelle war für Stendhal ein Mittel, diesen Gedanken in seiner weltlichen Komödie strukturell und thematisch ins Zentrum zu rücken, nicht wie Juliens entlegene Gefängniszelle als eine Art Epilog ans Ende.

An dem Titel haben sich viele Leser gestoßen, weil die Kartause eigentlich erst im drittletzten Absatz des Romans zum ersten Mal erwähnt wird. Herbert Morris hat in einer überaus sorgfältigen Monographie ins einzelne gehend nachgewiesen, daß die wahre Kartause die Zitadelle sei – hier, frei von der Welt sündhaften äußeren Scheins, verwirkliche sich für Fabrizio das mönchische Ideal seliger, kontemplativer Abgeschlossenheit – und die am Schluß erwähnte Kartause überhaupt kein wirkliches Kloster sei, sondern vielmehr der verlassene mittelalterliche Turm im Walde, der früher der Farneseturm gewesen sei.[26] Morris' zweite Schlußfolgerung erscheint zwar überflüssig und allzu gesucht; aber er führt überzeugende Gründe dafür an, daß die Zitadelle Fabrizios persönliche Kartause sei. Eine ähnliche Beobachtung, daß »die sichtbare Zitadelle und das unsichtbare Kloster miteinander verbunden sind«, hat kürzlich Victor Brombert mit mehr interpretatorischem Scharfblick vorgestellt: »Die unwirkliche, nur eben auf den letzten Seiten erwähnte Kartause war gewissermaßen von Anbeginn präsent, als wolle sie den Leser darauf hinweisen, daß hinter den kleinlichen Hofintrigen, fern den politischen Spannungen und der Kunst erfolgreicher Selbstdarstellung ein privilegierter und beinahe unzugänglicher Bereich existiert: der der inneren Zurückgezogenheit, der verborgenen Geistigkeit.«[27]

Das Buch wurde hauptsächlich deshalb ein Erfolg, weil Fabrizios Rückzug in die »Kartause« nicht bloß eine Idee ist, auf die der Romancier abschließend hinweist, sondern aus einer Reihe phantasievoll gestalteter Szenen im Kern des Romans besteht. Um Fabrizio herum brausen die Intrigen und Gegenintrigen weiter: das eifersüchtige Gezänk und der Terror der Ultrakönigstreuen und der Liberalen, das alberne Schauspiel des Hoflebens und Ginas ausgeklügelter Plan, ihn aus seinem Gefängnis zu befreien. Doch Stendhal bietet die ganze dichterische Kraft seiner trockenen und prickelnden Prosa auf, um den Leser mit Fabrizios Augen erleben zu lassen, wie er von seinem hundertachtzig Fuß hohen Turm aus die bis hin zu den Alpen sich weitende friedvolle oberitalienische Landschaft hingerissen in sich aufnimmt und freudig Clelias zaghafte Liebesblicke empfängt, die sie ihm von dem gegenüberliegenden günstigen Aussichtspunkt im Vogelhaus herübersendet.

Das Liebesethos der *Chartreuse* ist wie die ritterliche Minne, auf die an bestimmten, kompositorisch wichtigen Stellen Bezug genommen wird, eine weltliche Form von religiösem Ideal, und Stendhal, der gewöhnlich seinen Traum von transzendenter Liebe verborgen hielt, gab ihm hier in einem ansonsten mit Ironie erfüllten Roman lebendige Gestalt, ohne ihn ironisch auszuhöhlen. Wenn kurz vor dem Ende des Buches Clelia in der Dunkelheit ihrer Orangerie jene opernhaft klingenden (von Stendhal später als dem Sinne nach aus dem Italienischen übersetzt bezeichneten) Worte spricht: *Entre ici, ami de mon cœur*, »Komm hier herein, liebster Freund«, weiß der Leser, daß dies der Augenblick echter Erfüllung ist, ohne einen Rest von Schüchternheit oder satirischem Beigeschmack. Der Liebende betritt hier im wörtlichen, metaphorischen und mystischen Sinn seinen Liebesgarten. In zweiundfünfzig Tagen ununterbrochenen Komponierens hatte Stendhal ein Meisterwerk geschaffen, das sogleich anerkannt wurde. Er war dazu imstande, weil er ein Werk schuf, daß auch für ihn persönlich tiefe Bedeutung hatte. In ihm konnte er den ganzen Bereich menschlicher und gesellschaftlicher Themen ausloten, die zu bewältigen er ein Leben gebraucht hatte, und in ihm konnte er auch mit seiner Einbildungskraft ein bleibendes Bild seiner Sehnsucht eingravieren, die dort zur Erfüllung gelangt war, wohin es ihn seit seiner Kindheit gezogen hatte – in einem Land, wo die Orangenbäume wachsen.

XIV
CIVITAVECCHIA UND PARIS
(56.–59. Lebensjahr)

Glücklicherweise nahm im 19. Jahrhundert die Herstellung eines Buches in Paris nicht lange Zeit in Anspruch, denn Stendhals Tage in Frankreich waren gezählt. Am 24. Januar 1839, knapp einen Monat nach Vollendung des Manuskripts, unterzeichnete er einen Vertrag über *La Chartreuse*: gegen Zahlung eines Honorars von 2500 francs gestand er dem Verleger für die nächsten fünf Jahre den Reinertrag aus dem Roman zu. Zwei Wochen später erhielt er den ersten Stapel Probeabzüge zur Korrektur. Am 26. März reichte er die letzten Korrekturfahnen zurück, und bereits zwei Tage danach wurden ihm die ersten gebundenen Exemplare des Buches ausgeliefert. Die Veröffentlichung des Romans war für den 6. April avisiert.

Doch indessen war ein politisches Ereignis eingetreten, das den nun schon beinahe drei Jahre andauernden, glücklichen Tagen in Paris voll Schaffenskraft inmitten seiner Freunde und angenehmer Gesellschaft ein Ende setzte: Graf Molé trat am 8. März von seinem Amt als Außenminister zurück. Seit diese ihm wohlgesinnte, hochgestellte Persönlichkeit nicht mehr das Außenministerium leitete, konnte Beyle kaum damit rechnen, daß man ihm auch weiterhin seinen Diplomatenurlaub immer wieder verlängern werde. Anfang Juli teilte man ihm offiziell mit, es sei unbedingt erforderlich, daß der Konsul den Postschiffen, der

Einhaltung der Quarantänebestimmungen, den Getreideladungen und den nach Civitavecchia eingeführten Textilballen wieder seine persönliche Aufmerksamkeit widme. Am Abend des 24. Juni brach er von Paris auf, gemächlich und voll Widerstreben reiste er durch die Schweiz und nach Norditalien hinab; eine weitere Verzögerung seines Reisetempos trat ein, als ihn in Genua erneut die Gicht befiel. Am 10. August kam er in Civitavecchia an und nahm die Verwaltungsgeschäfte seines Konsulats wieder auf.

In den letzten fünf Monaten vor seiner Abreise aus Paris hatte er noch eine hektische literarische Aktivität entfaltet, indem er kurz nacheinander mehrere neue Projekte in Angriff nahm, doch an keinem weiterarbeitete. Man gewinnt den Eindruck, daß ihn das in *La Chartreuse* Geschaffene in Hochstimmung versetzt hatte. Allein schon das Erlebnis seiner raschen schriftstellerischen Produktivität hatte ihn spüren lassen, wie weit er in allen möglichen Richtungen seine Kraft als Romanautor würde entfalten können. Sein fortlaufender Vertrag mit der *Revue des Deux Mondes* lenkte ihn bedauerlicherweise in eine festgelegte Richtung. Gegen Ende Februar diktierte er zwischen dem Korrekturlesen der *Chartreuse* den zweiten Teil der *Abbesse de Castro*; die Geschichte erschien Anfang März im Druck. In der zweiten Märzhälfte arbeitete er an *Suora Scolastica*, einer weiteren Erzählung von Liebesabenteuern im Kloster, die sich diesmal im 18. Jahrhundert abspielten. Anfang April brach er die Arbeit an *Suora Scolastica* ab, um eine Woche auf *Trop de faveur tue* zu verwenden; auch in dieser Novelle gab es muntere junge Frauen hinter Klostermauern, durch Gartentore hereingelassene Liebhaber und innerhalb der Mauern geschmiedete Komplotte und Gegenanschläge. Ebensowenig wie von *Suora* ließ er von dieser Geschichte seine Aufmerksamkeit nicht lange fesseln und gab sie wieder auf, nachdem er etwa 10 000 Wörter geschrieben hatte. Ja er hatte diese Renaissanceerzählung kaum begonnen, als ihm bereits der Gedanke kam, einen im zeitgenössischen Frankreich spielenden Roman zu schreiben, den er nach der Heldin zunächst *Amiel*, dann *Lamiel* nannte. Wie noch gezeigt werden soll, übte dieser Gedanke eine fortwährende Faszination auf Stendhal aus, blieb jedoch als künftiges Vorhaben vorerst nur eine vage Möglichkeit. Gegen Ende April arbeitete er sehr kurze

Zeit an *Le Chevalier de Saint-Ismier*, einer in Spanien spielenden historischen Novelle, die nach einer aus dem 17. Jahrhundert stammenden Überarbeitung des spanischen Dramatikers Tirso de Molina gestaltet war. Dies Projekt blieb in einem noch kümmerlicheren Anfangsstadium liegen als die beiden vorher erwogenen Klostererzählungen. Am 16. Mai stellte er ein Verzeichnis der Hauptgestalten für *Lamiel* zusammen, war jedoch schon ein paar Tage danach in die Arbeit an *Féder, ou le mari d'argent* vertieft, einem satirischen Roman über einen beliebten jungen Maler im damaligen Paris, von dem er etwa 30 000 Wörter zu Papier brachte. Inzwischen war es Zeit geworden, seine Koffer für Italien zu packen.

Eigentlich war dies energische Tasten im Dunkeln, um einen neuen Romanstoff in den Griff zu bekommen, nicht verwunderlich. Die alte Mär, Stendhal habe es an Erfindungskraft gefehlt, kann man wohl getrost als überholt abtun – um eine Anekdote von 1200 Wörtern in einen Roman von mehr als 200 000 Wörtern zu verwandeln, bedurfte es gewiß einer gewaltigen Erfindungsgabe und nicht nur der »Entlehnung« eines Handlungskerns; dennoch war er mehr als die meisten großen Schriftsteller von glücklichen Zufallsentdeckungen abhängig, weil er aus dem Schwung der Improvisation heraus schreiben mußte. Das heißt, er war darauf angewiesen, daß er durch Zufall auf einen Stoff stieß, dessen örtliche und zeitliche Umstände seiner Vorstellung ebenso zusagten wie das erfundene Milieu, und aus dem sich Figuren gestalten ließen, die dem, was ihn selbst zutiefst beschäftigte, wonach er sich mehr oder weniger bewußt sehnte, beziehungsweise wovor er sich fürchtete, entweder ganz entsprachen oder sich entsprechend formen ließen. »Der Ursprung der ruhmreichen Familie Farnese« wäre auf dem Schauplatz des 15. Jahrhunderts nichts weiter als eine von den blassen italienischen Chroniken geworden; andererseits hätte sich die Geschichte eines naiven jungen Helden, der aus der Schlacht von Waterloo heimkehrt, um mit den politischen Verwicklungen in dem von Österreichern beherrschten Italien fertig zu werden, wohl bereits nach einem halben Dutzend Kapiteln erschöpft. Stendhals kreative Kraft wurde von dem Gedanken beflügelt, diese ausgesprochen temperamentvollen Menschen aus der Renaissancezeit in eine zeitgenössische Umgebung zu versetzen und einen Helden zu haben, der nicht bloß einer der üblichen Naturburschen war, sondern ein von Leidenschaften beseeltes Geschöpf inmitten einer psychologisch spannungsreichen Konstellation zwischen einem weltklugen Vater bzw. Führer oder Rivalen und einer impulsiven Mutter bzw. Beschützerin oder Verführerin. Stendhals mannigfache Ansätze zu historischen Romanen in der ersten Hälfte des Jahres 1839 boten keine solch glückliche Kombination, und das, was er niederschrieb, ging keineswegs über die recht seichte Phantasie seiner früheren italienischen Erzählungen hinaus. *Féder* zeugt zwar ebenso wie *Le Rose et le Vert* – ein weiterer Roman, den er zwei Jahre zuvor begonnen und wieder abgebrochen hatte – von der gewandten Erzählkunst und insbesondere von dem komödiantischen Schwung seiner größeren Werke. Doch diese beiden umfangreichen Fragmente sind thematisch und psychologisch *richtungslos*, als ob die Hauptgestalten die Phantasie des Autors im Grunde nicht angereizt hätten. *Lamiel* hingegen rührte tiefere Schichten in ihm an, obgleich der Stoff zu diesem Roman seine Einbildungskraft letztlich eher frustrierte als erregte.

Mittlerweile stand Beyle im Sommer 1839 vor der banaleren Aufgabe, sich wieder an seine konsularischen Pflichten in Civitavecchia zu gewöhnen. Die ausführlichen amtlichen Berichte, die er in dieser letzten Zeit seines diplomatischen Dienstes niederschrieb, lassen wieder einmal erkennen, daß er entschlossen war, sofern er sich seinem Beruf überhaupt widmete, ihn gewissenhaft auszuüben. Empfindlich getroffen durch die Rügen seiner Vorgesetzten wegen der inzwischen homerisch langen Aufstellung über seine Abwesenheit von der Dienststelle, sprach er sich selbst zu Anfang Oktober eine Anerkennung aus, weil er einundzwanzig Tage hintereinander in Civitavecchia zugebracht hatte, ohne nach Rom zu fahren. Aber das trostlose Hafenstädtchen war ihm unerträglicher als je zuvor – in seinen privaten Aufzeichnungen tauchte wieder das bekannte Thema des Überdrusses auf. Dieser Umstand wurde noch verschärft durch seine Gicht und durch die Migräneanfälle, unter denen er jetzt zu leiden begann. Und wie stets mußte er sich mit Lysimaque Tavernier auseinandersetzen, der ihn unverschämter als je provozierte, nachdem er das Konsulat praktisch drei Jahre lang selbständig verwaltet hatte. Während Beyles Abwesenheit war

Tavernier tatsächlich in das verschlossene Arbeitszimmer des Konsuls eingebrochen, hatte in aller Ruhe seine Papiere durchstöbert und sich sogar einige von seinen Hemden angeeignet. Als Beyles Freund Bucci den Kanzleivorsteher wegen des aufgebrochenen Schlosses zur Rede stellte, gab er kühl zur Antwort, der Schaden müsse durch Wind verursacht worden sein.

Verständlicherweise entfernte sich Beyle alsbald ungeachtet seiner Anwandlungen von Pflichtbewußtsein ebenso oft wie zuvor von Civitavecchia. Wenige Wochen nach seiner Rückkehr hatte er sich zusammen mit dem ihm befreundeten Künstler Abraham Constantin in Rom wieder eine Bleibe geschaffen, und schon bald danach nahm er an Diners und Bällen teil, die bei den Cinis, bei Filippo Caetani und bei anderen seiner früheren römischen Bekannten stattfanden. Am 10. Oktober, genau zwei Monate nach der Wiederaufnahme seines Konsulatsdienstes, fuhr er nach Rom, um sich dort mit Mérimée zu treffen, der zu einem einmonatigen Urlaub nach Italien gekommen war. Am 20. brachen die beiden Freunde nach Neapel auf und blieben dort als Touristen, bis Mérimées Ferien zu Ende waren. Beyle genoß zwar das warme Klima von Neapel, aber einige Bemerkungen in einem Brief an Fiore, den er gegen Ende seines dortigen Aufenthalts schrieb, lassen vermuten, daß er eher geneigt war, neidische Vergleiche mit seinen frischen Erinnerungen an den Zauber von Paris anzustellen: »Die Kehrseite der Medaille ist, daß alle Frauen häßlich sind, in ihren Gesichtszügen treten nur die groben Empfindungen eines Tieres hervor. Niemals ein offener Blick, der einen anrühren könnte, der einer Leidenschaft fähig wäre; nie blitzt in einem Gesicht das spezifisch Weibliche auf: ich sehe in ihm nur die dumpfe Kreatur.« (9. November 1839)[1] Durch Mérimées Besuch fühlte sich Beyle zwar offensichtlich etwas erleichtert in dem Gefühl von Isoliertheit, das ihn aufs neue beherrschte, seitdem er wieder aus Paris verbannt war, aber dies war eine durchaus gemischte Freude, war Mérimée doch fürwahr ein schwieriger Freund. Am Tag nach seiner Abreise vermerkte Beyle, ihre gemeinsame Fahrt sei durch Mérimées »schreckliche Eitelkeit« verdorben worden.

Aber in erreichbarer Entfernung konnte er sich jetzt durch eine angenehmere, enge Freundschaft aus der Pariser Zeit andersgearteten Trost holen. Auf seiner Reise von Paris nach

Civitavecchia hatte er für kurze Zeit in Siena haltgemacht, um Giulia Rinieri Martini zu besuchen. Als einzige Aufzeichnung über diese Begegnung schrieb er eine seiner Lieblingsformulierungen nieder: *»Battle of Siena.«* Sie deutet Giulias anfängliches Widerstreben an. Der weitere Verlauf ihrer Beziehungen läßt jedoch darauf schließen, daß ihr Widerstand nicht gerade unerbittlich war. Bald darauf zogen Giulia und ihr Mann nach Florenz, das für Beyle bequemer zu erreichen war; während der beiden Jahre, in denen er noch in Italien blieb, fuhr er viermal nach Florenz. Im Juli 1840 wohnte er dort 18 Tage in einem gemieteten Zimmer. Offenbar war sein Zusammensein mit Giulia so erfreulich, daß es ihn drängte, am 19. August abermals hinzufahren und bis Mitte September zu bleiben. Seine schrulligen Randbemerkungen machen deutlich, daß die beiden sich ihr gemeinsames bitteres »Exil« in Italien auf gewohnte Weise versüßten: am 4. September notierte er »sie einmal«, am 6. September »ich einmal«, und man kann getrost annehmen, daß in diesen beiden Wochen in Florenz eine ganze Reihe weiterer Male nicht ausdrücklich verbucht wurde. Augenscheinlich war Giulia zwar nicht mehr Beyles große Leidenschaft – und in Paris zwei Jahre zuvor war sie nicht einmal das gewesen –, aber sie schenkte ihm Gefühlswärme und eine wohltuende sexuelle Gemeinschaft, und das hellte zumindest für kurze Zeit die Düsterkeit seiner letzten Dienstjahre in Italien auf.

Ebenso eifrig, wie Beyle nach seiner Ankunft in Italien Schritte unternahm, um seine alte Liebschaft zu erneuern, war er darauf bedacht, trotz der Ablenkungen durch seine konsularische Geschäftigkeit und der Entmutigung durch seine nächste Umgebung seine schriftstellerische Tätigkeit wiederaufzunehmen. Sobald er in Civitavecchia seinen Verpflichtungen aufs neue nachging und in Rom seine gesellschaftlichen Verbindungen wiederhergestellt hatte, nahm er am 1. Oktober 1839 die Arbeit an *Lamiel* in Angriff, dem Roman, den er zuerst im Frühling in Paris geplant hatte. Durch Mérimées Besuch wurde er zwar darin unterbrochen, aber nach seiner Rückkehr am 10. November machte er sich in Civitavecchia wieder an die Arbeit und schrieb an dem Roman ohne Hilfe einer Schreibkraft in seinem unleserlichen Gekritzel. Bis zum 3. Dezember hatte er über 60 000 Wörter verfaßt: die junge Heldin läßt sich aus ihrer ländlichen Umgebung in der Normandie von ihrem noch unreifen ersten Liebhaber entführen und verstrickt sich in Paris in eine Liebschaft mit einem anmaßenden, nichtsnutzigen Grafen, dessen Großvater Hutmacher war. Als der Roman bis hierhin gediehen war, entwich der Schriftsteller nach Rom, und die literarische Arbeit wurde ausgesetzt. In den ersten Monaten des Jahres 1840 diktierte er einem Schreibgehilfen das bereits eigenhändig Geschriebene, vermutlich mit einigen Veränderungen (die diktierte Abschrift ist nicht erhalten). Im Jahre 1841 und dann wieder im Jahre 1842, in den letzten Wochen seines Lebens, verfaßte er zusätzliche und alternative Episoden für den Roman. Aber bereits nach dem, was er gegen Ende des Jahres 1839 in einem Zuge niedergeschrieben hatte, war seine Arbeit im Grunde blockiert, da er nicht wußte, wie er fortfahren sollte oder vielmehr, wie seine Notizen und Szenenentwürfe zeigen, sogar im ungewissen war, was für eine Art Roman *Lamiel* werden sollte.

Bedingt durch seine Gemütsverfassung, seitdem er Frankreich verlassen hatte, und die zunehmenden Schwierigkeiten, die sein Gesundheitszustand mit sich brachte, war er wohl ohnehin nicht in der Lage, anhaltend schriftstellerisch tätig zu sein. Davon abgesehen liegt jedoch auch Grund zu der Annahme vor, daß ihn seine Unentschiedenheit über das Thema des Romans bedrückte, zumal er es künstlerisch nicht bewältigen konnte. Im Unterschied zu seinen kürzeren Romanfragmenten gibt es in *Lamiel* immerhin manches, was geeignet ist, starkes Interesse zu wekken, und dieser unvollendete Roman ist im Vergleich zu den früheren literarischen Werken des Autors in gewisser Weise ein psychologisch aufschlußreicheres Dokument über seine seelische Verfassung. Nach der *Chartreuse de Parme* lockte Stendhal besonders der Gedanke, einen satirischen Roman zu schreiben, und wahrscheinlich hatte er, als er im April 1839 *Lamiel* plante, ursprünglich die Absicht, ein zeitgenössisches Gegenstück zu Marivaux' *Vie de Marianne* oder Lesages *Gil Blas* – dem pikaresken Meisterwerk aus dem 18. Jahrhundert, das eines von Lamiels Lieblingsbüchern ist – zu produzieren. Soweit Stendhal die Lebensgeschichte Lamiels fertigstellte und deren weiteren Verlauf in Umrissen skizzierte, ähnelt sie stark der einer typischen *pícara* [spanisch: die weibliche Entsprechung zu *pícaro*, dem männlichen Helden im Schelmen- oder Abenteuerroman, A.d.Ü.]: als illegitimes Kind unbekannter Eltern wird sie von einem Ehepaar im Dorf adoptiert; die Marquise des Ortes nimmt das heranwachsende junge Mädchen als Lieblingsgefährtin in ihrem Schloß auf; mit dem Sohn ihrer Herrin läuft sie auf und davon und hat in Paris Erfolg, weil sie sexuell attraktiv ist; und in der geplanten Fortsetzung des Romans entdeckt sie schließlich die wahre Leidenschaft in den Armen eines Verbrechers, der mit der Gesellschaft auf Kriegsfuß steht, und schließt sich seiner aufrührerischen Diebesbande an. Der Schwung und die komödiantische Pfiffigkeit der pikaresken Tradition sind unverkennbar in einzelnen Szenen des Romans *Lamiel*, aber die für den Abenteuerroman typische Unbekümmertheit eines Gil Blas findet sich bei Stendhal nicht, statt dessen entdeckt man in den fertiggestellten Episoden ebenso wie in den skizzierten Szenen eher dunkle, beunruhigende Züge. Lamiels Liebschaft mit dem Hauptverbrecher Valbayre (nach einer Gestalt, die in den dreißiger Jahren wirklich Schlagzeilen machte) war von Anfang an beabsichtigt; nicht klar ist hingegen, ob Stendhal sogleich den apokalyptischen Schluß plante, den er in einem Ende November 1839 in Civitavecchia geschriebenen Entwurf andeutete: Valbayre wird gefangen und zum Tode verurteilt, daraufhin setzt Lamiel in einem großartigen Racheakt den Justizpalast in Brand und kommt in den Flammen um.

Gefühlseinstellungen und zwischenmenschliche Beziehungen, wie Stendhal sie in seinen früheren Romanen beschrieben hatte, werden hier erstmals mit Härte, mit latenter Gewalttätigkeit behandelt und bis zu einem Höchstmaß gesteigert in diesem vorgesehenen Schluß, wo der zum ersten Mal in *Le Rouge et le Noir* artikulierte Klassenhaß gegen die bestehende Ordnung in ein Bild anarchischer Zerstörung verwandelt wird. In der persönlichen Ebene veranschaulicht die Szene, in der Lamiel ihre Jungfräulichkeit verliert, die besondere Tonart des Romans. Nachdem Lamiel vom Priester und von ihren Pflegeeltern vor den Gefahren der »Liebe« – einem obskuren Erlebnis, welches die Romane, die sie gelesen hat, ihr in einem verlockenderen Licht dargestellt haben – gewarnt worden ist, entschließt sie sich zur Selbstaufklärung: sie sagt einem gesunden Bauernburschen, er solle sich mit ihr im Wald treffen und sie gegen ein Entgelt von

10 francs entjungfern. »Natürlich will ich deine Geliebte sein«, erklärt sie dem verblüfften Jean, der nicht begreifen kann, warum dies hübsche Mädchen ein solches Geschäft mit ihm abschließen will.

– Ach so! Das ist natürlich etwas anderes, sagte Jean in geschäftsmäßigem Ton. Und darauf machte der junge Normanne Lamiel ohne Rausch und ohne Liebe zu seiner Geliebten.

– Weiter ist nichts dabei? sagte Lamiel.

– Überhaupt nichts, antwortete Jean.

– Hast du schon viele Geliebte gehabt?

– Ich habe schon drei gehabt.

– Und es ist weiter nichts dabei?

– Nicht, daß ich wüßte...

Lamiel setzte sich und beobachtete, wie er wegging (sie wischte sich das Blut ab und achtete kaum auf den Schmerz).

Dann brach sie in Gelächter aus und sagte immer wieder vor sich hin:

»Wie! Diese vielgepriesene Liebe ist weiter nichts!«[2]

Das *déniaisement*, das heißt, ein Vorgang, durch den jemand seine naiven Illusionen verliert, ist in pikaresken Romanen ein nicht ungewöhnlicher Ritus. Lamiels Gelächter hat indes nichts von schelmenhafter Ausgelassenheit. In dem flotten Dialog und der elliptischen Erzählweise setzt sich zwar die frühere Romantechnik Stendhals fort (in diesem Fall wetteifert er wohl auch mit Diderots Manier im *Jacques le fataliste et son maître*); aber die Parenthese, durch die der Leser so unumwunden an das zerrissene Jungfernhäutchen erinnert wird, ist für seine früheren Werke gänzlich untypisch und zeigt eine schonungslosere, realistische Sicht. Lamiel ist oft eine weibliche Entsprechung zu Julien genannt worden; doch abgesehen von der äußeren Ähnlichkeit einer jugendlich attraktiven und cleveren bäuerlichen Gestalt, die in der Gesellschaft der Restaurationsepoche auf ihren Vorteil bedacht ist, fehlt ihr Juliens ursprüngliche Unschuld beziehungsweise sein lähmendes Ichbewußtsein, seine entnervende Anspannung unter dem Druck des Rollenspiels. In dieser Hinsicht ist sie eher ein Gegentyp zu Julien und noch mehr zu Fabrizio: ein Mensch mit völlig nüchterner Intelligenz, bar jeder

Sinnlichkeit und, wie der Erzähler mehrfach feststellt, leidenschaftlich nur in ihrer Wißbegier, von der Welt der Dummköpfe, in der sie sich bewegt, amüsiert und gleichzeitig von kalter Verachtung über sie erfüllt.

In Octave, Lucien und Fabrizio hatte Stendhal Romanhelden geschildert, die fürchteten, sie seien nicht fähig zu lieben. Mit Lamiel schuf er eine Gestalt, die eines solchen Gefühls tatsächlich nicht fähig ist, und das ist einer der Gründe, weshalb die geplante Auflösung der Handlung mit Valbayre ungeschrieben blieb. Zumindest seit seiner Betörung durch Angela Pietragrua hatte Beyle erkannt, daß eine Frau Leidenschaft und verschlagene Berechnung auf pikante, verwirrende Weise durchaus in sich vereinigen konnte. In vielen seiner italienischen Erzählungen, in seinen Charakterdarstellungen der Mathilde de la Mole und Gina, in *Le Rose et le Vert* und in seinem Fragment gebliebenen Vorläufer aus dem Jahre 1830, *Mina de Vanghel*, hatte er Experimente mit einer Reihe von »Amazonen« gemacht, wie die französischen Kritiker sie zu nennen belieben, Freudianer bezeichnen sie noch anschaulicher als phallische Frauen. Die Erfindung einer verführerischen Lamiel – ihr Name impliziert auf französisch in Form eines Schachtelworts »Seele«, »Freundin« und »Honig« – von eiskaltem Wesen bedeutete schließlich die Verkörperung der äußersten Möglichkeit dieses Menschentyps, der den Charakterzug der Leidenschaft ausschloß. Die Einzelheiten ihrer Kindheit in der Normandie und ihrer Flucht nach Paris wurden ihm womöglich aus der Lebensgeschichte einer seiner ersten Geliebten, an die er gern zurückdachte, Mélanie Guilbert, nahegelegt, wie zwei Forscher kürzlich ausführlich dargelegt haben; es ist indessen sicherlich verfehlt, Lamiel, in welchem Sinn auch immer, für ein »Porträt« der sanften, sich gern unterordnenden Mélanie zu halten.[3] Überdies macht Lamiel nicht einmal den Eindruck einer *belle dame sans merci*, denn Stendhal scheint von ihr hauptsächlich deshalb fasziniert gewesen zu sein, weil er eine bestimmte Variante seines Ich, an der er sich in seiner Phantasie ergötzte, in diese weibliche Gestalt hineinprojizieren konnte. Stellten bereits Julien, Lucien und Fabrizio, jeder auf seine Art, den anziehenden jungen Mann dar, der Henri Beyle selbst gern gewesen wäre, so wurde der Aspekt körperlicher Anziehungskraft in Lamiel noch verstärkt –

für sie als Frau ist dies praktisch das einzige Machtinstrument. Da sie jedoch alles mit reiner Verstandeskalkulation betreibt, ist sie emotional nicht verletzbar wie jene leichter zu beeindruckenden, arglosen männlichen Hauptfiguren. Man hat sie mit Bradamante, der kriegerischen Jungfrau Ariosts, verglichen. Eigentlich ähnelt sie aber eher einer anderen Heldin aus dem *Orlando furioso*, einer, die Stendhal in *Souvenirs d'égotisme* ausdrücklich als erstrebenswertes Phantasiegebilde vorgeschwebt hatte: Angelica, die mit ihrer Schönheit die Männer zur Raserei treibt, und die in ihrer Beweglichkeit völlig unverletzlich ist, weil sie sich mit Hilfe ihres Zauberrings unsichtbar machen kann.

Gewöhnlich spaltete Stendhal in seinen Romanen die Phantasieprojektion seines Ich in eine noch unerfahrene Sohnes- und eine weltläufige Vaterfigur auf – Julien und Abbé Pirard, Vater und Sohn Leuwen, Fabrizio und Mosca. (Dies Verfahren hat Jean Prévost in *La Création chez Stendhal* scharfsichtig erkannt.) In *Lamiel* jedoch haben die beiden Projektionen und ihre Beziehung zueinander etwas Radikales und latent Explosives. Lamiels zynischer Mentor ist ein ortsansässiger Arzt namens Sansfin; er redet immer wieder – wie Vautrin in Balzacs *Illusions perdues* auf seinen Schüler, den jungen Lucien de Rubempré – auf sie ein: »Die Menschheit teilt sich nicht, wie die Dummköpfe glauben, in Reiche und Arme, Tugendhafte und Verbrecher auf, sondern ganz einfach in Betrogene und Betrüger; das ist der Schlüssel zum Verständnis des 19. Jahrhunderts seit dem Sturz Napoleons.«[4] Dr. Sansfin hat allerdings einen Buckel, und in ihm gären sexuelle Mißgunst und gesellschaftliche Ressentiments. Wie Beyle selbst versucht er seine Häßlichkeit durch dandyhafte Kleidung wettzumachen; an Lamiel hat er ein laszives Interesse, das er indessen nicht zu befriedigen sucht – in einer gewissen Entsprechung zur Entjungferung Lamiels läßt Stendhal ihn mit einem Messer auf den Bauernburschen eindringen, als er erfährt, was sich ereignet hat. Wie aus den Notizen des Schriftstellers hervorgeht, sollte Sansfin eine unbedeutende und satirisch gezeichnete Gestalt werden; aber der mißgestaltete Arzt gewann in seiner Vorstellung eine stärkere Bedeutung als ursprünglich beabsichtigt; bald drohte er sogar der eigentlichen Heldin des Romans ihren Rang streitig zu machen. Sansfin bringt Lamiel zum Beispiel bei, wie sie vortäuschen kann, sie litte an Schwindsucht: jeden Morgen solle sie einem lebenden Vögelchen den Kopf abschneiden, mit Hilfe eines Schwämmchens sein warmes Blut aufsaugen, und dann ausspucken – damit weicht der Roman eindeutig von seinen pikaresken Vorläufern ab und nähert sich der Darstellung des Bösen, Exzentrischen, Pathologischen.

In Sansfin konzentrierte Stendhal die schroffste aller seiner Vorstellungen von sich selbst als eines häßlichen, linkischen Geschöpfs, das sich inmitten einer feindlichen Welt von Frauen nur auf seine rasche Intelligenz verlassen kann. In diesem Zusammenhang ist Sansfins Sturz vom Pferd in den Schlamm die weitaus grausamste Abwandlung dieser für Stendhal archetypischen Szene reiterischen Unvermögens. Er reitet auf einem Weg am Bach entlang und stößt auf eine Gruppe von Bäuerinnen, die in Waschtrögen ihre Wäsche waschen. Sie begrüßen ihn in ihrer liebenswürdigen Art: »Achten Sie auf Ihren Buckel, Doktor, er könnte abfallen und herunterrollen und uns arme Wäscherinnen zermalmen«, worauf er mit gleicher Münze heimzahlt! »*Ihr* habt allzu oft einen Buckel, aber nicht auf dem Rücken.«[5] Der Austausch von Beleidigungen setzt sich solange fort, bis Sansfin in einem Wutanfall mitten unter die Wäscherinnen galoppiert, wobei er sie selbst und ihr frisch gewaschenes Leinen mit Schlamm bespritzt. Als eine der Frauen mit ihrem Waschbleuel nach dem Pferd schlägt, scheut das Tier und wirft seinen Reiter in den Schlamm. Wutentbrannt greift er zu seinem Jagdgewehr und zielt damit auf die Frauen; aber es ist vom Schlamm völlig verstopft. Sansfin ist eine bis zum äußersten gesteigerte Karikatur Beyles, der sein Leben lang erotische Eroberungen »strategisch« plante: einer, der sich wegen seiner grotesken Figur erst recht zum Ziel des Spotts macht, weil er auf das ihn schmähende weibliche Geschlecht mit ohnmächtiger Wut reagiert, dessen einzige Waffe sein giftsprühender Geist ist, und der am Ende gedemütigt und in den Schmutz gestoßen wird. Hierin ist kaum eine bewußte Selbstdarstellung zu sehen; mit Sicherheit entspringt das Charakterbild jedoch den düsteren Grübeleien des alternden Autors, der in seinem einsamen Konsulat den ungewissen sexuellen Befürchtungen, die er seit seiner Jugend zu meistern versucht hatte, ausgeliefert ist. Dies schemenhafte und machtvolle Innenleben hatte Henri Beyle, als es in dem Roman seinen Ausdruck fand, vielleicht nicht ganz unter Kontrolle. Hierin liegt ein weiterer Grund, warum er den Roman in der Mitte abbrach, kurz bevor Lamiel in Paris mit dem zwielichtigen Dr. Sansfin wieder in direkten Kontakt treten soll.

In der Zeit, als Stendhal die Erkenntnis aufging, daß er sich über die Fortsetzung des Romans *Lamiel* nicht klar war, plante er ein anderes Werk, das zwar nicht eigentlich literarisch zu nennen ist, sich aber nach genauerer Aufschlüsselung, auch wenn es noch so zusammengewürfelt und voller Auslassungen ist, wohl eher als eine Reihe literarischer Ideen erweist und nicht als Niederschlag wirklicher Erfahrung. Am 6. März 1840 begann er das sonderbarste von allen seinen privaten Notizbüchern. Er gab diesen 33 Manuskriptseiten den Namen *Earline* und leitete sie mit folgender zweisprachiger Überschrift ein:

The Last Romance
Fin *of the* Carnaval 39–40.[6]

Seine Vorliebe für Tarnwörter ufert auf diesen Seiten aus. Sie enthalten bruchstückhafte Tagebuchnotizen, die, oft im Telegrammstil gehalten, aus einem wirren Gemisch von französischen und englischen Brocken bestehen, und in denen die Personen nicht nur mit Pseudonymen sondern meist mit Anfangsbuchstaben oder gar verschrobenen Abkürzungen bezeichnet sind. Diese phantastisch verschlüsselte Darstellung der unerwiderten Leidenschaft des Tagebuchschreibers für Earline – eine unglückliche Liebesgeschichte, die er vom 16. Februar bis zum 20. März datierte – ist aller Wahrscheinlichkeit nach Beyles Bericht über seine wiederaufflammende Liebe zu Gräfin Giulia Cini (da »Earline« sein Kodewort für »Gräfin« ist), die er ja vorher, im Jahre 1835, schon einmal verlockend gefunden hatte; es ist nicht klar, wie das Tagebuch zu verstehen ist. Gewöhnlich, zum Beispiel von Henri Martineau und anderen Biographen, wird *Earline* als ergreifendes Zeugnis von Henri Beyles letztem Versuch zu lieben angesehen: leidend und einsam umwirbt er noch einmal eine sich ihm versagende Schöne. François Michel hingegen hat die kluge und einleuchtende Vermutung geäußert, *Earline* sei vielmehr ein Experiment, eher hypothetische als echte Gefühle in literarischer Form aufzuzeichnen, »eine geistige Zerstreuung, ein *romanzetto in anima viva*, man könnte auch sagen, ein *Kriegsspiel* [bei Stendhal deutsch].«[7]

Man sollte nicht außer acht lassen, daß in dem englischen Wort »romance«*, mit dem Beyle seine Aufzeichnungen etikettierte, für ihn als Franzosen eine unklare Nebenbedeutung im Sinne von *roman* (= Roman) mitschwang. Das soll nicht heißen, er habe für Giulia Cini überhaupt nichts empfunden, sondern mit der Absicht, seine aufflackernden Gefühle als Motive in einem *The Last Romance* betitelten Werk zu verwerten, steigerte er sie und formte sie in einer dichterischen Schau um. Der Untertitel ist besonders treffend, denn in *Earline* griff Beyle die Themen wieder auf, die ihn als Liebhaber in seinem Leben beschäftigt hatten – eine an Selbstparodie grenzende Rekapitulation, die übrigens in einer Zeit, da er die schrullige Idee gehabt hatte, sich als der groteske Dr. Sansfin zu sehen, völlig angemessen war. Er schmachtet nach Earline; ihn quält das Vorhandensein eines Rivalen; er versucht in ihren flüchtigen Blicken Anzeichen von Ermutigung zu entdecken; indem er sich von Earline eine Abfuhr erteilen läßt, ruft er sich eigentlich seine wirkliche, durch Alexandrine Daru erlittene »Niederlage« von Bècheville ins Gedächtnis; und angesichts seiner vollständigen Inanspruchnahme durch seine römische Dame erinnert er sich an das, was er seinerzeit Métildes wegen zu erdulden hatte. Die alten militärischen Metaphern werden sämtlich wieder heraufbeschworen, denn dies ist das letzte Eroberungsmanöver des Schülers von Martial Daru. Kleine symptomatische Anzeichen im Text deuten indessen darauf hin, daß der Schriftsteller inzwischen über die Illusionen, die er übungshalber nährte, erhaben war: »Zufrieden, bei ihr zu sein, bei ihr gewesen zu sein, aber letztlich nichts, absolut *nichts.*« (Hervorhebung durch Stendhal)[8]

Am 23. März kehrte Beyle aus Rom nach Civitavecchia zurück und behauptete, kaum dort eingetroffen, in einer Randbemerkung, Earline liege ihm nicht mehr im Sinn. Dennoch beschäftigte ihn offenbar in den folgenden Monaten gelegentlich der Gedanke an sie, und als er im April und noch einmal im Juni in Rom war, sah er sie wieder, versuchte offensichtlich sogar zuletzt ihr eine Liebeserklärung zu machen. Aber in dieser

* Im Englischen in der Grundbedeutung »kurzes ›romantisches‹ Liebesabenteuer«, »Romanze«, daneben wie im (alt)französischen »höfischer Versroman«, dessen Personen und Handlung dem Alltag entrückt sind. (A.d.Ü.)

Frühsommerzeit freute er sich bereits sehr auf seine Reise nach Florenz, wo er Giulia Rinieri besuchte, mit der ihn eine sehr viel greifbarere, nicht so wirklichkeitsfremde Zuneigung verband. Zu Beginn des Jahres 1841 konnte er in seinen Marginalien registrieren, Earline schwinde aus seinem Bewußtsein, beziehungsweise einige Wochen später, er denke zwar manchmal noch an sie, aber »nicht auf tragische Weise«, wie er einst an Métilde gedacht habe. Sie war eher eine Art Pseudo-Métilde in der Endphase seines Gefühlslebens.

Denn nun strebte Stendhal seine Vollendung mit mehr Beharrlichkeit in einem Roman als in einer Romanze an. Aber er wurde davon abgehalten, sich längere Zeit auf ein einzelnes literarisches Vorhaben zu konzentrieren, und zwar nicht etwa, weil das Verlangen in ihm erloschen gewesen wäre, sondern weil seine Gesundheit gefährdet war, und weil ihm die Arbeitsstimmung und die frranzösische Umgebung fehlten. Vom Ende des Monats März 1840 an, als sein Experiment mit Earline im Sande verlief, begann er einige Tage lang an einem Roman mit dem Titel *Don Pardo* zu arbeiten. In ihm versuchte er offenbar das Problem, das sich aus seiner Trennung von Frankreich ergab, dadurch zu lösen, daß er seine Handlung nach Civitavecchia verlegte. Dieser Plan gedieh jedoch nicht über einige vorbereitende Notizen sowie den Teil eines Kapitels hinaus. Unmittelbar danach verfaßte er ein eigenartiges Schriftstück, das er »Les Privilèges du 10 avril, 1840« betitelte. Er griff darin seine alte, aus *Tausendundeine Nacht* bezogene Phantasievorstellung der Allwissenheit, nicht so sehr der Allmacht, wieder auf. In den 23 Artikeln dieses mit »Frédéric de Stendhal« unterzeichneten «Patents« (*brevet*) werden dem Privilegierten magische Kräfte verliehen: unbeschränkte Beweglichkeit, Unverwundbarkeit, übernatürliche Kraft in sexueller und anderer Hinsicht sowie nicht nur angeborene Schönheit sondern auch die Fähigkeit, sein Ich proteushaft zu verwandeln. Interessanterweise schränkte der Romancier in »Les Privilèges« jedoch seine Phantasie von gottähnlichem Wissen und gottähnlicher Macht aufgrund seiner realistischen Gewohnheiten und seiner Erfahrung als leidgeprüfter Liebhaber durch gewisse Bedingungen ein. Der Bevorrechtigte soll sich zum Beispiel zwanzigmal im Jahr in jedes beliebige Geschöpf verwandeln dürfen, vorausgesetzt, daß es wirklich existiert.

Hundertmal im Jahr kann er sehen, was eine beliebige Person zu einem bestimmten Zeitpunkt gerade tut; die Frau, die er liebt, muß jedoch von diesem Akt der Hellsichtigkeit vollständig ausgenommen sein. Offensichtlich wollte Stendhal in einer Phase der Niedergeschlagenheit über sich selbst und seine Lebensumstände in »Les Privilèges« seinen Wünschen nachgeben. Bei aller ausschweifenden Phantasie klingt in dem Werk seltsam deutlich seine Festlegung auf die Form des Romans wieder an, auf jene literarische Gattung, in der er eine derartige Phantasie mit der präzisen Bestimmung historischer und psychologischer Realitäten hatte vermischen können.

Nach dem 10. April näherte Stendhal sich Earline zum letzten Mal in der Art Don Quichottes. Im Sommer hatte er dann mehr Glück, als er bei Giulia Rinieri Martini in Florenz lange zu Besuch weilte. In der zweiten Septemberhälfte war er wieder in Civitavecchia. Doch bereits zwei Wochen später ging er für einen Monat nach Rom. In dieser Zeit erhielt er ein Exemplar der *Revue Parisienne*, worin er einen Artikel fand, der ihn zutiefst aufwühlte und ihn zu allem Überfluß wieder zur Arbeit an der *Kartause von Parma* trieb. Der fragliche Artikel war ein langer kritischer Aufsatz über seinen Roman aus der Feder Balzacs. Dieser erklärte ihn mit einem mächtigen Trompetenstoß zum »Meisterwerk der Ideenliteratur« der Epoche, »ein Buch, in dem das Erhabene in jedem Kapitel neu aufleuchtet... der Roman, den Machiavelli schreiben würde, lebte er aus Italien verbannt im 19. Jahrhundert«.[9] Bis zu diesem Zeitpunkt hatten sich die Kritiker allenfalls zu dem Zugeständnis bereitgefunden, Stendhal sei ein begabter und »interessanter« Schriftsteller (das deutlich eingeschränkte Lob in der retrospektiven Einschätzung der George Sand war für das damalige Meinungsklima kennzeichnend). Nunmehr hatte Balzac, der aufgrund seines ungewöhnlich fruchtbaren Schaffens in dem vergangenen Jahrzehnt zum Giganten des modernen französischen Romans geworden war, den Verfasser der *Chartreuse* öffentlich als seinesgleichen anerkannt: Stendhal fühlte sich stolz und freudig erhoben, vielleicht sogar etwas überwältigt.

Eine solche Anerkennung konnte allerdings keine völlige Überraschung für ihn sein, denn Balzacs Artikel hatte eine klare Vorgeschichte. Die beiden Schriftsteller waren seit den sonntäglichen Salons bei Delécluze in den zwanziger Jahren miteinander bekannt, und sie standen freundlich, wenn auch distanziert zueinander. Nachdem die Waterloo-Episode aus der *Chartreuse* im *Constitutionnel* erschienen war, hatte Balzac am 20. März 1839 seinem Kollegen in einem Brief erklärt, er sei angesichts der hohen Kunstfertigkeit, mit der Stendhal eine Schlachtszene dargestellt habe, geradezu von Eifersucht übermannt; dieser Erfolg sei mit den höchsten ihm bekannten künstlerischen Leistungen zu vergleichen. Dadurch ermutigt schickte Stendhal ihm den Roman zu, sobald er die ersten gebundenen Exemplare bekommen hatte. Am 29. März 1839 wandte er sich wegen einer genauen Adresse in einem kurzen Schreiben an »den König der Romanciers in diesem Jahrhundert«[10], und man hat allen Grund anzunehmen, daß dies Lob ganz aufrichtig war. In Stendhals privaten Schriften finden sich nur wenige Bemerkungen gleich welcher Art über Balzac. Der umfangreiche Zyklus der *Comédie humaine* zeugte deutlich von einer ganz andersartigen Romanauffassung als der seinen. Höchstwahrscheinlich jedoch wußte Stendhal die imaginative Kraft in Werken wie *Eugénie Grandet*, *La Fille aux yeux d'or*, *Le Père Goriot* und dem ersten Teil von *Les Illusions perdues*, die alle in den zurückliegenden fünf Jahren erschienen waren, zu würdigen. (Die anerkannten Kritiker neigten damals allerdings noch dazu, in Balzac lediglich einen etwas fragwürdigen Sensationsschriftsteller zu sehen: Stendhal hingegen ließ sich in seinem literarischen Urteil niemals von der tonangebenden Meinung beeinflussen, und ganz sicher beneidete er Balzac wegen seiner Popularität.) Am 5. April hatte Balzac seine Lektüre der *Chartreuse* beendet und teilte Stendhal in einem Brief mit, es sei »ein großartiges und schönes Buch«, welches das von ihm ebenso bewunderte *Le Rouge et le Noir* bei weitem übertreffe, der Roman »erkläre die Seele Italiens«.[11] (Sechs Tage danach begegnete Balzac Stendhal zufällig auf einem Spaziergang und sprach ihm abermals seine herzliche Anerkennung wegen des Buches aus.) Indessen ließ sich Balzac trotz seiner Begeisterung nicht davon abhalten, seinen weniger berühmten Kollegen in diesem Brief darüber aufzuklären, daß der erste Teil des Romans Längen (*longueurs*) habe, der Schluß mehr ausgeführt, das Äußere der Charaktere näher beschrieben werden müsse, und daß es taktisch falsch sei, die Handlung in einem namentlich zu identifizierenden Staat wie Parma spielen zu lassen. Er hoffe, Stendhal werde alle diese Fehler in einer zweiten Auflage des Romans korrigieren. Diese Lektion wiederholte er öffentlich im folgenden Jahr in seinem Artikel, der außer der Aufzählung kleinerer Mängel noch eine Beanstandung des schroffen, nachlässigen Stils enthielt. War Stendhal auch seinesgleichen, wollte er doch indirekt klarstellen, er, Balzac, sei *primus inter pares.*

Als Balzac seine Kritik der *Chartreuse* schrieb, hatte er den Roman dreimal gelesen, und ohne Frage bewunderte er das Buch, ungeachtet seiner Vorbehalte, zutiefst. Ihm entging allerdings die besondere Brechung historischer Stoffe in der persönlichen Erfahrung des Romanciers, worin ja gerade die Stendhal eigentümliche Art, eine Romanhandlung zu ersinnen, bestand. Er nahm zum Beispiel an, Mosca sei nach dem Vorbild Metternichs geschaffen und die Herzogin Sanseverina nach dem der Prinzessin Belgiojoso, einer italienischen Nationalistin aus Mailand, die in den dreißiger Jahren nach Paris hatte fliehen müssen. Balzac hatte ebensowenig Sinn für Stendhals eigenartige Mischung von Dichtung und geistvoller Satire, daher konnte er weder begreifen, worin die Pointe der »Ouvertüre« aus dem Jahre 1796 lag, noch auch, was der Autor beabsichtigte, indem er Beschreibungen in der Art Walter Scotts vermied und eine rasche schmucklose Prosa schrieb. Dies Unvermögen, die Eigenart des anderen zu begreifen, hat Maurice Bardèche treffend zusammengefaßt: »Er hatte in der *Chartreuse* einen bewundernswerten Roman von Balzac erblickt, in welchem ihn gewisse Unvollkommenheiten befremdeten.«[12]

Stendhals Reaktion auf den Artikel Balzacs zeigt auf rührende Weise, was schon immer von der zuversichtlichen Gelassenheit zu halten war, mit der er entschlossen war, für die Leser des Jahres 1880 (wie er in seinem Brief an Balzac anführte) oder 1935 zu schreiben. Mochte es auch eine Beruhigung für ihn sein, anstatt seine ihm eigentümlichen Maßstäbe preiszugeben, zu behaupten, er wende sich eben an die Nachwelt, so mußte es ihn doch berauschen, von einem Schriftsteller, den er durchaus für den führenden Romancier seiner Zeit hielt, in gedruckter Form anerkannt zu werden. In seinen nur für ihn selbst bestimmten Randbemerkungen kommt das erhebende Gefühl eines trägen Schülers zum Ausdruck, der soeben von seinem Direktor erfahren hat, er sei entschieden besser als die übrigen in seiner Klasse. Balzac direkt zu antworten war indes etwas ganz anderes.

Der Artikel enthielt manches, was ihm wohltat, nicht zuletzt die abschließende Bemerkung über seine persönliche Lage: »Man kann sich kaum erklären, wieso dieser erstklassige Beobachter, dieser tiefgründige Diplomat, der sowohl schriftlich wie mündlich so viele Beweise von der Vornehmheit seiner Gedanken und der Weite seiner praktischen Kenntnisse geliefert hat, nichts weiter als Konsul in Civitavecchia ist.« Einige der kritischen Verbesserungsvorschläge war er bereit zu akzeptieren; in bezug auf andere fühlte er sich verpflichtet zu widersprechen, insbesondere auf solche, die den Stil betrafen. »Ich sehe nur eine Regel: der Stil kann gar nicht klar, nicht schlicht genug sein« (Briefentwurf vom 16. Oktober 1840).[13] Diesen Gesichtspunkt brachte er sogar noch schärfer im dritten Entwurf des Briefes zum Ausdruck; wahrscheinlich sollte Balzac aus der polemischen Fassung, in der Stendhal sein Stilideal verdeutlichte, seinen Nutzen ziehen: »Als ich die *Chartreuse* schrieb, las ich zur Einstimmung jeden Morgen zwei bis drei Seiten im Bürgerlichen Gesetzbuch.« (28.-29. Oktober)

Stendhals Brief an Balzac war nicht nur ein tief empfundenes künstlerisches Credo, sondern gleichzeitig eines der gekonntesten Musterbeispiele seiner Ichbefangenheit. Auch in diesem Schriftstück wollte er wieder genau den richtigen Ton treffen. Deshalb machte er drei Entwürfe, den ersten am 16. Oktober, dem Tag, nachdem er den Artikel gelesen hatte; in seiner endgültigen Form sandte er den Brief erst am 30. Oktober ab. Er wollte Balzac seine Dankbarkeit zum Ausdruck bringen, ohne ihm indes zu zeigen, wie sehr ihn die hohe Anerkennung seines Schriftstellerkollegen gerührt hatte. Deshalb gab er vor, Balzacs sogenannte Übertreibungen hätten ihn amüsiert: »Als ich diesen erstaunlichen Artikel, den so bisher noch kein Schriftsteller von einem anderen empfangen hat, las, mußte ich lachen.« (28.-29 Oktober)[14] Es lag ihm auch daran, seine eigenen künstlerischen Grundsätze zu verteidigen, gleichzeitig aber zu zeigen, daß er für begründete Kritik ansprechbar war. Insgesamt läßt die Nervosität, die sich in den vorhandenen Entwürfen des Briefes

Stendhals an Balzac spiegelt, erkennen, wieviel diese außerordentliche Anerkennung für ihn bedeutete.

Er begann wirklich noch an dem Tage, als er den Brief aufgab, sein gedrucktes Exemplar der *Chartreuse* zu revidieren, nahm dabei kleine stilistische Veränderungen vor, komponierte völlig neue Episoden, die in den Roman eingefügt werden sollten, oder deutete am Rande weitere beabsichtigte Änderungen an. Ebenso wie in seinen unvollendeten Romanen erwies sich die Überarbeitung sehr bald als ein selbst gemachtes Labyrinth. Die hier und da vorgenommenen stilistischen Veränderungen zielten im allgemeinen darauf ab, ein Wort oder einen Ausdruck hinzuzufügen bzw. genauere Angaben über eine Einzelheit im Handlungsablauf zu machen, um so den von Balzac entdeckten Eindruck der Schroffheit zu beseitigen. Sie führten jedoch lediglich dazu, daß die federnd rasche Prosa, die zu dem besonderen Fluidum in Stendhals Parma beiträgt, schleppend wurde. Außerdem konnten die hinzuerfundenen Episoden in das logische Handlungsgefüge des Romans nicht klar eingebaut werden. In den letzten Monaten des Jahres 1840 verwandte Stendhal den größten Teil seiner freien Zeit auf diesen Versuch einer Überarbeitung. Am 9. Februar 1841 kam er jedoch zu dem vernünftigen Schluß, daß Balzacs Vorschläge den Roman, den er in der Glut der Improvisation geschmiedet hatte, um seine starke Wirkung brachten. Deshalb gab er Pläne für eine weitgehende Überarbeitung auf.

Selbst wenn seine Ideen, der *Chartreuse* eine glattere Fassung zu geben, unter einer besseren Regie gestanden hätten, ist es unwahrscheinlich, daß Stendhal sie hätte ausführen können; denn sein ohnehin unstabiler Gesundheitszustand war jetzt wahrhaft besorgniserregend. Zu Beginn des Jahres 1840 hatte er, während er eine Seite des *Lamiel* überarbeitete, einen Ohnmachtsanfall erlitten und war in das Kaminfeuer gefallen, vor dem er gesessen hatte. Bis zum 29. März 1840 hatten sich seine Migräneanfälle so sehr verschlimmert, daß er sich veranlaßt fühlte, einen Brief an Fiori mit der Frage zu schließen: »Ist es aufs Ganze gesehen wirklich die Mühe wert zu leben?«[15] In den folgenden Monaten, als er von einer Giulia zur anderen überwechselte, spürte er möglicherweise eine gewisse Erleichterung; im Februar und zu Beginn des März 1841 jedoch, als er die

Überarbeitung der *Chartreuse* aufgab und wieder an *Lamiel* herumbastelte, wurde er abermals durch Kopfschmerzen, die von nervöser Spannung und Müdigkeit begleitet waren, völlig entkräftet. Am 15. März erlitt er dann in Civitavecchia einen ernsten Schlaganfall.

In einem Anfang April an Fiori gerichteten Schreiben von Rom aus, wohin er sich zur ärztlichen Behandlung begeben hatte, zählte Beyle die Symptome auf, an denen er seit der Krisis vom 15. März immer noch litt: Schwierigkeiten beim Sprechen; plötzliche, zehn Minuten andauernde Gedächtnisausfälle, während deren er unfähig war, sich an einfache französische Wörter zu erinnern, was einen Schriftsteller mehr noch als andere Menschen in Seelenangst versetzt; das Gefühl zu ersticken; völlige Erschöpfung nach einer geringfügigen Anstrengung wie dem Abfassen einer dreizeiligen Aufzeichnung. Er bat Fiori dringend darum, diese Nachricht Colomb vorzuenthalten; gleichzeitig gelang es ihm, angesichts der Todesdrohung jene Haltung gelassener Überlegenheit zu bewahren, die er sich seit seinen schweren Krankheiten in den Jahren, als er im Dienst des Kaisers stand, angewöhnt hatte. »Ich habe mich auch mit dem Nichts herumgeschlagen«, so begann er seinen Brief an Fiori vom 5. April; »das Unangenehme ist der Übergang, und dieser Schrecken rührt von all den Albernheiten her, die man uns im Alter von drei Jahren in den Kopf gesetzt hat.«[16] Fünf Tage danach konnte er in einem weiteren Brief an Fiori nichts von einem Nachlassen der Symptome berichten; an einer Stelle klingt der Brief sogar noch grimmiger: »Hundertmal habe ich vor dem Einschlafen mein Leben aufgegeben in dem festen Glauben, ich würde nicht wieder aufwachen.«[17] Am 19. April beschrieb er Fiori die unangenehmen Aderlasse sowie die künstliche Herbeiführung von Geschwüren an einem Arm. Er nahm damit für den Fall, daß dieser Brief der letzte sei, von seinem Freund Abschied und bat ihn, was auch immer passieren möge, nicht zu ernst zu nehmen. Beyle blieb von Ende März bis zum 10. Juni in Rom und kehrte dann nach Civitavecchia zurück, ohne daß sich sein Zustand merklich weder gebessert noch verschlechtert hatte. Mitsommers notierte er am Rand eines Buches auf englisch: *»Four months of Firodea«*, das heißt »vier Monate Todesfurcht«. Es ist das ergreifendste seiner vielen Kryptogramme; es sollte, selbst in der halb enthüllten Form, verschleiern was er meinte – nicht etwa vor den Augen eines politischen Zensors, noch vor denen einer gleichgültigen Gesellschaft, sondern vor einem Teil seines Ich, gerade so, als ob es ihm möglich wäre, seine innerste Furcht, die er sich aufgrund seines stoischen Prinzips nicht als solche eingestehen wollte, beim Namen zu nennen oder auch nicht.

Beyles Gesundheitszustand schien sich jedoch zu diesem Zeitpunkt soweit gebessert zu haben, daß er wieder mit einer anderen Frau eine letzte kurze Liebesepisode genießen konnte. Noch am 19. Juni hatte er, ebenso sehr unter Einsamkeit wie unter den Auswirkungen seines erst kurz zurückliegenden Schlaganfalls leidend, am Schluß eines Briefes an Colomb seine beiden Hunde beschrieben, an denen er sehr hing, und hinzugefügt: »Ich war traurig, weil ich nichts zu lieben hatte.«[18] Anderthalb Wochen danach traf jedoch eine reizende junge Frau namens Cecchina Lablache, die Gattin des Pariser Malers François Bouchot, in Civitavecchia ein, um in einem nahegelegenen Badeort eine Kur zu gebrauchen. Sie war, wie es sich gehörte, mit einem Empfehlungsschreiben an den französischen Konsul versehen. Mme Bouchot hatte entweder eine Liebschaft mit einem 27jährigen Maler namens Henri Lehmann oder hatte in ihm einen Verehrer gefunden, jedenfalls tauchte dieser Mann Anfang August in Civitavecchia auf und zeichnete von dem plötzlich gealterten Beyle eine Bleistiftskizze – das letzte Porträt, das man von ihm anfertigte. Zunächst jedoch war sie eine hübsche junge Frau, die sich ohne Begleitung in einer langweiligen Küstenstadt befand und sich amüsieren wollte. Während des ganzen Monats Juli unterhielt sie sich viele Stunden mit Beyle; er gab ihr die *Chartreuse* zu lesen, und sie erwiderte diese Liebenswürdigkeit, indem sie ihm auf neckische Art ihr erotisches Interesse zu verstehen gab. *»Great faus two and tenth august 1841«*, schrieb er auf englisch in einer Marginalie, *»perhaps the last of his life.«* Es ist nicht ganz klar, ob sich das problematische Wort *faus* auf einen Irrtum bezieht, durch den er es unterlassen hatte, eine Gelegenheit zu einem sexuellen Erlebnis auszunutzen, oder ob er – was der zweite Satzteil wahrscheinlicher macht – in dieser Form zum Ausdruck bringen wollte, daß er jene Gelegenheit gerade genossen hatte. Jedenfalls war die entgegenkommende Mme Bouchot, wie Beyle gleichfalls vermerkte, eine »Oase in der Wüste dieses Daseins in Civitavecchia«.[19]

Genau zu diesem Zeitpunkt richtete Beyle an das Außenministerium ein Gesuch um Krankheitsurlaub; er führte darin die Schwere der Symptome an und äußerte den Wunsch, in Genf einen Dr. Prévost zu konsultieren, der ihn bereits in der Vergangenheit erfolgreich behandelt hatte. Diesmal war sein Gesuch vollauf gerechtfertigt. Vielleicht, weil er deshalb zuversichtlich annahm, er werde Italien bald verlassen, reiste er am 12. August zu einem zweitägigen Besuch nach Florenz. Das einzige, was er von dieser Reise berichtete, war ein kurzer Vermerk, daß er mit Freude ein Konzert gehört habe; es ist jedoch unwahrscheinlich, daß ein Mann in seinem Zustand aus einem anderen Grund eine über 200 Meilen weite Reise unternahm und sich am Zielort nur so kurz aufhielt, als um Giulia Rinieri, der Frau, die in den vergangenen elf Jahren ungeachtet einiger Unterbrechungen ständig seine treue Geliebte gewesen war, ein letztes Lebewohl zu sagen. Sein Urlaubsgesuch wurde am 15. September bewilligt. Er mußte jedoch solange in seinem Amt bleiben, bis Tavernier, der gerade in Konstantinopel heiratete, zurückgekehrt war. Anfang Oktober fuhr Beyle, der zwar immer noch in Italien war, doch jetzt wirklich kurz vor der Abreise stand, ein letztes Mal nach Florenz, vielleicht um Giulia noch einmal zu sehen, auf jeden Fall aber aus dem praktischeren Grund, um Verabredungen mit seinem florentinischen Freund, dem Anwalt Vincenzo Salvagnoli, zu treffen; dieser hatte dem leidenden Konsul versprochen, in Marseille zu ihm zu stoßen, um ihn dann bis nach Paris zu begleiten. Am 21. Oktober übergab Beyle die Konsulatsverwaltung an Tavernier und reiste am folgenden Tag auf dem Seeweg über Livorno und Genua nach Marseille. Als er am 24. dort landete, erwartete ihn Salvagnoli bereits; die Schiffsreise hatte ihn jedoch schon so sehr erschöpft, daß er um einen Tag Aufschub bitten mußte, bevor sie über Lyon nach Genf weiterfuhren. In Genf brachten sie, vom 31. an, sechs Tage zu, in denen sich Beyle von Dr. Prévost eingehend untersuchen ließ; außerdem sah er bei dieser Gelegenheit seinen Freund Constantin wieder, der damals gerade in Genf seine Reise unterbrach. Am 8. November trafen Beyle und Salvagnoli in Paris ein und mieteten sich dort gemeinsame Zimmer.

Die bloße Tatsache, daß er wieder dort war, wo er als Literat und als geselliger Mensch seine Erfolge erlebt hatte, gab seiner Stimmung Auftrieb; er hatte sogar vorübergehend das Gefühl, er werde schließlich von der partiellen Aphasie und den anderen qualvollen Folgeerscheinungen seines Schlaganfalls genesen. Am 8. Dezember konnte er Donato Bucci mitteilen, sein Gesundheitszustand habe sich seit dem 20. November merklich gebessert. Er begann wieder Theateraufführungen zu besuchen und bei seinen alten Freunden zu dinieren; sie bemerkten verschiedentlich, er scheine zwar sehr gealtert, geschwächt und erschöpft, sei jedoch immer noch in der Lage, seinen Geist in der Unterhaltung sprühen zu lassen. Im Januar 1842 gab es für ihn ein freudiges Wiedersehen mit Mme Bouchot, die inzwischen wieder in Paris bei ihrem Gatten war, einem nach Beyles Urteil begabten und sympathischen jungen Mann. Aber der Romanschriftsteller ermüdete schnell und mußte in den ersten beiden Monaten des Jahres 1842 seinen geselligen Verkehr vorsichtig beschränken, auch schriftstellerisch war er nicht tätig, ja er führte kaum noch seine Korrespondenz weiter.

Gegen Ende des Monats Februar hatte er zum letzten Mal die Illusion, seine Krankheitserscheinungen ließen vorübergehend nach, so daß er am 25. Bucci in einem Brief mitteilte, er befinde sich bei guter Gesundheit. Binnen einer Woche war er, von dieser Einbildung getrieben, wieder einmal voller Ideen für literarische Projekte. Am 9. März überlas er noch einmal das Manuskript seiner unvollendeten Klostererzählung *Suora Scolastica* und faßte zwei Tage später den Plan, eine ganz neue Reihe italienischer Novellen zu produzieren. Am 13. schrieb er ein neues Kapitel für *Lamiel*; gleichzeitig plante er eine überarbeitete Ausgabe von *De l'Amour* und stellte ein neues Vorwort dazu fertig. Vom 15. März an arbeitete er täglich an *Suora Scolastica*. Er zog aus seiner Schublade auch noch weitere Fragmente hervor mit der Absicht, sie für seine neue Novellenserie zu vervollständigen. Am 21. März unterzeichnete er tatsächlich einen Vertrag über diese zweite Serie mit der *Revue des Deux Mondes*: für etwa ein halbes Dutzend Erzählungen, die er sich verpflichtete, im Abstand von zwei Monaten zu liefern, sollte er eine Summe von 5000 francs bekommen, von denen ihm bei der Vertragsunterzeichnung 1500 als Vorschuß ausgezahlt wurden.

Seine tatsächliche schriftstellerische Tätigkeit in diesen Märzwochen strafte jedoch das Vertrauen, das er selbst auf seine noch vorhandenen Kräfte zu setzen versuchte, Lügen. Was er in seinen unvollendeten Manuskripten überarbeitete und ihnen hinzufügte war wirr und ohne eine bestimmte Absicht; er war aufs Diktieren angewiesen, denn seine Handschrift war so unsicher, daß sie zuweilen gänzlich unlesbar blieb. Stendhals Hingabe an seinen Schriftstellerberuf bestand jetzt nur noch in dem bloßen Reflex eines hartnäckigen Willens, da die physischen Voraussetzungen zu ihrer Verwirklichung seit der Gehirnblutung im voraufgegangenen Jahr fast nicht mehr gegeben waren. Trotzdem hielt er bis zum Ende durch. Am Vormittag des 22. März diktierte er einige Seiten von *Suora Scolastica*. An jenem Nachmittag erlitt er einen zweiten schweren Schlaganfall auf dem Bürgersteig der rue Neuve-des-Capucines, unweit des Eingangs zu den Amtsräumen des Außenministeriums. Etwa ein Jahr zuvor hatte er am 10. April in seiner Todesangst nach dem ersten Anfall voll seltsamer Vorahnung an Fiori geschrieben: »Ich finde nichts Lächerliches dabei, auf der Straße zu sterben, sofern man es nicht absichtlich tut.«[20] Beyle wurde in tiefer Bewußtlosigkeit in sein nahegelegenes Zimmer getragen; sein Vetter Romain Colomb, der zufällig in der Nähe war, führte dabei die Aufsicht und blieb bei ihm am Bett sitzen. Am 23. März um zwei Uhr nachts starb Beyle, ohne das Bewußtsein wiedererlangt zu haben.

Den christlichen Unsterblichkeitsglauben hatte er verächtlich abgetan; und trotz seiner Überzeugung, er schreibe für künftige Generationen (die Zeit hat ihn hierin inzwischen höchst eindrucksvoll bestätigt), hatte ihn der Gedanke, er könne durch sein Werk unsterblich werden, offenbar nie sonderlich bewegt – das literarische Produkt war für ihn der »Lotterieschein«, den jeder Künstler in dem großen und gefährlichen Spiel um ewigen Ruhm in Händen hält. Kein Schriftsteller seiner Zeit scheint heute auf faszinierendere Art lebendig zu sein. In Atem gehalten durch ständige Selbstwahrnehmung, die sich abwechselnd scharfsinnig, spielerisch, feinfühlig, selbstquälerisch und absurd äußerte, hinterließ er in seinem Tagebuch, seinen Briefen und seinen autobiographischen Schriften, in seinen Randbemerkungen und in den persönlichen Anekdoten, die in seinen verschiedenartigen

Büchern verstreut sind, ein Zeugnis seiner alltäglichen Erfahrung, das noch immer höchst unterhaltsam und belehrend ist, so wie er sich selbst durch die Niederschrift ständig unterhalten und belehrt fühlte. Er scheint also nicht zuletzt deshalb lebendig zu sein, weil dank seiner Freude am fortgesetzten Aufzeichnen und Formulieren Leben und Schreiben für ihn eigentlich eins waren. Aber er lebt auch noch auf eine ganz andere Art fort; denn nach all den Jahren, in denen er sich als talentierter Dilettant betätigt hatte, entdeckte er, wie er im Roman seine Lebenserfahrung umsetzen konnte in eine Kunstform von bezwingender Realistik, die durch zarte Andeutung eines visionären Horizonts überhöht wurde. Es war ihm daran gelegen, daß die Nachwelt in ihm einen Menschen sähe, der Cimarosa, Mozart und Shakespeare in tiefster Seele verehrt hatte. Gab er sich auch vorsichtig der Hoffnung hin, künftige Leser würden genügend aufgeklärt sein, um ihn würdigen zu können, so konnte er doch kaum ahnen, daß eines Tages – so wie er seinerzeit die Kunst seiner drei Vorbilder geschätzt hatte – andere sein Werk als bleibenden Ausdruck der tiefen Gefühlsklage, der ausgewogenen geistigen Brillanz und des harmonischen Spiels eines reifen Menschen verehren würden.

Anmerkungen

Bibliographie der benutzten Stendhal-Ausgaben

Die Zitate aus den Werken und Briefen Stendhals wurden aus den französischen Originalfassungen übersetzt. Dazu wurden folgende Ausgaben benutzt:

Œuvres intimes, hrsg. von Henri Martineau, Paris 1955 (Bibliothèque de la Pléiade), für die Werke: Vie de Henry Brulard – Journal – Consultation pour Banti – Souvenirs d'égotisme – Essai d'autobiographie – Earline. (Nachfolgend: Martineau)

Romans et Nouvelles, hrsg. Henri Martineau, Paris 1952, für die Werke: Bd. I Armance – Le Rouge et le Noir – Lucien Leuwen – Bd. II La Chartreuse de Parme – Chroniques italiennes – Lamiel – Le Rose et le Vert – Mina de Vanghel – Souvenirs d'un gentilhomme italien – Le Juif – Le Coffre et le Revenant – Le Philtre – Le Chevalier de Saint-Ismier – Philibert Lescale – Féder. (Nachfolgend: Martineau 1952)

Œuvres, hrsg. von Abravenel und Del Litto, Lausanne 1961 (Editions Recontre), für die Werke: Fragments divers (De l'Amour) – Promenades dans Rome – Rome, Naples et Florence en 1817 – Mémoires d'un touriste – Vie de Rossini (Aran 1960) (Nachfolgend: Abravenel/ Litto)

Œuvres complètes, hrsg. von Henri Martineau, Paris 1935 – 1936, (Le Divan) für: Courrier anglais (5 Bde.) – Pensées – Mélanges intimes et marginalia (2 Bde.) – Voyage dans le midi de la France. (Nachfolgend: Martineau Divan)

Œuvres complètes, Textgestaltung von Georges Eudes, Paris 1946, für die Werke: Lettres – Histoire de la Peinture en Italie – Racine et Shakspere. (Nachfolgend: Eudes)

Correspondance, hrsg. Henri Martineau und Victor Del Litto, Paris 1962 (Bibliothèque de la Pléiade). Die Bände I, II, III. (Nachfolgend: Martineau/Litto)

Einige Zitate aus dem »Leben des Henry Brulard« wurden in der Übersetzung von Walter Widmer, München 1956, übernommen. (Nachfolgend: Widmer)

Nachweis der Zitate

Präludium in Rom

1 Abravenel/Litto, S. 417. – 2 ebd. S. 414.

Kapitel I

1 Widmer, S. 9. – 2 Louis Desroches, »*Souvenirs anecdotiques sur M. de Stendhal*«, Neudruck in Pierre Jourda, *Stendhal raconté par ceux qui l'ont vu*, Paris, 1927, S. 163. – 3 Martineau, S. 26. – 4 ebd. S. 310. – 5 ebd. S. 126. – 6 ebd. S. 127. – 7 ebd. S. 130. – 8 Gilbert Durand, »*Henry Brulard et l'Egypte*«, in *Stendhal et les problèmes de l'autobiographie*, hrsg. v. Victor Del Litto, Grenoble, 1976. – 9 Widmer, S. 309. – 10 Martineau, S. 94. – 11 ebd. S. 98. – 12 Widmer, S. 155. – 13 Martineau, S. 107. – 14 ebd. S. 139. – 15 ebd. S. 139. – 16 Widmer, S. 197. – 17 Martineau, S. 200. – 18 Widmer, S. 234. – 19 Walter Benjamin, *Illuminationen*, Frankfurt/M., 1955, S. 337. – 20 Martineau, S. 212. – 21 ebd. S. 26. – 22 ebd. S. 226. – 23 ebd. S. 226. – 24 ebd. S. 1434. – 25 Widmer, S. 373. – 26 Martineau, S. 26. – 27 Paul Arbelet, *La Jeunesse de Stendhal*, Paris, 1919, S. 287.

Kapitel II

1 Martineau, S. 316. – 2 Widmer, S. 437. – 3 Martineau, S. 383. – 4 ebd. S. 317. – 5 ebd. 349. – 6 ebd. 357. – 7 ebd. S. 1405. – 8 Paul Arbelet, *La Jeunesse de Stendhal*, Bd. II, S. 35. – 9 Widmer, S. 519.

Kapitel III

1 Martineau, S. 387. – 2 Paul Arbelet, *La Jeunesse de Stendhal*, Paris, 1919, Bd. II, S. 119. – 3 Martineau, S. 392f. – 4 Arbelet, Bd. I, S. 138. – 5 Martineau, S. 16. – 6 ebd. S. 393. – 7 Martineau/Litto, Bd. I, S. 13. – 8 Martineau, S. 427. – 9 ebd. S. 404f. – 10 Arbelet, Bd. II, S. 194. – 11 Martineau, S. 403. – 12 ebd. S. 414.

Kapitel IV

1 Martineau, S. 164. – 2 Henri Martineau, *Petit Dictionnaire stendhalien*, Paris, 1948, S. 233 u. 234. – 3 Martineau, S. 431. – 4 *Pensées*, hrsg. v. Henri Martineau, Paris, 1933, Bd. I, S. 16. – 5 ebd. S. 169. – 6 Martineau/Litto, Bd. I, S. 93. – 7 ebd. S. 197. – 8 Pensées, S. 137. – 9 Martineau, S. 503. – 10 Pensées, S. 169. – 11 Jean Prévost, *La Création chez Stendhal*, Paris, 1951. – 12 Martineau, S. 699. – 13 ebd. S. 614. – 14 ebd. S. 694. – 15 ebd. S. 688.

Kapitel V

1 Martineau, S. 699. – 2 ebd. S. 704. – 3 Martineau/Litto, Bd. I, S. 201–205. – 4 Martineau, S. 703–707. – 5 Martineau/Litto, Bd. I, S. 221ff. – 6 Martineau, S. 721–723. – 7 Henri Martineau, *Le Cœur de Stendhal*, Bd. I, S. 198. – 8 Martineau, S. 729. – 9 ebd. S. 736. – 10 ebd. S. 772f. – 11 ebd. S. 751. – 12 Paul Arbelet, *Stendhal épicier*, Paris, 1926, S. 233 u. 234. – 13 Martineau/Litto, S. 325. – 14 Martineau, S. 792. – 15 ebd. S. 807. – 16 ebd. S. 811. – 17 *Stendhal épicier*, S. 198. – 18 Martineau, S. 817. – 19 ebd. S. 827.

Kapitel VI

1 Martineau, S. 850. – 2 ebd. S. 841. – 3 ebd. S. 971. – 4 ebd. S. 994. – 5 Martineau/Litto, S. 482. – 6 ebd. S. 442. – 7 ebd. S. 515. – 8 Martineau, S. 975. – 9 Martineau/Litto, S. 513. – 10 Martineau, S. 887. – 11 ebd. S. 1355. – 12 Martineau/Litto, Bd. I, S. 534. – 13 Victor Del Litto, *La Vie de Stendhal*, Paris, 1965, S. 134. – 14 Martineau, S. 1006.

Kapitel VII

1 Martineau, S. 1019. – 2 ebd. S. 1029. – 3 ebd. S. 1084f. – 4 Robert Martin Adams, *Stendhal: Notes on a Novelist*, New York, 1959, S. 86. – 5 Martineau, S. 1178. – 6 ebd. S. 1102. – 7 ebd. S. 1106. – 8 ebd. S. 1118. – 9 ebd. S. 1174. – 10 Henri Martineau, *Le Cœur de Stendhal*, Bd. I, S. 286. –

11 Martineau/Litto, Bd. I, S. 649. – 12 ebd. Bd. I, S. 623. – 13 Martineau, S. 1013.

Kapitel VIII

1 Martineau, S. 1195. – 2 Martineau/Litto, Bd. I, S. 677. – 3 Martineau, S. 1198. – 4 ebd. S. 1197. – 5 ebd. S. 1205. – 6 ebd. S. 1226. – 7 ebd. S. 1226. – 8 ebd. S. 1276. – 9 Martineau/Litto, S. 657. – 10 Martineau, S. 1227. – 11 Martineau/Litto, S. 700f. – 12 Martineau, S. 1238. – 13 ebd. S. 1239. – 14 ebd. S. 1241. – 15 ebd. S. 1245f. – 16 ebd. S. 1252. – 17 ebd. S. 1253f. – 18 ebd. S. 1259. – 19 Eudes, Bd. I, S. 170. – 20 ebd. S. 209. – 21 Martineau, S. 11.

Kapitel IX

1 Martineau, S. 1434. – 2 Martineau/Litto, Bd. I, S. 893. – 3 Lily R. Felberg, *Stendhal et la question d'argent au cours de sa vie*, Aran, 1975, S. 42f. – 4 Martineau/Litto, Bd. I, S. 1241. – 5 Pierre Jourda, *Stendhal raconté par ceux qui l'ont vu*, Paris, 1927, S. 196–198, 214–216. – 6 Eudes, Bd. III, S. 197. – 7 Martineau/Litto, Bd. I, S. 832. – 8 ebd. S. 1041. – 9 Abravenel/Litto, S. 271. – 10 Martineau/Litto, Bd. I, S. 940. – 11 ebd. S. 948. – 12 ebd. S. 966. – 13 Martineau, S. 1409. – 14 Martineau/Litto, Bd. I, S. 971. – 15 ebd. S. 974. – 16 ebd. S. 972. – 17 Martineau, S. 1277. – 18 ebd. S. 1428. – 19 Abravenel/Litto, Bd. V, S. 66. – 20 ebd. S. 223. – 21 ebd. S. 327. – 22 ebd. S. 351. – 23 ebd. S. 115. – 24 ebd. S. 286. – 25 ebd. S. 297. – 26 ebd. S. 152. – 27 ebd. S. 314. – 28 ebd. S. 317.

Kapitel X

1 Martineau, S. 1395. – 2 ebd. S. 1398. – 3 ebd. S. 1431. – 4 ebd. S. 1407. – 5 ebd. S. 1408. – 6 ebd. S. 1445. – 7 ebd. S. 1447. – 8 Alphonse de Lamartine, *Histoire de la Restauration,* Paris, 1851, S. 347. – 9 Pierre Jourda, *Stendhal raconté par ceux qui l'ont vu,* Paris, 1927, S. 37f. – 10 Martineau, S. 1398. – 11 ebd. S. 1436. – 12 ebd. S. 1415f. – 13 Victor Brombert, *Stendhal et la voie oblique*, New Haven, 1954. – 14 In: *Stendhal*, *Courrier anglais*, hrsg. v. H. Martineau, Paris, 1935, (Martineau Divan), Bd. I, S. 72. – 15 ebd. Bd. II, S. 231. – 16 ebd. Bd. III, S. 156. – 17 ebd. Bd. V, S. 102. – 18 Eudes, Bd. XVI, S. 27. – 19 *Vie de Rossini*, hrsg. v. Abravenel/Litto, Aran, 1960, S. 392. – 20 Martineau, S. 1477. – 21 Martineau/Litto, Bd. II, S. 783. – 22 ebd. S. 790. – 23 ebd.

S. 790–792. – 24 Auguste Cordier, *Stendhal raconté par ses amis et ses amies*, Paris, 1893, S. 36. – 25 Martineau/Litto, Bd. II, S. 792.

Kapitel XI

1 Martineau, 1952, Bd. I, S. 174 u. 177. – 2 Victor Brombert, *Stendhal: Fiction and the Themes of Freedom*, New York, 1968, S. 53. – 3 Martineau/Litto, Bd. II, S. 148. – 4 *Mélanges intimes et marginalia*, hrsg. v. Martineau, Paris, 1936, (Martineau Divan), Bd. II, S. 73. – 5 Martineau, 1952, S. 90. – 6 ebd. S. 45. – 7 Abravenel/Litto, Bd. V, S. 243. – 8 Martineau, S. 16. – 9 Martineau, 1952, Bd. I, S. 235. – 10 Martineau/Litto, Bd. II, S. 192. – 11 H. Martineau, *L'Œuvre de Stendhal*, Paris, 1951, S. 386. – 12 Martineau, 1952, Bd. I, S. 241. – 13 ebd. S. 241. – 14 ebd. S. 278. – 15 ebd. S. 298. – 16 ebd. S. 543. – 17 ebd. S. 288. – 18 *Mélanges intimes et marginalia*, hrsg. v. Martineau, (Martineau Divan), Bd. II, S. 218. – 19 Martineau, 1952, Bd. I, S. 557. – 20 ebd. S. 556. – 21 ebd. S. 603. – 22 ebd. S. 612. – 23 ebd. S. 610. – 24 ebd. S. 683f. (Die Tempuswahl wurde dem Kontext angeglichen, A.d.Ü.)

Kapitel XII

1 Martineau/Litto, Bd. II, S. 205. – 2 ebd. S. 259. – 3 Victor Del Litto, *La Vie de Stendhal*, Paris, 1965, S. 252. – 4 Martineau/Litto, Bd. II, S. 693. – 5 ebd. S. 711f. – 6 ebd. S. 719. – 7 George Sand, *Histoire de ma vie*, Paris, 1899, Bd. IV, S. 185f. – 8 Martineau/Litto, Bd. III, S. 57. – 9 ebd. Bd. II, S. 511. – 10 François Michel, *Les Amours de Sienne*, Paris, 1950. – 11 Martineau/Litto, Bd. III, S. 129. – 12 Martineau, S. 149. – 13 Marginalia, Bd. II, (Martineau Divan), S. 287. – 14 Martineau, 1952, Bd. I, S. 735f (im Vorwort v. Martineau zu *Lucien Leuwen*). – 15 Martineau, 1952, Bd. II, S. 1520. – 16 Jean Prévost, *La Création chez Stendhal*, Paris, 1950. – 17 Martineau, 1952, Bd. I, S. 1563. – 18 ebd. S. 794. – 19 ebd. S. 1519. – 20 ebd. S. 1568. – 21 Maurice Bardèche, *Stendhal romancier*, Paris, 1947, S. 417. – 22 Martineau, 1952, Kap. 33, S. 1035. – 23 ebd. Kap. 17, S. 923. – 24 ebd. Kap. 67, S. 1371. – 25 ebd. Kap. 42, S. 1103. – 26 ebd. S. 1355. – 27 ebd. S. 1525.

Kapitel XIII

1 Martineau/Litto, Bd. III, S. 271f. – 2 Auguste Cordier, *Stendhal raconté par ses amis et ses amies*, Paris, 1893, S. 36. – 3 *Mélanges intimes et marginalia*, (Martineau Divan), Bd. II, S. 278. – 4 Mar-

tineau/Litto, Bd. III, S. 221. – 5 *Voyage dans le midi de la France*, hrsg. v. Henri Martineau, Paris, 1936, S. 207. – 6 *Cent-soixante-quatorze lettres à Stendhal*, hrsg. v. Henri Martineau, Paris, 1947, S. 127f. – 7 *Mémoires d'un touriste*, hrsg. v. E. Abravenel, Lausanne, 1961, Bd. I, S. 417. – 8 Voyage, (Martineau Divan), S. 206. – 9 Martineau, 1952, Bd. II, S. 557. – 10 ebd. S. 729. – 11 Pierre Jourda, *Stendhal raconté par ceux qui l'ont vu*, S. 121. – 12 *Stendhal romancier*, Paris, 1947, S. 361. – 13 Martineau, 1952, Bd. II, S. 45f. – 14 ebd. S. 174. – 15 *La Création chez Stendhal*, S. 353. – 16 F. W. J. Hennings, *Stendhal: A Study of His Novels*, Oxford, 1964, S. 201. – 17 Martineau, 1952, Bd. II, Kap. 6, S. 119. – 18 ebd. Kap. 16, S. 289. – 19 ebd. Kap. 11, S. 190. – 20 Martineau, Kap. 3, S. 26. – 21 Gilbert Durand, *Le Décor mythique de la Chartreuse de Parme*, Paris, 1961, S. 149. – 22 Martineau, 1952, Bd. II, S. 123f. – 23 ebd. S. 125f. – 24 ebd. Kap. 27, S. 468. – 25 Martineau/Litto, Bd. III, S. 402. – 26 Herbert Morris, *The Masked Citadel: The Significance of the Title of Stendhals Chartreuse de Parme*, Berkeley and Los Angeles, 1968. – 27 Victor Brombert, *The Romantic Prison*, Princeton, 1978, S. 67.

Kapitel XIV

1 Martineau/Litto, Bd. III, S. 300. – 2 Martineau, 1952, Bd. II, S. 972f. – 3 André Doyon et Yves du Parc, *De Mélanie à Lamiel*, Aran, 1972. – 4 Martineau/Litto, Bd. II, S. 945f. – 5 ebd. S. 896. – 6 Martineau, S. 1511. – 7 François Michel, *Etudes stendhaliennes*, S. 190. – 8 Martineau, S. 1515. – 9 Balzac, *Etudes sur M. Beyle*, Genf, 1943, S. 16f. – 10 Martineau/Litto, Bd. III, S. 277. – 11 *Cent-soixante-quatorze lettres à Stendhal*, S. 171 bis 173. – 12 Maurice Bardèche, *Stendhal romancier*, S. 241. – 13 Martineau/Litto, Bd. III, S. 394. – 14 ebd. S. 404. – 15 ebd. S. 341. – 16 ebd. S. 434. – 17 ebd. S. 435. – 18 ebd. S. 462. – 19 *Marginalia*, (Martineau Divan), Bd. II, S. 388f. – 20 Martineau/Litto, Bd. III, S. 394.

Register

Inhalt